이 그림은 나폴레옹 당시의 종군화가들이 그린, 생생한 현장감이 담긴 작품이다.

승리를 원한다면, 모든 것을 걸어야 한다.
—나폴레옹

로디 전투(1796.5) 카를 베르네 그림, P. P. 슈파르 완성.

나폴레옹
1

NAPOLÉON
by Max Gallo

Copyright © Éditions Robert Laffont, Paris, 1997
Korean Translation Copyright © 1998 by MUNHAKDONGNE Publishing Corp.
All rights reserved.

This Korean edition is published by arrangement with
Éditions Robert Laffont, Paris through Sibylle Books Literary Agency, Seoul.

이 책의 한국어판 저작권은 시빌 에이전시를 통해
프랑스 로베르라퐁사와 독점 계약한 (주)문학동네에 있습니다.
저작권법에 의해 한국 내에서 보호를 받는 저작물이므로
무단 전재 및 무단 복제를 금합니다.

이 도서의 국립중앙도서관 출판예정도서목록(CIP)은
서지정보유통지원시스템 홈페이지(http://seoji.nl.go.kr)와
국가자료공동목록시스템(http://www.nl.go.kr/kolisnet)에서 이용하실 수 있습니다.
(CIP제어번호: CIP2003001313)

나폴레옹
NAPOLÉON

1

출발의 노래

막스 갈로 장편소설 | 임헌 옮김

문학동네

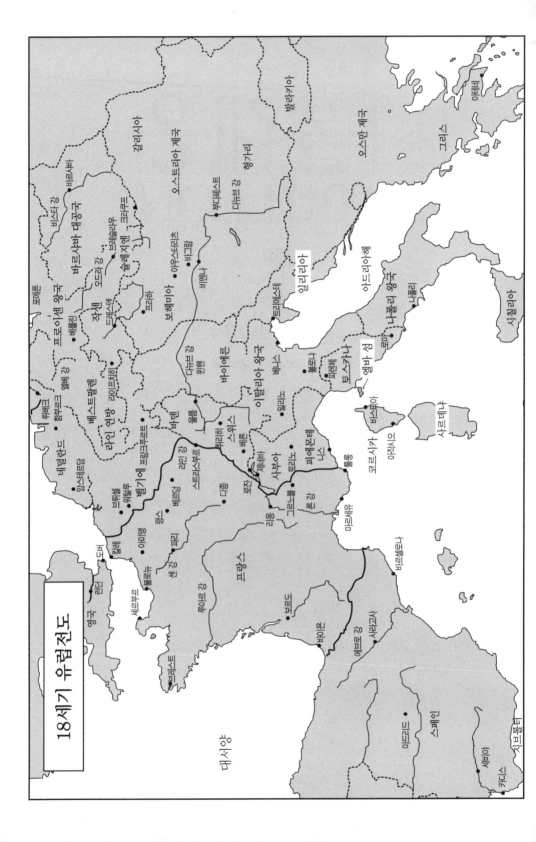

18세기 유럽전도

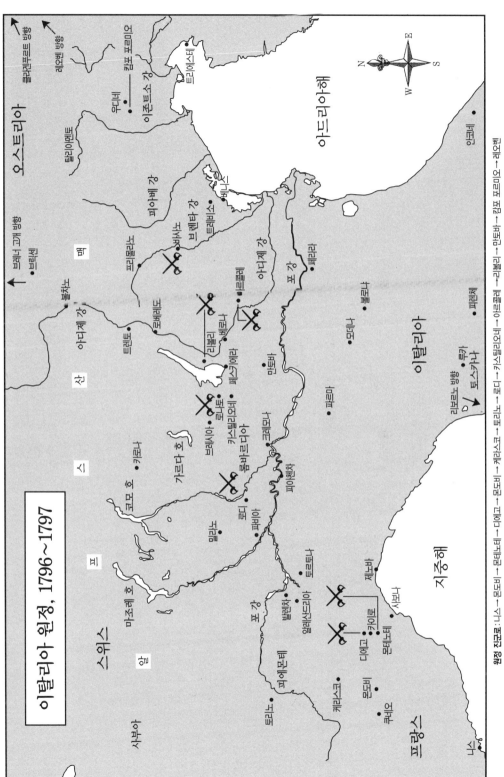

이탈리아 원정, 1796~1797

원정 진군로 : 니스 → 몬도비 → 몬테노테 → 디에고 → 몬도비 → 케라스코 → 토리노 → 로디 → 카스틸리오네 → 아르콜레 → 캄포 포르미오 → 레오벤

오스트리아

아드리아해

이탈리아

토스카나

지중해

스위스

프랑스

스탕달과 앙드레 말로

그리고

나의 아들을 위하여

차 례

설령 역사가가 나를 방어해주지 못한다 할지라도,
무엇을 근거로 나를 공격할 수 있겠는가?
　　　　　　—나폴레옹, 세인트 헬레나에서

그는 프랑스를 더 작은 나라로 만들었나,
분명 그랬다. 그러나 하나의 민족이
그런 식으로 정의되는 것은 아니다.
그는 프랑스를 위하여 존재했다……
그의 위대함을 깎아내리려 하지는 말자.
　　　　　　—드골

이 평원은 멋진 전장이 될 것이다

1805년 4월 4일, 새벽안개가 막 걷혀가는 시각.

말 위에 앉은 황제는 고삐를 당겼다. 아라비아산 말이 앞발을 치켜세우며 울었다.

참모 콜랭쿠르와 수행장교들은 얼마간 뒤처진 채 말고삐를 잡고 황제를 바라보았다. 말들은 발을 구르며 서로 몸을 부딪쳤다. 장교들이 허리에 찬 군도도 서로 부딪치며 차가운 금속음을 냈다.

황제는 앞에 있었다, 홀로.

그는 안개 속에서 솟아오르는 폐허의 건물들을 바라보았다. 보리수 산책로 끝으로 미니미에르 수도원이 어렴풋이 보였다.

그것이 브리엔 군사학교의 남아 있는 전부였다. 열 살 때 입교한 그곳에서 그는 오 년을 보냈다. 어린 시절, 그는 이상한 이름

때문에 놀림받았다. 이방인 이름, 나폴레오네 부오나파르테. 그 발음이 너무 우스꽝스러워, 친구들은 그를 "나폴레오네 부오나파르테, 코에 지푸라기가 붙은 너절한 촌놈"이라 불렀다.

그로부터 이십여 년이 지난 1804년 12월 2일, 노트르담 대성당에서 교황 비오 7세가 집전하는 대관식을 받으며, 그는 황제로 즉위했다.

프랑스 황제, 나폴레옹 보나파르트. 그의 나이 36세 때였다.

어제 그는 이곳에 도착했다. 이 추억의 장소를 보고 싶었다. 그는 그 군사학교가 폐허더미가 되었다는 사실을 알지 못했다. 그 잔해는 지난 이십 년 세월의 혼돈을 증언해주고 있었다. 학교는 1793년 폐교되었고, 국가재산으로 매각된 건물은 수레공장으로 쓰이다가, 건물이 완전히 허물어진 1799년에 다시 헐값에 매각되어 야적장으로 쓰이고 있었다.

그가 오 년 동안 살았던 곳. 이방인으로 홀로 지내야 했던, 그의 삶에서 가장 힘겨웠던 시기.

프랑스 황제 나폴레옹 보나파르트의 어린 시절이 눈앞에 있었다. 이십여 년 격절의 세월을 그는 바라보고 있는 것이다.

닷새 전인 3월 30일, 교황 비오 7세가 파리 방문을 마치고 이탈리아로 돌아가겠다고 인사하러 왔을 때, 그는 자신도 곧 밀라노로 갈 것이라 알렸다. 이탈리아 왕위에 오르기 위해, 밀라노 대성당에서 카프라라 추기경이 집전하는 대관식을 받기 위해서였다. 교황은 황제 앞에 다시 고개를 숙였다. 이번에는 이탈리아 왕에게 바치는 예였다.

3월 31일, 나폴레옹은 파리를 떠나 트루아로 향했다.

그는 마을을 굽어보는 브리엔 성에서 여정의 하룻밤을 묵기로 결정했다. 고독했던 유년기, 군사학교에서의 몇 년간의 학업, 이런 추억의 장소들에 대한 순례인 셈이다.

파리와 브리엔 사이의 여정은 내내 환호의 물결이었다. 그는 화려한 마차문 밖으로 몸을 내밀어 답했다. 도시와 마을에 들어설 때면, 아라비아산 말에 올라 환호를 받으며 곧은 자세로 말을 몰았다.

4월 3일 정오 무렵, 브리엔으로 들어서던 그는 잠시 말을 멈췄다. 근방의 농부들이 길을 가득 메우고 그를 환호했다. 나폴레옹은 광장으로 통하는 비탈, 그리고 광장 위 넓은 공원 한가운데 솟아 있는 성, 그 낯익은 장소들을 바라보았다.

성 정문 층계에 나와 있던 브리엔 부인이 정중하게 그를 맞아, 준비된 방으로 안내했다. 그녀는 예전 오를레앙 공이 묵었던 방이라고, 나직한 목소리로 설명했다.

나폴레옹은 말없이 방을 가로질러 십자형 유리창문을 열고 샹파뉴 전원을 바라보았다. 홀로 고독 속에 있던 열 살의 아이에게, 너무도 적대적이고 낯설고 무심했던 풍경.

브리엔 군사학교에서 보낸 오 년 동안, 그는 브리엔 부부가 성과 영지(領地)인 숲에서 베푸는 사냥과 축제에 대해 수없이 들었다. 때로는, 음악과 기마 행렬의 떠들썩한 소리가 학교 뜰까지 들려오곤 했었다.

나폴레옹은 딱 한 번 동료들과 함께 이 성에 초대받았었다.

1783년 8월 25일, 성 루이 축일 때였다. 브리엔 부인은 나폴레오네 부오나파르테라는 이상한 이름의 학생을 잠시 주목했던 걸 기억하고 있다. 올리브색 피부의 작고 야윈…… 그러나 스쳐가는 인상일 뿐.

그는 곧 백여 명의 동료 학생들 무리에 섞여버렸을 것이다. 그 익명의 아이들 무리는 하나같이 흰 단추와 붉은 칼라, 하얀 안감을 댄 푸른색 제복에 군도를 차고 있어서 누구도 특별히 눈에 띄지 않았다.

나폴레옹은 그때, 성주로부터 축제에 초대받은 인근 주민들로 붐비는 성의 정원을 두루 돌아다녔다.

광대와 가수, 배우들을 위한 무대가 세워져 있었고, 곡예사가 탈 줄도 매어져 있었다. 야자와 생강이 든 과자를 파는 장사꾼들이 군중 사이를 비집고 다니며 별미를 사라고 외쳐대던 그때.

보나파르트는 뒷짐을 진 채 말없이 걸었다.

이십여 년 전이다.

지금 그 브리엔 부인은 프랑스 황제를 맞아 식탁으로, 살롱으로 정중하게 안내하고 있다.

많은 사람들이 줄지어 황제를 알현했다.

갈색 프록코트를 입은 사제가 다가와 인사하며, 자신이 군사학교에서 보나파르트를 가르친 선생이었다고 말했다. 당시 학교는 성 프랑수아 드 폴 회 수도사들에 의해 운영되고 있었다.

"누구시라구요?"

황제가 못 들은 척하고 물었다.

사제가 반복하자, 나폴레옹이 말했다.

"사제에게는 사제복이 있소. 가까이서든 멀리서든 늘 알아볼 수 있도록 하기 위함이지요. 나는 프록코트를 입은 사제는 본 적이 없소. 사제복을 입고 오시오."

당황한 사제는 황급히 물러갔다가, 사제복을 갖춰입고 몸을 굽히며 공손하게 돌아왔다.

나폴레옹이 말했다.

"이제 알아보겠습니다. 뵙게 되어 반갑습니다."

그는 프랑스 황제였다.

만찬석상에서, 그는 짜증이 났다. 회식자들이 줄곧 침묵했던 것이다. 성의 주인이 긴장하여 황제 앞의 식탁보에 소스 그릇을 엎질렀다. 나폴레옹이 웃음을 터뜨리자, 분위기는 곧 부드러워졌다.

모두가 유쾌한 대화 속에서 만찬을 끝냈고, 황제도 식탁을 떠났다.

그날 밤, 그는 잠을 이루지 못했다. 새벽에 뜰로 나가 말을 타고 성을 나왔다. 군사학교를 보기 위해서였다. 수행장교들은 황제의 상념을 방해하지 않기 위해 얼마간 거리를 두고 뒤따랐다. 새벽안개가 걷히자, 학교는 폐허의 모습을 드러냈다.

그는 학교를 다시 지으라고 명령하지 않았다.

과거는 되살아날 수 없는 것이다.

무연히 폐허를 응시하던 그가 갑자기 말에 박차를 가했다. 브리엔을 지나, 황제는 홀로 바르 쉬르 오브로 향하는 길로 들어섰다. 수행장교들이 놀라 박차를 가하며 뒤를 따랐지만, 그는 이내 장교들의 시야에서 사라졌다.

오랫동안 참았던 준마는 전속력으로 질주했다. 수많은 도랑을 건너뛰고, 숲을 가로지르고, 돌투성이의 길들을 주파했다. 황제는 계속 방향을 바꾸며 낯익은 풍경과 마을을 달렸다.

홀로, 홀로, 황제는 추억을 좇아 달렸다. 얼마를 그렇게 달렸을까.

총성 한 발이 안개 속에 잠긴 침묵을 찢었다.

콜랭쿠르가 비상연락을 해온 것이다. 이제 돌아가야 했다.

브리엔 성탑에 눈길을 고정시킨 채 황제는 돌아왔다. 세 시간이 넘는 질주였다. 놀란 눈으로 자신을 바라보는 장교들에게, 그는 자신도 자기가 어디에 있었는지 몰랐다고 말했다.

탈진한 말은 땀으로 뒤덮였고 콧구멍에서는 피가 흘렀다.

1805년 4월 4일, 황제는 사람들의 환호를 받으며 브리엔을 떠났다. 이탈리아 밀라노의 대관식이 그를 기다리고 있었다.

브리엔 성이 아직 시야에서 벗어나지 않은 때, 그는 마차에서 몸을 내밀고 행렬을 정지시켰다. 태양이 탑들을 감싸안듯 비추고 있었고, 군도의 칼집과 제복의 장식들이 빛을 발했다.

그 고즈넉한 풍경을 바라보던 나폴레옹이 말했다.

"이 평원은 멋진 전장이 될 것이다."

제1부

화산에 달궈진 화강암

파리

브리엔

오탱

바스티아

아작시오

1769년 8월 15일 ~ 1785년 10월

1
한 방울의 눈물

브리엔 왕립 군사학교의 복도에 한 사내아이가 들어섰다. 1779년 5월 15일, 그가 아직 채 열 살이 되지 않았을 때였다. 그는 1769년 8월 15일, 코르시카 섬의 아작시오에서, 샤를 마리 보나파르트와 레티지아 라몰리노의 아들로 태어났다.

아이는 손을 뒤로 하고 부동자세로 서 있었다. 주걱턱의 야윈 얼굴에 마른 몸, 짙은 청색의 꽉 끼는 옷을 입고, 짧게 자른 갈색 머리칼에 잿빛 눈동자. 냉담한, 거의 무관심한 표정으로 찬 기운이 감도는 커다란 홀에 서서 군사학교 교장 르뤼를 기다리고 있었다.

아이는 이 학교에서 몇 년을 보내게 되리라는 걸 알고 있었다. 초보적인 불어를 겨우 익히고 찾아온 이곳에서 몇 년을 홀로 지내게 되리라는 걸.

그가 아버지 샤를을 따라 오탱에 도착한 건 1779년 1월 1일이었다. 뚜렷한 이목구비에 풍채 좋은 귀족풍의 샤를은 단정하게 옷을 차려입었다.

코르시카 섬, 아작시오의 골목길, 바다 내음, 소나무와 유향나무, 소귀나무와 도금양나무의 향기…… 이 모든 유년기의 세계가 이제 내밀한 추억으로 멀어질 것이다. 아버지가 형과 그를 오탱의 학교에 남겨두고 떠날 때, 그는 이를 악물어야 했다. 그보다 한 살 위인 형 조제프는 교회로, 나폴레오네는 군대로 향할 운명에 접이들었다.

오탱에서, 1월 1일부터 4월 21일까지 석 달 남짓, 그는 불어를 배웠다. 고향마을 아작시오의 거리를 점령한 프랑스 군인들이 떠들어대던 언어. 아버지는 불어를 할 줄 알았지만, 어머니는 한마디도 하지 못했다. 보나파르트 가문의 자손들이 배운 언어는 이탈리아어였다.

아홉 살 난 아이는 주먹을 불끈 쥐고 불어를 배웠다. 비와 추위, 눈과 진흙의 땅에서, 슬픔과 외로움도 함께 배웠다. 버림받았다는 두려움도 들었다. 코르시카의 무성한 풀 내음과는 전혀 다른 샹파뉴 지방 오탱의 부식토와 진흙탕 냄새를 호흡하며, 그는 낯선 땅이 주는 두려움을 공부에 몰두하며 이겨나갔다.

낯선 언어, 동포들을 정복하고 고향을 점령한 자들의 언어, 불어를 정복하고 싶었다.

전투에 임하듯 긴장해서 불어를 암송하고, 단어들이 항복할 때까지 반복했다. '부오나파르테'라는 그의 이름을 놀려대는, 결코 가까이 하고 싶지 않은 이 오만한 프랑스인들을 언젠간 깨부수기 위해서는, 우선 이 언어를 정복해야 했다.

마음이 우울해지면 그는 말없이 생각에 잠겨, 오탱 학교의 뜰을 홀로 산책하곤 했다. 상냥하고 부드럽고 소심한 형 조제프와 달리, 나폴레옹은 모멸당한 아이의 자존심과 패배자로서의 쓸쓸함이 뒤섞인 들끓는 불이었다.

누군가 약올리고 자극하면 그는 입을 다물었다. 그러나 누군가 '항복한 걸 보면 코르시카인들은 겁쟁이야'라고 말하면, 그는 격분하여 소리쳤다.

"4 대 1만 되었어도, 프랑스는 코르시카를 이길 수 없었어. 무려 10 대 1이었어."

프랑스 학생들 중 누군가 프랑스에 저항한 장군 파스칼 파올리*의 이름을 들먹였다. 파올리, 이 유명한 코르시카 저항운동 지도자는 1769년 5월 9일 폰테 노보 전투에서 패했다.

한 번 더, 그는 참았다.

그는 기억하고 있었다.

그의 부모는 파올리의 은혜를 입었다. 부모가 열여덟 살과 열네 살일 때, 그들은 코르테에서 파올리와 이웃해 살았다. 코르시카의 짧았던 독립 기간, 제노바의 지배와 1767년 프랑스 개입 이전의 몇 년간이었다. 1764년, 파올리는 레티지아 라몰리노 가문에 압력을 넣어 딸을 샤를 보나파르트와 결혼시키게 한 것이다. '바보'**의 명령은 중요했다. 그들은 결혼 후 두 아들을 낳았지만 오래 기르지 못하고 땅에 묻어야 했다. 그후 조제프를 낳자마자 곧 다시 임신하였는데, 그때 프랑스 황제 루이 15세의 군대가 코르시카 애국운동가들의 토벌에 나섰다. 레티지아는 나폴레옹을 임신한 몸으로, 조제프를 안은 남편을 따라 밀림의 오솔길로 도망쳐 더듬더듬 강을 건너야 했다.

오탱 학교에서, 아홉 살 난 아이는 그런 사실을 샤르동 사제에

---

* 코르시카 군인이며 정치가, 1725~1807.
** 파올리의 애칭, 아버지라는 뜻.

게 말할 수 없었다. 사제는 두 시간의 불어수업 사이에 그를 불러 나긋하지만 빈정대는 어투로 물었다.

"너희는 왜 패배했지? 코르시카에는 파올리가 있었잖아? 파올리는 훌륭한 장군이라고 칭송받는다며."

아이는 참을 수 없었다.

"예, 선생님, 저도 파올리처럼 되고 싶습니다."

그는 코르시카인이었다. 그는 이 나라, 이 분위기, 프랑스인들을 증오했다. 그는 혼자 중얼거렸다.

"프랑스놈들에게 온갖 고생을 안겨주고 말테다."

그는 사말석인 포로였고, 패배한 포로의 아들이었다. 그는 속내 생각을 털어놓을 수도, 울 수도 없었다.

그는 생 샤를 가(街)의 향기 넘치는 고향집 저녁을, 부드러운 목소리들을 떠올렸다.

엄격한 어머니는 뺨을 때리고 회초리를 들기도 했지만, 그녀는 아름다웠고 사랑을 아는 여인이었다.

그녀는 많은 자식들에 둘러싸여 있으면서도 계속 임신했다. 거의 언제나 아기를 가진 그녀는 부드러우면서도 강인했다.

그녀는 전쟁과 폰테 노보 패전 후의 도주를 얘기하곤 했다.

그럴 때면 할머니 마리아 사베리아 부오나파르테, 외삼촌 조제프 페쉬, 이모 제르트뤼드 파라비치니, 집안의 유일한 하녀 사베리아가 귀를 기울였다. 하루에 아홉 번 미사에 참례하는 신심 깊은 할머니는 옆에 앉아 성호를 긋곤 했다.

나폴레옹은 어머니의 말을 들으며, 그 강과 파도가 휘몰아치던 리아모네 해변을 생생하게 떠올릴 수 있었다. 어머니 레티지아는 강을 건너려 했지만, 말이 물살에 휩쓸려 나아갈 수 없었다. 아버지 샤를은 임신한 아내와 조제프를 말에 태우고, 자신은 강물 속으로 몸을 던졌다. 레티지아는 말을 구슬려 방향을 바꿔 겨우 강을 건널 수 있었다.

프랑스인들, 오탱 학교의 샤르동 사제나 학생들, 이들이 코르시카인들이나 코르시카에 대해 무얼 알겠는가? 바다의 굉음, 항구와 인접한 구불구불한 골목길들, 만을 굽어보는 아작시오 요새의 황토빛, 이것을 모르는 그들이 뭘 알겠는가?

나폴레옹은 친구들과 벌판을 내달리며 벌이던 전투놀이를 생각했다. 그 남국의 친구들…… 표현이 풍부하고 뜨거운 모국의 언어로 말하며, 서로 장난치고 놀려대던 친구들.

"빵꾸 난 양말을 신은 나폴레오네는 자클리넷을 좋아한대요."

그는 친구들에게 덤벼들어 쫓아내고는, 자클리넷과 함께 이탈리아어를 배우는 수녀학교로 향하곤 했다.

여덟 살 때에는 자클리넷과 단둘이 부둣가를 걷곤 했다. 그러다 그 소녀와 멀어졌다. 그는 수학을 공부하고, 집 뒤뜰에 판자로 만든 오두막에 혼자 앉아 하루 종일 셈을 익혔다. 저녁이면, 밖으로 나와 멍하니 몽상에 잠겨 초췌한 모습으로 방황하기도 했다.

나폴레옹은 이 모든 것에 대해서 말하지 않았다. 그럴 필요도 없는, 혼자 간직해야 하는 비밀이었다.

불어를 배우자.

승리자 프랑스 왕의 군인들이 으스대며 활보하는 아작시오. 그 도시는 전투와 파벌들 사이의 갈등으로 아직도 혼돈에 빠져 있었다. 영국으로 도피한 파스칼 파올리 지지파와 프랑스 지지파 사이의 갈등이었다.

아버지 샤를이 프랑스 지지파에 합류했다는 사실은, 어린 그도 알고 있었다.

코르시카 총독 마르뵈프는 생 샤를 가 고향집의 환대받는 손님이었다. 그는 레티지아의 아름다움에 반한 늙은 바람둥이였다.

샤를 보나파르트의 가문은 토스카나의 계보 학자들이 인정하는 4대째의 토박이 귀족이었다. 샤를은 프랑스에 저항하려는 지역 유지들 사이에서 지지를 끌어내려는 총독의 의도를 간파하고 있었다.

샤를은 이 카드를 적극 활용하였다. 직책과 연금, 원조를 받기 위해서는 불가피했다.

귀족의원으로 선출된 샤를은 1777년 6월 8일, 베르사유 삼부회에 코르시카 대표로 참가했다. 그는 프랑스 왕국의 힘에 경탄하며 아작시오로 돌아왔다. 프랑스 도시와 궁전들, 국가조직, 새로 등극한 온후한 왕 루이 16세, 모든 것이 눈부신 광경이었다. 그는 성직을 지망하는 장남 조제프와 군인이 되고 싶어하는 나폴레옹의 장학금을 얻기 위해 동분서주했다.

아작시오 고향집에서 여덟 살 아이는 유심히 귀를 기울였다.

그는 아작시오 거리를 행진하는 군대를 따라다니며, 청백색 제복을 입은 멋지고 당당한 장교들에게 매혹되었다. 군인들을 그려 전투대형으로 배치하고, 전쟁놀이를 했다. 거리를 달리고 성채를 기어오르고 땅을 뒹굴고 악동들의 무리를 지휘했다. 미래의 군인은 강인해야 한다며, 남국의 악동은 비를 맞고 다녀 홀딱 젖곤 했다. 군대생활에 적응한다며, 흰 빵을 군대의 거친 갈색 빵과 바꿔 먹기도 했다.

아버지는 그와 형이 장학금을 받아 프랑스의 오탱 학교로 유학 가게 되었음을 알렸다. 성직을 지망하는 조제프는 그곳에 머물 것이고, 나폴레옹은 불어를 습득한 후 왕립 군사학교로 갈 것이라 했다. 이 소식에 그는 열광했지만, 어머니와 가족, 집, 고향을 떠나야 한다는 생각에 이내 슬퍼졌다.

그러나 떠나야 했다. 동생들이 태어났다. 뤼시앵은 1775년, 마리아 안나 엘리자는 1777년. 뒤이어 루이(1778년), 폴린(1780년), 마리 카롤린(1782년)과 제롬(1784년)이 태어나리라.

보나파르트 가와 라몰리노 가는 가난하진 않았다. 그들은 세 채의 집과 포도밭을 가지고 있었고, 밀렐리에 소작지가 있었으며, 뽕나무 묘판을 기르는 땅과 방앗간도 있었다. 또한 우치아니, 보코냐고, 바스텔리카에 부동산도 있었다. 그들 가문은 문벌을 이룰 정도의 힘도 있었다. 그러나 아이들의 장래를 생각하고, 차후 코르시카를 합병할 프랑스 왕국의 귀족계급 대열에 속하기 위해선 그것으로는 부족했다.

프랑스에 유학가서, 조제프는 사제, 나폴레옹은 군인으로 성공해야 했다.

총독 마르뵈프는 조제프에게 자신의 조카인 오탱의 주교 이브 알렉상드르 드 마르뵈프가 관할하는 성직 자리를 약속했고, 나폴레옹에게는 군사학교 장학금을 약속했다.

1778년 12월 15일, 아홉 살 아이는 어머니와 친지들에게 작별 인사를 하고, 아버지와 형 사이에 자리잡았다. 코르시카 귀족을 대표하여 베르사유에 다녀온 아버지에게는 더욱 더 자신만만함과 우아함이 느껴졌다. 외삼촌 조제프 페쉬와 사촌 오렐 바레즈도 함께 떠났다. 조제프 페쉬는 엑스의 신학교에서 공부할 예정이고, 오렐은 마르뵈프 주교의 부집사로 임명되었다.

아이는 눈물 흘리지 않았다.

마르세유를 향해 물살을 가르는 배 위에서, 코르시카가 멀어지는 모습을 바라보았다. 코르시카가 시야에서 사라진 한참 후에도, 그는 고향땅의 향기를 들이마셨다.

오탱의 교실, 샤르동 사제가 불어수업을 하고 있을 때 아이는 입을 벌리고 눈길을 먼 데 고정시킨 채 고향을 생각했다.

선생님의 호통에 아이는 깜짝 놀라며 모국어 억양이 섞인 어조로 단호하게 대답했다.

"선생님, 저는 다 알아요."

학교에서 가끔 형과 고향 얘기를 나누는 게 유일한 낙이었던, 고독한 아이는 불어를 빨리 배웠다.

조제프, 그는 동생과의 싸움을 기억할까? 때로 격하고 투쟁적인 동생을 그는 얼마나 두려워했던가?

그는 그들에게 수학을 가르쳤던 레코 사제를 기억할까? 나폴레옹은 그 과목에서 뛰어났으며, 셈을 무척 좋아했다.

그는 레코 사제가 학급 학생들을 카르타고와 로마로 나누었던 일을 기억할까? 조제프는 로마 편이었고, 나폴레옹은 패자 카르타고 편이었다. 그러나 나폴레옹이 화를 내며 우겨대어, 할 수 없이 그가 카르타고 편으로 가고, 나폴레옹은 승자인 로마 편으로 옮겨갔던 일.

오탱 학교에 오기 이 년 전, 1777년 5월 5일의 축제를 기억할까? 한 소작인이 젊고 팔팔한 두 마리 말을 아작시오로 끌고 왔던 일을. 농부가 잠시 자리를 뜨자마자, 나폴레옹은 말에 올라타고 질주하지 않았던가?

당시 나폴레옹은 여덟 살이었다. 자주 농장에 놀러 가서 농부들과 어울리곤 했던 아이는 방앗간에서 하루에 밀을 얼마나 빻는가를 정확하게 알아맞혀 농부를 놀라게 하기도 했다.

이 반항적인 아이는 뛰어난 두뇌와 강인한 의지의 소유자였다.

오탱 학교에 머무는 동안, 그는 빠른 속도로 불어 — 마르뵈프 총독의 언어이자, 왕의 군대의 언어이고, 파스칼 파올리를 격파한 승리자들의 언어 — 를 정복했다.

샤르동 사제는 고백했다.

"나는 그를 삼 개월 동안 데리고 있었다. 삼 개월 동안 그는 불어를 정복했다. 그는 자유롭게 말할 수 있게 되었고, 간단한 작문과 시를 쓸 수 있을 정도였다."

아버지가 귀족가문이었기 때문에, 나폴레옹은 브리엔 왕립 군사학교에 들어갈 수 있었다. 오탱 학교의 학생부에 교장은 이렇게 썼다.

〈네아폴레오네 드 보우나파르테, 3개월 20일 학습, 111리브르* 12수* 8드니에*를 장학금으로 지급함.〉

'보우나파르테', 이 이방의 아이 이름은 이렇게 아무렇게나 불려졌다!

아이는 주먹을 불끈 쥐었다. 오탱 학교의 뜰에서, 그는 자신을 브리엔으로 데려갈 마차를 기다렸다. 감정에 끌려 나약해지지 않기 위해, 가슴을 활짝 폈다.

사제직을 밟을 조제프는 이 학교에 남아 고전 공부를 계속할 것이다. 조제프는 슬퍼하며 나폴레옹을 껴안았다.

나폴레옹은 이것이 가족과의 마지막 포옹이 될 것임을 알고 있었다. 이제 몇 년 동안 그는 프랑스인들 속에서 홀로 살아가야 했다. 바다로부터 멀리 떨어진, 샹파뉴의 차가운 빗줄기와 질퍽한 땅으로 더욱 깊숙이 들어가는 것이다. 겨우 그들의 언어를 배웠을 뿐이지만, 그는 두려워하지 않았다.

훗날 조제프는 이렇게 말했다.

"나는 울음을 터뜨렸다. 나폴레옹은 단 한 방울의 눈물을 흘렸지만, 그마저도 보이지 않으려 애썼다. 나폴레옹이 떠난 후, 우리의 작별을 지켜보던 교감 시몬 사제가 내게 말했다. '그 아이는

---

* 1리브르는 백 프랑, 1수는 1/20프랑, 1드니에는 1/12수.

단 한 방울의 눈물을 흘렸지만, 그것은 네가 흘린 많은 눈물보다 이별의 슬픔을 더 잘 드러낸 것이었다.'"

아이는 샹포 씨에게 맡겨졌다. 샹포는 그를 투아지 르 데제르에 있는 자신의 성으로 데려갔다.

나폴레옹은 그곳에서 지금껏 알지 못했던, 그가 아직 풍습을 모르는 프랑스 귀족가문의 세계를 만났다.

그는 말없이 따랐지만, 내면은 더욱 굳어져갔다. 그는 전원 속에서 오랫동안 산책하며 아름다운 계곡들에 경탄했다.

그는 코르시카의 태양이 작열하는 가파른 풍경과 무화과나무들을 생각했다. 무화과의 붉은 과육에 침을 흘리며 나무 위로 기어오르던 일들. 때로 갑자기 나타난 어머니에게 뺨을 맞던 일.

어머니에게 혼나면서도, 손가락 사이에 들러붙은 과일의 하얀 수액에 행복해하던 날들!

그러나 아무것도 내보여서는 안 된다. 입은 굳게 닫고, 귀를 기울여, 들려오는 새로운 단어들의 의미를 추측하며, 새로운 표현들을 포착해야 했다.

삼 주 후, 몸져누운 샹포는 마르뵈프 주교의 수석 부사제 에메 도베리브를 불렀다. 샹포의 부탁을 받은 에메 신부는 나폴레옹을 브리엔까지 데려가기 위해 투아지 르 데제르로 왔다.

1779년 5월 15일이었다. 나폴레옹 보나파르트, 침울한 시선의 아이는 그렇게 군사학교에 들어갔다.

2
고독한 아이

아이는 혼자 남았다.

에메 사제가 그를 브리엔 왕립 군사학교 교장과 마주 앉혀놓고 멀어져 갈 때, 아이는 사제를 따라 돌아가고 싶은 마음을 억누르기 위해 무척 애써야 했다.

교장 르뢰는 너무도 이상한 이름을 어렵사리 발음하며 물었다.

"나폴레오네 디 부오나파르테, 맞나?"

그는 자신을 관찰하는 교장의 시선을 느끼며 침묵을 지켰다. 넓은 어깨와 작은 키의 그는 자신의 신체 조건을 알고 있었다. 그는 넓은 이마와 총기 있는 눈이 특히 부각되는 얼굴 표정을 보이지 않으려고 입술을 오므렸다. 혼자 남겨진 이 재미없는 나라 프랑스에서, 사람들이 그의 올리브색 피부에 재미있어한다는 사실도 알고 있었다. 오텡 학교에서 사람들은 그의 노란 피부에 대해 묻곤 했다. 무얼 먹고 자랐길래 이렇게 노란색이 되었지? 염소젖과 기름만 먹었나? 질문의 의미를 정확하게 이해하진 못했지만, 그들이 빈정대고 조롱한다는 것은 느낄 수 있었다.

— 크림과 버터를 먹는 프랑스 사람들, 그들이 올리브의 기름진 맛과 돌 위에 말린 치즈 맛을 알기나 하겠는가?

그는 말없이 주먹을 불끈 쥐었다.

그는 교장을 따라, 좁은 문들이 나 있는 차가운 긴 복도를 걸었다.

르뤼 교장은 걸으면서, 그가 귀족 출신인데다가 프랑스 귀족이며 군 법무관인 오지에 드 세리니 판사가 보증을 서준 덕분에 특별히 선발되었다고 알려주었다. 특히, 판사의 질문에 아버지 샤를이 대답을 잘했기 때문이라며, 판사와 아버지의 문답을 들려주었다.

"이탈리아어로 '나폴레오네'인 아드님의 '세례명'을 불어로는 어떻게 불러야 좋겠습니까?"

아버지는 대답했다.

"나폴레오네는 세례명이 아니라 '이름'입니다."

거기까지 말한 교장 르뤼가 몸을 돌려 그를 바라보았을 때, 아이는 고개를 숙이지 않았다. 교장은 입가의 웃음기를 지우며, 학교의 규칙을 말했다.

〈개성을 죽이고, 자존심을 누를 것.〉 육 년의 학업기간 동안 휴가는 없었다. 〈스스로 단정하게 옷을 입을 것이며, 집에서처럼 누가 챙겨주기를 기대해선 안 됨. 열두 살까지 머리를 짧게 자를 것. 열두 살이 되면 머리를 기르고, 일요일과 축제 때만 분을 바를 것.〉

그는 아직 열 살도 안 되었기 때문에 머리를 짧게 잘라야 했다.

교장 르뢰가 발걸음을 멈추고 문을 열었다. 그리고는 그가 방으로 들어갈 수 있게 몸을 비켜주었다. 두어 발자국 내딛어 배정된 방에 들어선 그는, 고향집 자신의 방을 떠올렸다. 마음대로 놀 수 있도록 어머니가 가구들을 치워주었던 넓은 방, 그리고 셈에 몰두하던 판자 오두막. 툭 트인 지평선과 바다를 향해 열린 코르시카의 거리도 떠올랐다.

그에게 주어진 방은 2평방미터도 되지 않는 골방이었다. 가구는 X자 가죽침대와 물병, 세숫대야가 전부였다. 문을 잡고 선 르뢰가 다시 규칙을 말했다. 아무리 추운 계절이라도 병에 걸린 경우가 아니면 담요는 한 장밖에 사용할 수 없다는 것이었다.

나폴레옹은 몸을 돌려 교장을 정면으로 바라보았다.

르뢰는 침대 곁에 달려 있는 벨을 보여주었다. 방은 밖에서 빗장으로 잠길 것이며, 필요하면 복도를 감시하는 사환을 불러야 한다.

나폴레옹은 소리를 내지르고 도망치고 싶은 충동을 가까스로 억누르며, 교장의 말에 귀를 기울였다.

집에서 그의 별명은 '라불리오네'였다. '모든 것을 건드리고 참견하는 사람'이라는 뜻이다.

그러나 여기에서는 규칙과 규율이 그를 구속했다. 잠자리에서 일어나자마자 방을 나와야 하고, 잠잘 때만 들어와야 하며, 늘 도서실에서 공부하거나 운동장에서 몸을 단련해야 한다. 학생들은 특히 힘과 민첩성을 기르는 데 적합한 운동을 해야 한다.

복도에서 발자국 소리가 들려왔다. 다른 학생들이 학교에 도착한 것이다. 그는 그들의 옷차림을 바라보며, 얼마나 부유한 가문의 자제들인지 가늠해보았다. 그들의 어조로 판단컨대, 모두가 프랑스인이며 고위 귀족 출신인 듯했다.

그는 혼자라는 사실을 더욱 뼈저리게 느꼈다. 교장은 덧붙였다.

"일 주일에 두 번 속옷을 갈아입어야 한다."

그는 교장을 따라 식당으로 들어섰다. 식당은 천장이 높았다. 새로 입학한 백여 명의 학생들이 여러 개의 큰 식탁에 모여 앉아, 선생들의 지도에 따랐다. 점심과 간식으로 빵과 물, 과일이 나오고, 아침 저녁 두 끼의 식사에는 고기가 나왔다.

그는 학생들 사이에 앉았다. 그들이 그를 바라보더니 물었다.

어디 출신이니? 이름은? 나폴레오네? 아이들은 웃음을 터뜨렸다.

"너절한 촌놈."

그들은 내뻠 그렇게 놀려댔다.

— 나는 그들을 증오한다.

그는 이방인이었다.

지리 선생들은 프랑스가 이미 정복한 코르시카를, 아직도 이탈리아 속국으로, 이방의 나라라고 가르치고 있었다.

나폴레옹은 그런 모순을 기꺼이 받아들였다. 그는 그들을 무시하고 스스로를 고립시키는 것으로, 자신의 보호막을 삼았다. 누구든 그 보호막을 뚫으려는 자에게는 과감히 맞서 싸웠다.

그에게 덫을 놓는 자도 있었다. 1782년 6월, 새로 입학한 한 학생이 그에게 다가왔다. 아이들은, 코르시카 북부 바스티아 사령관의 아들인 이 발라티에 드 브라젤로네가 '너절한 촌놈' 나폴레오네에게 자신을 소개하게 했다. 그는 자신이 제노바 출신이라고 소개했다. 나폴레옹은 반가운 마음에 즉각 이탈리아어로 물었다.

"세이 디 케스타 말레데타 나치오네?(너 이 저주받은 나라 프랑스를 좋아하니?)"

발라티에는 미소지으며 대답했다.

"그럼."

격분한 나폴레옹이 달려들어 머리칼을 움켜쥐고있다. 선생들이 달려와 둘 사이를 떼어놓을 때에야, 열두 살의 코르시카 애국자 나폴레옹은 손을 풀었다.

아직 불어 철자법에 익숙지 않은 그는, 실수를 감추기 위해 일부러 다른 사람이 알아보기 힘들게 글씨를 쓰기도 했다. 그래도 문체는 점점 뚜렷해졌고, 넓어지는 그의 생각과 더불어 문장도 점차 다듬어졌다.

고독한 아이, 그는 패배자 코르시카 출신이라는 조건을 이기려 애썼다.

— 이방인? 그럴지도 모른다. 그러나 결코 굴복할 수는 없다.

드물지만 그와 대화를 나누는 몇몇 학생이 있었다. 그중 하나인 부리엔에게 그는 속마음을 털어놓았다.

"언젠가 나는 코르시카를 해방시키고 말 거야! 누가 알아? 한 제국의 운명은 흔히 한 사람에게 달려 있거든."

독서광인 그는 플루타크를 읽고 또 읽었다. 그는 역사 과목을 좋아했으며, 수학에 뛰어난 재능을 보였다. 그가 대수와 기하, 삼각법과 원추곡선 문제들을 풀어내는 걸 보고, 수학 선생 파트로는 '기하학에 관한 한 특별한 소질이 있는 녀석'이라고 중얼거렸다.

그는 토론 시간이 가장 즐거웠다. 추상적인 정신 영역을 좋아하는 그로서는 토론을 통해 모멸과 억압으로 가득 찬 내면세계를 해방시킬 수 있기 때문이었다. 플루타크의 『영웅전』도 좋았다. 상상이 아닌 또다른 현실세계로 탈출할 수 있기 때문이었다. 플루타크의 세계는 실제로 존재했던 역사다, 따라서 재현될 수도 있다, 그와 더불어.

『영웅전』을 읽으며, 그는 자신을 영웅들과 동일시하고 그들의 운명을 추적했다. 그는 스파르타인이 되고, 카토(로마 정치가)가 되고, 브루투스, 레오니다스(스파르타 왕)가 되었다.

그는 플루타크를 들고 정원을 거닐었다. 그를 부르는 친구는 아무도 없었다. 그는 개의치 않았다. 몇 달이 지나면서 그는 자만심 속에서 막연히 느끼던 것들이 사실임을 확신했다. 대부분, 아니 모든 학생들보다 자신이 뛰어났던 것이다. 자신감 속에서, 누군가 말을 걸어오면 그는 기꺼이 응해주었다. 그의 성격은 날카롭고 공격적이 되었으며, 굴복하기보다는 명령했다. 그는 스스로 판단하고 선고했다.

　　때로, 그는 복도에서 방으로 미끄러져 들어가는 발자국 소리를 들었다. '님프'들이었다. 그들은 한밤중 짝을 찾는 기괴한 습성을 지닌 학생들이었나.

　　나폴레옹도 그들의 표적이었다. 섬세한 용모와 매력, 대담성을 지닌 그를 녀석들은 쉽게 포기하지 않았다. 그는 유혹자들을 단호하게 뿌리치고, 녀석들과 맞붙어 싸워 내쫓고 모욕을 주었다. 그는 몇몇 선생들에게도 '수도원의 혼돈과 악습'이 몸에 배어 있음을 알게 되었다. 그는 그들에 대항하여 싸울 것을 결심하고, 새로 부임한 교장 베르통을 보좌하는 선생들에 대한 반란을 주도했다. 그는 징계당했다. 하지만 울지 않고 이를 악물며, 자기를 억압하는 선생에게 과감히 대들었다. 선생은 흥분해서 소리쳤다.

　　"감히 나에게 말대답을 하다니, 넌 도대체 어떤 놈이냐?"

　　나폴레옹이 강한 어조로 대답했다.

　　"인간입니다."

　　그는 굽힐 줄 모르는 아이였다. 그의 의지 아래 잠복되어 있던 강렬한 감성은 때로 용암처럼 분출하며 모든 것을 쓸어버렸다.

　　어느 날 저녁, 담당선생이 독서하던 그를 붙잡아, 식당 앞에서 무릎을 꿇고 밥을 먹으라는 벌을 내렸다. 그는 더러워진 옷차림에 해진 장화를 신고 벌에 임했다.

　　진정 인간적 대접을 바라는 자는 조용히 행동에 옮기는 법이다.

식당 앞에서 무릎 꿇고 밥을 먹던 나폴레옹은 갑자기 소리치면서 땅에 뒹굴며 먹은 것을 다 토해내었다.

수학 선생 파트로가 달려와, 그의 가장 뛰어난 학생을 이렇게 다루는 데 화를 냈다. 교장도 벌이 지나쳤음을 인정하고 벌을 취소하였다.

한 인간으로서의 권리를 되찾은 아이는 벌떡 일어섰다. 그는 굴복하지 않는, 더욱 거칠고 단호해진 자신을 발견했다.

타인들과 고립되어 섬처럼 홀로 선 사람, 이것이 청소년기 그의 모습이었다. 그것은 스스로의 선택이기도 했다.

그 무렵, 교장이 학생들에게 학교 주변의 넓은 땅을 나누어주겠다고 말했다. 학생들은 땅을 자유롭게 사용하며 마음대로 일구고 경작할 수 있었다. 특히, 방학이 없는 대신 수업일정이 느슨한 9월에 보다 자유롭게 이용할 수 있었다.

나폴레옹은 긴장한 얼굴로 눈을 빛내며 교장의 말에 귀를 기울였다.

교장 베르통이 사라지자마자, 그는 동료들에게 다가가 얘기를 나누었다. 평소 거리를 두던 동료들에게까지 접근하여, 며칠 친하게 지내는 듯싶더니 다시 예전처럼 거리를 두었다. 그는 자신이 원하던 것을 손에 넣었다. 두 학생이 자신들에게 할당된 땅을 그에게 양보했던 것이다.

그후 몇 주 동안 그는 기회가 있을 때마다 땅을 손질하였다. 점차 그곳은 일종의 요새로 바뀌었다. 말뚝을 박고 울타리를 세우고 땅을 갈아 관목들도 심어서, 그는 자신만의 섬을 만들었다. 그곳은 곧 은신처가 되어, 휴식시간 중 그는 그곳에서 독서하고 명상에 잠기며 홀로 시간을 보냈다.

여름에는 무성해진 관목들의 푸른 잎 그늘 아래서, 그는 마음껏 향수에 젖을 수 있었다. 샹파뉴 지방은 여름이 찾아와도 싱그러움을 느낄 수 없었다. 대체로 서글프고 단조로웠다. 샹파뉴 하늘은 늘 구름에 가려 있어, 구름 한 점 없는 남국의 강렬한 청색 하늘은 볼 수 없었다.

고향집 뒤뜰의 판자 오두막이 떠올랐다.

훗날 그는 이렇게 술회했다.

"유년기에 마음껏 뛰어다니던 들판을 잃는다는 것, 고향에서 살지 못한다는 것, 그것은 조국을 잃는 것이다."

이런 몽상의 순간, 그는 잠시 나약해지기도 했다. 하지만 간혹 그만의 섬인 은둔처로 다가오는 녀석들은 그의 주먹과 발길질 세례를 받고 물러가야 했다. 몇 놈이든 상관없었다. 나폴레옹이 분노와 결단력 앞에서는 물러날 수밖에 없었다. 그의 특별한 왕국은 침범할 수 없다는 사실을, 그들은 인정할 수밖에 없었다.

그는 후에 말했다.

"동료들은 나를 좋아하지 않았다."

아니, 동료들은 그를 증오했다. 그는 자부심 강하고 예민하며, 거만하고 고독한, 다른 인간이기 때문이었다.

그는 그 대가를 지불하기도 했다.

군사학교 학생들은 몇 개의 중대로 구성되는 대대로 편성되어, 훈련하고 사열했다. 각 중대는 학업성적에 따라 선발된 생도가 중대장을 맡았다.

성적이 우수한 나폴레옹은 그 중대장 생도 중 하나였다.

학생 참모부가 그를 소환했다. 열세 살의 학생들로 구성된 참모부는 대단한 권위가 있었다. 그들의 선고는 그대로 규율이었다. 나폴레옹은 오만함이 느껴질 만큼 당당한 태도로 그들의 선고를 묵묵히 들었다.

동료들과 우정으로 연대하기를 거부하고 거리를 두는 나폴레오네 부오나파르테는 지휘할 자격이 없다고, 그들은 선언했다.

그들은 그를 강등하고 중대장 직위를 박탈한다며, 맨 뒷줄에 가서 설 것을 선고했다.

그는 경청했다. 그는 이 모욕에 반응을 보이지 않았다. 아무런 대꾸 없이 그대로 대열을 향해 돌아섰다. 동료들의 수많은 눈길이 그를 따랐다. 대열을 향해 걷던 나폴레옹은 자신의 자리인 중대장 위치에 섰다. 아무 일도 없었다는 태도였다. 동료들은 웅성거리며 그의 단호함을 찬양했다. 그날 이후 동료들은 그에게 존경을 표했다. 저항할 줄 아는 그의 용기를 인정한 것이다.

이후 그는 그들의 존경을 받아들여 몇몇 놀이에 참여했다. 1783년 겨울에는 학교 운동장의 요새 축조와 눈싸움을 지휘했다.

그러나 그는 동료들 사이에서 여전히 범접할 수 없는, 바위 같은 존재였다. 해가 갈수록, 그는 더욱 다른 인간으로 느끼게 하는 사람이었다. 그로서는 체질적으로 다른, 이 프랑스인들의 환희에 공감하며 참여할 수가 없었다.

모든 학생들처럼 그도 의무적으로 미사에 참여하여 기도드리고 성체를 모셔야 했다. 그럼에도 그는 몇 년 동안을 함께 지낸 동료들과의 연대를 거부하며 받아들이지 않았다.

— 명령하는 것은 좋다, 그러나 그들 속에 섞이는 것은 절대로 싫다.

1782년, 그는 열세 살의 야윈 학생이었다. 너무 빳빳하고 멋대로 뻗은 그의 머리칼을 보다 못한 이발사가 규율을 어겨가며 다듬어주어야 했다.

그해 9월, 군사학교 부감독관 준장 케랄리오 기사가 학교 순시 중 브리엔에 당도했다. 그는 생도들을 불러, 서류를 보며 교육결과를 점검했다. 그는 병사들처럼 도열한 아이들에게 질문을 던졌다.

보나파르트는 바다와 전함을 꿈꾸어왔다. 실제로 코르시카 출신의 여러 귀족들이 프랑스 황제의 군함에서 복무하였다. 그라고 왜 안 될 것인가? 무엇보다 그는 지중해의 하늘을 다시 보고, 프로방스에서 코르시카에 이르는 해안들을 항해하기를 희망했다.

케랄리오 기사는 그와의 면담에 만족했다.

〈이 생도는 자격이 있으며 수학에 뛰어나다. 체격이 좋고, 단련된 체력에, 키가 1.58미터에 이른다. 다만 여가 활동과 라틴어에 약하다.〉

케랄리오 기사는 나폴레옹 보나파르트를 가능한 한 빨리 파리 사관학교로 보낼 것을 결정했다. 파리 사관학교, 그곳은 전국 군사학교의 장학생들이 모여드는 젊은 엘리트들의 집합소였다. 그곳을 마치면 남프랑스의 항구 툴롱에 배치될 것이다.

그 결정에 나폴레옹은 열광했지만, 조금도 내색하지 않았다. 이제 브리엔에서는 몇 달만 보내면 된다. 그는 은신처로 성큼성큼 다가가 들뜬 마음을 진정시켰다. 드디어 미래가 바다처럼 끝없이 열린 듯했다.

그러나 몇 달을 기다려도 소식이 오지 않았다. 희망이 사라졌다는 생각이 들자, 그는 다시 굳어졌다. 훗날 그 이유를 알게 되는데, 케랄리오는 1783년 다른 감독관 레노 데 몽으로 교체되었으며, 레노는 보나파르트가 파리 사관학교에 입학하기에는 아직 어리다고 판단했다. 게다가 레노는 그의 해군 지원을 기각하고 포병대로 바꾸어놓았다. 이유인즉, 포병대는 보나파르트처럼 수학에 뛰어난 학생들에게 적합한 유능한 집단이라는 것이었다. 아무튼 새 감독관은 그가 브리엔을 떠나기에는 아직 이르다고 결정했다.

〈나폴레오네 부오나파르테는 브리엔에서 사 년을 조금 넘겼을 뿐이다. 더 기다려야 한다!〉

분노와 인고의 세월이 지속되었다. 보나파르트는 그만의 은신처에 칩거했다. 이제 브리엔 학교에서는 배울 게 없다고 생각했다. 그는 수학 강좌만 들었다. 라틴어에는 별 흥미가 없었고, 다른 모든 과목은 잘 알고 있었다. 독서로 소일했다. 그는 답답함에 괴로워했고 학교의 일상에 참여하지 않았다.

1784년 8월 25일, 성 루이 축제날, 학생들은 '우리 아버지, 루이 16세'를 찬양했다. 그는 축제 행렬에 끼지 않았다. 복도는 노랫소리로 요란하고, 거리에서는 폭죽이 터졌다.

갑자기, 큰 폭음이 들려왔다. 학교 이웃 사람이 발사한 폭죽의 불꽃이 화약 운반차에 떨어져 폭발한 것이다. 공포에 질린 학생들이 우왕좌왕 도망치다가, 보나파르트의 은신처 울타리와 나무들을 쓰러뜨리며 짓밟았다

그만의 영역을 지키기 위해, 그는 곡괭이를 들고 달려나왔다. 그들이 느끼는 공포 따위는 안중에 없었다.

학생들이 그에게 욕설을 내뱉으며 비난했지만, 그는 곡괭이를 치켜들었다. 학생들은 그의 이기주의와 가혹함을 욕하며, 코르시카 독립을 꿈꾸는 공화주의자인 이 '너절한' 이방인이 프랑스 왕을 기리는 축제를 고깝게 생각하는 것이라고 비난했다.

나폴레옹은 대꾸하지 않았다. 다만 브리엔에 더 머물러야 한다는 생각에 분노가 치밀 뿐이었다. 여기서 벗어나기 위해 얼마나 더 기다려야 하나. 그는 초조함을 누르고, 더욱 자신을 통제하고 다스려야 했다. 이제 그는 열다섯 살이며, 가문의 운명을 책임져야 할 남자가 되었던 것이다.

게다가 이제 그는 혼자가 아니었다. 그해 6월, 동생 뤼시앵이 브리엔 군사학교에 입교했던 것이다.

그날은 정말 감동적이었다.

6월 21일, 부름을 받고 나간 그는 오 년 전 그가 혼자 서 있었던 큰 홀에, 아버지와 동생 뤼시앵이 서서 그를 기다리고 있는 걸 보았다. 오 년이 넘도록 집안 식구를 보지 못했지만, 나폴레옹은 그들에게 달려가지 않았다. 감정에 지는 모습을 보여주고 싶지 않았던 것이다.

 그는 아버지 샤를을 바라보았다. 큰 키에 깡마른, 재미없는 아버지를 다시 만난 것이다. 샤를이 쓰고 있는 말 편자 모양의 가발에서 두 개의 검은 비단 끈이 삐져나와 가슴 장식과 어우러져 있었다. 그는 아버지와 오래 헤어져 있었다는 생각이 전혀 들지 않았다. 여전히 우아한 샤를은 장식단추가 달린 비단옷을 입고, 허리에는 칼을 차고 있었다.

 손색 없는 차림새였지만, 코르시카 출신으로서 어쩔 수 없는 특징이 눈에 들어왔다. 노란 피부색이었다. 샤를은 딸 마리아 안나 엘리자와 두 사촌누이를 생 시르에 데려다주고 오는 길이라며, 건강이 좋지 않다고 말했다. 위장병이 악화되어, 먹은 걸 전부 토한다는 것이었다.

 나폴레옹이 아버지의 말을 듣고 있는 동안, 동생 뤼시앵은 그를 관찰했다. 동생은 애정이나 기쁨을 전혀 드러내지 않는 형의 냉정함에 놀랐다.

 아버지는 그에게 형 조제프도 군대 경력을 밟기 위해 오탱 학교를 떠나기로 결정했다는 소식을 전해주었다. 아버지의 말에, 나폴레옹은 권위 있고 자신감 있는 태도로 자기 의견을 개진했다. 아버지의 병 때문에, 이제는 그가 가장 역할을 해야 한다는 듯한 태도였다.

 면회는 길지 않았다. 샤를은 파리에 갔다가 코르시카로 돌아가는 길에 다시 들르겠다고 말했다.

나폴레옹은 아버지를 마차까지 배웅했다.

말들이 움직이기 시작한 뒤에야 그는 뤼시앵에게 몸을 돌려 선생 같은 어투로 말을 건넸다.

열다섯 살에, 그는 가문에서 자신의 위상을 인식하였다.

아버지가 다녀간 며칠 후인 1784년 6월 25일, 그는 펜을 들었다.

그의 글씨체는 기울어 있고 틀린 문장도 없지 않았지만, 표현은 분명하며 생각은 강력했다. 이제 열다섯 살의 성인으로서, 외삼촌 페쉬에게 자신의 의사를 밝히는 편지였다. 그는 여러 식구들, 특히 동생 뤼시앵과 형 조제프를 나름대로 판단하고 있다. 감정보다는 이성을 앞세우는 그의 문장에서 성숙한 인간의 모습이 드러나 있다.

겨우 열다섯 살의 소년이 스스로 생각하며 홀로 판단력을 키워 나가는 것이다! 그는 주변 사람들을 관찰하고 비판하면서, 스스로의 세계관을 구축해왔다. 때로 밀려드는 향수와 슬픔에 침몰당하지 않기 위해, 무리들에 휩쓸리지 않기 위해, 그는 스스로를 지키고 단련시켜야 했다. 그런 그가 이제 자율적이고 독립적이며, 분석하고 결론을 내릴 줄 아는 인간이 된 것이다.

〈외삼촌께. 아버지께서 브리엔에 다녀가셨음을 알려드리기 위해 편지를 씁니다. 아버지는 뤼시앵을 이곳에 남겨두고 가셨어요. 뤼시앵은 이제 아홉 살이고, 키가 1미터 10센티입니다. 그는 라틴어 반이며 여러 과목들을 배울 것입니다. 그에게는 소질이 있고 의지가 강합니다. 잘 되기를 바랄 뿐입니다. 그는 잘 견뎌내고 있습니다. 조금 덤벙대는 게 흠이긴 하지만 무던하고 활달한 성격 덕분에 사람들이 그를 좋아합니다. 그는 이탈리아어는 완전히 잊고 불어를 잘합니다. 형 조제프는 외삼촌께 편지를 드리지 않았으리라 생각됩니다. 당연합니다. 형은 아버지께도 두 줄 이상은 쓰지 않습니다. 사실 편지를 쓰지 않았다는 것은 단지 그 행동 이상을 의미하는 것이죠…… 외삼촌께서도 아시다시피 형은 본래 성직을 선택했습니다. 왕을 섬기게 될 때까지 성직을 계속하겠다고 고집했지요. 하지만 이번의 형 생각은 여러 면에서 틀렸어요…… 형은 위험에 맞설 만한 과감성이 부족합니다. 게다가 체력이 약해서 고된 훈련을 받아낼 수도 없습니다. 형은 군대를 병영생활로만 판단하는 것 같습니다…… 형은 사회생활은 잘 할는지 모르지만, 전투에서도 그럴까요?〉

나폴레옹은 빠르게 자신의 생각을 이어나갔다. 수학을 모르는 조제프는 해군이나 포병대 장교가 될 수 없을 것이었다. 그러면 보병대는?

〈좋아요. 무슨 말씀이신지 알겠어요. 하지만 형은 아무것도 하지 않고 빈둥거리며 지내기를 바라나 보죠. 길바닥이나 두드려대면서요…… 보병대의 비쩍 마른 장교라니. 형의 판단은 4분의 3 정도는 잘못된 동기예요. 아버님도, 어머님도, 외삼촌도 그런 것은 바라시지 않잖아요? 형이 이제까지 경솔하게 낭비한 세월로도 충분하니까요.〉

동생이 형에 대해 이렇게 말하고 있다! 이 소년은 집안에 대한 책임감을 느끼며, 자신이 가장인 듯 처신하고 있는 것이다.

며칠 후 나폴레옹은 다시 펜을 잡았다. 그는 실망했다. 아버지가 브리엔에 들르지 않고, 파리에서 곧바로 코르시카로 돌아갔기 때문이다.

〈아버님께. 잘 아시겠지만, 아버님 편지는 저를 즐겁게 하지 못했습니다. 그러나 아버님께서 서둘러 코르시카로 돌아가신 것은 아버님 건강과 집안 일 때문이라 생각하며 마음을 달랩니다. 더구나 아버님께서 저를 위해 애쓰신다는 걸 잘 알고 있습니다. 그 점에 대해 저는 무척 만족하고 편안하게 느낍니다. 다만 물이 바뀌어 아버님 건강이 악화된 건 아닌지, 걱정이 됩니다. 아버님께 존경과 영원한 사랑을 보냅니다.〉

그는 사랑할 줄 아는 아들이며, 집안에 애정을 지니고 부모를 공경하는 아들이고, 그가 브리엔에서 벗어나 사관학교에 갈 수 있도록 애쓰는 아버지의 노력에 감사할 줄 아는 아들이었다. 그러면서도 형 조제프의 진로에 대해 조언을 계속했다. 그는 형이 꼭 군사학교에 입교할 거라면, 메츠보다는 브리엔에 진학하기를 바랐다. 형과 그 자신, 뤼시앵 모두에게 위안이 될 것이라는 이유였다. 또한 그는 아버지에게 코르시카에 대한 책들을 보내달라고 부탁했다.

〈걱정하실 것 없습니다. 책은 잘 보관했다가, 육 년 후쯤 코르시카에 갈 때 가지고 가겠습니다.〉

그는 글을 맺으며, 가족에게 사랑을 표현하는 것도 잊지 않았다.

〈안녕히 계십시오, 사랑하는 아버지. 뤼시앵 기사도 아버님께 진정한 사랑을 보냅니다. 그는 공부를 매우 잘하고, 훈련도 잘 받아냅니다.〉

편지 말미에, 그는 모든 식구와 아주머니들에게도 존경의 인사말을 건네고 서명했다.

〈겸손하며 상냥한 나폴레오네, 부오나파르테 가문의 둘째아들로부터.〉

그런데 아버지에게 보내는 이 편지에서, 그는 일견 대수롭지 않게 썼지만 자신의 기대감을 잘 표현해주는 한 문장을 빼놓지 않았다.

〈감독관이 이 달 15일이나 16일쯤 학교를 방문할 예정이라 합니다. 그가 다녀가면, 곧 아버님께 소식 전해드리겠습니다.〉

기대대로, 그는 감독관 레노 데 몽 앞에 출두했다. 레노는 장관으로부터 지방학교의 장학생 중 재능과 지식, 품행뿐만 아니라 수학에 재능이 있는 학생들을 파리 사관학교로 입교시키라는 명령을 받고 온 터였다.

1784년 9월 브리엔을 순시한 레노는, 성 프랑수아 드 폴 회 학생 다섯 명을 파리로 보낼 예비 사관생도로 선발했다. 몽타르비드 당피에르는 기병대, 카스트르 드 보는 공병대, 나머지 세 명은 포병대에 배속된 생도들이었다. 로지에 드 벨쿠르와 드 코맹주, 그리고 나폴레오네 부오나파르테가 그들이었다.

자신의 이름을 듣는 순간, 소년은 만족스레 머리를 치켜들었다. 그의 번쩍이는 시선 속에서만 그의 감동을 읽을 수 있었다.

그는 이 출발이 무엇을 의미하는지 잘 알았다. 브리엔의 판에 박힌 생활과 낯익은 장소, 너무 우울한 풍경들에서 빠져나오는 것이다. 다만 아직 어린 뤼시앵을 남겨두고 떠나는 것이 마음에 걸렸지만, 일 년 안에 장교 계급을 따낼 결심에 모든 것을 묻어야 했다. 그러면 형 조제프가 장학금을 받아 브리엔에 와서 파트로 선생의 수학 강의를 들을 수 있을 것이다.

나폴레옹은 기쁨을 내보이지 않았다. 그는 여유있게 뒷짐을 지고 천천히 운동장을 거닐었다. 하나의 벽을 넘어섰다. 계속 진군할 것이다. 이제 모든 곳으로의 길이 열린 것이다.

그러나 아직 기다려야 했다. 하루하루가 엄청나게 길게 느껴졌다. 〈짐은 총감독관 탱브뢴 발랑스 경에게 청하노라. 경은 짐의 사관학교 생도반에, 1769년 8월 15일생 나폴레오네 디 부오나파르테를 받아들이고, 그에게 입교를 통보하기를 청하노라〉라고 쓰여진 루이 16세의 입교 허가 통지서가 날아온 것은 1784년 10월 22일이었다.

입교 통지서를 받고 여드레가 지난 10월 30일, 나폴레옹은 네

명의 동료와 인솔 사제와 함께 브리엔을 떠났다.

그들은 노장까지 마차를 타고, 그곳에서 파리행 거룻배에 올랐다.

짙은 회색 하늘은 간간이 비를 뿌렸다. 잔잔히 흐르는 물살에 떨어지는 빗줄기가 상념에 젖어들게 했다.

그러나 열다섯 살 사관생도가 우수에 젖을 수 있겠는가? 그는 프랑스 왕국의 수도로 가는 중이며, 왕이 그를 왕국의 가장 권위 있는 사관학교의 장학생으로 맞아준 것이다.

이방인, 패배한 조국 코르시카의 시민 나폴레옹, 그가 성취한 것은 바로 이것이었다. 그는 욕망할 줄 알았다.

그는 말했다.

"나는 욕망한다."

3
나는 욕망한다

나폴레옹은 파리를 걷고 있었다. 작은 키에 갈색 피부. 붉은 장식이 달린 바지를 입은 그의 우수 띤 표정이 엄숙해 보였다. 그러나 그의 눈길은 도시를 집어삼킬 듯했다. 자주 그는 걸음을 멈췄다. 인솔 사제를 뒤따르는 브리엔의 동료 생도들과의 거리가 점점 벌어지고 있었지만, 그는 관심이 없었다.

나폴레옹은 홀로 느끼고 싶었다. 그를 도취시키는 이 광경을 홀로 만끽하고 싶었다. 표정에 드러내진 않았지만, 내심 그는 팽팽한 현처럼 전율했다.

열다섯 살을 갓 넘긴 나이. 어린 나이에도 그는 이 도시의 실체를 가늠하며, 드넓은 무대를 향해 열린 지평선을 대하듯이 파리를 온몸으로 느꼈다. 그는 마차와 수레가 붐비는 퐁네프 다리를 건넜다. 선창에는 큰 돛배들이 정박해 있고, 짐꾼들이 잡다한 인파들 사이로 분주히 오갔다. 갖가지 옷차림의 인간들이 마구 뒤섞여 있는 파리 거리. 젊은 귀족의 세련된 복장에서, 큰 가슴과 맨팔을 거침없이 드러낸 농부 아낙의 누더기에 이르기까지, 너무도 다양했다.

지나는 인파는 그를 거들떠보지도 않고 떠밀어댔지만, 그는 오가는 사람들을 샅샅이 바라보며, 도핀 광장 모퉁이의 건물들과 흰 장식이 달린 붉은 제복을 입은 친위대원들을 관찰했다. 다리 건너편으로는 즐비한 대저택들이 보였고, 종루와 둥근 돔들도 보였다. 뒤이어 샹 드 마르스 광장*이 나타났고, 잿빛 기와지붕 사이로 솟아 있는 황금빛 둥근 지붕들이 보였다. 그는 열광했다. 쓰레기와 말똥, 땀내가 뒤섞인 공기를 한껏 들이마시며, 포도 위를 구르는 바퀴 소리, 좁은 길을 오가는 인파의 발자국 소리들을 온몸으로 들었다. 이 소리들, 프랑스의 소리들을, 그는 처음으로 적대적이지 않은 가슴으로, 낯설지 않은 소리로 만나는 것이다.

고향 코르시카 섬이 떠올랐다. 그 하늘과 풍경, 아름다운 항구들, 정겨운 언어, 가족들…… 그러나 여기, 너무도 광대하고 장엄하며 들끓는 파리, 이곳 역시 바다였다. 그는 마음속 깊이, 오 년여를 보낸 샹파뉴 황무지, 브리엔의 갇힌 지평선에 비로소 작별을 고했다. 이 거대한 도시, 파리에서는 모든 게 살아 움직이는 듯했다. 거대한 건축물에서, 조각상에서, 왕국의 위대함이 한 걸음 내딛을 때마다 느껴졌다. 시골 학교의 닫힌 세계와는 달리, 이곳에서는 이방인이라는 느낌이 들지 않았다. 고향을 떠난 뿌리뽑힌 남국의 젊은이는 해변처럼 부드러운 바람이 불어오는 이 수도에서, 코르시카의 광대한 바다와 하늘이 길러준 넘치는 활기를 되찾았

---

* 센 강과 파리 사관학교 사이에 있는 광장.

다.

동기생 로지에 드 벨쿠르가 일행에서 뒤처진 그를 기다리고 있었다. 생명이 넘쳐 흐르며, 몸짓마다 대담한 시선마다 자유로운 풍속이 드러나는 이 도시에 도착한 기쁨을 함께 나누려, 로지에는 팔꿈치로 그를 떠밀었다. 그러나 나폴레옹은 그와 가까이하기를 꺼리며 거리를 두었다.

한 살 아래인 로지에는 브리엔에서 몇 달 동안 가깝게 지내던 동료였다. 그러나 이내 이상하게 접근하며 유혹하는 그에게 나폴레옹은 질겁했다. 계집애처럼 부드러운 로지에는 학교의 '님프'들 중 하나였다. 나폴레옹은 그 사실을 잊지 않았다. 그는 로지에를 외면하고, 홀로 파리의 거리를 누볐다. 파리의 활기와 생명력을 온몸으로 느끼며.

마침내 앵발리드에서 멀지 않은 그르넬 평원의 파리 사관학교가 눈에 들어왔다.

건물에 다가감에 따라, 우뚝 치솟은 사각형 돔이 점차 모습을 드러냈다. 그는 그 아름다움에 감동했지만 내색하진 않았다.

그는 동료들이 모두 들어가기를 기다렸다가, 홀로 천천히 파리 사관학교에 들어섰다. 코린트 양식의 여덟 개 기둥과 박공, 높이 솟은 조각들, 꽃무늬 장식에 둘러싸인 거대한 벽시계 등, 눈에 띄는 모든 것이 경탄스러웠다.

세 개의 정문 중 하나를 지나, 열두 개의 거대한 조명등이 밝히는 운동장으로 들어섰다. 우측에 저학년 생도들이 기거하는 건물이 있었다. 나폴레옹은 여러 개의 홀들을 지났다. 비가 내려 운동장에 나가지 않은 학생들은 실내에서 주사위놀이, 장기, 체커놀이 등에 열중하고 있었다.

긴 복도도 차갑고 딱딱한 브리엔 군사학교와는 사뭇 달랐다. 루이 15세의 거대한 초상이 걸려 있는 벽은 하얀 무명천의 커튼과 아브빌산 붉은 다마천 벽지로 장식되어 있고, 긴 의자와 소파는 녹색 장미와 백색 장미가 수놓인 양탄자로 덮여 있었다.

나폴레옹은 교실로 들어섰다. 짙은 청색 벽지에는 백합꽃과 왕의 숫자인 '16'이 황금색으로 장식되어 있었고, 유리로 되어 있는 십자 창문은 아름답게 채색되어 있었다.

파리 사관학교의 화려함과 눈부신 풍요가 그를 놀라게 했다.

열 명씩 앉는 식탁에 앉아, 그는 사관학교에서의 첫 식사를 했다. 메뉴는 다양하며 고기에 이어 디저트와 과일이 나오고, 시종들이 축제 때처럼 시중들었다.

장학생들 옆에 앉은 생도들 중에 특히 대귀족의 자제들이 눈에 띄었다. 그들은 사관학교 생도가 되기 위해 일 년에 20만 프랑을 지불했다.

교만함이 몸에 밴 그들은, 공부는 안중에도 없어서 대체로 성적은 형편없었다. 나폴레옹은 이곳 126명의 생도들 중 두각을 나타내기가 그리 어렵지 않을 것으로 확신했다.

그 첫날부터 나폴레옹은 쟁쟁한 가문 출신들이 자신을 경멸의 시선으로 바라본다는 것을 느꼈다. 플뢰리 공작, 라발 몽모랑시, 퓌제귀르 가문 출신들, 왕의 사촌인 로앙 게메네 왕자…… 그들은 그와는 다른 계층임을 과시하려는 듯 그를 멸시하며 고개를 돌렸다. 그들의 눈에 점령지 코르시카 섬의 보잘것없는 귀족 출신인 이 장학생은, 그저 겨우 프랑스인 흉내나 내는 정도에 불과했다.

이 경멸의 시선들, 첫날부터 열정으로 가득 찬 보나파르트의 마음에 찬물을 끼얹는 시선들.

그러나 그는 아홉 살 어린아이였을 때도 굴복하지 않았다. 그런데 이 도시, 이 건물, 이 홀, 모든 것이 그가 승리자임을 증명하는 지금, 그가 굽힐 것이라 상상한다면 큰 착오였다.

이런 자신감으로, 그는 신경이 곤두선 자신을 다스렸다. 아름다운 건물, 사관생도들에 대한 세심한 배려, 왕국의 가장 빛나는 가문의 자제들, 이런 것들이 그를 고무시켰다. 소수의 우수 생도 그룹에 속한 것도, 그의 자존심을 세워주었다. 하지만 타협할 줄 모르고 굽힐 줄 모르는 그의 성격이 달라진 건 아니었다. 이방인이라는 그의 자의식은 누그러지기도 했지만, 동시에 심화되기도 했다. 누구든 그를 인정하는 건 허용했지만, 도발은 허용치 않았다. 그는 자신의 출신과 생각을 더욱 고집스럽고 단호하게 지켰다.

사관학교 입교라는, 생애의 첫 성공이 그의 내면의 상처들을 감싸주었다. 이제 그는 브리엔 시절의 예민하기만 한 존재는 아니었다. 자신을 존중해주는 동료들과는 다정하게 지냈다.

그는 알렉상드르 데 마지라는 선배 생도와 같은 방에 배정되었다. 나폴레옹에게 보병술을 지도하도록 지명된 데 마지는 주의깊고 다정하며 친절했다. 나폴레옹도 그의 우정에 답하여 친구가 되었다.

방은 작고, 철제침대 하나와 의자 몇 개, 창턱에 기대어놓은 옷장에 세 켤레의 군화가 가지런히 정돈되어 있었다. 방은, 램프가 켜져 있고 도자기 난로로 난방이 되며 벽이 나무로 되어 있는 또 다른 방으로 통해 있었는데, 그곳은 공동 침실이었다.

파리 사관학교는 규율이 그리 엄격한 편은 아니었다. 나폴레옹은 무기고와 보급창고를 보면서, 여기서는 진정 대귀족의 아들 같은 대접을 받는다는 생각이 들었다. 외양간에는 60필의 스페인산 빼어난 말들이 있었다. 그중에는 8만에서 10만 프랑이나 되는 준마들도 있었다.

그는 이곳의 사치에 길들여져서는 안 된다고, 스스로에게 다짐했다. 브리엔 군사학교가 그랬듯이 이곳 역시 잠시 지내다 떠날 장소라는 사실을, 그는 알고 있었다.

장학생이라는 신분이 기대 이상의 환경에서 지내게 해주지만, 코르시카 가족의 수입이 어떤 상태인가를 그는 잘 알았다. 이제 그는 스스로의 노력과 재능으로 무언가를 끌어내야 했다. 학교를 떠나면, 이 모든 사치스런 환경은 사라질 터였다.

나폴레옹은 이것을 충분히 파악하고 있었다.

그는 낭비벽에 사로잡힌 동료들을 멀리했다. 그는 로지에에게 말했다.

"너는 내가 용납할 수 없는 관계들을 맺고 있어. 너의 새 친구들은 너를 망치고 말 거야. 그들과 나 사이에 선택을 해. 중간은 없어. 남자답게 결정을 내려. 마지막 경고야."

그러나 로지에는 유혹을 뿌리치지 못했다. 그의 그런 행동은 나폴레옹이 브리엔 시절부터 그에 대해 가졌던 회의를 더욱 굳게 했다.

나폴레옹은 냉정하게 말했다.

"로지에, 너는 내 의견을 무시했어. 내 우정을 거부한 거야. 이젠 내게 말도 걸지 마."

나폴레옹은 무섭게 공부에 몰두했다. 그런 그를 보며, 동료들 중 특히 좋은 가문 출신의 생도들은 그를 조롱했다.

"저 갈색 꼬마 녀석은 사상가에다 웅변가인 척한단 말야."

나폴레옹은 모욕을 참지 않았다. 그는 대귀족 출신들에게 달려들어 주먹을 날렸다. 스스로 말하듯이, 그는 '보잘것없는 귀족'이지만 육체적 대결에서는 무서울 게 없었다.

때로 그의 반감은 증오로 변했다.

북서부 방데 지방 귀족 출신 피카르 드 펠리포는 말 한마디, 시선 하나에서도 보나파르트를 자극했다. 나폴레옹보다 두 살 위인 펠리포는 1781년 입교했다. 그들의 경쟁은 학업에 관해서가 아닌,

본능적인 증오였다.

어쩌면 그들은 서로에게서 미래를 보았는지도 모른다. 펠리포가 장학생인 나폴레옹에게서 안정된 군주제를 뒤흔들 새로운 인간형을 보았다면, 나폴레옹은 그 방데 귀족에게서 혁명의 결정적인 적, 변화를 거부하고 억압하는 귀족의 전형을 보았는지도 모른다. 실제로 훗날 1793년에 일어난, 귀족과 농민계층이 결합한 반혁명 반란은 방데 지방을 중심으로 일어나지 않았던가?

그들은 서로 경계하며 싸웠다. 그들의 지도를 책임진 특무상사 생도 피코 드 페카뒤크가 강의중에도 그들 사이에 앉아 싸움을 막아야 할 정도였다. 그러나 그들은 책상 아래로 서로 발길질을 가하여, 특무상사 생도의 다리에 멍이 가시지 않았다.

검술수업 도중에, 나폴레옹은 무술관에서 뒷짐을 지고 거닐다가 갑자기 멈춰섰다. 생도들로부터 날아온, 코르시카를 조롱하는 한 단어, 한 문장이 그를 자극했던 것이다. 그는 검을 잡고 뛰어들어 웃음을 터뜨리는 무리를 겨누었다.

그의 표정은 결연했다.

생도 중 누군가 코르시카 정복에 투입된 프랑스군의 수가 그리 많지 않았다는 말에, 그는 분통을 터뜨린 것이다. 그것은 오텡 학교와 브리엔 군사학교에서부터 수없이 들어온 말이었다.

"너희 프랑스군이 육백 명이었다구? 천만에, 프랑스는 코르시카의 가난한 농민들을 상대로 무려 육천 명의 군사를 보냈어. 너희 민족은 작은 민족을 상대로 전쟁을 벌이면서 그 많은 군사를 동원해야 했다고, 부끄럽지도 않아?"

그리고 그는 룸메이트인 데 마지에게 말했다.

"가자, 데 마지. 비겁한 녀석들은 여기 남겨두자구."

그는 되도록 코르시카에 대한 말을 삼가려 했다. 그러나 그의 침묵은 오래 지속될 수 없었다. 매순간, 말끝마다 그들은 그의 출신을 들먹였다.

어느 날 견진성사를 받으려고 무릎을 꿇은 그에게, 주네 추기경이 놀라며 물었다.

"나폴레오네? 이건 달력에 표시된 성자들의 이름이 아닌데?"

그는 머리를 들어 추기경을 응시하며 대답했다.

"성인들은 수없이 많습니다. 그러나 달력에는 365일밖에 없잖습니까."

누구도 그의 입을 막을 수 없었다. 고해성사중이라도 누군가 그를 자극하면, 그는 강력하게 응수했다. 모든 생도는 매달 고해성사를 해야 했다. 1785년 1월, 나폴레옹의 고해성사 도중 신부는 코르시카에 대해, 또 프랑스 왕에게 복종할 의무에 대해 말했다. 나폴레옹은 왕의 장학생이며 그것이 바로 복종해야 할 분명한 이유였다. 사제는 또 코르시카인들은 때로 성질이 거친 강도들 같다고 말했다. 그는 치밀어오르는 분노를 억누를 수 없었다.

나폴레옹이 소리쳤다.

"저는 코르시카에 대한 그런 말을 들으려고 여기 온 게 아닙니다. 그리고 그 문제로 제게 훈계하는 게 신부님의 임무도 아니구요!"

나폴레옹은 자리를 박차고 일어나, 그와 고해신부를 가르는 칸막이를 주먹으로 부숴버렸다. 신부와 생도는 서로 뒤엉켜 주먹질을 주고받았다.

나폴레옹은 주변 상황과 상대에 눌리지 않고 대담하게 조국을 옹호하고, 코르시카의 영웅 파스칼 파올리의 무훈을 열렬히 찬양했다. 당시의 상황을 고려한다면, 청소년 시절 나폴레옹의 이런 처신은 계산된 행동을 하는 신중한 사람의 자세는 아니었다. 그는 무엇보다 감정과 충동에 따라 폭발하는 에너지 그 자체였다.

문학 선생 도메롱은 '그의 괴상한 내면적 증폭현상'에 강한 인상을 받은 듯하다. 그는 '나폴레옹은 화산으로 달궈진 화강암'이라고 결론내렸다. 역사 선생 드 레규는, 이 젊은 생도는 코르시카인의 전형적 성격을 가졌으며 상황이 우호적이라면 크게 성공할 것이라고 평가했다.

그러나 사관학교 연구부장 발포르는 그의 장래를 우려했다.

나폴레옹은 왕이 하사하는 장학금을 받는 사관생도였다. 그럼에도 그의 시에서, 그는 꿈에 조국이 나타나 그에게 단도를 쥐어주며 예언하는 장면을 이렇게 묘사했다.

〈그대는 나를 위해 복수자가 될 것이다.〉

왕의 군대 장교 지망생인 생도가 그 군대가 격파한 코르시카를 위한 복수자가 되려 하다니, 너무도 미묘한 상황이었다!

동료들은 그런 그를 풍자한 그림을 그렸다. 늙은 선생이 가발에 매달려 그를 붙들려고 애쓰지만, 젊은 생도는 역사(力士)처럼 힘차게 걸으며 뿌리치는 그림이었다. 그를 둘러싼 숱한 소문들은 대부분 그에게 적대적이었다.

"보나파르트는 적들의 손아귀에서 파올리를 구하겠다고 다짐하며 날뛴다. 그런데 그가 말하는 적들이 누구인가."

프랑스 출신 동료들은, 그에게 코르시카에 대한 사랑보다는 왕의 선의에 대한 감사가 더 중요하다고 주장했다. 그런 상황에도 아랑곳없이 나폴레옹은 자신의 의견과 결심을 숨기지 않았다. 코르시카 애국주의자 나폴레옹은 아직 너무 어렸다! 아직 그는 격정에 따라 충동적으로 행동하는, 신중치 못한 순수한 성격의 청년이었다.

장교들에게 애국심은 필수 덕목이었다. 그 문제로 연구부장 발포르와 학교 관리들은 그를 소환하기도 했다. 나폴레옹은 꼿꼿한 자세로 그들의 말을 들었다.

그는 은빛 계급줄이 달린, 붉은 칼라와 하얀 받침의 청색 제복을 입고, 은으로 수놓은 모자를 손에 들었다.

그는 발포르와 몇몇 장교들에게 적대감을 느끼지 않았다. 그들은 그를 이해하는 듯했다. 그들은 말했다.

"나폴레옹, 너는 왕의 학생이다. 이 사실을 명심하고, 코르시카에 대한 사랑을 절제해야 한다. 이제 코르시카는 프랑스의 일부야!"

그는 훈계를 받아들였다. 그렇다고 그의 행동이 변한 건 아니었다. 그는 요지부동이었다. 자신감이 그런 그를 뒷받침했다. 그의 자신감은 학교에서 누리는 사치스런 분위기에서 기인하는 건 아니었다. 예컨대 그는 질책처럼 이렇게 고백했다.

"우리는 잘 먹고 융숭한 대접을 받지. 장교들처럼 안락함을 즐기며 가족들보다 더 편안하게 생활하고 있어. 우리들 대부분이 언젠가 누리게 될 장교생활보다도, 오히려 지금 더 편안한 생활을 즐기고 있다구."

바위처럼 굳건한 나폴레옹, 그는 자신이 원하는 목표가 무엇인가를 분명히 알고 있었고, 그리고 그 꿈을 실현하기 위해 필요한 자질을 갖추었음을 스스로 확신했다.

그는 선배라기보다는 이제 친구가 된 데 마지에게 말했다.

"나는 몇 단계를 뛰어넘어, 일 년 안에 장교 계급장을 따고 소위로 임관될 거야."

굳은 얼굴로 친구에게 몸을 기울이며, 그는 말을 이었다.

"그러기 위해서는 단번에 시험에 합격해서 포병학교로 가야 돼. 그러면 장교가 될 수 있어. 포병학교는 생도가 아니거든, 입교하면 생도에서 육군 장교로 곧바로 승진할 수 있다구."

이것은 자기 맹세였다! 나폴레옹 보나파르트는 말했다.

"나는 욕망한다."

그 욕망을 위해서는 조건이 있었다. 우선, 생도들 사이에 '베주'로 통하는 베주 교수의 『수학 개론』 네 권을 완벽하게 익혀야 했고, 과학아카데미의 회원이며 시험관인 라플라스*의 모든 질문에 답해야 했다.

나폴레옹은 도전했다. 그는 밤낮을 가리지 않고 맹렬하게 공부에 매달렸다.

데 마지가 며칠 동안 의무실 신세를 지고 있는데도, 나폴레옹은 방에만 틀어박혀 『수학 개론』에서 눈을 떼지 않았다. 라틴어, 문법, 독어, 철자법 등은 이미 독파했다. 독일어 선생 바우어는, 그의 독일어 성적이 이미 합격점이라고 평가했다.

1785년 9월 시험기간에, 바우어는 나폴레옹이 결석한 것을 확인하고는 물었다.

"나폴레옹은 포병학교 시험을 보러 갔습니다."

학생들의 답변에 바우어는 물었다.

"벌써? 그애가 뭘 좀 아나?"

학생들이 대답했다.

"네? 그는 수학을 가장 잘하는데요."

그 독일인은 말했다.

"그래? 난 멍청이들만 수학을 잘하는 줄 알았지."

나폴레옹은 목표에 이르는 데 관계없는 것들은 쳐다보지도 않았다. 파리 사관학교는 귀족계급의 우월성과 권위를 강화하려는 목적으로 댄스 등 사교적인 과목들도 교육했지만, 그는 그런 과목들

---

* 천문학자, 1749~1827.

에는 관심이 없었다.

청년 나폴레옹은 자기 세계에 갇혀 한 곳에 몰두하는 인간, 자신이 정한 목표에 사로잡힌 인간이었다.

일 년 동안에 두 번 치르는 시험에 합격해야 하는 그는, 시험 외의 모든 과목은 목표를 위해 희생시켰다.

그해, 학교에서는 몇 명을 선발하여 특무상사로 임명하고 소대장을 맡겼다. 그는 이 진급에 선발되지 못했지만 실망하지 않았다. 효율성과 유용성을 중시하는 그에게, 세 줄의 은장식 계급장을 달고 뻐기는 소대장 생도들은 어린애들에 지나지 않았다.

그는 페카뒤크나 펠리포가 받은 생도들의 영예 '노트르담 뒤 몽카르멜' 십자훈장을 받지 못했다. 사관학교에서 삼 년을 보낸 생도들만이 수상 후보가 될 수 있었다!

삼 년! 생각만 해도 죽을 것 같다! 그가 베주의 『수학 개론』을 배우는 데는 십 개월이 필요했다. 수많은 공식들, 증명과 공리들, 도형들을 반복하여 익히기 위해서는 시간이 많지 않았다.

그는 무엇에도 한눈을 팔지 않고, 맹렬하고 고집스럽게 학업에 몰두했다. 학교 규율도 외출이나 휴가를 용납하지 않았다. 단 한 번, 구내 면회실에서 사촌인 카사노바의 방문을 받은 것이 유일한 시간낭비였다.

강의와 연구 사이 그는 생도들이 산책로라고 부르는 공터를 거닐었다. 하얀 나무울타리가 쳐 있는 그 넓은 공간에는 여덟 개의 참나무 벤치가 있었다.

1785년 초, 거기에 두 개의 창고가 세워졌는데, 생도들의 담력 훈련을 위한 가상의 요새였다.

나폴레옹은 손에 책을 들고 그 산책로를 따라 걸었다. 그는 외우고 암송했다. 때로는 시도 읊었다. 1785년 1월을 맞으며, 그는 한 편의 서툰 시를 지어 『수학 개론』의 페이지 위에 적어넣었다.

위대한 베주, 너의 강의를 끝내라

그러나 앞서, 나에게 말해다오

너는 진정 너를 원하는 자들을 돕는다고

그건 진실이라고

그러나 나는 웃음을 멈추지 않으리

내가 베주를 마치는 날

늦어도 5월이면

나는 너의 정복자가 되리니.

그는 다섯 달이면 『수학 개론』을 끝낼 수 있다고 확신했다. 9월로 예정되어 있는 시험 넉 달 전에 베주를 정복하려는 것이다.

그는 체계적인 공부방법을 세우고, 복습까지 마칠 생각이었다. 복잡한 무기를 다루는 포병장교 선발은 성적과 재능으로만 결정되었다. 따라서 엘리트로 인정받는 포병장교로의 입신은, 가난한 귀족들에게 확실한 신분 상승의 기회가 될 수 있었다.

1785년, 학교장 탱브륀 발랑스는 포병학교 응시를 원하는 스물다섯 명의 생도들을 심사하여 열여덟 명에게만 응시를 허락했다.

1번은 나폴레옹의 친구 데 마지, 그는 1784년 한 번 실패한 경험이 있었다. 2번은 페카뒤크, 나폴레옹은 라이벌인 방데 출신의 펠리포에 이어 4번이었다. 명단에는 로지에의 이름도 있었다. 방탕한 로지에에게도 시험이 허락되었다.

응시자 명단을 보면서 나폴레옹은 자신감이 들었다. 이곳 동료 생도들은 두렵지 않았다. 그는 자신이 사관학교에서 수학이 가장 뛰어나다는 것을 알고 있었다. 그러나 지방 군사학교의 응시자들, 특히 메츠 군사학교는 포병학교로서 명성이 높았다. 하지만 나폴레옹은 개의치 않았다. 그에게는 이 포병학교 시험에 합격하는 것이 목표가 아니었다. 장교 시험이 그를 기다리고 있는 것이다.

1785년 2월, 그는 『수학 개론』 3권을 시작했다.

조금도 계획에서 일탈해서는 안 되었다.

그러나 그 달이 다 가기 전, 불행한 소식이 벼락처럼 나폴레옹을 후려쳤다. 1785년 2월 24일, 샤를 보나파르트가 몽펠리에에서 사망한 것이다. 아버지는 불과 서른아홉이었다.

격렬한 고통에 사로잡힌 청년의 얼굴은 초췌하기 그지없었다. 아버지의 건강이 나쁘다는 건 알고 있었지만, 죽음이 이렇게 일찍 찾아오리라고는 생각지 못했다. 홀연 그의 앞에 공허가 드리워졌다. 극한까지 자신을 몰아가는 공부에 이미 한계상황에 달한 나폴레옹에게는 견디기 힘든 충격이었다. 그는 현기증을 느끼며 비틀거렸다.

소식을 전해준 연구부장 발포르는 관례에 따라 그에게 의무실에서 휴식할 것을 권했다. 거기서 마음껏 울고 기도드리며, 운명이 가한 고통을 받아들이라는 것이었다. 침묵하던 그는 마침내 무거운 목소리로 말했다. 남자는 고통을 감내할 줄 알아야 한다고, 눈물은 여자들의 것이라고.

그는 아무 일도 없었다는 듯이 강의실 자리에 앉았다. 슬픔은 개인적인 일이라고, 그는 생각했다. 죽음을 생각지 않고 여기까지 온 건 아니다. 그는 중얼거렸다.

"삶에 익숙하듯 죽음에도 익숙해져야겠지."

하지만 고통은 극에 달했다.

아버지가 지난 몇 달 동안 점점 심해지는 병으로 얼마나 고통받았는지 그는 알고 있었다. 아버지는 구토와 위경련으로 음식을 넘길 수 없는 상태였다.

왕비의 주치의 라손 박사에게 재검진을 받기 위해, 아버지는 형 조제프와 파리에 올 예정이었다. 그러나 1784년 11월 코르시카를 떠난 배는 곧 태풍을 맞아 칼비로 피신했고, 또 한 번 강풍이 지나간 후에야 남프랑스 프로방스에 도착할 수 있었다. 결국 외삼촌 페쉬가 있는 엑스에 도착한 아버지는 고통이 너무 심해지자, 의학 교수 튀르나토리의 권유로 몽펠리에로 갔다. 몽펠리에 의과대학에는 라 뮈르, 드 사바티에, 바르테즈 같은 쟁쟁한 의사들이 있었다.

그러나 너무 늦었다. 몽펠리에에서 샤를은 장남 조제프와 외삼촌 페쉬, 페르농 부인과 그녀의 딸 로르의 간호를 받으며, 시시각각 다가오는 죽음의 그림자를 보아야 했다.

강한 정신의 볼테르주의자이며 예수파를 배척한 샤를 보나파르트, 그도 결국 사제를 불러 고해성사를 하고 기도드렸다. 그의 육체는 이미 죽음의 손아귀에 떨어진 상태였다. 기도하는 그의 목소리는 시들어가다가 발작적으로 밝아지기를 반복했다. 죽기 몇 시간 전, 그는 죽음의 용과 싸워 이겨내고 자신을 구해낼 수 있는 유일한 이름 나폴레옹을 불렀다. 죽음의 발작 속에서 그는 소리쳤다.

"내 아들 나폴레옹의 칼은 왕들을 떨게 하고, 세계의 모습을 바꿀 것이다. 그가 적들로부터 나를 지켜주리라."

그는 다시 일어나려 애쓰며 "나폴레옹, 나폴레옹"을 반복하다 다시 쓰러졌다.

샤를은 1785년 2월 25일 죽었다. 그를 검시한 의사들은 이렇게 썼다.

〈위 아래 도관에 긴 종양이 생김. 굵은 감자나 사과 크기의 종양임. 위 피막의 중간 부분이 두꺼워졌고 연골 부분에 이르러 경직됨. 간은 붓고 쓸개낭은 짙은 담즙으로 가득 찼으며, 시든 배만한 크기로 부풀어오름.〉

샤를 보나파르트는 코르들리에 성당 묘지에 묻혔다.

아버지의 사망 소식이 전해진 후 며칠 동안, 나폴레옹은 공부에 더욱 몰두했다. 그것으로 고통을 잊으려 했다. 그는 위로의 말을 건네려는 데 마지에게 침묵을 요구하며 말했다.

"이제 내게는, 성공하는 길밖에 없어."

9월에는 장교가 되어야 했다. 이제 생도생활을 계속하기에는, 시간이 없었다. 단번에 소위가 되어야 했다. 그건 의무였다.

이제부터 아작시오에서는 어머니가 연 15만 프랑의 수입으로 네 동생을 키워야 했다. 위로 넷은 학교에 들어갔으니, 생계는 해결할 것이다. 1785년 10월부터 장교가 되어 봉급을 받는다면, 그가 실질적인 가장 역할을 할 수 있을 것이다. 벌써 몇 달 전부터, 그는 집안의 정신적 지주 역할을 해왔다.

3월 말, 그는 두 통의 편지를 썼다. 한 통은 어머니에게, 또 한 통은 아버지의 삼촌이며 아작시오의 부주교인 뤼시앵에게 보내는 편지였다. 보나파르트 가문에서 뤼시앵 부주교는 돈이 가득 든 지갑을 베개 밑에 두고 잔다고 소문난 인물이었다.

규율에 따라 그는 편지를 학교의 검열 장교들에게 보여야 했고, 필요하다면 고쳐 써야 했다. 감정 노출을 최대한 감춰야 했다. 그럼에도 3월 22일 뤼시앵 부주교에게 보내는 달필의 편지에는 몸부림치는 아들의 고뇌가 어쩔 수 없이 생생히 드러났다.

〈존경하는 부주교님. 우리에게 닥친 불행에 제가 얼마나 슬퍼하는지 말씀드릴 필요는 없을 것입니다. 우리는 아버지를 잃었습니다. 그가 어떤 아버지였는지, 우리에 대한 그의 배려와 사랑이 어느 정도였는지, 신은 알고 계십니다! 슬픕니다! 아버지는 모든 걸 바쳐 우리의 젊은 날을 도우려 애쓰셨습니다! 부주교님께서는 유순하고 감사할 줄 아는 조카를 잃으셨습니다…… 감히 말씀드리건대, 아버지의 죽음으로 조국은 현명하고 정직한 한 시민을 잃었습니다…… 그러나 하늘은 아버지를 어디서 돌아가시게 했던가요? 고향에서 수백 리 떨어진 곳, 그의 삶과는 아무런 관련도 없는, 모든 소중한 것들에서 너무도 먼 이방의 땅이었습니다. 다행히 한 아들이 그 끔찍한 임종을 지켰습니다. 그나마 아버지께는 큰 위로가 되었겠지요. 그러나 고향집에서, 어머니와 모든 가족 곁에서 떠나시는 행복에는 비견할 수 없었을 것입니다. 그러나 전능하신 신께서는 그것을 허락지 않으셨습니다. 신의 의지는 바꿀 수 없습니다. 오직 신만이 우리를 위로할 수 있겠지요. 슬픕니다! 신은 우리에게서 가장 소중한 분을 앗아갔지만, 다행히 아버지를 대체할 수 있는 사람은 남겨두었습니다. 이제 우리가 잃은 아버지의 역할을 대신 해주십시오. 그런 큰 도움에, 저희들은 모든 애정과 감사로 보답하겠습니다. 변함없이 건강하시기를 기원하며, 이만 펜을 놓습니다. ─ 나폴레오네 디 부오나파르테 올림.〉

그는 편지를 다시 읽었다. 부주교는 재산 많은 유지이기 때문에, 든든한 후견인을 선택한 셈이다. 부주교는 아직 열여섯 살도 안 된 손자가 정중하게 부탁하는 이 책임을 신중한 권위를 갖고 받아들일 것이다. 나폴레옹의 편지에는 감동과 이성이 결합되어 있었다.

엿새 후인 1785년 3월 28일, 그는 어머니에게 보내는 두번째 편지를 썼다.

〈사랑하는 어머니. 오늘에야 제 고통의 첫번째 폭풍을 조금이나마 진정시킬 시간을 가졌습니다. 어머니께서 저희에게 베푸시는 은혜에 늘 감사드립니다. 사랑하는 어머니, 이제 그만 슬퍼하세요, 상황은 어쩔 수 없으니까요. 저희가 더욱 어머니를 잘 돌보아드리고 관심을 가질게요. 저희가 저희의 순종으로 사랑하는 배우자를 잃으신 어머니의 헤아릴 수 없는 큰 슬픔을 조금이라도 덜어드릴 수 있다면 정말 기쁠 것입니다. 사랑하는 어머니, 이만 펜을 놓겠습니다. 고통과 슬픔으로 더이상 글을 쓸 수가 없습니다. 제발 어머니께서 그만 진정하시기를 기도드립니다. 저는 건강합니다. 저는 하늘이 어머니께도 완벽한 건강을 내려주시기를 매일 기도드립니다. 저의 존경하는 마음을 지아 제르트뤼드, 미난나 사베리아, 미난나 페쉬에게도 전해주십시오.

추신 : 3월 27일 저녁 일곱시에 프랑스 왕비께서 왕자를 낳으셨어요. 이름은 노르망디 공입니다.

어머니를 너무 사랑하는 아들, 나폴레오네 디 부오나파르테.〉

편지의 잉크가 거의 말랐다. 상처는 남아 있었지만 그는 다시 공부에 매진했다. 망설일 시간이 없었다. 그는 스스로에게 말했다.

"고통이 내게 공부할 것을 명한다."

1785년 9월 초, 아카데미 회원 라플라스가 포병학교를 지원한 생도들의 시험을 위해 사관학교에 도착했다. 나폴레옹은 모든 준비를 마쳤다.

라플라스가 그를 맞았다. 검은 옷을 입고 눈은 반쯤 코안경으로 가리고, 엄격해 보이는 그 유명한 과학자의 몸짓은 장중했다. 목소리는 부드러우며 어조는 친절했다. 자기들의 경력이 몇 마디 답변에 달려 있다는 사실 때문에 극도로 예의를 차리고 긴장으로 거의 마비될 지경인 학생들 속에 그는 섞여 있었다.

나폴레옹은 자기의 힘을 잃지 않았다.

나폴레옹은 연단을 바라보았다. 도형과 증명을 위한 두 개의 칠판이 걸려 있고, 창문에는 영국산 모직 커튼이 쳐 있으며, 그림을 받칠 책상들이 배치되어 있었다. 아브빌산 다마천으로 덮인 긴 의자에는 파리 치안군 소속의 포병장교들과 두 명의 사관학교 제1 감독관 대표들이 앉아 있었다. 앙주누 대령과 그의 비서실장이며 국방위원인 롤랑 드 벨브륀도 있었다. 공개시험이기 때문에 감독관들이 배석한 것이다.

나폴레옹은 앞으로 나갔다.

긴장하여 도형들을 그리며, 그는 메마르지만 정확한 어조로 질문들에 답하고, 칠판에 공식들을 써나갔다. 그는 베주의 『수학 개론』 네 권을 상세히 알고 있었다. 물론 실수도 있었지만, 대수롭잖은 정도였다.

1785년 9월 28일, 나폴레옹의 이름은 포병학교 예비 소위로 선발된 58명 중 42번째로 발표되었다. 그들 중 파리 사관학교 생도는 네 명이었다. 페카뒤크가 39등, 펠리포가 41등, 나폴레옹의 친구 데 마지는 56등으로 간신히 합격했다.

그는 이루 말할 수 없이 기쁜 마음으로 뜰과 산책로를 천천히 걸었다.

그는 목표를 달성했다. 사관학교 입교 십 개월 만에 군대에서의 첫번째 진급을 얻어냈다. 그와 함께 예비 소위 계급을 받은 생도들은 모두 그보다 나이가 많았다. 페카뒤크와 펠리포는 두 살, 데 마지는 한 살 위였다.

그의 가슴은 부풀어올랐다. 그는 가슴을 폈다. 아마도 행복이란 이런 것일 게다. 그러나 한순간 마음이 어두워졌다. 아버지 생각이 난 것이다. 아버지, 그의 생각에 잠시 슬픔에 잠겼다. 그러나 곧 자부심이 슬픔을 달래주었다.

그를 앞지른 생도들은 몇 년 동안 시험을 준비해왔다. 나폴레옹은 사관학교를 졸업한 첫번째 코르시카인이었다. 더구나 많은 지식을 요하는 포병대에, 코르시카 출신으로는 나폴레옹 외에 단 한 명의 장교 마소니가 있을 뿐이었다.

그는 예외적 존재였다.

1785년 9월 1일, 그는 소급된 날짜로 예비 소위로 임관되었다. 그의 나이 이제 열여섯 살이 막 지난 때였다.

그는 성공에 도취하지 않았다. 그는 발랑스에 주둔하는 라페르 연대에 배치되기를 원했다. 친구 데 마지 역시 그곳으로 가고 싶어했는데, 그의 형이 그 연대에서 대위로 복무하기 때문이었다.

나폴레옹이 그곳을 선택한 것은 우정 때문이 아니었다. 가족과 코르시카에 조금이라도 가까이 다가가고 싶기 때문이었다. 라페르 연대는 두 포병대를 코르시카에 파견하는데, 나폴레옹은 그 부대에 임명되기를 꿈꿨다. 아작시오를 보지 못한 지 육 년도 넘어 있었다.

코르시카를 떠난 1778년 12월 15일 이래, 칠 년여가 흐른 1785년 가을, 그는 처음으로 행복을 느꼈다.

그는 사관학교가 소위들에게 제공하는 옷과 물품들을 가방에 챙겼다. 열두 벌의 셔츠, 열두 개의 칼라, 열두 켤레의 운동화, 열두 개의 손수건, 두 개의 면직모자, 네 켤레의 양말, 한 쌍의 군화용 링, 한 켤레의 양말대님 등. 그는 파리 사관학교의 생도들에게만 하사되는 칼과 혁대, 은목걸이를 양손에 들고 오랫동안 바라보았다.

드디어, 젊은 장교들을 감시하고 비용 지불을 담당하는 수행장교의 호위를 받으며 그는 정문을 나섰다.

1785년 10월 28일, 일 년여를 지냈지만 구경 한 번 제대로 못했던 파리가 그의 앞에 모습을 드러내었다.

나폴레옹은 분열행진을 하듯 당당하게, 천천히 걸었다.

우선 그는 파리의 생 제르맹 데 프레 사제궁 1층에 거주하는 오탱의 대주교 마르뵈프를 방문했다.

대주교는 그를 축하해주었다.

이제 그는 이방인이 아니었다. 그는 어린 시절 갑작스럽게 내던져졌던 이 세계에서 익사하지 않고 시민권을 획득했으며, 포기하지 않고 욕망하는 것을 얻어냈다.

그의 제복은, 그의 피부색과 영혼까지 변화시키진 못했다. 그는 적응했다. 그는 싸웠다. 그는 결코 머리를 숙이지 않았다. 그는 고개를 꼿꼿이 유지했다.

그는 코르시카를 정복한 자들의 언어를 배웠다. 그러나 이 새로운 단어들로, 그는 자신의 고유한 스타일을 형성했다. 그는 불어 문장들을 자신의 성격과 리듬에 맞추어 구사하며 정복했다.

그는 함몰당하지 않고, 자기에게 필요한 것을 끌어낸 것이다.

1785년 10월 29일, 사관학교 관리인이자 수위인 르모인은 포병 소위로 승진한 나폴레옹과 데 마지, 그리고 포병학교 학생 자격으로 동행하는 델마에게 발랑스까지의 여행비용 15,700프랑을 내주었다.

다음날 10월 30일, 나폴레오네 디 부오나파르테는 마침내 두 명의 동료와 함께 남프랑스로 가는 마차에 몸을 실었다.

제2부
사람들 사이에 언제나 홀로

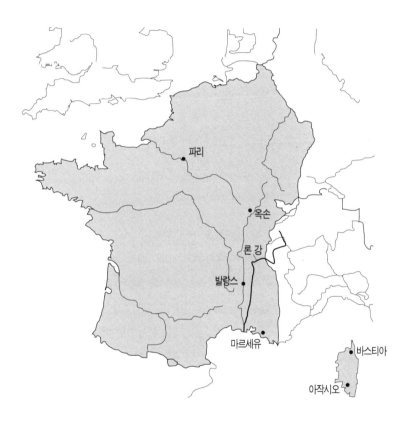

1785년 11월 ~ 1789년 9월

4
나는 무엇이 될 것인가?

나폴레옹은 흥분에 휩싸여 있었다.

파리를 떠나 몇 시간을 달린 마차는, 저녁 식사를 위해 퐁텐블로에 정차했다. 일행들은 이리저리 서성였다. 나폴레옹은 역참으로 쓰이는 여관 뜰을 걸었다. 동료 데 마지는 이 리옹 호가 정확성과 신속성으로 프랑스에서 가장 유명한 합승마차라고 말했다. 오늘밤은 상스에서 묵을 것이다.

나폴레옹은 일행으로부터 떨어져나와 생각에 잠겼다.

— 언제 혼자 말을 내달릴 때가 올 것인가? 아무런 구속 없이 마음껏 질주하던 코르시카의 어린 시절처럼.

지금 향해 가고 있는 남쪽은, 여전히 아득한 신기루처럼 느껴졌다. 코르시카와 가족에 다가가는 이 순간을 얼마나 기다렸던가!

이제 한 해만 복무하면 첫 휴가를 받아 고향과 가족을 만날 수 있으리라.

다음날 아침 상스, 그는 가장 먼저 일어나 마부들 주위를 맴돌았다. 이제 정차하게 될 주아니, 옥세르, 베르망통, 소리외, 오탱에 대한 생각으로 그는 설레었다. 그곳들을 지나, 빨리 남쪽으로 가고 싶다는 생각뿐이었다.

기억이 떠올랐다. 1779년 1월 1일, 오탱 학교에 그와 조제프를 남겨두고 아버지가 떠나던 날의 기억이. 지금 그 아버지는 이제 지상에 없다. 언젠가 그도 이 지상에서 사라지리라. 머릿속을 떠도는 상념늘을 지우며, 그는 차창으로 시선을 돌렸다. 길은 어느덧 바다로 접어들고 있었다.

샬롱 쉬르 사온에서 여행객들은 수마차를 타고, 잔잔한 사온 강을 따라 리옹까지 내려갔다. 대하 론 강에 이르러, 나폴레옹은 뱃머리에 섰다. 새로운 향기를 실어오는 바람에 그의 머리칼이 휘날렸다. 이곳 하늘은 늘 회색인 파리와는 달리 청명하면서도 깊었다. 굴곡이 심한 풍경과, 거대한 흰 바위의 갈라진 협곡 사이로 대하가 굽이쳤다. 억센 사공들의 어투가 아작시오 산골 농부의 말투를 상기시켰다. 갑자기 덤불과 마디 굵은 나무들, 올리브 숲이 눈앞을 가리며, 고향의 소작지 밀렐리의 풍경처럼 눈앞에 펼쳐졌다.

풍경과 추억 속에 잠긴 그의 눈에, 마침내 기와지붕의 도시 발랑스가 들어왔다. 아직 고향은 아니었지만, 문턱까지는 온 셈이었다. 남쪽과의 재회, 육 년이 넘는 세월이 지나 다시 보는 남쪽 풍경에 나폴레옹은 가슴이 뛰었다.

나폴레옹 일행은 리옹에서 프로방스로 가는 도로변에 위치한 라페르 연대의 병영으로 향했다.

젖은 바람이 불더니, 도로 맞은편에 펼쳐져 있는 사격연습장을 적시며, 비가 내리기 시작했다. 병사들은 막 내리기 시작한 폭우에도 아랑곳없이 훈련을 계속했다.

그들을 맞은 중령이 라페르 연대를 소개했다.

"여기 사내들은 넓은 어깨와 튼튼한 다리를 가진 신체 건강한 자들이다. 제군들은 여기서 삼 개월 동안 예비장교 신분으로 복무하며, 차후 지휘할 부대의 일상생활을 익힐 것이다."

그는 덧붙였다.

"라페르 포병대는 무적의 연대다. 아침 일찍 기상하여 발사훈련을 하고, 일 주일에 세 번 구보훈련을 한다. 대포 소리가 농부와 주민들에게 불편을 끼치지 않도록 각별히 유의할 것이며, 수시로 모여 이론 공부를 한다."

말을 마친 중령은 나폴레옹 쪽으로 몸을 돌리며 물었다.

"자네가 대단한 수학자라구?"

중령은 작은 키에 창백하고 야윈 풋내기 소위의 이름을 다시 읽었다. 단번에 소위로 임관한 생도의 외모는 왜소해 보였지만, 움푹 파인 뺨과 굳게 다문 얇은 입술에서 강렬한 인상이 풍겼다. 단호함과 강인함, 그리고 무뚝뚝하고 까다로운 성깔이 모두 담긴 표정이었다.

중령은 연대의 신분증명서에 쓰여진 '나폴레오네 디 부오나파르테'라는 이름을 잘 발음하지 못했다.

나폴레옹은 중령이 더듬거리는 모습을 못 본 척했다.

프랑스인들, 비록 그들이 그를 인정해 선발하고 승진시켜주었지만, 그들에게 그는 여전히 모호하고 이방적인 존재였던 것이다.

하지만 그래서 어떻단 말인가.

—나는 나 자신이 누구인지 안다. 나는 고향을 그리워하는 코르시카 출신 프랑스군 장교다.

몇 달 후, 그는 기숙하던 부 관(館)의 방에 앉아 큰 노트에 이렇게 썼다. 그의 펜은 빨리 달렸다. 생각의 속도를 손이 따라가지 못해 종이에 펜이 걸려 넘어지곤 했다.

〈코르시카는 정의의 법칙을 따라, 제노바의 굴레에서 벗어날 수 있었다. 프랑스에 대해서도 그럴 수 있을 것이다. 아멘!〉

도착한 날 저녁, 나폴레옹은 부 관의 문을 노크했다. 오십대 여자가 문을 열었다. 부 영감의 딸, 마리 클로드 부는 활달하고 상냥한 성격이었다. 그녀가 안내한 방은 수도원 분위기였지만, 오탱이나 브리엔, 파리에서 지냈던 방들보다 훨씬 컸다. 짐을 풀고 책과 노트들을 정리하는 그에게, 마리 클로드 부가 말했다.

"책이 많네요? 여기, 길 맞은편 테트 관 1층에 오렐이 운영하는 책방이 있어요. 거기에서 정기구독을 할 수 있지요. 그리고 여기서는 옷을 깨끗이 빨아드리고 다려드려요."

발랑스에서의 첫 밤이 상념 속에 지나갔다. 밤 내내 바람이 골목을 몰려 다녔다.

사관학교에서의 십 개월, 긴장의 연속이었으며 성공에의 도전이라는 일념뿐이었던 날들이 지나고, 아직 열일곱 살도 안 된 청년 나폴레옹에게 새로운 삶의 방식이 시작되었다. 이제는 책임을 져야 하며, 인간들에게 복종하고 다시 인간들에게 명령을 내려야 하는 위치에 선 것이다. 경계근무와 사격, 장교 모임들이 이어지면서, 시간은 예전과 다른 리듬으로 흘렀다.

매일 아침, 집을 나선 나폴레옹은 베르누 가 모퉁이에 있는 쿠리올 영감 집으로 들어섰다. 철문 손잡이를 당기고 들어가, 화덕에서 갓 구워낸 두 개의 뜨거운 파이를 먹고 물 한 잔을 마신 후, 5상팀* 동전 두 닢을 던졌다.

---

* 1 상팀은 1/100 프랑.

저녁이면, 라페르 연대의 다른 소위들과 함께 페롤르리 가의 '트루아 피종(비둘기 세 마리)' 주막에서 식사하며 그날 훈련에 대해 대화를 나눴다. 나폴레옹은 자신있게 의견을 말했다. 수습기간을 마치고 1786년 1월 정식 소위로 임관한 그는 더욱 자신감으로 충만했다.

1월 중순 아침, 그는 장교 제복을 입었다. 청색 털바지, 주머니가 달린 청색 상의, 청색 칼라와 소매깃, 붉은 장식들, 붉은 줄이 쳐진 주머니들, 노란 단추가 달려 있고 그가 64연대 소속임을 표시하는 64 숫자가 찍혀 있는 로얄블루빛 제복, 그리고 계급장, 그 꿈에도 그리던 계급장에는 황금과 비단술 장식이 달려 있었다.

감동 속에서 그는 자신의 성공을 나타내주는 제복에 감싸인 몸과 어깨를 바라보았다. 이렇게 큰 기쁨을 그가 언제 또 느껴볼 것인가. 이렇게 아름다운 제복을 언제 또 입어볼 것인가!

그는 시내에 있는 클레르크 광장의 초소에서 장교 자격으로 경계근무를 서고, 동료들과 함께 군사작전에 참여하고, 포대 진지 구축에도 참가했다. 또한 뒤피 교수가 연대 장교들의 지식을 보완하기 위해 행하는 기하학과 미적분, 삼각법 강의를 들었다. 포병장교로서 평면과 단면, 지도와 도표를 그릴 줄 알아야 했기 때문에, 며칠 동안 데생 수업도 받았다. 회의실에서 장교들은 포구(砲口)를 맞추고 장전하며, 진지와 발사대를 배치하는 방식에 관해 경험으로 얻은 지식들을 나누며 토론했다.

진지하게 지식을 갈망하는 장교 나폴레옹은 현대전 이론가들인 기베르와 그리보발의 책들을 읽었다.

누군가 그 과목에 대해 물으면, 그는 열일곱 살의 소위라기엔 놀라울 만큼 정확하게 대답했다. 그의 목소리는 묵직하게 쩡쩡 울렸고, 말은 짧지만 날카롭고 명료했다. 누구라도 그의 어조에서 정열을 느낄 수 있었다. 그는 군인이라는 직업을 사랑했다. 그는 베주의 『수학 개론』을 정복할 때의 결단력으로 업무를 배워나갔다. 그는 동료 장교들 사이에서 편안함을 느꼈다. 그들 역시 자신처럼 그들이 선택한 포병대의 전문성과 그 일이 요구하는 지식들에 매료된 사람들이었다. 필수적으로 익혀야 하는 지식이 포병 장교들 사이에 뜨거운 우정과 연대의식을 이루었다. 나폴레옹은 그런 분위기가 좋았다. 아직도 남아 있는, 오히려 강해지기도 하는 그의 코르시카 애국주의에도 불구하고, 동료들 사이에서는 그런 날카로움을 내보이지 않았다. 그는 프랑스 포병에 대해 이렇게 말했다.

"프랑스 포병대는 유럽 최고의 집단이며 가장 잘 조직된 군대다. 병영 분위기는 가족적이며 책임자들은 부모 같다. 책임자들은 세계에서 가장 용감하고 위엄있는 인간들이며 황금처럼 순수하다. 다만 평화가 오래 지속되어 너무 노쇠했다는 것이 유일한 단점이다. 냉소와 반어가 유행인 시대의 흐름대로, 젊은 장교들은 때로 그들을 비웃기도 하지만, 그럼에도 전반적으로 그들은 노병들을 공경하며 정당하게 대접한다."

발랑스에서, 나폴레옹은 프랑스에 도착한 이후 가장 만족한 생활을 누렸다. 무엇보다 남쪽에 속해 있는 발랑스 사람들은, 남방인들 특유의 친절함을 지니고 있었다.

사람들이 "코르시카 출신이라구요?"라고 물으면, 그는 브리엔과 파리에서의 기억이 떠올라 긴장해서 고개를 숙이고 대답했다.

그러나 이곳 사람들은 오히려 그의 출신을 반가워했다. 이 남방인들에게는 이탈리아어의 울림이 섞인 그의 발음이 오히려 매혹의 대상이었다. 사람들은 그를 도시의 상류 사교계에 소개했다.

그는 난생 처음 사람들 마음에 들려고 노력하며 춤과 매너 강좌도 들었다. 여전히 어색하고 서툴렀지만, 그는 프랑스 귀족들을 세심히 관찰하며 이해하려 애썼다. 그들은 우아함과 쾌활함, 매너와 대화의 재치를 타고난 듯했다.

몸을 많이 움직이는 탓에 그의 제복은 금방 구겨졌다. 목에는 늘 구겨진 넥타이가 매어져 있었고, 관자놀이는 어깨까지 내려오는 뻣뻣한 머리칼로 늘 가려져 있었다.

그에겐 세련되지 못하고 모난 면이 있었다. 원만함과 우아함이 없었다. 그러나 그가 대화하는 모습이나 태도에는 수줍음과 야성 그리고 충동이 묘하게 뒤섞여 있었다.

그는 플라티에르 수도원장을 지낸 생 뢰프 교단의 주임사제 자크 타르디봉의 초대를 받았다. 오탱의 주교 마르뵈프가, 촉망받는 젊은 장교이자 자신의 피후견인의 하나라며 나폴레옹을 추천한 덕분이었다.

타르디봉은 발랑스의 귀족계급이 모이는 생 뢰프 저택 살롱에서 그를 맞았다.

제복을 입은 나폴레옹은 촌스런 풍모에도 불구하고 당당했다. 그의 침묵은 의미심장했고, 시선은 사람을 강하게 끌어당기는 힘이 있었다. 타르디봉 사제의 처남이자, 저택의 단골손님인 아르투아 보병연대의 중령 출신 조슬랭의 질문에, 나폴레옹은 짧게 대답했다. 그러나 그의 말은 짧지만, 매우 함축적이고 핵심을 찌르는 것이어서 주목을 끌었다.

이 젊은 소위는 독특했다.

사람들은 그를 발랑스 귀부인들에게 소개했다. 로브리 드 생 제르맹 부인, 로랑생 부인, 그레구아르 뒤 콜롱비에 부인 등 모두가 자신의 살롱을 갖고 있는 귀부인들이었다.

새로운 사상의 바람을 받아들이는 그 저택들에 출입하는 나폴레옹은 내성적이면서도 대담했다. 그 점이 사람들의 시선을 끌었다. 동시에 솔직하고 도발적인 그의 면모는 살롱의 귀부인들을 감동시켰다. 그는 젊음으로 불타오르고 있었던 것이다!

점차 사회생활에 익숙해지면서, 그는 발랑스에서 12킬로미터 정도 떨어진 바소에 있는 콜롱비에 부인의 별장을 자주 찾아갔다.

코르시카의 향기와 풍경을 상기시키는 프로방스의 길을, 그는 날렵하게 걸었다. 수많은 독서로 그의 머릿속엔 책들이 가득했다.

특히 루소의 작품들을 읽고 또 읽었다. 『고독한 산책가의 몽상』과 『고백록』, 『신 엘로이즈』의 문장들은 외울 정도였다. 그는 루소를 '짱 자크'라 부르며, 그와 공감했다.

루소에게 사랑과 신뢰와 경제적 지원을 아끼지 않은 바랑 부인이 있었다면, 나폴레옹에게는 콜롱비에 부인이 있었다. 아직 사랑을 모르는 그는, 유식하고 정신적이며 기품 있는 이 귀부인과 함께 있기를 좋아했다. 그녀는 그를 매혹하려 애썼다. 어느 날, 그는 그녀 옆에 앉아, 코르시카의 역사를 쓸 생각이라고 고백했다. 그녀는 열광했다.

"레날 사제의 작품들을 읽었나요? 타르디봉 사제는 그 인기 있는 작가를 잘 알지요. 레날 사제는 파리에서 마르세유로 내려올 때면, 언제나 생 뤼프 저택에 들르곤 해요. 레날 사제에게 편지를 쓰세요."

그리고 제네바의 서적상 폴 보르드에게 필요한 책들을 주문하라고 조언했다.

나폴레옹은 즉시 펜을 잡고 서적상에게 장 자크 루소의 『고백록』에 이어 읽을 만한 작품들을 보내달라고 요청했다.

〈제르만 사제의 『코르시카 역사』 두 권도 보내주십시오. 당신이 소유한, 혹은 즉각 보내올 수 있는, 코르시카에 관한 작품들의 목록도 같이 부탁드립니다. 책값에 상당하는 금액을 송금하기 위해

당신의 답장을 기나립니다.〉

마리 클로드 부가 일러준 대로 그는 발랑스 독서협회 사무실이 있는 오렐 책방에서 책을 구독했다. 그의 방의 책상은 책들로 가득 쌓여갔다.

그는 읽었다. 대부분의 시간을 독서로 살았다. 특히 루소를 즐겨 읽었다. 루소는 자신의 미래에 관해 아직 확신을 가지지 못하는 이 젊은이가 느끼는 감정을 가장 잘 표현하는 작가였다. 나폴레옹 역시 루소처럼 자신을 '타인'이라고 느끼지 않는가? 나폴레옹 역시 루소처럼 프랑스인들에게 놀림받고 이해받지 못하지 않았는가? 나폴레옹이 바소에 갈 때, 그 역시 '고독한 산책가'의 형제가 아니던가?

나폴레옹이 라페르 연대의 동료와 로슈 콜롱브 산에 오를 때, 1786년 6월 자연의 아름다움 앞에서 격앙할 때, 그는 알프스를 넘는 『고백록』의 루소와 닮지 않았는가?

눈앞에 펼쳐지는 자연의 거대한 물결에, 나폴레옹은 감동하고 명상에 잠겨 걸었다. 그리고 그가 바라보는 이 거대한 공간을 통해 자신이 커진다고 느꼈다. 그는 '장 자크'와 교감했다.

"나는 지평선 위로 상승하기를 좋아한다."

황혼을 온몸에 받으며 콜롱브 산을 내려오면서, 그는 스스로에게 물었다. 나는 무엇이 될 것인가? 작가? 철학자? 루소가 되고 싶어했던 입법가? 루소처럼 사회계약을 정의하는 저술가?

나폴레옹은 열광과 낙담, 대담함과 수줍음 사이를 오갔다. 그는 채 열일곱 살도 안 된 나이였다. 이제 막 도정에 오른 그의 삶은 어떻게 될 것인가?

로브리 드 생 제르맹 양과 나눈 몇 마디 대화에도 그는 감동받았다. 그는 그녀의 아름다움과 덕성을 찬양했지만 더이상 어쩌진 못했다. 그는 아직 육체적 사랑을 나눈 적이 없었다.

콜롱비에 부인이 딸 카롤린을 소개할 때도 곧 그녀에게 반했지만, 그는 플라토닉한 관계만을 생각했다.

카롤린은 얼굴을 붉히고, 그는 창백해졌다. 그는 발랑스의 한 아가씨와 사랑에 빠진 친구 데 마지에게, 자기는 심술궂은 사람들의 입방아에 오르내리고 어머니들이 놀랄 만한 너무 빈번한 방문은 피하고 싶다고 고백했다.

어느 날 아침, 그는 카롤린과 바소 별장의 정원에서 체리를 땄다. 그것만으로도 그는 오랫동안 전율했고, 저녁에 자기 방으로 돌아와 『고백록』의 한 구절을 다시 읽었다. 그 구절 속에 루소가 과수원에서 체리 무더기를 아가씨들에게 던지는 장면이 있는데, 두 처녀가 웃으며 루소에게 씨들을 되던진다!

그는 잠을 이루지 못하고 그 장면을 다시 상상했다. 그는 자기 자신을 루소에 동화시켰다. 그는 아직 무언지 모르는 현실과 부딪치며 고뇌하는 젊은이였다. 그는 책상 앞에 앉았다. 그에게 독서와 글쓰기는 현재의 자신과 느낌을 이해하는 두 가지 방식이었다.

그는 형 조제프가 코르시카에서 보내온 편지들을 읽었다. 가족과 섬, 도금양과 오렌지 향기에 대한 향수가 마음 저리게 되살아났다. 그는 휴가를 꿈꿨다, 이제는 신청할 권리도 있었다. 허락만 받는다면, 휴가는 1786년 9월 1일부터 시작될 예정이었다.

1786년 5월 3일, 그는 썼다.

〈조국을 떠난 지 칠 년이 넘었다. 사 개월 후 나의 동포들과 가족을 다시 만난다면, 얼마나 기쁠까! 즐거웠던 유년기 추억과 감동을 다시 느낄 수 있다면, 얼마나 행복할까! 그렇게만 된다면 나는 그것이 완벽한 행복이라고 생각하지 않겠는가?〉

코르시카는 나폴레옹의 확신이고 귀착지이며 강박관념이었다.

루소도 찬미했던 섬, 지금은 부당한 점령을 당하고 있는 땅, 코르시카. 나폴레옹은 유년기와 가족에 대해 돌처럼 단단하게 맺힌 향수를 품고 있었다.

6월, 나폴레옹은 '폰토르니니'라는 코르시카 출신 화가가 발랑스에서 16킬로미터 떨어진 투르농에 산다는 말을 듣고, 그를 직접 만나 그리운 조국에 관해 얘기를 나누고 모국어를 듣기 위해 즉각 그곳으로 달려갔다.

화가는 열광적으로 나폴레옹을 맞았다. 그들의 열정적 대화는 끊일 줄 모르고 이어져 밤이 되어서야 끝났다. 폰토르니니는 나폴레옹의 초상화를 그렸다. 자기가 처음으로 그린 초상화였다.

나폴레옹은 자신의 반듯한 프로필이 그려진 초상화를 바라보았다. 강해 보이는 약간 굽은 매부리코, 섬세한 입, 이마의 절반을 덮으며 어깨까지 내려오는 뻣뻣한 긴 머리, 생각에 잠긴 시선과 진지하고 심각한 표정을 지닌 젊은이의 모습이었다.

초상화의 오른쪽 하단에 폰토르니니는 썼다.

〈미 카로 아미코(나의 사랑하는 친구) 부오나파르테에게, 폰토르니니, 델 1785, 투르노네.〉

이 만남은 나폴레옹의 가슴에 조국을 다시 보고 싶은 욕구를 부추겼다. 그 섬에 다시 발 디딜 날을 고대하며, 나폴레옹은 젊은 열정과 강력한 생각이 그대로 담긴 특유의 문체로 글을 썼다.

그 글들은 그가 불어를 거의 완벽하게 정복했음을, 나폴레옹 자신도 모르는 사이에 그의 조국이 된 프랑스가 그의 내면에 지울 수 없는 깊은 흔적을 파놓았음을 보여준다.

그러나 그는 이 언어를 그에게 격렬한 고통을 불러일으키는 그 무엇인가를 표현하기 위해 사용했다. 그의 불어는 그의 내면의 분열이자, 그 분열에 쉼없이 물을 흘려보내는 샘이었다.

그는 프랑스 장교였고, 그 사실에 자부심을 느꼈다. 그가 나중에 '프랑스 포병소위가 된다는 것 자체만으로도 대단한 영광'이라고 말한 것으로도 알 수 있듯이.

그러나 동시에, 그는 코르시카 애국주의자였다!

무엇보다 그는 조국을 다시 만나기를 꿈꿨다. 자기 방에 틀어박혀, 그는 코르시카가 겪는 운명을 한탄하고 반항하며 썼다.

〈산악당원(과격혁명파의 사람)들이여, 누가 그대들의 행복을 깨뜨렸는가? 조국의 품안에서 행복한 나날을 보내던 평온하며 덕성스런 사람들이여, 어떤 압제자가 그대들의 집을 파괴했는가?〉

그는 제노바를 비난하고, 프랑스의 승리가 야기한 상황에 불안해했다.

〈나의 조국에서 어떤 광경을 보게 될까? 나의 동포들이 사슬에 얽혀 떨면서 자신들을 억압하는 프랑스의 손에 입을 맞추겠지. 그것은 영웅 파스칼 파올리가 길러온 용감한 코르시카인의 행동이 아니다, 압제자들과 사치에 대항하는 코르시카인이 아니다, 비겁한 타협자들이다!〉

그는 아버지를 생각했다. 파스칼 파올리의 동지였지만, 프랑스의 승리가 확실해지자 마르뵈프 총독의 추종자가 되었던 아버지. 그래서 아들들을 프랑스 학교로 유학보낼 수 있었던 아버지. 그의 아들, 나폴레옹은 이렇게 썼다.

〈인간은 얼마나 자연과 거리가 먼가! 인간은 얼마나 비겁하며 비천한가!〉

그의 분노는 그의 민족을 패배자로 만든 자들에게로 향했다. 그의 펜은 분노로 전율했다.

〈프랑스인들이여, 그대들은 우리에게서 소중한 모든 것을 빼앗은 것으로도 모자라, 우리의 풍속까지 타락시켰다. 내 조국의 현재 모습 때문에, 그리고 지금으로서는 조국을 변화시킬 수 없으리라는 사실 때문에, 나는 그 땅에서 도피해 왔다. 그러나 내게는 동포들을 미워하면서도 찬양할 의무가 있다.〉

그는 일어나 방 안을 서성이며 되뇌었다. "나는 동포들을 미워하면서도 찬양할 의무가 있다." 그는 마치 동포들의 절망을 눈앞에 놓고 좀더 괴로워하고 싶은 것처럼, 그 문장을 끊어가며 한 음절 한 음절 힘을 주어 발음했다. 그로서는 어찌할 수 없는 조국의 현실은 열일곱 살 젊은이의 낭만적 감수성으로는 감당할 수 없는 절망의 대상이었다.

그는 집을 나서서 발랑스 거리를 헤매다가 주막 트루아 피종에 들어가 동료 장교들과 말없이 식사했다. 그리고는 부 관으로 돌아와 다시 펜을 잡았다.

〈항상 사람들 사이에서 홀로, 나는 돌아와 꿈을 꾸고 깊은 우수에 잠긴다. 오늘 나의 우수는 어디로 향하는가? 죽음으로…… 거대한 분노가 나를 파괴시킬 정도로 엄습해온다. 이 세계에서 나는 무엇을 할 것인가? 어차피 죽을 것이라면, 자살하는 게 낫지 않겠는가?〉

한순간의 나약함인가? 한 젊은이의 자족적인 휴식인가? 나폴레옹의 내면은 찢어졌다. 아직 그는 내면의 욕구와 긴장을 다스릴 수 없었다.

그는 절대에 목말랐다. 그를 사로잡아 도전의 힘을 주고, 그를 다시 일으켜세울 큰 명분에 목말랐다.

지난 시절에는 목표가 있었다. 장교라는 지위에 올라야 했고, 그것을 향해 뒤도 돌아보지 않았다. 그리고 정복했다. 그러나 인생의 문턱에 선 지금, 그는 어디로 갈 것인가?

코르시카로!

조국에 자유를 돌려주고, 조국의 복수자가 되는 것을 사명으로 삼아야 했다.

그러나 내심, 벌써 의심이 솟았다. 그는 그 섬에서 살았던 기간만큼이나 프랑스에서 살았다. 유년기에 코르시카를 떠난 그가 사상을 형성한 곳도 바로 이곳이었다.

군인이라는 사랑하는 직업을 수행하는 곳도 바로 이곳, 프랑스였다.

발랑스 병영에, 라페르 연대 소집령이 내렸다.

리옹에서 벌어진 견직 노동자들의 소요를 진압하고 질서를 복구해야 했다.

나폴레옹이 소속된 라페르 제2대대는 부르네프 노동자 구역 가까이에 있는 리옹의 외곽 베즈 구역에 출동했다. 그곳에서 10상팀 2수를 받는 노동자들이 급료 인상을 요구하며 봉기한 것이다. 군대는 소요자들을 해산시키고 세 명을 체포했다.

나폴레옹은 자기 위치를 지키며, 질서가 회복되기를 초조하게 기다렸다. 코르시카 휴가가 1786년 9월 1일로 결정되었는데, 소요 때문에 연기될 수도 있기 때문이었다.

다행히 휴가는 연기되지 않았다. 그가 소속된 대대가 원대복귀하여 그는 예정대로 발랑스를 떠날 수 있었다.

마침내 나폴레옹은 론 강의 계곡을 따라 내려갔다. 한 걸음씩 바다로 향할 때마다 그의 상상력은 비상하며, 앞에 보이는 로마식 건축물들과 가을 태양 아래 빛나는 자연에 매혹되었다. 그는 눈에 보이는 풍경을 흘려보내지 않고 기록했다.

〈검은 구름이 걸린 높은 산들이 십만 명의 킴브리족*이 묻혀 있는 방대한 타라스콩 평원을 에워싸고 있다. 론 강은 화살보다 더 빠르게 끝없이 흐르고, 강 왼편으로 나 있는 길 너머, 멀리 작은 도시와 초원의 가축이 보인다.〉

드디어 바다에, 항구에 도착했다. 이제 배가 그를 유년기의 추억이 가득한 섬으로 데려갈 것이다.

---

* 고대 게르만 족으로 이탈리아를 침공하다 마리우스에게 패배함.

5
너는 집안의 영혼이다

뱃전에 서서, 나폴레옹은 섬에서 불어오는 바람을 맞으며 고향의 향기를 음미했다.

1786년 9월 15일, 보름 전 발랑스를 떠나 드디어 여행이 끝나는 날. 칠 년 구 개월 동안 꿈꾸어온 귀향의 새벽, 코르시카 섬의 보랏빛 정상들이 보이더니 아작시오 요새의 성곽들이 나타났다.

이제 그의 나이 17세 1개월이었다.

그는 감미로운 젖은 미풍을 가슴 가득 호흡했다. 조제프가 편지에서 말한, 도금양과 오렌지 냄새로 가득한 부드러운 바람이었다.

선원들이 닻을 내리자, 부교를 향해 뛰어오는 형 조제프의 모습이 보였다.

나폴레옹은 눈물을 참아야 했다. 그는 천천히 부교를 내려 친척들의 얼굴을 하나하나 바라보았다. 어머니, 미난나 사베리아 할머니와 미난나 프란체스카 할머니, 아주머니들, 지아 제르트뤼드, 그리고 유모 카밀라 일라리……

유모는 아예 엉엉 울음을 터뜨렸다.

그녀들은 사랑하는 '라불리오네'를 둘러쌌다가 다시 물러서서, 붉은 장식이 달린 푸른 제복을 어루만져보고 위아래로 살펴보며 그를 칭찬했다.

"라불리오네가 장교라구?"

어머니 레티지아는 아들의 팔을 잡고, 조제프는 곁에서 걸었다. 동생과 누이들인 루이, 폴린, 카롤린이 그를 따르고, 이제 두 살인 막내 제롬은 유모에게 매달려 있었다. 식구들 모두가 마중나온 것이다. 너무 무거운 큰 가방은 두 사람이 들어올렸다. 조제프가 안에 무엇이 들었는가 물었지만, 굳이 동생의 대답을 기다리진 않았다. 동생의 가장 소중한 재산인 책이 들었으리라는 걸 알고 있기 때문이었다. 나폴레옹은 애써 벅차오르는 감정을 누르며 집안 사정부터 물었다.

부주교인 뤼시앵 할아버지는 어떻게 지내시는가? 부유하며 가문의 어른인 그는, 샤를 보나파르트 죽음 이후 집안 일을 돌보아주기로 약속했었다.

부주교는 병이 들어 머리를 싸매고 누워 있으며 관절염으로 무릎과 발목이 부어서 꼼짝도 못 했다. 식욕도 좋고 말도 잘하고 생각도 분명하고 판단력도 좋은데, 발을 땅에 디디기만 하면 너무나큰 고통을 느낀다는 것이었다.

어머니 레티지아는 벌써부터 돈 문제, 아래 네 동생들의 장래에 대한 걱정, 엑스 신학교 학생인 뤼시앵의 장래 문제 들을 나폴레옹에게 의논했다. 그녀는 나폴레옹에게 몸을 숙이고 낮은 목소리로 이야기했다. 조제프는 어떻게 되려는지. 그는 박사가 되어 아버지가 맡았던 코르시카의 공직을 맡기 위해 피사에 가서 법률을 공부하고자 했다.

고향섬에 발을 디디자마자, 나폴레옹은 자신이 가장이라는 사실을 실감했다. 가족들은 사회적 지위가 있는 그에게 도움과 조언과 보호를 청했다.

그런데 1786년 9월 20일, 고향에 온 지 닷새도 안 되어 프랑스로부터 마르뵈프 주교의 사망 소식이 날아왔다.

어머니 레티지아의 눈가에는 슬픔이 드리웠다. 이제 누가 그들을 도우며 용기를 줄 것인가? 누가 아이들의 장학금과 뽕나무 묘판의 보조금을 얻어줄 것인가?

나폴레옹은 시간이 충분하다고 어머니를 안심시켰다.

휴가는 육 개월이었다. 그 동안 집안과 가족 문제를 책임질 수 있었다.

어머니는 그를 껴안았다. 그는 믿음직한 아들이었다. 그녀는 그를 의지했다.

열일곱 살의 젊은 나폴레옹은 당당하게 책임을 맡으며, 이 도전으로부터 다시 일어설 작정이었다. 그것은 그의 의무이기도 했다.

매일 새벽 그는 집을 나서 걷거나 말을 타고 달렸다. 그는 밀렐리 소작지로 향했다. 어린 시절 놀았던 그곳은 단 한 뼘의 땅도 그의 추억이 드리우지 않은 곳이 없었다.

그는 울창한 올리브나무 숲을 지나 두 개의 거대한 바위가 천장을 떠받치는 동굴로 들어갔다.

푸른 참나무 밑동에 어린 시절 남겼던 표시들도 읽었다. 그것은 울창한 올리브 숲에서 길을 잃으면 안내자로 삼던 표시들이었다.

날마다 그는 가방에서 책을 한 권씩 꺼내 왔다. 하루는 플루타크를 읽었고 어떤 날은 키케로, 티투스 리비우스, 타키투스 혹은 몽테뉴와 몽테스키외와 레날 사제 등을 다시 읽었다. 때로는, 형과 함께 코르네유, 볼테르, 루소의 글들을 낭독하기도 했다. 그의 독서는 대륙에서의 고독한 시간과 같은 도피행위는 아니었다. 나폴레옹은 조제프에게 말했다.

"형, 우리가 유토피아에서 산다는 걸 알아?"

코르시카는 나폴레옹을 실망시키지 않았다. 이 고향섬에서 그는 진정한 환희를 느꼈다. 오솔길을 따라 바다로 내려가, 그는 태양이 '무한의 품속으로 빨려들기'를 기다렸고 황혼의 우수에 젖기도 했다. 밤이 하늘을 가릴 때까지, 그는 무릎에 팔꿈치를 괴고 심각한 얼굴로 명상에 잠기곤 했다. 그가 바위 꼭대기에 앉아 있는 것을 보고 다가온 조제프에게, 나폴레옹은 깜짝 놀란 표정으로 말했다.

"형, 난 자연의 강렬한 감응력에 감동받았어."

저녁때, 가족이 모인 식탁에서 그는 '자연의 모든 선물들로 장식된 섬'을 찬양했다. 그러나 어머니 레티지아가 그의 말을 막았다.

"아니다, 이제 여기서는 즐거운 게 아무것도 없다."

그는 무슨 말인지 잘 알고 있었다. 브리엔과 파리에서 공부하지 못했다면, 그는 어떻게 되었을까? 지금 그는 프랑스군 장교가 되어 왕국에서 이력을 쌓고 있다.

나폴레옹은 공경스런 태도로 어머니 말에 귀를 기울이다가 자기 방으로 올라가 글을 썼다. 그는 코르시카의 역사를 쓸 생각을 버리지 않고 있었다. 그러나 이곳에 도착한 며칠 동안 그는 코르시카 언어의 많은 부분이 그의 기억에서 사라졌다는 사실을 깨닫고 당황했다.

농부나 목동들이 노래부를 때, 그는 그들의 말을 완전하게 이해하지 못했고, 그들에게 자신의 의사를 표현할 때도 어려움을 느꼈다.

— 나도 모르는 사이에, 나는 어떤 사람이 되었는가? 프랑스 사람?

그가 감동적으로, 열광적으로 읽고 쓰는 언어는 불어였다. 그러나 코르시카 산을 헤매는 그에게 목동이 밤에 덮으라고 양가죽을 내밀 때, 혹은 치즈와 햄을 내밀 때, 그는 이 따뜻한 민족의 일원으로 태어난 것이 너무 자랑스러웠다. 그는 거칠고 무지하지만 너그러운 이 사람들을 관찰했다. 그들은 진심으로 그를 반기며, 무엇보다 그의 신분 따위에는 관심이 없었다.

그들의 얼굴과 목소리는 그의 유년기의 인상들을 되살아나게 했다.

그는 잃어버린 이탈리아어를, 다시 찾으려 애썼다. 며칠이 지나서야 고향의 언어가 그에게 돌아왔다.

목동의 오두막 불가에 앉아 이야기를 들으며, 그는 긴 침묵과 함축적이고 상징적인 일화들을 섞어 구사하는 그들의 화술에 도취되었다.

'평화로운 나무와 오렌지나무 그늘 아래' 앉아 독서하면서, 그는 '유년기에 뛰놀던 무대'인 이 섬의 운명과 그의 운명이 연결되어 있음을 더욱 강하게 느꼈다.

어머니가 다가오는 걸 보고, 그는 자리에서 일어섰다.

그들은 나란히 앉았다. 그녀는 허리를 똑바로 펴고 앉아 있었다. 열두 번의 출산으로 몸매가 변하긴 했지만, 어머니는 아직 서른일곱 살이었고 호기로운 여인이었다. 사산한 아이들, 남편의 죽음, 그리고 고단한 삶에 대한 슬픔으로 주름 파인 얼굴에는 세파의 흔적들이 담겨 있었지만, 그래도 어머니의 시선과 용모에는 삶의 강한 의지가 드러나 있었다. 그녀는 나폴레옹에게 말했다.

"너는 집안의 영혼이다."

그가 움직여야 했다. 뤼시앵 할아버지는 병이 악화되고 있었다. 이제 그가 직접 결정해야 했다. 특히 뽕나무 묘판 문제를 어떻게든 처리해야 했다.

1782년, 샤를 보나파르트는 프랑스 왕국으로부터 8천5백 리브르의 선금과 오 년 후인 1787년 뽕나무들을 배분받는다는 약속을 받고, 뽕나무 관리인으로 임명되었다. 그러나 정부가 그에게 지불한 돈은 5천8백 리브르였으며, 1786년 5월 장관이 이 계획을 폐기하면서 계약은 해제되었다. 그러나 그때는 이미 레티지아가 식수를 마친 뒤였다.

나폴레옹은 귀를 기울이며 심각한 표정으로 계산했다.

국가는 그의 가족에 2천7백 리브르의 빚을 지고 있었다. 어머니를 안심시켰다. 그것을 받아내고 집안 문제를 해결하기 위해, 그는 연대에 휴가 연장을 신청했다.

또한 뤼시앵 할아버지의 건강을 보살피며 밀렐리 소작지 문제도 의논해야 했다.

그는 그 동안의 감상적인 몽상에서 깨어나, 정확하고 조직적인 사고방식으로 돌아와야 했다. 코르시카의 역사를 집필한다는 상상적 계획을 포기하고, 할아버지와 현실적 문제에 대한 토론에 들어갔다.

나폴레옹은 할아버지를 몇 차례 만나면서, 그의 영향력이 어느 정도인지를 가늠해보았다.

코르시카에서 부주교면, 프랑스에서 주교쯤 되겠지, 나폴레옹은 생각했다.

부주교는 누워서 투덜댔다. 그는 밀렐리 땅을 개발하려는 나폴레옹의 계획에 반대하며, 쓸데없이 돈만 날릴 것이라고 말했다.

열일곱 살의 젊은이와 예순여덟 살의 늙은 부주교는 섬의 염소들을 어떻게 처리할 것인가 토론했다. 나폴레옹이 말했다.

"염소들을 몰아내야 합니다, 나무들만 해치거든요."

양들을 많이 가진 부주교는 버럭 화를 냈다.

"코르시카에서 염소를 쫓아내다니, 그건 현실을 모르는 소리야!"

대화는 중단되었다. 부주교는 고통으로 소리치며 무릎과 발목을 보여주었다.

1787년 4월 1일, 부주교를 한 번 더 만난 후에 나폴레옹은 티소 박사에게 편지를 썼다. 티소는 '런던 왕립연구소와 스위스 바젤 의학물리학회, 그리고 베른 경제학회 회원'인 유명한 의사였다. 티소는 일찍이 '파스칼 파올리는 카이사르나 마호메트에 버금가는 인물'이라고 말했는데, 그 때문에 그는 코르시카에서 찬양받는 인물이었다.

〈선생님은 인류를 가르치면서 평생을 보내셨습니다. 선생님의 명성은 의사가 거의 없는 코르시카의 산골까지 울립니다. 여기서는 선생님에 대한 칭송의 소리가 높습니다. 특히 영광스럽게도 우리들이 사랑하는 장군 파올리를 칭송했다는 사실만으로도, 저희 동포를 대신하는 감사의 말씀을 선생님께 올리는 바입니다. 저는 여러 사정으로 여기에 머물게 되었습니다…… 저는 통풍을 앓고 계신 할아버지를 위해 조언을 듣고자, 이렇게 선생님께 여쭙니다…… 제 할아버지는 발과 손은 매우 작은데 머리는 큽니다…… 그분은 이기적 성향이 있으며 유복한 환경을 이루었지만, 더 큰 세력을 이룰 수 있는 경우까지 다다르지는 못했습니다. 그분은 서른두 살 때부터 통풍을 앓았습니다…… 무릎과 발에서 시작된 심한 통증이 머리까지 울립니다. 식사도 잘 하시고 소화도 잘 시키며, 정신은 온전하셔서 독서도 하십니다. 그는 살아 있습니다만 움직일 수 없으며, 태양의 부드러움도 즐길 수 없습니다. 그는 선생님의 도움을 애타게 기다리고 있습니다…… 저도 한 달 전부터 열병을 앓고 있습니다. 그래서 선생님께서 이 엉망인 글씨를 알아보실 수 있을지 두렵습니다.〉

실제로 나폴레옹의 이 편지는 평소보다 더 흘려 썼고, 서체는 더 떨리고 있다.

며칠 후인 1787년 4월 31일, 그는 아작시오 외과의사가 서명한 진단서를 발랑스 연대의 대령에게 보냈다. 1787년 5월 16일부터 오 개월 반 동안의 휴가를 새로 신청하며, 비싼 치료비를 감당할 수 없어, 유급휴가를 신청한다고 그는 요구사항을 분명히 밝혔다.

장관의 대답은 호의적이었다. 휴가는 1787년 11월 1일까지 연장되었다.

국가가 가족에 진 빚을 받아내려면 파리 관청에 가야 했다. 어머니는 나폴레옹이 휴가를 얻어 빚을 받으러 갈 시간을 내자 매우 기뻐했다.

그러나 그는 몇 주 동안 출발을 망설이며 말이 없었다. 마치 그의 에너지는 스스로 던지는 질문에 대한 대답을 찾기 위해 탈진한 듯했다. 그는 내면을 찢는 듯한 딜레마에 골몰하고 있었다. '프랑스 혹은 코르시카'를 택할 것인가, 아니면 '프랑스와 코르시카'를 택할 것인가? 그는 프랑스에 의존하여 살면서 코르시카를 사랑했다. 어떻게 그 둘을 대립시킬 수 있단 말인가.

어머니는 그의 열병을 걱정했지만, 실은 말라리아 발작이었던 열은 이미 사라진 상태였다. 어머니는 그에게 조심스레 물었다.

"파리에는 갈 생각이냐?"

그는 말없이 집을 나왔다. 밀림 속에서 목동들과 밤을 보내며, 창공을 관찰하고 침묵 속에서 우수에 젖었다. 그렇게 며칠을 보내며 명상에 잠겨 있던 그는 초췌해져서 집으로 돌아왔다.

1787년 9월 1일, 그는 어머니에게 파리에 가겠다고 말했다.

9월 16일, 툴롱행 배에 올랐다.

바람이 거세게 불어왔다. 섬의 냄새가 밴 향기로운 바람이 아닌 매서운 바람이었다.

그는 이제 18세 1개월이었다.

6
파리에서의 첫경험

나폴레옹은 여자들을 바라보았다. 파리에 도착한 이후, 푸르 생 토노레 가에 있는 셰르부르 호텔에 묵고 있는 그는 스치듯 지나가는 여자들을 바라보며 소일했다. 그곳은 코키예르 가와 푸르 생 토노레 가 사이에 위치한, 파리 중앙시장 레알 구역으로 통하는 길이었다.

집요하게 바라보는 그의 시선에 여자들은 대부분 몸을 돌렸지만, 어떤 여자들은 추파를 보내기도 했다. 벌써 몇 번이나 그는 그런 여자들에게 접근하고 싶은 유혹을 느꼈다. 그러나 마지막 순간, 마음을 잡고 도망치듯 호텔로 돌아와 계단을 뛰어 올라갔다. 그는 방문을 밀어젖히고 문에 기대어 숨을 돌리고는 테이블에 앉았다.

그리고는 미친 듯이 쓰기 시작했다.

뽕나무 묘판 서류를 모두 모아 작성하는, 총감독관에게 보내는 상세한 글이었다. 그는 아버지가 애국심과 공공이익을 위해 이 계획에 참여했다는 점을 분명히 밝혔다.

그러나 생각은 이내 분산되고 집중할 수가 없었다. 무언가 내면을 두드리며 다시 거리로 나가라고 소리치는 듯했다. 온몸의 세포가 열정적으로 일어서고 있었다.

화려한 도시가, 젊고 자유로운 그에게 몸을 열고 문 밖에 있었다.

그는 키 큰 가로수들이 늘어선 길들을 지나 팔레루아얄에서 배회하며, 줄지어 늘어선 상점들의 그늘 속에서 여자들이 음탕하게 유혹하는 걸 바라보았다. 상스럽고 도발적인 여자들도 있었다.

여자들이 그를 불렀다. 그는 열여덟 살이었다. 구겨진 제복과 뻣뻣한 머리칼, 부끄러운 듯 탐욕적인 시선, 젊음…… 여자들은 그가 무얼 찾는지 잘 알고 있었다.

그가 다가올까?

그는 망설이다가 멀어졌다. 그렇게 다가서다 멀어지기를 수차례 반복하다가, 그는 그녀들 중 한 여자에게 애써 냉담한 표정으로 접근했다. 그는 그녀에게, 왜 이런 직업을 택했는지 물었다. 여자는 상스럽게 그를 밀어내며 소리쳤다. 이 비루먹은 당나귀 같은 놈이 대체 뭘 하자는 거야? 대화하자는 거야? 여자들은 비웃듯 그를 쫓아버렸다. 그는 '이 여자들은 말귀를 못 알아듣는 바보들이군' 하고 생각했다. 멍청하게도.

돌아오는 그의 피는 타오르는 듯했다. 삶에서 처음으로 그는 자유로웠고, 처음으로 호기심과 욕망에 몸을 맡길 수 있었다.

이제 그는 발랑스에서 복무할 때처럼 어머니들의 감시를 받는 장교가 아니었다. 거기서는 딸들과 단 한 번만 지나친 행동을 해도, 그녀들은 그에게 살롱의 문을 닫아버릴 것이었다.

그러나 여기서는, 그는 공손한 아들이 아니어도 좋았다. 어머니와 숙모들, 유모, 할머니들, 코르시카 사회, 친척들 모두에게 조심스런 태도로 대하듯 예의를 갖추지 않아도 되었다.

이 익명의 도시에서, 그는 혼자이며, 모든 여자들을 정복하고 찬양하고 싶었다.

성의 쾌락을 경험해본 적이 전혀 없는 그는 여자의 실루엣에 사로잡혔다. 그 미지의 섬, 그가 경험해보지 못한 세계가 문을 활짝 열고 그를 부르는 것이다.

그러나 그는 폭발할 듯 넘쳐나는 욕망에 제동을 걸고 억누르려 발버둥쳤다.

파리 시내에 도착한 그는 총감독관 사무실이 있는 베르사유행 싸구려 합승마차를 탔다. 마차는 편안했지만 느렸다. 파리에서 궁전과 관청이 몰려 있는 베르사유까지 가는 데 다섯 시간 이상이 걸렸다.

관청 대기실에 앉아 오랫동안 차례를 기다리다가 면회가 이루어졌다. 재무청 관리들은 나폴레옹의 용무와 관련한 서류를 뒤적이더니, 뽕나무 묘판과 관련된 서류는 없다고 대답했다. 어떻게 서류가 사라질 수 있단 말인가? 그것은 한 가족의 운명이 걸린 일이었다. 나폴레옹은 당황해하며 다시 찾아보라고 고집했다.

관리들은 냉담했다. 하는 수 없이 발길을 돌렸지만, 이대로 코르시카로 돌아갈 순 없었다.

나폴레옹은 베르사유에 여러 차례 청원하고 편지를 보낸 끝에, 재무총감인 브리엔 대주교와의 면담을 얻어낼 수 있었다. 하지만, 어조는 점잖았지만 단호한 재무총감의 태도에 그는 놀라고 실망했다.

파리로 돌아온 그는 재무총감에게 편지를 쓰며 불편한 심기를 표현했다.

〈결국 이것은 돈 문제입니다. 그러나 한 젊은이가 매순간 겪는 이런 실추감은 결코 보상받을 수 없는 것입니다…… 보상이 이루어진다면, 브리엔 각하는 보나파르트 가문의 감사하는 마음과, 특히 정의로운 인간에 대한 보상인 내적 만족을 얻게 될 것입니다.〉

답장을 기다리면서, 그는 파리를 배회했다. 극장에 가고, 풍속이 자유로운 파리의 빛과 향기에 취했다. 이 익명의 도시에서 유일한 구속은 양심과 그를 감싸는 의무감뿐이었다. 방으로 돌아온 그는 책임감을 느끼며 다시 펜을 잡고 종이 위를 달렸다.

그는 정세를 논하며 스파르타와 로마를 비교했고, '군주제의 속성인 명예에 대한 사랑'과 '공화제의 덕성인 애국심'을 비교분석했다. 그는 파스칼 파올리뿐만 아니라, 1753년 제노바의 정복자로부터 코르시카를 해방시킨 네오프 남작의 망명을 받아준 영국에 경의를 표하는 글을 썼다.

그의 글은 건조한 문장들이 아니었다. 정열이 넘쳐흘렀다. 상상력을 펼치는 작가처럼, 그는 네오프 남작이 영국 정치가 호레이스 월폴에게 보내는 편지를 구성해보기도 했다.

코르시카의 운명이 나폴레옹의 문장들을 탄생시켰다.

1787년 11월 저녁 열한시, 셰르부르 호텔방에서 그는 이렇게 썼다.

〈나는 진리만을 호흡하며, 진리만을 말할 힘을 느낀다. 사랑하는 동포들이여, 우리는 항상 불행하였다. 오늘 강력한 군주국가의 일원으로서, 우리는 그 지배의 해악만을 느낀다. 불행한 우리는 아마 수세기가 흐른 후에야 우리의 아픔에 대한 위안을 얻을 것이

다.〉

그는 자신이 늘어놓은 미사여구의 문장에 흡족해하며, 일어나서 방 안을 빙빙 돌았다. 밤이 깊었지만 잠을 이룰 수 없었다.

그는 다시 육 개월간의 휴가를 신청했다.

〈저의 조국 코르시카를 돕고 가난한 조국의 권리를 옹호하기 위해, 휴가를 신청합니다. 이리저리 발벗고 뛰어다니려면 경비도 많이 필요할 겁니다. 절대적 필요성도 없이 이렇게 결심한 것은 아닙니다.〉

1787년 12월 1일부터 1788년 6월 1일까지, 휴가는 육 개월 동안 다시 연장되었다. 이제 코르시카로 돌아가 가족을 다시 만날 수 있게 되었다. 어린 동생들과 외롭게 계실 어머니를 생각하면, 반드시 코르시카로 돌아가야 했다. 형 조제프가 이탈리아 피사로 법학 공부를 하러 떠났기 때문에, 어머니 레티지아에게는 나폴레옹의 도움이 더욱 필요했다. 그는 시도한 일들을 빨리 매듭짓고, 파리를 떠나야 했다. 파리, 마음대로 여자들을 바라보고 접근할 수 있는 이 자유로운 도시. 떠나야 한다는 생각에, 열여덟 살 그의 육체에서 욕망의 불꽃이 혀를 널름거리며 솟구쳐올랐다.

그는 거리로 나섰다.

11월 22일 화요일, 이탈리아 극장에서 공연을 관람한 그는 팔레루아얄의 가로수 길을 서성였다. 날씨가 추웠다. 추위에 쫓기듯이 그는 상점거리로 들어섰다. 언제나처럼 그곳엔 한 무리의 인파가 배회하고 있었다. 남자들은 여자를, 여자들은 남자를 찾아 어두운 상점거리를 서성이는 것이다.

언제나처럼 나폴레옹의 가슴은, 열망과 호기심을 누르고 돌아서야 한다는 생각으로 들끓고 있었다. 여자들을 바라보며 배회하던 그의 발걸음이 창살문으로 오르는 계단에서 멈춰섰다. 그의 눈에 창백한 얼굴의 한 여자가 들어왔다. 그녀는 언젠가 그가 말을 걸었던 부류의 여자일 것이다. 그때는 그가 그 '끔찍한 직업'을 이해하고 싶다는 핑계를 대며 접근을 시도했지만, 여자들은 분통을 터뜨리며 그를 쫓아버렸다.

그런데 이 여자는 달라 보였다. 수줍어하는 듯한 그녀의 모습이 나폴레옹에게 용기를 주었다. 나폴레옹은 여자에게 다가가 말을 건넸다.

"날씨가 춥군요, 아가씨는 어떻게 이 추운 날 길거리로 나올 생각을 했소?"

그녀가 대답했다.

"어떻게든 살아야 하니까요."

그녀는 낭트 출신이었다. 그가 짓궂게 다시 물었다.

"아가씨, 처녀성을 어떻게 잃었는지 얘기해주겠소?"

그녀는 화내지 않고, 부드러운 목소리로 대답했다.

"한 장교가 가져갔어요."

그녀는 그 장교를 증오하며, 성난 가족을 피해 집을 나와야 했다고 말했다. 그렇게 두번째 세번째 남자들이 그녀를 스쳐갔다. 그녀가 문득 생각났다는 듯이 나폴레옹의 팔에 매달리며 말했다.

"당신 집으로 가요."

"뭐하게?"

"가요, 몸을 녹이고 마음껏 당신을 만족시키세요."

그것은 그가 원하던 바였다.

그녀의 말은 그의 가슴에 포탄처럼 굉음을 내며 쏟아졌다. 그가 열망하던 일이 아닌가.

시간이 흐른 후, 깊은 밤 홀로 남은 그는 셰르부르 호텔방을 빙빙 돌았다. 그리고 마음을 진정시키기 위해 펜을 잡았다.

〈나는 이탈리아 극장에서 나와, 팔레루아얄 거리를 배회하고 있

었다…….〉

그는 자신의 첫경험을 기술해나갔다.

〈그녀가 내게서 도망가지 못하도록 추근거렸다…… 그녀에게 내가 점잖은 사람이 아니라는 것을 보여주기 위해 무척 애써야 했다…….〉

그는 여자를 경험한 적이 한 번도 없었다는 것을, 그녀에게 고백하고 싶지 않았다! 그 글에서, 그는 그 점을 여러 번 강조했다.

그러나 그는 원하던 것을 얻었다.

이제, 남자가 되었다.

아작시오로 떠날 수 있었다.

7
꿈꾸는 것과 도달하는 것 사이

1788년 1월 1일.

나폴레옹은 고향집 1층 큰방에서 어머니와 마주 앉았다.

그는 두 시간 전에 아작시오에 도착했다. 항구에서 집으로 오는 동안, 어머니는 내내 노기 서린 무거운 어조로 말했다.

남동생과 여동생들을 나가게 한 후, 어머니는 다시 집안 사정 얘기를 시작했다. 루이, 폴린, 카롤린, 제롬, 이 동생들 중 가장 나이가 많은 루이가 겨우 열 살이며, 막내는 네 살도 되지 않았다. 어머니는 그 동안 얼마나 어렵게 살림을 꾸려왔는지, 특히 나폴레옹이 파리로 떠난 후 어떻게 살았는지 이야기했다.

나폴레옹은 심각한 얼굴로 들었다.

꼼짝도 하지 않고, 그는 처음 코르시카에 귀향할 때와 이번의 귀향 사이의 차이를 생각했다.

우선 여행 항로가 달랐다. 마르세유에서 아작시오로 오는 동안 계속 차가운 바람이 거세게 몰아쳐 크고작은 파도를 일으켰다. 뱃전을 때리는 파도 소리가 비상을 알리는 북소리 같았다.

나폴레옹은 갑판에 나와 서서, 항구로 들어오는 배를 응시하는 꼿꼿하고 시커먼 모습의 어머니를 보았다.

부교가 내려졌을 때 이젠 기쁨의 탄성 따위는 없었다. 동생들이 어른이 된 형에게 달려들었지만, 어머니는 그들을 다시 불러들였다.

어머니는 장교 제복을 보며 감탄하지도 않았다. 오직 초조한 질문뿐이었다. 총감독관 사무실 사람들이 뭐라 하더냐, 아들아?

그는 설명했다. 그는 뽕나무 묘목 문제 해결에 대한 희망을 이야기했다. 그러나 그도 인정하는 바지만, 그는 그 문제에 대해 상세한 답변을 아직 듣지 못했다. 여기서 바스티아에 있는 북코르시카 총독 기요메를 만나봐야 했다.

어머니는 방 안을 서성이며 어려운 사정을 토로했다. 그녀는 피사에서 공부하는 장남 조제프에게도 편지를 썼다.

〈조제프야, 이제 우리는 하녀도 없단다.〉 그녀는 조제프에게 하녀를 하나 구해서 코르시카로 데려오라고 부탁했다. 〈요리와 바느질, 그리고 다림질을 할 줄 알아야 하며, 특히 충직한 여자라야 한다〉는 것이었다.

그녀는 손을 들어 나폴레옹에게 보여주었다.

"손가락을 다친 후로는 꼼짝도 못 하겠구나."

나폴레옹은 묵묵히 어머니의 손을 바라보았다. 그가 꿈꾸던 것과 현실 사이의 거리는 너무 컸다. 삶은 이런 것인가?

그는 셰르부르 호텔방에서 몇 분 동안 소유했던 낭트 처녀를 생각했다. 이제 그녀에 대한 기억은 그의 가슴속에 자신에 대한 불만과 씁쓸함, 부끄러움으로 자리잡고 있었다. 그는 스스로 '끔찍하다'고 판단하는 여자에게 '단 한 번의 눈길로 더럽혀졌다'고 느꼈다. 하지만 그녀의 몸을 안고 그녀와 함께한 시간 덕분에 그는 성적 쾌락을 알았다.

쾌락? 사랑? 그건 그런 것인가? 꿈꾸는 것과 도달하는 것 사이에는, 항상 거리가 있는 것인가? 집안 사정은 어머니가 말하듯, 꼭 그런 것이어야 하는가?

그는 어머니가 열거하는 생활비 항목을 들으며 생각했다. 동생들은 아직 어렸다. 폴린은 이제 여덟 살이고, 카롤린은 여섯 살이었다. 엑스 신학교에 있는 뤼시앵의 기숙비를 지불해야 했고, 피사에서 공부하는 형 조제프의 비싼 생활비와 학비도 도와야 했다. 아버지가 로젤 중령에게 진 빚 25루이*는 한푼도 갚지 못한 채 그대로 남아 있었다. 어머니는 계속했다.

"너의 파리 여행 말이다……."

그러나 그녀는 말을 멈추고, 다만 이렇게 덧붙였다.

"너, 집안 사정을 알지?"

그녀는 형에게도 '최대한 절약해라'고 말했다고 밝혔다.

이것이 현실이었다.

파리, 그 도시, 그 '쾌락의 중심'은 멀리 있었다. 바로 그 '쾌락의 중심'이라는 표현이 떠올랐다. 나폴레옹은 꿈처럼, 질책처럼, 홀로 '쾌락의 중심'이라는 그 말을 중얼거렸다. 그러나 어머니는 총독 기요메를 만나 처리할 일들을 말했다. 루이를 위해 군사학교에 왕의 장학생 자리를 부탁해야 한다. 총독의 명령에 따라, 지불한 사천 그루의 뽕나무 묘목 비용도 요구해야 한다. 해야 한다. 해야 한다.

---

* 루이 13세 시대에 만들어진 프랑스의 금화. 1루이는 20프랑.

삶이란 이런 것인가? 그런가?

그러나 삶이 그렇다 할지라도, 그 굴레에 지배당할 수는 없었다.

나폴레옹은 총독에게 편지를 쓰고, 수차례 바스티아의 관저를 방문했다.

험준한 산악로인 북부 코르시카로 말을 타고 가는 긴 여행은 행복한 순간들이었다.

간혹 만나는 평탄한 길에서는 말을 타고 질주했지만, 대체로 산허리를 타고 천천히 가야 했다. 새로운 풍경들을 바라보며, 그의 상상력은 파리로 날아갔다. 파리, 팔레루아얄의 상점거리, 그에게 '성을 가르쳐준 여자'와의 만남…… 그녀가 떠난 직후 몇 분 동안 썼던 글을 그는 읽곤 했다.

그는 말을 멈추었다.

그는 부끄럽고 거북한 상념들을 쫓으려 애썼다. 그리고는 무작정 내달리다 보면, 지친 말이 앞발을 세우고 달리기를 거부했다.

목동이나 농부들이 보이면 나폴레옹은 내려서 말을 건넸다. 그는 이런 만남을 좋아했다. 그는 한참을 지체하며 여러 가지를 물었다. 사람들도 그에게 곧잘 마음을 열었다. 파스칼 파올리를 따랐던 한 노병이 그에게 전투 이야기를 들려주기도 했다. 아작시오에 머무는 동안, 그는 파올리에 관한 이야기들을 꼼꼼하게 기록했다. 코르시카 사람들 중에는 파올리에 관한 일을 글로 쓸 수 있을 정도로 생생하게 기억하고 있는 이들이 많았다. 제노바 점령 때부터 비밀리에 인쇄된 자료들을 보존하고 있는 이들도 있었다. 나폴레옹은 그런 자료들을 수집하여 읽고 분류하며, 항상 염두에 두고 있는 '코르시카 역사'의 집필 기초자료로 삼았다. 그러나 바스티아에 도착하여 기요메와 면담하는 동안, 현실은 또 한 번 그를 막아섰다. 총독의 정중한 예의에도 불구하고, 그는 굴욕감을 느꼈다.

그러나 현실을 있는 그대로 받아들여야 했다. 그는 프랑스 장교이며, 그의 가족은 도움을 필요로 했다. 그는 자기 직업을 사랑하는 젊은 소위였고, 총독과의 단절을 바랄 수도 또 단절할 수도 없었다.

바스티아로 여행할 때마다, 그는 그 도시에 주둔하는 포병장교들을 방문했다. 도시를 방문한 장교를 맞아주는 것은 병영의 관례여서, 그는 몇몇 장교들과 식사도 함께했다.

그들은 그보다 나이가 많았다. 그러나 '고대와 현대의 통치형태'라는 주제로 토론이 시작되자, 그는 토론을 주도하며 장교들의 무지를 확인했다.

몇 명은 지겨워하며 일어섰지만, 그는 정열적으로 토론을 계속했다. 그러자 장교들은 그가 거만하고 아는 척한다고 불평했다.

흥분한 나폴레옹은 민족의 권리를 주장했다. 한 장교가 그를 공격했다. 그러면 코르시카는? 그는 대답했다. 코르시카도 하나의 민족입니다. 그들은 놀랐다.

어떻게 프랑스군 장교가 그렇게 말할 수 있는가?

나폴레옹은 소리쳤다.

"당신들은 코르시카 사람들을 모르고 있소!"

그는 총독도 공격했다. 코르시카의 통일을 방해한다는 이유였다. 장교들은 그의 거침없는 발언과 코르시카 애국주의에 경악했다. 한 장교가 물었다.

"당신은 왕이 하사한 칼을 왕의 대리인인 총독에게 겨누려는 거요?"

나폴레옹은 창백해지며 입을 다물었다.

그는 그날 밤, 아작시오로 돌아왔다. 흥분한 그는 말을 난폭하게 몰며 아무렇게나 내달렸다.

산다는 건 이런 것인가?

자신의 생각과 욕망, 야망을 범용한 현실에 늘 굴복시켜야 하는가?

느끼는 것을 외치지도 못하도록, 스스로 재갈을 물어야만 하는가?

정해진 길에서 벗어나지 않기 위해 족쇄를 차야만 하는가?

그는 말의 옆구리를 걷어차며 전속력으로 내달렸다.

절벽이 있다면 낭패겠지만, 그는 어둠 속으로 뛰어들듯이 질주했다.

1788년 6월 1일, 긴 휴가가 끝났다. 피사에서 돌아온 조제프를 만난 후, 나폴레옹은 발랑스의 라페르 연대로 복귀했다. 하지만 곧 그는 다시 길을 떠나야 했다. 그가 코르시카에 체류하던 휴가 기간 중인 1787년 12월에 부대는 옥손 주둔군에 배속되었던 것이다.

그의 나이 이제 열아홉 살이었다.

8
그때 한 인간이 솟을 것이다

1788년 6월 15일, 옥손에 도착한 나폴레옹의 눈에 가장 먼저 들어온 것은 사온 강 위를 흐르는 안개였다.

끝없이 굽이치는 강 왼쪽으로 성벽과 도시가 솟아 있었고, 멀리 북동쪽으로는 흐르는 연무 위로 무성한 숲이 보였다. 그곳이 쇠르 산이라고 알려준 마부는 동쪽을 가리키며 덧붙였다.

"날씨가 좋으면, 도울 산 위로 쥐라 산맥의 준령들이 보이지요. 겨울에는 남쪽의 알프스 산맥도 보입니다. 그러나 덥거나 비가 내릴 때면, 사온 강과 연못물이 증발하여 습기가 피부에 달라붙을 정도로 심해지지요. 사람들은 열병에 시달리기도 하구요."

마부는 라페르 병영 앞에 마차를 세우며 말했다.

"휴, 벌써 덥군요."

나폴레옹은 그의 말을 건성으로 들었다.

그가 연대를 떠나 휴가에 들어간 지 이십일 개월이 되었지만, 누구도 질책하지 않았다. 왕립 포병대에서는 장교들에게 정기휴가와 별도로 육 개월 단위의 바캉스를 허락하는 것이 관례였기 때문이다.

발랑스 동료들과의 재회가 기다려졌다. 나폴레옹은 데 마지를 보자마자 내달렸다.

재회는 뜨거웠다. 준장인 장 피에르 뒤 테이 남작이 지휘하는 연대의 분위기는 매우 좋았다. 옥손 포병학교도 맡고 있는 뒤 테이는 대대로 이어오는 군인가문 출신으로, 유능하고 군대를 사랑하는 완벽한 지휘관이었다.

데 마지는 병영 부근의 초원에 있는 사격장으로 그를 데려갔다. 포병들이 대포와 박격포 발사훈련을 하고 있었다. 일과가 끝난 후, 데 마지는 나폴레옹을 병영 옆에 있는 시립숙소로 안내했다. 옥손시가 라페르 연대의 장교들에게 무료로 제공하는 숙소였다.

나폴레옹의 방은 16호였다. 남쪽으로 난 기다란 방에 팔걸이 의자 하나, 책상 하나, 여섯 개의 밀짚의자, 나무의자 한 개가 놓여 있었다.

나폴레옹은 기쁜 표정으로 하나뿐인 창문으로 다가가 옥손 풍경을 바라보았다. 언덕과 숲, 평원들…….

덥고 벌써 습했다.

"몇 년 전 뒤 테이 준장은 열병과 싸워야 했대. 포병학교 대부분의 생도들도 그 전염병에 걸렸다지."

데 마지의 말을 들으며 나폴레옹은 가방을 열고 책상 위에 책과 노트들을 정리했다.

데 마지는 나폴레옹의 책들을 들춰보았다. 대부분 예전부터 나폴레옹이 끌고 다니는 책들이었다. 루소의 『고백록』, 레날의 『인도 무역의 철학사』, 코르네유와 라신의 작품들, 마리니의 『아랍의 역사』, 마블리의 『프랑스 역사에 관한 고찰』, 플라톤의 『공화국』, 토트 남작의 터키와 타타르에 관한 회상록, 그리고 프리드리히 2세와 베니스 정부에 관한 저작들……

데 마지는 머리를 흔들며, 나폴레옹은 분명 예외적 존재라고 생각했다.

"아휴, 이 소화하지도 못하는 학문들은 어디에다 쓰려는 거야? 이미 천년 전에 벌어진 일들을 알아서 뭐해? 인간들 사이의 유치한 토론을 알아봐야 뭐 도움되는 거 있어? 골치만 아프지."

들춰보던 책을 내려놓고, 데 마지는 방 안을 서성이며 여자와 사랑에 대해 떠들어댔다.

"자넨, 방 안에 있으면 뭔가 공허하게 느껴지지 않나?"

나폴레옹은 어깨를 으쓱대며 말했다.

"아무 할 일이 없더라도, 나는 시간을 잃고 싶진 않아."

그러더니 강한 어조로 포프*의 시를 낭송했다. 단어마다 발음이 명쾌했다.

"우리의 정신이 강할수록
  우리는 행동해야 하네
  우리의 정신은 휴식 속에서 죽고
  행동 속에서 사는 것이니."

데 마지는 시를 암송하는 나폴레옹을 뚫어지게 응시하더니, 결론을 내리듯 말했다.

"나폴레옹 보나파르트, 아무도 자네를 바꾸지 못할 거야."

---

* 영국의 신고전주의 시대 시인, 1688~1744.

108

데 마지는 어딜 가든 늘 나폴레옹과 함께 다녔다.

그들은 스무 살도 안 된 청년들이었던 것이다. 나폴레옹은 젊은 장교들과 장난하고 농담을 주고받으며, 때로는 그들의 장난에 걸려들기도 했다. 사격 연습이 있기 전날, 그는 누군가 그의 대포들에 못질해놓은 것을 발견했다. 그는 침착했다. 눈을 부릅떴지만 놀란 표정은 내보이지 않았다.

그러나 격노할 때도 있었다. 위층 방에 있는 동료 뷔시는 밤마다 뿔피리를 불며 그의 공부를 방해했다. 나폴레옹 자신도 음악교육을 받고 있지만, 밤마다 늦도록 울려대는 뿔피리 소리를 더는 견딜 수 없었다. 그는 계단을 올라가 말했다.

"자네, 뿔피리를 너무 불어서 피곤하지 않나?"

뷔시 소위가 대답했다.

"아니, 전혀."

"그런가? 하지만 많은 동료들은 자네의 뿔피리 때문에 피곤해하고 있어. 멀리 나가서 마음대로 불어도 되잖나?"

"내 방의 주인은 나야."

"그래도 지킬 건 지켜야지. 다들 자네에게 한마디 해주려고 하고 있어."

그러자 뷔시가 눈을 부릅뜨며 소리쳤다.

"누구도 감히 내게 그런 명령을 하지 못해."

나폴레옹이 응수했다.

"나는 해."

사태가 결투 지경에 이르자, 싸울 준비를 하는 그들을 동료 장교들이 말렸다. 결국 뷔시는 다른 곳에 가서 뿔피리를 불었다.

나폴레옹의 처신은 존경받을 만했다. 사람들은 그가 특이하다는 것을 알았다.

그는 손에 책을 들고 전원을 거닐며, 무언가 쓰기 위해 걸음을 멈췄다. 혹은 신발 끝이나 칼집 끝으로 땅바닥에 기하 형상들을 그리곤 했다. 그러다가 동료들과 식사하는 뒤몽 하숙집에 늦게 도착하는 일이 잦았다.

사람들은 농담조로 그의 옷차림을 놀려대곤 했지만, 그는 옷차림에는 관심이 없었다. 그는 부자가 아니었으며, 제복을 자주 바꿔 입으라는 장교 규율을 싫어했다. 규율은 푸른색 바지를 검은색 바지로 바꾸거나, 외투 대신 영국식 프록코트를 입으라고 강요했다. 그러나 누가 그 비용을 지불하는가? 장교들 자신이 아닌가!

대신 그는 돈을 모아 책을 샀다. 다른 장교들의 방에 옷들이 쌓여갈 때, 그의 방에는 책들이 쌓여갔다.

그는 미친 듯이 공부했다. 그의 결단력과 인내, 열정과 자신감은 놀라울 정도였다. 그는 매일 몰두하는 이 작업이 언젠가 유용할 것으로 확신했다.

포병장교로서의 업무도 익혀나갔다. 물론 그는 이미 발랑스에서 포병업무를 시작했다. 그러나 그는 자신이 아는 것이 아직 포병학의 기초에 지나지 않는 포대 배치, 발사대 설치, 그리고 발사에 관한 지식이라는 것을 스스로 잘 알고 있었다.

그는 이론강좌를 들으며, 가장 열성적인 학생으로서 수학교수 롱바르와 친구처럼 지냈다. 사십 년 넘게 옥손 포병학교에서 수학을 가르친 롱바르는 영국 이론가 로빈스의 두 권의 저서를 불어로 번역하기도 했다. 그가 1783년 번역한 『포병학의 원칙들』과 1787년 번역한 『대포와 곡사포 발사론』이 그 책들이었다. 나폴레옹은 그 책들을 공부하고 요약했다.

그는 필요한 모든 지식을 얻고 싶어했다.

지식에 대한 그의 욕구는, 뒤 테이 장군이 그를 불러 휴식을 취하라고 충고할 정도였다. 실제로 그는 1788년 말 내내 앓아누웠다.

열이 간헐적으로 그를 덮쳤다. 도시를 에워싼 늪과 연못물에서 올라오는 습기가 원인이었다. 그는 마르고 창백해졌다. 유제품을 제외하고는 아무것도 삼키지 못했다.

1789년 1월, 몸이 좀 나아지자 그는 어머니에게 편지를 썼다.

〈주변의 늪과 강의 잦은 범람 때문에, 이 지방은 건강에 좋지 않습니다. 강물이 인공호로 흘러들면서 지독한 냄새와 습기를 발산합니다. 저는 상당히 오랫동안 열병을 앓았습니다. 나흘간 휴식을 취했는데도 아직 완전치 않습니다…… 그 때문에 몸이 약해졌습니다. 지독한 열병을 앓았고 회복하는 데도 상당한 시간이 걸렸습니다. 오늘은 날씨가 괜찮아 몸이 상당히 좋아졌습니다.〉

뒤 테이 장군이 그를 불러 '포탄 발사 연구회'의 회원으로 임명했다.

나폴레옹은 작전을 지휘하며, 논문을 쓰고, 새로운 전술을 제안했다. 그의 보고서는 모두 '논리적이며, 유익하고, 방법적'이라는 평을 받았다.

그의 보고서를 읽은 장군은 나폴레옹을 칭찬하며, 왕립 포병대 최고의 장교가 될 것이라 예언했다.

나폴레옹은 그날 저녁, 외삼촌 페쉬에게 편지를 썼다.

〈사랑하는 삼촌. 이곳 장군님께서 저를 각별히 아껴줍니다. 어려운 셈을 요하는 여러 작업들을 저에게 맡깁니다. 또한 저는 열흘 동안 밤낮으로 선두에서 이백 명을 지휘해야 했습니다. 다른 장교와 동료들도 제가 누리는 호의를 질투할 정도였습니다만, 이제는 괜찮습니다. 한 가지 걱정스러운 것은 제 건강이 별로 좋지 않다는 것뿐입니다.〉

이처럼 복무에 진지하게 임하고 그에 상응하는 만족스러운 대접에도 불구하고, 그는 한 가지 욕망에 사로잡혀 있었다. '쾌락의 중심' 파리가 떠오르는 것이었다.

그는 파리를 방문할 방법을 궁리했다. 그에겐 좋은 핑계거리가 있었다. 아작시오의 뽕나무 묘목 문제가 아직 해결되지 않았기 때문에, 다시 베르사유에 가서 총감독관에게 청원하겠다는 것이었다. 그러나 그에게는 여행 경비가 없었다. 그는 부주교 뤼시앵에게 편지를 썼다.

〈저에게 백 프랑만 보내주십시오. 이 금액이면 파리에 가서 사정을 알아보고 필요한 일을 처리하는 데 충분할 것 같습니다. 적어도 어떻게든 해볼 수 있겠지요. 사람들을 만나보고 장애를 극복하면요. 모두들 승산이 있다고 말합니다. 백 프랑이 없어서 제가 일을 그르치는 걸 바라지는 않으시겠지요?〉

부주교에게서는 아무런 대답이 없었다.

이번에는 외삼촌 페쉬에게 부탁해보았지만, 역시 대답이 없었다. 나폴레옹은 다시 페쉬에게 편지를 쓰면서 유감을 표현했다.

〈외삼촌, 여기서는 돈을 빌릴 수가 없습니다. 옥손은 작은 도시인데다, 그런 부탁을 할 만큼 가까운 사람도 없습니다. 사정이 여의치 않으면, 파리 여행을 포기해야 합니다.〉

그는 펜을 놓고, 가슴속에 넘실대는 욕망의 불꽃을 잠재우기 위해 긴 숨을 토해냈다.

안녕, 팔레루아얄 상점거리와 밤 산책의 꿈이여!

그 꿈은 한참 뒤로 미루어야 했지만, 언젠가 기회는 올 것이었다. 그때를 기다리며 그는 고백했다.

〈여기서는 복무하고 공부하는 것 외에는 다른 즐거움이 없다. 일 주일마다 옷을 갈아 입는 게 전부다. 병을 앓은 이후로는 잠을 조금밖에 자지 못한다. 믿기 어렵지만 열시에 자서 네시면 일어난

다. 식사는 하루에 한 끼가 전부다.〉

열병을 앓는 상태에서도, 그는 미래를 향한 계획에 골몰했다. 그가 누리는 현재는, 긍정적인 것이긴 하지만 그가 기대하는 격렬한 즐거움과 고양된 감정을·주지 못하기 때문이었다.

오직 책과 글쓰기만이 그에게 미래를 열어주고, 그를 즐거움에 사로잡히게 했다.

그는 예전에 장교 시험을 준비할 때처럼 공부에 몰두했다.

발랑스에서 이미 읽은 기베르의 『전술학 개론』을 여러 차례 다시 읽었다. 또한 옥손을 지휘하는 뒤 테이 준장의 친동생인 뒤 테이 기사의 저서 『새로운 포병술』을 구해 탐독했다.

프랑스 왕국은 7년전쟁(1756~1763), 그중에서도 특히 1757년의 로스바흐 전투에서의 패배 후, 심각한 후유증에 시달렸다. 이후 프랑스군의 전략가들은 혁신적인 이론들을 수립했다.

나폴레옹은 그 새로운 이론들에 몰두했다. 특히 그는 아랍과 베니스, 영국, 프랑스의 역사를 정독하며, 펜을 들고 공책에 주석을 달아가며 읽었다.

데 마지는 나폴레옹의 그런 모습에 혀를 내두르며 물었다.

"그런 게 무슨 소용이 있나?"

나폴레옹은 대답하지 않았다. 다만, 스스로에게 다짐했다.

— 파스칼 파올리는 코르시카 근위대의 일개 장교일 뿐이었지만 영웅이 될 수 있었다. 나 역시 언젠가 코르시카를 위해 중요한 역할을 할 것이다.

나폴레옹은 자신이 프랑스 왕립 사관학교에서 교육받은 유일한 코르시카 출신임을 잘 알고 있었다. 그러나 그의 야망에 비해 군대는 너무 좁은 공간이었다. 이제는 군대를 넘어서고 싶었다. 그는 코르시카는 역사의 톱니바퀴를 잘 알고, 법률과 정치적 식견을 겸비한 인물을 필요로 한다고 판단했다.

어느 날 그는 사소한 일로 처벌을 받아 스물네 시간 구류를 당했다.

낡은 침대와 의자 하나, 옷장 하나가 전부인 먼지 가득한 방에 감금된 그는, 거기 옷장 위에서 누렇게 먼지를 뒤집어쓴 2절판 책 한 권이 팽개쳐져 있는 걸 발견했다. 놀랍게도 법전들과 로마 판관들의 판결문을 모아놓은 책, 『유스티니아누스의 법률요강』이었다.

나폴레옹은 숨을 죽이고 의자에 앉았다. 연필도 종이도 없었지만, 그는 읽기 시작했다. 그 어려운 고서를 그는 아예 외우기도 했다. 단 하나의 촛불에 비춰가며 그는 고색창연한 서책을 밤새도록 탐독했다.

다가오는 간수의 발걸음 소리에 그는 깜짝 놀랐다. 어느새 아침이 된 것이다. 시간 가는 줄 모르고 밤새 고서를 독파한 덕분에 그는 로마의 법률제도를 알게 되었다.

과연 이런 공부가 유용할까? 그는 확신했다.

"유용하다. 이 지식을 사용할 때가 언제, 어디서, 어떻게 오게 될지는 알 수 없지만."

나폴레옹의 자질을 알고 있는 라페르 연대의 장교들은 '칼로트'라 불리는 복무규칙을 작성하면서 그를 찾았다.

그는 즉각 작업에 몰두했다.

그가 구사하는 문구들을 보면 마치 국가의 헌법이라도 만드는 듯했다.

〈훼손되어서는 안 될 법률이 있다. 그러한 법률은 사회계약이라는 본질에 의거해 제정되어야 한다……〉

그가 작성한 복무규칙을 본 데 마지는 놀라는 표정으로, 나폴레옹을 바라보았다. 나폴레옹은 열정에 찬 목소리로 설명했다.

"이 강령의 목표는 귀족으로서의 신분에 상관없이 장교들 사이에 평등을 유지하는 명예로운 규칙을 만들려는 거야. 또 필요하다면, 그 규칙을 위반하는 자들을 처벌하고, 부정을 저지르는 상급장교들에 대하여 하급장교들을 옹호하려는 것이지. 결국 장교들이 준수해야 할 공화주의적 원칙들을 세우자는 거야."

데 마지는 과격한 그의 말에 또 한 번 놀랐다.

"유럽의 열두 왕국에서, 왕들은 부당한 권력을 누리고 있어. 대부분의 왕들은 왕위를 박탈당해야 마땅해."

─ 이런, 장교 복무규칙에 왜 왕들까지 들먹여?

어안이 벙벙한 데 마지에게 나폴레옹은 공책을 펴 보이며 집필중인 논문을 보여주었다.

〈인간들이 스스로 인간임을 느끼는 시대가 곧 올 것이다. 지상의 오만한 압제자들이여, 그대 백성들의 가슴속에 이런 생각이 스며들지 않도록 주의하라. 편견과 관습, 종교와 나약한 옥좌여! 언젠가 그대 백성들이 '우리 역시 인간이다'라고 말하는 날, 그대의 옥좌는 무너질 것이다.〉

데 마지는 나폴레옹에게 반박할 엄두도 나지 않았다.

나폴레옹은 완성된 복무강령을 내밀었다. 데 마지는 장밋빛 리본으로 묶인 그 문서를 한 장씩 넘겨보았다. 장중한 문체의 그 글은 법률과 책임자 문제를 다루고 있었다. 데 마지는 그 과장된 어조와 과도한 표현에 웃음을 터뜨릴 동료 장교들의 모습이 눈에 선했다. 문서를 읽은 데 마지는 터져나오려는 웃음을 간신히 참았지만, 끝까지 아무 말도 하지 않았다.

라페르 연대의 장교들은 그 강령을 채택했다.

나폴레옹은 데 마지에게 휴가기간에 벌였던 바스티아 주둔 장교들과의 논쟁을 이야기했다. 그는 기억에도 생생한 그 설전에서 코르시카 민족을 미친 듯 찬양한 자신의 행동이 경솔했음을 인정했다.

뒤 테이 준장이나 전쟁 참모, 수학 교수 롱바르 등을 만날 때면, 그는 자기가 좋아하는 코르네유의 『신나』를 이야기했다. 내면에서 움트는 자신의 진보적 사상을 직접적이 아닌, 그 장엄한 극작품에 빗대어 표현하는 것이다.

나폴레옹은 진보적 사상들이 자신의 펜 아래서 솟구치는 데 대해 스스로도 놀랐다. 때로는 지금까지 걸어온 길들이 두렵게 생각되기도 했다. 그는 이제 교회에 나가지 않으며, 아직도 형식적으로 성호는 긋지만 진정으로 믿지는 않았다.

집필중인 글에서, 그는 교회의 편에 서지 않고, 권력과 국가, 카이사르에 찬동했다.

그는 민중봉기를 '구원의 운동'이라 말하는 레날을 반복해서 읽었다. 그는 본능적으로, 굴종적이며 비겁한 자들을 경멸했다.

그는 레날의 설교를 즐겨 암송했다.

〈용기 없는 민중이여, 우둔한 민중이여, 계속된 압제로 그대의 에너지는 고갈되었다. 포효해야 할 때, 그대는 아무런 소용없는 신음만 앓는다. 민중이여, 그대들은 수백만이면서도, 하찮은 몽둥이로 무장한 몇 명에 이리저리 끌려다닌다. 그럴 바에야 차라리 복종하라! 불평으로 우리를 귀찮게 하지 말고, 전진하라. 민중이여, 자유가 싫으면, 불행할 줄은 알라.〉

나폴레옹은 이 말들을 되새기며, 홀로 옥손 주변을 거닐었다.

포효하는 편에 설 것이다. 절대로 끌려다니지 않을 것이다. 복종하지 않을 것이다. 그는 내면에서 꿈틀대는 에너지를 느끼며 걸음을 재촉했다.

그는 화약을 장전한 대포와도 같았다. 그의 화약, 그것은 그가 읽는 책이며, 메모하는 노트이고, 그가 쓰는 글이며, 열병을 앓으면서도 집필하는 군주제에 관한 성찰들이었다.

언제 그의 심지에 불길이 닿을지는 몰랐다. 그러나 계속 대포에 화약을 장전하면서 전투를 준비하듯, 그는 매일 가공할 노력으로 지식과 사상이라는 화약을 포구(砲口)인 자신의 머릿속에 장전해 나갔다.

그는 확신했다. 매일 축적하는 이 에너지가 언젠가 폭발하리라는 것을.

어느 날 저녁, 기베르의 『전술학 개론』을 다시 읽으면서, 그는 발랑스에서 읽었던 한 문장, 그의 뇌리에 깊이 각인된 한 문장을 새롭게 발견하고 낭송했다.

〈그때 한 인간이 솟을 것이다. 그때껏 군중 속에, 어둠 속에 묻혀 있던 인간, 말로도 글로도 이름을 떨친 적이 없는 인간, 침묵과 명상 속에 잠겼던 인간…… 이 인간이 솟아나 여론과 상황, 그리고 운명을 장악할 것이다……〉

나폴레옹은 전율했다. 팔레루아얄 사창가에 서 있던 여자에게 다가갈 때만큼이나, 전율했다. 그것은 같은 떨림이지만 더욱 강렬한 욕망이며, 그를 전진하도록 밀어가는 힘이었다.

그러나 그 여자를 만날 때까지, 그는 얼마나 많은 밤을 헤매야 했던가?

불꽃처럼 때가 다가와 그의 에너지를 폭발시키기까지, 얼마나 많은 시간을 기다려야 할 것인가?

1789년 4월 1일, 갑자기 북이 울렸다.

나폴레옹은 병영으로 달려갔다. 밤새도록 글을 쓰느라 아직 잠도 덜 깬 상태였다. 라페르 연대의 포수들이 무기 아래 도열해 있었다.

뒤 테이 준장은 몹시 화난 모습이었다. 그는 부르고뉴 사령관 구베르네 후작으로부터 즉각 3개 중대를 쇠르로 보내라는 명령을 받았다. 옥손에서 몇 리 떨어진 산악지대인 쇠르 주민들이 두 명의 상인을 착취자라며 학살한 사건이 벌어졌다. 도대체 대위와 중위들은 다 어디 있는 거냐고 뒤 테이가 소리쳤다. 그들은 휴가중이었다.

어쩔 수 없이 젊은 소위들에게 지휘를 맡겨야 했다. 그들은 대부분 스무 살도 안 되었으며, 이런 중대한 상황을 경험해본 적도 없었다. 그러나 후작은 3개 중대를 즉각 파견하라고 고집했다! 부대가 출발했다. 나폴레옹은 1개 중대의 지휘를 맡았다.

새벽에 출동한 군대가 마을에 도착했을 때는 한낮이었다. 농부들이 아직도 골목마다 떼지어 있었지만 질서는 회복된 듯했다.

뒤라크 가에 주둔한 나폴레옹은 작전 배치를 했다. 유지들이 달려와 친절하게 장교들을 둘러쌌다. 아직도 불안에 휩싸인 여자들은 농부들을 가리키며 '야만적인 짐승들'이라고 소리쳤다. 특히 소금창고 책임자의 아내가 가장 흥분하면서, 나폴레옹에게 창고가 포위당했던 상황을 장황하게 설명했다. 나폴레옹은 공포에 질린 여자를 달래고, 중대원들을 배치하는 한편, 보초를 세우고, 순찰대를 조직했다.

상황이 예상보다 심각해서 쇠르 주둔은 연장되었다.

나폴레옹은 노트와 책을 꺼내들었다. 시간이 흘러, 파견대가 쇠르에 주둔한 지 벌써 한 달이 넘었다. 나폴레옹은 유지들의 대접을 받고, 춤도 추며 그들과 어울렸다.

그들과의 대화에서, 왕이 5월 5일 베르사유에서 삼부회를 개최했다는 사실을 알았다. 나폴레옹을 초대한 제3신분 대표자들은 당국의 재정은 파산 상태며 귀족계급의 조세 특권은 폐지되어야 한다고 말했다.

나폴레옹은 귀를 기울였지만, 별로 말이 없었다.

그는 별 관심이 없다는 듯이 관찰만 했다. 책장을 넘기며 생각을 적는 듯한 모습이었다. 다른 사람들도 이런저런 의견들을 개진했지만, 그로서는 특별한 감정이 없었다. 그는 장교로서 임무를 수행하기 위해 여기 왔을 뿐, 그의 조국은 다른 곳에 있었다.

여기저기서 논쟁이 벌어지고, 유지들은 열정적으로 떠들어대었다. 나폴레옹은 구경꾼일 뿐이었다.

그에게 중요한 것은 코르시카와 연결된 그의 운명이었다. 그는 생각했다.

—지금 여기, 내가 복무중인 이 왕국에서 벌어지는 일이 나의 조국 코르시카의 앞날에 큰 영향을 미칠 것이다.

4월 말, 쇠르의 거리에 부근의 농민들이 다시 모여들었다. 그들은 쇠스랑을 휘두르며 외쳐대고 위협했다.

나폴레옹은 중대의 선두에 섰다. 그는 단호한 목소리로 병사들에게 장전을 명하고, 분노한 무리에 다가가 소리쳤다.

"쇠르 주민 여러분, 양민들은 물러가 귀가하시오. 나는 폭도들에게 발포 명령을 내릴 것이오!"

군중은 머뭇거렸다. 나폴레옹은 칼을 빼어들고 반복했다.

"양민들은 집으로 돌아가시오."

그의 목소리는 단호했다. 시위대는 흩어지고, 나폴레옹은 칼을 칼집에 넣었다.

저녁때, 장교들을 위한 무도회가 열린 한 유지의 집에서, 사람들은 나폴레옹을 에워싸고 칭송했다.

그는 임무를 수행한 것뿐이라고 말했다. 그에겐 망설임이 없었다.

그 난잡한 무리들, 농민들, 비천한 사람들, 그는 그 민중들과 어떤 공통점도 느끼지 않았다.

그는 코르시카인이다, 그들과는 다른 종족이었다. 언어도 다르고 풍습도 달랐다. 그는 목동과 산골 사람들로 이루어진 민족 출신이었다. 골목길에 몰려들어 곡물상인들을 살육한 이들과는 분명히 다른 민족 출신이었다.

그는 코르시카 출신이며, 귀족 출신이었다. 그는 자신이 대중과는 구별되는, 수세대에 걸쳐 권위를 행사하는 가문 출신이라는 자존심을 가지고 있었다.

그는 귀족들 사이의 평등을 주장했다. 물론 인간들 사이의 평등도 지지했다. 그러나 조건이 있었다. 평등권을 누리려면, 우선 그럴 만한 자격과 존엄성을 갖춰야 했다.

그는 코르시카인이며, 귀족이고, 장교였다.

그는 유년기부터 군대 질서와 엄격한 위계 질서가 무엇인가를 배웠다.

외국 군대 소속이지만, 그는 그 질서의 일원이며 장교 제복을 입고 있다는 사실에 자부심을 가지고 있었다.

그는 폭도들과는 어떤 공통점도 느끼지 못했다.

그는 왕들의 역할에 대해서도 회의적이었다. 대부분의 왕들이 통치할 자격이 없는 것으로 보이기 때문이었다. 그러나 위계 질서는 필요하며, 규율은 필수적이다. 다만 그 질서 내부에서도 자격 있는 인간들의 경우에만 평등은 존재할 수 있다는 것이 그의 생각이었다.

그는 그의 결단력과 용기를 칭찬하는 사람들에게 대답했다.

"나는 장교입니다."

6월, 그는 3개 포병중대와 더불어 옥손에 돌아왔다. 이제 그는 예전처럼 한가하게 방에 틀어박혀 읽고 쓰며 지낼 수가 없었다. 뭔가 변화하고 있었다.

전원을 거닐며, 그는 자신의 예민함을 간파한 데 마지에게 말했다.

"사건들은 자연스럽게 일어나고, 또한 사건은 새로운 상황을 낳는 법이지. 지식인은 사회를 뒤흔드는 이 엄청난 소리를 들어야 해."

그는 광장에 있는 옥손 책방에 자주 들러 신문을 뒤적였다. 분명 왕국이 흔들리고 있었다. 베르사유에서는 삼부회가 소집되었고, 파리 거리에서는 약탈 사건이 끊이지 않았다. 빵을 실은 마차가 털리고, 군대가 발포하였다. 나폴레옹은 무어가 시작되고 있음을 직감했다.

방으로 돌아온 그는 『코르시카에 관한 서한문』 집필을 시작했다.

상스의 대주교 로메니에게 보낼 작정으로 시작했으나, 그 사이 대주교가 바뀌어 그는 새로 부임한 네케르 대주교에게 보내야 했다. 그러나 혹 있을지도 모를 실수와 문장들의 교정을 위해, 그는 원고를 먼저 브리엔 군사학교의 옛 스승인 뒤피 선생에게 발송했다. 그는 네케르에게 아무것도 애원하지 않으며, 아무것도 기대하지 않는다고, 뒤피에게 썼다. 다만 왕의 권위 아래 왕국을 이끄는 이에게, 코르시카 애국주의자로서 그의 생각을 보여주고 싶을 뿐이라고.

나폴레옹에게 중요한 것은 오직 파스칼 파올리의 견해였다. 그는 프랑스 땅이 흔들리기 시작했다고 판단했다. 빨리 행동해야 했다. 1789년 6월 12일, 그는 자신의 영웅인 파스칼 파올리에게 편지를 썼다.

〈장군님께. 저는 조국이 망할 때 태어났습니다. 삼천 명의 프랑스 군대는 우리 해안을 더럽히고 자유의 옥토를 피의 물결로 뒤덮었습니다. 세상에 태어나 갓 뜬 제 눈을 놀라게 한 것은 그 끔찍한 광경이었습니다. 죽어가는 사람들의 고함 소리, 억압받는 동포들의 신음 소리, 그들의 절망의 눈물이 갓 태어난 저의 요람을 뒤덮었습니다. 장군님은 우리 섬을 떠나셨고, 장군님과 더불어 행복의 희망도 사라졌습니다. 우리 항복의 대가는 노예화일 뿐입니다. 군대, 법률가, 조세 징수관, 이 삼중의 족쇄 아래 짓눌려, 우리 동포들은 멸시당하며 살아가고 있습니다.〉

펜이 달릴수록 그의 글은 더욱 과장되고 부풀려졌다. 실제적 현실은 중요치 않았다. 스무 살의 청년장교 나폴레옹은 1789년 대혁명의 해에, 그의 조국의 역사를 그렇게 보고 있었다.

그는 파스칼 파올리에게 '조국에 봉사해야 한다는 의무감에서 『코르시카에 관한 서한문』을 집필했음'을 설명했다. 나폴레옹이 당시 수도 파리에 거주했다면, 행동할 다른 방법을 더 수월하게 찾을 수 있었겠지만, 지방에 머무는 그로서는 '저작'에 만족해야 했다. 그는 말했다.

〈장군님, 동포인 이 젊은이의 노력을 격려해주신다면, 저는 자신있게 성공을 기대할 것입니다. 저의 부모님께서도 항상 장군님 편이셨습니다. 저는 감히 성공을 점치는 바입니다…… 그러나 이 저작의 성공 여부와 관계없이 저는 이것이 코르시카에 군림하는, 그리고 제가 공격하는 많은 프랑스 관리들을 저의 적수로 만들게 되리라는 걸 알고 있습니다. 그러나 제 저작이 조국에 도움만 된다면, 저는 아무래도 상관없습니다. 장군님, 제 가족의 경의를 바칩니다. 외람되게 제 동포들이라고 해도 괜찮겠지요. 그들은 자유를 숨쉬었던 시절을 기억하며 한숨짓고 있습니다. 저의 어머니 레티지아 부인은 코르테에서 보냈던 몇 년간의 추억을 장군님께 말씀드리라 하십니다.〉

나폴레옹은 편지를 다시 읽으며, 한 자도 수정하지 않았다. 몇 년 전부터 마음속에 품고 살았던 말들이었기에 고칠 필요도 없었다.

그는 출발선을 확인한 후 마침내 도약하는 선수 같았다.

그는 파스칼 파올리를 도울 것을 약속하고, 코르시카에 관한 자신의 글이 제기하는 책임은 스스로 지겠다고 말했다.

〈악의에 찬 사람들이 제 저서를 비판할 것이라 생각합니다. 만일 그런 일이 벌어진다면, 저는 양심과 동기의 정당성을 주장하겠습니다. 그리고 그때부터 그들과 맞서 싸우겠습니다.〉

몇 달 후, 그는 뒤피 선생에게서 답장을 받았다. 1789년 7월 15일 리옹에서 발송된 편지에서, 옛 스승은 네케르 장관과 부딪치려 하지 말고, 『코르시카에 관한 서한문』의 용어들을 순화시키라고 충고했다. 나폴레옹은 그 충고를 받아들일 생각이 없었다. 그에게 『서한문』은 청원이 아닌, 투쟁이기 때문이었다. 코르시카 애국주의자들이 무엇을 생각하는가를 분명히 알려야 했고, 그는 그 선구자가 되고 싶어했다. 바로 그것이 『서한문』의 목표였다.

그는 전혀 망설이지 않았다. 코르시카 출신 나폴레옹의 펜은 너무도 격한 확신감에 팽팽히 떨렸다.

그는 자주 집필을 중단했다. 그의 손끝은 극도의 초조감으로 타들어가고 있었다. 상황의 추이도 심상치 않았다.

성벽 쪽에서 고함 소리가 들려왔다. 창문을 열자, 비상 소리가 들리고 주민을 선동하는 북소리가 울리며 연기가 피어올랐다. 나폴레옹은 옥손 중심가로 서둘러 내려갔다.

1789년 7월 19일, 뱃사공과 하역인부들이 떼지어 시장을 사로잡고, 세무서를 점령하고, 건물과 토지대장을 불지르고, 세관과 무역관을 약탈했다.

폭동이었다.

병영에 들어서자, 출동 명령을 받은 장교와 병사들이, 전해오는 소식에 관해 이야기를 나누고 있었다.

"7월 14일에 왕립 요새감옥인 바스티유가 폭동자들에게 점령당했다더군. 감독관은 목이 잘렸고, 간수들이 군중과 합세해서 바스티유에 대포를 발사했다던데."

나폴레옹은 지체없이 중대의 선두에 섰다. 사람들이 떼를 지어 옥손 시내를 몰려다니다가 군대를 보면 흩어졌다. 그는 순찰을 돌며 밤을 보냈다. 옥손 주민들은 그 '강도'들이 밀려들까봐 공포에 질려 있었다.

7월 20일, '강도'들이 밀려들었다. 그들은 근방의 시골에서 몰려든 농부들이었다. 그들은 세관과 세무서를 불태우고, 소금창고를 약탈했다. 출동부대 장교들이 장전 명령을 내리자, 농부들은 곧 흩어졌다. 군대는 다시 병영으로 복귀했다. 나폴레옹은 방으로 돌아왔다. 그는 펜을 잡고, 그 섬뜩했던 상황을 떠올리며, 형 조제프에게 자신의 체험을 이야기했다.

〈북소리와 무기, 피의 소용돌이 속에서 형에게 이 편지를 쓰고 있어. 이 도시의 하층민들이 외부의 강도들과 결탁해서, 일요일 저녁 세무서 건물들을 뒤엎고 세관과 관공서들을 약탈했어. 우리 부대의 장군은 75세야. 지친 장군은 도시의 책임자를 불러, 앞으로는 내 명령을 받도록 조치했어. 여러 차례에 걸친 작전 끝에 서른세 명을 체포해서 모두 지하감옥에 집어넣었지. 그중 두세 명은 즉결재판으로 교수형을 당할 거야…….〉

폭도들에 대해서 그는 단호했다. 주모자들을 단호히 처벌하고 질서를 복구해야 했다. 특권층에 대해서도, 그는 비판적이었다.

〈프랑스 전역에 피가 흐르고 있어. 그러나 대부분 우리 민족과

자유의 적들, 코르시카를 대가로 배를 불리던 적들의 불순한 피야.〉

그의 견해는 '프랑스 파트리오트(애국주의자)'들을 상기시키지만, 나폴레옹은 처음에는 하층계급을 증오하는 장교로서 반응했다. 그의 개인적 운명은 조국이 어떻게 되는가에 달려 있다고 믿었기 때문에, 그는 코르시카 문제에 특히 민감했다.

1789년 8월 9일, 그는 코르시카에 가기 위해 휴가를 신청했지만, 허락이 떨어지지 않았다. 그는 이 나라에 감금되었다고 느끼며, 답답한 심경으로 전원을 거닐었다.

글쓰기도 그를 진정시키지 못했지만, 그래도 그것만이 살아 있다는 느낌을 주는 유일한 행위였다.

8월 4일, 프랑스 왕국은 만장일치의 위대한 열광 속에서 특권제도를 폐지했다. 나폴레옹은 코르시카 연방 총서기이며, 그의 대부인 지우베가에게 편지를 썼다.

〈이 소식은 선량한 사람들로 하여금 올 한 해를 기쁨으로 기억하게 할 것입니다. 수세기에 걸친 야만적인 봉건제도와 노예제도를 경험하면서 사치와 나약함에 물들었던 가슴들이 자유라는 단어에 불타오르는 것을 보고 사람들은 놀라고 있습니다〉

사실이었다, 프랑스는 그를 놀라게 했다. 8월의 광풍이 몰아치던 그날, 그는 파리를 꿈꿨다. 파리, 그 쾌락의 도시가 활화산이 된 듯했다. 그러나 이 역사적인 순간도, 나폴레옹에게는 코르시카에 유리하게 작용하는 경우에만 의미가 있었다.

그는 고향섬에 빨리 돌아가야 한다는 초조감에 뒤 테이 준장을 찾았다. 장군은 그에게 기다리고 있으면 휴가 문제가 잘 처리될 거라고 말했다. 그는 대부 지우베가에게 다시 편지를 썼다.

〈프랑스는 다시 태어나는데, 우리 불행한 코르시카는 어떻게 되는 겁니까? 우리는 여전히 비굴하게 억압자의 손에 키스나 하고 있어야 합니까? 우리는 이방인들이 우리의 권리를 침탈하는 것을 보고 있어야만 합니까? 풍속과 행동이 경멸스럽고, 출생신분도 비천한 이 이방인들에 의해서 말입니다.〉

이방의 민족 출신인 그는, 역사적인 대혁명의 순간에도 프랑스 민중을 경멸하고 있었다.

8월 16일, 라페르 연대가 반란을 일으켰다.

병사들은 연대장 집으로 몰려가 금고 속에 보관된 연대의 비밀 자금을 내놓으라고 협박했다. 그들의 기세와 숫자, 고함과 위협에 질려 연대장은 굴복하고 말았다.

나눠 가진 돈으로 술에 잔뜩 취한 병사들은 장교들에게 함께 마시고 춤추자며, 시비를 걸었다. 멀리서 나폴레옹은 동료 부르베 소위가 성난 병사들에게 둘러싸여 있는 것을 보았다. 병사들은 부르베가 평소 사병들을 때렸다는 이유로 욕을 해대며, 그를 목졸라 죽일 기세였다. 특무상사 두 명이 달려들어 부르베 소위를 간신히 빼내었다. 하지만 상황은 어떻게 진전될지 알 수 없었다. 부르베 소위는 그날 밤 여자로 변장하고 옥손을 떠나야 했다!

"저런 폭도들에게는 대포를 쏴버려야 해. 군법을 무시하는 저런 천한 불한당들을 그냥 놔두다니 말도 안 돼."

나폴레옹은 데 마지에게 말했다.

새로운 정치는 '선(善)을 향한 일보 전진'이긴 했지만, 무질서 는 그에게 반감을 일으켰다. 아무튼 나폴레옹에게 있어 본질은 프 랑스가 아니었다. 그가 강박관념처럼 생각하는 것은 오직 코르시 카였다.

그는 대부 지우베가 움직이기를 기대했다. 나폴레옹은 다시 편지를 썼다.

〈저는 지금까지는 신중하려 침묵했습니다. 타락한 궁정에서 진리는 가치가 없기 때문입니다. 그러나 이제, 무대는 변했습니다, 행동을 바꾸어야 합니다. 이 기회를 잃으면, 우리는 영원히 노예가 될 것입니다……〉

그는 코르시카에 빨리 갈 수 있기를 열망했다. 8월 21일, 드디어 휴가 허락이 내려왔다. 그는 어떻게든 이 휴가를 최대한 연장할 생각이었다.

휴가 허락을 받고 나자, 옥손에서의 하루하루가 매우 지루하게 느껴졌다.

그는 병영과 숙소, 책방을 챗바퀴 돌듯 반복해서 돌아다녔다. 하루에도 수차례씩 울리는 비상종 소리에 질겁한 사람들이 거리를 내달렸다. 강도떼가 몰려온다는 소식이 순식간에 퍼지고, 또 얼마 후에는 공포 분위기가 사라지며 진정되는 악순환이 한 달 전부터 열병처럼 반복되었다.

9월 중순, 나폴레옹이 마침내 옥손을 떠날 때가 되어서야 거리에 평온이 돌아온 듯했다.

코르시카행 배를 타기 전에 레날 사제를 만날 생각으로, 나폴레옹은 마르세유로 향했다. 도중에 그는 발랑스에서 잠시 길을 멈췄다.

발랑스 사람들은 이 젊은 소위를 기억하고 환대했다. 타르디봉의 살롱에서는 나라를 뒤엎은 대혁명에 관해 열정적인 토론이 벌어졌고, 그 지역 성들에 불을 지르는 강도들 때문에 불안해했다. 그들은 이 대혁명으로부터 혁신적인 군주제가 꽃피기를 기대했다.

생 뤼프의 사제 타르디봉은 나폴레옹의 팔을 붙들고, 잔걸음에 리듬을 맞추며 말했다.

"사정이 돌아가는 것을 보니, 이젠 누구나 왕이 될 수 있소. 나폴레옹 소위, 당신이 왕이 되면 크리스트교를 받아들이시오. 그리면 만사가 해결될 것이오."

다음날, 나폴레옹은 론 강을 내려가는 뱃머리에 서서, 바다에서 불어오는 바람을 온몸으로 맞았다.

제3부

공적인 대사(大事)들로 가득 찬 두뇌

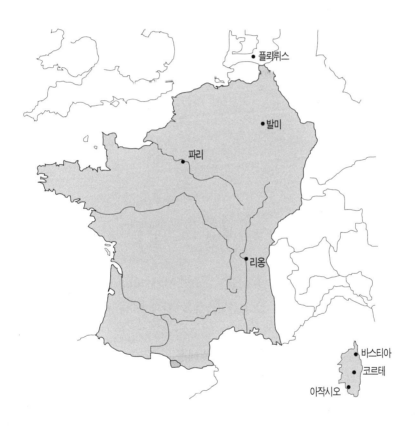

플뢰뤼스

발미

파리

리옹

바스티아
코르테
아작시오

1789년 9월 ~ 1793년 6월 11일

9
행동하라, 행동하라

1789년 9월 25일, 배가 부두에 닿기가 무섭게 나폴레옹은 아작시오 선창 위로 뛰어내렸다.

코르시카는 아직 여름 날씨였다. 점심 때가 막 지난 도시는 오후의 나른함에 파묻혀 있었다. 간간히 선원과 하역인부들의 목소리만 들려왔다.

너무 조용하고 평온한 풍경에 나폴레옹은 잠시 머뭇거렸다. 상상했던 것과는 너무 다른 분위기였다.

그의 머리는 코르시카를 위한 계획들로 들끓고 있었고, 그의 기억은 폭동 소리와 폭력의 영상들로 가득 차 있었다.

그는 쇠르와 옥손에서 체험한 모든 것을 기억했다. 발랑스와 론강을 내려오며 배 위에서 듣고 겪은 일들이 생생했다.

론 강의 한 포구에서, 나폴레옹은 생 에스테브라는 한 젊은 여인이 애국주의자들에게 붙잡히는 것을 보았다. 여행 동안 그녀와 친숙해진 터라, 그는 무슨 일인지 알아보려 그녀 곁으로 다가갔다. 애국주의자들은 프랑스 장교가 다가오는 걸 보고 놀라는 기색이었다. 까닭을 묻는 나폴레옹에게, 그들은 그녀가 파리를 떠나 망명길에 오른 아르투아 공작부인이라고 주장했다. 나폴레옹은 그들이 잘못 보았다고 설득했다. 다행히 설득은 성공했다.

레날 사제를 만나기 위해 들른 마르세유에서는, 모든 길들이 삼색 휘장을 흔들어대는 애국주의자들에 의해 장악되어 있는 광경을 목도했다. 웅변가들이 임시 언딘이나 수레 위에 올라서서 상노들을 주의하라고 외쳐대고, 온 도시가 술렁이고 있었다.

배에 오르기 전에, 나폴레옹은 레날 사제를 만났다. 사제는 코르시카의 역사를 쓰려는 그의 계획을 격려해주었다.

항해 내내 나폴레옹은 갑판 위를 거닐며, 코르시카에서 그가 이룰 목표와 맡을 역할을 꿈꾸며 흥분했다. 만일 파스칼 파올리가 영국에서 돌아온다면, 그의 곁에서 중요한 역할을 맡을 수 있으리라. 만일 파올리가 섬에 오지 못한다면, 나폴레옹 자신이 그를 대신할 생각이었다.

그런데, 아작시오는 무기력한 잠에 빠져 있지 않은가! 코르시카는 역사 밖에 있는 듯했다.

잠시 나폴레옹은 그가 대극장을 떠나 아무것도 공연되지 않는 뒤뜰에 온 것은 아닐까 하는 의심에 사로잡혔다.

그의 곁으로 조제프가 다가왔다.

"프랑스에서는 무슨 일이 벌어지는 거야?" 형이 물었다. "이 혁명은 어떻게 될 것 같애?"

조제프는 동생의 편지를 계속 받아온 터라, 프랑스에서 일어난 혁명을 대충은 알고 있었다. 그러나 기껏해야 발간 후 한 달이 지나서야 배달되는 신문을 접하는 코르시카에서 자세한 정보를 알기는 어려웠다. 코르시카에서도 삼부회에 대표를 선출하여 파견하긴 했지만, 그들은 국민의회 소식을 거의 전해오지 않았다. 국가자문회의 변호사인 살리체티와 파올리의 조카인 콜로나 드 세자리 로카 남작은 제3신분 대표로, 부타포코 백작은 귀족계급 대표로, 페레티 사제는 성직계급 대표로 선출되었다.

조제프는 자랑스레 밝혔다.

"나도 변호사로서 최고자문회의 멤버야."

조제프는 덧붙였다.

"여기선 아무것도 변하지 않았어. 총독인 바랭 남작은 국민의회가 가결한 법령을 전혀 공포하지 않고 있어. 마치 삼부회도, 바스티유 함락도 없었던 것 같아."

섬은 여전히 군사당국의 지배를 받고 있었다.

조제프가 거리를 지나는 군인들을 가리켰다. 그들의 모자에서 백색 계급장을 본 나폴레옹은 분개했다.

코르시카는 혁명이 일어났다는 사실도 모른단 말인가? 특권이 폐지되었다는 것도? 프랑스 왕국을 휩쓸며 모두에게 삼색기를 달도록 강요하는 거대한 바람이, 어떻게 코르시카에는 전혀 불지 않는단 말인가?

나폴레옹은 분통이 터졌다. 집으로 가는 길에, 그는 집안 소식으로 화제를 바꿨다.

"어머니는 너를 기다리고 계셔. 동생들도 모두 어머니 곁에 모여 둘째 형이 오기만 기다리고 있었다. 생 시르 학교에서 공부하는 엘리자만 없지."

조제프는 나폴레옹의 화를 돋우지 않으려는 듯 머뭇거리며 말했다.

"동생들의 앞날이 불안해. 모든 코르시카인들이 다 그렇지만.

나도 변호를 아직 한 건밖에 맡지 못했어."

시무룩하던 그의 표정이 밝아지며, 목소리에 활기를 띠며 덧붙였다.

"살인 혐의를 받는 사람을 변호했는데, 그는 무죄로 석방되었어. 정당방위가 인정된 거지."

나폴레옹이 무덤덤하게 물었다.

"뤼시앵은?"

동생 뤼시앵은 신학교를 마친 후 엑스에서 돌아왔다. 그는 장학금을 받지 못했으며, 루이도 마찬가지였다. 뤼시앵은 형 나폴레옹처럼 군사학교 교육을 계속 받기 위해 보조금을 신청했으나 받지 못했다. 그 밑으로도 돌봐야 할 동생들이 줄줄이 있었다. 제롬은 다섯 살의 어린애며, 카롤린은 여덟 살, 폴린은 열 살이었다.

나폴레옹은 오랫동안 침묵했다. 생 샤를 거리로 들어서는 그의 눈에 고향집이 보였다.

"내가 동생들을 모두 공부시키겠어."

그는 무거운 어조로 말했다.

"질서와 규율, 엄격한 시간 사용법부터 가르쳐야 해. 우리집은 동생들의 학교가 되어야 해, 무위도식하도록 놔둘 순 없어. 보나파르트 가문은 코르시카의 모범이 되어야 해."

나폴레옹은 가족과 인사를 나누자마자, 어머니 레티지아의 어려운 집안 살림 이야기를 들어야 했다. 뤼시앵에게 더 열심히 공부하라고 충고할 시간도 간신히 낼 수 있었다. 소식을 들은 친척들이 집으로 몰려들어 나폴레옹에게 질문을 던졌던 것이다. 모두가 똑같은 질문들이었다. 프랑스에서는 무슨 일이 벌어진 것인가?

나폴레옹은 열정적으로 대답했다. 그를 찾아오는 사람들의 숫자가 그를 고무시켰다. 사람들은 변화를 원하고 있었다.

그들이 말했다.

"우리는 매일 배가 도착하기만 기다리지, 모든 사람들이 소식을 알고 싶어하거든. 여기 사람들도 움직이기 위해 프랑스의 변화를 살피고 있다네."

지난 8월 15일, 아작시오 주민들은 도리아 주교에 대항하여 시위했으며, 주교에게 4천 리브르의 배상금을 요구했다. 또한 그들은 해군 기지권의 폐지를 요구하는 시위를 벌였는데, 주둔군 사령관인 라 페랑디에르와 장교들은 대포까지 동원해서 위협하고서야 시위대를 해산시킬 수 있었다. 결국 서른여섯 명의 시민들로 구성된 위원회가 결성되었다.

바스티아, 코르테, 사르텐, 그리고 여러 지방에서도 시위가 일어났다. 망명객들이 섬의 북쪽으로 들어와 삼십여 명으로 구성된 단체를 조직했다. 바랭 총독은 그들에 대한 추적을 포기할 수밖에 없었다. 그러나 도시들을 여전히 바랭이 장악하고 있었다. 주민들은 탄압을 두려워하고 있지만, 누군가 깃발만 올리면 일어설 기색이었다.

유심히 듣던 나폴레옹은 감동적인 연설을 시작했다. 그는 '달콤한 노예제도에 속아 시들어가는 비겁한 자와 나약한 자들'을 단호히 비판했다. 그는 행동하고자 하는 사람들 편에 설 것임을 다짐했다. 사람들은 그에게 귀를 기울이며 밤이 가는 줄 모르고 혁명을 얘기했다.

밤이 깊어서야 나폴레옹은 형과 단둘이 남았다. 그는 형을 정원으로 데리고 나가 차가운 밤공기를 맞으며 말했다.

"형, 우리 둘이서 코르시카를 바꿀 수 있어. 파스칼 파올리의 귀향을 준비하거나, 아니면……."

나폴레옹은 잠시 침묵하더니 말을 이었다.

"파올리의 뒤를 잇는 거야."

그는 홀로 생각에 잠긴 채 정원을 오래 서성였다.

다음날부터 그는 아작시오의 거리와 부근의 시골길을 돌아다니며, 감동적인 연설로 사람들을 끌어모았다. 그의 말들은 그가 『코르시카에 관한 서한문』에서 쓰고, 수년 전부터 마음속에 품었던 말들이었다.

조제프도 나름대로 움직였다. 저녁이면 형제는 하루의 성과를 논의했다.

그는 밤마다 생 샤를 가의 그의 방이나 밀렐리 별장의 공부방에서 글을 썼다. 『코르시카에 관한 서한문』의 서문을 다시 쓰고, 파스칼 파올리의 업적을 힘차게 찬양했다. 아침이면, 그는 자신이 밤새 쓴 글을 뤼시앵에게 주어 베껴 쓰게 했다.

아작시오 사람들은, 보나파르트 집은 수도원이나 학교 같다고 말했다.

나날이 진전되는 상황은 스물한 살도 채 안 된 나폴레옹의 가슴에 자신감을 심어주었다.

그는 종종 들판을 홀로 거닐었다. 그는 무성한 목초와 저 멀리 염전의 황량한 풍경을 사랑했다. 어느 날 저녁 산책에서 돌아온 그는 몸을 떨었다. 다시 열병이 엄습한 것이다. 그가 즐겨 산책하는 구역 중에 공기가 좋지 않은 곳이 있었다. 그러나 그는 열병에 시달리면서도 모임과 방문, 산책을 중단하지 않았다. 밤마다 계속하는 글쓰기 작업도 중단하지 않았다.

난생 처음 그는 자신이 대중의 응집력을 끌어내는 데 자질이 있음을 발견했다. 모임이 진행될수록, 그는 더욱 능숙해지고 설득력은 배가되었다. 아작시오 사람들 중 일부는 폭력투쟁을 주장했지만, 나폴레옹은 그들을 진정시키며 반대했다. 총독에게는 군대와 대포가 있다. 신중하게 움직여야 했다. 파리에서 벌어지는 상황을 지켜보면서, 코르시카 당국으로 하여금 항복하게 하는 게 최선이었다.

1789년 10월 31일, 그는 애국주의자를 지망하는 사람들을 생 프랑수아 성당에 모이게 했다. 이 소집에, 많은 사람들이 놀랐다. 사람들은 용기있는 그의 행동을 칭송하며, 그의 이름을 존경심을 가지고 부르기 시작했다. 그는 모여든 사람들 사이를 분주히 오갔다. 그는 한 손에 책을 들고 있었다. 그는 선언문을 읽기 시작했다. 그의 목소리가 성당 천장에 부딪히며 쩌렁쩌렁 울렸다.

"관리들이 법률에 저촉되는 권리를 행사할 때, 소명감 없는 의회의원들이 민중의 의사에 반하여 '민중'이라는 말을 사용할 때, 시민들은 연합할 수 있다."

그는 '우리를 착취하고, 우리를 타락시키며, 우리를 불신하는 행정으로부터' 코르시카를 해방시킬 것을 요구했다.

그는 삼부회의 제3신분 의원인 살리체티와 콜로나 백작에게도 호소했다. 그러나 귀족과 성직계급 대표인 부타포코와 페레티의 이름은 언급조차 하지 않았다. 나폴레옹은 단호히 결론맺었다.

"우리는 애국주의자들입니다."

그는 탁자에 선언문을 올려놓고, 사람들을 향해 펜을 들어 보이며 말했다.

"이 선언문에 서명하십시오. 제가 첫번째로 하겠습니다."

그는 고개를 숙이고 빠른 손놀림으로 '포병장교, 부오나파르테'라고 쓰고, 몸을 곧추세웠다.

그날 밤, 그는 잠을 이루지 못했다. 그가 품었던 계획을 위해, 이제 첫발을 내디딘 것이다.

그는 일어나, 어둠에 잠긴 밀렐리 별장의 정원으로 내려갔다. 그날 밤 그는 별장에 머물렀다. 생 프랑수아 성당에서의 서명은, 그의 모든 생각의 귀착점이며 출발점이었다. 흔적도 경계도 보이지 않는, 하지만 걸어가야 할 생의 길, 그 험로에 접어든 것이다. 그는 고개를 들어 하늘을 올려다보았다. 까만 하늘을 수놓으며 수만의 별들이 태고 이래의 오랜 운행을 계속하고 있었다.

행동하라, 행동하라. 이것이 그가 따라야 할 유일한 원칙이었다.

다음날 아침 그는 바스티아로 말을 몰았다. 바랭 총독이 거주하는 식민지의 수도, 비스디아는 코르시카의 노는 것이 결정되는 곳이었다.

나폴레옹은 거처를 정하고, 그를 기다리는 애국주의자들 앞에 섰다. 그는 이탈리아 리보르노에서 오는 두 개의 상자를 기다리고 있다고 말했다.

사람들이 호기심으로 눈을 빛낼 때, 상자가 도착하였다. 그는 삼색기가 가득 들어 있는 상자 안에 손을 넣었다. 나폴레옹은 그 깃발들을 바스티아 주민들과 주둔군들에게 나누어주었다.

11월 3일, 바스티아는 청, 백, 적의 삼색기로 뒤덮였다. 장교들은 귀족계급을 상징하는 백색기를 대체한 삼색기를 흔드는 사람들을 잡아 투옥했지만, 사람들은 굴하지 않고 삼색기를 흔들었다.

이제 더 멀리까지 나아가야 한다, 끊임없이 행동하며, 한 단계 넘어서야 한다. 행동하는 것, 그것은 올라가는 것을 의미하기 때문이다.

긴장감이 감도는 도시 곳곳을 누비며, 나폴레옹은 군중을 향해 외쳤다.

"바스티아 주민들은 무기를 들고, 모든 경우에 대비하시오. 11월 5일에, 코르시카인들은 성 요한 성당으로 평화적으로 모이시오.

공식적인 민병대를 조직할 것이오."

긴장감이 극도에 달했다. 나폴레옹은 도시 곳곳을 누비고 다녔다. 11월 5일이 다가왔다. 멘 연대 소속의 척탄병중대와 전투중대들이 성당을 포위했다. 성곽의 대포들은 도심을 조준하고, 장교들은 바스티아 사람들에게 욕설을 퍼부었다.

"이 빌어먹을 이탈리아놈들이 우리를 무시하려고 해? 이놈들 맛 좀 봐라!"

나폴레옹과 더불어 유일한 코르시카 출신 포병장교인 마소니는 보란 듯이 성곽 보루의 정부군에 참여했다.

성 요한 성당을 둘러싸고 팽팽한 대치가 고조되어갔다. 갑자기 몇 발의 총성이 울리더니, 군인들과 바스티아인들 사이에 격전이 벌어졌다. 군인 두 명이 총에 맞아 살해되고, 여러 명의 바스티아인이 총검에 부상당했다.

사태가 심각해지자, 바랭 총독은 오래 버티지 못했다. 그는 민병대들에게 굴복하고 무기를 내주었다. 군대를 지휘하던 대령은 바스티아를 떠나야 했다. 대령을 싣고 떠나가는 배를 향해, 코르시카인들은 소리를 지르고 나팔을 불어댔다.

나폴레옹은 말했다.

"마침내 우리 바스티아 형제들은 조이던 사슬을 박살내버렸다."

나폴레옹은 아작시오로 돌아왔다. 1789년 11월 초순의 귀로, 수없이 지나다닌 익숙한 조국의 길들이지만, 그날은 모든 게 새롭게 다가섰다. 주변 풍경도, 바람도 이제까지의 것이 아니었다. 역사를 창조한다는 성취감, 일찍이 한 번도 경험해보지 못했던 격정에 그는 도취되었다.

몇 주 후, 나폴레옹은 바스티아 사건 이후 삼부회 의원인 살리체티가 새로운 타협안을 프랑스에 요구했다는 소식을 접했다.

〈코르시카는 군사체제의 통치를 받는 정복지가 아니다. 코르시카는 프랑스 제국의 다른 지역과 동일한 헌법에 의거해 통치되며 통합된다.〉

나폴레옹은 열광했다.

1789년 11월 30일, 국민의회는 이 제안을 받아들였다. 더불어 미라보의 제안에 따라 코르시카 섬의 자유를 위해 싸웠던 모든 망명자들에게 코르시카로의 안전 귀환을 보장하고, 프랑스 시민권을 부여함을 선포했다.

그 소식은 한 달이 지난 12월 말이 되어서야 코르시카에 전해졌다.

나폴레옹은 즉각 현수막을 만들어 생 샤를 가의 집 앞에 걸어놓고 환호했다. 거기엔 이렇게 씌어 있었다.

〈민족 만세, 파올리 만세, 미라보 만세!〉

도시 전체가 축제 분위기에 휩싸였다. 사람들은 거리로 쏟아져 나와 춤추고 노래하며, 올모 광장에 축제의 불꽃을 밝혔다. '프랑스 만세, 코르시카 만세!' 함성이 물결쳤다.

나폴레옹은 들뜬 가슴으로 무리 속에 섞여들었다.

거리의 환호와 갈채, 성당마다 울려퍼지는 '테 데움(감사의 노래)'을 들으며, 나폴레옹은 이 일을 주도했다는 자부심과 희열에 가슴 벅찼다. 춤추며 노래하는 이 사람들, 환희에 찬 이 민중들의 행복이 바로 그가 이룬 역사의 힘이었다.

그가 마침내 플루타크가 '역사를 만드는 영웅들'이라 부른, 예외적 인간들 중 하나가 된 것이다.

그때 나이 겨우 20세 5개월.

그는 유년기 이후 처음으로 자신과 내면이 하나로 통합됨을 느꼈다. 분열되었던 존재의 두 부분이 마침내 다시 하나로 만난 것이다.

코르시카 애국주의자 나폴레옹이 프랑스 장교 나폴레옹을 마침내 받아들인 것이다.

지금까지 그에게 프랑스는 애교 떠는 여자들과 나태하고 천박한 풍속으로 타락하고 경박하기 이를 데 없는 나라였다. 그러나 프랑스가 코르시카를 그 일부로 인정한 날, 이제 프랑스는 그에게서 새롭게 태어났다. 강력하면서도 개화된, 새로운 민족으로 변신한 프랑스는 빛을 발하며 그의 가슴속에 자리잡았다.

그는 열광하며 말했다.

"프랑스가 우리에게 가슴을 열었다. 앞으로, 우리는 같이 웃고 같이 울 것이다. 이제 우리를 가르는 바다는 없다."

당연히 그는 『코르시카에 관한 서한문』의 출간을 포기했다. 이렇게 된 지금 그것이 무슨 소용인가? 그는 말했다.

"프랑스 대혁명 이후 많은 것이 변했다. 우리를 폭도 취급하며 죽음으로 내몰던 자들이 지금은 우리의 보호자가 되었다. 그들은 우리의 감정에 의해 생기를 얻게 된 것이다."

1790년 들어 몇 달 동안을, 나폴레옹은 홀로 혹은 조제프와 함께 아작시오 거리를 거닐며 사람들의 인사를 즐거이 받았다. 사람들은 다정하고 감사하는 표정으로, 그를 알고 싶다는 듯 둘러쌌다. 민중들은 그를 지도자처럼 대접하며 경의를 표했다.

사람들은 나폴레옹과 몇 마디라도 말을 나누고 싶어했다. 그들은 조제프가 시청 관리로 임명된 것을 축하했다. 차츰 보나파르트 문벌이 형성되어갔다. 나폴레옹은 지지자들에게 자신은 영감을 주는 애국주의자일 뿐이라고 말했다.

그는 민병대 등록부에 병사로 기입하고, 민병대장으로 임명된 마리우스 조제프 페랄디의 집 앞에서 보초도 섰다.

그런데 과연 그는 무사할 수 있을까?

아작시오 주둔군 사령관 라 페랑디에르는 장관에게 나폴레옹을 탄핵하는 글을 보냈다.

〈이 젊은 장교는 사관학교 출신이며 누이동생은 생 시르에서 교육받았습니다. 그의 모친도 정부의 혜택을 받았으며, 덕분에 그는 유복하게 자랐습니다. 그런데도 그는 프랑스 정부를 비판하는 일에 광적으로 앞장서고 있습니다.〉

이 사실을 안 나폴레옹은 즉각 선수를 쳤다. 1790년 4월 16일, 그는 라페르 연대장에게 휴가를 연장하는 편지를 썼다.

〈저의 건강이 악화되어 연대 복귀가 어렵습니다. 오레자 생수를 마실 수 있는 10월 15일까지는 귀대가 불가능합니다……〉

그는 자신의 말을 증명하기 위해 진단서도 동봉했다. 실제로 그는 염전지대를 산책하는 동안 얻은 열병 때문에 간간이 앓았다.

5월 29일, 그는 1790년 6월 15일자로 사 개월간의 휴가 연장을 받았다.

그는 해방되었다. 그는 자신의 의지와 욕망이, 모든 문들을 두드려대는 것을 점점 더 강하게 느꼈다.

"나는 욕망하는 모든 일을 이룰 것이다."

일단 도달할 목표를 정하면, 목표를 향해 어떻게 나아갈 것인지 체계적 방법을 세우는 것이 중요했다. 의지만 있으면, 어떤 장애도 넘을 수 있었다.

그는 코르시카에 머무르기를 원했다. 계속 그 섬을 '끓어오르게' 하고 싶었다. 그는 조제프에게, 코르시카로 귀향하는 파스칼 파올리 환영단 멤버로 활동할 것을 권유했다.

그로서는 파올리의 귀향 준비를 위해서라도 코르시카에 남아야 했다. 운동을 시작한 민중들이 그 영웅을 맞이하려는 순간, 이 섬을 버려둘 수 없었다. 더구나 그는 파올리를 돕겠다고 약속하지 않았던가?

1790년 6월 24일, 조제프는 마르세유행 배에 올랐다. 파스칼 파올리는 국민의회에서 갈채받았고, 로베스피에르에 의해 자코뱅 클럽에 받아들여진 후 파리를 떠났다. 조제프를 포함한 환영단은, 파리를 떠난 파올리와 리옹에서 만날 예정이었다.

다음날인 6월 25일, 책상 앞에 앉아 있던 나폴레옹은 갑자기 들려오는 군중들의 행진 소리와 고함 소리에 놀라 일어섰다.

며칠 전부터 아작시오 시민과 주둔 병력 사이에 갈등이 있었다. 시민과 시청은 무기고와 요새 출입을 요구했지만, 사령관 라 페랑디에르와 참모 라자유는 이를 거절했던 것이다.

나폴레옹은 제대로 옷을 걸치고 장화를 신을 틈도 없이, 총을 잡고 거리로 달려나갔다.

시위대는 그를 알아보고 지도자로 추대하며 환영했지만, 그는 망설였다. 이미 폭동자들과 마주쳐본 경험이 있는 그는 군중이 어디까지 나아갈 수 있는지 잘 알고 있었다. 그는 지휘를 받아들였다. 그는 군중의 의지대로 프랑스인 참모의 체포는 받아들였지만, 심각한 폭력으로 발전하려는 모든 기도를 제지하였다.

참모 라자유는 체포되어 시청에 감금되었다. 그러나 이 순간, 1789년 11월 5일 바스티아에서 그랬던 것처럼, 그는 선두에서 물러섰다. 시청이 라자유를 석방한 후, '6월 25일 이날'을 정당화하기 위한 자료를 작성하기 위해서만, 그는 다시 선두에 나섰다. 그는 '불경스런 법률 위반'을 조장하고 '죄가 무거운 반동'을 기도했다는 이유로, 사령관 라 페랑디에르를 탄핵했고, 또한 구체제 프랑스의 편에 섰던 코르시카인들을 비판했다.

〈우리와 함께 살면서, 우리 사회의 빈곤 속에서도 자신의 이익을 챙겨 잘살았던 그들이, 지금은 우리에게 자유를 주는 헌법을 무시한다.〉

이 글을 쓰면서, 나폴레옹은 아버지 샤를 보나파르트를 생각했다. 아버지 역시 그런 사람이 아니었던가!

1790년 7월 어느 일요일, 나폴레옹은 형 조제프와 올모 광장을 산책했다. 햇볕은 따스했고, 간간이 불어오는 바람에 바다 내음이 묻어났다. 그때 갑자기, 한 떼의 코르시카 사람들이 레코 사제를 앞세우고 달려왔다. 레코 사제는 예전 아작시오 수학 선생의 조카였다. 나폴레옹을 둘러싼 그들은 험악한 표정이었다. 그들은 나폴레옹이 6월 25일의 폭동을 주도하여, 그 '훌륭한' 가문의 이름으로 프랑스인과 코르시카인들을 박해했다며 그를 비난했다. 보나파르트 가문의 아들인 그가, 파올리의 추종자였다가 마르뵈프 총독을 모셨던 샤를 보나파르트의 아들인 그가, 토스카나 귀족 출신인 보나파르트 가문인 그가!

이 광경을 본 나폴레옹의 추종자들이 달려와, 그를 건드리는 놈은 누구든 죽여버리겠다며 위협했다. 일촉즉발의 위기에, 나폴레옹은 냉정을 유지하며 소리쳤다.

"우리 모두 이제 프랑스인이 될 게 아닌가? 그걸 가지고 끔찍한 모독을 일삼는 간악한 놈들은 정의의 이름으로, 내가 처단하겠어."

각 진영은 서로 욕설을 주고받으며 물러섰다.

나폴레옹은 조제프와 생 샤를 가의 집으로 돌아오며, 내내 침묵 속에 잠겨 생각했다.

그는 코르시카를 분열시키는 증오심을 확인했다. 파올리에게 충성했던 자들과, 샤를 보나파르트처럼 프랑스 당국에 협력했던 자들 사이의 분열. 또한, 혁명 프랑스의 대의를 수용하여 그 민족의 시민이라고 느끼는 자들과, 귀족계급의 상징인 백색기를 포기하지 않는 자들 사이의 분열. 마지막으로, 코르시카 독립을 꿈꾸는 자들!

1790년 9월, 나폴레옹은 바스티아 항구에 내린 파스칼 파올리를 만났다. 파올리는 코르시카 섬의 지배자로 행동하며, 그가 적으로 간주하는 프랑스인들을 체포했다. 파올리는 가는 마을마다 찬양자와 추종자 무리들에 둘러싸여, 도처에서 구세주로, 지도자로 대접받았다.

나폴레옹은 조제프와 함께 파올리의 친위대에 선발되었다. 친위대는 말을 타고 파올리 옆에서 그를 경호하는 영광스런 특권을 누렸다.

파올리가 방문하는 마을 입구마다 개선문이 세워지고, 주민들은 만세를 부르며 축포를 발사했다.

나폴레옹은 파올리 옆에서 말을 몰며, 영국에서 이십 년을 보낸 노장군을 바라보았다. 파올리는 영국 정부로부터 2천 파운드의 연금을 받으며 지냈다. 나폴레옹은 파올리 친위대에서 중요한 역할을 맡지 못했다. 그의 프랑스 장교 제복과 아버지 샤를 보나파르트의 생전의 처신 때문에, 사람들에게 그는 의심스러운 존재였다. 게다가 바스티아 사람들과 아작시오 사람들 사이에는 해묵은 반목이 있었는데, 그것은 산맥을 사이에 둔 '이쪽'과 '저쪽' 사이의 대립이었다. 바스티아 출신인 파올리 역시 아작시오를 불신했다. 보나파르트 가문은 아작시오 출신이었다.

파올리 군대는 폰테 노보에 도착했다.

그곳은 파올리가 1769년 프랑스군에 패배했던 곳이다. 파올리는 그때를 회상하는 듯 홀로 이리저리 말을 달리다가, 말에서 내려 나폴레옹에게 자랑스럽게 당시의 상황을 설명했다. 두 진영의 위치와 그가 점령과 방어를 명령했던 진지들을 가리켰다. 사람들은 그의 전투 이야기를 존경하는 눈빛으로 경청했지만, 나폴레옹은 작전에 정통한 군인으로서 차갑게 결론지었다.

"이런 배치였다면, 패배는 당연합니다."

사람들은 일순 침묵했다. 파스칼 파올리는 나폴레옹을 말없이 바라보았다. 나폴레옹은 자신의 무례를 깨닫지 못한 듯, 형 조제프의 영웅적 행동과 코르시카에 대한 충성을 찬양했다. 그 우발적 사건은 일단은 그것으로 끝난 듯 보였다. 조제프 보나파르트는 파올리가 오레자에 결성한 의회에 선출되었고, 이어 아작시오 지역 의회 의장이 되었다.

나폴레옹은 만족했다.

1790년 말, 휴가가 끝나갔다. 봉급을 받기 위해 프랑스로 돌아가고 싶었다, 아니 그래야 했다. 이제 그는 프랑스 왕국에 연대감을 느꼈다. 그는 프랑스 시민이며 장교가 아닌가? 그는 동생 루이도 대륙으로 데려가 사관학교 과정을 밟게 할 생각이었다. 필요하다면, 직접 동생을 가르치며 공부를 돌볼 계획이었다.

1790년 겨울 동안, 그는 매일 항구로 나갔지만 역풍이 불어서 프랑스로 향하는 배는 한 척도 없었다.

나폴레옹은 글을 쓰면서 동생들의 공부를 도왔다.

12월 말, 드디어 그는 루이와 함께 배에 올랐지만, 배는 두 번이나 코르시카 해안으로 되돌아오고 말았다. 다시 기다려야 했다.

1791년 1월 6일, 아작시오에서 그는 도시의 애국주의자 클럽인 '일 글로보 파트리오티코'를 조직했다. 그는 이 모임에 열정적으로 참여했다.

21세 6개월이 된 그는 이제 인간들을 능숙하게 움직일 줄 알았다. 프랑스에서 군대 업무를 배웠고, 코르시카에서 정치를 배웠다. 사건을 조직하고, 파벌과 문벌을 대립시키는 갈등을 조정하면서, 그는 지도자 중 한 사람으로 인정받았다. 또한 대립하는 두 편을 조정하면서, 형 조제프가 공직에 올라 무대의 전면에 나서는 것을 도왔다. 그가 먼저 나서기에는, 아직 나이가 너무 어렸다.

1791년 1월 23일, 밀렐리 별장의 작업방에서, 그는 아작시오 애국주의자 클럽의 이름으로 삼부회의 귀족계급 의원인 부타포코에게 보낼 공개 서한문을 작성했다. 클럽은 그 편지의 인쇄를 결정했고, 나폴레옹은 그것을 파올리에게 보냈다.

웅변적이며 긴 편지에서, 나폴레옹은 귀족계급을 대표하는 부타포코를 비판하면서, 코르시카 역사의 단계들을 개관했다. 그는 슈아젤에게 섬을 정복하도록 부추겼던 부타포코의 이력을 비판하고, '형제들의 피를 역겨워한다'고 탄핵하며, 프랑스 국민의회 의원들을 찬양했다.

〈오 라메트, 오 로베스피에르, 오 페티옹, 오 볼네, 오 미라보, 오 바르나브, 오 바이이, 오 라 파예트! 여기 감히 당신들 곁에 앉고 싶어하는 한 인간이 있습니다!〉

그러나 나폴레옹의 기대와는 달리, 파올리는 냉정했다. 그는 나폴레옹에게 '말을 아끼고, 치우침이 없어야 한다'고 충고했다.

나폴레옹은 이를 악물었다. 그가 기대한 것은 이런 훈계가 아니었다. 훈계는 어린 시절에 충분히 받았다. 그때도 그가 훈계를 받아들인 적이 있었던가?

그러나 독서를 계속하여 지식을 쌓아야겠다는 생각은 했다.

파올리는 지적했다.

"부타포코의 술수를 폭로하려 애쓰지 말고, 대중의 멸시를 받으며 잊혀지도록 내버려두라."

이런 반응은 나폴레옹으로서는 따귀를 맞은 것과 같았다.

그러나 일단 파스칼 파올리의 사람이 되기로 결심한 이상, 말없이 쓰디쓴 질책을 견디기로 했다.

다행히, 1791년 1월 말, 바람이 불었다.

어머니와 동생들, 애국주의자 클럽의 친구들이 부두까지 배웅나왔다. 나폴레옹은 루이와 함께 프랑스행 배에 올랐다.

갑판 위에서 어린 동생의 어깨를 잡고, 그는 상념에 잠겼다.

그의 운명은 이 섬에 있었다. 그러기를 바랐고, 또 그렇게 믿었다. 그러나 배가 속력을 내며 파도를 가르고, 코르시카의 산 정상들이 멀리 사라져갈 때도, 그는 이전과 달리 어떤 회한도 느끼지 않았다. 처음으로.

그의 내면에서, 무언가 변하고 있었다.

10
자신의 세기를 불태울 별똥별

　나폴레옹은 리옹으로 향하는 길을 천천히 걸었다.

　1791년 2월 8일 오후 세시 반. 멀리, 눈이 내릴 듯한 낮은 하늘 아래로 생 발리에 뒤 론의 종탑이 보이고, 몇백 미터 더 걷자 작은 마을의 오두막들이 보였다.

　함박눈이 내릴 때처럼 습한 푸근함이 대기를 감싸고 있었지만, 그래도 추운 겨울날이었다.

　이따금 나폴레옹은 몸을 돌려, 저만치 뒤처져 따라오는 어린 동생을 바라보았다. 마부와 흥정하던 그는, 이제 열세 살인 루이를 바라보며 이곳에 머물러 있다가 마차를 탈까도 생각했지만, 다시 마음을 다잡았다.

　"세르브 마을까지만 걸어가자, 루이."

이 마을을 통과한 후 그곳에서 마차를 탈 생각이었다.

세르브에 닿았을 때는, 사위가 어둠에 싸여 있었다. 아직 한낮이었지만, 이마까지 내려온 하늘은 온통 먹빛이었다. 한 농부가 장교와 어린 동생에게 문을 열어주며 환대했다. 그들은 이 마을을 지나는 마차를 기다리며, 농부의 집에서 언 몸을 녹였다. 생 발리에 뒤 론까지 가서 다시 마차를 바꾸어 타야 했다.

나폴레옹은 짐을 풀고 농부에게 동전 한 닢을 내놓았다. 자기 생각을 표현하기를 좋아하는 그는 농부와 오랫동안 대화를 나눴다. 루이는 지쳤는지, 앉아서 졸고 있었다. 농부에게 촛불을 청한 그는 가방에서 펜을 꺼내 외삼촌 페쉬에게 편지를 썼다.

〈농부의 오두막에서 이 편지를 쓰고 있습니다. 오후 네시, 겨울 날씨 치고는 부드러운 편이지만, 그래도 춥습니다. 이곳까지 걸어 오면서, 도처에서 말을 탄 농부들을 보았습니다. 특히 도피네 지방이 그렇더군요. 그들은 모두 국민의회를 위해 목숨을 바칠 각오였습니다. 발랑스에서는, 단호한 민중과 애국주의 병사들, 귀족 장교들을 보았습니다…… 여자들은 어디서나 모두 왕당파들입니다, 그건 놀라운 일이 아닙니다. 그러나 자유는, 그 여자들보다 더 아름답습니다.〉

잠시 펜을 멈춘 나폴레옹은 잠든 루이를 바라보다가, 코르시카 상황을 생각했다. 그가 발랑스에서 만났던 사람들은 아작시오 사람들보다 능력도 열정도 부족해 보였다.

〈고향 사정은 불평할 정도는 아닙니다. 그러나 코르시카가 관심을 끌기 위해서는, 아작시오의 애국주의자 클럽이 미라보 의원에게 코르시카 전통 의상을 선물하는 게 좋을 것입니다. 가죽모자와 웃옷, 바지와 반바지, 탄띠, 단검, 권총과 장총 등을 말입니다…… 효과가 있을 것입니다.〉

문 밖에서 바퀴와 말발굽 소리가 들려왔다. 마차가 도착한 것이다. 그는 잠든 루이를 깨우며 마지막 문장을 적었다.

〈사랑하는 페쉬 외삼촌, 안녕히 계십시오. 우리를 싣고 갈 마차가 왔습니다. 오늘밤은 생 발리에에서 잘 것입니다.〉

마차에는 발랑스에서 온 여행객들이 가득했다.

대화가 시작되자, 나폴레옹은 국민의회를 옹호했다. 그는 앙시앵 레짐(구체제) 추종자들을 비판하며 단호히 내뱉었다.

"앙시앵 레짐은 끝났습니다."

그는 덧붙였다.

"상류사회의 사분의 삼이 귀족계급입니다. 그들은 영국식 입헌제도 추종자라는 가면을 쓰고 있습니다."

나폴레옹은 절충주의를 배격했다.

생 발리에에 도착해서 주막으로 자리를 옮긴 뒤에도 현실 상황에 관한 토론이 계속되었다. 나폴레옹은 '민족'이라는 말을 반복했지만, 다른 사람들은 '왕국'이라 표현했다. 그는 반박했다.

"바스티유 함락과 국민의회 구성 이후의 프랑스를 '왕국'으로 부르는 것은 옳지 않습니다. '민족'이라 부르는 것이 타당합니다."

자리가 파한 후 방으로 돌아온 나폴레옹은 잠든 루이를 바라보다가 펜을 잡았다. 정치적 관심은 잠시 접어두고 싶었다. 그는 일어나 창문을 열고 어둠에 잠긴 하늘과 길을 바라보다 책상으로 돌아왔다.

〈송악이라는 덩굴나무는 처음 만나는 나무를 휘감는다. 사랑의 역사를 함축하는 말이다.〉

눈이 내렸다. 온종일 먹장구름을 이고 있던 하늘이 참을 수 없다는 듯이 눈을 쏟고 있었다. 그를 흔드는 감정과 욕망의 불을 끄기 위해, 온몸에 눈을 맞고 싶었다. 그는 곧 스물두 살이 된다. 그는 내리는 눈을 바라보다 썼다.

〈사랑이란 무엇인가? 열세 살의 이 어린아이를 보라. 스무 살까지는, 그는 친구를 애인처럼 사랑하리라. 이기심은 그 이후에 나타난다. 마흔에는 재산을 사랑하고, 예순에는 자기 자신만 사랑한다. 대체 사랑이란 무엇인가? 고독한 혹은 고립된 인간에게 스며드는 나약함의 감정…….〉

창문을 열었다. 눈의 침묵이 도시와 들판을 덮고 있었다. 그는 창문을 닫고, 책상에 앉아 마지막 문장을 썼다.

〈감정이 있다면, 너는 대지가 열림을 느낄 것이다.〉

이틀 후, 옥손에 도착했다. 나폴레옹은 루이에게 라페르 연대의 막사를 보여주었다. 그는 루이를 자신의 숙소 옆에 있는 하인 숙소에 머무르게 할 예정이었다. 루이가 이 도시에서 생활하려면 꼭 알아둬야 할 곳들을 보여주러 거리로 나섰다.

교회 광장에서 동생에게 책방을 알려주고 있는데, 그를 발견한 장교 몇 명이 몰려왔다. 오랜만에 만난 나폴레옹에게 그들의 인사는 차가웠고, 질문은 준열했다. 보나파르트가 십칠 개월의 휴가를 보내는 동안, 왕국과 왕의 군대는 혹독한 시련을 겪었다. 보나파르트가 코르시카에서 왕의 주둔군과 사령관 라 페랑디에르, 바랭 총독에게 반기를 들었다는 소문이 퍼져 있었다. 왜 보나파르트는 왕의 진영을 선택한 마소니처럼 처신하지 않았는가? 그들은 물었다.

나폴레옹은 상황을 설명했지만, 귀족계급 장교들에게 받아들여질 리 없었다. 오랜 휴가를 마치고 만난 이 '귀족' 동료들과의 첫 대면에 긴장감이 고조되었다.

연대장에게 귀대 신고를 하면서, 그는 불안한 마음으로 아작시오 관구가 발행한 증명서들을 연대장에게 제출했다. 그 서류에는 그가 1790년 10월부터 연대에 복귀하려 노력했으며, '순수한 애

국주의에 고쳐되어, 대혁명 이후 국민의회를 열렬하게 지지했다'
고 쓰여져 있었다.

다행히 연대장은 그를 이해하는 태도를 보이며, 10월 15일부터 2월 1일까지의 봉급 지급을 승인하였다. 나폴레옹은 크게 안도했다. 그는 이 승인을 초조하게 기다렸던 것이다. 그는 이 233리브르 6수 8드니에*의 봉급이 절대적으로 필요했다.

그의 봉급으로 두 사람이 살아야 했다. 나폴레옹은 고기와 우유, 빵 등 식료품을 자신이 직접 사며 가격을 흥정하고, 제복을 손질하기 위해 바느질 삯을 흥정했다. 그는 결코 동료들과 비교하여 자신의 처지를 부끄러워하거나 불평하지 않았다. 훗날, 그는 고백했다.

〈동생의 교육을 위해, 나는 모든 것, 생활필수품도 없이 지냈다.〉

그런 생활에서도 그는 늘 책방을 찾아 노트와 책, 신문을 샀다.

필요한 책과 신문은 옥손뿐만 아니라 아작시오까지 주문해서라도 꼭 읽었다. 그리고 혁명사상에 관심이 있는 하사관들과 병사들에게, 파리에서 일어난 사건들의 기사를 읽어주었다.

하루 일과가 끝난 밤이면, 그는 책상 앞에 앉았다. 잠든 루이의 곁에서 그는 공부를 계속했다. 그는 프랑스와 코르시카의 정치적 소요에 계속 관심을 기울이고 해석하려 애쓰며, 공부에 대한 열정을 불태웠다.

마키아벨리와 소르본의 역사, 귀족계급의 역사를 읽으며 좋은 문장이나 단어가 나오면 옮겨 적으며 어휘력을 보충했다. 그렇게 밤새 작성한 단어목록을 루이에게 보여주고 암송하도록 했다. 그는 진정 불어를 정복하기를 원했다. 빼어난 문장과 표현들을 자기

---

* 1드니에는 1/12수.

152

것으로 완벽히 소화하며, 열정적으로 글을 썼다.

그는 옥슨 국방위원인 친구 노댕에게 보내는 편지에 이렇게 적었다.

〈나의 혈관 속을 흐르는 남부의 피는 론 강처럼 끓어오르며 달리네. 그러니 나의 필체가 읽기 어렵더라도 용서하게.〉

그는 루소의 작품들을 다시 읽으며, 문구의 여백에 주석을 달기도 했다. 〈나는 이렇게 생각하지 않는다.〉 때로는 온밤을 바쳐 애써 쓴 문장들을 모두 지워버렸다. 이제 받아 적기만 하는 학생이 아니었다. 그는 자유롭게 자신의 사상을 형성해나갔다. 정열적이며 에너지가 넘치는 청년 나폴레옹은 이렇게 썼다.

〈영주들은 민중의 재앙이며, 교황은 교회의 지도자일 뿐이다. 신앙은 합법적으로 조직된 교회의 것이지, 교황의 것이 아니다.〉

일과가 없는 날은 열다섯 시간 이상 책상을 떠나지 않고 공부에 몰입했다. 일과와 개인적인 공부를 끝내면 루이를 돌보았다.

"나는 너를 강제로라도 공부시킬 거야."

그는 엄격한 형이었다. 때로는 화가 나서 동생의 뺨을 내갈겼다. 그가 루이에게 화를 내며 야단치는 소리에 옆방 사람들은 놀라며, 그에게 '빌어먹을 도사놈'이라고 소리쳤다. 그러다가도 루이가 수학과 불어 문제를 맞히면 곧 다정해져서 어린 동생을 칭찬했다. 그는 형 조제프에게 보내는 편지에 이렇게 썼다.

〈이 녀석은 우리 중에서 가장 뛰어날 거야…… 이 나라의 모든 여자들이 이 녀석에게 반하고 말 거라구.〉

그는 열세 살의 동생이 애써 구사하는 불어 표현들을 기쁘게 들어주며, 우아한 차림으로 살롱들을 출입하는 것을 보고, 다시 조제프에게 썼다.

〈루이는 불어를 정확하고 활달하게 구사해. 그 녀석은 모임에 가서 우아하게 인사하고, 서른 살 난 사람처럼 진지하고 위엄 있

게 질문하곤 해.〉

나폴레옹은 매순간 동생에게 주의를 기울였고 책임감을 느꼈다. 그는 자기가 아는 모든 것을 동생에게 가르쳤다. 그리고 그 결과에 만족해하며 조제프에게 말했다.

〈우리 중의 누구도 이렇게 좋은 교육을 받지 못했어.〉

새벽 세시 반, 루이가 이를 갈며 깊이 잠든 시각, 나폴레옹은 서둘러 옷을 입고 빵 한 조각을 입에 넣고 얼음처럼 차가운 밤 시골길로 나섰다. 어둠 속에서 방향 없는 매서운 바람이 그를 몰아쳤다.

그는 외투깃을 세우고 도울 방향으로 접어들었다. 그곳 브장송가 17번지, 인쇄인 졸리가 살고 있는 곳이다. 그 장인(匠人)은 나폴레옹이 쓴 『부타포코에게 보내는 공개 서한문』을 인쇄해주기로 약속했다. 12킬로미터 거리를 밤마다 그는 걸어서 그곳에 갔고, 다시 12킬로미터를 걸어서 돌아왔다. 그렇게 며칠을 왕복했다.

어느 날 새벽, 나폴레옹은 민중혁명가들의 복장인 상퀼로트와 카르마뇰 그리고 줄무늬의 하얀 바지를 입고 루이와 함께 인쇄인을 찾았다. 그의 복장을 보고 놀라는 인쇄인에게, 그는 짧게 끊어지는 목소리로 대답했다.

"저는 자유를 수호하는 사람들 편입니다. 단지 그 이유입니다."

언제나처럼 그는 도울에서 오래 머물지 못했다. 정오까지는 옥손에 돌아가야 하는 그는 루이를 재촉하며 길을 나섰다.

옥손으로 돌아오는 동안 태양이 솟았다. 나폴레옹은 돌아오는 길을, 루이의 지리교육 시간으로 삼았다. 그는 동생에게 시간을 허무하게 흘려보내서는 안 된다고 강조했다.

옥손 병영에서 멀지 않은 사온 강가에 이르렀을 때, 라페르 연대의 두 장교가 그를 불렀다.

"어이, 보나파르트 소위!"

그들은 나폴레옹을 만나기를 별러온 사람들처럼 격렬한 목소리로 비난을 쏟아부었다.

토론은 격렬했다. 장교들은 나폴레옹이 병사들에게 국민의회를 옹호하는 신문기사를 읽어준 것에 대해 그를 비난했다.

"그리고 아작시오 파트리오트 클럽이 국민의회에 보내는 서한문도 낭독하고, 그걸 귀관의 형 조제프가 썼다고 자랑스레 말했다며? 도대체 장교 신분으로 그럴 수 있는 거야?"

그들과 나폴레옹 사이에 고성이 오갔다. 두 상교는 뱉듯이 말했다.

"귀족들은 모두 이 나라를 떠나 망명해야 해. 그게 왕에게 충성하는 유일한 길이라구."

나폴레옹은 큰 소리로 응수했다.

"민족 만세!"

그에게는 조국이 왕보다 중요했다.

두 장교는 화가 나서 나폴레옹을 잡아 흔들며 사온 강에 던져버리겠다고 위협했다. 그때 병사들이 막사에서 나왔다. 토론은 그쳤다.

장교들은 혁명사상에 관심이 없었지만, 병사와 하사관들은 달랐다. 옥손 부대장인 뒤 테이 준장은 1791년 포병대 감찰관으로 임명되었는데, 그는 감찰보고서에 이렇게 썼다.

〈군대가 무기를 들지 않고 신중히 처신하려 해도 병사와 하사관들은 간악행위를 자행하려 한다. 모든 면에서 불복종의 기미가 눈에 보인다.〉

사병들은 장교들에게 경례하지 않기 위해 고개를 돌릴 정도였다. 반면에 민병대에게는 호의적이었고, 무기를 내주기도 했다.

어느 날 저녁, 나폴레옹은 뉘라는 소도시의 만찬에 초대받았다. 한 장교의 결혼 축하 파티였기 때문에, 동료장교들과 인사하기 위해 참석한 그는 살롱으로 들어서자마자 자신이 덫에 걸렸음을 간파했다. 부근의 모든 '신사(보수 부유층)'들이 가득했던 것이다. 그들은 나폴레옹을 보자마자 비웃듯 말했다. 바로 저 사람이 그 약삭빠른 장교야? 강도들의 사상을 옹호하고 병사들의 군기문란을 부추긴다면서? 그들은 그를 포위하듯이 에워싸고 내뱉었다. 귀관은 병사들의 불복종 행태에 대해 어떻게 생각합니까? 장교가 그런 정신 상태를 가진 부하들에게 만족합니까?

나폴레옹은 자신을 방어하려 애썼다. 그는 군대반대론자가 아니며, 오히려 규율과 질서의 필요성을 신봉한다, 그러나 장교들 자신이 법률을 따르고 새로운 원칙을 받아들여야만, 규율과 질서가 존중될 수 있다고 말했다.

뉘 시의 시장이 진홍빛 옷을 입고 들어서자, 나폴레옹은 원군을 만났다고 생각했다. 하지만 시장은 망명을 생각하는 귀족 출신 장교들을 적극 옹호했다. 시장은 내뱉었다. 군대마저 질서가 무너진 체제에서, 우리가 무얼 더 기대할 수 있겠습니까?

분위기가 험악해지자, 만찬의 여주인이 끼어들어 논쟁을 중단시켰다.

다음날부터 옥손 곳곳에서 대립은 일상적인 것이 되었다. 1791년 6월 16일, 중위로 진급한 나폴레옹은 그르노블 연대 제4포병대로 부임하라는 명령을 받았다.

그르노블 연대는 발랑스에 주둔하고 있는 부대였다. 발랑스로 돌아가게 된 것이다. 기쁜 마음으로 루이와 함께 발랑스로 옮겼지만, 상황은 크게 다르지 않았다.

그는 예전에 기숙했던 부 관에 다시 숙소를 정했다. 클로드 부

여인이 오랜만에 만난 그를 반갑게 맞으며, 정성껏 루이를 돌보아 줬다. 매사에 철저한 나폴레옹이 루이에게 화를 내면, 그녀가 어머니처럼 다정하게 루이를 감싸주었다.

발랑스에서는 동생을 돌볼 시간이 많지 않아서, 그는 매일 숙제를 내주는 것으로 만족해야 했다. 그는 새로 부임한 부대에 적응하기 위해 대부분의 시간을 병영에서 보냈고, 틈나는 대로 거리로 나가 오렐의 책방을 향했다.

도처에서 토론이 벌어졌다.

그르노블 연대의 분위기도 라페르 연대만큼이나 분열되어 있었다. 그러나 이 부대는 새로운 사상에 호의적인 사람들이 많았다. 그러한 부대 분위기에 넌덜머리를 내는 일부 장교들은 왕에 대한 충성심의 표시로 망명이나 사직을 생각하고 있었다.

나폴레옹은 망명이나 사직할 의사가 전혀 없었다. 그러나 사정을 알 리 없는 클로드 부는 그에게 간곡히 충고했다.

"절대로 이 나라를 떠나지 마세요, 망명은 결국 불행이에요."

1791년 7월 초, 경악할 만한 소식이 도시 전체를 술렁이게 했다. 루이 16세와 그 가족이 6월 20일 프랑스 탈출을 시도하다, 바렌에서 체포되었다는 것이다. 부예 후작이 왕의 망명을 돕기 위해 군대를 동원하고 기다렸지만 허사였다는 소식이었다. 누군가가 소리쳤다.

"이제 왕은 십중팔구 처형당하겠구먼."

순식간에 왕의 처형에 대한 토론이 벌어졌다. 주위에 있던 장교들은 말도 안 되는 소리라며 대경실색했지만, 나폴레옹은 왕의 처형에 동의했다. 국민의회는 장교들에게 새로운 충성서약을 요구했다. 왕의 처형에 동의하는 한 장교가 말했다. 국민의회가 왜 이렇게 우유부단해? 왕에게 거부권을 부여하다니, 무슨 거부권이란 말야? 임시적 거부권이야, 절대적 거부권이야? 왜 왕을 재판하지 않는 거야?

나폴레옹은 클레르크 광장에서 군주제를 지지하는 동료 장교들과 끝없는 논쟁을 벌였다. 나폴레옹은 턱을 치켜들고 소리쳤다. 그는 단호한 공화주의자이며 공안위원회 지지자였다. 한 주인의 쾌락을 섬기는 사람이 아니었다.

왕당파 웅변가들의 연설문을 대부분 읽어본 그는 외쳤다.

"그들은 숨을 헐떡이며 외쳐대지만, 모두 공허한 분석들뿐이야. 논거도 없는 헛소리를 횡설수설해…… 그들은 잘못된 명분을 주장하기 위해 엄청난 노력을 기울이며 애쓰고 있지만…… 2천5백만의 민족이면 완벽한 공화국을 세울 수 있어…… 반대의 경우를 생각하는 것이 정치의 기본원칙이야."

토론이 벌어지면 나폴레옹은 언제나 힘찬 목소리로 격앙되어 외쳤다. 그는 모든 문제들에 자신있게 대답할 수 있었다.

장교들은 격정적인 나폴레옹과 마주치면 몸을 돌려 피했다.

그가 즐겨 찾는 주막 트루아 피종에서도, 사람들은 모두 이 '광적인 선동가' 곁에 앉기를 거부했다. 저 선동가는 왕의 은덕을 입어 사관학교에서 무료 교육을 받았으면서도 배은망덕해, 한마디로 프랑스 장교 자격이 없는 자야. 그에 대한 비난이 공공연하게 들려왔다.

그는 그런 비난의 소리들에는 시비할 생각이 없었다. 하루는, 누군가 주막의 여급에게 화를 내며 말했다.

"나는 저 사람 옆에는 무조건 앉기 싫어."

나폴레옹의 옆자리에 자기 식기를 가져다 놓자 항의한 것이다. 동료장교 뒤 프라 중위였다. 나폴레옹은 못 들은 체 아무 반응도 보이지 않았다.

그리고 며칠 후, 애국주의자들의 거리 행진에 뒤 프라 중위는 창문에 서서 도발적인 목소리로 귀족들의 노래인 '오 리샤르, 오 나의 왕'을 목청껏 불렀다.

분노한 시위대는 행진을 멈추고, 저 왕당파 장교를 난도질하라고 외치며, 뒤 프라에게 달려들었다. 일촉즉발의 위기에 나폴레옹은 몸을 던져 그를 보호했다.

사람들 사이에 나폴레옹이라는 이름이 회자되기 시작했다. 몇몇 장교와 병사, 유명인사들과 더불어 그는 '국민의회 후원회' 멤버가 되었다.

그는 혁명 클럽에서 책방 주인 오렐을 만나 반갑게 포옹했다. 나폴레옹은 연단에 서서 왕의 도주와 '파렴치한 장교 부예 후작'의 태도를 비판했다. 짧은 문장들로 이루어진 그의 열정적인 웅변은 청중을 사로잡았다. 그는 후원회의 총무직을 맡으며 사서로 임명되었다.

7월 3일, 왕의 처벌을 요구하기 위해 애국주의자들이 모인 자리에서 나폴레옹은 선언했다.

"왕은 심판받아야 합니다. 파리를 떠나는 순간, 루이 16세는 조국을 배반한 것입니다."

한 병사가 나오더니 동지들의 이름으로 외쳤다.

"우리는 대포와 굳센 팔, 뜨거운 가슴을 가졌다. 이 모두가 국민의회 덕분이다!"

7월 14일, 발랑스의 모든 주민과 군대, 조직체, 국민방위군, 주교와 성직계급이 통일광장에 모였다.

나폴레옹은 제4연대 병사들의 선두에 섰다. 동생 루이는 클로드 부와 함께 군중 속에 끼어 있었다.

모두가 한 목소리로 노래 '사 이라(잘 될 것이다)'를 부르고,

"맹세합니다"라고 외치며 서약했다. 주교가 소리 높여 '테 데움'을 읊조리는 것으로 거대한 집회는 대단원의 막을 내리고, 행렬은 발랑스의 거리를 메웠다.

열렬한 애국주의자들은, 축연을 위한 식탁이 준비되어 있는 국민의회 후원회 집회실로 모여들었다.

식사가 끝나자, 사람들의 환호를 받으며 나폴레옹이 자리에서 일어섰다. 그는 도시의 가장 유명한 애국주의 장교 중 하나로서, 왕을 심판해야 한다고 생각하는 군인들의 서약에 서명한 장교로서, 동지들의 신뢰를 받았다.

그는 건배를 제의했다. 옥손의 옛 친구들과 부르고뉴 지방에서 민중의 권리를 수호하는 사람들을 위해, 그는 잔을 들어올리며 외쳤다.

"민족 만세!"

그날 밤 그는 잠을 이룰 수 없었다. 온몸의 피가 혈관 구석구석을 굽이치며 소용돌이치고 있었다. 전 국민이 들끓고, 혁명의 회오리가 나라 전체를 뒤덮은 지금, 하루가 멀다고 새로운 소식이 전해져오는 지금, 그는 늘 판단과 선택의 기로에 서야 했다. 잠시도 휴식할 시간이 없는 나날이었다.

창 밖 어둠을 응시하던 그는 펜을 잡고 휘갈겨 쓴 필체로, 형과 옥손의 친구 노댕에게 편지를 썼다.

〈나의 두뇌는 공적인 일들로 가득 차 있어. 우리 곁을 떠나간 고결한 사람들에 대해 감동된 가슴을 부둥켜안고 잠이 들지. 이러한 관능은 아무리 대단한 쾌락주의자라도 맛보기 힘들 거야.〉

그는 앞날에 대한 질문을 멈추지 않았다. 1791년 7월, 그는 스스로에게 물었다.

—전쟁이 일어날까?

1791년 7월 내내 그는 묻고 답하고 의심했다. 유럽의 군주들은 혁명의 전염을 두려워하며 프랑스가 내전으로 분열되기를 기대하고 있었다.

그러나 왕들의 판단은 틀렸다. 나폴레옹은 결론내렸다. 〈이 나라는 열정과 불꽃으로 가득하다.〉 그가 소속된 연대도 확고했다. 〈병사와 하사관, 그리고 장교의 절반은 새로운 원칙에 호의적이다.〉

—종이를 접고 주소를 쓰고 나면, 잠이 들 수 있을까? 불가능하다.

다시 책상에 앉은 그는 노트를 꺼냈다.

얼마 전부터 작정한 자신의 첫번째 저서를 쓰기 위해서였다.

리옹 아카데미가 1천2백 프랑을 내놓고 현상공모한 '행복을 위하여, 인간에게 어떤 진리와 감정을 교육하는 것이 가장 중요한가?'란 주제를 놓고, 그는 골몰했다. 예전에 루소도 『인간 불평등 기원론』으로 디종 아카데미상을 받지 않았던가?

발랑스의 밤은 깊어갔다. 나폴레옹은 펜을 들었다.

〈인간은 행복을 위하여 태어난다. 그러나 왕이 지배하는 곳에, 진정한 인간은 없다. 억압받는 노예보다 더 비천한, 억압하는 노예가 있을 뿐이다. 억압에 저항해야 한다. 프랑스인들은 그것을 해냈다. 그들은 이십 개월 동안의 투쟁과 가장 격렬한 충격을 겪은 후, 드디어 자유를 정복했다…… 수세기에 걸쳐 왕들과 장관, 귀족과 편견, 사제와 거짓에 의해 몽매 상태에 빠진 이래, 프랑스인들은 갑자기 깨어났으며, 인간의 권리를 되찾았다.〉

자유와 평등을 역설하는 나폴레옹의 글은 혁명의 웅변이었다.

'힘'과 '에너지'라는 두 단어가 그의 펜 끝에서 자주 흘러나왔다.

〈힘이 없이는, 에너지가 없이는, 덕성도 행복도 없다.〉

그는 명령하듯 글을 썼나. 폭군에 대한 공감도, 또한 폭정을 받아들이는 약자들에 대한 동정도, 그에게는 없었다.

〈모든 폭군은 지옥에 갈 것이다, 당연하다. 그러나 그들의 노예들 역시 지옥에 갈 것이다. 민족을 억압하는 것이 가장 큰 범죄라면, 압제에 굴복하는 것은 그 다음 큰 범죄이기 때문이다.〉

그의 가슴에서 분출하는 말들이 그의 펜을 질주하게 하고, 그의 손을 흥분으로 떨게 했다.

리옹 아카데미는 심사평에서 그의 논문에 대해 '주목을 끌기에는 너무 산만하고 잡다하며, 문맥 연결이 안 되고 있다. 필체가 엉망이다' 라는 평가를 내렸다. 그러나 리옹 아카데미 현상공모 논문은, 나폴레옹에게는 거울이었다. 매일 밤 그는 그 글을 읽으며, 거기서 자신을 보았다. 그가 논문에서 '에트나 화산처럼 타오르는 영혼들' 을 찬양할 때, 그것은 그 자신에 대한 헌사였다.

그는 논문에서 '창백한 안색과 불안한 눈동자, 급한 걸음, 격렬한 움직임, 냉소적인 미소' 를 지닌 인간을 묘사하였다. 그리고 그 실루엣이 다가오는 것을 보았다. 그는 그것을 해독하고자, 눈길을 모았다. 그리고 서서히 드러나는 그 정체를 응시하였다. 그것은 바로 그의 야망이며, 그의 광기였다.

스물두 살의 청년 나폴레옹, 그는 두번째 실루엣을 보았다. 그 역시 불안했다. 그것은 '천재적 인간' 인 그 자신의 실루엣이었다.

〈천재적 인간이여, 불행한 자여! 나는 그대를 동정한다. 그대는 모든 사람의 찬탄과 부러움의 대상이 될 것이며, 모든 사람 중 가장 비참한 인간이 될 것이다. 균형은 깨졌다. 그대는 불행하게 살 것이다.〉

나폴레옹은 행복을 갈망했다. 행복은 현상공모의 주제이기도 했다.

그러나 그의 결론은 이렇다.

〈천재적 인간은 자신의 세기를 불태울 운명을 타고난 별똥별이다.〉

그것은 밤의 작업이었다. 어둠 속의 작업이었다.

발랑스에 작열하는 빛을 머금고 아침이 오면, 나폴레옹은 꿈에서 나와 미래를 설계했다.

연대의 애국주의 장교들은 대부분 의용군의 대대장으로 뽑히기를 꿈꾸었다. 단번에 중위에서 대령이 될 수 있기 때문이었다.

— 왜 나라고 안 되겠어?

그러나 나폴레옹에게 그것은 코르시카에서만 가능할 일이었다. 조국에서라면, 아작시오 애국주의자 글럽인 '끌로보 파트리오티코'의 도움과 형 조제프의 후원을 기대할 수 있기 때문이었다. 아작시오 대표자의 일원이 된 형은 국민의회를 대체할 입법의회 의원으로 선출되기를 갈망하고 있었다.

나폴레옹은 파스칼 파올리에게 코르시카의 역사를 쓰는 데 필요한 자료를 보내주기를 부탁했었지만, 그의 반응은 냉담했다.

나폴레옹은 그의 영웅이 보내온 편지를 곱씹어 읽었다. 파올리의 대답은 전에 나폴레옹이 보냈던 『부타포코에게 보내는 공개 서한문』에 대한 평가만큼이나 냉정했다.

〈나는 지금 나의 상자와 글들을 공개할 수 없소. 게다가 역사는 젊은 시절에는 쓸 수 없는 것이오. 내 생각으로는, 우선 레날 사제가 당신에게 권유한 대로 구상을 해보는 것이 좋을 듯하오. 그러는 와중에, 당신은 특징적인 일화나 사실들을 수집할 수 있을 것이오.〉

나폴레옹은 이를 앙다물었다. 과연 파올리는 그가 공경할 만한 영웅인지 회의가 일었다. 스물두 살이 너무 젊다니! 좋다, 젊음의 힘으로 이 경멸적인 어투, 이 결론적인 거부를 받아들이자! 그리고 코르시카로 돌아가자. 그곳, 고향에서 나는 어느 정도의 명성과 영향력을 얻었다. 거기서라면, 불가능은 없다.

그러나 그는 억압의 사슬에서 해방된 프랑스 국가의 시민임을 느끼고 있었다. 이제 이 민족을 증오하지 않았다, 아니 그 반대였다. 그는 '말을 탄 굳센 농부들'과 '열정과 불꽃으로 가득 찬 이 나라'를 찬양하고 있었다.

그러나 돌아가야 했다. 코르시카와 도움을 필요로 하는 가족들 곁으로. 그리고 파올리를 따라야 했다.

그것이 열광보다는 이성에 따른 결정이었다.

나폴레옹은 육 개월간의 휴가를 신청했다.

하지만 포병 제4연대를 지휘하는 캉파뇰 대령은 승낙하지 않았다.

〈사정상, 나폴레옹 보나파르트 중위에게 세번째 휴가를 승낙할 수 없다. 이십일 개월의 첫번째 휴가와 십칠 개월의 두번째 휴가를 이미 받지 않았는가?〉

나폴레옹은 승복할 수 없었다.

8월 어느 날, 그는 포병대 총감독관 뒤 테이 준장을 만나러, 이 제르의 포미에 성으로 향했다.

준장은 새로운 사상에 찬성하지 않았지만, 망명을 고려하지도 않았다. 그는 이미 혁명 그룹에 '귀족'으로 분류되어 위협받고 있었다.

밤 열시, 나폴레옹이 여러 차례 고함을 치고 문을 두드린 한참 후에야 하인이 나와 문을 열었다. 그는 안으로 들어서며 장군의 환대를 받았다.

뒤 테이는 그를 다시 보는 것이 행복했다. 발랑스 시절 투지와 능력으로 그를 놀라게 했던 나폴레옹 소위를 그는 잊지 못하고 있었다.

그들은 군대에 관해 대화하며 카드놀이를 했다.

며칠 동안 나폴레옹은 뒤 테이 장군의 집에 머물며 그의 말벗이 되었다. 장군은 그의 요구를 거절하지 않았다. 그는 삼 개월간의 유급휴가를 허락했다.

승인서에 서명하는 순간, 장군은 부드러운 시선으로 나폴레옹을 바라보며 말했다.

"나폴레옹 중위, 귀관은 대단한 능력을 지니고 있네. 언젠가 귀관의 때가 올 걸세."

그렇다. 그러나 만사가 상황의 문제였다. 전쟁은, 특히 그렇다.

8월 29일, 나폴레옹은 들뜬 기분으로 서둘러 발랑스로 돌아왔다.

루이는 고향에 돌아갈 생각에 들떠 서둘러 귀향 준비를 시작했다. 병영으로 달려간 나폴레옹은 병참장교를 찾아, 봉급 수령액에서 빚과 연대 회식 할당금을 갚고 남은 돈 106리브르를 받았다.

부 관으로 돌아와 루이를 닦달하는 나폴레옹에게, 클로드 부가 말했다. 뭘 그리 서둘러요? 내일 떠나도 되잖아요?

내일?

내일, 무슨 일이 일어날지 누가 아는가?

11
나는 욕망하면, 얻을 수 있다

1791년 9월 15일, 나폴레옹은 홀로 아작시오 거리를 걸었다. 마주치는 행인들의 얼굴을 뚫어지게 바라보는 그의 시선은 그들로 하여금 인사하거나, 고개를 돌리거나, 양자택일을 강요했다. 그는 알고 싶었다. 보나파르트 가문은, 코르시카인들 중 몇 명이나 믿을 수 있을까?

바로 몇 시간 전, 루이와 함께 배에서 내린 그가 자신에게 반복해서 묻는 유일한 질문이었다. 집에 들어선 그는 동생들이 묻는 말을 건성으로 들으며, 문득 생각났다는 듯이 물었다.

"조제프 형은 어디 있어요?"

형은 코르테에 있다고 어머니가 설명했다. 입법의회 의원을 지명할 346명의 선거인단이 코르테에 모여 있다는 것이었다. 그의 예상대로 조제프는 후보로 나선 것이다. 그러나 모든 것은 의회를 통제하는 파스칼 파올리에 달려 있었다. 어떤 결정도 파올리의 의사에 반하여 이루어질 수 없었다. 여섯 명의 의원은 이미 선출된 거나 다름없었다. 파올리가 마음을 정했다면 말이다. 아작시오에서, 조제프의 라이벌은 포조 디 보르고와 페랄디, 두 명이었다.

어머니 레티지아가 중얼거렸다.

"파올리는 조제프보다 그들을 좋아하지."

나폴레옹은 침묵했다. 그는 파올리에게 받은 모욕을 떠올렸다.

레티지아는 덧붙였다.

"내 아들들은 프랑스 물이 너무 많이 들었다는 거야."

나폴레옹은 화가 치밀어 방을 나섰다. 정원을 지나 천천히 생샤를 거리를 걸었다.

오후가 끝나갈 무렵, 태양은 아직 뜨거웠지만 산이마에는 이미 어둠이 깃들고 있었다. 바다의 미풍이 가볍게 골목길을 배회하며 그의 이마의 머리칼을 흐트려놓았다.

나폴레옹은 올모 광장으로 향했다. 그는 이곳의 모든 집과 길을 다 알고 있었다. 마주치는 사람들을 보며 이름을 떠올릴 수 있을 만큼 익숙했다. 고향이기 때문이다. 장소, 사람, 향기, 황혼의 색깔, 이들과의 친밀성은 그에게 힘이 솟게 하고, 풍부한 감정을 주었다. 그러나 걱정스럽기도 했다.

그가 아작시오에 도착한 것은 불과 몇 시간 전이었다. 그러나 낯선 것은 아무것도 없었다. 모두가 다녀본 길들…… 모든 우회로와 함정들까지 다 알고 있다. 그럼에도 이상하게 미로를 헤매는 듯했다. 출구를 찾지 못할까 두려웠다. 고향의 친숙함이 오히려 그를 무력하게 만드는 듯했다.

그는 우뚝 발을 멈추고 고개를 쳐들었다. 그럴 수는 없었다. 그가 자신의 에너지를 집중해야 할 곳은 바로 이곳이었다. 이곳은 그의 첫무대였다. 이곳에서 역할을 헤야 했다.

그는 코르테로 가기로 작정했다.

며칠 후, 코르테에 도착한 그는 무기력한 감정이 다시 엄습함을 느꼈다. 산 위에 세워진 성곽도시 코르테의 포석이 깔린 도로를 지나는, 그의 말발굽 소리가 유난히 크게 울리는 듯했다.

그를 대하는 대표자들은 냉담했다. 어떤 자들은 그를 '프랑스 사람', '장교'라 부르며, 거만한 모습으로 적대심을 내보였다. 그의 아버지 샤를 보나파르트가 파올리를 배반하고 마르뵈프 총독에게 협력했다는 소리도 들려왔다. 그는 이런 적대적 분위기에 짓눌리는 자신을 느꼈다. 그는 평소보다 더 창백하고 더 말라 보였다. 누군가 그가 들으라는 듯이 큰 소리로 말했다. 병정놀이나 할 것 같은 저 풋내기는 누구야? 아직 열다섯 살도 안 된 것 같은데.

그들은 나폴레옹 보나파르트를 시험해보고 싶어했다!

그는 조제프를 만났다. 형은 괴로움과 만족 사이에서 갈피를 잡지 못하고 있었다. 친구들이 그들 형제에게 다가와 말했다. 파올리와 측근들은 자신이 원하는 사람을 선택하여 의회를 장악하고자 한다, 그는 보나파르트 가문을 불신하지만 버린 것은 아니다, 그는 아직 어린 보나파르트 형제들의 충성심을 관찰하고 싶어한다, 그는 조제프를 지역 집행부의 위원으로 선출할 작정이다, 그것도 스물네 살의 젊은이에겐 과분한 자리 아닌가?

그들의 말을 들으며, 나폴레옹은 자신의 의사를 표하지 않고 신중한 태도를 취했다. 파올리와 결별할 수 있을까?

잠시 생각에 잠겨 있던 그는 파올리에게 경의를 표했다. 의회의원 선거 후 아작시오 입법의회를 대표하는 페랄디와 포조 디 보르고를 만나, 그들에게 축하인사를 했다.

그러나 집으로 돌아온 그는 입을 굳게 다문 채 자기 방에 들어

박혔다. 이번 선거는 보나파르트 가문에게는 패배였다. 아작시오
에서 가문의 영향력은 라이벌들에 눌려 축소될 터였다. 게다가 지
역 집행부 위원에 선출된 조제프는 코르테에 머물러 있어야 했다.
아작시오에서의 보나파르트 가문의 입지를 좁히고자 의도했다면,
파올리는 완벽하게 일처리를 한 셈이었다.

나폴레옹은 자신이 적대적 상황에 홀로 직면한 고독한 존재라는
걸 느꼈다. 그 순간, 그를 짓누르던 무력감은 사라지고, 그의 내
면에서 에너지가 열 배는 증폭되어 분출하는 듯했다.

그는 모든 사람들, 동생과 누이들에게도 통명스럽고 위압적인
어투로 명령했다. '형에겐 말도 못 붙이겠어요.' 뤼시앵은 어머니
에게 불평했다.

뤼시앵이 유일하게 저항을 시도했지만, 나폴레옹의 불 같은 분
노에 이내 꼬리를 내렸다. 어떤 대꾸도, 망설임도 그는 용납하지
않았다. 마치 길목을 지키고 앉아, 지나가는 모든 것을 발톱으로
할퀴려는 긴장한 고양이 같았다.

행동에의 욕망, 과도기라고 판단되는 상황에서 탈출구를 찾으려
는 의지, 능력을 발휘하고 싶은 욕구, 이 모든 것들이 그를 예민
하게 했다. 분출구를 찾지 못한 내면의 욕망들이 역정과 급한 성
격으로 표출되고 있었다.

1791년 10월 15일, 나폴레옹은 뤼시앵 부주교의 방에 들어갔다.
방 안엔 죽음의 그림자가 짙게 드리워져 있었다. 보나파르트 가문
의 어른인 부주교는 서서히 그리고 평온하게 죽어가고 있었다.

나폴레옹은 침대 발치에 서고, 동생과 누이들, 어머니가 들어왔
다. 조제프도 코르테에서 달려왔다. 집안의 사제인 외삼촌 페쉬가
흰 사제복과 스톨라를 두르고 들어왔지만, 부주교는 페쉬를 물러

가게 했다. 마지막 순간만큼은, 자신이 평생 봉사한 종교의 도움을 받지 않으려 했다!

나폴레옹은 꼼짝 않고 서서, 자신의 눈앞에서 죽어가는 사람의 숨소리에 귀를 기울였다.

부주교가 레티지아의 손을 잡자, 그녀는 흐느꼈다. 남편의 죽음 이후 집안을 돌보아준 후견인이 지상을 떠나려는 것이다. 부주교가 낮은 목소리로 힘겹게 말했다.

"레티지아, 눈물을 거두게. 나는 만족스럽게 가네. 자네가 자식들에게 둘러싸여 있는 모습을 보니 대견하구먼."

그는 가쁘게 숨을 내쉬며 덧붙였다.

"이제 이 아이들에게 나의 삶은 필요 없어. 조제프는 나라의 높은 자리에 있으니, 그애가 집안 일들을 다 해낼 수 있을 게야."

부주교는 나폴레옹 쪽으로 몸을 돌렸다. 그의 눈빛이 잠시 광채를 발하는 듯했다.

"투 포이, 나폴레오네, 사라이 운 오모네.(그리고 너, 나폴레옹, 넌 위대한 사내가 될 게다.)"

그는 마지막 단어 오모네(위대한 사내)를 반복했다.

모두의 시선이 나폴레옹을 향했지만, 그는 눈길을 내리지 않고 부주교를 응시했다. 그로서는 그의 '영광되고 빛나는 미래'에 관한 말을 처음 듣는 것도 아니었다. 사람들은 모두 그에게 운명과 미래를 완성하라는 의무를 부여하는 듯했다.

기대에 부응하는 인간이 되는 것, 그것은 그의 의무였다.

부주교의 장례를 치르고, 생 샤를 가의 집으로 돌아온 나폴레옹은 더욱 일을 서둘렀다.

우선 그는 부주교의 유산을 계산했다.

어머니 레티지아는 부주교에게서 물려받은 유산을 아들들에게 내놓았다. 장남 조제프는 코르테로 돌아갔기 때문에, 부주교의 베개 아래 지갑에서 발견된 돈은 나폴레옹이 관리해야 했다.

그는 1층의 큰방 탁자 위에 금화 뭉치들을 올려놓았다. 나폴레옹은 태연했다. 생전 처음 대하는 돈더미 앞에서도 그의 눈은 빛나지 않았고, 손가락도 떨리지 않았다. 그에게 돈은 미래를 준비하기 위한 수단일 뿐이었다.

자신에게 맡겨진 돈을 잘 활용하기 위해, 나폴레옹은 외삼촌 페쉬의 조언을 듣기로 했다. 페쉬는 국가 재산으로 매각되는 교회 재산들에 대해 잘 알고 있기 때문이었다.

1791년 12월 초, 나폴레옹은 페쉬와 함께 아작시오 교외 생 탕투안과 비날레의 땅들과 시내 중심가에 위치한 트라보키나 저택을 보러 다녔다. 아작시오 교회 참사회에서 나온 그 매물들은 12월 13일, 나폴레옹과 페쉬의 공동재산이 되었다.

그해 말, 그는 여러 차례 그 땅들을 측량하러 다녔다. 때로 시내를 거닐다가 이제 자신 소유가 된 트라보키나 저택 앞에서 걸음을 멈추곤 했다.

그 집은 그의 소유였다. 그러나 재산은 그에게 만족을 안겨주진 않았다. 오히려 그를 더욱 분주히 움직이게 하는 힘이었다.

─돈은 인간들을 움직이는 수단이다.

포조 디 보르고와 페랄디가 가진 영향력은 돈에서 나온다고 그는 생각했다. 그들은 지지자들을 돈으로 '사며', 친구들에게 늘 무언가를 베풀었다. 나폴레옹은 자신도 땅과 집을 사고 남은 금화를 가지고 '보나파르트 당'을 만들 수 있으리라 생각했다.

그는 생 샤를 가의 집에 손님을 초대하고 잔치를 베풀면서 인맥을 형성해나갔다. 그러나 앞으로 해나갈 숱한 일들에 그의 마음은 초조하기만 했다.

1792년 초, 그는 코르시카를 방문한 철학자 볼네*와 함께 섬을 답사했다. 파리의 중요한 인물 중 하나로 꼽히는 볼네는 코르시카에 정착하기를 꿈꿨다. 나폴레옹은 볼네의 곁을 떠나지 않고 그를 도왔다.

"코르시카 민중은 소박하며, 땅은 풍요롭고, 봄날처럼 온후한 기운이 느껴지는군요."

볼네는 나폴레옹과 대화를 나누며, 그의 이집트 여행과 코르시카의 아름다움, 혁명에 거는 기대 등을 열정적으로 이야기했다. 그러나 볼네는 단순한 여행객이 아니었다. 그는 섬을 돌아보면서 좋은 땅을 물색했다. 왕의 소유지였거나 몇몇 귀족가문에 증여되었던 엄청난 땅들이 매각중이라는 사실을 그는 알고 있었다. 나폴레옹은 콘피나 영지의 6백 헥타르의 땅이 곧 경매에 붙여질 거라고 알려주었다. 그곳은 좋은 땅이며 가격도 적절했다! 나폴레옹은 중개인으로서 그 섬의 일부가 볼네의 몫으로 남기를 바랐던 것일까? 아니면, 그 철학자와 아직 스물세 살도 안 된 그 젊은 장교 사이에 공동투자가 이루어졌던 것일까?

볼네와의 여행을 마치고 아작시오로 돌아온 나폴레옹은 어머니가 묻는 말에는 대꾸도 하지 않고, 볼네와 함께한 일들은 모두 가슴속에 묻어두었다. 볼네와의 만남 이후 그의 표정은 더 단호해보였고, 무언가에 깊이 부심하는 듯이 보였다.

나폴레옹은 볼네의 저작들을 이미 읽었다. '동방과 여행, 혁명'을 저서의 주제로 많이 다루는 이 저명한 철학자와의 긴 대화는, 그에게 '모든 게 가능하다'는 자신감을 심어주었다. 예전에 볼네를 읽으면서 나폴레옹은 동방과 이집트로의 먼 여행을 꿈꾸곤 했다. 파리로의 여행을 꿈꾸게 한 것도 볼네였다. 그러나, 나폴레옹

---

* 혁명기 저명한 사상가이자 입법의원, 1757~1820.

은 생각했다. 철학자, 작가, 여행가, 입법의회 의원이 고작 이 정
도란 말인가?! 나폴레옹은 여전히 볼네를 찬양하며 존경했지만,
이제는 그의 저서에 감동받는 단계는 지났다고 느꼈다. 그는 이제
자신이 볼네와 같은 수준이라고 생각했다. 볼네 역시, 땅 투기로
치부나 추구하는 평범한 인간이었다.

　나폴레옹은 한 걸음 더 나아갔다. 자신은 분명 볼네에게서는 전
혀 찾아볼 수 없는 에너지와 힘을 가지고 있다고 확신했다. 리옹
의 논문에서 구사했던 두 단어, '에너지'와 '힘'이 그의 가슴속에
서 되살아나고 있었다.

　그맣고 다른 누가 그처럼 가공한 힘을 구사힐 수 있단 말인가?

　1792년 초, 나폴레옹은 이제까지 만나본 사람들 중 자신이 가
장 강력한 내적 동력을 지닌 인간이라고 믿기 시작했다. 그는 자
신이 이제까지 극복해온 모든 도전들을 기억했다.

　브리엔 군사학교의 '너절한 촌놈'으로부터 그는 시작하지 않았
던가? 그는 하늘을 바라보았다.

　—나는 욕망하면, 할 수 있다.

　프랑스 포병중위 나폴레옹, 그는 전진을 욕망하며, 중요한 역할
을 욕망하고, 지금 조직중인 의용군 부대에서 높은 계급을 얻기를
욕망했다.

　의용군 부관은 정규군의 대위 계급에 해당하는 직위였다. 나폴
레옹은 목표를 찾았다. 그는 지체없이 코르시카 군대를 지휘하는
앙티엔 로시 준장을 찾아갔다. 보나파르트 가문의 먼 친척뻘인 장
군은, 농민들로 구성된 의용군을 통솔할 유능한 장교들이 필요했
다. 그는 나폴레옹의 청원을 즉석에서 받아들였다. 나폴레옹을 아
작시오와 탈라노 의용군 대대의 부관으로 임명하겠다고 약속한
것이다.

나폴레옹은 새로운 승리에 기뻐했지만, 어머니는 불안한 심정으로 아들을 바라보았다. 아들이 프랑스에서 힘들게 이룬 모든 것을 잃게 되지는 않을까 두려웠던 것이다. 그 무렵 프랑스에 자주 편지를 보내며 상황을 알아보던 나폴레옹은, 그와 친밀한 발랑스의 국방위원 쉬셰가 보내온 중요한 소식에 접했다. 1792년 1월 검열 때까지 자리를 비운 장교들은 명단에서 삭제될 것이고, 정식휴가나 특별한 사유가 아니라면 장교 신분을 잃을 수도 있다는 내용이었다. 나폴레옹은 장교 자격을 박탈당하고 싶지 않았다. 그는 정규군 계급과 프랑스군 소속을 원했다. 그는 편지를 썼다.

〈존경하는 쉬셰 위원님께. 곧 원대복귀를 할 예정이었습니다만, 피치 못할 사정으로 코르시카에 좀더 체류하지 않을 수 없습니다. 저는 제 임무를 잘 알고 있습니다. 하지만 제 행동은 어떠한 비난의 여지도 없다고 사료됩니다. 저는 이곳에서 더욱 소중하고 신성한 의무를 수행하고 있기 때문입니다.〉

며칠 후 다시 펜을 잡고, 쉬셰에게 자신의 상황을 설명했다.

〈진정 명예로운 코르시카인이라면, 어려운 상황에 처한 고향을 지켜야 한다고 생각합니다. 동포들은 제가 그들 곁에 남기를 원하고 있습니다.〉

어머니 레티지아가 조심스레 물었다.

"너는 프랑스에서 얻은 것을 모두 잃고 싶으냐?"

하지만 그녀 역시 코르시카인이었다. 그녀는 결국 아들에게 동의했다.

프랑스도 잃지 않고, 코르시카도 포기하지 않아야 했다. 모든 문들을 열어놓는 것, 이것이 스물세 살이 된 나폴레옹의 선택이었다.

1792년 2월, 로시 준장은 나폴레옹을 의용군 부관으로 임명할 수 없다고 알려왔다. 법적으로, 부관 직책을 맡은 장교는 4월 1일까지 소집에 응해야 하는데, 나폴레옹은 프랑스군 장교 신분상 그 럴 수 없기 때문이었다. 즉각 프랑스로 돌아가 장교직을 사임할까 생각했지만, 그것은 그가 진정 원하는 바는 아니었다.

그때, 그는 의용군의 중령 계급 이상은 이런 규정에서 예외라는 사실을 알게 되었다. 중령 이상의 장교들은 의용군과 정규군 직급 을 모두 유지할 수 있었던 것이다. 그러나 의용군의 중령 자리는 임명직이 아닌 선출직이었다!

나폴레옹은 오래 생각지 않았다. 그는 코르시카 의용군 제2대대, 아작시오 탈라노 대대의 중령이 되리라 결심했다.

선출되어야 했다. 선택의 여지가 없었다. 그러나 중령이 그저 주어지는 계급인가?

그의 첫번째 대전투였다. 그는 그걸 알고 있었으며, 반드시 이 겨야 했다.

그는 방에 틀어박혀 프랑스에서 오는 신문들을 샅샅이 읽고 메 모했다. 그리고는 생각에 잠겨 명상하는 사람의 굳은 얼굴로 방을 나섰다.

그러나 생 샤를 가의 집을 벗어나면, 이내 그의 모습은 변했다. 턱을 치켜들고, 제복 차림의 힘찬 걸음으로 사람들에게 다가가 단 호한 어조로 말했다. 사람들은 아직 앳되지만 파리에서 벌어지는 모든 일을 알고 있는, 이 스물세 살 중위의 대담성에 놀라거나 기 가 죽었다.

그의 경쟁자들 다섯 명은 모두 아작시오의 영향력 있는 가문 출 신들이었다. 나폴레옹은 그중 한 명인 쿠엔자와 협상하여 그의 부 관이 되기로 하고, 손을 잡았다. 서로의 추종자들이 다른 쪽에도 표를 몰아주기로 상호협상이 맺어진 것이다.

그러나 그의 적수인 포조 디 보르고와 페랄디 가문 출신들이 무장해세한 채 손놓고 있는 것은 아니었다. 나폴레옹은 자신을 경계하는 경쟁자들에게 말했다. 나를 정면 공격해봐. 난 두렵지 않아. 적당히 하느니, 아예 집어치우는 게 낫지.

포조와 페랄디 쪽에서 나폴레옹을 위협하고 모욕을 가해왔지만, 그는 자신을 통제하면서 이겨냈다. 적들은 그의 지나친 야망과 작은 키, 보잘것없는 재산, 극성스런 성격을 조롱하며 집요하게 공격했다.

3월 어느 날, 그는 더이상 자신을 통제할 수 없었다. 그는 페랄디에게 결투를 신청하고 그리스 성당 앞에서 기다렸지만, 페랄디는 구경꾼들 속에 자기 지지자들을 잔뜩 심어두고 자신은 숨어버렸다.

나폴레옹은 주먹을 불끈 쥐고 돌아서야 했다. 그는 분노에 차서 광적으로 선거운동에 매달렸다. 자기 편을 집으로 초대해 먹이고 재우며 연설했다. 탈라노 지역 4개 중대의 의용군들은 그의 집 복도와 계단, 방에서 기숙했다. 나폴레옹은 돈을 아끼지 않았다. 그의 집의 식탁은 누구라도 환영이었다.

때로는 한밤중에 홀로 일어나 깊은 잠에 빠져 있는 육체들을 건너다니면서, 옥손과 발랑스의 방들을 생각했다. 밤을 새워가며 루소나 몽테스키외의 작품들을 탐독하던 시절. 그러나 정치적 전투는 다른 룰에 의해 승부가 갈리게 마련이었다. 끊임없이 사람들에게 감사해야 하고, 적진을 살피며 고도의 전략을 구상해야 했다. 그것이 그를 흥분시켰다. 여자처럼 그를 흥분시키며, 알코올처럼 도취하게 했다. 그는 이런 긴장이 좋았다. 정치는 뛰어난 감식안과 빠른 판단력, 정신만큼이나 육체도 모두 동원되어야 하는 결투였다. 그리고 매순간 내리는 결단은 쾌락 같은 해방감을 맛보게 했다.

1792년 3월 30일, 다음날 있을 투표를 감시할 세 명의 선거위원이 아작시오에 도착했다. 그중 두 명은 전에 보나파르트 집에 머문 적이 있어 나폴레옹과 친분이 있었다. 그 둘은 나폴레옹에게 유리하게 행동할 것이다. 그러나 남은 한 명, 무라티 위원은 페랄디 집에 묵기로 결정했다.

그 소식을 들은 나폴레옹은 종일 방에 틀어박혔다. 그는 방 안을 이리저리 서성이다가 의자에 몸을 던지고 대책에 부심했다. 무라티의 지지가 없이는 당선이 불확실했다.

나폴레옹은 중령 계급을 원했다. 실패나 회의는 있을 수 없었다. 확실한 승리. 그는 이를 악물고 방 안을 서성이며 확실한 승리를 되뇌었다. 그는 마침내 방문을 박차고 나와 추종자 한 명을 불렀다.

"무기를 들고 페랄디 집으로 밀고 들어가. 납치해서라도 그 위원을 데려와."

작전은 격렬하고 신속하게 전개되었다.

당황한 표정으로 집에 들어선 무라티 위원에게 나폴레옹은 차분한 목소리로 말했다.

"저는 귀하가 자유롭기를 바랐습니다. 페랄디 집에서는 자유롭지 못했겠습니다만, 여기서는 귀하 집에 있는 것이나 같습니다."

다음날, 생 프랑수아 성당에서 포조 디 보르고와 페랄디 추종자들의 격렬한 항의에도 불구하고 선거는 예정대로 진행되었다. 쿠엔자는 제1중령으로, 나폴레옹은 제2중령으로 당선되었다.

그날 저녁, 생 샤를 가의 나폴레옹 집은 축하 손님들로 발 디딜 틈이 없었다. 잔치가 벌어졌고, 울려퍼지는 군대 음악에 맞추어 모두들 목청껏 노래불렀다.

나폴레옹은 축하객들 속에 홀로 떨어져 뜰에 시선을 고정시킨 채 말없이 무언가를 생각하고 있었다. 그에게 이미 음악 소리는 들리지 않았다. 이미 쟁취한 승리에 젖어 있지도 않았다. 그는 새로운 전투를 구상하며, 이번 전투의 과정을 되새기고 있었다.

중요한 것은 승리다.

그가 이번 전투에서 발견한 법칙이었다.

─수단은 중요하지 않다. 계획과 목표만이 모든 것이다.

승리하는 것, 그것은 곧 미움을 받는 것이다.

의용군들이 숙소로 사용하는 신학교에 나폴레옹이 들어서면서, 그는 증오의 시선이 자신에게 와 박히는 것을 느꼈다. 그가 지날 때마다 페랄디와 포조의 추종자들이 수군거렸다. 투표 당시, 나폴레옹 추종자들은 격렬하게 항의하는 마티에 포조를 생 프랑수아 성당 연단 아래로 던져버렸다. 그가 말리지 않았더라면 마티에는 죽었을 것이다.

포조 진영은 나폴레옹을 깡패 두목이라고 떠들어댔다.

"나폴레옹 진영은 양식이 없는 범죄자들 집단이야."

페랄디와 포조, 그들은 무시할 수 없는 세력이었다. 그들은 입법의회 의원들이며, 그들 뒤에는 그들을 당선시킨 파스칼 파올리가 있었다. 나폴레옹은 그들의 증오가 계속 자신을 따라다닐 것임을 알고 있었다.

그러나 삶은 그런 것이다. 증오와 함께 살아야 한다. 중요한 것은 증오를 이겨내는 것, 그럼으로써 자신을 도취시키는 새로운 기쁨을 발견하는 것이다. 그렇게 인간들을 지배하는 것이다.

프랑스 장교로서 그는 이미 병사들에게 명령해본 경험이 있었지만, 그 자신도 상급자들의 명령에 매여야 했다.

그러나 신학교에 모인 국민 의용군 대대에서, 그는 유일한 책임자임을 느꼈다. 제1중령인 쿠엔자가 있지만, 그는 경험도 의지도

178

없는 인물이었다. '쿠엔자-나폴레옹 대대'의 규율을 작성하는 것
도, 지휘도 나폴레옹의 몫이었다.

군대에서나 도시에서나, 대대의 지휘자는 나폴레옹이라는 것을
모두가 알고 있었다.

며칠 사이에 그는 힘을 장악했다. 그는 감독하고, 명령하고, 훈
시했다. 그는 행동할수록 더욱 행동의 힘과 필요성을 느꼈다. 그
는 중령이 되기를 욕망했고, 중령이 되었다. 그러나 이 자리를 더
욱 멀리 나아가는 데 이용하지 못한다면, 무슨 소용이 있겠는가?
이미 쟁취한 승리는 새로운 승리를 위한 추진력이어야 했다.

그는 도시를 자신의 지휘하에 두고자 했다. 그러기 위해서는,
마야르 대령 휘하의 리무쟁 연대가 지배하는 성채를 정복해야 했
다.

나폴레옹은 아작시오 성채를 바라보며 다가갔다. 대포들이 있는
곳. 그곳을 장악한다면, 파올리도 자신의 행동력과 작전능력을 무
시할 수 없으리라. 그러나 그곳은 적진이 아니었다. 상당한 위험
이 따르는 작전이었다. 일단 움직이면, 합법적 권력에 대해 반기
를 든 셈이 된다. 신중하게 주의해야 했다. 법률을 수호하고, 독
재 추종자들에 대항하여 행동하는 것처럼 보여야 했다.

나폴레옹은 고심을 거듭하며 끊임없이 움직였다. 도시를 휘젓고
다니며 의용군들을 관찰했다. 적합한 기회와 최상의 전략을 구상
하기 위해, 그의 정신과 육체는 쉼없이 움직였다.

1792년 4월 2일, 마야르 대령은 광장에서 '쿠엔자-나폴레옹 대
대'를 사열했다. 말을 타고 선두에 선 나폴레옹의 지휘를 받으며,
대대는 씩씩하게 행진했다. 마야르는 곁에 선 쿠엔자에게, 대대가
언제 도시를 떠날 것인지 물었다. 나폴레옹은 이미 그 질문에 대
한 답변을 쿠엔자에게 일러주었다. 나폴레옹의 지시대로, 쿠엔자

는 이러저러한 이유를 대며 시내 체류 연장을 요구했다.

아작시오 주민들은 불안해했다. 농민들로 구성된 의용군이 무슨 짓을 저지를지 몰랐다.

사람들은 나폴레옹을 거세게 비난하며, 그의 선출 과정까지 문제삼았다. 어떤 가족들, 특히 부유층은 아예 짐을 꾸려 이탈리아로 떠났다. 의용군과 항구의 선원들 사이에 싸움이 벌어지기도 했다. 도시의 질서가 점차 무너지고 있었다.

4월 8일, 사제들은 성직자민사기본법에 서약을 거부하며 생 프랑수아 수도원에서 미사를 집전하고, 다음날 있을 시가행진을 발표했다.

나폴레옹은 외쳤다.

"사제들이 분파주의를 선언했다. 우리 민중들은 모든 광기와 싸울 준비가 되어 있다."

그날 저녁, 대성당 앞을 지나가는 나폴레옹과 의용군 장교들을 향해 누군가 총을 발사했다. 이 총격으로 로카 세라 중위가 피살되었다. 기다렸다는 듯이 사방에서 고함 소리가 터져나왔다.

"장교들을 공격하라!"

의용군 사냥이 시작된 것이다. 일단은 피해야 했다.

나폴레옹은 병사들과 함께 신학교로 도피했다.

그날 이후 13일까지, 도시 곳곳에서 폭동이 일어났다. 나폴레옹은 도처를 누비면서 의용군을 지휘하며 도시의 입구들을 봉쇄했다. 그는 성채 주둔 병사들의 봉기를 부추기면서, 한편으로는 마야르 대령과 협상하는, 양동작전을 구사했다. 그는 병사들에게 외쳤다.

"무기를 들라. 우리는 이 사건을 칼로 해결할 것이다."

그러면서도 그는 당국과 협상을 계속했다. 자신이 이 소요의 책임자로, 반도로 비쳐지는 것을 원하지 않았다.

그는 말을 타고 초소들을 순찰하면서 추종자들의 사기를 북돋웠다. 병사들은 집에 불을 지르고, 도시의 여러 구역을 약탈했다. 그는 자신이 풀고 당기는 폭동에 도취한 듯했다. 그 자신이 지휘하고, 억제하며, 가열시키고, 중단시켰다.

협상이 시작되자, 그는 자신을 정당화하기 위해 서둘러 선언문을 작성했다.

그 글은 과장되고 현실을 왜곡한 것이지만, 상관없었다. 중요한 것은 진실이 아니라, 설득력이었다.

〈아작시오 주민은 식인종들이었다. 그들은 의용군을 학대하고 학살했다. 당시이 끔찍한 위기에서 우리에게 필요했던 것은 에너지와 대담성이었으며, 위대한 인물이었다. 누군가 "당신은 그 임무를 수행하면서 어떤 법률도 위반하지 않았는가?"라고 묻는다면, 키케로나 미라보처럼 "나는 공화국을 구했소!"라고 대답할 수 있는 그런 인물이 필요했다.〉

그는 조금도 주저함 없이 서명했다. 실체적 진실이 어떠하든 간에, 그는 상황적 진실이 존재한다고 믿었다. 말과 글도 마찬가지였다. 어떤 상황에든 적응해야 하고, 순간적으로 필요할 때에 즉각 동원되어야 하는 것이 말과 글이었다. 그러나 이러한 정신의 운동을 이해할 수 있는 사람이 몇 명이나 되겠는가? 나폴레옹은 이렇게 썼다.

〈위대한 사건을 이해하기에는, 인간들의 영혼은 너무 편협하다.〉

나폴레옹은 파올리에게 새로운 지휘권을 얻기 위해 코르테로 향했다. 그러나 파올리는 그를 만나주지 않았다. 그는 파올리가 자신을 비난했다는 사실을 이미 알고 있었다. 폭동기간에, 나폴레옹이 자기의 이름을 이용했다는 이유 때문이었다.

아작시오로 돌아오면서, 나폴레옹은 앞으로 자신이 얼마나 증오의 대상이 될 것인지 생각했다.

길에서 사람들은 그를 피하며 의용군을 무서워했다. 그는 도시 전체를 위기에 휩싸이게 했다는 비판을 받았다. 코르시카 입법의회 의원인 페랄디와 포조 디 보르고는 앞장서서 그를 비방했다. 그들에게 있어 나폴레옹은 '피에 굶주린 호랑이'였고, 그가 그런 야만성을 즐기도록 내버려둘 수는 없었다.

그들의 비난에 나폴레옹은 웃었다. 그가 '새로운 *바르텔르미 대학살'을 조장했다는 비난에도 대꾸하지 않았다. 뛰어난 인물은 사람들의 미움을 받게 마련이라며, 걱정하는 어머니를 안심시켰다.

5월 중순, 그는 섬을 떠나 파리로 향했다. 포조와 페랄디의 주장에 대항하여, 입법의회에서 자신을 변호하고, 프랑스 군대의 계급을 유지하기 위해서였다. 그는 휴가 만료 대상으로 분류되어 있어서, 자칫 프랑스군에서 제적될 위기에 있었던 것이다.

그에게 아작시오 사건은 자기 자신을 발견하는 기회였다. 그를 만나면 모든 것이 움직였다. 그가 가는 세계는 항상 변화의 몸부림을 치고 있었다. 프랑스에서도 모든 것이 움직이고 있었다. 1792년 4월 20일, 전쟁이 선포되었다.

나폴레옹은 자신이 이 들끓는 세계의 적임자임을 느꼈다.

그 무엇도 그를 중단시킬 수 없음을 확신했다.

---

* 바르텔르미 대학살 : 16세기 후반 프랑스 구교도가 신교도인 위그노파를 대량 학살한 사건.

12
민중은 바람에 휩쓸리는 물결이다

1792년 5월 28일, 오후가 끝나갈 무렵. 나폴레옹은 파리 튈르리 구역의 좁은 길을 걷고 있었다.

생 로크 가에 위치한 '네덜란드 파트리오트 호텔', 코르시카 입법의회 의원들이 묵고 있다는 그곳을 찾아가는 길이었다. 그는 그들과 함께 묵기로 했다.

조제프는 동생의 이런 결정을 알고 깜짝 놀랐다.

보나파르트 가문의 적수들인 포조와 페랄디, 왜 그들 곁에 묵고자 하는가? 그는 스스로에게 묻고, 스스로에게 답했다.

"결코 적을 피해서는 안 된다, 과감하게 정면돌파해야 한다."

그러나 그는 호텔 앞에서 두 번이나 발걸음을 돌렸다. 입법의회에 인접한 거리에서 벌어지는 광경이 그를 붙들었다.

그곳에서 멀지 않은 팔레루아얄, 언제나 여자들이 유혹하던 상점들의 거리. 열여덟 살의 애송이 시절, 그는 부끄러움을 안고 그곳에 들어섰었다. 이제 분위기는 바뀌었다. 군중들은 예전보다 더 많이 몰려들고 더욱 시끄러웠지만, 그들에게서는 자유의 냄새가 났다.

그는 멈춰섰다.

한 웅변가가 벤치 위에 서서 외치고 있었다.

"우리는 모두 목이 잘릴 것이다. '거부권'씨와 오스트리아 여자(왕과 왕비를 이렇게 불렀다 - 역주)는 파리를 브라운슈바이크*의 군대에 넘기려 한다. 이 나라 장교와 장군들은 무얼 하는가? 그들은 배반했다! 그들은 망명을 생각한다!"

누군가가 외쳤다.

"죽여라!"

나폴레옹은 발걸음을 옮겼다. 상의에 삼색 휘장을 단 수많은 국민방위군들과 마주쳤지만, 누구도 그를 눈여겨보지 않았다. 그는 쇼윈도에 비친 자신의 모습을 바라보았다. 칙칙한 제복, 누런 피부, 그러나 투지 있는 풍모의 키 작은 장교…… 그는 도전적인 눈빛으로 홀로 걸었다. 그를 둘러싸고 있는 사람들의 무관심이 그를 자극했다. 그는 이 무명의 어둠을 뚫고 솟아오르리라 생각했다.

거리로 나갈수록 잡다한 군중이 더욱 밀려들었다. 누더기를 걸치고 시끄럽게 떠들어대는 무리들. 이게 수도 파리의 민중인가? 이 하층민들에게 누가 질서를 부여한단 말인가?

생 토노레 가에 이르러, 그는 '푀양파' 수도원과 '카푸치노 수도회' 성당 앞에서 걸음을 멈추었다. 입법의회는 이 성당과 튈르

---

* 프로이센 장군, 1735~1806.

리 정원 끝에 있는 조마장을 사용하고 있었다. 이곳에서 의원들이 나라의 장래를 토론했다.

나폴레옹은 성당 뜰로 들어섰다.

"그러니까 이거로군. 권력의 중심지가 겨우 이런 거란 말이지?"

뜰에서부터 의사당에 이르기까지 군중이 밀려들어 뒤죽박죽이었다. 지나가는 의원들의 이름을 불러대는 사람, 의사당에 들어가기 위해 소리치며 달려드는 사람, 위협적인 몸짓으로 정부의 무능력을 비난하는 목청 큰 사람.

"여기서 반역자를 심판하고 왕을 심판하는군."

나폴레옹은 매혹되었다. 하나의 권력이 어떻게 이런 무정부 상태, 폭도들, 길거리 비판을 용납한단 말인가. 올바른 사람이라면 준수해야 하는 헌법이 엄연히 존재하는데 말이다.

그는 그곳에서 뒤돌아서며 저녁에 기록하게 될 문구 하나를 생각했다.

〈민중은 바람에 휩쓸리는 물결이다. 잘못된 충동을 받으면, 그들의 정열은 고삐가 풀려버린다.〉

호텔에 들어서는 그를 보고, 포조 디 보르고는 소스라치게 놀랐다. 나폴레옹은 멈칫하다가, 곧 그에게 인사를 건넸다. 어쨌거나 포조는 중요한 인물이었다. 풍문에 따르면, 국방장관과도 친밀한 관계를 맺고 있다고 했다.

방에 들어서자마자, 그는 조제프에게 편지를 썼다. 그가 파리에서 받은 인상을 전하고 싶었다.

〈너무 비싼 호텔에 들었어. 내일 호텔을 바꿀 예정이야. 파리는 지금 거대한 격동에 휩싸여 있어…….〉

그는 편지를 중단하고, 거리로 나섰다. 거리의 모습을 좀더 살펴보고, 차제에 저렴한 호텔도 찾을 생각이었다.

밤인데도 거리는 한산하지 않았다. 국민방위군이 왕과 그 가족들이 살고 있는 튈르리 궁을 향해 가고 있었다. 구경꾼들이 병사들을 향해 환호를 보내며, 절대왕권을 보호하는 스위스군과 국왕친위대를 해산시키라고 외쳐댔다. 누군가 소리쳤다.

"놈들은 파리의 심장을 향해 총을 겨누고 있다!"

나폴레옹은 군중 틈에서 빠져나와, 마유 가의 좁은 거리로 접어들었다. 그곳에 회색 정문의 메츠 호텔이 있었다. 입법의회 근방은 각지에서 몰려드는 의원들 때문에 방값이 비싼 반면, 이 거리의 방값은 적당했다. 게다가 그곳에서 묵고 있는, 브리엔 군사학교 동료 부리엔을 만나는 기쁨도 있었다. 오랜만에 만난 두 친구는 식당으로 향했다.

발루아 가의 작은 식당에서 식사를 마치고 나폴레옹은 몇 달 전부터 파리에 살고 있는 부리엔에게 파리의 상황을 물었다.

부리엔의 길고도 상세한 답변에, 나폴레옹은 자기의 생각을 말하지 않고 짧은 질문들을 연달아 던졌다. 부리엔은 파리의 삶에 대해 많은 정보를 갖고 있었다. 롱그빌 호텔에서 가구점을 운영하는 그의 형은 주로 망명귀족들이 버리고 간 가구를 팔았다. 대혁명 동안 어떤 사람들은 모든 것을 잃었고, 어떤 사람들은 투기로 엄청난 재산을 벌었다. 약간의 돈에, 기회만 잘 잡으면 큰돈을 만질 수 있다며, 부리엔이 말했다.

"왜 우리라고 안 되라는 법이 있어?"

"돈이 없어."

나폴레옹은 제복의 주머니를 두드리며 웃었다. 그들은 길거리를 배회하며, 부자가 될 방법을 상상하는 스물세 살의 젊은이들답게 웃음을 터뜨렸다. 망명귀족들의 저택을 싸게 구입해서 세놓는다? 그것도 괜찮은 방법일 듯했다.

갑자기, 그들 앞으로 무기를 든 사람들이 지나갔다. 창칼이 램프빛에 반짝였다. 부리엔이 말했다.

"시민들을 안심시키기 위해 거리에 불을 밝혀놓지. 한 걸음 더 딜 때마다 서로 죽여대거든."

나폴레옹이 말했다.

"무정부 상태로군."

그는 더이상 웃지 않았다.

밤이 되어, 부리엔과 헤어진 그는 여인들이 짙은 향기를 풍겨대는 팔레루아얄을 배회했다.

5월 29일, 아침 일찍 국방성 사무실에 들른 그는 군대 복귀 허가를 신청했다.

그는 코르시카를 지휘하는 로시가 발급해준 자격증과 아작시오 집정관들의 증명서를 제출하며, 1792년 1월에 있었던 군 사열에 부재했던 사유를 설명했다. 그는 아작시오 국민방위군의 중령직을 수행했으며, 아작시오에서 일어난 소요들 때문에 그곳에 머물러야 했다고 말했다.

관리들은 주의깊게 그의 말을 들었다. 포병대 장교의 3분의 2 이상이 병영을 이탈한 상황이어서, 포병장교가 절대 부족했다.

관리가 그에게 페카뒤크, 펠리포, 데 마지를 아느냐고 물었다. 그들은 모두 망명했다. 국방성 담당자는 나폴레옹이 재학했던 1784년과 1785년의 파리 사관학교 생도들 중 망명장교의 명단을 보여주었다. 로지에, 카스트르 드 보 등 낯익은 이름들이 있었다.

그날 그는 메츠 호텔 4층의 14호 객실로 거처를 옮겼다.

국방성을 드나들면서, 나폴레옹은 복귀 허가가 곧 나올 것으로 확신했다. 그런데 차일피일 지연되는 이유를 알 수 없었다. 어느 날, 그의 서류를 담당하는 장교들이 그에게 집요한 적수가 있어서라고, 넌지시 귀띔해주었다.

적수? 누구인가? 코르시카 입법의원이었다. 그가 장관에게 아작시오 폭동을 주동한 나폴레옹 중위의 탄핵을 요구하는 편지를 계속 보낸다는 것이었다. 페랄디였다.

나폴레옹은 소리쳤다.

"그 멍청한 인간은 지금 제정신이 아니오. 그는 나에게 전쟁을 선포했었소! 이제 그를 지지하는 선거구는 없어요! 그는 독불장군입니다, 아무도 자기를 건드릴 수 없다고 뽐내는 자요! 그와 확실하게 담판을 지었어야 했는데."

담당자들은 그를 진정시켰다. 어쨌거나 국방성 평가서는 나폴레옹에게 호의적이었다. 나폴레옹은 지나치게 걱정하지는 않았지만 그렇다고 일을 우연에 맡기지도 않았다. 나폴레옹은 그 길로 입법의회 회의장으로 향했다. 다른 코르시카 의원들을 만나고, 그들에게 정중하게 인사하며 우호적인 관계를 맺었다.

나폴레옹은 여전히 코르시카에서 중요한 역할을 하기를 원했다. 프랑스는 너무 분열되어 있어서 앞날을 예견할 수 없었다. 코르시카라는 카드를 손에 쥐고 있어야 했다.

그는 조제프에게 썼다.

〈이 나라는 난폭한 당파들에 의해 산산히 분열되어 있어. 다른 계획을 세운다는 게 불가능해. 앞으로 상황이 어떻게 전개될 것인지 종잡을 수 없어. 분명한 것은, 혁명의 폭풍이 당분간 계속될 것이란 사실이야.〉

1792년 6월 20일 저녁, 팔레루아얄 근처 생 토노레 가의 식당에서 부리엔을 기다리며, 나폴레옹의 시선은 상점거리를 오가는 여인들의 나긋한 육체에서 떨어질 줄을 몰랐다. 날씨는 부드러웠다. 부리엔이 와서 자리에 앉고 나서 얼마되지 않아 나폴레옹은 튈르리 궁을 향해 행진하는 오륙천 명의 사람들 무리를 보았다.

나폴레옹은 부리엔의 팔을 잡아끌었다. 그 사람들을 따라가보고 싶었다. 두 사람은 군중 속으로 섞여들어갔다.

그들은 남녀 할 것 없이 창과 도끼, 칼과 총, 꼬챙이와 막대기들을 손에 들고 격렬한 구호를 외치며, 튈르리 궁의 철책에 이르러 잠시 멈추었다. 하지만 그건 정말 잠시였다. 누군가의 외침에 군중은 철책을 부수고 궁에 난입하여, 왕의 침실에까지 몰려들어갔다.

무리에서 빠져나온 나폴레옹은 멀리서 그 장면을 바라보았다. 왕과 왕비, 그리고 붉은 침실용 모자를 쓴 왕자를 보았다. 왕은 잠시 망설이더니, 폭동자들과 함께 건배하였다.

나폴레옹은 고개를 저으며 발걸음을 돌렸다. 부리엔과 나란히 길을 걸으며, 나폴레옹은 말했다.

"왕은 비굴했어. 정치의 무대에서, 비굴해진 자는 재기하지 못해."

그리고는 그는 분개해서 말했다.

"이 무질서한 군중, 그들의 옷, 그들의 말투…… 정말 비천한 하층민들이야."

걸으면서, 그는 내내 욕을 퍼부어댔다. 그는 장교였다, 규율과 질서의 인간이었다. 자유와 평등은 좋다, 그러나 무정부 상태는 안 된다. 위계질서와 권위를 존중해야 하며, 그러기 위한, 또 그럴 수 있는 책임자들이 필요하다. 그는 말했다.

"아작시오 폭동을 겪으며 깊이 생각해보았어. 책임자가 있어야 효율성이 생기지. 결정을 내리고, 결정을 집행하는 강력한 사람이 필요한 거야. 그게 바로 지도자야."

그는 열정에 사로잡혀 소리쳤다.

"자코뱅들은 상식이 없는 미친 놈들이야!"

그리고는 자코뱅들이 암살자, 망나니, 무뢰한으로 간주하는 라

파예트를 찬양했다.

"자코뱅들의 말과 태도는 위험하고 비합법적이야."

메츠 호텔로 돌아온 그는 조제프에게 편지를 썼다.

〈폭풍우가 몰아치는 상황 속에서 '제국'의 운명이 어떻게 될 것인지 예측한다는 건 정말 어려운 일이야〉

이제 그가 파올리에게 접근해야 할 이유가 없었다. 동생 뤼시앵이 파올리의 비서가 될 예정이었다. 조제프는 이번 기회에 국민공회 의원으로 선출되려고 애쓰고 있었다. 나폴레옹은 편지를 썼다.

〈이번에 당선되지 않으면, 형은 코르시카에서 계속 바보 같은 역할만 하게 될 거야. 기회를 놓치지 마, 이번 의회에서는 꼭 당선되어야 해. 그렇지 못하면, 형은 멍청이야!〉

그는 망설이다가, 신경질적으로 펜을 휘갈겼다.

〈아작시오로 가. 당선자가 되기 위해 아작시오로 가라구.〉

그는 다짐하며 일어섰다. 선택해야 했다. 선택, 그것은 정치와 삶의 법칙이었다. 하지만 미래는 너무 불투명했다.

며칠 전 코르시카 입법의회 의원에게 들은 말이 떠올랐다.

"입법의회 군사위원회에서, 국방위원장 라 바렌은 코르시카를 프랑스 제국에 편입하여 유지하는 것이 더이상 불가능하고 실제적인 유용성도 없다고 선언했소."

나폴레옹은 다시 펜을 잡고 형에게 명령조로 썼다.

〈파올리 장군을 강력하게 붙들어. 좀더 세게 나가야 해. 그는 모든 것을 할 수 있고, 실제로 모든 것이며, 앞으로도 모든 것일 거야. 이 소용돌이가 아마도 코르시카의 독립으로 끝날 것 같아.〉

코르시카에 관한 모든 업무를 장악해야 했다.

나폴레옹은 코르시카 의원들과 자주 접촉하며 그들과 가까워지려 노력했다. 집안 문제도 걱정이었다. 뽕나무 묘목 서류는 아직 받지 못했고, 생 시르 학교의 기숙생인 누이동생 엘리자도 걱정거리였다. 생 시르 학교가 곧 폐교될 거라는데, 이 열다섯 살 처녀를 어떻게 할 것인가? 그녀를 다시 코르시카 가족에게 데려다주려면, 나폴레옹은 긴 여행을 해야 했다.

그는 베르사유에 있는 엘리자를 만나러 가다가 마르세유에서 올라온 국민방위군과 마주쳤다. 그들은 새로운 혁명가 라마르세예즈를 목이 터져라 불러대며, 섬뜩한 후렴구를 반복해 외쳤다.

"무기를 들라, 시민들이여, 전투부대를 조직하라."

그날 나폴레옹은 이렇게 기록했다.

〈도처에서 격렬함이 폭발하는 순간이다. 많은 사람들이 파리를 떠난다.〉

그는 오직 엘리자를 아작시오로 데려갈 일만 생각하고, 일단 만사를 제쳐두었다. 그러나 '연소의 순간'을 주시하는 학자처럼, 사방을 돌아보며 침착하게 상황을 관찰하였다.

하루는, 메츠 호텔의 나폴레옹 방에 불쑥 들어선 부리엔은 묘한 광경을 목도했다. 나폴레옹은 호텔방에 앉아서도 포탄의 궤도를 그리며 셈에 열중하고 있었다. 게다가 그는 직접 그린 별들의 운동 경로를 부리엔에게 보여주며 말했다.

"천문학은 멋진 학문이야. 좋은 오락거리이기도 하지. 나 정도의 수학 실력이면, 조금만 연구하면 천문학을 정복할 수 있어. 천문학은 우리에게 상당한 도움이 돼."

놀라워하는 친구에게 그는 미소지으며, 자기는 관찰하고 이해하기를 좋아한다고 덧붙였다. 하긴 천문학이나 수학이 인간 행동보다 더욱 흥미롭지 않은가? 나폴레옹은 말을 이었다.

"정상에 있는 사람들도 보잘것없는 인간들이야. 그들을 가까이서 들여다보면, 그들이 민중들의 마음에 들려고 애쓰는 것이 얼마나 부질없는 짓인지 알게 돼."

그는 동생 뤼시앵에게도 이 말을 써서 보냈다. 그러나 정치적 관심이 많은 열일곱 살의 동생은 나폴레옹을 엄격히 비판하는 편지를 큰형 조제프에게 썼다.

〈나폴레옹 형은 위험한 인물입니다…… 제가 보기에 형은 독재자가 될 성향이 다분해요. 만일 형이 왕이 된다면, 틀림없이 독재자가 될 겁니다. 후손과 애국자에게 혐오감을 주는 인물이 될 거예요…… 저는 형이 쿠데타를 일으킬 수 있는 인물이라고 생각합니다.〉

조제프가 뤼시앵의 이런 판단을 나폴레옹에게 전했지만, 그는 화내지 않았다. 뤼시앵은 아직 어리지 않은가, 열일곱 살이다! 달래야 했다. 그는 동생에게 편지를 썼다.

〈너, 아작시오 사건을 알고 있지? 파리도 똑같아. 다만 아작시오 사람들은 더 촌스럽고, 심술궂으며, 남의 욕을 해대고, 흠을 캐기를 더 좋아한다는 차이가 있을 뿐…… 모두가 자기 이익을 추구하고, 부끄러움 없이 끔찍한 짓과 욕을 해대며, 출세하려는 것은 똑같아. 예나 지금이나 인간은 모두가 비열한 음모나 꾸며대는 족속들이야. 그러면서 야망을 부수려 들지. 무언가 중요한 역할을 맡은 사람은 늘 시기와 불평의 대상이 될 수밖에 없어. 특히 그들이 자신의 안위만을 생각할 때 더욱 그렇지. 사랑하는 뤼시앵, 누구나 조용하게 살고, 가족과 자신의 일에 몰두하며 살고 싶어해. 사오십만 프랑의 연금을 받게 되고, 마흔 살쯤 되면, 그래서 타오르는 상상력과 욕망에 시달릴 필요가 없을 때가 되면, 그런 결단을 내릴 수도 있겠지.〉

아끼는 동생에게, 형으로서 하는 말이었다.

1792년 6월에서 8월 사이, 나폴레옹은 길거리에서 폭력이 난무하고, 무질서가 지배하며, 그 무엇도 통제할 수 없는 군중들의 물결을 보았다. 이런 광란을 바라보면서, 그는 무정부 상태에 대한 혐오감에 치를 떨었다. 그리고 하층민이 지배하는 이 폭풍을 아무도 제압할 수 없을 것이라는 불안감을 느꼈다.

1792년 7월 12일, 나폴레옹은 호텔에서 10일자 소인이 찍힌 편지 한 통을 받았다. '대위로서의 업무를 완수하기 위해 제4포병연대로 복직되었음'을 알리는 국방장관 명의의 편지였다.

복직과 함께 진급, 게다가 봉급은 1792년 2월 6일자로 소급되어 지불되었다.

나폴레옹은 이 기쁨을 가족과 함께 나누고 싶어 곧 펜을 들었다. 조제프은 열광적인 답장을 보내있다. 스물세 살에, 그는 16만 프랑의 연봉을 받는 대위가 된 것이다! 대단한 성공이었다! 어머니 레티지아는 기뻐하며 집안의 '오모네(위대한 사람)'가 된 것을 축하했다. 나폴레옹은 프랑스에 남아 연대로 복귀해야 했다.

그러나 나폴레옹은 여전히 망설였다. 정규군의 장교로 복귀한 지금, 왜 다시 코르시카에서 행동을 시도하지 못하겠는가? 더구나 그는 여전히 아작시오 의용군 대대장이 아닌가!

8월 7일 화요일, 그는 조제프에게 썼다.

〈집안 문제를 생각해서 나는 코르시카로 돌아가고 싶지만, 형과 집안 식구들이 연대복귀를 원하니까, 그렇게 하겠어.〉

그의 연대는 국경 수비를 맡고 있었다. 아직 대위 임명장을 받지 못한 나폴레옹은 소식을 기다리며 출발을 준비했다.

그는 거리를 산책했다. 거리 곳곳에 여전히 구경꾼들이 몰려들어 수군거리며 새로운 소식들을 전했다. 궁정을 비판하고 브라운슈바이크 원수의 음모를 비난했다. 브라운슈바이크가 이끄는 오스트리아와 프로이센 대불동맹군이 진군중이라는 소식도 들렸다. 한 연설가가 브라운슈바이크가 파리 시민들에게 발표한 선언문을 낭독하자, 성난 군중들은 포효했다. 브라운슈바이크는 파리를 향해 이렇게 선언했다.

〈파리가 즉각 그리고 무조건 왕에게 복종하지 않는다면, 우리는 군사적 행동을 취할 것이고, 도시를 철저히 파괴할 것이며, 반항하는 자들을 처벌할 것이다.〉

"미쳤군."

나폴레옹은 홀로 중얼거렸다.

도시는 장전한 총처럼 긴장감이 감돌았다. 방아쇠가 당겨지고 있었으며, 폭발이 임박해 보였다.

8월 9일 밤, 나폴레옹은 소스라쳐 잠에서 깨어났다.

파리의 종탑들이 경종을 울리고 있었다. 그는 서둘러 옷을 입고 거리로 뛰쳐나가 부리엔의 포블레 가게로 달려갔다. 카루젤 가에 위치한 그 가게는 주변에서 가장 이상적인 관찰초소였다.

라마르세예즈를 불러대는 마르세유 의용군과 파리 국민방위군 사이에 마침내 전투가 벌어진 것이다.

프티 샹 거리 쪽에서 한 무리가 창끝에 누군가의 잘린 머리를 꿰어달고 다가오는 것이 보였다. 그들은 점잖게 옷을 입은 나폴레옹을 에워싸고 밀어제치며 "민족 만세!"를 외칠 것을 요구했다. 나폴레옹은 긴장으로 경직된 얼굴로, "민족 만세!"를 외쳤다.

포블레 가게에서 이 일을 당한 이후, 그는 거리에 나가지 않고 창문에서만 사건들을 관찰했다. 폭도들은 카루젤 광장을 지나 튈르리로 몰려갔다.

그 격동의 순간에, 나폴레옹은 호기심 많은 구경꾼일 뿐이었다. 그는 하층민들, '이 끔찍한 무리들'에 적대적이었다.

오후가 끝날 무렵, 폭도들은 튈르리 궁을 점령하고 약탈했다. 왕은 의회로 피신했다. 나폴레옹은 목숨이 위태롭다는 것을 알았지만, 관찰의 욕구와 호기심을 참지 못했다. 그는 정원과 궁전으로 뚫고 들어갔다. 천 명도 넘는 시체들이 계단과 방마다 널브러져 있었다.

나폴레옹의 눈에 비친, 그의 생애에 첫번째로 누벼본 전쟁터는 혐오스럽고 끔찍했다. 궁을 지키던 스위스 수비대는 철저히 격파당하고 대량학살당했다.

그때, 몇 걸음 떨어진 곳에서 한 마르세유 의용군이 스위스군 한 명을 죽이려는 모습이 눈에 띄었다.

나폴레옹이 다가갔다.

"이보시오, 남부 사람, 이 불행한 사람을 살려줍시다."

나폴레옹의 얼굴을 빤히 버려보며 의용군이 물었다.

"당신도 남부 출신이오?"

"그렇소."

"좋아, 그럼 살려주지."

나폴레옹은 궁전의 방들을 돌아보았다. 그는 자신의 눈앞에 놓여 있는 상황을 이해하려 애썼다.

몇 시간 후, 호텔에 돌아온 그는 부리엔에게 말했다.

"멀쩡한 여자들이 스위스 군인들의 시체에다 대고 추잡한 짓을 하고 있는 걸 보았어. 죽은 군인들의 팔다리를 자르고 피가 줄줄 흐르는 성기를 잘라들고 흔들어대더군."

나폴레옹은 고개를 저으며 중얼거렸다.

"천한 것들."

그들은 부근의 카페에 들어갔다. 도처에서 노래하고, 소리지르고, 잔을 부딪치고, 건배하며, 야단들이었다.

나폴레옹은 자신을 바라보는 그들의 시선이 적대적임을 느꼈다. 오늘의 승리 분위기에 걸맞지 않게 너무 차분하고 절제된 그의 모습이 의심을 유발한 것이다.

그는 자리를 떴다. 도처에 폭력이 난무했다. 모든 사람들의 얼굴에 살기가 서려 있었다. 분노가 그를 사로잡았다. 왕이, 그 루이 16세가 말을 타고 모습을 드러내기만 했어도 승리는 그의 것이었다고, 나폴레옹은 내뱉었다.

지난 6월 20일 밤에 그가 목도한 광경이 떠올랐던 것이다. 그러나 왕은 군대를 지휘해 폭동을 진압하기는커녕 저항 한번 해보지 않고 항복한 것이다. 나폴레옹은 그 비겁한 왕을 경멸했다.

군을 지휘해야 할 왕이 군인이 아니었다. 통치수단을 장악하지 못한 것이다. 무질서와 무정부 상태에 휩쓸려버린 것도 무리가 아니었다.

나폴레옹은 지난 6월 20일과 특히 8월 10일의 사건을, 질서를 중시하는 인간으로서 또한 장교로서 판단했다.

그는 통치 원칙이 어떠하든 권력이 길거리에, 군중에, 하층민에게 맡겨져서는 안 된다고 생각했다. 법을 강요하고 결정을 내릴 줄 아는 지도자가 필요하다. 에너지와 힘과 과감한 결단력을 갖춘 인물. 나폴레옹은 자신이 그런 인물이 될 수 있다고 생각했다.

그날, 8월 10일 저녁, 그는 결심했다. 연대복귀를 하지 않고 코르시카로 돌아가리라고. 그가 두각을 나타낼 수 있는 곳은 바로 그곳이었다. 여기서는 그는 아무것도 아니었다. 그러나 코르시카에서 그는 의용군 대대장 보나파르트였다.

입법의회는 왕의 권한을 정지시키고 9월 2일 국민공회 선거를 치를 것임을 공포했다. 시간이 없었다. 이제 코르시카로 달려가 조제프의 당선을 도와야 했다.

8월 말, 그는 아저씨 페라비치니에게 편지를 썼다.

〈사건이 연달아 터지고 있습니다. 적들이 짖어대도록 내버려두십시오. 조카들은 아저씨를 사랑하며, 모두 한 자리씩 할 겁니다.〉

우선, 누이 엘리자를 생 시르 학교에서 데려와야 했다. 9월 1일

하루 종일 그는 동분서주했다. 시위대들이 파리 거리를 휩쓸며 귀족계급의 음모를 폭로하고, 감옥에 무더기로 쌓여 있는 음모가들을 처형할 것을 요구했다. 시위대는 음모가들이 애국주의자들에게 복수하고 목을 따기 위해, 브라운슈바이크의 군대가 도착하기만을 기다린다고 주장했다.

그날 늦게 나폴레옹은 혼란에 휩싸인 생 시르 학교에서 엘리자를 겨우 빼내와, 낡은 전세마차에 올라탔다.

둘은 파리에서 숨어지내야 했다. 비상종이 급박하게 울리며, 베르덩 전선이 오스트리아와 프로이센 대불동맹군에 항복했다는 소식이 전해졌다. 수도 파리가 적군의 말발굽 아래 정복당할 위기에 놓여 있었다.

감옥 앞에 결집한 시위대는 강제로 문을 열게 하고, 죄수들을 임시재판으로 판결해 대량학살했다. 군중은 통제에서 완전히 벗어나 마구잡이로 행동했다. 온 도시가 무법천지였다. 당통이 사태를 방관한다는 소문이 들리는 가운데, 로베스피에르는 모습을 드러내지 않았다. 감옥과 거리는 '대량학살자들'의 수중에 들어가 있었다. 마라의 연설과 삐라가 그들을 부추겼다.

대학살은 9월 5일에야 멈추었다. 9월 9일, 나폴레옹은 누이와 함께 파리를 떠날 수 있었다.

론 강을 따라 내려가는 합승마차와 배에서 나폴레옹은 여행자들의 얼굴에서 공포를 읽었다. 그들은 파리를 피해 달아나는 중이라고 솔직하게 털어놓았다.

발랑스에 도착한 그는 클레르 부를 찾아갔다. 그녀는 그 계곡의 도시들에서도 대량학살이 자행되었다며 고개를 저었다. 몇 시간 후, 나폴레옹과 엘리자는 그녀가 들려준 포도 바구니를 들고 다시 길을 떠났다.

그들이 마르세유에 도착한 것은 1792년 9월 말이었다. 그들이 여관에 들어서려는 순간, 한 무리의 남자와 여자들이 그들을 둘러쌌다. 깃털모자를 쓴 엘리자가 귀족계급의 여인으로 보인 것이다.

그들이 소리쳤다.

"귀족들을 죽여라!"

무슨 일이든 벌어질 수 있는 순간이었다.

나폴레옹은 즉시 누이의 모자를 벗겨 무리에게 던지며 소리쳤다.

"우리도 당신들처럼 귀족이 이젠 아니오."

무리가 그에게 박수를 보내며 환호했다.

그날 저녁, 그는 서둘러 부두로 나가 아작시오로 가는 배를 수소문했다.

그러나 10월 10일에야 툴롱에서 떠나는 배가 있을 뿐이었다.

그 와중에 나폴레옹은 형이 국민공회에 선출되지 못했다는 소식을 받았다. 조제프는 398표 중 64표밖에 얻지 못했으며, 2차 투표에서는 단 한 표도 얻지 못했다! 나쁜 소식이었다. 국민공회에 의해 군주제가 폐지되고, 1792년 9월 21일 공화국이 선포된 소식도 들었다. 또한 프랑스 군대가 켈레르만과 뒤무리에 장군의 지휘하에 발미 전투에서 승리했다는 소식도 들었다.

10월 14일, 프로이센군이 베르덩에서 철수했다. 그 일련의 사건들, 나폴레옹이 참여하지 않은 그 사건들이 벌어진 시기를, 괴테는 '세계 역사에 새로운 시대가 시작되었다'고 표현했다.

1792년 10월 15일, 그는 엘리자와 함께 아작시오에 도착했다.

부두에 마중나온 가족들을 만나고, 자식들에 둘러싸여 있는 어머니를 바라보며, 나폴레옹은 행복을 느꼈다.

그러나 그 시간에 멀리, 저 북쪽의 국경 발미에서는 나폴레옹이 소속된 군대의 병사들이 승리의 영광을 맛보고 있었다.

13
살아남기 위해, 끊어야 한다

이제는 나폴레옹의 눈에도 늙어 보이는 어머니, 그녀는 여전히 생기 넘치는 얼굴로 분주히 자식들 사이를 오가며 행복해했다. 특히 엘리자를 예전처럼 '마리안나'라 부르며 껴안고, 나폴레옹에게 다가와 손가락으로 그의 뺨을 어루만지며 말했다.

"오랜만에 내 자식들이 모두 집에 모였구나. 이 평화와 행복의 순간이 너무 좋구나."

나폴레옹은 일어나 자기 방으로 향했다. 이제 이곳 코르시카에서의 계획을 구상해야 했다.

10월 18일, 나폴레옹은 의용군 대대 중령으로 복귀하고 싶다는 편지를 썼다. 그리고 파올리의 대답을 기다렸다. 코르테에 거주하는 파올리에서서 아무 답장이 없었다. 소식 없이 며칠이 흘렀다. 파올리는 그를 무기력하게 버려둘 작정인가?

"측근들에게 완전히 둘러싸여 있어."

뤼시앵이 씁쓸하게 말했다.

파올리는 뤼시앵도 비서로 원하지 않았다. 뤼시앵이 형들에게 말했다.

"그는 우리를 좋아하지 않아. 게다가 나폴레옹 형이 프랑스에서 진급되어 돌아왔잖아. 그것도 의심스러운 거야. 파올리의 눈엔 우리 형제들이 프랑스 물이 잔뜩 들어 미심쩍은 거지. 그는 우리를 두려워해."

나폴레옹은 흔들림 없이 일을 진척시켜나갔다. 그는 코르테와 보니파시오에 주둔하는 그의 대대 동료들에게 알렸다.

〈이제 나는 여기 코르시카에 머물 것이며, 모든 것은 마땅히 되어가야 할 방향으로 진행될 것이다. 내가 모든 명령을 내릴 것이다.〉

아무도 답장하지 않았지만, 그는 기다렸다. 달리 방법이 없었다. 파올리와 결별할 수는 없었다. 파올리는 코르시카에서 가장 수가 많은 농민계층의 지지를 받으며, 모든 권력을 장악하고 있지 않은가.

아작시오 집에는 가족들의 행복이 넘쳤다. 아들을 대견스레 바라보며 기뻐하는 어머니를 대하는 일도, 나폴레옹은 부담스럽고 초조했다.

10월 29일 저녁, 퍼붓는 비를 바라보던 나폴레옹은 문을 열고 정원으로 나갔다. 그렇게 빗줄기 속에서 그는 얼굴을 들고 하늘을 바라보았다. 수많은 질문들이, 수많은 생각들이 그의 가슴에서 솟구쳤다. 무엇을 할 것인가, 무엇을 할 수 있는가. 얼마 후 방으로 들어서는 그의 젖은 머리칼은 온통 얼굴에 엉겨붙고 제복에서는 물이 흘러내렸다. 놀란 표정으로 다가오는 어머니를 피해 물러서며 그가 말했다.

"인도는 포병장교를 필요로 합니다. 많은 봉급을 받을 수 있어요. 저는 벵골 지방의 영국군에서 복무하든지, 아니면 그들에게 저항하는 힌두 포병대를 조직할 수도 있을 겁니다. 어떤 진영이든 상관없어요. 여기서는 인생을 낭비할 뿐입니다. 제 동료들은 프랑크푸르트, 마인츠로 들어갔어요. 저는 평범한 운명과 무기력한 삶은 받아들일 수 없어요. 세계는 움직이고 있어요, 프랑스도 승리했습니다. 저 역시 상브르와 뫼즈에서 승리한 군대에 출정할 수 있었어요."

그가 연대에 복귀했더라면, 그랬을 것이다. 그러나 그는 복귀하지 않았다. 대신 여기, 코르시카에 왔다. 하지만, 코르시카는 그를 거부하고 있다.

"어머니, 저는 인도로 떠나겠습니다. 어디서나 포병장교는 드뭅니다. 곧 결정을 내리겠어요."

그는 젖은 몸으로 어머니를 꼭 껴안았다. 이처럼 격정적인 몸짓은 그로서는 흔한 게 아니었다. 어머니 레티지아는 신중하고 이성적인 아들이 갑작스레 표출하는 감성적 행동에 놀라워했다.

나폴레옹은 중얼거렸다.

"몇 년 안으로, 저는 나밥(인도에서 거부가 된 유럽인)처럼 부자가 되어, 세 누이들을 위해 많은 지참금을 들고 돌아오겠습니다."

동생 뤼시앵이 반대했다. 스물세 살에 대위가 되고도 만족할 줄 모른다면 욕심이 너무 지나치다는 이야기였다.

나폴레옹이 어깨를 들썩이며 동생의 말을 잘랐다.

"그런지도 모르지. 네 말대로 이 진급이 빠른 거라면 그것이 내 능력 때문인지 아닌지를 알아야 해. 앞으로는 어떨까, 이러한 진급이 계속될까 어떨까…… 나는 파리에서 벌어지는 사건들을 가까이에서 보았어. 그래서 잘 알아. 후원자가 없이는 출세할 수가 없어. 특히 여자들이 효과적이고 진정한 후원자들인데, 그러나 너도 알다시피 나는 어떤 여자의 도움도 받지 못했어. 여자들 마음에 들게 행동할 줄 모르는 내가 여자들의 도움을 받을 리가 없지. 나는 그런 걸 할 줄 몰라, 앞으로도 아마 모를 거야."

묵묵히 듣고 있던 레티지아가 잘라 말했다.

"너는 떠나지 않을 것이다."

나폴레옹이 갑자기 난폭한 어투로 말했다.

"예, 그래요. 코르테로 간다구요."

다음날, 그는 말을 타고 길을 떠났다. 그라본 계곡을 지나, 보코그나노에 도착하자 농부와 목동들이 그를 환영하며 잔치를 베풀었다. 충직한 사람들이었다.

그들이 보여주는 존경과 애정, 충성의 표시가 그의 초조했던 마음을 안심시켰다. 파올리에게서 지휘권을 받아낼 때까지 절대로 물러서지 않겠다고, 그는 결심했다.

목동들은 코르테 성곽이 나타날 때까지 그와 동행하며, 보나파르트 가문을 위해 죽을 각오가 되어 있다고 맹세했다. 나폴레옹이 말했다.

"나는 자네들이 필요해, 이 우정은 영원히 잊지 않겠네."

바로 그것이다. 지도자가 된다는 것, 그것은 자기 주위에 파벌을 형성하고, 사람들을 모으고 결집시키는 것, 그리고 보답할 줄 아는 것이다.

그는 그것을 배우고 있었다.

코르테는 파올리의 본거지였다. 그는 포조 디 보르고를 측근 자문관으로, 자신의 사촌인 콜로나 세자리를 사령관으로 임명하고 친정체제를 구축하고 있었다. 파올리를 만나는 일은 쉽지 않았다. 나폴레옹은 '파올리 장군'과의 면담을 고집했지만, 기다리라는 답변뿐이었다.

나폴레옹은 매일 코르테 부근에서 숙영하는 의용군 중대들을 방문했다. 의용병들은 그를 기쁘게 맞았지만, 파올리의 측근들은 보조적인 제2중령은 필요없다며 빈정거렸다. 제1중령 쿠엔자가 있는데, 나폴레옹이 무슨 소용이란 말인가.

나폴레옹은 말없이 그들의 빈정거림을 들었다. 그리고 오랫동안 코르테의 거리를 홀로 걸었다. 파올리에게 당했던 굴복과 매정한 거부의 기억들을 모두 떠올리며.

그해 1792년 11월, 국민공회는 〈프랑스는 자유를 지키려는 모든 민중들에게 박애의 정신으로 도움을 줄 것이다〉라는 장엄한 선언을 했다. 그때 뒤무리에 장군이 지휘하는 프랑스 군대는 젬마프 전투에서 오스트리아군에 대승을 거두며 벨기에를 점령했다. 상황은 나날이 급박하게 변화하고 있었다. 이런 때에, 파올리의 그늘에 들어가고자 애쓸 필요가 있을까?

코르시카에는 파올리만 있는 것도 아니었다. 국민공회 의원들인 살리체티와 시아페, 카자비앙카가 있지 않은가. 그들은 파올리와 달리, 단호하게 프랑스와 공화국 편에 섰다. 나폴레옹과 보나파르트 가문은 그들, 특히 살리체티와 우호적 관계를 맺고 있었다. 왜 파올리의 뒤를 쫓아야 하는가? 나폴레옹은 형 조제프에게 말했다.

"파올리와 포조 디 보르고는 파당을 만들었어."

조제프가 신중한 태도로 침묵하자, 그는 덧붙였다.

"반민족적 파당이라구."

대대의 숙영지에서 의용군들이 주변에 모여들자, 나폴레옹은 공화국 군대를 찬양하는 연설을 했다.

"우리는 잠자고 있는 게 아니다. 프랑스 군대는 사부아와 니스 백작령을 점령했다."

그는 의용군을 한 명씩 바라보며 '우리들', 즉 프랑스 국민이라는 말을 반복했다. 그리고 효과를 극대화하기 위해, 한 걸음 물러서며 덧붙였다.

"사르데냐는 곧 공격당할 것이다."

의용군들은 무기를 치켜들며 환호했다.

그는 결론맺었다.

"자유의 병사들은 언제든 압제자들에게 매수된 노예들을 응징할 것이다."

신중했던 그의 입에서, 거친 표현들이 자연스럽게 흘러나왔다. 마치 오크 통 속에서 발효된 포도주의 향기가 솟아나듯이, 수개월 동안의 망설임과 번민 속에서 성숙을 거친 후에 솟아오르는 말들이었다. 이제 방향은 정해졌다. 선택과 결단을 내린 나폴레옹은 자유로움을 느꼈다. 그는 파올리의 측근들을 거칠게 압박한 끝에, 마침내 파올리와의 면담을 얻어냈다. 막상 대면하고 보니, 이미 늙은 파올리는 그리 주의해야 할 상대로 느껴지지 않았다. 그래도 아직은 방패막이로 이용할 가치는 있겠지만, 필요하면 언제든 엎어버릴 수도 있는 장애물에 지나지 않는 노인네. 다만 그때가 언제냐 하는 시기가 문제일 뿐.

나폴레옹은 파올리에게 자신의 요구를 힘주어 주장했다. 힘에 넘친 그의 어투와 거침없는 태도에, 파올리의 측근들은 그의 무례함을 분개했다.

나폴레옹은 지휘권을 요구했다. 그는 그럴 권리가 있었다. 코르시카 의용군은 프랑스 공화국 전쟁에 참전해야 한다고 주장했다.

만약 그의 요구가 받아들여지지 않는다면 그는 아작시오를 떠날 것이고, 파올리의 반민족적 파당행위에 대해 배반행위라고까지 말하지는 않더라도, 그 나태함과 중상모략을 탄핵하는 편지를 파리에 보낼 것이라고 말했다.

반쯤 눈을 감고 무심한 표정으로 그의 말을 듣던 파올리는 차분하고 단호한 어투로 간단히 답했다.

"원한다면, 떠나시오."

— 파올리는 코르시카를 장악하고 있다.

아작시오로 돌아오는 내내, 그리고 이후 몇 주 동안, 이 생각이 나폴레옹의 뇌리를 떠나지 않았다.

— 파올리의 힘을 뒤엎어야 한다, 그러기 위해서는 프랑스에 더욱 밀착해야 한다.

나폴레옹은 사르데냐 공격을 위해 집결한 소함대를 지휘하는 젊은 장교 트뤼게 제독을 집으로 초대했다. 생 샤를 가 그의 집은 흥겨운 분위기가 감돌고, 제독은 나폴레옹의 누이들과 춤추며, 엘리자를 유혹하고 폴린과 카롤린의 마음을 설레게 했다.

이어 외교관 위게 드 세몽빌이 가족과 함께 콘스탄티노플을 향하는 길에 아작시오에 들르자, 나폴레옹은 위게 일행을 초청해 무도회를 베풀었다.

위게는 아작시오 애국주의자 클럽에서 연설했다. 열여덟 살 난 뤼시앵은 자신있게 통역을 맡으며, 그의 비서가 되었다. 나폴레옹은 위게와 그의 가족을 우치아니에 있는 별장에 머물게 했다.

그러나 위게 일행에게 아작시오를 안내하는 나폴레옹을 대하는 주민들의 시선에는 경계와 적대감이 완연했다. 그들의 눈에 보나파르트 가문은 이제 프랑스 가문이 된 것이나 다름없었던 것이다.

그해 12월, 아작시오에 주둔하는 트뤼게 함대의 수병들과 마르세유 의용군들이 합세하여 코르시카 의용군들과 난투를 벌였다. 그 사건으로 몇 명의 코르시카 의용군들이 사망했다. 나폴레옹은 즉각 나서서 마르세유 의용군을 비난했다.

"마르세유인들은 무정부주의자들이다. 그들은 귀족과 사제들을 사냥하며, 도처에서 테러를 자행한다. 그들은 피와 범죄에 목말랐다."

그러나 그가 뭐라 말하든, 코르시카인들의 눈에 이제 나폴레옹은 프랑스를 선택한 사람이었다.

그렇다면, 끝까지 밀고 가야 했다.

그는 국민공회에서 왕의 사형에 찬성표를 던진 살리체티에게 연락을 취했다. 살리체티는 루이 16세의 처형이, 대다수의 코르시카인들과 프랑스 사이의 단절을 초래할 것이라고 예고했다.

파올리는 왕의 처형에 반대하며, '우리는 왕의 처형자가 되기를 원치 않는다'고 역설했다. 파올리를 보좌하는 변호사 포조 디 보르고는 영국과의 연대를 추진하고 있었다. 뤼시앵은 나폴레옹에게 말했다.

"영국 왕은 몇 년 동안 파올리에게 연금을 대준 사람이야."

파올리는 계속해서 영국 왕의 원조를 받고 있었다.

급박하게 돌아가는 상황을 예의주시하며, 나폴레옹은 더욱 신중하게 처신할 필요를 느꼈다. 1793년 2월 1일, 국민공회가 대영 선전포고를 하면서, 런던에서 망명생활을 했던 파올리는 더욱 의심과 경계를 받는 처지가 되었다.

2월 어느 날 저녁, 나폴레옹은 외교관 위게 드 세몽빌에게 넌지시 말했다.

"저는 요즘 우리 코르시카의 상황에 대해 많이 생각하고 있습니다. 물론 국민공회는 왕을 처형하는 큰 범죄를 저질렀습니다. 저는 누구보다도 그 일에 대해 애석하게 여기고 있습니다. 하지만 무슨 일이 일어나든 간에, 코르시카는 프랑스와 굳게 연합해야 합니다. 그래야만 코르시카는 살아남을 수 있습니다. 저와 제 동포는 스스로를 지킬 것입니다. 귀하에게 이렇게 연합에 대한 우리의 입장을 알려드리는 바입니다."

그로부터 사흘 후, 나폴레옹은 휘하 대대의 의용군들이 집결해 있는 보니파시오에 당도했다. 그의 대대는 지중해의 사르데냐령인 마들렌 공격을 명령받았다. 마들렌은 코르시카와 사르데냐 사이에 있는 보니파시오의 여러 만들을 잇는 전략 요충지였다. 트뤼게 제독의 함대는 마르세유 의용군들을 싣고, 사르데냐 수도인 카리아리를 향해 출항했다. 나폴레옹 대대의 마들렌 공격은 이른바 양동작전인 셈이었다.

나폴레옹은 차분한 모습이었지만, 그의 가슴은 흥분으로 터질 듯했다. 드디어 전투! 브리엔 군사학교 이래, 그가 받은 모든 교육이 비로소 그 발현의 장을 만난 것이다. 하루에도 몇 번씩, 그는 보니파시오 갑(岬)의 끝에 서서 사르데냐의 흐릿한 해안들을 바라보았다. 저녁 어스름을 밟으며 피아잘론가 거리의 숙소로 돌아온 그는 서기를 불러 지시했다. 그의 명령은 칼로 자르는 듯 짧고 명료했다. 보고서에 대해 토론했고, 세부를 검토했다. 그는 규율과 규칙, 정확성을 원했다. 그는 그 자신이 모든 것을 통제하기를 원했다.

아침 일찍 일어난 그는 찬물을 적신 스펀지로 얼굴을 씻고 세차게 몸을 닦은 후, 정성스레 옷을 입었다. 그는 제복이 깨끗하고 완벽한지 늘 살펴보았다. 그러나 그의 명령에도 불구하고 병사들의 옷차림은 단정치 못했다. 그는 말했다.

"군복을 단정하게 입는 군인이 잘 싸우는 법이다."

마침내 출전의 날, 그는 집결한 병사들을 바라보며 스스로에게 불었다. 과연 이들 중 몇 명이나 진정 싸우고 싶어할까?

전함 포베트 호가 전투병들을 작은 섬인 산토 스테파노에 상륙시켰다. 나폴레옹은 상륙 즉시 총 네 문의 대포 중 두 문의 대포와 박격포를 섬에 배치하고, 마들렌 시내를 향해 폭격을 명령했다. 그러나 전투 경험이 없는 병사들은 이미 겁에 질려 있었다. 게다가 파올리측 사람인 원정대 사령관 콜로나 세자리는 파올리로부터 '사르데냐 형제들'을 맹공하지 말라는 명령을 받고 온 터였다. 포베트 호의 수병들도 나폴레옹의 명령은 귓전으로 흘리며, 보니파시오로 돌아갈 준비만 했다. 그 시각, 저 남쪽 카리아리 공격에 나선 마르세유 의용군들도 첫 발사를 하자마자 퇴각해버렸다.

나폴레옹은 격분했지만 어쩔 수 없었다. 그는 입술을 깨물면서 진지에서 철수했다. 공포에 질린 수병들이 대포들을 다시 전함에 실을 생각도 하지 않고 출항을 서둘러서, 하는 수 없이 대포들을 수장시켜야 했다.

철수하는 포베트 호 갑판에서, 그는 경멸하는 표정으로 병사들과 거리를 두었다. 바닷바람을 얼굴에 맞으며, 그는 갑판의 맨 앞에 홀로 서 있었다. 날마다 환상들을 하나씩 잃어가는 시절이었다. 코르시카에 대해서, 인간들에 대해서, 파올리에 대해서.

"엄청난 배신이 그 인간의 마음속에 스며들었어. 파국적인 야망이 그 일흔여덟의 늙은이를 노망하게 만든 거야."

그는 그가 한때 그토록 존경하던 사람에 대해 이렇게 말했다. 보니파시오에 내려, 그는 도리아 광장을 걸었다. 그때, 포베트 호 수병들이 소리치며 그에게 달려들었다.

"저 귀족놈을 교수형에 처하라!"

그들은 죽일 듯한 기세였다. 마침 보코그나노 의용군들이 달려와 수병들을 막아서며 쫓아버렸다. 그는 쓴웃음을 지으며, 하늘을 바라보았다.

인간들이란 그런 것이다. 스스로 애국주의자이며 혁명적이라고 자처하는 인간들도 마찬가지다. 극소수를 제외한 대부분의 인간들이 다 그렇다!

그는 문득 온몸에 자유와 힘이 용솟음치는 것을 느꼈다. 그렇다, 너무 순진했었다. 믿을 수 있는 사람은 나 자신밖에 없다, 오직 나 자신을 위해서만 행동해야 한다. 다른 인간들이란 나의 추종자이거나, 나와 연합하는 경우에만 가치가 있다. 나를 제외한 모든 타자들은 나의 명분에 끌어들이거나 항복시키고, 안 되면 약화시켜야 할 적일 뿐이다.

아작시오로 돌아와, 그는 글을 쓰기 시작했다. 콜로나 세자리가 마들렌 원정에서 보인 태도를 비판하는 글이었다. 파올리의 충복인 콜로나 세자리를 비판하는 것은 곧 파올리에 대한 공격이었다.

그 무렵, 국민공회가 세 명의 대표와 소수의 병력을 코르시카에 파견했다는 소식이 들렸다. 그들의 파견은, 국민공회가 파올리를 완전히 버리는 것은 아니라 할지라도, 파올리에 대한 불신의 표시가 아닌가? 나폴레옹은 즉시 그들을 만나러 갈 준비를 했다. 살리체티도 포함된 대표단은 4월 5일 바스티아에 도착했다.

살리체티를 만난 나폴레옹은 말했다.

"파올리는 얼굴에 선량함과 부드러움을 담고 있지만, 가슴에는 증오와 복수심이 가득한 인간입니다. 그의 눈에는 경건한 감정이 담겨 있지만, 영혼에는 쓰라림을 품고 있다는 걸 아셔야 합니다."

나폴레옹은 신중을 기하라고 충고했고, 살리체티는 그 말을 받아들였다. 파올리는 여전히 섬의 주인이고, 코르시카 사람들은 그에게 충직했다. 능숙하게 움직여야 했다.

지난해 아작시오에서의 경험으로 정치적 권모와 술수를 맛본 나폴레옹은, 자기 말을 경청하는 살리체티를 주의깊게 관찰했다. 살리체티는 코르테를 방문하여 파올리와 협상을 시작했다. 나폴레옹은 교수처럼 노련한 살리체티를 찬양했다. 그러나 파올리와의 협상이 진행되던 4월 18일, 엄청난 소식이 코르시카의 마을에서 마을로 퍼지고 있었다.

그날 나폴레옹은 생 샤를 가의 집에 있었다.

추종자가 가져온 두 개의 문서를 펼쳐든 그는 경악했다. 하나는, 파스칼 파올리와 포조 디 보르고의 체포를 명하는 국민공회의 법령 사본이었다. 1793년 4월 2일 결정된 사항이었고, 그 전날 뒤무리에 장군 역시 적으로 몰렸다. 국민공회가 파올리에게 선수를 친 것이다.

두번째 문서는 포조 디 보르고 측근들이 코르시카 전체에 배포한 편지 사본이었다.

나폴레옹은 자신의 눈을 의심하며 몇 번을 읽었다. 외교관 위게드 세몽빌을 수행하며 몇 주 전부터 툴롱에서 거주하는 동생 뤼시앵의 서명이 들어 있는 편지, 그것은 조제프와 나폴레옹에게 보내는 뤼시앵의 편지였다. 파올리측이 중간에서 가로채, 보나파르트 가문의 명예를 결정적으로 훼손하기 위해 배포한 것이다.

뤼시앵 보나파르트는 편지에 이렇게 썼다.

〈제가 클럽 위원회에서 제안하고 작성하여 툴롱 시가 제청한 바에 따라, 국민공회는 파올리와 포조 디 보르고의 체포를 명했습니다. 저는 우리의 적에게 결정적인 타격을 가하고 싶었지요. 형님들도 아마 신문을 통해 소식을 들으면서 놀라셨을 줄 압니다. 저는 파올리와 포조 디 보르고가 어떻게 되었는지 알고 싶습니다.〉

나폴레옹은 눈을 감았다. 이 편지는 파올리에 대한 도전이며, 국민공회의 탄핵문은 코르시카와 프랑스 공화국을 갈라놓는 공개적인 선전포고였다. 이제 보나파르트 가문은 코르시카의 모든 재산을 버리고 망명하는 수밖에 없었다. 열여덟 살의 동생이, 상황 모르는 불량배처럼 무례하고 거만하게 끼어들어 순식간에 엄청난 사건을 만든 것이다. 앞날을 준비할 시간도 없이, 모든 것이 들이 닥쳤다.

나폴레옹은 어머니를 찾아, 두 개의 문서를 읽어주었다.

"부주교 뤼시앵 할아버지가 살아 계셨더라면, 양과 염소, 황소 들이 위험해졌다는 생각에 가슴에 피를 흘리면서도, 신중하게 이 폭풍을 막아주셨을 겁니다."

사색이 된 어머니를 바라보며, 그는 침통한 목소리로 덧붙였다.

"어떻게든, 파올리의 복수가 최대한 지연되도록 노력해보겠습니다."

그는 아작시오의 애국주의자 클럽으로 달려가, 법령을 빨리 집행해줄 것을 요구하는 문서를 작성하여 국민공회에 보냈다.

그러나 이미 늦었다는 걸 그는 알고 있었다.

코르테에서는, 코르시카 대표들이 파올리 주변에 몰려들어 보나파르트 가문을 탄핵하기 시작했다.

〈그 가문은 압제의 진흙탕 속에서 태어나, 섬을 지배하던 총독이 대주는 돈을 먹고 성장했…… 보나파르트 가문은 스스로의 내적 회한과 여론의 심판에 맡겨질 것이다. 여론은 그 가문에 영원한 증오와 수치의 벌을 내릴 것을 요구하고 있다.〉

나폴레옹은 적들이 이런 경멸만으로 만족하지 않으리란 것을 알고 있었다.

그는 어머니에게 말했다.

"떠날 준비를 하세요, 이제 이 섬은 우리편이 아닙니다."

하지만 마지막 시도마저 포기할 순 없었다. 나폴레옹은 아작시오 성곽 점령을 시도했다. 살리체티와 함께 코르시카 내의 프랑스 지지파의 봉기를 선동하며, 도시 점령을 꾀했다.

그러나 아무 소용 없었다. 궁지에 빠진 그를 위해 아무도 움직이려 하지 않았다. 나폴레옹은 몇 명의 추종자만을 이끌고 아작시오 만의 끝에 있는 카피테우 탑으로 피신했다.

그는 탑에서 붉은 노을에 잠겨가는 고향 도시를 바라보았다. 다시 볼 수 없을지도 모르는 도시, 그곳에 저녁답이 내리고 어둠이 완전히 점령할 때까지 꼼짝도 하지 않고 지켜보았다. 이제 생의 일부가 끝나감을 그는 알고 있었다. 스물네 살인 그의 운명은 이제부터 오직 프랑스와 함께 하리라. 그의 가족은 한동안 그가 받는 대위 봉급에만 매달려 살아야 했다. 조제프와 뤼시앵은 어쩌면 살리체티의 도움으로 프랑스에서 직업을 구할 수 있을 것이다.

그가 품었던 코르시카 환상은 종말을 고했다. 그는 살리체티에게 중얼거렸다.

"여기선 모든 게 끝났습니다, 제 존재는 여기선 이제 아무것도 아니에요. 저는 이 땅을 떠나야 합니다."

1793년 5월과 6월 초에 이르는 동안, 그는 자신을 추격하는 자들과 싸우면서 피신을 거듭했다. 그를 체포하지 못하자, 파올리 측은 레티지아 보나파르트와 그 자식들에게 책임을 덮어씌웠다.

나폴레옹은 파올리 추종자들이 그의 집을 약탈하고 불질렀다는 소식을 들었다. 어머니와 동생들은 다행히 피신했다고 했다. 격렬한 분노에 몸이 굳은 그는 입을 굳게 다물고 아무 반응도 보이지 않았다. 훗날 그는 이렇게 말했다. "파올리는 배반자다. 코르시카인들은 반역자이며 반혁명가들이다. 그들은 3월 이후 공화국에 반기를 든 방데인들과 같다."

불타버린 그의 고향집과 함께 코르시카에서의 그의 과거도 잿더미에 묻어야 했다. 그는 이제 프랑스인이며, 다시는 코르시카인이 될 수 없었다.

그렇게 산야와 들판을 떠돌며 피신생활을 하던 그는 결국 코르
시카인들에게 체포되었다. 그들은 그를 보코그나노의 집에 가두
고, 코르테로 압송할 준비에 바빴다. 파올로와 그의 측근들, 그들은
재판과 처벌로 나폴레옹의 생을 지우려 할 것이다. 나폴레옹은 간
힌 방 안에 홀로 앉아 코르시카에서의 자신의 생을 반추하고 있었
다. 그 순간, 창문이 조용히 열리며 목동들이 그를 손짓해 불렀다.

　밖엔 어느새 칠흑같은 어둠이 군림해 있었다. 여태 경험해본 적
없는 탈출의 순간, 팽팽한 흥분과 긴장이 그의 온몸을 감돌았다.
그는 목동들의 인도에 따라 어둔 밤길을 밟으며 추적자들에게서
벗어났다. 아작시오를 샅샅이 뒤지는 순찰대의 눈을 피해, 그는
동굴과 외딴 집을 전전하며 숨어지냈다.

　시련과 위기의 순간에도, 그는 흔들리지 않고 냉정을 유지했다.
정치와 전쟁이란 본래 그런 것 아닌가. 아부 아니면 투쟁이고, 매
수 아니면 죽음이다. 파리 사절단을 실어나르는 프랑스 배를 타기
위해 해안으로 향하면서, 그는 자신을 호위하고 보호해준 보코그
나노의 목동들에게 한마디만 약속했다.

　"결코 잊지 않겠네."

　5월 31일 늦은 밤, 국민공회 사절단과 나폴레옹, 조제프를 태운
배가 아작시오 만으로 조용히 들어갔다. 도피자들은 연안에 이르
자마자 신호를 보냈다.

　나폴레옹은 뱃머리로 나아갔다. 보트에 뛰어내려 조제프가 내리
는 걸 도와주었다. 그들은 해변까지 보트를 저었다. 해변에는, 파
올리 추종자들을 피해 밤새도록 밀림지대를 걸어온 어머니와 동
생들이 있었다. 나폴레옹은 말없이 그들을 한 명씩 껴안으며 보트
에 태웠다. 어머니는 한마디 불평도 하지 않았다.

　배는 그들을 칼비로 데려갔다. 나폴레옹은 대부 지우베가를 찾
아가 도움을 요청했다.

가족들의 은신처를 구하자마자, 나폴레옹은 다시 배에 올라 대표단과 함께 바스티아로 들어갔다.

그러나 괴롭고 불안했다. 프랑스인들은 이제 코르시카의 세 도시, 칼비와 바스티아와 생 플로랑만 통제할 수 있을 뿐이다. 여전히 적들이 지배하는 이 섬, 언제 점령당할지 모르는 도시에 어머니와 동생들을 남겨둘 수 있을까?

6월 10일, 그는 홀로 말을 타고 바스티아를 떠나 칼비로 향했다. 그는 가족들에게 떠날 준비를 하라고 이르고, 툴롱행 배를 구하러 다녔다.

며칠 동안 그는 말을 타고 밀림을 오갔다. 말이 야위고 숨을 헐떡일 때까지, 흔적도 없는 길들을 내달렸다. 말은 산허리로 난 구불구불한 오솔길의 위험을 본능적으로 알아채고, 밀림의 초목 사이를 잘 달려주었다.

그는 코르시카 전원의 향기에 몸을 열었다. 그토록 향수를 느꼈던, 코르시카로 돌아올 때마다 환희와 충동으로 다시 만나곤 했던 고향의 풍경들에 자신을 내맡기듯 달렸다.

이 전원도 이제 끝났다고, 스스로에게 말했다.

그의 운명은 다른 곳, 저 프랑스에 있다. 이제 프랑스가 그의 조국이며 민족이다.

결국 그는 아버지가 결정했던 선택으로 돌아온 셈이다. 그에게는 선택의 여지가 없었다. 그는 전원의 풍경 속에 뛰어들듯이 내달렸다.

— 살아남기 위해, 끊어야 한다. 코르시카와 끊는다.

1793년 6월 11일, 나폴레옹과 그의 가족은 툴롱으로 향하는 작은 범선에 몸을 실었다. 코르시카에서의 생과 추억을 애써 외면하며.

제 4 부
먹히느니 먹는 자가 되겠다

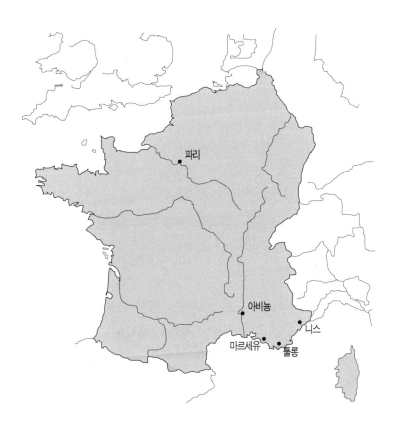

1793년 6월 ~ 1795년 5월

14
내가 누구인가를 보여줄 때가 왔다

멀리, 툴롱 앞바다에서 대포 소리가 요란했다.

나폴레옹은 올리브나무 사이로 천천히 구르는 마차의 창으로 몸을 내밀었다.

1793년 6월 20일 아침, 머리 위에서는 벌써 여름 태양이 작열하고 있었지만, 그의 이마를 스치는 바람은 생기롭고 상큼했다.

툴롱 항구 앞바다의 거대한 암초들 사이로, 하얀 포연에 휩싸인 채 대포를 발사하는 군함들의 실루엣이 보였다. 포탄들은 툴롱의 요새를 향해 쉼없이 떨어지고 있었다.

"스페인 함대요."

한 여행객이 말했다.

마르세유인들이 국민공회에 대항하여 봉기하자, 스페인 군함들이 바다에 진을 치고 반도들을 지원할 병력을 상륙시키기 위해 함포사격을 퍼붓는 중이라고, 여행객은 이야기해주었다. 리옹에서 마르세유에 이르는 론 강의 모든 계곡들이 파리에 대항하여 전쟁 중이었다. 이미 아비뇽과 님, 마르베졸, 망드가 연방주의자들과 왕당파의 수중에 떨어졌다. 국민공회가 지방을 대표하는 지롱드당 의원들인 베르니오, 브리소, 롤랑을 체포하기로 결정한 6월 2일 이후, 도처에서 반란이 일어났다. 남부의 프로방스 지방뿐 아니라, 서남부의 보르도와 북중부의 노르망디까지. 게다가 서북부 방데 지방의 반도들은 예전 행상인이었던 카틀리노를 '가톨릭 왕정 군내'의 시노사도 선출했다. 산악파 자코뱅들은, 이런 대혼돈에 휩싸인 나라를 통제하고 장악하기가 어려울 것이다.

여행객들이 주고받는 말을 들으며, 나폴레옹은 눈을 감았다.

툴롱 성문 근처 마을 라발레트의 작은 집에 머물고 있는 어머니와 동생들이 떠올랐다. 여행객들의 말대로라면, 그 마을은 왕당파와 귀족들의 근거지이고, 영국 함대는 그들을 지원하기 위해 가까운 해안에서 항구를 공략할 신호만 기다리고 있는 중이었다. 어쩌면 또 한 번 피신을 시켜야 할지도 몰랐다.

니스에 주둔하는 제4포병연대로 향하는 중인 나폴레옹은 불안한 마음을 감출 수 없었다. 길을 떠나오기 전, 그는 어머니를 안심시키고자 했었다.

어머니는 화덕에 머리를 숙이고 불을 붙이기 위해 고생했고, 제롬과 루이는 나무를 잘라야 했다. 엘리자와 폴린은 샘에서 물을 길어오고 빨래를 했다. 나폴레옹은 일 주일 정도 가족 곁에 머물면서, 빵을 배급받고 도움을 요청하기 위해 행정기관에 있는 브리뇰과 생 막시맹을 찾아다니며 호소했다.

"보나파르트 가문은 망명 애국주의자입니다. 영국과 공모한 배반자들의 굴레에서 살 수가 없어서 코르시카를 떠나왔습니다."

그는 어머니에게 조금만 견디면 이런 비참한 생활에서 벗어날 수 있다고 위로했다. 조제프와 뤼시앵은, 지롱드당 연방주의자들과 귀족들에 대항하여 싸우는 혁명군의 프로방스 대표단으로 활동중인 살리체티에게 도움을 청하기 위해 길을 떠났다.

니스에 도착하면, 포병 중대장의 보직과 대위 임명장이 나폴레옹을 기다리고 있을 것이다. 3천 리브르의 미불 봉급도 그에게는 요긴했다. 하지만 지금 그의 가슴은 먹장구름에 뒤덮인 평원처럼 어두웠다.

툴롱이 왕당파 수중에 떨어지고, 영국군이 항구로 들어오면? 공화국 군대가 프로방스 지방을 다시 장악하지 못한다면? 그의 가족은 어떤 운명에 처하게 될 것인가? 그리고 그에게는 어떤 운명이 닥칠 것인가?

반드시 국민공회가 이겨야 했다. 공화국이 승리해야만 했다.

나폴레옹은 니스에서 며칠을 보내면서, 더욱 단호하게 국민공회 쪽으로 가담했다. 그는 이러한 자신의 소신을 이탈리아 관할 포병대 장군인 장 뒤 테이와의 면담에서 말했다. 장군은 나폴레옹이 옥손과 발랑스 주둔 시절 모셨던 뒤 테이 준장의 동생이었다.

나폴레옹의 정치적 소신에 장군은 간단히 대꾸했다.

"귀관은 국가를 지키는 장교야."

장군은 나폴레옹에게 해안부대 지휘를 맡겼다. 상륙을 기도하는 적의 함대를 방어하는 임무에 나폴레옹은 뛸 듯이 기뻤다.

그는 부임하자마자, 초소들을 부지런히 순찰했다. 1793년 7월 3일, 그는 포탄을 달구는 반사로를 요구하는 편지를 국방장관에게 보냈다.

〈우리 해안에 반사로를 세워 압제자들의 전함을 불태워버리겠

습니다.〉

그리고 그는 '보나파르트'라고 서명했다.

코르시카를 향해 불태웠던 모든 생각과 계획이 다 사라진 지금, 더이상 망설일 추억도 기억도 없었다. 스물네 살의 대위는 이제 확고한 프랑스 공화주의자가 되었다. 또한 그는 산악파로서, 공화국의 통일을 위태롭게 하는 자들에 대항하여 싸우는 국민공회 추종자가 되었다. 그는 '기요틴 박사가 만든 단두대'가 매일 작동되어 잘려나간 머리들이 뒹구는 상황을 용납했다. 왕도 이미 1793년 1월 21일 목이 잘렸다. 프랑스는 산악파 국민공회가 통치했다. '공포정치'가 들어섰나. 보나파르트는 그 모든 것을 받아들였다. 그는 선택했다. 그것이 자신에게 미래를 열어주고, 정복할 수 있다고 상상케 해주는 유일한 길이었다.

그는 프로방스 평원을 횡단했다.

7월의 타오르는 태양 아래 홀로 말을 몰았다. 이 건조한 열기, 남부의 색깔들이 좋았다. 곳곳에 금작화와 라벤더가 만발했다. 고즈넉이 내려앉은 황토색 마을들을 지나면, 다시 또 펼쳐지는 벌판. 그는 뒤 테이 장군의 명에 따라, 이탈리아 관할군에 보낼 탄약과 물자 수송대를 조직할 임무를 띠고, 아비뇽에 가는 길이었다.

아비뇽에 가까워지면서, 말은 몇 번이나 뒷발을 차며 반항했다. 대지를 무너뜨릴 듯한 대포 소리가 진동했고, 벌판을 가득 메우며 총격전이 치열했다. 마르세유 연방주의자들 수중에 들어간 아비뇽은 카르토 장군의 혁명군에 격렬하게 저항하고 있었다.

나폴레옹은 4천 명이 넘는 병사들이 포진해 있는 군사지대에 진입했다. '황금해안 연대'와 '알로브로주 용기병대*', '몽블랑 전투

---

* 용기병(les dragons) : 16,7세기 이래의 유럽에서 갑옷에 총을 든 기마병을 이름.

부대' 등 부대 표지판이 보였다. 갑자기, 낯익은 얼굴이 불쑥 그의 앞을 막아섰다.

포병대를 지휘하는 도마르탱 대위였다. 그는 1785년 나폴레옹과 함께 소위로 임관되었다. 당시 포병장교 시험에서 그가 36등이었고, 나폴레옹은 42등이었다. 그들은 서로 반갑게 얼싸안았다.

도마르탱의 무용담을 들으며, 나폴레옹은 절망감에 휩싸였다. 그는 도마르탱처럼 싸우고 싶었다. 그런데 탄약통 운반일이나 맡고 있다니! 그건 너무 성에 안 차는 직무였다.

나폴레옹은 투덜거렸다. 그는 행동하고 싶어 미칠 지경이었다.

아비뇽에 입성한 카르토 부대는 곧 이동을 시작했다. 나폴레옹은 '가장 멋진 전투마차'를 타고 손을 흔들며 지나가는 도마르탱을 불타는 눈으로 바라보았다. 그는 분노가 치밀어오르는 걸 느꼈다. 그는 이런 상황을 받아들일 수 없었다, 아니 받아들여서도 안 되었다.

그는 아비뇽에 머무르며 수송단, 그 빌어먹을 수송단!을 조직해야 했다.

틈틈이 보케르에 가서 시장터 식탁에 앉아 술잔을 앞에 두고, 그 지역 사정에 대해 수군대는 상인들의 대화에 귀를 기울이며 답답한 심사를 달래기도 했다. 하지만 생각은 이내 단 한 가지로 집중되었다!

— 답답한 이 역경에서 어떻게 하면 빠져나갈 수 있을까?

그는 아이디어가 떠오르기를 기다리고 있었다.

프랑크푸르트 마인츠의 프랑스 주둔군이 적에게 항복할 곤경에 처했다는 소식을 들은 그는 곧 펜을 들고, 장관에게 중령 자격으로 라인 강 군대에 배속시켜줄 것을 요청했다. 모험이 있는 곳으로 가야 했다. 운명을 보다 높고 크게 세우기 위해서는, 지금 이 순간 강하고 분명하게 움직여야 했다. 장관이 그의 요청을 '애국주의자의 청원'으로 받아들여주기를 기대했다.

애국주의자가 되어, 한 진영에 충성을 맹세해야 했다. 진영을 확실히 정하고, 진영의 승리를 위해 모든 걸 바쳐야 했다.

—한 편에 속해야 한다면, 승리하는 편에 서는 게 낫다. 먹히느니 먹는 자가 되겠다.

나폴레옹은 니스로 가져갈 대포와 물자 인도를 기다리면서, 아비뇽에서 목이 빠지게 답장을 기다렸다. 그러나 장관의 답장은 오지 않았다.

어떻게 문을 열 것인가? 그가 존재한다는 것을, 그가 중앙권력의 단호한 추종자라는 것을 알릴 수 있을까? 어떻게 두각을 나타내고, 승진할 수 있을 것인가?

—글을 쓴다? 그렇다, 그것은 무명(無名)의 어둠으로부터 솟구치는 수단이 될 수 있다.

나폴레옹은 책상 앞에 앉았다. 7월 말, 아비뇽의 밤은 무더웠다.

펜은 언제나처럼 급류처럼 내달리며, 간결하고 예민한 문장들을 토해내었다.

제목이 단숨에 떠올랐다.

〈보케르의 밤참, 혹은 이곳 백작령에 마르세유인들이 도착하면서 벌어진 사건들에 관한, 카르토 군대의 한 병사와 마르세유 사람, 님 사람, 몽 펠리에 제조공 사이의 대화.〉

대화 형식으로 쓰여진 이십여 페이지에 달하는 글에서, 그는 국민공회에 찬성하며 연방주의자들의 봉기를 비판했다. 마르세유 사람은 폭동의 당위성을 주장하고, 병사는 그 논리를 반박했다. 병사는 말했다.

〈당신은 애국주의자들과 전제주의자들 사이의 투쟁은 곧 죽음의

투쟁이라고 느끼지 않습니까?〉

그러나 이 인물의 추론은 뛰어났지만 정열이 없었다. 문장은 때로 불타오르지만, 전반적으로 분석에 머물러 있었다. 문장마다, 그는 혁명의 힘이 폭도들을 분쇄할 것이며, 폭도들의 주장을 가지고 시시비비를 가리는 것은 잘못된 것이라 주장했다.

〈중요한 것은 말이 아니다, 행동을 분석해야 한다. 삼색기를 흔들어대는 것으로는 충분치 않다. 파올리도 코르시카에서 삼색기를 흔들어대지 않았던가? 실제로는 야심적이고 범죄적인 자신의 계획에 동포들을 이용하면서도 말이다.〉

나폴레옹은 단호하게 결론맺었다.

〈통일의 중심은 국민공회다. 그것은 절대적 권력이다, 민중이 분열된 경우에는 더욱 그렇다.〉

완성된 원고를 다시 한번 읽어보고 고개를 들자, 창 밖에 희뿌윰한 여명이 비치고 있었다. 날밤을 꼬박 새운 것이다. 그는 새벽답을 밟으며, 원고를 『아비뇽 통신』을 발행하는 인쇄업자 사뱅 투르날에게 가져갔다. 애국주의자인 사뱅은 나폴레옹이 책상 위에 올려놓은 원고를 훑어보더니, 신문과 같은 활자, 같은 종이에 인쇄하기로 결정하고 물었다.

"비용은 누가 지불할 거요?"

나폴레옹은 돈을 꺼내놓으며 말했다.

"나요."

사뱅은 책자에 '저자의 비용으로'라는 문구를 넣겠다고 제안했다. 나폴레옹은 동의했다. 돈도 걸 줄 알아야 했다. 그는 7월 29일까지 교정쇄를 내줄 것을 요구했다. 그는 책자를 카르토 군대의 대표단인 살리체티와 가스파랭에게 직접 보낼 작정이었다.

책자를 발송한 며칠 후, 누군가 나폴레옹이 묵는 호텔 방문을 두드렸다.

문을 열자, 한 병사가 소포를 내밀었다. 십여 권의 책자가 담겨 있었다. 『보케르의 밤참』, 제목이 축소된 그의 책은 군대 출판사인 마르크 오렐에서 출판된 것이었다.

놀라는 그에게 병사가 말했다.

"행군하는 군대에 이 책자를 나누어주고 있습니다."

나폴레옹은 모험에서 승리했음을, 이제 그는 니스까지 탄약통과 물자나 보급하는 포병대위가 아니라는 걸 직감했다.

그는 일찍이 코르시카에서 발견한 영역, 지금 인간들의 운명을 결정하는 원동력인 정치영역에 모험을 걸었고 승리했다.

— 전진을 원하는 자는 먼저 입장을 정해야 한다.

그는 분파에 반대하고 '국민공회라는 통일의 중심'에 찬성했다.

그것은 사상의 문제가 아니었다. 아작시오의 경험과 더불어, 1792년 8월 10일 파리의 비극적 장면을 목격하면서 담금질된 신념의 열매였다. 권력은 '하나'가 되어야 하며, 국민공회는 그 '하나'였다. 전쟁을 이끄는 것도 국민공회였다.

— 나는 그 권력과 더불어 존재한다.

1793년 9월 초, 나폴레옹은 마침내 식량과 물자를 모으고, 운송에 필요한 다섯 대의 마차를 얻기 위해 보클뤼즈의 관리들과 협상했다.

"이탈리아 관할군은 '토리노의 독재자'를 격파하기 위해 탄약을 필요로 합니다."

하지만 다시 기다려야 했다. 이미 8월 25일 마르세유를 해방시킨 카르토 군대는 공격을 강화하고 있었다. 왕당파와 마르세유 연방주의자들이 툴롱으로 도피하여, 항구를 영국과 스페인 함대에 내주었기 때문이었다.

마차를 구하는 문제로 고심하던 나폴레옹은 조제프와 뤼시앵에게 도움을 청하기로 하고, 카르토 군대의 병영지로 향했다. 그 무렵 조제프는 살리체티에 의해 카르토 군대의 국방위원으로 임명되었고, 뤼시앵은 생 막시맹 부대의 보급요원 자리에 있었다.

9월 16일, 그는 보세로 이동한 카르토 군대의 병영에 도착했다.

장교들이 숙영지로 사용하는 마을의 집들을 샅샅이 둘러보던 나폴레옹은 누군가 자신을 부르는 소리에 뒤를 돌아보았다.

살리체티였다. 그는 대표단 일원인 가스파랭과 함께 있었다.

"『보케르의 밤참』이라……."

살리체티가 말했다. 곧 가스파랭도 끼어들어 책자 이야기를 했다. 몇 마디 대화를 나누다가, 나폴레옹을 막사로 데려간 살리체티는 진지한 어조로 말했다.

"포병대를 지휘하던 도마르탱 대위가 마르세유에서 어깨 부상을 당해 후송되었소. 우리는 유능한 포병장교가 필요합니다."

가스파랭이 말을 이었다.

"어떻게 해서든 툴롱에서 영국군을 쫓아내야 합니다."

나폴레옹은 고개를 끄덕이며 말했다.

"전에, 코르시카로 가는 배를 기다리면서 툴롱의 요새들을 연구한 적이 있습니다. 아직도 기억이 생생합니다."

즉석에서, 살리체티는 포병대위 나폴레옹 보나파르트를 툴롱의 카르토 부대로 파견하는 임명장을 작성했다.

그리고 날짜를 썼다. 1793년 9월 16일.

나폴레옹은 팔짱을 끼고, 살리체티의 펜 끝에서 흘러나오는 임명장의 글자 하나하나를 눈으로 새기며, 조용히 숨을 들이마셨다.

─드디어, 프랑스 땅에서 처음으로, 내가 누구인가를 보여줄 때가 왔다.

15
툴롱 전투, 미래를 향하여

밤이 내리고 있었다. 나폴레옹은 팔짱을 끼고 막사의 문턱에 서서, 주위의 병사들을 바라보았다. 모두들 나른한 모습으로 밤을 보낼 준비를 하고 있었다. 몇 명은 근처 과수원에 다녀오는 길인지, 무기도 없이 과일 바구니를 들고 있었다. 어깨동무를 하고 있는 그들의 입술은 무화과 즙과 검은 포도액으로 덮여 있었다. 더 멀리에는, 몇 명이 모닥불을 지피고 별장에서 훔쳐온 문과 창문들을 뜯어 불꽃 속에 던지고 있었다. 또 그 옆에는, 누더기나 다름없는 군복을 걸친 병사들이 통 속에 지푸라기를 넣어 잠자리를 만들고는 미끄러져 들어가는 게 보였다. 하나같이, 무기는 어디 두었는지 보이지 않았다.

이게 군대다!

나폴레옹은 병사들의 멱살을 붙잡아 흔들며 외치고 싶었다.

전쟁은 이렇게 하는 게 아니라고, 외치고 싶었다!

살리체티와 가스파랭이 그를 포병대 지휘관으로 임명한 것은 불과 몇 시간 전이지만, 상관없었다. 그는 지휘법을 알고 있으며, 전쟁이란 무엇인지, 또 어떻게 하는 것인지 잘 알고 있다고 확신했다. 그에게 의구심이란 없었다. 그는 알고 있고, 또 알아야 했다. 바로 여기서 성공해야 하기 때문이었다.

맞은편 집에서 웃음소리가 들려왔다. 카르토 장군이 아내와 묵는 숙소, 그 집 창문으로 테이블 위에 놓인 큰 촛대들이 보였다. 장군은 오늘 저녁식사에 장교들을 초대했다.

낮에 나폴레옹을 만났을 때, 카르토 장군은 주위가 다 들으라는 듯이 자신있는 목소리로 말했다.

"나는 공화파 장군일세."

줄마다 금박된 푸른색 프록코트를 입은 그는 거만한 자세로 검은 콧수염을 어루만지며 고개를 뒤로 젖혔다. 의심과 경멸에 가득 찬 시선으로 나폴레옹을 훑어보면서, 그는 도마르탱 대위를 언급했다.

"그런 유능한 장교를 잃었다는 건 내겐 너무 큰 손실이야."

그는 영국과 스페인, 나폴리, 시실리 등 귀족 백군들에 의해 장악된 툴롱의 모든 요새들을 조만간 탈취하게 될 거라고 덧붙였다.

나폴레옹은 말없이 그의 말을 들었다. 나폴레옹은 장군의 머릿속에는 허세와 욕심 외에는 들어 있는 것이 없다는 것을 간파했다. 그는 장군의 저녁 초대를 거절했다.

그에게는 다른 할 일이 있었다. 전쟁, 이것은 반드시 승리해야 하는, 그의 전쟁이었다.

만찬 따위에 갈 시간은 물론이고, 잠자리에 들 시간도 없었다.

툴롱을 함락시킬 때까지는, 전쟁 외에는 아무것도 중요하지 않았다, 아무것도.

그는 병사 한 명을 불러 물었지만, 병사는 포병기지가 어디 있는지도 몰랐다. 기지의 대포 여섯 문을 찾아냈지만, 포병기지를 책임진 하사관은 포탄도, 대포도 다룰 줄 몰랐다.

— 이런 게 포병대라니!

결국 이것이 전쟁에 나서는 그에게 주어진 카드들이었다. 규율 없는 군대, 이름뿐인 포병대, 무능력하고 의심 많은 장군…… 장군이란 자는 1792년 8월 10일의 그날, 동료 경찰들을 이끌고 민중 편에 합류했다는 것이 유일한 자랑거리인 인간이었다. 발걸음을 돌리며, 나폴레옹은 중얼거렸다.

"천한 것들."

— 수년째 하찮은 그림이나 그리면서 만족하는 게 장군이라니! 이런 판에 인생을 걸어야 한다니!

그러나 그게 그에게 주어진 현실이었다.

찬바람이 불어오더니 가는 비를 흩뿌렸다. 나폴레옹은 툴롱의 항구와 요새들을 관찰하기 위해 산꼭대기로 올라가, 비를 맞으며 새벽을 기다렸다. 산정에서 보낸 그 첫날 밤, 그는 단호한 결심을 했다.

새벽이 가까워오면서 비가 잦아들더니, 마침내 낮은 구름을 찢으며 해가 솟아올랐다.

뼛속까지 젖은 나폴레옹의 눈에, 항구를 굽어보고 있는, 영국과 대불동맹군 점령하의 요새들이 보였다. 라말그 요새와 큰 탑, 발라기에 요새와 마부스케 요새…….

하지만 그의 시선은 기억 속에 남아 있는 요새로 향했다. 에기예트 요새, 큰 항구와 작은 항구를 잇는 좁은 통로를 감시하는 곳.

— 저곳이 열쇠다.

비에 젖은 그의 가슴에 흰한 빛이 스며드는 듯했다. 나폴레옹은 확신했다. 이 확신말고는 아무것도 존재하지 않는 듯했다.

—에기예트 요새, 저곳을 점령해야 한다. 모든 힘을, 에기예트 정복을 위해 조직해야 한다. 에기예트에서 대포 공격을 퍼부으면, 적의 전함들은 항구를 떠날 수밖에 없을 것이며, 툴롱은 쉽게 함락될 것이다.

비를 맞으며 올랐던 산정에서, 나폴레옹은 뜨거워진 태양빛을 받으며 내려왔다.

목표는 정해졌다, 그의 내면에 평온이 찾아왔다. 이제 할 일은, 인간과 사물들을 목표에 적응시키는 것이다. 목표에 장애물이 있다면 뒤엎어야 하고, 목표를 이해하지 못하는 인간들은 밀어내야 했다.

나폴레옹은 그 길로 살리체티와 가스파랭의 숙소를 향했다. 그들은 이제야 막 잠자리에서 일어난 것 같았다. 그는 방 안을 성큼성큼 거닐며 말했다.

"모든 작전은 체계적으로 진행되어야 합니다. 우연을 기대해서는 아무것도 성공할 수 없기 때문입니다."

그는 창문 쪽으로 몸을 돌려, 턱으로 카르토 장군 집을 가리키며 말을 이었다.

"포병대가 선봉에 섭니다. 보병대는 보조해주기만 하면 됩니다."

몇 문장으로 그는 작전을 설명했다. 차분한 목소리였지만, 그가 발음하는 말에서는 긴장된 육체의 에너지가 폭발하고 있었다.

툴롱의 포위공격은 불가능하다. 정면공격으로는 탈취할 수가 없다. 항구의 대불동맹군 전함들을 몰아내야만, 툴롱 함락이 가능하다. 그러기 위해서는 전함에 직접 포격을 가하여, 돛과 선체를 불태우고 배 안의 포탄 적재소를 폭파시켜야 한다.

"적 전함에 대한 직접 포격이 가능하려면……."

나폴레옹은 잠시 말을 끊고, 팔을 뻗어 요새가 눈앞에 보이기라도 하는 것처럼 작전의 급소인 요새를 가리켰다. 그는 결론내렸다.

"바로 이곳, 에기예트 요새를 점령해야 합니다. 그러면 일 주일 내로 툴롱에 입성할 수 있습니다."

그는 방을 나서다가, 문지방에서 살리체티와 가스파랭을 뒤돌아보며 덧붙였다.

"대표단께서는 맡으신 임무에 충실하시고, 제 임무는 저에게 맡겨주십시오."

그는 거의 잠을 자지 않고 먹지도 않았지만, 그 어느 때보다도 활발하게 움직였다. 논리에 바탕을 둔 그의 확신은 끝없는 에너지의 원천이었고, 사물과 사람을 변화시킬 수 있다는 느낌은 앞으로 계속 이어질 성공의 원동력이었다.

나폴레옹은 작전 준비에 몰두했다.

"매일 오천 개의 주머니를 만들고, 거기에 흙을 채워넣어라. 팔십 명의 장인을 차출하라. 병기고가 필요하다. 나무와 널판도 충분히 확보해야 하고, 황소와 수레를 끌 짐승도 필요하다……."

"마르세유와 니스, 라시오타, 몽 펠리에서 필요한 물자들을 보급해 오도록……."

"여기에 포대를 세우고, 저기에도 세워라. 이곳은 '국민공회 포대'고, 저곳은 '상퀼로트(과격 공화파) 포대'다."

영국 오하라 장군의 대포들은 그가 세우는 포대들을 과녁으로 삼고 포격을 가해왔다. 포탄이 비 오듯 쏟아졌지만, 나폴레옹은 자리를 뜨지 않고 포대 난간에 서서, 간단히 말할 뿐이다.

"조심하라, 포탄이 날아온다."

포탄이 쏟아질 때마다, 나폴레옹 주위에 있던 병사들은 몸을 움츠리며 피하려 했다. 나폴레옹은 목청 높이 외쳤다.

"나는 움직이지 않는다. 그 무엇도 감히 나에게까지 올 수는 없다. 나의 탄도는 멈출 수 없다. 내게는 전진이 있을 뿐, 쓰러짐은 없다."

그 순간 가까이 날아온 포탄의 충격이 그를 땅에 곤두박질치게 했다. 그는 툴툴 털고 일어서며 물었다.

"누가 글쓸 줄 아는가?"

한 젊은 하사관이 나서자, 나폴레옹이 말했다.

"이 포대를 '겁 없는 인간의 포대'라 부르라."

하사관은 그렇게 썼다. 그때, 포탄이 바로 몇 미터 떨어진 곳에서 폭발하며 종이를 흙먼지로 뒤덮어버렸다.

하사관이 말했다.

"덕분에 잉크를 말릴 필요가 없게 되었습니다."

나폴레옹은 하사관을 눈여겨 바라보며 물었다.

"그대 이름은?"

"쥐노입니다."

쥐노, 나폴레옹은 이 젊은 하사관을 오랫동안 바라보았다.

인간들로 하여금 능력 이상을 발휘하게 하는 것, 그게 지도자의 임무다. 지도자는 부하들을 설득시키고, 매혹시키며, 훈련시킨다. 그가 가는 길이라면 지옥이라도 따르게 만드는 것, 그것이 지도자의 첫번째 덕목이다.

매순간 나폴레옹은 격렬한 전투의 기쁨이 온몸을 불사르는 걸 맛보았다. 그것을 위해, 그는 포탄이 날아와도 몸을 숙이지 않았으며, 병사들과 뒤엉켜 맨땅에 외투만 걸친 채 잠이 들고, 탄알이 빗발치는 전선의 선봉에 섰으며, 지친 말이 쓰러져도 다시 일어섰다. 병사들이 과감하게 돌진할 때면 설령 실수를 해도 자신감을 심어주며, "술병 마개는 열렸다. 마셔야 한다!"고 외쳤다. 하지만 장군이 겁에 질려 퇴각을 명하면, 그를 얼간이로 취급했다.

나폴레옹의 작전은 아직 채택되지 못했다. 그는 불만스레 상황을 살폈다. 대표단의 살리체티와 가스파랭, 바라스, 프레롱, 리코르, 오귀스탱 로베스피에르를 관찰하면서, 나름대로 그들을 평가했다. 오귀스탱 로베스피에르는 공안위원회를 이끄는 막시밀리앙 로베스피에르의 친동생이었다.

대표단은 국민공회 파견단으로서 힘을 장악하고 있었다. 그들을 설득해야 했다.

어느 날 저녁, 나폴레옹은 살리체티를 포대 진시도 안내했다. 종탄이 비 오듯 날아오는 중에, 살리체티가 탄 말이 쓰러졌다. 나폴레옹은 얼른 말에서 내려 그를 일으켜 부축하며 가까운 진지로 향했다. 영국군들이 가까이까지 순찰을 돌기 때문에, 다른 진지까지 몸을 숨긴 채 이동해야 했다.

간신히 도착한 진지도 안전하진 못했다. 진지의 사수가 적탄에 쓰러졌다. 나폴레옹은 병사들을 도와 열두 발의 포탄을 장전하고 직접 발사대를 잡았다. 다른 병사들은 그런 그를 바라보며, '죽은 사수는……' 하고 뭔가를 설명하려다 입을 다물며 손과 팔을 비벼댔다.

사수는 지독한 피부병이 있어서, 누구도 그가 잡았던 발사대를 만지려 하지 않았다. 나폴레옹은 어깨를 한 번 으쓱하고는 발사대를 잡은 손에 더욱 힘을 주었다. 설령 전염병이 돈다 해도, 그 때문에 전진을 멈출 수는 없었다.

몸을 돌볼 시간이 없었다.

9월 29일, 대표단은 그를 대대장으로 임명했다. 새로운 도약이며, 새로운 에너지의 원천이자, 더 멀리 더 빨리 나아갈 수 있는 새로운 자신감을 부여받은 것이다.

나폴레옹은 매일같이 살리체티를 방문하여 자신의 작전이 툴롱을 함락시킬 수 있는 유일한 길이라고 역설했지만, 그때마다 그의 구상을 가로막고 나서는 장애물이 있었다.

그는 반복해서 설득했다. 마치 계속적으로 터지는 예포와도 같았다. 그는 사수들에게도 이렇게 말했다.

"용기를 잃지 말고 발사하라. 백 발을 헛되게 날린 후, 백한 발째 포탄이 명중해도 성공이다."

그의 집요한 설득에 살리체티와 가스파랭, 나중에는 리코르와 오귀스탱 로베스피에르, 바라스와 프레롱도 나폴레옹의 작전계획을 긍정적으로 생각하게 되었다.

─ 인간들에게 영향력을 미칠 수 있다는 것은 얼마나 큰 기쁨인가! 얼마나 도취하게 만드는가! 어떤 여자가 이같은 도취와 힘의 감각을 줄 수 있단 말인가?

그는 새로운 기쁨을 발견했다.

마침내 살리체티를 비롯한 대표단은 카르토 장군을 교체하기로 결정했다. '대포 대위' 나폴레옹이 그를 날려버린 것이다. 카르토의 후임은 전직 의사 도페 장군이었다.

도페 장군이 부임한 지 몇 주 지나지 않아 전투중 퇴각명령을 내리자, 부상으로 얼굴이 피투성이가 된 나폴레옹이 도페 장군에게 다가가 내뱉었다.

"퇴각명령을 내린 게 바로 얼간이 장군 당신이오?"

겁에 질린 장군이 대꾸도 하지 못하고 물러나자, 나폴레옹은 주위의 병사들을 바라보았다. 병사들은 도페 장군을 비난하고 있었다.

"도대체 우리를 지휘할 장군은 화가나 의사 나부랭이들밖에 없는 거야?"

병사들은 소리쳤다.

나폴레옹은 입 밖에 드러내 말하진 않았지만, 확고한 자신감으로 가슴을 폈다.

— 인간들을 지휘할 수 있는 사람은 바로 나다.

그는 살리체티에게 면담을 요청했다. 자신이 보여준 탁월한 능력에 대해 이제 그들이 답해야 한다고 생각했다. 두 달이 넘도록 그는 자신의 작전을 위해 준비와 전투, 조직에 몰두해왔다.

"앞으로 또 언제까지 무지와 그로부터 파생되는 무기력과 싸워야 한단 말입니까? 포병장교에겐 금과옥조인 이론과 경험을 실전에 적용하기도 바쁜 바탕에, 이 무지한 자들과 타협하고 늘 설명해가며 전투를 수행해야 합니까?"

살리체티는 고개를 숙이며 동의했다.

11월 16일, 도페 장군이 해임되고, 뒤를 이을 뒤고미에 장군이 부임했다. 뒤고미에 장군이 부대에 도착한 지 두 시간 후, 뒤 테이 장군이 합류했다. 그날 해가 뉘엿뉘엿 질 무렵, 나폴레옹은 장군들을 방문했다. 오랜만에 만나는 뒤 테이 장군은 반갑게 그를 맞았고, 뒤고미에 장군은 그를 저녁식사에 초대했다. 뒤고미에 장군은 나폴레옹의 견해에 진지하게 귀를 기울였다. 뒤고미에 장군은 그에게 웃으며 양의 골요리를 건넸다.

"이걸 들게나, 자넨 양순한 동물의 이게 필요하네."

11월 25일, 작전회의에서 나폴레옹은 모든 장애물이 제거되었음을 느꼈다. 그는 지도를 가리키며 작전을 명쾌하게 요약했다. "에기예트 요새 점령, 항구에서 영국군 축출, 동시에 파롱 요새 공격……."

뒤고미에 장군과 뒤 테이 장군은 그의 작전을 승인했고, 살리체티와 오귀스탱 로베스피에르, 리코르도 동의했다.

회의실을 나오면서 나폴레옹은 뒤고미에 장군을 바라보았다. 장군은 웃으며 손을 목에 기져다 댔다. 작전이 실패하면, 단두대에서 처형당할 것이란 의미였다.

조금도 두렵지 않았다. 나폴레옹은 자신의 운명을 믿었다. 심지어 자신이 불사신이라는 느낌까지 들었다. 그는 목표 달성이 눈앞에 다가왔다고 느끼며, 작전 개시일을 잡기 위해 분주히 움직였다. 몇 차례에 걸쳐 산정에 올라 지형을 살피고 작전을 면밀히 재검토하며, 그는 가슴속에 성공의 확신을 굳혀나갔다.

11월 30일, 그는 '국민공회 포대'를 점령한 영국군에 대한 기습작전을 감행했다. 그는 완강히 저항하는 적진을 향해 앞장서서 돌격을 주도했다.

처절한 육탄전을 벌인 끝에 포대를 탈환하고, 영국군 오하라 장군을 생포했다. 나폴레옹은 포로가 되어 침울하게 앉아 있는 오하라에게 천천히 다가갔다.

자리에서 일어서는 오하라에게, 그는 예의를 갖춰 물었다.

"필요한 게 없으십니까?"

"홀로 있고 싶소, 동정은 바라지 않소."

나폴레옹은 장군을 잠시 바라보다가 발걸음을 돌렸다.

— 저것이 바로 전쟁의 인간이다. 전쟁의 인간은 패배를 한다 해도 자부심과 의연함을 보여주어야 하는 것이다.

나폴레옹은 걸음을 멈추고 하늘을 바라보았다.

그도 전쟁의 인간이었고, 이제 24세 4개월의 나이였다.

나폴레옹은 말고삐를 당기며 비에 흠뻑 젖은 병사들 사이를 천천히 나아갔다. 1793년 12월 16일, 칠흑같은 밤하늘이 장대비를 퍼붓고 있었다. 한치 앞도 보이지 않았다. 오늘밤 공격이었다. 간간이 천둥과 번개만이 젖은 어둠을 찢으며 전투대원들을 비출 뿐이었다. 나폴레옹은 사방에서 물이 새는 막사 안으로 들어섰다. 막사의 촛불 주위에 뒤고미에 장군과 대표단들이 모여 앉아 그를 기다리고 있었다. 그는 자신에게로 향하는 그들의 시선에서 망설임과 불안을 읽었다.

그는 스스로를 믿었다. 이 확신은 이성이나 '시스템'에 대한 믿음을 넘어서는 문제였다.

그는 궂은 날씨가 꼭 나쁜 상황은 아니라는 말만 간단히 했다. 그의 말과 태도에 비로소 그들의 안색이 돌아왔다. 인간은 그런 존재들이다. 강한 신념은 인간들을 이끌며, 굴복시키고, 따라오게 만드는 법이다.

마침내 부대 앞에 선 뒤고미에 장군이 공격명령을 내렸다.

보병들이 움직이기 시작하는 걸 바라보며, 나폴레옹은 말에 올랐다. 돌격이다. 첫번째 두번째 대오가 어둠과 소낙비 아래서 "빨리 달아나라!" "속았다!"라는 소리에 놀라 흩어지며 패주했다.

그러나 나머지 병사들은 "승리다, 총검을 들라!"고 외쳐대며 돌격을 감행했다.

나폴레옹의 말이 적탄에 쓰러졌다. 격심한 통증이 그의 넓적다리를 관통했다. 한 영국군의 총검이 박힌 것이다. 그는 벌떡 일어나 뛰었다. 그의 옆에는 친구인 뮈롱 대위가 있었고, 조금 떨어진 곳에는 마르몽, 선봉에는 하사관 쥐노가 있었다.

마침내 선봉대가 적의 뮐그라브 요새를 함락시키고, 대포들의 방향을 돌려놓았다. 사기가 충천한 병사들은 내처 공격에 나서, 마침내 에기예트 요새를 탈취했다. 요새의 통로마다 짐승들의 시체가 가득했다. 영국군이 에기예트를 포기하고 퇴각하면서 말과 노새들의 목을 베어버린 것이다.

그제서야 나폴레옹은 상처의 통증을 느꼈다. 병사들이 와서 붕대를 감아주었다.

"영국군은 훌륭한 군인들이야."

나폴레옹은 말했다.

그리고는 연합군으로 참전했다가 포로가 된 이탈리아 군사들을 가리키며 경멸하듯 내뱉었다.

"저 비천한 나폴리와 시칠리아 놈들은 맹탕들이고."

그는 일어나 절뚝거리며 참호의 벽면까지 걸어갔다.

"내일, 혹은 아무리 늦어도 모레면 우리는 툴롱에서 저녁을 먹을 것이다."

그는 승리의 기쁨을 내보이지 않았다. 그의 시선은 이미 다음 단계로 나아가 있었다. 그는 필요한 일들을 재점검했다. 보고가 들어오고 있었다.

영국군들이 도처에서 철수하고, 나폴리군도 각 요새에서 도망가고 있다는 보고였다. 나폴레옹은 놀라지 않았다. 그의 자신감과 시스템의 당연한 결과였다.

항구와 해군 병참에서는, 쾌속선들이 연쇄적인 폭발음을 내며 폭발했다. 영국군과 스페인군이 퇴각하면서 화약이 가득한 배들을 폭파시킨 것이다.

포연과 불꽃 사이로, 여남은 척의 배와 작은 범선들이 보였다. 그 배들에는 피난길에 나선 툴롱의 왕당파와 귀족들로 가득했다. 그들은 영국과 스페인 연합함대에 오르려 아우성이었다. 그중 몇 척이 뒤집히고, 여자들이 비명을 질러댔다. 그 광경을 지켜본 병사들은, 여자들이 보석으로 가득 찬 가방을 놓치지 않으려고 발버둥치다 물결에 휩쓸렸다고들 떠들었다. 프랑스군 포대의 포격에 몇 척의 펠러커선(지중해에서 사용되던 돛단배) 선체가 날아갔다.

그것으로 상황 끝이었다.

1793년 12월 19일, 드디어 공화국 군대 '카르마뇰(자코뱅파 군대)'이 툴롱에 입성했다.

툴롱에 입성한 나폴레옹은 사람들과 거리를 두며 지냈다. 총살 집행반 앞을 지날 때는 고개도 돌리지 않았다. 도시 곳곳에서 약탈이 벌어졌다. 바라스와 프레롱, 승리를 의심했던 이 두 대표위원은 지금은 가장 앞장서 설쳐대면서 가공할 벽보를 붙이게 했다. 도시를 파괴하고, 그 작업을 위해 만 2천 명의 석공을 모집한다는 내용이었다.

툴롱이 영국군에 점령되어 있는 동안, 테미스토클르라는 감옥용 배의 화물창에 갇혀 있다 풀려난 산악파들은 눈에 핏발이 서 있었다. 그들은 떼지어 몰려다니며, 병사들을 이곳저곳의 십늘로 안내했다. 그들을 고발한 사람들과 간수들, 사형집행인들을 찾아내어, 이번에는 그들이 고발하고 대량학살을 저지르는 것이었다.

도시 곳곳에서 벌어지는 광경에 나폴레옹은 구역질이 났다. 흔들어대는 깃발의 색깔은 달라도, 군중은 잔혹한 짐승이긴 마찬가지였다.

그로서는 그런 짓들에 관여하고 싶지 않았다.

그는 병영으로 발길을 돌렸다. 병영 막사에 들어서자마자, 기다리고 있던 여인들이 그를 에워싸고 남편 혹은 자식들의 목숨을 구해달라고 애원했다. 그는 여인들을 바라보지도 않았다. 한마디 동정의 말도 건네지 않았다. 그럼에도 그리 내키지는 않았지만, 측근인 쥐노와 마르몽, 뮈롱을 보내 몇 명을 죽음에서 구해주었다.

그밖에 달리 무슨 일을 한단 말인가?

인간이란 그런 것이다. 정치란 그런 것이다.

너무나도 차가운 현실에 직면하자, 목표 달성의 환희조차 희미해지는 것 같았다.

이제 무엇을 할 것인가.

툴롱 입성 사흘 후인 12월 22일, 대표위원들이 그를 소환했다. 그들은 술병과 잔들이 놓여 있는 테이블 주위에 앉아 있었다. 들어오는 나폴레옹을 바라보며, 살리체티가 물었다.

"이 제복이 누구 것인지 알겠소?"

대표단이 결정한 짤막한 포고령이 낭독되었다.

〈이 반역의 도시를 점령하는 동안, 귀관이 보여준 열정과 능력에 대한 보답으로……〉

그들은 대대장 나폴레옹 보나파르트 대위를 육군준장으로 임명했다!

살리체티가 말했다.

"제복을 바꾸어야 할 것이오, 보나파르트 장군."

그는 나폴레옹을 껴안으며 미소지었다. 하지만 나폴레옹은 웃지 않았다.

질주가 멈출 때, 모든 것이 얼마나 허탈하게 느껴지는가.

16
인간들은 배반한다

　나폴레옹은 어머니를 마주하고 있었다. 그가 팔꿈치를 괴고 앉아 있는 작은 테이블이 대부분의 공간을 차지하는 작은 방, 형제와 누이들은 어머니 레티지아 뒤에 서 있었다.

　나폴레옹은 일어나 아파트를 둘러보았다. 조그마한 세 개의 방이 전부였다.

　질식할 듯한 느낌에, 그는 창문을 열었다. 1794년 1월 4일, 한겨울의 차갑고 습한 바람을 들이쉬지만 답답하기는 마찬가지였다.

　이곳, 마르세유 항구 근처의 파비용 거리로 올라오면서부터 그는 숨쉬기가 힘들었다. 썩은 생선과 기름, 쓰레기 냄새들이 구역질을 불러일으켰다.

　이 집에 들어서기 전, 그는 퍼붓는 소나기를 맞으며 잠시 걸음을 멈추고 7번지의 우중충한 건물 정면을 바라보았다.

가족들이 살고 있는 곳은 5층이었다.

아파트 안으로 들어서자, 반가움에 달려들던 형제와 누이들이 그의 제복에 놀라 멈추었다. 루이는 조심스레 장군 제복을 만졌다.

어머니 레티지아 보나파르트가 천천히 다가왔다. 지난 몇 달 동안의 곤궁과 고뇌에 어머니는 많이 늙어 보였다.

그는 어머니를 응시하던 눈길을 거두고, 테이블 위에 베이컨과 햄, 빵, 고기, 달걀, 과일이 가득한 가죽가방을 내려놓았다. 아시냐 지폐 뭉치와 주머니의 동전은 어머니에게 내밀었다. 다른 가방에는 가족들을 위한 셔츠와 옷, 양말들이 가득 들어 있었다.

그는 어머니에게, 준장으로 승진했다고 말했다. 이제 봉급은 일년에 1만 2천 리브르이고, 진급 수당으로 2천 리브르를 이미 받았으며, 장군 수당을 받을 권리도 있다고 덧붙였다.

어머니 레티지아는 차분한 목소리로, 왕당파들이 위협하는 라발레트에서 그리고 브리뇰 부근 마을인 메옹에서 그 동안 어떻게 살았는지 이야기했다.

나폴레옹은 어머니의 말에 간단히 대꾸했다.

"이제 다 끝났습니다."

그는 바라스를 생각했다. 바라스는 툴롱에 입성한 이후 가장 맹렬한 공포정치가로 처신했다. 툴롱을 떠나던 바로 어제만 해도, 나폴레옹은 벽에 일렬로 서 있는 많은 사람들을 보았다. 병사들이 그들에게 총부리를 겨누고 있었고, 한 장교가 횃불로 죄수들의 얼굴을 하나하나 비추면, 어둠 속에서 고발자가 속삭였다. 바라스는 멀지 않은 곳에서 분주히 말을 몰며 독려했다.

뒤고미에 장군 막사에서 사람들은 수군거렸다.

"바라스가 이탈리아 관할군 대표위원으로 있을 때도, 니스 백작령에서 보물들을 빼돌렸다며."

그들은 비웃었다.

"그것도 '공화국의 이름으로' 말야."

하지만 바라스를 비웃는 그들도, 대표위원이나 장교, 사병을 가릴 것 없이 모두가 마찬가지였다. 기회만 닥치면, 모두가 약탈자였다. 한아름의 무화과나 은식기를 훔치는 사병들에서부터, 황금과 보석이나 예술작품들을 도둑질하고 부동산을 헐값에 사들이는 지위가 높은 자들까지.

— 참 훌륭한 모랄이로군!

다만 오귀스탱 로베스피에르를 비롯한 몇 명만이 도덕적으로 완벽했다. 그들만이 '국가의 단두대'로 공화국을 정화하고, 도덕성의 지배를 확립해야 한다고 주장할 자격이 있었다!

나폴레옹은 어머니의 말을 자르고 일어서며 반복했다.

"다 끝났어요."

가난과 범용함과 싸우는 이 전쟁도 이겨야 했다.

그는 말짱한 속임수에 당하고 싶지 않았다. 도덕성, 좋은 얘기다, 그것이 모두를 위한 것이라면. 그러나 그게 가능하리라고 누가 믿겠는가? 도덕성은 가장 많이 소유한 자들이나 떠들어대는 덕목이다. 방금 어머니가 말한 것처럼, 자신의 가족들이 가난한 계급의 사람들처럼 배급받는 빵 한 조각과 달걀 하나로 아이들을 먹여 살려야 한다면, 그것은 부당하고 거의 부도덕하기까지 한 일이었다.

혁명의 소용돌이 속에서 보나파르트 가문은 모든 것을 잃었다. 그들이 정당한 몫을 찾는 것은 당연했다.

돈, 돈! 이 단어가 파비용 거리의 포도 위를 걷는 나폴레옹의 발뒤축에서 끊임없이 울려댔다.

가난해서는 안 된다, 그것은 또 한 번의 추방이기 때문이다. 바라스 같은 이들은 공화국의 이름으로 닥치는 대로 삼키며 치부하지 않는가?

　―그들이 나보다 나을 게 뭐가 있는가?

　돈, 그것은 그에게 또 하나의 에기예트 요새였다. 인생과 운명이라는 항구를 장악하기 위해 손아귀에 넣어야만 하는 열쇠.

　―나는 그것 또한 욕망한다.

　나폴레옹은 툴롱으로 돌아왔다.

　막사에서는 사람들이 분주하게 움직였다. 그는 주위 사람들의 바쁜 움직임을 좋아했다. 그는 평소 눈여겨봐둔 쥐노와 마르몽을 참모로 임명했다. 그들은 충직하고 능률적이며, 무엇보다도 자신을 존경하고 있었다.

　지도자가 된다는 것, 그것은 태양계의 위성들과도 같은 인간군의 중심이 된다는 것이다.

　군주제가 붕괴되어가는 동안, 파리에서 빠져들었던 천문학 책들을 그는 기억했다.

　사회와 정부, 군대, 가족은 하늘의 형상을 닮았다. 그 모든 조직들에는 중심이 필요하다. 위성들의 궤도를 결정하는 것은 바로 심장과도 같은 이 중심이다. 중심의 힘이 부족하면 각 위성은 이탈해나간다. 시스템은 급속히 해체되며, 다른 힘이 새로운 중심 주위에 형성되는 것이다.

　포병대를 재조직하는 책임을 부여받고 마르세유와 툴롱의 요새들을 순시하면서, 그는 여러 생각들에 골몰했다.

　1794년 1월은 얼음처럼 차가웠다. 남프랑스 특유의 북풍이 얼굴을 에듯 불어대고 있었다. 전쟁과 그로 인한 공포가 공화국 전역에 확산되고 있었다. 방데 지방에서는 튀로 장군의 '지옥의 군대'가 휩쓸고 다니며 대량학살을 자행했다. 파리에서는 분파적 투쟁이 강화되어, 생 쥐스트와 로베스피에르가 연합하여 자크 루 같은 '앙라제(격앙파)'와 당통 같은 '온건파'를 후려치고 있었다.

나폴레옹은 틈나는 대로 요새의 정상에 올라 광활한 평지를 바라보았다. 새벽녘에는 차가운 바람을 맞으며 코르시카 쪽을 바라보곤 했다. 1월 19일, 파스칼 파올리가 영국군에게 코르시카 상륙을 허락한 이후, 영국군은 코르시카의 생 플로랑 만에 정박해 있다.

이제 파올리는 그의 중심이 아니었다. 지금 그는 프랑스라는 시스템에 속해 있으며, 프랑스는 국민공회와 공안위원회, 로베스피에르를 중심으로 돌고 있다.

나폴레옹은 오귀스탱 로베스피에르를 자주 만났다. 유명한 막시밀리앵 로베스피에르의 동생이며, 이탈리아 관할군 대표위원인 오귀스탱은 정치적 사건들에 관한 나폴레옹의 판단을 듣고 싶어했다. 그러나 나폴레옹은 그와의 대화에서 말하기보다는 듣는 쪽을 택했다. 때로 오귀스탱의 직접적 질문에도, 나폴레옹은 굳은 얼굴로 나오려는 말을 참으며 이빨 사이로, '그는 국민공회의 지령을 받고 있다'고 스스로에게 웅얼거렸다.

나폴레옹에게 '당신의 동생이며, 시민군 장군인 뤼시앵 보나파르트'가 자코뱅이 되기로 서약했노라고 알려준 것도 오귀스탱 로베스피에르였다.

오귀스탱은 툴롱 점령 직후인 1794년 1월 초 뤼시앵이 국민공회에 보내온 편지를 내밀었다. 나폴레옹은 조금도 감정을 드러내지 않으려 애쓰며 편지를 읽었다.

〈시민대표님들께, 영광의 전장에서 반역자들의 피 속을 걸으며, 알립니다. 명령은 그대로 집행되었으며, 프랑스는 복수했습니다. 남녀노소 가리지 않았습니다. 자유의 칼과 평등의 총검은 부상자들도 용서하지 않았습니다. 안녕히 계십시오. 상퀼로트 시민, 브루투스 보나파르트.〉

뤼시앵은 '브루투스'로 이름을 바꾸었다! 나폴레옹은 오귀스탱에게 말없이 편지를 돌려주었다. 그는 알고 있었다, 막시밀리앵 로베스피에르의 동생은 지금 자신을 탐색하며 코멘트를 기다린다는 것을. 그러나 나폴레옹은 동생 뤼시앵에 대해 한마디도 언급하지 않았다. 철없는 동생은 이해하지 못하고 있는 것이다. 체계들은 변화한다는 것을, 중심이 아니면 신중하게 경계해야 한다는 법칙을.

루이 16세를 보지 않았는가? 가장 위대한 왕국의 군주였던 그가 붉은 보네를 쓰고 자기의 백성들과 잔을 부딪치다가, 결국에는 1792년 8월 10일 바보처럼 도망쳐버리는 것을.

로베스피에르 역시 내일, 똑같은 운명을 당할 수 있지 않은가? 그가 아무리 도덕성 있고 힘차며 가차없는 인물이라 할지라도 말이다.

오귀스탱은 편지를 접으며 말했다.

"대표단의 리코르, 살리체티와 의논해서, 나는 자코뱅의 혁명적 신념을 검증받은, 능력이 탁월한 사람을 이탈리아 관할군 포병사령관으로 임명할 생각이오."

그의 말을 들으면서도 나폴레옹은 흔들리지 않았다. 오귀스탱이 나폴레옹을 바라보며 말을 이었다.

"바로 당신이오, 시민(시투와이앵) 보나파르트."

1794년 2월 7일, 나폴레옹은 이탈리아 관할군 포병사령관으로 임명되었다. 며칠 지나지 않아, 경쟁자들의 질투와 증오 어린 시선이 따가웠지만, 그는 개의치 않았다. 질투란 범용한 자들의 몫이니까.

스물다섯 살도 안 된 풋내기가 장군에다가, 그것도 한 군대의 포병대 사령관이라니! 그들은 투덜거렸다.

"정치적 임명이지. 나폴레옹은 로베스피에르파거든."

이런 뒷말들을 들으며, 그는 니스 항구 근처에 있는 뒤메르비옹 장군 집무실에 들어갔다.

피곤한 얼굴에 초췌한 표정의 뒤메르비옹 장군은 나폴레옹에게 자리를 권하며 물었다.

"로베스피에르는……."

나폴레옹은 대답하지 않고, 뒤메르비옹이 스스로 자기 눈을 찌르도록, 몸이 아프고 탈장 때문에 말을 타지 못한다고 이야기하도록, 내버려두었다.

그는 포병대의 재조직과 전투 계획에 관한 일체를 나폴레옹에게 백지 위임했다. 무엇보다 니스 백작령 북동쪽 도시들을 점령하고 있는 사르데냐군을 압박해서, 그들을 오넬리아 너머 해안으로 쫓아내야 했다.

조직, 작업, 행동. 나폴레옹은 단호한 목소리로 쥐노와 마르몽에게 명령을 내리고, 도시를 답사했다.

아직 옛 명칭으로 불리는 '생 도미니크 광장'에는 단두대가 서 있었다. 그는 용기병 순찰대의 호위를 받으며, 이 '평등 광장'을 가로지르고, 항구를 지나, 도시의 동쪽 빌프랑슈 가의 아름다운 저택을 숙소로 정했다. 예전 로랑티 백작이 그를 환대했던 곳이었다.

나폴레옹은 현관에서 젊은 에밀리 로랑티를 보고 흠칫 멈춰 섰다.

하얀 원피스와 감아올린 머리, 아직 열여섯도 안 된 그녀는 우아하게 서 있었다. 그 순백의 우아함 앞에서, 그는 문득 자신이 더러운 진흙탕이라고 느꼈다. 나폴레옹은 에밀리에게 다가가 어색하게 인사를 건넸다. 1794년 2월 12일 그날, 니스에는 비가 내렸다. 비에 젖은 그의 몸에 진흙탕도 묻어 있었으리라.

에밀리의 안내를 받으며 방에 들어선 그는, 그녀의 시선을 등뒤로 느끼며 창을 향해 걸었다.

지난 몇 주 동안 그는 여자의 시선과 마주쳐본 적이 없었다. 툴롱 전투 동안, 때로 감사관 쇼베의 식탁에서 장교의 딸들과 식사한 적이 있었지만, 그때마다 대포가 울려댔다. 전투 동안, 그는 외투를 입은 채 땅바닥이나 포대 진지에서 잠을 잤다.

한동안 잊고 있었던 젊은 처녀의 부드러움과 우아함을, 그는 이니스의 저택에서 다시 만난 것이다.

나폴레옹은 제복을 갈아입고, 자신의 차림새를 둘러보았다. 장군 제복은 장중했고, 천도 감촉이 좋으며, 가죽장화는 윤이 나고 빳빳했다.

창문을 열자, 낮은 하늘 아래 펼쳐진 바다가 검게 보였다. 작은 갑 사이에 갇힌 항구는 자연적인 만을 이루며, 모래톱 위에는 작은 범선과 배들이 정박해 있었다.

유년기가 떠올랐다. 코르시카의 거친 풍경에 비해 니스의 바다 풍경은 부드러웠다.

전장을 누비며 메마른 그의 가슴에 툭 물꼬가 트였다. 갑자기 감동과 감정, 사랑의 물결에 잠기고 싶은 욕망이 솟으며, 예전에 읽었던 수많은 문장들, 특히 루소의 문장들이 떠올랐다.

잊었다고 생각했던 문장들이, 가슴속을 이리저리 내치며 살아나고 있었다, 날개를 파닥이며.

그렇다, 사랑과 여인들이 존재한다. 그것들 역시 삶의 심장 안에 존재한다, 전쟁이나 돈처럼.

그는 자신의 욕망이 그쪽으로도 불꽃의 혀를 내미는 것을 느꼈다.

나폴레옹은 참모부 사무실에 지도를 펼쳐두고, 사르데냐군을 공격하기 위해 전투를 벌여야 할 방향들을 검은 점으로 표시했다. 탕드와 사오르주, 오넬리아를 점령해서 거점으로 삼아야 했다.

　그 무렵, 툴롱 포위공격에서 맹위를 떨쳤던 마세나 휘하의 8천 병력이 니스에 투입되어 거리를 행진했다. 나폴레옹은 장군으로 승진한 마세나를 만나고, 부대의 사열에 참석했다. 그 자리에서 나폴레옹은, 대다수의 니스 주민들이 혁명군대의 열정에 두려움을 느끼는 걸 보았다. 인간들을 통치하는 것은 바로 두려움이 아니던가?

　그는 쥐노와 미르몽을 대동하고, 공격 루트를 답사했다. 깊은 계곡들과 가파른 길들을 살펴보고, 언덕에 올라 사오르주를 정찰했다. 산자락에 자리잡고 있는 사오르주 마을은 접근이 용이치 않았다. 사르데냐군이 산정상에서 라로야 계곡을 향해 포대를 설치해놓았기 때문이다. 또 며칠 동안은 해안 요새들을 정찰했다. 이제 영국령이 된 코르시카 항구들로부터 다가오는 영국함대가 보이기도 했다.

　1794년 2월 말, 날씨 좋은 어느 날 포르 카레 마을에 당도한 나폴레옹은 언덕 위에서 색바랜 지붕의 집 한 채를 보았다. 짙은 녹색의 덧문들은 굳게 닫혀 있었다. 그는 그 집까지 올라가, 오렌지나무와 종려나무, 월계수, 미모사가 가득한 정원으로 들어섰다.

　꽃이 만발한 테라스에 서자, 앙티브 갑과 쥐앙 만, 앙주 만이 내려다보였고, 포르 카레와 높은 탑들이 한눈에 들어왔다. 앙티브 지방에서 '살레 성'이라 불리는 이 저택의 주변 풍경은 장관이었다.

　나폴레옹이 쥐노를 돌아보며 말했다.

　"바로 여기야."

일 주일 후, 그는 싱발한 그 저택의 현관에서 가족들을 기다렸다. 나폴레옹은 니스 빌프랑슈 가의 로랑티 저택에 머물면서, 어머니와 형제 누이들을 곁에 두고 보호와 도움을 주며 살고 싶었다.

그에게는 가족이 필요했다. 어머니의 시선 속에서, 형제와 누이들의 찬탄과 선망 속에서, 전진과 성공의 원동력을 얻고 싶었다.

드디어 쥐노가 거느린 기병대의 호위를 받으며 가족이 도착했다. 마르세유에서 앙티브까지 오는 길은 안전하지 못해서 호위가 필요했다.

쥐노가 사흘간의 여행 동안 있었던 일들을 이야기했다.

"왕당파인 '태양단' 무리가 계속 쫓아왔습니다. 그들은 르바르에서 매복작전을 펴다가 에스테렐과 모르 숲으로 숨었습니다."

— 질서도 내적 평화도 없는 민족, 이게 무슨 민족이란 말인가?

나폴레옹은 어머니에게 방들을 구경시키고, 직접 덧문을 열어드리며 말했다.

"여기가 어머니 집입니다."

아작시오 고향집은 아니지만, 고향집의 벽을 다시 세우는 듯한 기분이었다.

그는 옥손과 발랑스에서 데리고 있었던 동생 루이를 자신의 참모부에 임명했다. 루이는 이제 열여섯 살이었다.

뤼시앵의 소식을 묻자, 어머니 레티지아가 형제들의 근황을 설명했다.

뤼시앵은 하숙집 딸과 결혼하고 싶어하며, 조제프는 마르세유 포세앵 가의 부유한 상인인 클라리 상사에 들어갔는데, 그 집 맏딸 쥘리는 지참금으로 15만 리브르를 준비했다는 것이다.

나폴레옹은 말없이 어머니의 말을 들었다. 이제 그는 보나파르트라는 시스템의 중심이었다.

살레 성에 가족이 온 이후, 그의 생활에 새로운 규칙이 생겼다. 매일 저녁식사를 살레 성에서 참모들과 함께하며, 때로는 저녁식탁에 손님들을 초대하는 것이었다. 마세나도 초대했고, 대표위원 리코르의 아내와 로베스피에르의 누이인 샤를로트도 이 '열렬한 공화파'의 집에 모였다.

살레 성에서 저녁을 보내고, 아침이면 참모들과 함께 니스로 향했다. 여러 필의 말들이 모래톱을 따라 달리며 파도 거품을 가르고, 르바르의 냇물을 건너, 니스 항구의 선창에 도착할 때쯤이면 태양이 떠올랐다.

도표와 지도를 펼치고 뒤메르비옹 장군과 회의하는 섯으로 하루 일과를 시작했다. 나폴레옹은 늘 시간이 빨리 흐르는 데 놀랐다. 군대의 움직임과 적의 대응을 예상하는 그의 상상력은 지도로부터 타오르며, 수학적 증명과 전개에 따라 그의 정신 속에서 체계적으로 정리되었다.

그의 작전구상에 반대하는 사람은 이제 아무도 없었다. 오귀스탱 로베스피에르도, 뒤메르비옹 장군도 반대하지 않았다.

이탈리아 관할군은 나폴레옹의 작전에 따라, 사오르주와 오넬리아, 탕드의 요지를 점령했다. 뒤메르비옹 장군도 국민공회에 보내는 서한에서, '보나파르트 장군의 탁월한 작전 덕분에 확실한 승리를 거둘 수 있었다'며, 나폴레옹의 공을 치하했다.

4월 어느 날, 오귀스탱은 나폴레옹을 불러 부두로 함께 나가 오래 대화를 나누었다. 그는 자신의 형인 막시밀리앵 로베스피에르에게, 포병사령관 보나파르트 장군의 뛰어난 자질을 찬양하는 편지를 썼다고 말했다.

나폴레옹은 말없이 그의 치하를 들었다. 오귀스탱이 물었다.

"파리에서 더 큰 역할을 맡아보지 않겠소?"

나폴레옹은 걸음을 멈추고, 오귀스탱의 말을 듣지 못한 척하며 말했다.

"그 동안 모색 끝에 작전을 세웠습니다만, 막시밀리앵 로베스피에르 각하께 허락을 받고 싶습니다."

그것은 이탈리아 관할군 전체를 동원하는 대규모 공격작전이었다. 목표는 오스트리아군으로 하여금 롬바르디아와 스위스 남부 테시노 지역을 지키도록 압박하여, 프랑스의 라인군과 맞서 있는 오스트리아군을 약화시키자는 것이었다. 성공한다면, 교착상태에 빠져 있는 라인 전선에서 프랑스군은 승리를 거두고, 오스트리아를 향해 진군할 수 있는 작전이었다.

경청하는 오귀스탱 로베스피에르의 얼굴에 망설이는 표정이 역력했다. 나폴레옹은 그의 뜻을 이해하지 못한 척하며 말을 이었다.

"힘을 분산시켜 도처에서 공격하는 것은 전략적 실수입니다. 공격을 집중시켜야 합니다. 툴롱 요새의 공격작전도 그랬듯이, 전쟁에는 시스템이 있습니다. 한 점을 집중 공략하면 틈새가 생깁니다. 그러면 균형이 무너지고, 나머지는 손쓸 필요도 없이 요새가 함락됩니다."

오귀스탱 로베스피에르가 말했다.

"좋소, 건의해봅시다."

그는 이탈리아 관할군의 공격작전을 전달할 것을 약속했다. 그러나 나폴레옹은 국민공회와 공안위원회를 수호하는 혁명군의 참모총장 앙리오를 알지 못했다. 과연 파리의 앙리오가 그의 작전을 인정할 것인가?

나폴레옹은 잠시 침묵을 지키다가 말했다.

"오스트리아를 치기 위해, 이탈리아에 타격을 가해 오스트리아군을 분산 약화시키고, 우리 군대를 오넬리아와 탕드 너머로 이동시키는 것, 이것이 제가 구상하는 작전의 요체입니다."

저녁 때 그는 앙티브 지방을 향해 홀로 말을 달렸다. 쥐노와 마르몽은 멀리 앞서 가고 있었다. 그는 '로베스피에르 조직의 심장으로 들어오라'는 오귀스탱의 제안을 분석하는 중이다. 그러나 그렇게 일찍부터 공격에 몸을 드러낼 필요가 있을까?

어제만 해도, 그는 자신에 대한 주변의 질투가 더욱 심해지고 있다는 것을 확인할 수 있었다. 누군가 떠들어댔다.

"나폴레옹이 마르세유에 대포들을 귀족계급에게 유리하게 배치해놓았다. 그를 국민공회 재판에 회부시켜야 한다!"

내표난이 그들 옹호했지만, 처벌의 칼날이 늘 머리 위에 드리워져 있는 것이다.

— 적합한 순간에 발사해야 한다, 그렇지 않으면 총검이 날아온다.

살레 성 정원으로 들어서며 말에서 뛰어내린 나폴레옹은 마중나온 형 조제프와 동생 뤼시앵을 정원 끝으로 데려갔다. 5월의 부드러운 날씨였다. 그는 바다를 바라보며, 혼잣말처럼 중얼거렸다.

"내일이라도 당장 파리로 떠날 것인가는 나의 결정에 달렸어. 이제 보나파르트 가문을 재건할 수 있을 거야."

그는 돌아서며 형제에게 물었다.

"어떻게 생각해?"

하지만 그는 대답을 기다리지 않았다. 다시 시선을 바다로 돌리며 그는 낮게 말했다.

"열광해서는 안 돼, 파리에서는 머리를 보존하는 게 쉽지 않아. 오귀스탱 로베스피에르는 정직한 사람이지만, 그의 형은 농담을 모르는 사람이야. 파리에 가서 그를 돕지 않겠느냐는 제안을 받았는데…… 내가 그 사람을 지지하냐구? 아니, 천만에 그건 아냐!

그를 보좌하는 파리의 멍청한 사령관을 내가 대체할 수는 있겠지. 나는 로베스피에르에게 내가 얼마나 유용한 존재가 될 것인지 잘 알고 있어. 하지만 그러고 싶지 않아, 아직 때가 아니야. 지금 나에게 적합한 자리는 군대야. 참고 있으면, 때가 오면, 언젠가 내가 파리에 명령하게 될 거야."

한 가지 선택이 있을 뿐이었다. 그가 결정한 선택. 오귀스탱 로베스피에르가 얘기를 꺼내는 순간, 그가 내렸던 결정을 확인할 뿐이었다.

그는 몇 발자국 물러서다가 형제를 돌아보며 말했다.

"파리, 그 도형장에 가서 내가 뭘 하겠어?"

그는 오랫동안 바다를 응시했다.

그는 미래를 확신했다. 오귀스탱 로베스피에르의 제안은, 그가 '언젠가 파리에 명령할 때가 올 것'이라는 자신감을 심어주었다.

여름에 접어들자마자, 좋지 않은 소식들이 연이어 들려왔다.

6월 21일, 코르시카 자문회의는 영국 왕 조지 3세에게 코르시카 왕관을 받아줄 것을 요청했다. 파올리, 바로 그 독재자가 한 일이었다.

파리에서는 연일 단두대에서 머리들이 날아갔다. 공포정치는 고삐 풀린 말처럼 더욱 기승을 부렸다. 1794년 6월 26일 날아온 플뢰뤼스 승전보도 이 잔인한 탄압을 멈추지 못했다.

1794년 6월과 7월, 나폴레옹은 빌프랑슈 가 로랑티 저택의 정원을 자주 거닐었다.

그는 말을 잃어갔다. 에밀리를 바라보며 마음을 달래는 게 고작이었다. 그러나 이렇게 하염없이 칩거하고 있을 수만은 없었다. 참모부의 분위기는 무겁게 가라앉았다. 군대의 금고는 비었으며, 의복도 부족하고, 4만의 병력 중 만 6천 명이 환자로 파악되었다!

7월 11일, 대표위원 리코르가 나폴레옹을 소환했다. 순간, 군대 처우를 불평하는 한 장교에게 그가 써보냈던 귀절들이 생생하게 떠올랐다.

〈민중을 공포에 몰아넣는 자들의 말로는 비참할 것이다.〉

나폴레옹 자신도 폭력과 불안의 분위기에 휩쓸리고 있는 것이다.

— 리코르는 왜 나를 소환했을까?

리코르는 오귀스탱 로베스피에르와 함께 작성한 두 편의 긴 비밀교서를 읽어주었다.

〈보나파르트 장군은 제노비로 기시 진지들의 상태를 점검하고, 이미 대금을 지불한 탄약들을 인수하시오. 또한 프랑스 대표단의 '시민정신'을 판단하고, 도처에서 출몰하는 유목민 강도들을 진압할 수 있는 방법을 제노바 정부와 협상하시오.〉

리코르는 강조했다.

"이것은 외교적이며 정치적인 비밀임무요."

나폴레옹을 로베스피에르파로 확실히 끌어들이려는 의도였다.

어떻게 빠져나갈 것인가?

리코르와 로베스피에르는 여전히 힘이 있었다. 오귀스탱 로베스피에르는 파리로 가서, 나폴레옹이 제안한 이탈리아 공격작전을 공안위원회에 보고할 예정이라고 덧붙였다.

잠시 말없이 생각하던 나폴레옹이 대답했다.

"떠나겠습니다."

그는 민간인 차림으로 홀로 길을 떠났다. 큰길을 피해 절벽에 붙은 벼랑길들을 타며 국경을 넘어야 했다.

군데군데 프랑스 초소와 이탈리아 혁명군이 장악한 도시들이 있긴 했지만, 이탈리아는 안전하지 못했다. 오넬리아에 도착한 나폴레옹은 부오니로티와 저녁식사를 했다. 코르시카에서 알았던 부오나로티는 리코르와 로베스피에르에 의해 국민공회 사절로 임명되었다.

그들은 지난 시절을 이야기했다.

부오나로티는 예전 코르시카에서 『코르시카 지역 애국주의자』를 발행했었는데, 나폴레옹도 거기에 글을 게재한 적이 있었다.

항구를 향한 테라스에서, 나폴레옹은 평등을 이야기하는 부오나로티에게 말없이 귀를 기울였다. 그는 평등이 지배해야 한다고 주장하며, 그것을 확립하는 데 기여한 로베스피에르를 찬양했다.

나폴레옹은 말없이 듣기만 했다.

— 평등? 삼십대에 접어든 인간이 어떻게 아직까지 이런 신념을 지킬 수 있었을까?

나폴레옹이 입을 열었다.

"법률이 세울 수 있는 법적 평등……."

그러나 부오나로티가 격렬하게 그의 말을 잘랐다.

"진정한 법적 평등을 세우기 위해서는, 재산의 평등, 부의 평등이 필요합니다."

나폴레옹은 중얼거렸다.

"그렇다면, 둘 중 하나의 목을 잘라야 할 거요. 아니, 그래도 소용없을지 모르지. 남보다 가난하고 싶은 사람이 누가 있겠소?"

헤어지는 길에, 부오나로티는 귀로에 다시 들르라고 말했다. 하지만 제노바에서 임무를 마친 나폴레옹은 오넬리아에 들르지 않았다. 1794년 7월 27일 니스에 도착한 그는 리코르에게 제노바 임무를 보고하고, 쥐노와 함께 살레 성을 향했다.

성은 비어 있었다. 조제프 보나파르트의 결혼식에 참석하기 위해 가족이 모두 앙티브를 떠난 것이다. 조제프는 마르세유의 비단과 비누 상인의 딸인 마리 쥘리 클라리와 결혼했다, 15만 리브르의 지참금을 선택한 것이다!

나폴레옹은 쓸쓸함을 느끼며 니스의 로랑티 저택으로 돌아갔다.

8월 4일 아침, 쥐노가 창백한 표정으로 달려왔다. 그는 나폴레옹을 보자마자 소리쳤다.

"로베스피에르가, 로베스피에르가 처형당했습니다. 막시밀리앵은 7월 27일 체포되어, 동생 오귀스탱과 함께 다음날 목이 잘렸습니다."

나폴레옹은 고개를 떨궜다.

— 느디어! 투옥자들은 해방될 것이며, 단두대는 해체될 것이다!

로랑티가 다가와 이제 어떻게 되겠느냐고 물었지만, 나폴레옹은 말없이 집을 나섰다. 그는 사람들 눈 속에서 자신을 향한 타오르는 증오를 보았으며, 질투로 몸서리치는 것을 보아왔다. 분명, 그에게도 탄핵이 가해질 것이다.

— 그들은 복수할 것이다.

예전 그가 보았던 툴롱 거리의 학살 광경들이 생생하게 떠올랐다.

병영에 들어선 그는 주위의 장교들이 듣도록 큰 소리로 말했다.

"로베스피에르의 파멸은 놀라운 일이긴 해. 나는 그가 순수하다고 믿었기에 좀 좋아했었지. 하지만 그가 독재를 꿈꾸었다면, 그가 내 형제였다 해도 내가 직접 칼로 쳤을 거야."

그는 반응을 기다렸다. 하지만 아무도 그에게 대꾸하지 않았다.

나폴레옹은 살리체티를 찾아갔지만, 그는 눈길을 돌렸다. 리코르를 만나보려 했지만, 그는 이미 도피중이며 스위스로 도망갔을 거라는 풍문이 나돌았다.

8월 9일, 경찰들이 로랑티 저택에 들이닥쳤다. 그들은 리코르를 대체한 살리체티와 알비테 명의로 발부된 체포영장을 내보었다. 나폴레옹은 아무런 감정도 내보이지 않은 채 말없이 체포영장을 바라보았다. 로랑티가 나서서, 나폴레옹이 구류기간 동안 자기 집에 머무를 수 있도록 보증을 서주겠다고 말했다.

한 경찰이 나폴레옹에게 말했다.

"사람들은 당신을 로베스피에르 추종자라고 의심하고 있소. 당신이 왜 제노바에 갔었는지 묻고 있어요. 특히 알프스군 소속 위원들이 말이 많아요. 망명귀족들이 당신 휘하에 백만 명을 모아주겠다며, 당신을 타락시켰다는 거요."

특히 살리체티가 "나폴레옹에게는 배반과 횡령 혐의가 있다"고 말했다는 것이다.

결국, 그는 체포되어 앙티브의 포르 카레 요새로 끌려갔다.

죽음의 그림자가 눈앞에 어른거렸다. 그는 갇힌 방의 창문으로 살레 성을 바라보며, 자신을 탄핵한 살리체티를 생각했다. 살리체티, 그도 살아남기 위한 몸부림일 것이다. 배반을 해서라도 살고자 하는 욕망, 인간들은 이렇게 비열하다. 나폴레옹은 너무 이른 나이에 높은 자리에까지 이르게 한 자신의 운명을 생각했다. 스물다섯 살도 안 되어 포병사령관에 오른 그가 추락하듯 땅에 처박혀 단두대로 향하고 있는 것이다.

— 이 운명을 받아들일 것인가, 아니면 수레에 처박혔을 때처럼 다시 일어설 것인가?

그는 좁은 창으로 보이는 성과 그 위에 펼쳐진 하늘을 바라보았다. 그는 문을 박차고 초병을 불러 펜과 종이를 요구했다. 대표단에 편지를 썼다.

〈당신들은 저의 직책 수행을 중단시키고, 혐의자로 체포했습니다. 저는 재판도 받지 못하고, 변호할 기회도 없이 갇혔습니다. 혁명이 시작된 이후, 저는 항상 원칙에 충실하지 않았습니까? 모든 재산을 버리고 고향을 떠나야 했으며, 공화국을 위하여 모든 것을 포기했습니다. 이후 저는 툴롱에서 성실하게 복무하였고, 그 보답으로 이탈리아 관할군 장군으로 임명되었습니다. 누구도 제가 애국주의자라는 점을 의심할 수는 없습니다.〉

스스로의 감정에 격앙된 그는 잠시 펜을 놓고 읊조렸다.

―살리체티, 너는 나를 안다! 지난 오 년 동안 내가 걸어온 길에서, 너는 내가 조금이라도 혁명을 배반한 것을 본 적이 있는가?

〈존경하는 애국주의 동지 여러분, 지금 제가 처해 있는 압박에서 저를 구해주십시오. 저를 복권시켜주십시오. 언제라도 간악한 자들이 제 생명을 원한다면 저는 기꺼이 내놓을 것입니다. 제겐 목숨 따위는 중요치 않습니다. 오히려 목숨 같은 것은 언제든 버릴 수 있다고 생각해왔습니다. 그렇습니다. 그러나 제 목숨이 조국에 도움이 될 수 있다는 일념이 저를 이 시련에서 지탱시켜주고 있음 또한 기억해주시기 바랍니다.〉

그는 편지를 초병에게 건네주었다.

요새를 둘러싼 바위에 부딪치는 파도 소리가 들려왔다. 그 장엄한 소리에 취해 있던 그는 가슴을 폈다.

―나는 바위가 될 것이다.

밤중에 한 병사가 그의 방으로 쪽지를 밀어넣었다. 쥐노와 세바스티아니, 마르몽이 보낸 탈출계획이었다. 그는 펜을 잡았다.

〈쥐노, 자네의 우정은 잘 알고 있네…… 인간들은 내게 부당하게 행동하지만, 내가 무죄라는 사실만으로 난 충분해. 바로 나의 양심이 재판정일세. 아무리 물어봐도 나의 양심은 깨끗해. 그러니 아무 일도 벌이지 말고 조용히 있게나. 경거망동은 오히려 나를 위험하게 할 수도 있어. 잘 있게, 쥐노. 우정을 전하네. 앙티브,

포르 카레에 두옥중인 보나파르트.〉

나폴레옹은 잠을 이루지 못했다. 좁은 방 안, 칠흑같은 어둠을 응시하며 그는 생각에 잠겼다. 인간들의 여러 행태를 알게 되면서, 인간들은 서로에게 절망하기도 하고 힘을 얻기도 한다.

— 하지만 인간들은 배반한다. 간혹 충직한 인간도 있긴 하지만, 믿을 사람은 자신밖에 없다. 오직 자신만을 믿어야 한다.

소식이 들려오기 시작했다.

니스에서는 그의 참모들이 대표단과 뒤메르비옹 장군을 공격하고 있고, 전선에서는 로베스피에르 몰락 이후 공화국과 군대를 뒤덮은 혼돈을 틈타 사르데냐군이 공격을 가해온다는 소식이었다.

대표단은 군대의 혼란을 진정시키고 전선을 제압할 방안이 필요하게 되었다. 나폴레옹의 체포령 철회가 논의되었다. 8월 20일, 살리체티는 나폴레옹의 혐의에 대한 보고서를 작성하여 공안위원회에 보냈다.

〈아무런 혐의도 발견되지 않았음.〉

그날, 방문을 연 초병이 나폴레옹에게 무기를 내주고 웃으면서 석방령을 읽었다.

"시민 보나파르트 장군은……."

나폴레옹은 석방령은 듣지도 않고, 천천히 병사 앞을 지나 밖으로 나왔다. 8월의 여름 태양이 작열하고 있는 하늘은 유난히 푸른 빛이었다.

그는 자유를 마시듯 푸른 하늘을 숨쉬었다.

그렇다, 누군가의 시스템에 의존해서는 안 된다. 나 자신이 시스템이 되어야 한다.

닷새 전, 그는 감옥에서 스물다섯 살이 되었다.

17
행복이란 무엇인가, 행동하고 싸우는 것 아닌가?

나폴레옹은 뒤메르비옹 장군 집무실에 들어섰다. 늙은 장군은 무겁고 느릿한 몸으로 다리를 뻗고 앉아 있었고, 통증 때문에 팔을 들어올리는 데 불편을 겪고 있는 듯했다. 지도들이 놓여 있는 테이블 주위에 장교들이 늘어서 있었다.

나폴레옹이 얼굴들을 하나씩 뜯어보자, 그들은 눈길을 내렸다. 몇 달 전부터 그와 함께했던 얼굴들은 보이지 않았다. 아무도 그에게 석방을 축하하거나 우정의 몸짓을 보이지 않았다.

그의 앞에서는 모두가 입을 다물었다. 나폴레옹이 포르 카레 요새에서 풀려나 니스의 이탈리아 관할군 참모부로 복귀한 이후, 분위기는 늘 이랬다.

뒤메르비옹 장군이 잔기침을 해대며 숨을 몰아쉬더니, 손가락으로 지도를 가리키며 나폴레옹을 다가오게 했다.

나폴레옹이 다가서자, 장교들이 물러섰다. 나폴레옹은 그들을 비웃으며 내뱉고 싶었다.

—그래, 나는 페스트 환자다. 너희들은 자유와 목숨을 두려워하라.

하지만 그런들 무슨 소용이 있는가? 투옥 이후, 그는 배반과 공포가 만연되어 있음을 알고 있었다.

뒤메르비옹이 그에게 새로운 공격작전을 수립할 것을 부탁했다. 탕드와 카디보나를 넘어, 북이탈리아 피에몬테의 디에고와 카이로까지 밀고가는 작전이었다. 그는 자신을 둘러싼 의심어린 눈빛들을 알고 있었다. 사람들은 그를 감시하고 살피며, 그를 피했다. 새로운 대표단을 불신하고, 국민공회와 공안위원회의 '정화명령'을 두려워했다. 정화명령, 그것은 자코뱅주의 혐의가 있는 장교들을 추적하여 군대 내부에서 '로베스피에르의 꼬리'를 잘라내려는 계획이었다. 그 숙군계획에 따라 많은 장교들이 군복을 벗었으며, 투옥되었다.

이제 로베스피에르는 '독재자'라 불렸다. 그 독재자의 몰락 이후 백 명 이상이 단두대에서 처형되었다. 감옥마다 어제의 주인들로 넘쳐났고, 군중들이 감옥문을 부수고 투옥자들을 대량살육하였다. 왕당파 망명귀족과 새로운 대표단의 사주를 받는 '예수회'와 '태양단'은 자코뱅들을 추적하여 수천 명을 희생시켰다.

나폴레옹은 동생 뤼시앵이 자코뱅으로 체포되어 엑스의 감옥에 갇혔다는 소식을 받고, 그 도시의 관리에게 편지를 썼다.

〈내 동생을 도와주시오, 아직 어린 미친 녀석이오. 그에게 우정을 보여주시기를 부탁드립니다.〉

그러나 공포에 사로잡힌 인간에게서 무엇을 기대할 수 있겠는가? 권력의 중심이 이 손에서 저 손으로 넘어다니고, 자코뱅 공포정치에 이어 백색 공포정치가 지배하는 나라, 여기에서 무엇을 기대할 수 있단 말인가?

뒤메르비옹 장군이 지도를 짚어가며 열심히 말했지만, 나폴레옹은 지도를 바라보지도 않았다.

이탈리아의 •평원에 관하여 많은 논문을 쓴 그는 작전 지역을 상세히 알고 있었다. 옥손과 발랑스 주둔 시절 읽었던 책들, 예컨대 기베르와 그리보발의 저작들, 뒤 테이의 개론서들이 그의 문장 속으로 자연스럽게 흘러들었던 논문들. 거기에서 그는 오스트리아와 피에몬테를 갈라놓아야 한다고 주장했었다. 이미 오래 전에 작전 구성이 끝나 있었던 것이다. 그런 그가 왜 상상력이라곤 전혀 없는 뒤메르비옹, 이 무능력한 장군의 말을 들어야 한단 말인가?

뒤메르비옹과 겁 많은 장교들, 이들이 그의 가슴속에 든 자신감을 가늠이나 하겠는가? 그의 머리에 가득 찬 많은 사상들을 짐작이나 하겠는가?

그는 생각했다.

— 새로운 국가가 필요하다, 하나로 모으고 확실한 축을 이룰 중심이 필요하다. 그 시스템 안에서 모든 시민이 안심하고 각자 자리를 지켜야 한다. 적색 테러도, 백색 테러도 사라져야 한다. 체계적 질서와 수학적 조직이 필수적이다.

나폴레옹은 뒤메르비옹에게, 군대를 이끌고 카이로와 디에고로 갈 준비가 되어 있다고 대답했다. 지금 당장 출발하고 싶다고.

그는 셰레 장군이 자신에 대해 어떻게 썼는지 알고 있었다.

〈이 장교는 군대 업무에 능숙하지만 너무 야심적이다.〉

— 나는 그렇다. 야심 없는 인간을 어디에 쓴단 말인가? 메마른 대지…… 그곳에 무엇을 심는단 말인가?

그는 대지 위에 서 있었다. 그의 부임지, 롬바르디아 평원을 가로지르며 척추처럼 길게 뻗은 피에몬테의 언덕과 깊은 계곡에 비가 내렸다.

그 너머, 포 강이 이룬 비옥한 충적토 지대에 자리한 풍요로운 도시들이 졸고 있었다. 밀라노, 베론, 만토바…… 사르데냐 병사들은 퇴각했다. 헐벗고 굶주린 프랑스 공화국 군대가 디에고와 카이로에서 승리를 거두었다. 이질과 티푸스를 앓으면서도 그들이 이긴 것이다. 나폴레옹은 망원경으로 이탈리아의 풍요로운 지방 롬바르디아를 관찰했다. 약간의 용기만 있으면, 이곳을 뚫고 지배할 수 있을 것 같았다.

그러나 그는 총사령관이 아니었다. 자신보다 열등한 자들에게 복종해야 하는 처지에, 무엇을 할 수 있단 말인가?

마른 몸을 앞으로 숙인 채, 그는 참모부가 설치된 카이로의 한 집에서 서성였다.

모든 게 너무 단순하고, 너무 느렸다. 원정이 이렇게 진행되어서는 안 된다고 판단했다. 부심하던 그는 집을 나섰다.

이탈리아 원정군의 국민공회 대표단 일원인 튀로의 방문을 밀던 그는 잠시 얼어붙었다. 튀로는 없고, 한 여자가 앉아 있었다.

여자가 나폴레옹을 빤히 바라보며, 자기는 튀로의 부인 펠리시테라고 말했다.

주름 잡힌 긴 원피스에 허리띠를 맨 그녀의 둥근 가슴과 둔부가 한눈에 들어왔다.

그녀는 나폴레옹의 눈길을 피하지 않았다.

나폴레옹은 여자의 육체와 금발머리, 요염한 자태에 끌렸다. 그녀의 육체는 정복해야 할, 신속하면서 난폭한 공격으로 취해야 할 평원처럼 그의 앞에 존재했다. 그녀에게 몸을 기울이며 몇 마디 건네자, 그녀는 주저없이 대답했다.

"튀로는 감찰중이에요, 내일에나 돌아올 거예요."

그는 그녀를 끌어안았다.

아침에 쥐노와 함께 니스를 향해 말을 몰며, 그는 중얼거렸다.

"금발머리, 재치, 애국주의, 철학……."

나폴레옹은 니스의 참모부로 들어섰다.

한 여자, 그리고 하룻밤의 열정이 그의 진정한 욕망, 최정상에 이르고자 하는 욕망을 잠재울 수는 없었다.

거처를 니스로 옮긴 펠리시테 튀로는 며칠 동안 나폴레옹 곁에 머물며 밤마다 몸을 맡겼다. 그러나 밤은 짧고, 낮은 길었다. 참모부에서는 영국을 몰아내기 위한 코르시카 원정이 연일 논의중이었다. 툴롱으로 군대와 전함들이 집결하고 있었다. 나폴레옹은 코르시카 원정에 참여하기 위해 분주히 움직였다.

그러나 모두들 그를 회피하고 있었다. 그러던 어느 날 아침, 그는 부오나로티가 오넬리아 국민공회 위원에서 실각되었음을 알았다. 로베스피에르주의자라는 혐의로, 그 이탈리아인은 한밤중 니스를 거쳐 파리 감옥으로 이송되었다.

부오나로티의 체포로 그에 대한 의심이 증폭되었다. 코르시카 원정군에 선발되지 않은 것은 물론이고, 3월 29일에는 이탈리아 원정군을 복귀시키라는 명령을 받았다.

그는 격분해서 날뛰었다. 쥐노와 마르몽, 뮈롱이 달래려 애썼지만, 나폴레옹은 참모들에게도 불같이 화를 내었다. 아무도 달랠 수 없는 아들을 위로하기 위해, 어머니가 편지를 보내왔다.

〈코르시카는 불모의 땅이다. 가난하고 눈에 보이지도 않는 작은 땅뙈기일 뿐이야. 하지만 프랑스는 크고 부유하며 인구도 많잖니. 지금 프랑스는 불길에 휩싸여 있지만, 그것은 고결한 불꽃이란다. 그 속에서 몸을 사르며 모험을 걸 만한 가치가 있다고 생각하지 않느냐, 아들아.〉

─그러나 그 불덩이 속에, 어떻게 봄을 던져야 한단 말인가?

1795년 3월, 갑자기 활시위가 끊어진 듯한 느낌이었다. 노려야 할 과녁이 사라지고, 화살도 떨어져버린 듯했다.

나폴레옹은 마르세유로 향했다.

드라기냥, 브리뇰, 르바르 지방의 작은 도시들을 지나며, 적대적인 시선들이 따르는 것을 느꼈다. 예수회의 왕당파들이 벌판을 장악하고 론 강 전역에서 출몰하며, 자코뱅들을 추적했다. 리옹 감옥에서는 자코뱅들이 대량학살당하고, 파리에서는 '뮈스카댕*' 들이 자코뱅들을 도륙하며 '자코뱅 클럽'을 폐쇄시켰다.

이런 폭풍 속에서 아무런 후원도 없이 무얼 한단 말인가? 자코뱅주의자로 의심받으며 지휘권까지 박탈당한 스물다섯 살의 장군, 그로서는 국방성에 앉아 있는 얼굴도 모르는 자들의 선의에 기대야 하는 처지였다. 힘을 장악한 그들은 대부분 나폴레옹에게 적대적이거나 무관심했다. 그들은 나폴레옹이 군대를 지휘하는 것을 본 적도 없으며, 그의 힘과 에너지, 승리에 대한 강렬한 욕망을 알지 못했다. 아니, 그들은 그를 두려워하는지도 몰랐다.

─이제 범용의 시대가 시작되는가? 이 나라에서 내 자리는 어디에 있는가?

마르세유에 도착한 그는 포세엥 가에 있는 클라리 저택을 찾았다. 저택의 살롱은 화려했다.

몰라보게 비만해진 형 조제프가, 15만 리브르의 지참금을 가진 아내 쥘리 클라리의 손을 잡고 웃으며 그를 맞았다. 그들 부부 뒤

---

* '멋쟁이'라는 뜻. 프랑스 혁명 당시에 금빛 찬란하게 장식한 젊은 상류층 왕당파를 일컬음.

에 갈색의 둥근 얼굴에 날씬한 처녀가 수줍게 서 있었다. 나폴레옹이 그녀를 바라보자, 조제프가 처제라며 데지레 클라리를 소개했다.

고집스러우면서도 부드러운 성격의 데지레는 선망의 눈길로 나폴레옹을 바라보았다. 열여섯 살인 그녀는 교태를 부리지 않고, 젊은 장군을 선선히 대했다.

자리를 권하는 조제프를 따라 나폴레옹이 다가서자, 그녀는 자기 옆자리를 선뜻 내주며 웃어 보였다.

나폴레옹은 그녀 곁에 앉았다. 그녀는 조용히 입을 다문 채 별로 말이 없었다. 기다릴 줄을 아는 것이다. 나폴레옹은 잠시 그녀를 바라보며, 조제프처럼 사는 것도 좋지 않을까 하는 생각을 했다.

— 거세당한 수탉처럼 규칙적으로 기름진 음식을 먹고 집안에서 편안하게 사는 것도 괜찮지 않을까. 적도 없고, 욕망도 없이, 그저 가족 옆에서 일상적인 행복을 꿈꾸는 삶 말이다.

1795년 3월과 4월 동안, 나폴레옹의 몽상은 계속 부풀어올랐다. 데지레 클라리와 결혼한다면, 광야를 홀로 방황하는 야윈 고양이 같은 그의 삶도 끝날 것이다.

데지레의 손을 잡았다. 열여섯 살 신선한 피부의 감촉이 따뜻하게 느껴졌다. 놓칠 수 없는 꿈을 잡듯이, 그는 그녀의 손을 쥔 손에 힘을 주었다.

— 매일 밤 이 자리를 차지하고, 그녀를 완전히 소유할 것인가? 왜 안 된단 말인가?

그녀는 이제 열여섯 살이고, 그는 사 개월이 지나면 스물여섯 살이었다. 그녀를 격렬하게 껴안으며, 그는 포대를 세우는 만큼이나 힘차게 이 꿈을 실현하기로 결심했다.

4월 21일, 형 조제프와 형수 쥘리 클라리가 다정하게 지켜보는

가운데, 나폴레옹과 데지레 클라리는 결혼을 약속했다.

모든 것이 순조롭게 진행되었다.

5월 7일, 갑자기 그의 앞에 나타난 쥐노가 서류 한 장을 내밀었다. 잉크색이 눈에 익은 군대서류였다.

그는 쥐노의 손에서 그것을 빼앗듯 받아 읽더니, 욕을 내뱉기 시작했다. 그를 방데 보병여단의 사령관으로 임명한다는 명령서였다.

보병대라니! 툴롱 전투의 '대포 대위'였고, 이탈리아 관할군 포병사령관이며, 유능한 육군장군인 그가! 이것은 좌천이었다, 승진이 아니었다.

게다가 반혁명운동의 거점인 방데로 가라니! 영국군과 사르데냐군에 맞서 싸운 역전의 그가 이제 '슈앙(반혁명 올빼미당원)'들이나 상대하라구!

그는 쥐노의 멱살을 잡아 흔들고, 만류하는 조제프를 밀치며, 데지레 클라리를 바라보았다. 그리고 한동안 그녀를 응시했다.

그의 꿈은 여기, 살롱에 앉아 있지 않은가. 아주 얌전하게, 두 손을 무릎에 얹고 그를 바라보는 데지레. 하지만 그것이 진정 그의 꿈인가? 그런가? 말없이 그녀를 바라보던 그는 눈길을 돌리지 않은 채 말했다.

"나는 내일 파리로 떠납니다."

이대로 주저앉아 좌천당하고, 추방되는 모욕을 당할 수는 없었다.

— 행복이란 무엇인가, 행동하고 싸우는 것 아닌가?

제 5 부

나의 칼이 내 곁에 있노라,
칼과 함께 나는 나아갈 것이다

1795년 5월 ~ 1796년 3월 11일

18
나폴레옹, 너는 아무것도 아니다

"너는 아무것도 아니다."

1795년 5월 중순, 참모 쥐노와 마르몽, 동생 루이를 데리고 파리에 도착한 나폴레옹의 면전에 누구도 이렇듯 무례하게 말하지 않았다. 그럼에도 매순간, 그는 사람들의 시선과 말에서 자신을 경멸하고 무시하는 태도를 읽었다. 모두가 그에게 "당신은 끝났소"라고 말하는 듯했다.

거처로 정한 포세 몽마르트르 가의 '라 리베르테(자유) 호텔'이 형편없다고 불평하는 그에게, 주인은 무표정하게 "한 달에 72프랑이요, 72프랑"이라고 대꾸할 뿐이었다. 하긴 이 돈으로 무얼 더 요구한단 말인가?

하지만 이 수도의 어디를 가나 돈이 넘쳐 흐르는 듯했다. 커다란 지팡이를 휘두르며 보란 듯 거리를 누비는 당대의 멋쟁이들은 자코뱅과 상퀼로트들을 두들겨 패는가 하면, 분을 바르고 가발을 쓴 '앵크르와야블(대혁명 시대의 멋쟁이)'들은 멋진 여자들을 옆에 끼고 활보했다. 나폴레옹은 투덜거렸다.

"저놈들은 돈이 남아도는 모양이군!"

그는 정말 아무것도 아니었다.

그는 여행 비용 2,640프랑과 봉급, 그리고 여섯 식구의 생활비를 요구하기 위해 국방성에 출두했다. 그러나 화폐 가치는 하루에 10퍼센트씩 떨어지고 있다! 아시냐 지폐*를 뭉치로 받아봐야 소용없는 노릇이었다, 한갓 종이조각이 될 뿐이었다!

국방성 사무실에서도 그에게 관심을 보이는 사람은 거의 없었다. 그는 오브리 장관과의 면담을 기다렸다. 오브리, 늙은 포병대위였던 그가 곧바로 장군과 포병대 감찰관으로 임명되었으며, 지금은 다른 장교들의 인사에 대한 결정권을 쥐고 있었다! 그가 장관 자리에 앉은 것은 순전히 음모 덕분이었다. 그는 눈꼴 사나운 우월감을 노골적으로 드러내며, 나폴레옹의 얼굴을 뚫어지게 바라보았다. 나폴레옹은 자신은 포병대 장군이며, 따라서 보병대 지휘는 받아들일 수 없다고 주장했다.

오브리는 무덤덤한 목소리로 똑같은 대답만 반복했다.

"당신은 너무 젊어, 선임자들을 먼저 진급시켜야지."

나폴레옹은 다시 말했다.

"인간은, 특히 전장에서는, 금방 늙습니다. 저 역시 그렇습니다."

하지만 소용없는 말이었다. 아무것도 아닌 그의 경우는 더욱 그렇다. 후원자 한 명 없는 그에게는 비단 계급장만 두드러져 보이

---

* 1789~1797년 사이의 혁명기 화폐.

는 다 해진 제복이 전부였다.

　나폴레옹은 어색하고 자신없는 걸음으로 거리를 걸었다. 거리,
사무실, 살롱마다 우아한 남녀들이 가득했지만, 이 남루하고 초췌
한 장교를 바라보는 사람은 아무도 없었다. 아무렇게나 빗어넘겨
개의 귀처럼 어깨로 늘어뜨린 머리, 기다랗고 마른 손, 누런 피부,
약간 굽은 등, 눈까지 푹 눌러쓴 낡은 모자. 다만 날카롭게 빛나
는 회색 시선만이, 사람들에게 그의 특이한 용모를 주목하게 했다.
가느다란 입술, 의지가 돋보이는 턱, 단호한 표정, 수척한 용모에
서 발산되는 에너지……

　하지만 나폴레옹은 사람들의 시선이 너그럽지 않다는 것을 알고
있었다. 남루한 옷차림, 뒷굽이 닳은 먼지투성이의 장화, 병을 앓
는 듯한 표정, 이런 것을 한눈에 훑어본 사람들은 그에게서 몸을
돌렸다.

　1795년 봄, 정권을 장악한 자들은 가난한 하층민들을 폭도로
몰며 의심했다. 4월 1일 이미 시위가 있었으며, 나폴레옹이 도착
한 며칠 후인 5월 20일 다시 시위가 시작되었다. 시위대들은 국민
공회를 점령하고, 산책중이던 의회의원 페로의 목을 잘라, 혁명을
일으켰던 그날처럼 그의 머리를 꼬챙이에 꿰어 행진했다! 군대는
므누 장군의 지휘 아래 질서를 회복했지만, 변두리에서는 "빵을
달라!" "1793년의 국민공회로!"라는 구호로 아우성이었다. 하층
민에 대한 압박이 더욱 심해지고 있었다.

　국민공회파의 변절자인 부아시 당글라 같은 이는 이렇게 공언했
다.

　"유산가들에 의해 통치되는 나라는 사회적 질서가 있는 반면,
무산가들이 통치하는 나라는 자연상태, 즉 야만상태에 빠진다."

　나폴레옹은 '로베스피에르주의자'라는 혐의가 꼬리처럼 그를 따

라다니며 계속 압박하고 있다는 것을 알고 있었다. 로베스피에르 주의자, 그것은 몇 달 전부터 가장 수치스러운 명칭으로 간주되었다.

세상의 질서를 지배하는 힘은 어디에 있는가, 나폴레옹은 수없이 되뇌며 파리를 배회했다. 모든 것이 여기, 이 수도에서 결정된다는 것은 잘 알고 있었다. 그런데 그것이 이 수도 어디인가. 정녕 무엇이 세상의 질서를 지배하는가. 권력을 장악한 자들의 지지를 얻지 못하면, 전쟁터에서 제아무리 용감해봐야 아무 소용없다는 것을 그는 뼈저리게 느꼈다. 지금, 서부지방 방데의 군대로 가기를 받아들인다는 것은 부낭하게 실추하는 것일 뿐 아니라, 미래의 모든 가능성마저 잃고 마는 것이라는, 결국에는 자신의 진정한 가치와 능력을 인정받을 기회를 다 잃고 말 것이라는 초조감이 그를 괴롭혔다.

미래를 향한 긴장이 그를 탈진시킬 정도로 강렬하게 파고들었다. 정확히 무엇을 향해, 누구에게, 어떻게 달려들 것인가도 알지 못하면서, 그는 끊임없이 탐색하고 추적했다.

종내는 과도한 긴장과 탐색이 그를 탈진케 했다. 그는 조제프에게 썼다.

〈나는 몸이 아파. 부득이 두세 달 휴가를 받아야겠어. 건강이 회복되면 어떻게 할 것인지도 생각해봐야겠고.〉

그는 심하게 앓았다. 절망적인 발작으로 열이 나고 창백해졌다. 그는 조제프에게 편지를 쓰며, 자주 눈물을 흘리기도 했다.

〈이 글을 쓰면서, 나는 평생 느껴보지 못했던 감정을 느끼고 있어. 아마 형과의 만남이 늦어질 것 같아. 편지도 계속 쓸 수 없을 정도로 건강이 좋지 않아.〉

쥐노가 곁에 있었지만, 그는 고독했다. 마르몽은 라인군에 합류했고, 루이는 살롱 쉬르 마른 군사학교에 들어갔다. 실의와 절망과 병마에 시달리는 그는 가족이 그리웠다. 그는 조제프에게 썼다.

〈형은 알겠지? 나는 가족들을 기쁘게 해주는 낙으로 살아.〉

향수는 삶을 새롭게 경험하게 했다.

〈인생은 흩어지는 가벼운 꿈이야.〉

왜 '조용한 집'을, 전원의 삶을 선택하지 않았던가?

그는 친구 부리엔에게 썼다.

〈자네가 사는 아름다운 이욘 계곡에 작은 땅을 하나 찾아보게. 돈이 생기면 그곳을 살 생각이네. 은퇴해서 조용히 살고 싶네. 국가 공유지는 원하지 않는다는 걸 잊지 말게.〉

언젠가 망명귀족들이 돌아와 재산반환을 요구할 것을 두려워하는 부르주아처럼, 그는 신중했다! 국가 공유지는 그럴 위험이 있었다.

안락한 가족적 삶으로의 도피를 꿈꾸면서, 그는 쥐노에게 불쑥 내뱉었다.

"조제프 형님은 참 복도 많아!"

그의 상상은 클라리 자매 곁에서 보냈던 지난 날들로 향했다. 데지레를 생각하며, 그는 불타오르는 상상력으로 단 며칠 밤 동안에 소설을 완성했다. 「클리송과 으제니」, 많은 전투에서 명성을 떨친 스물여섯 살의 젊은이와 그가 사랑하는 열일곱 살의 처녀가 등장하는 소설. 바로 자신의 초상으로, 대포의 인간인 클리송은 나폴레옹의 특성을 그대로 담고 있다.

〈클리송은 사소한 형식에는 적응할 수가 없었다. 그의 불타는 상상력과 뜨거운 가슴, 엄격한 이성과 냉정한 정신은, 교태부리는 여자들의 애무와 멍청한 남자들이 내세우는 모랄이 지겨울 수밖에 없었다. 그는 음모를 알지 못했고, 말장난 따위는 이해하지 못했다.〉

으제니에 대한 사랑에 충실하기 위해 클리송은 군대를 떠난다. 하지만 국가의 긴급한 부름에 다시 전장으로 돌아간 그는 승리를 거듭하지만, 으제니가 더이상 자신을 사랑하지 않는다는 것을 알고는, 생을 포기하며 그녀에게 마지막 편지를 남긴다.

〈나의 앞날에 무엇이 남았습니까? 사회와 권태뿐이오!

스물여섯 살에, 나는 명예라는 덧없는 즐거움을 다 맛보았습니다. 그러나 당신의 사랑 속에서, 나는 한 남자로서 삶의 그윽한 감정을 맛보았습니다. 나의 아들들을 안아주시오, 그들에겐 아버지의 뜨거운 영혼도 없이, 아버지처럼 인간과 영광과 사랑의 희생자가 될지도 모르오.

클리송은 편지를 접어, 즉각 으제니에게 전하라고 참모에게 명령했다. 그리고는 말에 올라 기병대의 선두에 서서 육박전에 몸을 던졌고, 수많은 타격을 온몸에 받으며 죽었다.〉

나폴레옹 역시 스물여섯 살이며, 그의 주인공 클리송처럼 강렬하게 타오르는 영혼의 소유자였다.

라 리베르테 호텔방, 1795년 8월 초의 여름 더위가 질식할 듯했다. 쥐노는 옆방에서 잠들었지만, 그는 밤새도록 잠을 이룰 수 없었다.

—벌써 날이 밝았나! 무얼 하지?

나폴레옹은 방금 완성한 소설을 다시 읽으며 교정하고 첫 부분을 세 번이나 고쳐 썼다. 그리고 조제프에게 보낼 편지를 쓰기 시작했다.

〈내 생각엔, 형이 일부러 데지레에 대해 말하지 않는 것 같아…… 여기 있으면, 결혼하고 싶다는 생각이 미칠 듯 나를 사로잡아. 그러니 형이 먼저 그 문제에 대해 소식을 전해주었으면 좋겠어.〉

그는 조제프가 데지레의 오빠와 결혼 문제를 상의해주기를 바랐다. 그는 반듯하고 빠른 필체로 써나갔다.

〈정확한 소식을 전해줘. 내가 없다고 해서 일이 그르치지 않게 잘 처리해줘. 내가 바라는 일이니까.〉

몇 줄을 더 쓰고는, 끝에 느닷없이 이렇게 질문했다.

〈데지레 문제는 끝나는 것인가, 끊어야 하는 것인가? 형의 빠른 대답을 기다리겠어.〉

그해 여름, 나폴레옹은 허름한 호텔방에 앉아, 소설을 쓰고, 거울처럼 그 속에 자신을 비추어보고, 멀리 있는 처녀와 결혼을 시도하면서 몸부림쳤다. 미래의 불확실성과 공허감에 시달리며, 좌절과 고뇌를 이기려 전투를 벌였다.

그러나 상상적 욕망과 글쓰기가 그의 전투의 전부는 아니었다. 나폴레옹은 현실을 이겨내기 위해 모든 문들을 두드렸다.

국방성 관리들을 귀찮도록 찾아다녔고, 국민공회 위원인 부아시 당글라로부터 추천장을 받았다. 그는 추천장을 들고 튈르리 궁 플로르 관 7층에 기거하고 있는 공안위원회 위원이며 군사작전 책임자인 둘세 드 퐁테쿨랑을 찾았다.

슈앙들이나 잡는 보병여단의 이름없는 장군이 되느니, 국방성 골방에서 퐁테쿨랑과 함께 원정작전을 짜고 있는 게 낫다는 생각이었다. 더구나 방데에서는 오슈 장군이 슈앙 토벌작전을 완벽하게 수행하고 있고, 대표위원 탈리앵은 키베롱에 상륙하다 포로가 된 748명의 망명귀족을 총살하라는 명령을 내렸다지 않는가.

— 도대체 이런 전쟁에서 무얼 위해 싸우고, 누구를 위해 이긴단 말인가?

그런 내전에 끼어드느니, 수치스럽지만 청원자 무리에 끼어드는 게 나았다. 그러나 사람들은 그의 옷차림에 경멸적인 태도를 보이며 이상한 낙오자 취급을 하거나, 열정으로 빛나는 그의 눈빛에 섬뜩해서는 놀라고 두려워하며 상대해주려 하지 않았다.

"당신이 말한 것을 글로 써서, 보고서를 만들어 가져오시오."

대부분 그들은 이 한마디로 그를 쫓아버렸다. 하지만 그는 등을 돌리며 투덜댔다. 이젠 쓸 데도 없는 보고서 따위는 쓰지 않을 작정이었다.

부아시 당글라의 제안에 따라, 그는 이탈리아 관할군의 원정작전을 작성했다. 퐁테쿨랑은 지형 업무를 위해 몇 주 동안 그를 데리고 일하면서, 그의 놀라운 효율성과 독창성, 재능을 인정하고 높이 평가했다. 자신의 능력을 인정받으면서, 그는 퐁테쿨랑에게 포병징군으로 다시 발령해줄 것을 요구했다.

"터키군 재조직을 위해, 저를 콘스탄티노플로 파견할 수도 있지 않겠습니까?"

퐁테쿨랑은 그의 요구에 동의했다. 동방으로의 출발은 그에게 탈출구가 될 수 있었다. 그러나 인사담당 르투르네르의 결정을 기다려야 했다. 르투르네르 역시 마흔 살의 포병대위일 뿐이었다!

결정이 날 때까지, 다른 목표들을 찾아야 했다. 무작정 기다린다는 것은 불안과 무기력을 기르는 일이다. 불안은 내면을 좀먹고, 무기력은 자신을 파괴시킨다.

우선, 돈이다. 돈 없이 무얼 하나? 봉급, 좋다. 그러나 파리에서 큰소리치는 사람들은 수백만 장의 지폐를 주무르지 않는가? 그들은 멋진 비단과 수단 옷을 입고 터번을 두른 모자를 쓴다. 그들의 살롱에 들어가면, 나폴레옹은 볼품없는 제복을 껴입은 어두운 그림자일 뿐이었다.

그렇다, 돈이 필요했다.

조제프는 돈이 있었다. 쥘리 클라리가 15만 리브르의 지참금을 가져왔지 않은가. 나폴레옹은 형에게 서둘러 썼다.

〈어제 라니 땅을 보고 왔어. 형이 진정 사업가라면 8백만 아시냐인 이 땅을 사야 해. 형수의 지참금 중 6만 프랑을 여기에 투자하면 될 거야. 내가 바라는 바이고, 나의 충고야……〉

이익이 될 만한 사업은 모두가 눈독을 들이는 때였다. 사람들은 날로 가치가 떨어지는 아시냐 지폐를 좋은 땅이나 보석으로 바꾸려고 야단이었다.

〈형에게 알려주려 했던 땅이 어제 팔렸어. 파리에서 36킬로미터쯤 떨어진 곳이야. 난 150만 프랑 정도라고 생각했어. 그런데 믿기 어렵지만 3백만 프랑으로 올라버렸어……〉

세상은 그렇다! 돈과 음모, 사치와 음탕, 힘과 파벌이 지배하는 곳이 세상이었다!

나폴레옹은 세상의 냄새를 맡으며 탐색했다. 그리고 절망했다. 운명을 결정하는 저 높은 곳에 이르게 하는 것, 그것은 '노트르담 드 테르미도르(열달熱月 여인)'라 불리는 탈리앵 부인의 살롱에 몰려드는 자들이었다!

그 세계에 속해야 했다, 아니면 존재할 필요도 없었다.

이러한 현실의 발견은 나폴레옹을 절망케 했고, 그의 건강을 잠식했다.

그는 바라스*가 지배하는 뤽상부르 궁에 초대받았다. 바라스는 로베스피에르의 공포정치를 몰아내고 권력을 장악한, 소위 '테르미도르(열달) 반동기'의 실권자로서, '공화국의 왕'이라 불리고 있었다.

나폴레옹은 왕비궁의 쇼미에르 살롱으로 들어갔다. 샹젤리제의 뵈브 가에 있는 그 살롱에서는 탈리앵 부인이 손님들을 맞고 있었

---

* 정치가, 1755~1829.

276

다. 탈리앵 부인은 바라스의 공식적인 정부였다. 바라스는 수많은 정부를 거느리고 있으며, 몇 명의 동성애 상대까지 거느린다는 소문도 있었다.

바라스! 나폴레옹은 그를 기억했다. 프레롱, 푸셰와 함께 툴롱의 왕당파를 쓸어버린 인물이며, 군대의 전쟁물자를 가지고 치부한 인물. 그는 나폴레옹이 목숨을 내걸고 싸워 쟁취한 툴롱 전투 승리의 뒤켠에서, 횡령과 약탈을 일삼았던 인물이었다. 방탕과 부패, 사치와 음탕의 상류계급! 나폴레옹은 그것에 주목했다. 세상은 명예와 여자, 권력에 굶주린 늑대였다! 모든 것이, 세상의 모든 것이 여기에서 결정된다는 것을 그는 이해했다.

그러나 자신이 그 세계를 정복하고, 이름을 알릴 수 있을까? 그는 의문이 들었다. 그래도 해야 한다, 달리 방법이 없지 않은가. 이제 로베스피에르 시대의 도덕성이 돌아오기는 틀렸다. 그것은 표면적인 환상일 뿐, 사람들은 당시의 공포정치를 거부하고 있었다. 그렇다면 누가 가난한 사람들을 생각할 것인가? 매일, 그들 중 몇 명은 자식들을 안고 센 강에 몸을 던졌다. 죽음으로써, 가난과 굶주림에서 벗어나기 위해서.

— 그렇다, 세상은 그렇다, 평등은 환상일 뿐이다. 가난한 자들, 패배당한 자들, 그대들은 불행하다!

나폴레옹은 이렇게 썼다.

〈사치와 쾌락, 예술이 놀랍도록 빠른 걸음으로 파리로 돌아오고 있다.〉

그는 오페라 극장에서 라신의 『페드르』를 관람하고, 파리 시내를 배회했다.

〈마차와 우아한 남녀들이 다시 등장하고 있다. 잠시 빛을 잃었던 시절을, 그들은 한때의 악몽으로 기억할 뿐이다.〉

항상 지식의 욕망에 시달리는 나폴레옹은 썼다.

〈도서관, 역사, 화학, 식물학, 천문학 강의가 줄을 잇는다.〉

그러나 도시 전체를 휩쓰는 것은 쾌락의 물결이었다. 모두들 그 물결 속에서 대혁명을 잊으려 몸부림치는 듯했다. 나폴레옹은 조제프에게 썼다.

〈마치 모두가 고통스러웠던 시간을 보상받으려 날뛰는 듯해. 미래에 대한 불안으로, 모두들 아낌없이 현재의 쾌락에 투자하고 있어.〉

그게 시대의 모습이었다. 그걸 이해하지 못하고 다른 것을 바라는 자는 미친 자였다.

〈파리, 이 도시는 항상 똑같아. 모두가 쾌락을 찾고, 모두가 여자와 극장, 무도회, 산책, 예술가들의 아틀리에를 찾고 있어.〉

—이 세계, 이 유일한 현실세계에서 나는 아무것도 아니다. 차라리 죽는 게 낫지 않을까?

씁쓸함과 절망이 엄습해왔다. 나폴레옹은 침몰하듯 무너져내렸다. 그는 쥐노가 말을 붙여도 대답하지 않고 자기 속에 갇혀 움츠러들었다, 구부정한 몸으로.

그날 아침, 그는 바라스, 부아시 당글라, 프레롱, 이들 저택의 곁방을 기웃거리며 한참을 기다려야 했다.

현역장교들에게 지급하는 제복과 프록코트, 조끼를 받으려고 국방성에 갔던 그는 배급 방식을 결정한 공안위원회의 법령을 보여주며 물품을 요구했지만, 맨손으로 돌아서야 했다. 자신이 누구인지, 어디에 서 있는지, 그는 뼈저리게 확인했다. 제복 한 벌을 받는데도 후원자가 필요했다.

그는, 그와 같은 처지의 사람들은 그렇게 시들어갔다!

1795년 8월 12일 밤, 그는 펜을 잡고 상처를 토로했다. 그가 바라는 상태와 현재의 처지 사이, 그가 지휘를 꿈꾸는 전투와 진창

속을 걸어야 하는 늪 사이, 그곳에는 깊은 심연이 놓여 있었다. 그가 창조한 소설 속의 인물 클리송에 대해 묘사한 말 그대로였다.

〈그는 사소한 형식에는 적응할 수가 없었다…… 그는 음모를 알지 못했고, 말장난을 이해하지 못했다.〉

— 테르미도리앵*들의 파리가 겨우 이런 거란 말인가!

그는 무장해제당했으며, 무기력하여 닫힌 문을 밀어젖힐 힘조차 없었다.

그날 밤, 그는 자포자기에 사로잡혀 자기의 무릎 사이에 고개를 처박았다. 그리고 조제프에게 이렇게 썼다.

〈나는 삶에 그리 집착하지 않아, 열광적인 세 없어. 나의 영혼은 전투 전날처럼 버림의 연속이고, 죽음을 앞두고 만사를 포기하는 심정이야. 부심해봐야 미친 짓이지, 모든 걸 운명에 맡겨야 할 상황이야. 형, 이런 상태가 계속된다면 차라리 달리는 마차에 뛰어드는 게 낫겠어. 간혹 퍼뜩 정신을 차리곤 하지만, 이 나라가 돌아가는 꼴과 모든 걸 우연에 맡겨야 하는 상황을 보노라면 어쩔 수가 없어.〉

편지를 봉하고, 나폴레옹은 일어나 쥐노를 불렀다. 쥐노는 가족에게서 받은 돈으로 도박하여 딴 돈을 장군에게 내밀었다. 나폴레옹은 동전과 지폐를 나눠들고, 팔레루아얄을 향했다.

그는 스물여섯 살이고, 쥐노는 스물네 살이었다. 그들은 탐욕스런 시선으로 여자들 사이를 거닐었다. 여자의 육체, 여자의 향기, 여자의 눈…… 나폴레옹은 그것들에 몰입하며 자살의 욕구를 불러일으키는 절망을 잠시나마 잊었다.

욕망은 삶에의 욕구를 일깨웠다.

---

* 열달파, 1794년 열달 9일인 7월 27일, 로베스피에르를 타도한 파.

이 세상에 본연의 모습 그대로 자신을 던진다는 것, 그것은 정복하는 것이며, 여자를 소유하는 것이다.

나폴레옹은 조제프에게 썼다.

〈극장, 산책길, 도서관…… 도처에 여자들이야. 학자의 연구실에도 예쁜 여자들뿐이야. 여자들은 지구의 어디에서보다 바로 여기서 키[舵]를 잡을 만해. 남자들은 여자에 미쳐 있어, 오직 여자만 생각할 뿐이야. 이놈들은 오직 여자에 의해, 여자를 위해 살아. 여자들은 파리에서 육 개월만 살면, 자신의 가치와 영향력이 어느 정도인지 알게 돼.〉

여자들이 있는 곳으로 가야 했다. 화려하고 힘이 있는, 총명하고 관능적인 여자들이 있는 곳으로.

'공화국의 왕' 바라스의 후원을 얻으려면 '열달의 여인' 테레사 탈리앵에게 접근해야 했다.

그리스 신전처럼 장식된 쇼미에르 살롱, 그곳에 그녀가 있었다. 살롱에 초대된 손님들 모두 우아하고 멋진 차림새였다. 멋쟁이 왕당파 '뮈스카댕'들은 금발 가발을 쓰고 있었다. 풍문에는, 목이 잘린 사람들의 모발로 만든 것이라 했다. 그들은 녹색, 노란색, 장미색 등 온갖 현란한 차림을 과시하며, 기다란 연미복 꼬리로 장난을 치기도 했다. 나폴레옹은 가장 비참한 차림새였다. '시커먼' 장군, 찌르는 듯한 눈빛의 '장화 신은 고양이'를 바라보는 사람은 아무도 없었다.

나폴레옹은 요란하게 치장한 장교들과 커다란 삼색 허리띠를 맨 국민공회 의원들 사이를 뚫고 앞으로 나아갔다. 그는 마르세유에서 여동생 폴린 보나파르트에게 열렬하고 집요하게 구애했던 프레롱에게 인사했다. 황금으로 수놓인 군대식 프록코트를 입은 바라스는 테레사 탈리앵과 팔짱을 끼고 제왕처럼 살롱을 휘젓고 있었다. 바라스 드 폭스 당푸 남작, 오래 전에 왕당파 군대를 떠나, 르바르에서 선출되었고, 지금은 최고의 자리를 꿈꾸고 있는 인물. 나폴레옹이 리베르테 호텔방에 앉아 절망을 곱씹던 1795년 8월 1일, 바라스는 육군준장에 임명되었다.

— 이런 부류의 장군에게 머리를 숙여야 한다!

바라스가 한껏 으스대며 보석처럼 과시하는 테레사 탈리앵은 심플한 모슬린 원피스를 입고 있었다. 주위로 길고 넓게 주름이 퍼져내리는, 그리스 조각상에서 영감을 받은 튜닉 모델이었다. 가슴은 풍성한 주름으로 장식하고, 소매에서 어깨까지는 고대의 카메오 옥석 단추가 달려 있었다. 장갑은 끼고 있지 않았다. 나폴레옹은 그녀의 젖가슴과 엉덩이를 상상하며, 살롱에 모여드는 사내들 모두가 그럴 것이라 생각했다.

그녀 주위에는 역시 우아한 옷차림으로 도발적인 향기를 발산하는 여자들이 가득 몰려 있었다. 집요한 시선의 한 선정적인 '크레올(식민지 태생의 백인여자)'이 남자들을 하나씩 뚫어지게 바라보았다. 어디 다가와보라고 도발하는 듯한 자태의 그녀는 아믈랭이었다. 러시아 리보니아 출신의 창백한 금발 미녀 크뤼드네르도 보였다. 레카미에 부인*도 우아한 자태를 드러내고 있었다. 그녀들 중 갈색 옷차림의 한 젊은 여자가 조용히 미소만 짓고 있었다. 조제핀 드 보아르네, 공포정치 치하 단두대에서 처형당한 보아르네 장군의 미망인이었다.

감옥에서 탈리앵 부인을 만나 친분을 맺었다는 조제핀, 그녀는 탈리앵 부인에 앞서 바라스의 정부였으며, 아직도 때때로 그의 정부 역할을 한다는 풍문이었다.

여자들에 대해 사람들은 애인이 몇이라느니, 사생활이 어떻다느

* 당대 살롱을 주도한 사교계 귀부인, 1777~1849.

니, 재산이 얼마라느니, 말들이 많았다.

나폴레옹은 테레사 탈리앵에게 매혹되어 다가갔다. 누군가 그를 알아본 듯했다. 바라스가 그를 바라보며 몇 마디 속삭였다. 아마도 툴롱 전투를 언급하는 듯했다.

나폴레옹은 과감하게 탈리앵 부인에게 인사를 건넸다. 한껏 드러낸 여자들의 몸매도 그의 열정을 북돋웠다. 마르고 침울한 장교가 한순간에 열정에 휩싸여 타오르며 정복자이자 절대자의 모습으로 변신했다. 그는 열정적으로 자기를 소개하며, 스스로를 부추기기도 하고 비웃기도 하며, 좌중의 주목을 받았다. 그는 지금 제복도 없다. 탈리앵 부인은 제복을 얻어내는 데 도움을 줄 것인가? 파리의 여왕인 그녀가 은총을 부여할 것인가?

그의 연기에, 그녀는 고맙게도 그를 바라보았다. 그녀는 그의 눈에서 발산되는 에너지에 주목했다. 그의 몰골은 볼품없고 우스꽝스럽기까지 했지만, 그의 눈은 그녀를 빨아들일 듯했다.

그의 청에 그녀는 너그러운 표정으로, 보급 담당관인 르페브가 제복을 지급할 거라고 말했다.

바라스는 지겨운 듯 말없이 미소를 지으며 자리를 떴다.

탈리앵 부인은 나폴레옹에게 자리를 권했다. 탈리앵 부인과의 대화에 동원되는 나폴레옹의 말들은 감각적으로 빛을 발했다. 수많은 독서와 사유의 힘들이 분출하듯 터져나와 여인의 가슴속으로 흘러들었다. 홀연 그는 오래 전부터 그녀에게 구애한 듯, 이 사교계가 그의 것인 듯 편안함을 느꼈다. 자신감으로 가득 찬 그는 넉살좋게 자기는 사람의 손금에서 미래를 읽을 줄 안다고 말하며, 탈리앵 부인의 손목을 잡았다. 그의 말에 한 무리의 여자들이 그를 둘러싸고 손을 내밀었다. 그는 거침없이 예언을 하면서, 기상천외한 재치와 은근한 암시로 좌중을 웃겼다. 그는 자신이 코르시카인, 거의 이탈리아 사람이나 다름없으며, 그러니 미래를 내다

볼 줄 아는 문명 출신 아니냐며 좌중의 웃음을 유도했다. 옆에서 구경하던 오슈 장군이 손을 내밀자, 나폴레옹이 말했다.

"장군은 침대에서 죽을 운명입니다, 알렉산더처럼."

그는 조제핀과도 몇 마디 대화를 나누었다. 남자를 찾고 있는 그녀의 시선은 마르고 예민한, 이 키 작은 남자를 관찰하려 애썼다. 그의 재치와 말이 풍기는 신선함과 날렵함은, 그의 남루한 옷차림을 가리고도 남았다.

테레사 탈리앵의 쇼미에르를 나서는 나폴레옹의 발걸음에 힘이 솟았다.

─ 파리는 이 정도일 뿐이다.

1795년 9월 초, 그는 정복해야 할 영역에 첫 전방초소를 세우는 데 성공했다고 생각했다. 이제 테레사 탈리앵의 도움을 받아, 바라스와 프레롱에게 접근할 수 있으리라고 확신했다. 바라스와 프레롱은 그 동안 그의 청원에 예절을 차리는 정도의 짧은 쪽지로 답하는 정도였고, 면회는 일절 사절이었다. 이제 그 권력의 중심부로 이어지는 끈을 잡은 것이다.

어두운 밤길을 마차들이 지나갔다. 대문들의 모퉁이에 가난한 자들의 잠든 몸뚱이들이 곳곳에 널브러져 있고, 아이들은 넝마 속에 몸을 둘둘 말고 잠들어 있었다. 그 사이를 호화스런 마차들이 지나가는 밤길, 나폴레옹은 가슴을 펴고 힘차게 걸었다.

그에게 이 밤은 무척 부드러웠다.

방으로 돌아온 그는 조제프에게 편지를 썼다.

〈형, 내 걱정은 조금도 하지 마, 뭔가 될 것 같아. 당파와 사상을 초월하여 힘있는 사람들을 많이 사귀게 되었어…… 내일이면 말을 세 마리쯤은 가지게 될 테고, 이제 마차를 타고 일을 볼 수 있을 거야. 나는 앞날을 낙관적으로 보고 있어. 그렇지 않더라도

현재를 더욱 열심히 살아야지. 용기 있는 사람에게, 미래는 문제
가 아니잖아?〉

나폴레옹은 드디어 행동 수단을 확보했다고 자신하며, 바라스에
게 편지를 썼다. 게다가 퐁테쿨랑이 콘스탄티노플에 자리를 얻으
려는 자신의 계획을 도울 것이라 확신했다.
퐁테쿨랑이 말했다.
"임명장이 준비되고 여행 경비도 결정되었소."
나폴레옹은 이제 진정한 원정군 사령관이 될 것이며, 그럼으로
써 임박한 듯 느껴지는 파리의 발작적 격변에서 벗어날 수 있으리
라 믿었다. 실제로 왕당파들은 혁명력 3년(1795년)에 개정된 새
로운 헌법을 수용하기를 거부하며, 움직이기 시작했다. 개정 헌법
은 입법부를 원로원과 5백인 회의로 구성할 것을 규정했다. 그러
나 왕당파는 국민공회가 1795년 8월 28일 결정한 개헌을 쿠데타
로 간주했다.
국민공회 의원들의 개헌 의도는 간단했다. 앞으로 구성될 의회
의석의 3분의 2를 자신들 중에서 선발하려는 것이었고, 곧 있을
선거에서 왕당파와 온건파의 승리를 막으려는 의도였다. 이 일은
군주제로의 복귀를 원하지 않는 테르미도리앵들, 바라스, 탈리앵,
푸셰, 프레롱 등이 주도하고 있었다.
나폴레옹의 경우, 왕당파든 국민공회파든 어딘가에 속하기에는,
그에게 씌어진 자코뱅이라는 낙인이 너무 컸다. 격변의 소용돌이
에 휘말려 목이 날아갈 수도 있었다.
그는 매일 임명장을 기다렸다. 하루라도 빨리 프랑스를 떠나야
했다. 그것도 상당한 봉급과 중요한 직책을 맡아 파리를 떠날 날
이 눈앞에 다가와 있다고, 그는 믿었다.
그런데 1795년 9월 15일, 공안위원회는 뜻밖의 결정사항을 발

송해 왔다.

〈보나파르트 육군준장이 신청한 사항을 거부하며, 공안위원회는 귀하가 결정에 따르기를 명한다. 이전의 직책을 거부할 경우, 본 위원회는 귀하를 현역장군 명단에서 제외할 것이다. 공화국 제3년 열매달 29일. 캉바세레스, 베를리에, 메를랭, 부아.〉

나폴레옹은 거세되었다, 추방당한 것이다.

승리, 재능, 집념, 국민공회 의원들, 바라스, 프레롱, 여자들…… 그들을 설득하려 애쓴 모든 노력들, 그들과 끈을 대었다고 믿었던 모든 기대들이 물거품이 되었다.

이제 그는 보잘것없는 보직대기 장군일 뿐이었다. 이런저런 혐의를 받는 74명의 장교들과 함께, 그는 현역 보직 명단에서 제외되었다.

스물여섯 살의 한 청년이 거울을 바라보며 말했다.

"너는 아무것도 아니다, 나폴레옹!"

19
비상하든지 죽든지, 둘 중 하나다

— 다시 시작하자. 다시 시작해야 한다.

나폴레옹은 피로를 느끼지 못했다, 아니 그 반대였다. 목표에 도달했다고 믿었던 순간 가해진 불의의 타격은, 오히려 그를 자극했다.

— 다시 비상하든지 죽든지, 둘 중 하나다.

고개를 들어, 방 안을 서성이는 쥐노를 바라보던 나폴레옹은 갑자기 쥐노를 향해 고래고래 소리지르며 인사부 책임자 르투르네르를 욕하고, 캉바세레스와 바라스, 프레롱를 욕했다. 모두들 나폴레옹 보나파르트 장군의 운명을 결정한 국방성 장교들이며 책임자들이었다!

— 그런데 왜 쥐노를 상대로 그들을 욕한단 말인가? 분개해봐야

무슨 소용이 있는가? 왜 쓸데없이 에너지를 허비하는가? 다시 일어서야 한다. 박차로 옆구리를 얻어맞은 말처럼 일어서야 한다. 다시 시작이다. 일어서자!

거리로 나선 나폴레옹은 쥐노의 질문은 듣지도 않고 입을 굳게 다문 채 팔레루아얄 쪽으로 급하게 걸었다. 황혼이 붉은 핏빛으로 하늘을 물들이더니, 부드러운 저녁이 내리고 있었다.

갑자기 고함 소리가 들리더니, 한 무리의 군중이 "3분의 2를 끌어내려라"고 외치며 거리를 내달렸다. 그들은 아르투아* 백작과 같은 색의 칼라를 달고, 얼굴 양쪽으로 미리갈을 실게 늘어뜨렸다. 머리 한가운데에서 가르마한 머리칼은 가슴으로 내려오다가, 다시 어깨를 향해 말려 올라갔다. 시위대는 광장의 카페들과 프랑스 극장으로 몰려다니면서, 손님과 관객, 행인들에게 헌법과 '3분의 2 법령'을 거부하라고 주장했다. 무리 중 한 사람은 "국왕 폐하 만세!"를 계속 외치고 있었다.

증권거래소가 위치한 르플르티에 구역은, '3분의 2 법령'의 철회를 요구하는 서한을 파리 콤뮨의 모든 지역에 발송했으며, 필요하다면 국민공회에 대항하여 무기를 들기 위해 다니캉 장군에게 파리 국민방위군 지휘를 맡겼다고 했다.

왕당파의 반대는 여전히 치열했지만, 의회는 구성되었다. 의회 건물 입구에 앉아, 나폴레옹은 무릎 위에 대고 두 통의 편지를 썼다. 하나는 바라스에게, 또 하나는 프레롱에게 보내는 편지였다. 그의 편지 쓰기는 가끔 중단되었다. 그는 이런 분위기를 잘 알고 있었다. 이미 경험한 적이 있었다. 분명 폭풍이 불어오고 있었다!

1792년 6월 20일과 8월 10일을, 그는 기억했다. 당시 루이 16세

---

* 루이 16세의 동생으로 왕정복고 시대 샤를 10세로 즉위, 1757~1836.

가 거처하던 튈르리 궁을 습격했던 무리들도 여기서 멀지 않은 곳에서 시위를 시작했었다. 당시 그는 폭도들로부터 불과 몇 걸음 떨어져 있었다. 관객으로서, 그는 생각했다. 자신에게 어떤 역할이 주어졌다면, 당시 사건의 흐름을 바꿀 수도 있었으리라고. 그라면, 지금이라도 잘 해결할 수 있을 것 같았다. 그러나 그는 지금 무대 밖에 있었다. 주연 역할을 하지 못할 바에는, 극장에서 멀어지는 게 나았다. 하루 빨리, 광란에 휩싸인 파리를 벗어나 콘스탄티노플로 떠나야 했다. 작성되어 있는 임명장을 받아야 했다.

며칠 후 그는 조제프에게 썼다.

〈나의 출발 가능성이 전례 없이 확실해지고 있어. 여기가 들끓지만 않았다면, 벌써 결정되었을 거야. 지금 이 순간에도, 소요가 일어나고 불씨는 여전히 남아 있어. 하지만 내 문제는 며칠이면 끝날 거야.〉

방에 앉아 있을 수가 없었다. 주변의 소음과 웃음이 필요했다. 방이라는 갇힌 공간은 쉴새없이 떠오르는 생각과 숨죽인 고독을 떠안기며 그를 고립시켰다. 그는 극장으로 향했다. 하지만 관객 모두가 웃음을 터뜨리는 때에도, 나폴레옹은 꼼짝도 하지 못했다. 쥐노가 놀란 표정으로 그런 그를 바라보았다.

밖에서는, 팔레루아얄 상점 아래서 시위대들이 소리를 질러대며 국민투표 결과를 성토하고 있었다. 헌법개정 찬성이 1백만, 반대 5만, 그러나 기권이 무려 5백만이었다. 게다가 상하원을 장악하려는 국민공회의 '3분의 2 법령'은 찬성이 불과 20만 5천여 표, 반대 10만여 표로 가결되었다. 시위대들은 이런 투표 결과에 "말도 안 되는 연극"이라고 외쳤다. 갑자기 총성이 울렸다. 시위대가 순찰대를 향해 발사한 것이다. 무기를 든 젊은이들이 몰려다녔다. 어떤 이들은 방데 반혁명군의 상징인, 심장과 십자가가 새겨진 문장을 들고 거리를 휘저었다.

　1천 명의 망명귀족이 영국군 2천 명과 함께 유 섬에 상륙했다. 파리의 총 48구역 중 30구역이 르플르티에 구역의 지시에 따라, 국민공회에 반대하여 무기를 들었다. 과격파인 상퀼로트들이 붕괴되고 군대에서 자코뱅 장교들이 숙청된 지금, 온건파와 왕당파에게는 유리한 형세가 조성된 셈이었다. 그들은 3만의 국민방위군 정규병력을 장악하고 있었다. 그에 비해 국민공회 병력은 8천 명에 지나지 않았다.

　녹소리, 함성, 풍문, 총질, 무장 국민방위군의 진압, 때로 기병들의 질주…… 나폴레옹은 기회를 노리는 사냥꾼처럼 그 소리들에 귀를 기울였다. 그는 아무것도 아니었다. 관찰하고 기다리는 도리밖에 없었다. 쥐노가 물었다.

　"무엇을 기다린단 말입니까?"

　불안해진 국민공회는 수도 방어를 위해, 자코뱅주의자로 몰려 불이익을 당한 장군과 장교들을 다시 불러들였고, 반왕당파 구역들과 연합하여 의용군 3개 대대로 소위 '애국주의자 89'를 조직했다.

　나폴레옹은 비웃었다.

　"바라스, 프레롱, 탈리앵, 캉바세레스, 그런 작자들을 보호하려고!"

　그는 쥐노의 팔을 붙들고 이를 앙다물며 내뱉었다.

　"아, 몇 개 구역들만 나를 앞장세워준다면, 단 두 시간 내에 튈르리 궁을 점령하고, 저 빌어먹을 국민공회파 의원들을 몽땅 쓸어버릴 텐데!"

　그러나 파리 콤뮨은 다니캉 장군을 선택했으며, 그에 대항하는 국민공회 군대는 므누 장군이 지휘했다. 므누는 5월 20일, 상퀼로트들의 굶주림의 폭동을 진압한 인물이었다.

다니캉과 므누의 차이는 어디 있는가? 전투가 벌어지는 무대로 가보자며, 나폴레옹은 방을 나섰다.

거리마다 비상신호로 북을 울리며, 군대가 지나갔다. 보병, 포병, 기병들이 르플르티에 구역을 점령하기 위해 비비엔 가 쪽으로 향했다. 그 구역에는 왕당파 리셰르 드 세리지 지휘 아래, 국민공회에 반기를 든 콤뮌의 중앙군사위원회가 자리잡고 있었다.

저녁 아홉시, 비가 내리기 시작했다. 멀찍이 떨어져서 군대 행렬을 바라보는 나폴레옹의 제복을 적시고, 어깨까지 내려오는 긴 머리를 적시며 비가 내렸다. 어둠 속에서 아무도 그를 알아보지 못했다. 국민방위군 몇 개 대대가 북을 앞세우고 전진하며 포부르 생 토노레에 진지를 정했다. 국민공회 군대는 움직임이 보이지 않았다. 나폴레옹은 고개를 갸우뚱거리며 중얼거렸다.

— 므누 장군은 콤뮌 군대가 자진 해산하기를 기다리는 거야, 뭐야?

시간이 지날수록 빗줄기는 점차 굵어져갔다. 칠흑같은 어둠과 세찬 빗줄기 속에, 다니캉 장군이 지휘하는 파리 콤뮌 군대는 점령지를 점차 넓혀나갔다.

국민공회 쪽으로 향하는 나폴레옹은 누군가 부르는 소리에 뒤를 돌아보았다. 그를 부르며 다가온 사람이 말했다.

"아십니까? 므누 장군이 구속되었습니다. 므누는 콤뮌 구역과 협상하여 군대를 퇴각시키고, 거리를 폭도들의 손에 넘겼다는 겁니다. 폭도가 3만 명이나 된답니다! 므누 참모부의 장군들이 모두 파면당했습니다. 국민공회를 수호하기 위해, 직접 군대의 총사령관직을 맡은 바라스가 당신을 찾고 있습니다."

나폴레옹은 별 감정을 느끼지 못했다. 걸음을 재촉하지도 않고 천천히 국민공회로 들어서는 그의 앞에 프레롱이 나타나, 예전 자기가 폴린에게 구애했던 얘기를 하며, 갑자기 친근하게 굴었다.

"바로 내가 바라스에게 당신을 부사령관으로 추천했소."

바라스는 프레롱의 제안에 귀를 기울인 모양이었다. 나폴레옹은 프레롱을 따라 바라스의 집무실에 들어가서 무표정하게 서 있었다. 카르노가 바라스에게, 보나파르트 외에도 브륀, 베르디에르 등 다른 장군들이 있다고 말하고 있었다. 바라스는 짜증스럽다는 듯이 대꾸했다.

"지금 여기서 필요한 것은 보병장군이 아닌, 포병장군이오."

바라스가 프레롱과 카르노에게 나가라고 손짓하고는, 나폴레옹에게 다가와 자리를 권했다. 그는 심각한 표정으로 말없이 나폴레옹을 응시하며 고심했다.

왕당파가 체제를 전복하도록 할 수는 없었다. 그건 곧 적의 군대에 문을 열어주는 셈이었다. 영국은 브레스트에 40척의 전함을 동원하고 있으며, 오스트리아는 스트라스부르에 4만 명을 집결시키고 있었다. 또한 10월 1일로 예정된, 벨기에의 합병 계획도 포기할 수밖에 없었다.

바라스는 마침내 결심했다는 듯이, 나폴레옹에게 부사령관 직위를 제안했다.

나폴레옹은 담담한 표정으로 상대를 응시했다. 그의 안색은 평소보다 더 노랗게 보였다. 그는 바라스의 제안에 반응을 보이지 않은 채 생각에 잠겼다.

─드디어 때가 왔는가? 난무하는 총탄을 피해 있던 난간에서 빠져나올 때가 되었는가? 이제 발포를 명령할 순간인가? 하지만 무엇을 지키기 위해 나를 내세우고, 나를 드러낸단 말인가? 무엇을 수호하기 위해? 바라스? 프레롱? 프랑스? 공화국? 나에게 호

소하는 이 인간들의 관심사는 무엇인가? 권력이다. 열심히 쌓아 놓은 그들의 보물이다. 그들은 자신들이 저지른 짓은 전혀 돌아보지 않는 인간들이다. 왕을 시역한 테러리스트들이고, 부패한 자들이며, 평화적으로 통치하려는 진정한 테르미도리앵들에게 총부리를 겨누고 실컷 즐기려는 놈들이다! 그놈들을 위해, 그들이 저지른 수많은 범죄의 희생양이 되어야 한단 말인가? 왜, 전혀 관여하지도 않은 범죄를 내가 뒤집어써야 한단 말인가? 누구를 위해? 무엇을 위해?

— 나다! 나를 위해서다!

나폴레옹의 침묵에 참다 못한 바라스가 입을 열었다.

"장군, 당신에게 삼 분의 생각할 시간을 주겠소."

— 삼 분? 그렇다, 질주하는 말처럼 지나가버리고 마는 기회의 갈기를 붙들어야 한다.

나폴레옹은 이윽고 착 가라앉은 메마른 목소리로 대답했다.

"좋습니다, 그러나 미리 말씀드립니다만……."

그는 잠시 말을 끊고 바라스를 바라보았다. 일단 행동하기 시작되면, 만사가 얼마나 간단해지는가! 그는 다시 말을 이었다.

"나의 칼은, 한번 뽑으면, 끝을 봐야 칼집으로 돌아갑니다. 어떤 대가를 치르더라도, 질서가 회복되어야만 일을 끝내게 해주시오."

1795년 10월 5일, 포도달 13일 새벽 5시, 미명의 어둠 속에서 그는 말에 올랐다. 이제 이 새로운 말을 길들여야 했다.

나폴레옹은 웅성거리는 병사들 사이를 지나며 장교들에게 상황을 물었다. 그를 대하는 장교들의 눈에 놀라는 빛이 역력했다. 멋대로 단 장식, 길게 늘어진 머리, 낡은 제복…… 병사들의 웅성대는 소리가 그의 귀까지 들려왔다.

"보나파르트가 지휘자라구? 대체 어떤 놈이야?"

우선, 상황을 파악해야 했다. 나폴레옹은 감방에 앉아 있는 므누 장군을 찾아가 친절하게 위로의 말을 건네며, 중요한 정보들을 얻었다.

다음, 확고한 명령이 필요했다. 불필요한 문장은 없애고, 표현은 간결하게. 군대를 위험에 빠뜨리지 않으면서 국민공회를 지켜야 했다. 숫적으로 우세한 콤뮨의 반도들은 분산 대형으로 전진해 올 것이며, 대포 사격에 노출될 것이다.

나폴레옹은 분주하게 오가는 젊은 기병대장 뮈라를 손짓해 불렀다. 들뜬 기색이 역력한 뮈라는 나폴레옹을 무시하는 듯한 태도로 다가왔다. 그가 다가와 서자마자, 나폴레옹의 명령이 칼날처럼 떨어졌다.

"말 이백 마리를 끌고, 즉각 사블롱 평원으로 출동하라. 대포 사십 문과 보급대도 데려가라. 실시하라! 가능하면 생포하되, 불가피하면 사살하라."

뭔가 말하려는 뮈라의 입을 나폴레옹의 말이 틀어막았다.

"귀관의 의견은 필요없다, 출발하라!"

주위에서 이를 지켜본 국민공회 의원들이 질문을 퍼부어댔지만, 분주히 움직이는 말발굽 소리에 묻혀 들리지도 않았다. 기병대가 출발한 후, 나폴레옹은 병사들의 얼굴을 바라보았다. 모두가 두려움과 걱정으로 질겁한 표정들이었다. 그들을 향해 그의 명령이 추상처럼 떨어졌다.

"무기를 들라. 전투대형으로 부대를 편성하라. 전원 전투준비!"

차분해 보이는 그의 얼굴에 자신감이 넘쳐흘렀다. 그는 완벽한 기계처럼 신속하고 체계적으로 결정을 내리고, 사블롱 평원 쪽을 바라보며 잠시 생각에 잠겼다.

사블롱 평원에서는 이미 전투가 시작되었을 것이다. 콤뮨군 역시 대포를 준비했을 테지만, 그들은 뮈라보다 늦게 도착했을 터.

뮈라의 대포 40문은, 진용을 미처 갖추기 전의 콤뮨군에게 결정타를 가할 수 있으리라. 루이 16세는 1791년 6월과 1792년 8월, 상황에 대처하는 단호함과 전략을 몰랐다. 그게 왕의 실패의 결정적 이유였다. 대포는 거리를 해방시키기 위한 최상의 방법이 될 터였다. 도심에서 대포 포격은 숫적으로 유리한 왕당파 병력의 균형을 뒤엎고 기습을 가할 수 있는 틈을 제공하리라.

그는 말에 뛰어올라 초소들을 끊임없이 오가며, 한시도 쉬지 않았다. 나폴레옹은 열심히 보고하는 장교들을 좋아했다. 그는 병사들에게 말을 건네며, 병사들의 시선과 태도가 바뀌어가는 걸 느꼈다. 병사들은 이제 그를 믿고 있었다. 그는 초소에서 다음 초소로 이동하며, 병사들과 직접 대화를 나눴다. 지휘한다는 것은 그런 것이다, 모두의 눈에 보여야 한다. 병사들에게, 장군 자신도 포탄 아래 그들과 함께 있다는 것을 주지시켜야 한다. 그가 주저하지 않고 단호하게 명령을 내리는 소리를 병사들이 직접 들을 때, 전투의 사기가 오른다.

그는 오른팔을 들어, 국민공회로 이르는 모든 길목마다 대포를 배치하라고 지시하고, 연발사격이 가능하도록 병력을 종대로 배치했다. 콤뮨군이 전진해 오면, 대포의 발포에 이어 병사들의 총탄이 쉴새없이 날아갈 것이다. 이제 준비는 끝났다. 전투가 개시되면, 적군을 쓸어버리는 데 단 몇 분이면 족할 것이다.

나폴레옹의 작전과 병력배치를 듣던 바라스가 발포명령을 내리는 건 자기라고 말했다.

총사령관은 바라스였다. 나폴레옹은 부사령관일 뿐이었다. 위계 질서에 반발할 필요는 없었다. 아직 완벽한 때가 이르지 않았다. 나폴레옹은 침묵을 지켰다. 그러나 오후 세시경 콤뮨군이 국민공회를 포위하고 전진해 오고 있음을 보고하기 위해 장교들이 찾은 대상은 나폴레옹이었다.

모두가 나폴레옹을 바라보았다. 그의 명령을 기다리고 있는 것이다. 바라스가 고개를 끄덕였고, 전방을 응시하며 적이 사거리에 들어오기를 기다리던 나폴레옹이 마침내 발포를 명했다.

천둥치듯 대지를 울리며 빗발처럼 쏟아지는 포탄과 탄알에, 콤뮨군의 대오가 무너졌다. 몸뚱이들이 산지사방으로 날아가고 주검이 나뒹굴었다. 길마다, 적군은 지리멸렬이었다. 후퇴하던 콤뮨군 지도부는 생 로크 성당 계단에서 병력을 재조직하고, 나머지 병력들은 팔레 루아얄로 집결했다. 후퇴하는 적을 바라보며 나폴레옹은 말에 올랐다. 진격명령을 내리며, 그는 전장으로 나아갔다. 그가 포부르 생 토노레 가의 '뢰양파(혁명 클럽)' 건물에 다가갈 때, 그의 말이 적의 포탄에 맞아 쓰러졌다. 놀란 병사들이 달려왔지만, 나폴레옹은 아무 일 없다는 듯이 일어서서 적진을 향했다. 성당 계단에 집결해서 격렬하게 저항하는 콤뮨군에 화력을 집중시켰다. 생 로크 성당의 계단은 순식간에 피로 물들고 시체로 뒤덮였다.

길은 텅 비었다. 승리를 거두는 데, 단 두 시간도 필요하지 않았다.

국민공회 앞에 서 있던 의회의원들이 나폴레옹을 축하하기 위해 다가오고 있는 게 보였다. 나폴레옹은 그들을 외면하며 튈르리 성쪽으로 향했다. 그곳에는 방마다 수많은 부상자들이 매트나 짚 위에 누워, 의원 부인들의 간호를 받고 있었다. 나폴레옹은 몸을 숙여 부상자들을 일일이 위로했다. 여자들이 그를 둘러싸고 선망의 눈길을 보냈다. 그는 승리자며 구원자였다.

바라스의 목소리가 들려왔다. 바라스는 회의실에서 의원들이 나폴레옹의 이름을 환호하도록 유도하고 있었다.

그는 자리를 떴다. 이 승리의 대가를 지불해야 한다는 걸, 그는 알고 있었다. 그의 대포는 3백 명의 사망자를 길거리에 눕혔다. 물론 이 숫자는 혁명의 소용돌이가 앗아간 사망자들 숫자에 비하면 아무것도 아니었다. 그러나 적들은 왕당파 운동을 격파한 그를 용서하지 않을 것이다. 이제 그는 분명한 정치적 적을 가지게 된 것이다. 이유야 어찌 됐든, 그는 한 진영에 속하게 되었다. 바라스와 프레롱, 탈리앵, 그리고 왕 시역자들 진영에. 말하자면 로베스피에르 진영에 가담한 것이다.

정치는 그런 것이다. 그러나 행동하는 자만이 무언가 될 수 있다.

그날, 포도달 13일(10월 5일) 밤을, 그는 뜬눈으로 지샜다. 다음날, 온종일 파리 전역을 시찰하며, 순찰대를 조직하라는 명령을 내렸다. 그리고 그날도 잠을 이루지 못했다.

누군가에게 무언가를 토로하고 싶은 욕구에, 그는 조제프에게 편지를 썼다.

〈드디어 모든 게 끝났어. 나의 첫번째 할 일은 형에게 소식을 전하는 것이야.〉

그는 최근의 주요한 사건들을 간략히 전하고, 이렇게 덧붙였다.

〈언제나 그랬듯이, 이번에도 난 아무 데도 다친 데가 없어.

추신 : 행복은 내 편이야, 데지레와 쥘리에게 안부 전해줘.〉

20
내 여자가 저기 있다

1795년 10월 6일, 아무런 저항을 받지 않고 파리를 순찰하면서, 나폴레옹은 모든 게 변했음을 느꼈다. 하지만 그는 표정의 변화를 조금도 드러내지 않았다.

그의 집무실엔 질 좋은 모직 제복이 배달되었다. 예전엔 그토록 간청했지만 얻지 못했던 제복이었다. 그는 천천히 낡은 제복을 벗고, 새 제복을 입었다. 두터운 천에 휩싸인 그의 몸, 황금줄이 장식된 높은 칼라에 감싸인 얼굴, 예전의 그의 모습이 아니었다. 그의 몸짓은 더욱 패기가 넘쳐 보였으며, 습진으로 부푼 피부도 매끈해 보였다. 얼굴색까지도 이젠 노랗게 보이지 않았다.

빛나는 가죽장화를 신고, 팔짱을 끼고, 그는 장교들의 보고문서를 기다렸다. 장교들은 공손하게 서류를 내밀었다. 전령 중위는 존경과 찬탄이 밴 어투에, 표정에는 두려워하는 기색을 담고 있었다. 나폴레옹이 바라보면, 중위는 즉각 눈을 내리고 몸을 사렸다. 자신이 무슨 실수를 범하기라도 했나 하고 두려워하는 모습이었다.

나폴레옹은 아무 말도 하지 않았다.

권력은 그런 것이다, 승리는 그런 것이다. 쥐노도 태도가 바뀌어 예전처럼 허물없이 대하지 못했다. 그는 나폴레옹에게 뭔가를 말하려다 망설이면서 몇 걸음 물러섰다. 나폴레옹의 침묵을 존중하는 것이다.

신문들이 배달되면, 쥐노가 먼저 훑어보고 검토한 후 그에게 가져왔다.

— 많은 사람들이 말하는 이 장군, 계속 떠들어대는 이 이름, 보나파르트, 보나파르트, 이것이 바로 내 이름이다!

신문에 실린 자신에 대한 기사를 보면서도, 나폴레옹은 조금도 놀라움이나 기쁨을 드러내지 않았다. 프레롱이 국민공회 연단에서 그를 찬양했다.

"보나파르트, 이 포병장군은 임명된 지 단 하루 만에 탁월한 군사배치와 전략으로, 여러분이 알다시피 빛나는 승리를 거두었습니다."

바라스가 나서서, 나폴레옹을 치안군 부사령관으로 임명할 것을 제안했다.

1795년 10월 16일, 그는 육군소장으로 승진되었다. 그리고 열흘이 지난 26일, 국민공회는 산회 직전에 그를 치안군 사령관으로 임명했다.

마침내 그는 다시 힘차게 일어선 것이다.

그가 네 마리 말이 끄는 대형마차에 앉으면, 호위 기병대가 즉각 마차를 둘러쌌다. 네브 카쮜신 가의 장군 공관에 들어서면, 경비대가 깍듯이 경례했다. 살롱에 들어선 그가 지나갈 때마다, 군인들이 군화 발꿈치를 부딪치며 부동자세로 일어섰다. 참모들을 호출하면, 마르몽, 쥐노, 동생 루이, 그리고 다섯 명의 '대위 참모들'이 달려왔다.

곁방에서 그와의 면담을 기다리는 이름들의 목록을 훑어보았다. 이제 그는 한마디 말, 한 문장으로 청원자들의 인생을 바꿀 수도 있었다. 그가 무언가 되었다는 증거였다.

벽마다 금박 테두리의 거울들이 즐비했다. 첫번째 면담 신청자를 부르기 전에, 나폴레옹은 머리를 들어 거울 속의 자신을 바라보았다.

한 달 전과 똑같은 인간. 포르 카레에 투옥되었던, 이탈리아 관할군 포병대 지휘권을 박탈당했던, 정군당했던, 바로 그 인간이 거울 속에 있었다. 권력자들에게 청원하러 다니며 짤막한 쪽지나 받거나 면회사절당하던 인간, 물이 새는 장화를 신던, 그 인간이 그를 바라보고 있었다.

그러나 저 속에 그가 있었다. 같으면서도 다른 인간이. 4만 명의 인간들에게 명령을 내리는 인간, 이 방에 들어와 감히 앉지도 못하는 사람들이 권력의 빛 속에서 바라보는 인간, 그가 있었다.

그는 도취하지 않으며, 놀라지 않았다.

유년기, 종종 그는 언덕의 정상에 좀더 빨리 오르기 위해 덤불 속을 내달리곤 했다. 그의 손발과 다리를 할퀴고 옷을 잡아채던 가시덤불, 얼굴을 때리던 나뭇가지. 그는 사방에서 붙들리고 멈추어야 했다. 정상에 도달했다고 믿으며 무릎을 꿇고 또 꿇었다. 그러나 더 무성한 덤불, 더 높은 바위가 언제나 그 앞에 우뚝 솟아 있곤 했다. 온갖 노력과 고투 끝에, 그는 지평선 앞에 서 있다. 이제 끝모를 저 평원의 어디로든 자유롭게 갈 수 있었다, 아마 새로운 위험들로 가득할 그곳.

이제 드디어, 그는 가슴 가득 숨을 들이쉰다. 드디어 자신을 찾았다.

그는 사령관으로서 수도 치안군에 명령했다.

"복수는 없다, 처형도 없다. 어제의 적이라도, 오늘 불법을 저지르지 않는 한 체포하지 말라."

그는 콤문군에 대해서도 관용을 베풀었다.

그는 바라스와 프레롱, 탈리앵을 만나, 므누 장군을 무죄석방할 것을 주장했다. 그들은 그에게 귀를 기울였다. 그들의 질문에 나폴레옹은 짧게 대답했다.

그는 인간들을 관찰했다. 바로 얼마 전만 해도 그들은 그를 무시하고 멀리했으며, 오만하게 그를 대했다. 그들은 그런 인간들에 지나지 않았다. 다음 선거에서 왕당파의 승리를 두려워하며, 필요하면 선거를 취소하고 쿠데타를 조장할 음모를 꾸미는 그런 인간들일 뿐이다. 그리고 적당한 때, '바라스 드 폭스 당푸' 자작의 주도하에 총재정부의 집행부를 구성할 것이다. 바라스, 그는 총재정부의 수석 총재로서 왕처럼 군림하겠지만, 민중들에게는 증오와 경멸, 질투와 두려움의 대상이 될 것이다.

왕관은 포도달 범죄의
대가라네, 대가라네
폭스 당푸!

파리와 지구 전체가 그것을
안다네, 안다네
폭스 당푸!

쥐노는 길거리에 떠도는, 바라스를 풍자한 노래의 후렴구를 반복했다.

그는 마흔 살도 안 되었다네,
그러나 저주받은 영혼을 가졌다네
범죄는 오래 가지 못한다네

하지만 권력을 쥔 것은 그들이었다. 나폴레옹은 그의 집에서든, 혹은 그들의 집에서든 매일 그들과 마주해야 했다.

테레사 탈리앵의 살롱에 들어선 그는 이제 그녀에게 애써 다가갈 필요가 없다. 그녀가 다가와 그의 팔을 잡았다. 살롱의 모든 향기로운 여자들이 그를 둘러싸고 선망의 눈길을 보냈다. 여자들의 베일이 그를 스치고, 부드러운 손들이 그에게 맡겨졌다.

그는 그녀들의 사교계에서 새로운 인간이며 구세주였다. 이 예민하고 마른 젊은이는 그녀들이 수년 동안 만나온 남자들과는 너무도 다른 남자였다. 수년 동안 만나온 남자들, 그들의 기름진 육체와 도락은 그녀들에게 너무 익숙했다. 서로 나누고 주어서 이제는 새로울 것도, 놀라울 것도 없는 육체들. 그건 남자들에게도 마찬가지였다. 그녀들은 붙들려고 애쓰지만, 남자들의 육체는 고갈되어 점점 더 강한 자극제가 필요했다.

더구나 그들은 이제 말도 하지 않았다. 눈길을 고정시킨 채 작은 탁자 둘레에 모여 상당한 액수를 걸고 노름에 몰두할 뿐이다. 그들은 온갖 종류의 트럼프 놀이 — 위스트, 파라오, 벵테앵, 부이오트, 크렙스 등에 몰두하며 밤을 지새기 일쑤였다.

보나파르트, 파리를 지휘하며 장래가 유망하다고 소문이 자자한 사령관, 그는 노름을 하지 않았다.

여자들이 그에게 말을 건넸다. 그는 눈길을 내리지 않고 여자들을 바라보았다. 한 여자가 보였다. 고개를 약간 뒤로 젖힌 여자, 가슴과 목이 드러나 보이는 하얀 피부가 그의 눈을 찔렀다. 맨팔 위에 걸친 베일을 두 개의 황금핀으로 손목에 고정시킨 그녀의 자태는 마치 그를 부르는 듯했다. 때로 그녀가 긴 손가락으로 매만지는 머리결은 이마 위에서 왕관 모양을 이루며 수많은 컬이 져 있고, 황금핀으로 장식되어 있었다.

그를 바라보는 생기 있는 표정과 빛나는 눈으로, 그녀는 생긋거리며, '제게 말을 걸어주세요'라고 말하는 듯했다.

그는 그녀에게 말을 건넸다. 다른 여자들이, 두 사람 주위에서 하나 둘씩 물러났다. 조제핀 드 보아르네, 그녀는 아직 스물일곱 살이 안 된 나폴레옹 장군을 독점할 권리를 가진 듯했다.

그녀는 샹트렌 가 6번지 자기 집으로 그를 초대했다.

나폴레옹은 그녀가 누구인지 알고 있었다.

그날 저녁, 네브 카퓌신 가의 넓은 방에서, 나폴레옹은 잠을 이루지 못했다. 습관대로 방 안을 서성이던 그는 서재로 건너갔다. 글쓰기는 그를 안정시키는 유일한 수단이었다. 그는 조제프에게 편지를 썼다.

〈요즘은 너무 바쁘지만 건강은 좋아. 모든 것이 만족스럽고 행복하게 지내고 있어.〉

글을 중단했다.

그는 그녀가 누구인지 알고 있었다.

보아르네 장군의 미망인, 두 아이 으젠과 오르탕스의 어머니, 바라스의 정부, 타셰르 드 라 파주리 섬의 귀족계급 출신. 그가 결혼을 약속했던 데지레 클라리와는 너무도 다른 여자. 구체제와 신체제에 모두 속해 있는 그녀는 아마 부유할 것이다.

그녀 뒤로는 이미 한 생이 지나갔다. 서른 살이 넘었을 것이다.

그러나 그 육체, 그 피부, 춤추는 듯한 그 자태는 나무둥치를 휘감으며 피어오르는 화사한 꽃이었다.

그녀는 만인의 연인이었다. 그녀는 그가 막 입문한 그 세계의 중심에 위치한 여인이었다.

그는 그녀가 누구인지 안다, 그녀가 그를 끌어당기는 것도 그래서인지 모른다.

그는 그녀의 초대에 응했다. 그녀가 사는 아담한 저택은 쇼세 당탱 전원구역의 정원에 둘러싸여 있었다. 그곳을 찾기 위해 여러 정원을 지나야 했다. 지붕 밑 다락방에 난 네 개의 창문이 아래층을 비추는 신고전주의 양식의 반원형 별장. 조제핀은 안락위자 위에 앉아 있었다. 그녀가 입고 있는 반투명의 베일이 그녀 육체의 관능적 선을 짐작케 했다. 하얀 나무로 장식된 로마 양식 살롱의 한쪽 벽면엔 팔걸이의자와 안락의자가 여러 개 놓여져 있었고, 창문 앞의 하프가 살롱의 극장 같은 분위기를 완성했다. 조제핀은 이 저택을 당대의 위대한 배우 탈마*의 아내인 쥘리 카로에게서 임대해 살고 있었다.

조제핀은 여유있는 몸짓으로 나폴레옹을 옆에 앉게 했다.

그는 그녀가 누구인지 알고 있었다.

그녀는 그의 승리의 상징이었다.

그는 머뭇거렸다. 그녀를 끌어안고 눕혀 정복할 수도 있었다. 그는 욕망했다. 그러나 그는 결국 그녀에게서 얼마간 거리를 두며 안락의자에 앉았다.

10월 28일, 참모들에게 둘러싸여 있는 그에게 한 병사가 쪽지

---

* 비극 배우, 1763~1826.

를 가져왔다. 장교들은 나폴레옹이 쪽지를 읽을 때까지 물러서서 기다렸다.

그는 둥글고 굵은 필체를 알아보지 못했다. 망설이듯 정성껏 쓴 필체의 편지에서 '미망인 보아르네'라는 서명을 발견하기 전에는.

〈당신은 사랑하는 친구를 보러 오지 않으시는군요. 당신은 그녀를 완전히 팽개치셨어요. 당신은 틀렸어요, 그녀의 애정은 진심이거든요. 내일 점심식사하러 오시겠어요? 당신을 뵙고, 당신의 문제에 관해 얘기를 나누고 싶어요. 좋은 저녁 보내세요. 친구여, 키스를 보냅니다. 미망인 보아르네, 안개달 6일.〉

나폴레옹은 편지를 접으며, 참모들을 내보냈다.

— 드디어, 이 여자가 다가왔다. 자신을 바치겠다는 한 여자가. 그녀는 나의 것이다, 내가 욕망하기만 하면.

쥐노가 들어와 경찰 보고서를 내밀었다.

〈양식있는 사람들은 보나파르트를 '과격한 자코뱅'으로 간주하며, 그를 '포도달 장군'이라 부른다.〉

나폴레옹은 벌떡 일어서서, 잠시 꼼짝도 하지 않더니, 굳은 얼굴로 말했다.

"그나마 포도달 장군이라는 명칭은 마음에 드는군. 미래에 그것은 영광스런 칭호가 될 테니까."

그리고는 보고서 뭉치를 들고 읽기 시작했다. 왕당파는 나폴레옹을 비난하고 총재정부를 공격했다. 자코뱅들은 재결집하여 팡테옹 클럽을 만들었다. 그들, 자코뱅들의 이름을 읽어나가던 나폴레옹은 소스라치게 놀랐다. 바뵈프, 다르테 등 낯선 이름들 사이에, 갑자기 친숙한 이름 '부오나로티'가 있었다. 부오나로티, 그는 바뵈프가 발간하는 지하신문 『민중의 소리』를 지지하고 있었다. 아직도 평등사상을 충실히 견지하고 있는 것이다!

─이 인간들은 대체 무얼 바라는 거야? 평등을? 그러나 모두가 똑같이 나눌 수는 없지 않은가. 세상은, 지배하고 소유할 수 있는 자들과 지배를 받아들이는 자들로 나누어지기 마련 아닌가. 삶은 그런 것이다. 정복하고, 정복한 것을 지키고, 영역을 계속 확장시키기를 원하는 것, 그것이 인간의 본성 아닌가. 인간의 본성이 그러할진대, 과연 과격한 자코뱅들이 말하는 평등이 가능할까?

나폴레옹은 가족들, 친지들, 가문과는 서로 의지하며 나누고 싶었다. 그는 책상에 앉아 조제프에게 펜을 들었다.

〈나는 여러 사람들을 임명하고 지리에 앉혔어…… 라몰리노는 샤루아의 감찰관, 뤼시앵은 라인군 국방위원이 되었고, 루이는 내 곁에 있어. 모두에게 공평해야 하는 만큼 더는 못 해…… 집안은 부족한 게 없을 거야. 나는 집에 돈과 아시냐 지폐를 보냈어. 며칠 전에는 형을 위해 40만 프랑을 보냈는데, 페쉬가 그 돈을 전할 거야. 형은 집안에 대해서는 걱정할 필요가 없어. 제롬이 어제 왔어. 그애를 좋은 중학교에 넣을 생각이야. 이곳에 형을 위해 방과 책상, 마차를 준비해두었어. 한번 여기 들러, 형 마음에 드는 것들을 고르면 될 거야……〉

편지에 마지막 말을 덧붙였다.

〈집에는 부족한 게 아무것도 없을 거야. 필요한 모든 것을 보냈거든. 오륙만 프랑, 아시냐 지폐뭉치, 은, 옷가지 등등…… 그러니 아무 걱정 안 해도 돼.〉

조제프에게 보내는 편지의 마지막 구절이 입속에 맴돌았다. '집에는 부족한 게 아무것도 없을 거야. 필요한 모든 것을 보냈거든. 그러니 아무 걱정 안 해도 돼.'

─가족들과는 함께 나눈다. 그게 세상과 삶의 자연스런 이치 아닌가?

나폴레옹은 참모들에 둘러싸여 거리 순찰에 나섰다. 질서유지를 책임지고 있는 그는 어려운 현실을 직접 보고 확인했다. 파업이 터지고, 빵값이 치솟고, 게다가 흉작까지 몰아친 그해, 날씨는 이미 추워지기 시작하는데 땔나무도 없었다.

그는 대다수 시민들의 어려운 삶을 확인하며, 우선 빵과 땔나무를 공평하고 조직적으로 배급할 필요를 느꼈다. 빵가게 앞에 긴 행렬이 늘어서 있었다. 한 여자가 다리를 절며 행렬 중에서 나오더니, 나폴레옹과 참모들을 가리키며 악을 썼다.

"저 장교들은 우리를 비웃고 있어. 저희들만 처먹고, 저희들만 살찌면 그만이지! 가난한 민중들이야 굶어 죽든 말든 알 바 아니라구!"

군중들이 웅성거렸다. 나폴레옹은 말 위에 똑바로 앉아 말했다.

"부인, 나를 잘 보시오. 부인과 나 중에 누가 더 살이 쪘소?"

군중들의 웃음소리를 뒤로 하고, 나폴레옹은 참모들과 함께 말을 달렸다.

포도달의 승리 이후 권력의 고지에 버티고 앉은 듯이, 치안군 사령관 나폴레옹은 말 위에 높이 앉아 인간들에게 명령을 내리고 이끌었다. 그러나 자신의 말을 에워싸고 차가운 시선으로 바라보던 빵가게 앞의 군중들로부터 빠져나온 그날 이후, 그는 다시 족쇄에 채워진 듯 갑갑함을 느꼈다. 치안군을 지휘한다는 것은 대체 무엇인가? 권력의 정상을 장악한 자들의 안전을 지켜주는 업무 아닌가? 결국 바라스와 카르노 등 다섯 명의 총재들을 보호하는 임무 아닌가?

결국 명령하는 것은 그들이었다.

나폴레옹은 병력을 이끌고 선두에 서서 팡테옹 클럽으로 들어갔다. 총재정부가 자코뱅 클럽의 폐쇄를 결정했기 때문이다. 클럽은 엄청난 대중적 성공을 거두어, 집회 때마다 2천여 명이 몰려들어 부오나로티를 환호하고, 『민중의 소리』를 낭독했다.

— 대중이 춥고 배고플 때는, 단 하나의 심지도 타오르게 해서는 위험하다.

말이 길 위에서 앞발을 세우며 울었다. 나폴레옹은 고삐를 당기며 생각했다.

— 나는 경찰이 아니다, 군인이다. 군인은 전장에 있어야 한다.

그는 치안 업무에 매력을 느끼지 못했다.

1796년 1월 19일, 그는 다시 이탈리아 원정 계획서를 제출했다. 아마 열 번은 더 제출했을 계획서. 하지만 이탈리아 관할군을 지휘하는 셰레르 장군은 그의 계획을 거부했다. 게다가 국방위원 리테르는 그의 계획에 분개하며, 파리의 총재정부와 국방장관 카르노에게 편지를 썼다.

〈이 계획의 진의는 무엇입니까? 누가 이런 계획을 세웠습니까? 그자는 이빨로 달을 깨물 수 있다고 믿는 미치광이일 것입니다. 능력 밖의 자리를 탐내는, 야심으로 가득 찬 자입니다.〉

병사들이 체포한 자코뱅들을 끌고 가는 걸 바라보며, 나폴레옹은 진정 위대한 군인으로서의 지휘를 꿈꿨다.

그는 즉시 국방장관 카르노를 찾아갔다. 카르노는 셰레르 장군과 리테르의 회의적이고 적대적인 반응을 알려주며 난감한 표정을 지었다.

"그들은 당신의 이탈리아 원정 계획을 비판하고 있소."

그러면서 카르노는 이탈리아 관할군 지휘권을 나폴레옹에게 줄 수도 있다는 암시를 내비쳤다. 나폴레옹은 단호한 어조로 말했다.

"만일 내가 셰레르 장군의 자리에 있다면, 오스트리아군을 단숨에 격파해버릴 겁니다!"

카르노가 대답했다.

"그렇게 될 거요. 당신은 가게 될 것이오."

그러나 그뿐, 이후 아무 소식이 없었다. 나폴레옹은 경솔하게 자신감과 야심을 드러낸 걸 후회했다. 소문만 무성했다. 그를 질투하고 경계하는 자들이 퍼뜨리는 소문들이었다. 동생 루이는 곁방에서 분개하는 참모들에게서 그런 소문들을 수집해서, 나폴레옹에게 보고했다.

사람들은 보나파르트가 바라스의 보호를 받고 있다고 떠들었다. 바라스는 옛 정부 조제핀을 이제 떼어내고 싶어하는데, 조제핀과 결혼하는 자에게 대가로 후한 지참금을 줄 용의가 있다는 것이다. 그 대상들 중 하나인 보나파르트가 조제핀과 결혼하면, 이탈리아 원정군 지휘권을 선물로 줄 생각이라는 것이다.

소문을 전해 듣던 나폴레옹은 분격하여 소리쳤다.

"내가 출세를 위해 다른 사람의 보호를 받으려 한다구? 말도 안 되는 소리! 오히려 내가 그들을 보호해주고 있어…… 내 칼은 내 옆에 있어. 이 칼을 가지고 나는 얼마든지 성공할 수 있다구. 멀리까지 갈 수 있단 말야."

루이가 주저하며 중얼거렸다.

"그 여자와의, 그 결혼계획은……."

나폴레옹은 날카로운 눈매로 동생을 쳐다보았다. 루이는 눈길을 피하며 물러나갔다.

—내가 느끼는 것에 대해, 그들이 뭘 알겠는가?

그는 조제핀을 찾아가 힘차게 껴안았다. 그녀는 탄력적인 엉덩이와 둔덕을 내밀며 부드럽게 안겨와, 이내 활처럼 몸을 휘며 떨었다. 그는 그녀를 침대로 이끌었다.

온전히 그의 것임을 느끼게 해주는 그녀의 육체, 긴 손가락과 능란한 손놀림으로 휘감겨오는 여자, 비단처럼 부드러운 육체를 가진 여자. 달아오른 그는 그녀가 숨이 넘어갈 정도로 거세게 껴안았다. 마지막 몸을 열기 전, 그녀는 숨가빠하는 그를 피하고 뿌리치며 한껏 피했다. 그리고는 어느새 부드럽게 젖어들었다. 그녀는 대할 때마다 다른 느낌으로, 늘 새롭게 감겨왔다. 품안으로 미끄러져 들어와 그가 그녀를 가졌다고 믿는 순간, 그녀는 어느새 빠져나가 그를 애태웠다. 마치 다른 곳으로 빠져나간 느낌, 그녀가 세상 어디에도 부재하는 느낌. 그는 늘 그녀 곁에서도, 그녀를 찾기 위해, 욕망을 불살랐다.

다른 사람들이 어찌 그 밤들을 알겠는가? 그가 그녀를 만나는 밤들, 때로는 제복과 장화를 벗을 틈도 없이 그녀의 베일을 들어올리는 그 밤들. 조제핀은 나폴레옹이 마침내 자신을 되찾은 생의 순간을 상징하는 여인이었다. 그녀의 몸은 그에게 삶의 기쁨의 화신이며, 그의 승리의 상징이었다. 힘찬 승리, 일단 잡으면 결코 끝을 모르는 승리, 정열을 불사르는 승리, 그런 승리의 화신, 그녀에게 그는 썼다.

〈나는 당신으로 가득 차 잠에서 깨어나오. 당신 초상을 보고 있자니 도취했던 어젯밤이 생각나, 다시 나를 흥분에 빠져들게 하오. 부드럽고 비견할 바 없는 조제핀, 당신은 내 가슴에 얼마나 기이한 느낌으로 다가오는지! 화내지 말아요, 당신의 슬픈 모습, 수심에 잠긴 모습은 내 가슴을 고통으로 부서지게 하오. 나는 쉴 수가 없소. 당신 생각에 휴식을 이룰 수 없소. 당신을 향한 깊은 감정이 나를 감싸오. 당신의 입술, 가슴, 당신의 몸에서 나를 사르는 불꽃을 퍼올리며 숨이 가쁘오. 아! 오늘밤, 당신의 초상이 아닌, 당신을 힘차게 안고 싶소. 당신은 내일 정오에 떠나지요. 세 시간 후면, 당신을 볼 것이오. 내 부드러운 사랑, 당신을 기다리며, 백만 번의 키스를 보내오. 오, 하지만 당신의 키스는 내게

보내지 마오, 나를 불태워버리니!〉

그는 끊임없이 그녀를, 그녀의 육체를 생각했다. 그녀를 자신의 품속에 가두어놓고 싶었다. 그녀와 그녀의 몸, 그리고 그녀가 상징하는 모든 것을 확실하게 소유하고 싶었다. 그녀의 과거, 그녀의 교유관계, 그리고 어쩌면 많을지도 모르는 그녀의 재산까지도. 특히 그가 이제 문턱에 발을 디딘 파리 상류계에서 그녀가 차지하는 위치는 그에겐 소중한 것이었다.

포도달 13일(10월 5일) 소낙비를 맞으며 치른 그 하룻밤의 전투로, 그가 발 디딘 파리 사교계. 그녀의 팔을 얻는다면, 그는 결정적으로 그 세계의 일원이 될 수 있었다. 그녀를 안고, 그는 자신의 승리와 지위를 확인하고 싶었다. 욕망을 느낄 때면 언제든, 밤마다 마음껏 그녀를 안고 확실하게 소유하고 싶었다. 그의 곁을 떠나지 않을, 배우자로 삼고 싶었다.

그러나 조제핀은 세상을 아는 여자였다. 공증인 라기도의 사무실에 조제핀을 따라간 나폴레옹은 곁방에서 기다리며 참담함을 맛보았다. 살짝 열린 문으로 공증인의 투덜대는 소리가 들렸다.

"대체 뭘 위해, 가진 거라곤 외투와 칼뿐인 장군과 결혼하려는 거요? 잘 생각해보시오!"

보나파르트, 그가 가진 게 뭐가 있는가? 초라한 집 한 칸? 그나마도 없지 않은가! 그는 어떤 사람인가? 내전을 승리로 이끌었을 뿐, 별 미래도 없는, 보잘것없는 장군 아닌가? 공화국에는, 그의 머리 위로 수많은 장군들이 버티고 있지 않은가! 차라리 돈 많은 군납업자와 결혼하는 게 낫다!

나폴레옹은 손에 땀을 쥐며 가까스로 참았다. 당장 공증인의 문을 부수고 들어가고 싶은 마음을 누르며, 그는 창문으로 다가가 유리창에 이마를 댔다.

— 이 여자를 갖고야 말 것이다. 나는 그녀가 누구인지 안다, 무엇을 가져올지도. 그녀는 나의 피 속에 불을 지른다. 나는 그녀의 육체를 안다. 내가 처음으로 두 손에 넘치도록 가져본 첫번째 육체, 마음대로 애무하고 사랑할 수 있는 첫번째 육체. 그리고 내 몸을 주저없이 만진 첫번째 여자. 그녀의 부드러움과 대담함, 능숙함은 나를 온전히 젖어들게 하고 격앙시킨다. 진정되었다고 믿는 순간, 다시 욕망을 살아나게 한다. 그런데, 포기하라구?!

나폴레옹은 매일 그녀를 만났다. 군대 업무, 그녀와의 만남, 그녀와의 사랑, 그녀에 대한 생각, 그녀에게 보내는 편지…… 그는 그녀를 숨쉬며 살았다. 그러면서도 그는 총재정부의 바라스와 카르노, 라 레블리에르 레포를 만났다. 하루라는 시간이, 그에게는 너무 짧았다.

그녀에 대한 욕망은 그의 에너지를 고갈시키기는커녕 새로운 힘을 주었다.

1796년 2월 7일, 나폴레옹과 조제핀의 결혼이 발표되었다. 그리고 얼마 후 총재정부는 나폴레옹을 이탈리아 원정군 총사령관에 임명할 것을 의결했다. 그를 질투하는 자들은 그것 보라는 듯이 떠들어댔다.

"이건 바라스의 결혼선물이다."

이러한 험담들에 분개해서 날뛰는 루이와 쥐노를 나폴레옹이 만류했다.

그는 자신이 이탈리아 원정군 총사령관에 임명되는 이유를 굳이 설명하려 하지 않았다. 금고가 빈 총재정부는 승리와 전리품을 간절히 기다렸지만, 셰레르와 오주로, 세뤼리에, 마세나를 비롯한 여러 장군들은 이탈리아 전선에서 결정적 승리를 거두지 못했다. 총재정부는 승리를 위한 카드로 나폴레옹을 내세운 것이다.

2월 23일, 총재정부는 나폴레옹을 이탈리아 원정군 총사령관에 임명하고, 25일 아트리 장군을 치안군 사령관에 임명했다.

열광적인 나날이었다. 직위를 이양받은 나폴레옹은 참모들을 임명하고, 원정 계획에 착수했다.

저녁이면 나폴레옹은 샹트렌 가에 있는 조제핀의 저택에 가서, 살롱에 지도들을 펼쳐놓았다.

그가 정열적으로 조제핀을 안고 침대로 데려갈 때면, 목에 리본을 묶은 애견 포르튀네가 깡총대며 따라와 짖어댔다. 때로, 그는 말없이 그저 몸만 내맡기는 그녀의 모습이 마음에 걸렸다. 하지만 며칠 후면 아내가 될 거라는 생각으로, 더욱 격렬하게 그녀를 껴안았다. 그녀는 그의 정열을 상상이나 할 수 있을까? 입술을 꼭 닫고 미소짓는 그녀는.

나폴레옹은 조제핀을 재촉했다. 그녀는 그의 아내가 될 것이다. 결혼계약이 필요했다. 계약서를 보니, 조제핀은 나이가 네 살 줄어 있고, 그는 십팔 개월이 늘어 있었다. 이런 사소한 문제에 그는 신경쓰지 않았다. 그는 무엇보다 이 결혼을 욕망했다.

공증인 라기도가 계약서를 읽었다.

〈신랑은 옷장과 전투용 물건을 제외한 어떤 부동산도 소유하지 못한다.〉

나폴레옹은 벌떡 일어나 그 문장을 확인하며 삭제할 것을 요구했다. 재산의 구분은 부부 사이에 이미 약속한 것이다. 나폴레옹이 사망하는 경우, 조제핀은 1천5백 리브르의 연금을 받을 것이고, 그녀의 아이들인 오르탕스와 으젠에 대한 보호권을 그대로 유지한다. 계약서에는 그녀가 가져오는 혼수 목록도 적혀 있었다.

〈셔츠 50벌, 스커트 6벌, 양말 12켤레……〉

나폴레옹은 귀기울이지 않았다. 다만 조제핀의 재산 중 두 마리의 흑마와 사륜마차가 언급되자, 잠깐 주의를 기울였다.

그 말과 마차는 공포정치 치하에서 처형당한 보아르네 장군의 소유였다. 국가에서 몰수하여 국립 마구간에서 관리하던 것인데, 바라스가 조제핀에게 돌려준 것이다.

결혼식은 1796년 3월 9일, 저녁 아홉시, 앙탱 가의 시청에서 하기로 했다. 나폴레옹은 참모들을 집합시켜 각자에게 임무를 부여했다. 이탈리아 원정군 총사령관 취임식은 3월 2일로 잡혀 있었고, 사령부가 있는 니스로의 출발은 3월 11일로 예정되어 있었다. 참모들은 남프랑스로의 여정과 나폴레옹의 숙소를 준비하고 장군들을 소집해야 했다.

3월 9일, 하루 종일 들여다보던 지도에서 고개를 들던, 나폴레옹은 깜짝 놀랐다. 시간이 아홉시가 넘어 있었다. 시청에서는 바라스와 탈리앵, 조제핀이 초조하게 기다리고 있을 터였다.

나폴레옹은 참모 르마루아를 데리고, 운명의 여신을 향해 말을 달렸다. 그가 이미 조제핀에게 건네준 사파이어 결혼반지에는 '운명의 여신에게'라는 문구가 새겨져 있었다.

시청에 도착한 건 열시, 그는 계단을 뛰어올라 시청 안으로 들어섰다. 모두들 그를 기다리고 있었다. 촛불 아래서 졸고 있던 시장 르클레르는 뛰어들어오는 그를 게슴츠레한 눈으로 바라보았다.

곧 간략한 예식이 시작되었다. 조제핀은 "동의합니다"라고 속삭였고, 나폴레옹은 우렁찬 목소리로 "예"라고 대답했다.

그는 조제핀을 데려갔다.

그녀는 이틀 밤 동안 그의 것이었다.

3월 11일, 동생 루이와 쥐노, 재무담당관 쇼베를 거느리고, 나폴레옹은 이탈리아 관할군 사령부가 있는 니스를 향해 출발했다.

조제핀이 계단에 서서 그를 배웅했다. 그는 그녀에게 손을 흔들었다.

―내 여자가 저기 있다. 그녀는 내 것이다. 머지않은 미래의 이 탈리아가 내 것이듯이.

제6부

나는 세계가 내 아래로 도피해오는 것을 보았다

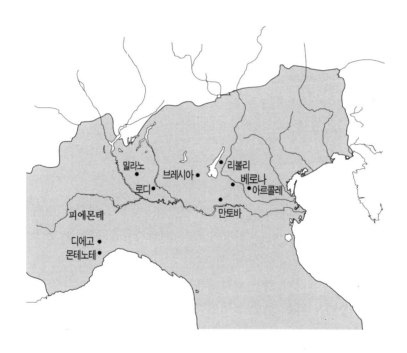

1796년 3월 27일 ～ 1797년 12월 5일

21
승리와 추락 사이는 단 한 발자국이다

역마차 속에서 나폴레옹은 말이 없었다. 마차가 역참에 정차하자, 모두들 저녁 준비에 한창이었다. 나폴레옹은 쥐노를 손짓해 불러, 펜과 종이를 가져오라 시켰다.

그는 작은 책상에 앉아 글을 썼다.

그는 뿌리가 뽑힌 듯한 느낌이었다. 조제핀과의 이별, 절단처럼 생생하게 살아나는 상실감에 그는 괴로워했다. 그는 그녀가 필요했다. 그녀의 육체가 옆에 있기를 바랐다.

그는 이탈리아 관할군 총사령관 직위와 그녀를 모두 소유하기를 욕망했다.

왜 하나를 소유하려면, 다른 하나를 멀리해야 한단 말인가? 부당하고, 받아들일 수 없는 운명이었다.

게다가 끝이 없을 것 같은 이 여행! 마차는 퐁텐블로, 상스, 트루아, 샹소, 리옹, 발랑스에서 정차할 것이고, 어머니가 살고 있는 마르세유에서는 이틀 동안의 휴식이 예정되어 있었다. 니스에는 3월 말에나 도착할 것이다.

역참에 머물 때마다, 객지에서 홀로 맞는 밤마다, 그는 파리로 돌아가고 싶은 욕구를 느꼈다. 살롱과 친구들에게서 조제핀을 끌어내어 강제로라도 데려오고 싶었다. 그러나 그는 스스로에게 고개를 저었다.

—아직은 때가 아니다. 훗날, 그녀는 올 것이다. 그 전에 우선 해야 할 임무가 있다, 어려운 임무.

이탈리아 관할군은 공화국 군대 중 가장 가난한 군대였다. 그 군대를 이끌고 임무를 완수해야 했다. 프랑스 군대 중 최상의 장비와 전력을 갖추고 있고, 모로 장군과 피슈그뤼 장군이 지휘하는 라인군의 결정적 승리를 위해, 나폴레옹은 라인군과 맞서 있는 오스트리아 군대 일부를 끌어내야 했다.

불과 3만의 이탈리아 관할군을 이끌고 승리를 기대한다는 것은 엄청난 모험이었다. 생각만 해도 머리에서 열이 나고, 파도에 휩쓸린 듯 현기증이 났다.

그는 쥐노를 불러, 국방장관 카르노의 3월 6일자 교부문서를 가져오라 명했다. 「이탈리아 관할군 총사령관에게 보내는 교시」라는 제목의 문서를 다시 한번 훑어보며, 그는 생각에 잠겼다. 문서는, 그가 예전에 오귀스탱 로베스피에르와 둘세 드 퐁테쿨랑, 그리고 카르노에게도 수차례 보고했던 내용들을 그대로 담고 있었다.

〈총재정부의 목표는 오스트리아군을 이탈리아에서 몰아내고, 최대한 빨리 영광되고 지속적인 평화를 수립하는 것이다. 피에몬테만을 공격해서는 이 목표를 이룰 수 없다. 총사령관은 공격의 주된 목표가 오스트리아군이라는 사실을 간과해서는 안 된다.〉

결론 부분을 읽으며, 그는 웃지 않을 수 없었다.

〈마지막으로, 총재정부는 이탈리아 관할군이 반드시 적성국가 안에서 자급자족할 것을 강조한다. 적성지역이 제공하는 물자들을 통해, 필요한 자금과 물자를 충분히 조달할 수 있을 것이다. 그리고 그 재원의 절반은 군대의 급료와 예비비 금고에 비축할 것을 명한다.〉

「교시」의 요체는, 그렇다. 한마디로, 이탈리아인들에게서 최대한 뺏고 강제수탈하라는 것이다. 그 전리품으로 병사들의 군량과 봉급과 무기를 해결하고, 게다가 총재정부의 금고까지 채우라는 거였다.

—좋다, 전쟁은 그런 것이다. 무기의 힘이란 그런 것이다.

그는 나락의 바닥을 응시하듯 들판을 바라보며 교시를 접었다. 마치 파도의 꼭대기에서 밑바닥으로, 절정에서 나락으로 떨어지는 느낌이었다.

그는 다시 펜을 잡았다. 조제핀을 생각했다.

〈어제 샤티용에서 당신에게 편지를 썼소…… 사랑하는 당신, 매순간 흐르는 시간이 나를 당신에게서 멀리 데려가오, 매순간, 당신에게서 멀어지는 슬픔을 견딜 수 없소. 내 생각이 가 닿는 곳은 언제나 당신이오. 내 상상력은 당신이 무얼 할까 하는 생각에 온통 쏠려 있소. 슬퍼하는 당신 모습이 떠오르면, 내 가슴은 찢어지고, 고통이 커져가오. 그러면서도 친구들과 함께 유쾌하고 발랄한 당신 모습이 떠오르면, 벌써 이 고통스런 이별을 잊었는가 싶어, 당신을 질책하고 싶은 마음이 드는 것을 어쩔 수 없소. 하지만 내 마음이야 어쨌든, 가벼운 마음으로 지내기 바라오. 너무 깊은 생각에 짓눌리지 말아요. 당신도 알다시피, 나는 쉽게 만족하는 인간이 아니오…… 당신과 이렇게 빨리 이별하는 것이 너무 유감스럽소…… 큰 위험들 속에서도 항상 날 보호해준 나의 정령이 당신을 에워싸고 감싸주기를 바라오. 당신에게 모든 것을 바치오. 아, 그러나 너무 유쾌하게만 지내지는 말고, 가끔은 나를 생각하며 우수에 젖기도 하시오…… 사랑하는 당신, 답장을 기다리겠소, 그것도 아주 긴 답장을. 가장 부드럽고 가장 진실한 사랑의 키스를 보내오.〉

그는 편지를 봉하고 주소를 썼다.

〈시민 보아르네, 샹트렌 가, 6번지, 파리.〉

그는 말없이 쥐노에게 편지를 내밀었다.

벌써 또 그녀에게 편지를 쓰고 싶다는 욕망이 파고들었다. 그러나 다음 우편마차가 올 때까지 기다려야 했다.

마르세유에 접어든 마차는 항구로 내려가는 좁고 붐비는 길에서 서행했다. 나폴레옹은 몸을 기울여, 바람결에 묻어나는 짠내와 썩은 생선의 비린내를 맡았다. 예전 그가 파비용 가의 가족을 방문할 때, 골목길에서 풍겨오던 냄새였다. 지난 과거가 이 냄새와 차가운 바람에 실려오는 듯했다.

그는 가족의 삶을 바꾸었다. 그것은 그의 의무였으며, 그의 자부심이었다. 그의 힘으로, 어머니와 형제들은 파비용 가의 비참한 아파트와 시피에르 호텔을 벗어날 수 있었다. 마차는 코르시카 망명객들이 주로 묵고 있는 그 우중충한 아파트 건물 앞을 지나고 있었다. 어머니 레티지아 보나파르트는 거기서 십삼 개월을 살며, 지방 총재정부가 제공하는 보급품으로 연명했었다.

이제 다시는 그런 일은 없으리라.

마차는 좁은 길을 천천히 달려, 시피에르 호텔에서 수십 미터 떨어진 로마 가 제4구역 17번지 앞에 멈췄다. 마차에서 내린 나폴레옹은 당당한 부르주아 건물의 정면을 바라보았다. 어머니는 마르세유에서 가장 아름답고 가장 넓은 주택 중 하나인 여기에 살고 있다.

그걸 가능케 한 것은 바로 그녀의 아들이었다.

누이 폴린과 카롤린이 달려나왔다. 오빠 덕분에 우아한 처녀들이 된 누이들이 그에게 매달리며 질문을 퍼부었다. 결혼은? 올케는? 엄격한 어머니는 그가 다가와 안아주기를 기다리며 집 안에 조용히 서 있었다. 그는 부드럽고 공손하게 다가가 어머니를 끌어안았다. 그녀는 그를 뚫어지게 바라보았다. 의심과 집요함으로 무언가 탐색하는 듯한 시선, 아들에게서 마치 더러운 타협이나 배반의 흔적을 찾는 듯했다. 그는 어머니가 '그런 여자'와의 결혼을 인정하지 않는다는 걸 알고 있었다. 그녀는 아들들을 통해, 그리고 사람들의 입을 통해, 조제핀에 관해 많은 소식을 듣고 있었다. 며느리가 두 아이를 둔 과부이며, 나이는 나폴레옹보다 여섯 살이나 많고, 바라스를 포함하여 수많은 애인을 둔 여자라는 소문. 창녀처럼 능란하게 아들을 유혹하여 훔쳐낸 교활한 여자라는 소문.

그러나 어머니 레티지아는 아들의 결혼에 관해 아무 말도 하지 않았다. 그녀는 나폴레옹이 내미는 조제핀의 편지를 바라보지도 않고 받았다. 그녀는 그 '다른 여자'의 편지를 주머니에 넣고, 나폴레옹의 어깨를 잡으며 말했다.

"그래, 내 아들이 위대한 장군이 되었구나."

그리고 아들을 자세히 바라보기 위해 환한 창가로, 그를 데려갔다.

그는 어머니의 이 찬탄하는 시선을 좋아했다. 그는 제롬과 뤼시앵, 조제프, 외삼촌 페쉬를 위해 자신이 해준 일들을 이야기하며, 어머니와 누이들에게 물었다.

"돈은 받으셨지요? 옷들은 마음에 드셨습니까?"

어머니는 자랑스런 표정으로 아들을 껴안았다.

"내 아들아."

아들에게 위험한 일에는 앞장서지 말라고 타이르는 어머니를 그가 껴안으며 말했다.

"어머니, 오래 사셔야 합니다."

그는 세상의 누구보다도, 자신을 바라보며 찬탄하는 어머니가 필요했다. 그는 어머니에게 중얼거리듯 낮은 소리로 말했다.

"어머니가 돌아가시면, 세상에는 저보다 열등한 자들만 남게 됩니다."

나폴레옹은 사령부가 있는 보보 가의 프린스 호텔에 자리를 잡고, 그를 만나기를 바라는 지빙 유시를 맞았다. 활달한 기세로 들어오던 장교들은 그의 시선과 마주치면 걸음을 멈추며 긴장했다. 민중 대표인 프레롱도 마찬가지였다. 예전 그가 수없이 면담을 간청했지만 만나기 어려웠던 프레롱, 이제는 그를 만나기 위해 다가오는 프레롱을, 그는 근엄하게 바라보고 있다.

프레롱이 그를 위해 베푸는 환영 만찬에서도, 나폴레옹은 근엄한 표정으로 말이 없었다. 그는 이탈리아 원정군 총사령관이었다. 프레롱은 그에게 친밀감을 표시하려 애쓰며, 폴린과의 결혼 의사를 넌지시 언급했다. 나폴레옹은 경멸하듯 고갯짓만으로, 그의 입을 다물게 했다.

다음날, 출발에 앞서 그는 마르세유 주둔군을 사열했다. 그를 바라보는 병사와 하사관, 장교들의 눈에 놀랍다는 투로 빈정대는 표정이 역력했다.

"저 장군은 뭐야? 포병이라며. 저 포도달 장군은 수학자이고 몽상가에다 음모가라며. 그런 자가 뭘 알겠어? 군중에게 대포나 발사해서 출세했다며. 또 그런 명령이나 내릴 참인가? 저런 인간에겐 진정한 군대가 어떤 것인가 맛을 보여야 해!"

나폴레옹은 빈정거리는 표정으로 바라보는 몇 명 앞에서 걸음을 멈추고, 그들로 하여금 눈을 내리게 했다. 그들은 부하이고 그는 총사령관이어서가 아니라, 그는 정신으로 그들을 압도하고자 했다. 그가 구상하는 작전에 쓰일 부속품일 뿐인 그들이, 그가 어떤 인간이며 무엇을 할 수 있는 인간인지 알 리가 없었다.

그들은 열등했다. 미래를 상상하는 것은 나폴레옹 자신이기 때문이다. 그들이 돌격할 것인지 무기를 들고 행군할 것인지 결정하는 것도, 그들의 목숨도, 그의 손에 달려 있었다.

— 인간들을 지휘한다는 기쁨 없이 무슨 맛으로 살까?

이탈리아 원정에 투입될 전군은 그 앞에서 고개를 숙이고 복종해야 했다.

1796년 3월 27일, 니스의 생 프랑수아 드 폴 가에 도착한 나폴레옹은 마차에서 내렸다. 그가 숙소로 정한 니외부르 저택 앞, 보초들이 그에게 경례를 하지 않았다.

그는 꼼짝 않고 서서 말이 없었다.

저택은 아름다웠다. 대리석 기둥들과 계단은 광택을 발하고, 높은 창문들은 색유리창으로 장식되어 있었다. 한 장교가 다가와 자신을 소개했다.

"주베르 중위입니다, 장군님."

나폴레옹은 뒷짐 진 자세로 그를 바라보며 중얼거렸다.

"주베르 중위, 주베르 중위, 주베르 중위라……."

장교가 긴장한 표정으로 설명했다.

"이곳은 시청 맞은편에 위치한, 니스에서 가장 좋은 건물 중 하나입니다."

나폴레옹은 몸을 돌려 누더기 차림의 병사들을 가리켰다. 그들의 신발은 구멍이 뚫려 있었다. 그는 버럭 소리쳤다.

"중위, 저건 군인이 아니야, 산적들이야."

머뭇거리는 주베르를 바라보던 나폴레옹은 계단을 올랐다. 주베르가 그의 등뒤에서 말했다.

"우리 군대는 돈이 없습니다. 사기꾼들이 좌지우지하며 지배합니다. 우리 병사들은 굶주림과 병으로 죽어가면서도, 지칠 줄 모르는 용기와 인내심으로 버티고 있습니다. 우리는 라인군의 귀공자들처럼 좋은 대접을 받지 못합니다."

나폴레옹은 말없이 3층 집무실로 들어갔다. 그를 위해 준비해놓은 방들에 햇살이 넘쳐들었다. 동쪽으로, 앙주 만을 보호하는 요새의 둥근 탑이 바위와 함께 서 있었고, 바다는 태양 아래 반짝였다.

바다를 바라보던 나폴레옹은 몸을 돌려, 문턱에 서 있는 주베르에게 말했다.

"정부는 이탈리아 원정군에 큰 기대를 걸고 있네. 그 기대에 부응하여, 조국을 위기에서 구해내야 해."

이 비참한 떼거리들을 지휘하여 군대로 조련해야 했다. 그는 즉각 임무에 착수했다. 쥐노에게 구술하고, 문서를 쓰고, 명령을 내렸다. 그는 말했다.

"전투에서 언젠가는 패배할 수도 있겠지. 그러나 단 일 분도 자만심과 게으름으로 흘려보낼 수는 없어."

군대의 처지를 한탄해봐야 소용없고, 더 훌륭한 군대의 지휘를 맡지 못했다고 불평해봐야 소용없는 일이었다. 패전에는 변명이 없으며, 실패하는 자에게 용서란 없는 법. 그는 스스로에게 말했다.

"빵이 없는 군대는 인간이라고 말하기 무색할 정도로 극단적인 격분으로 치달을 수 있다. 나는 그 무서운 예를 보여줄 것이다, 아니라면 이 산적떼를 지휘하기를 포기할 것이다."

그는 2천 루이의 금화가 든 배낭을 책상 위에 올려놓았다. 원정군의 비용이라기엔 푼돈에 불과한, 총재정부가 원정 비용으로 내준 동냥이었다. 돈은 정복으로 얻을 수밖에 없었다.

병력을 집합시키자, 장교들은 놀란 표정들이었다. 벌써부터?

나폴레옹은 반복했다.

"나는 단 일 분도 잃지 않는다."

나폴레옹은 이각모를 쓰고 칼을 차고 다리를 벌리고 서서, 장군들이 들어오는 걸 바라보았다. 질투와 비난, 교만에 가득 찬 장군들의 시선이 모두 그를 향했다. 나폴레옹은 그들을 한 사람씩 뚫어지게 바라보았다. 셰뤼리에, 라아르프, 마세나, 셰레르, 오주로, 그들은 모두 나폴레옹보다는 자신이 총사령관직을 수행하기에 더 적합하다고 생각하는 인물들이었다. 그중에서도 키가 크고 우람한 체격의 오주로는 특히 그랬다.

그들은 모두 나름대로 능력을 보여준 인물들이었다. 국민공회를 돕는 치안군을 제외한다면 사령관으로 지휘해본 경험이 전혀 없는 스물일곱 살의 애송이 장군이 그들의 총사령관이라니, 말이 되는가? 그를 바라보는 오주로의 시선에는 이런 항변이 노골적으로 담겨 있었다.

나폴레옹은 한 걸음 내디뎠다. 그는 발포를 명하는 사수로서, 대포의 탄환일 뿐인 그들을 응시했다.

나폴레옹과 그들 사이에, 서로의 기를 겨루듯 불꽃 튀는 시선이 팽팽했다. 마세나와 셰레르가 눈길을 내렸다. 뜨겁고 짜릿한 환희가 나폴레옹의 내면에서 올라왔다. 다른 자들도 차례로 굴복했지만, 오주로는 한참을 더 고집했다. 오만한 시선으로 자신을 내려다보는 오주로에게 나폴레옹은 시선으로 말했다.

"네가 자랑하는 그 큰 키도 당장 총살시키면 그만이야."

실제로 그는 결단을 내릴 준비가 되어 있음을 스스로 느꼈다. 지휘한다는 것은 그런 것이다.

결국 오주로는 눈길을 돌렸다. 첫 인사는 그렇게 끝났다.

나폴레옹은 장군들을 내보냈다. 마세나가 오주로에게 하는 소리가 들려왔다.

"저 키 작은 장군이 당신을 한눈에 밟으려 하더군. 겁을 주고 싶었던 모양이오."

— 그렇다, 나는 너희들을 밟는다.

나폴레옹은 바다를 마주보며 책상에 앉았다. 지휘한다는 것, 그것은 또한 쓰는 것이다. 말은 곧 행동이기 때문이다.

그는 총재정부에 썼다.

〈각하들께서는 이탈리아 관할군의 군사적, 행정적 상황을 상상도 못 할 것입니다. 적대적인 정신의 소유자들이 좌지우지하고 있는 관할군에는 빵도, 군기도, 복종도 없습니다. 행정관들이 우리를 완전히 비참한 상태로 몰아넣고 있습니다…… 제가 요구한 60만 리브르도 아직 도착하지 않았습니다.〉

편지를 중단하고, 그는 생각에 잠겼다.

이런 조건 속에서, 피에몬테와 롬바르디아에 포진하고 있는 7만 명의 오스트리아와 사르데냐 대불동맹군과 대결해야 했다. 원정군 총사령관으로서, 그가 넘어야 할 첫번째 거대한 시련이 눈앞에 있었다.

— 내가 바라는 대로 움직여준다면 승리할 것이다, 새로운 단계를 넘어서는 것이다. 무엇을 향하여? 물론 더 많은 것을 향하여. 전진 외에는 다른 선택의 여지가 없다. 현재 주어진 것을 사용할 도리밖에 없다.

그는 다시 펜을 잡았다.

〈여기서는 계속 화형에 처하고 총살시켜야 합니다.〉

그리고는 휘갈기며 덧붙였다.

〈이 모든 열악함에도 불구하고, 우리는 해내고 말 것입니다.〉

일과 조직, 행동이 끝없이 반복되었다.

나폴레옹은 새로 참모로 임명한 베르티에가 자리에 앉기도 전에 구술을 시작했다. 그의 생각은 머릿속에서 정리될 필요도 없이 그대로 말이 되어 나오는 듯, 마치 눈앞에 있는 텍스트를 읽는 듯 거침이 없었다.

대포와 무기를 제작하기 위해 백여 명의 일꾼들을 갖춘 작업장이 필요했다. 모든 부대에 이틀마다 신선한 고기가 배급되는지, 국방위원들이 장악한 예산이 군대 금고로 정확하게 입금되는지도 감시해야 했다.

"내 허락 없이 병사와 군마의 섭취량을 줄여서는 안 되네. 그리고 베르티에, 뛰어난 장교와 병사들을 선발하도록 하게……."

나폴레옹은 걸음을 멈추고, 갑자기 생각에 잠긴 듯 혼잣말처럼 중얼거렸다.

"승리와 추락 사이는 단 한 발자국일 뿐이야. 사소한 것이 큰 사건들을 결정하는 법이지."

그리고는 지도들이 펼쳐진 책상으로 다가가며 중얼거렸다.

"신중, 예지…… 확실하게 뛰어나야만, 모든 장애를 극복하고 위대한 목표에 도달할 수 있어. 아니면, 아무것도 성공할 수 없어."

지도를 바라보던 그는 고개를 들고 베르티에를 바라보았다.

"결정했어."

그는 공격점으로 선택한 요지들을 손가락으로 가리켰다.

그는 이 지점들을 선택하기 위해 하룻밤을 꼬박 새웠다. 밤새도록 '예상되는 모든 위험과 함정들'을 추론하고 점검했다. 고된 밤이었지만, 이 지점들을 손가락으로 짚는 순간, 모든 걸 잊을 수 있었다. 이젠 작전의 성공을 위한 행동과 준비만이 남았다.

지도 위에 얹힌 그의 손가락을 통해 온몸에 짜릿한 흥분이 번져갔지만, 그는 조금도 감정을 노출하지 않았다.

그는 지도를 바라보는 베르티에를 바라보지도 않고, 창가를 향해 걸으며 말했다.

"위대한 전투의 비밀은 얼마나 적확하게 확장하고 집중하느냐에 달려 있어."

베르티에를 내보내고, 홀로 남은 그는 창 밖을 바라보며 중얼거렸다.

"곡선을 따라가며, 급소들을 장악해야 한나."

갑자기 피로가 몰려들어, 그를 급격히 탈진상태에 빠뜨렸다. 이마 위로 어둠이 올올이 내려오는 신선한 밤, 엄습하는 고독에 그는 잠을 이룰 수 없었다. 지친 육신에도 불구하고, 열정적으로 돌아가는 생각 때문에 머리는 뜨거울 지경이었다. 오직 한 여인만이, 그녀의 육체가 주는 쾌락만이, 요란하게 머리를 파고드는 어지러운 질문들을 진정시킬 수 있을 터였다. 그는 조제핀에게 썼다.

〈미래는 무엇인가? 과거는 무엇인가? 우리는 무엇인가? 어떤 마술적인 유체가 우리를 에워싸고, 우리가 서로 알아야 할 중요한 것들을 보지 못하게 하는가?〉

그녀를 욕망했다. 그녀의 부재를 견뎌내기 힘겨웠다! 왜 이런 이별의 삶을 견뎌야 하는가?

〈언젠가, 당신은 나를 사랑하지 않겠지? 대답해보오. 하긴 난 그런 불행을 받을 만한 인간이오. 진실, 한없는 솔직함…… 조제핀! 언젠가 내가 했던 말을 기억하오? 자연은 나에게 강렬하고 결단력 있는 영혼을, 당신에겐 레이스처럼 부드러운 비단을 주었소. 당신은 이제 나를 사랑하지 않을 작정이오?…… 아듀, 아듀,

난 당신 없이 눕소, 당신 없이 잠들 것이오. 그러니 제발, 날 좀 자게 내버려두오. 벌써 몇 밤을, 내 품에 당신을 안고 뒹굴었소. 행복한 꿈이었지만, 깨어보면 당신이 아니오!〉

집요하게 달라붙는 강박관념들을 떨치기 위해, 그는 일어서서 방 안을 서성였다.

— 그녀는 지금 무얼 할까? 그녀도 나를 생각할까?

다시 몸이 타올랐다.

그는 문을 열고, 참모들을 불렀다.

다음날 아침, 그는 병력이 집결해 있는 연병장에 들어섰다. 병사들이 웅성거리며 그를 보기 위해 몸을 기울여, 대열이 물결치는 듯했다. 차림새들이 가관이었다. 병사들 앞에 선 장교들마저 산적이나 다름없는 모습이었다.

그가 대오에 다가가도 웅성거림은 멈추지 않았다. 또 한 번 힘의 대결이 필요했다. 나폴레옹은 말고삐를 당기며 가슴을 펴고, 그를 바라보는 양떼 같은 인간들을 굽어보았다. 이 무리들을 가지고 군대를 만들어야 했다. 툴롱에서도 똑같은 작업을 한 적이 있었지만, 총사령관으로 지휘하는 여기서는 규모부터가 달랐다. 더욱 고되고, 더욱 방대한 작업이 앞에 있었다. 그는 입을 열었다.

"병사들이여, 그대들은 헐벗고 굶주려 있다. 정부는 그대들에게 많은 빚을 지고 있다. 그러나 정부는 그대들에게 아무것도 줄 수 없다."

웅성거림이 더욱 커졌다. 그는 일렁이는 바다에 있다, 키를 잡아야 했다. 그는 다시 외쳤다.

"그대들이 암초들 가운데서 보여주는 인내심과 용기는 찬양할 만하다. 그러나 그것이 그대들의 영광을 보장하는 것도, 빛나게 하는 것도 아니다."

웅성거리는 소리가 잦아들면서 모두가 그에게 귀를 기울였다.

"나는 욕망한다……."

그는 우중충한 연병장에 시선을 던졌다. 드넓은 공간에 수많은 총열들이 빛을 받아 반짝이고 있었다.

"그대들을 지구상에서 가장 비옥한 땅으로 이끌고 갈 것이다. 풍요로운 땅과 거대한 도시들이 그대들의 힘 안에 들어올 것이다……."

그는 다시 힘주어 말했다.

"그대들의 힘 안에……."

황토로 바른 막사들 앞에 있는 연병장은 이제 온전한 침묵이 지배하고 있었다.

"그곳에서 그대들은 명예와 영광, 그리고 부를 찾을 것이다."

'부'라는 단어를 그는 반복했다.

"이탈리아 원정군 병사들이여, 그대들은 용기와 끈기를 보여줄 수 있겠는가?"

그의 말이 힘차게 울어댔다. 갑자기 침묵이 깨지며, 인간들의 바다에서 찬성인지 거부인지 가늠하기 힘든 소리들이 일렁였다.

저녁때 나폴레옹은 전임 총사령관 셰레르와 마주앉았다. 셰레르는 각 전선들의 상황을 상세히 설명했다. 상황 설명을 끝내며, 셰레르는 오전에 있었던 나폴레옹의 연설에 대해 언급했다.

"병사들의 반응이 매우 좋았습니다."

─당연하다, 나는 자신감 없는 인간은 견딜 수 없다.

군대는 지휘자와 결합되어 있어야 한다, 태양과 위성처럼.

병사들과 장교들, 그리고 각 단위부대가 명령에 따르지 않고 자신만을 생각한다면, 그래서 마음대로 행동한다면, 그 군대를 어떻게 믿겠는가?

나폴레옹은 밤새도록 진정하지 못했다.

아침에 참모 베르티에가 급박한 소식을 알려왔다. 공화국 광장에 주둔하는 209여단 3대대가 폭동을 일으킨 것이다! 나폴레옹은 즉각 자리를 박차고 뛰어나갔다.

참모들이 그를 따라 계단을 내달려 거리로 향했다. 나폴레옹은 거침없이 폭동을 일으킨 부대를 향해 걸었다.

― 항명에 굴복하느니, 차라리 죽는 게 낫다.

폭동을 일으킨 병사들과 머뭇거리는 장교들이, 다가오는 그를 바라보았다. 한 늙은 병사가 그를 외면하며 내뱉었다.

"비옥한 땅이라고 꼬셔서, 우리를 끌고 가자는 거야?! 거기로 끌고 가려면, 먼저 신발부터 주어야지!"

나폴레옹은 불타는 시선으로 폭동부대의 대열 속으로 걸어들어갔다. 마치 물랑물랑한 살 속으로 파고드는 예리한 칼날처럼, 그는 무리들 사이를 홀로 나아갔다. 대열의 앞에 선 그는 단호한 어조로 외쳤다.

"그대들이 폭동을 계속한다면, 주도한 척탄병들을 군법회의에 넘길 것이다. 또한 주모자도 체포할 것이다. 대열에 남아 있는 장교와 하사관들도, 폭동에 적극적으로 가담하지 않았다 해도 처벌을 면치 못할 것이다……."

소란이 멎었다. 병사들은 대오를 갖추었고, 장교들은 고개를 숙였다. 그 모습을 말없이 바라보며 나폴레옹은 고개를 끄덕였다.

― 나는 승리할 수 있다.

1796년 4월 2일, 나폴레옹은 빌프랑슈를 향하여 출발했다. 진군 중에, 그는 정원 한가운데 자리잡은 저택 앞에서 말을 멈췄다. 병력들은 그를 지나 빠른 걸음으로 행군했다. 그는 이 인간들을 장악했다. 그들은 죽음을 두려워하지 않고 싸울 것이다. 어제 그는 횡령자들과, 장군들에게 생수와 루이 금화를 배당하는 담당자를 총살시켰다.

저택의 대문은 활짝 열려 있었다. 현관 앞에 로랑티 백작과 딸 에밀리가 나와 있었다. 십팔 개월 전, 이 집에서, 저 부녀가 바라보는 앞에서 그는 체포당했다. 누가 그의 전진을 막을 수 있단 말인가? 오직 죽음뿐, 그러나 죽음도 자신을 피해 가리라고 그는 생각했다. 그는 아직 스물일곱 살도 안 된 청년이었던 것이다.

장교들이 그에게 달려와, 그가 선택한 진군로는 해안의 영국함대 포격에 노출되어 있다고 진언했다.

"해변 도로로 진군하는 것은 신중치 못합니다."

그는 장교들의 말을 귓등으로 들으며, 로랑티와 에밀리를 껴안고 작별인사를 했다.

지도자는 포탄 아래로 주저없이 나아가는 모범을 보여야 했다. 그는 날렵하게 말에 뛰어올라 참모진의 선두에 서서 해안 도로로 접어들었다.

깎아지른 듯한 절벽이 고요한 바다 속으로 투신하고 있었다. 수평선에는 배 한 척 보이지 않았다. 나폴레옹은 말을 타고 뒤를 따르는 베르티에에게 몸을 돌리며 말했다.

"과감성은 실패만큼 성공을 주기도 하지. 과감성 덕분에, 인생에는 기회의 평등이 있는 거야…… 전쟁에서는, 항상 행운과 실패의 가능성이 각각 절반이라구."

잠시 침묵한 후 그는 말을 이었다.

"전쟁에서는, 과감성이야말로 가장 멋진 천재성이야…… 운명에 거는 거지."

4월 3일, 그는 망통의 알방 가 5번지를 공관으로 정했다.

나폴레옹은 즉시 장군들을 큰방으로 모이게 했다. 테이블에 펼쳐져 있는 지도를 바라보는 나폴레옹 주위로 장군들이 모여들었다. 그들의 몸과 얼굴, 무기, 제복은 힘과 권력을 표현했다.

— 그럼에도 그들은 감히 나를 바라보지 못한다.

그들을 둘러보던 나폴레옹은 지도를 가리키며 입을 열었다.

"한니발은 알프스를 넘었다, 우리는 알프스를 돌아간다."

마침내 이탈리아 원정의 시작이었다.

22
지휘한다는 것, 그것은 희생을 명하는 것이다

　나폴레옹은 척탄병 대대가 빠른 걸음으로 접어들고 있는, 카디보나 고개의 좁은 길을 바라보았다. 바다를 굽어보는 높은 산이, 키 큰 기둥처럼 서서 지중해와 피에몬테, 그리고 그 너머 롬바르디아를 가르고 있었다.

　그는 말고삐를 당겼다. 뒤따르던 참모들의 말들도 긴 울음을 토하며 앞발을 치켜들었다. 1796년 4월 10일 새벽, 산에서 불어오는 바람이 숲과 초원의 신선한 향기를 실어왔다. 바닷가의 월계수와 꽃들이 바람에 고개를 끄덕이고 있었다.

　평화로운 정경이었다. 그러나 고개만 넘으면, 전장이었다.

　볼리에 장군과 아르장토 장군이 이끄는 오스트리아군이 바로 고개 넘어 몬테노테와 디에고에 진을 치고, 그를 기다리고 있었다.

콜리 장군의 피에몬테군은 서쪽으로 약간 더 물러난 밀레시모와 더 높은 쪽의 산악지대인 몬도비에 진을 치고 있었다.

깎아지른 듯한 높은 산과 바다, 그 사이를 지나는 좁은 길을 바라보던 시선을 거두고, 나폴레옹은 말을 몰았다. 장교들이 그를 따랐다. 땅을 밟으며 걷는 병사들은 참모부의 뒤를 따랐다.

나폴레옹이 눈길을 주지 않아도, 병사들은 그가 지나가도록 비켜섰다.

이 인간들, 그들을 수백 수천씩 죽음으로 내몰아야 했다. 그의 계획의 실현은 이 인간들의 희생 위에 있었다.

알방 가에서 그는 밤새도록 전투 장면을 상상하며 몰입했다.

그가 상상한 그림은, 롬바르디아로 퇴각하는 오스트리아군과 패배한 피에몬테군이 평화를 애원하는 장면이었다. 그러기 위해서는 그들 군대를 갈라 분산고립시키고, 그들 각각과 싸워야 했다. 일단 피에몬테군을 격파하고, 급속히 군대를 돌려 오스트리아군을 친다, 그리고 퇴각하는 오스트리아군을 추격하면서 포 계곡과 로디, 밀라노까지 진군한다는 것이 나폴레옹의 목표였다.

모든 것은 이 경사면을 따라가는 병사들에게 달려 있었다. 그들이 죽음을 받아들여야 했다. 밤낮으로 한 지점에서 다른 지점으로 신속히 행군하여, 예기치 못한 곳에서 적을 기습하고, 공격지점에서는 항상 적보다 숫자가 많아야 했다. 밤낮을 가리지 않는 신속한 행군과 기습전투, 이것이 승리의 요체였다.

그렇게만 된다면 오스트리아와 피에몬테 대불동맹군 병력이 7만이라 한들, 무엇이 두렵겠는가! 공격의 순간, 이탈리아 원정군 병사들은 파도처럼 밀어닥치며 분산고립된 적들을 침몰시킬 것이다!

나폴레옹은 말을 재촉했다.

그는 병사들 곁에서 걷는 장교와 하사관들에게 행군을 빨리 하라는 신호를 보냈다. 곧이어 명령이 전달되는 소리를 들으며, 그

는 자리를 이동했다. 급속 행군의 신호가 곳곳에서 주문처럼 내려
졌다.

죽기 위하여 걷는다, 죽이기 위하여 걷는다.

지휘한다는 것, 그것은 어디에서 인간들을 죽게 할 것이며, 어
디에서 인간들을 죽일 것인가를 아는 것이다.

지휘한다는 것, 그것은 또한 죽을 줄 아는 것이며, 희생을 명할
줄 아는 것이다. 그러기 위해, 생각은 활시위처럼 팽팽하고, 명령
은 화살처럼 솟구쳐야 한다.

몬테노테 남쪽에서 첫 전투가 벌어졌다. 오스트리아군의 습격이
었다. 막사에서 튀어나온 나폴레옹은 화염에 뒤덮여 있는 전장을
응시했다. 기습에 허둥대는 전열을 정비하며, 누군가 치열하게 전
투를 지휘하고 있었다. 나폴레옹은 아군의 지휘관이 누구냐고 물
었다. 여단장 랑퐁이었다.

결단의 순간이었다. 그는 참모들에게 작전명령을 내렸다. 마세
나 장군은 오스트리아군을 우회공격, 라아르프 장군은 정면공격하
라. 참모들은 번개처럼 움직였다.

나폴레옹은 지휘본부에 앉아 지도를 응시했다. 이제 기다려야
했다.

4월 12일, 몬테노테에서 오스트리아군을 패퇴시켰다. 13일, 밀
레시모와 디에고에서도 승전보가 날아들었다.

나폴레옹은 붉은색 양탄자가 덮인 북 위에 앉아 보고를 들었다.
포로가 2천6백 명이었다. 오스트리아 진영에서는 8천 명이 죽었
고, 프랑스군은 천여 명이 전사했다.

피와 진흙으로 뒤범벅된 랑퐁이 다가왔다. 전쟁, 그것은 죽은
자들을 잊고, 산 자들을 축하하는 것이다.

나폴레옹은 자리에서 일어나 그를 껴안으며, 준장으로 진급시켰

다.

그리고는 뒷짐을 지고 걸으며 보고를 들었다. 각 부대가 먹을 것과 마실 것을 찾아 흩어졌다는 말에, 마세나에게 그들을 다시 집결시키라는 명령을 내렸다. 많은 병사들이 디에고 전투에서 벌써 도망쳐버렸다.

약탈도 벌어졌다. 이렇게 규율이 무너지면, 어떻게 싸운단 말인가? 어떻게 죽고, 죽인단 말인가? 나폴레옹은 베르티에를 불러 명령을 내렸다.

〈총사령관은 병사들이 끔찍한 약탈을 자행하는 것을 엄금한다. 그런 자들은 대부분 전투가 끝난 뒤에야 참전하는 타락한 자들이다…… 약탈에 참여하고 다른 사람에게 약탈을 부추기는 자들은, 장교든 사병이든 가리지 않고 즉각 총살형에 처할 것이다. 그런 자들은 군율을 파괴하고, 군대에 무질서를 조장하며, 군대의 명예와 영광을 손상시킨다.〉

더 상세하게 밝혔다.

〈그 경우 제복을 박탈할 것이며, 약탈자는 동포들의 배반자로 처벌당할 것이다.〉

그는 지도를 보며 정확한 몸짓으로 화살표들을 표시했다. 나흘 동안 세 번의 전투에서 승리를 거두었지만, 왠지 기쁨을 느낄 수 없음에 그 스스로도 놀랐다. 실패는 견딜 수 없을 터이지만, 그는 승리에 도취하진 않았다. 전투는 끝이 없고, 행동은 오직 생명과 더불어서만 끝날 것임을, 그는 알고 있었다. 나폴레옹은 지도를 짚으며 명령했다.

"콜리 장군의 피에몬테군을 향하여!"

그는 잠을 자지 못했다, 간간이 드는 몇 분의 토막잠이 전부였다. 그럼에도 더욱 힘이 솟았다. 얼굴빛은 창백했지만, 문장은 더욱 간결해지고, 밤을 지새우면서 몰입하는 생각은 더욱 명료했다.

4월 21일, 몬도비에서 콜리를 패퇴시켰다. 이번에도 기쁨을 느낄 수 없었다.

군대는 또 약탈을 위해 흩어졌다. 추상 같은 엄벌을 내렸다. 총살하고 강등시켰다. 철통 같은 규율로 이 인간들을 한 다발로 묶지 못한다면, 어떻게 그들이 죽음으로 발을 내딛겠는가?

그가 막사 주위를 산책하고 있을 때였다. 갑자기 병사들과 장교들이 기쁜 목소리로 외치는 소리가 들려왔다.

"보나파르트 장군 만세!"

휴전을 제안하기 위한 콜리 장군의 사절단이 찾아온 것이다. 그는 가슴속에서 일렁이는 삭은 불결을 느꼈다.

—드디어 내게, 작은 기쁨의 불꽃이.

4월 25일, 피에몬테와 사르데냐를 통치하는 빅토르 아메데 왕의 사절단이 케라스코에 진군한 나폴레옹 앞에 나타났다.

그들은 위엄과 존귀함을 잃지 않은 모습이었다. 나폴레옹은 그 피에몬테 귀족들, 라 투르, 코스타 드 보레가르에게 자리를 권했다. 참모들이 총사령관 나폴레옹을 둘러싸고 섰다. 나폴레옹은 피에몬테측에 코니, 토르토네, 발렌자, 이 세 곳의 요새를 내놓고, 프랑스군에 필요한 모든 보급품을 제공할 것을 요구했다.

나폴레옹은 말했다.

"그외 평화조건들은 파리에서 협상토록 하시오."

그는 '아직' 프랑스 공화국의 총사령관일 뿐이었다.

피에몬테의 두 귀족은 그 제안들을 의논하기 위한 시간을 요청했다. 나폴레옹은 입을 굳게 다물고 그들을 응시하다가 말했다.

"경들, 미리 말씀드리건대, 총공격은 두 시간 내에 이루어질 것이오. 이번 공격은 단 일 초도 연기되지 않을 것이오."

그리고는 입을 다문 채 팔짱을 끼고 기다렸다. 그는 단호했다.

그는 자신의 무기와 결단성, 그리고 그것들이 불러일으키는 공포의 힘에 대해 확신했다. 4월 26일 새벽, 결국 피에몬테는 휴전협정에 서명했다. 병사들의 함성이 들렸다.

"보나파르트 장군 만세!"

그는 승전 장군이 되었다. 승전 장군이 되면, 자신의 법칙을 다른 인간들에게 강요하는 일이 얼마나 간단해지는가!

새벽은 고요했다. 그는 장교 몇 명을 데리고 참모부가 묵는 집을 빠져나왔다.

케라스코 거리는 부상자들을 실은 마차와 수레들로 가득했다. 어떤 이들은 피투성이가 된 자식을 앞에 두고 비탄에 잠겨 있고, 몇몇 피에몬테 패잔병들은 건물벽에 등을 기대고 주저앉아 있기도 했다.

나폴레옹은 길의 끝에 있는 갑(岬)에 올라 풍경을 굽어보았다. 언덕들과 탈라노 강과 스투라 강의 합류점이 푸르스름한 안개로 덮여 있었다. 벌판에 수많은 주검들이 널브러져 있었다. 그 주검들 사이를, 마치 썩은 고기를 찾는 독수리처럼, 몸을 굽힌 한 떼의 인간들이 헤집고 다녔다. 몸을 펴고 일어서는 그들의 손에는 군도와 군수품이 든 가방 등이 들려 있었다.

—이미 이루어진 것, 이미 죽은 것은, 이제 존재하지 않는 것이다. 앞으로 해야 할, 남은 일만이 중요하다.

그는 참모 막사를 향해 급하게 발길을 돌렸다. 머릿속에 들끓는 숱한 말들이 웅성거리며 터져나오려 했다. 전사자들, 부상자들, 도망자들, 배반자들, 총살당한 약탈자들…… 이 전투에도, 피 흐르는 진흙탕을 닮은 현실만이 있었다.

그는 거리의 수레 앞에서 잠시 멈춰 섰다. 그 안에는 내던져진 세 명의 프랑스군 부상자들이 신음하고 있었다. 등에 총탄을 맞은 그들은 배반자들인가, 장교에게 발각되어 처벌당한 도둑들인가, 아니면 영웅들인가? 알 수 없었다.

그는 막사로 돌아와 베르티에에게 훈시를 내렸다. 그 훈시를 인쇄하여 모든 병사들에게 배부하고, 전 지휘관들은 부대 앞에서 그 훈시를 읽으라고 명령했다.

그것은 전투의 나날들의 진실을 알려주는 문서로서, 그것 이외의 다른 현실은 없었다.

〈병사들이여! 그대들은 단 이 주 동안 여섯 번의 전투에서 승리를 거두었다. 21개의 깃발, 55문의 대포, 수채의 요새를 탈취했으며, 피에몬테의 가장 풍요로운 지역을 정복하였다. 맨몸으로, 모는 것을 얻었다. 그대들은 대포도 없이 전투에 나섰으며, 다리도 없이 강을 건넜고, 신발도 없이 고된 행군을 이겨냈다. 물과 빵도 없이 야영을 견뎌냈다. 공화국의 군단, 자유의 병사들만이 이같은 고통을 이겨낼 수 있다. 병사들이여, 그대들에게 축복이 있으라! 그러나 그대들이 이룬 것은 아무것도 아니다, 아직 할 일이 남아 있다.〉

그는 지도들이 펼쳐져 있는 책상 위로 몸을 숙이고, 손가락으로 정신 속에 떠오르는 선들을 따라갔다. 오직 그만이 구상하고 상상할 수 있다는 사실을, 그는 알고 있었다. 볼리에 장군의 오스트리아군은 거기, 그의 손가락이 가리키는 지점에 포진해 있다.

"내일……"

그는 잠시 말을 멈추고, 베르티에를 불러 받아쓰라고 신호했다. 이것은 총재정부에 보낼 편지의 간략한 초안이기도 했다.

"내일, 볼리에와의 전투를 위해 행군한다. 나는 그를 포 강 밖으로 밀어낼 것이다. 이후 즉각 강을 건너 롬바르디아 전역을 장악할 것이다. 한 달 내로, 나는 티롤 산맥에 오르고, 거기서 라인군과 합류하여, 라바비에르에서 연합전선을 펴기를 희망한다."

아직 할 일이 많았다.

23
나는 내가 원하는 것을 한다

나폴레옹은 말 위에서 몸을 돌려 뒤를 바라보았다.

그가 떠나온 도시 케라스코가 아득한 지평선에서 황토빛 덩어리로 멀어져갔다. 척탄병 여단이 새벽부터 짙은 안개를 뚫고 행군중이었다. 그는 자신이 직접 선발하여, 달마뉴 장군에게 지휘를 맡긴 이 병사들을 신뢰했다. 달마뉴는 툴롱 전투 때도 척탄병들을 지휘한 바 있는 장군이었다.

그러나 선두에 서서 행군을 열어나가는 것은 나폴레옹, 바로 그 자신이었다.

이번 전투의 목표는 롬바르디아 정복이었다. 롬바르디아 심장 안에, 이 지역의 진주인 밀라노가 있었다. 나폴레옹은 전투의 진흙탕 속에 발을 담근 채, 선두에 서서 포 강을 건너고 싶고, 밀라노 정복을 직접 보고 싶었다. 그에게 죽음은 없었다. 안개가 걷히자, 가없이 장엄한 강이 모습을 드러내었다. 그는 은빛으로 유유히 흐르는 장강을 오래 바라보았다. 포플러들이 대하를 따라 창처럼 솟아 있었다. 270여 년 전인 1525년, 이 평원에서 몇 리 떨어진 북쪽에서, 프랑스 황제 프랑수아 1세는 카를 5세*에게 패하여 포로가 되었다.

　—여기에서, 프랑스 왕국은 그 일부를 잃었다. 복수다, 바로 내가 복수를 감행한다.

　그는 말을 재촉하며 달렸다. 1796년 5월 7일 밤, 포 강을 따라 피아첸차에 이르렀을 때, 몇 발의 총성이 울렸다. 나폴레옹은 적진을 향해 내달렸다. 척탄병들이 그를 따라 진격했다. 적은 이내 후퇴했지만, 그는 멈추지 않았다.

　날이 밝자, 나폴레옹의 눈앞에 롬바르디아 평원이 펼쳐졌다.

　태양이 늪과 연못의 물에 반짝였다. 대지는 비옥하고, 드넓은 농지는 끝이 없었다.

　멀리, 다른 빛을 발하는 강줄기가 보였다. 대하 포 강의 지류인 아다 강이었다. 강 너머 펼쳐진 평원 위로 도시들이 범선처럼 그 실루엣을 드러내고, 종탑들이 배의 돛대처럼 부각되었다. 롬바르디아의 도시, 로디와 크레모네의 실루엣이었다.

　5월 9일 오전, 로디 시를 점령하기 위해, 나폴레옹은 아다 강 다리로의 강행군을 결정했다. 그때 한 참모가 먼지를 하얗게 뒤집어쓴 채 달려와 비보를 알렸다. 간밤에 오스트리아군이 라아르프 장군 진영에 역습을 감행해왔다는 소식이었다. 한밤중 기습에 라아르프 장군 진영은 아수라장이 되었고, 대부분의 병력이 와해되

---

　* 독일과 스페인 왕, 1500~1558.

었으며, 라아르프 장군은 적군 기병대와 혼전중에 아군의 총탄에 전사했다.

―전진, 더 빨리 진군해야 한다.

5월 10일, 나폴레옹은 로디에 진군했다. 먼저 도착한 마세나와 오주로 장군의 수천 병력이 이미 전투를 펼치고 있었다. 나폴레옹은 척탄병 여단을 거느리고 화염에 휩싸인 성벽 쪽을 향했다.

아다 강 다리에 설치된 이십여 문의 오스트리아군 대포가 포탄을 퍼부어대고 있었다. 프랑스군 전사자와 부상자들이 다리 철판에 나뒹굴고, 총탄이 비 오듯 쏟아졌다.

강을 사이에 두고 포격전이 전개되었다. 다리를 건너지 못하면, 전선은 교착될 위기였다. 숫적으로 열세인 나폴레옹군에게, 시간은 우군이 아니었다.

―내가 나간다.

나폴레옹은 몸을 내던지며 전진했다. 탄알이 비 오듯 쏟아지는 다리를 향해, 그는 칼을 뽑아들고 달려나갔다.

―건너야 한다. 미래는 이 다리의 끝, 강 저편에 있다.

그에게는 아무 소리도 들리지 않았다. 자신의 심장 박동 소리만 격렬히 질주하는 그를 재촉했다.

척탄병들이 그의 뒤를 맹렬히 따르고, 기병대는 강의 상류 쪽을 건넜다. 프랑스군의 무서운 기세에 적이 퇴각하기 시작했다. 척탄병들이 총을 들고 숨을 헐떡이며, 널브러진 시체들 사이에 서 있는 나폴레옹을 에워싸며 그를 지켰다. 그들은 일개 병사처럼 죽음의 모험에 과감히 맞선 그에게 찬탄의 시선을 보였다. 전투에 승리한 척탄병들이 모여들어 총을 흔들며 함성을 질렀다. 그들은 살았다, 승리했다.

"보나파르트 장군 만세!"

한 척탄병이 목청 높여 외쳤다.

"장군님은 '꼬마 하사관'처럼 싸웠어. 꼬마 하사관 만세!"

이후 병사들 사이에 그는 '꼬마 하사관'이라는 애칭으로 불렸다.

프랑수아 1세가 패배했던 포 강의 평원에서, 나폴레옹은 승리한 것이다.

크레모네로의 입성은 손쉬웠다. 그는 파르마 도시들에 금화 2백만 프랑과 1천7백 필의 말을 요구했다.

농가들은 곳간을 열고, 도시들은 금고와 박물관을 열었다. 밀과 포도를 섞어 만든 빵과, 거품이 이는 포도주에 곁들여 먹는 파르마 산(産) 치즈는 맛이 일품이었다. 집과 성, 성당들에 가득한 그림들을 보고 나폴레옹은 입을 다물지 못했다. 그는 그림들을 마차에 실어 파리로 수송케 했다.

병사들은 노래하고 춤추었다. 그들의 입 주위는 포도주 거품으로 벌겋게 물들었다. 나폴레옹을 만나려는 이탈리아 애국주의자들이 줄을 이었고, 거리엔 군중들이 외치는 소리가 끊이지 않았다.

"보나파르트 만세! 이탈리아를 해방시킨 보나파르트 만세!"

살리체티, 이탈리아 원정군 대표위원이자 회개한 고발자, 능숙하며 노련한 그는 이러한 열광을 이탈리아 통일의 촉매로 이용할 것을 제안했다.

밀라노도 항복했다.

—1796년 성모승천일에, 이 도시, 개선문들, 팔에 꽃을 한아름 안고 다가오는 여자들, 문을 활짝 여는 세르벨로니 궁전, 환호, 이 모든 것이 나를 위한 것이다.

나폴레옹은 궁전의 커다란 대리석 방에 자리잡았다. 파리에서 피에몬테와의 평화조약이 체결되었다는 소식이 전달되어왔다. 니스와 사부아는 프랑스령이 된 것이다.

피에몬테 왕을 굴복시킨 것은 나폴레옹이었다. 그는 총재정부에 편지를 썼다.

〈각하들께서 계속 저를 믿어주신다면, 이탈리아는 각하들의 것입니다.〉

—그들의 것인가? 나의 것인가?

불현듯 스치는 생각이 그를 현혹시켰다. 과연 모든 것은 가능할 것인가? 그는 의자에서 일어나 창가로 걸어갔다. 그는 푸르게 열려 있는 하늘을 바라보며, 혼자 말했다.

"나는 세계가 내 아래로 도피해 오는 것을 본다. 공중의 저 정상에 내가 있는 듯하다."

그는 마르몽을 부르고는, 뒷짐을 진 채 방 안을 거닐며 말했다.

"파리의 총재정부는 아무것도 보지 못했어."

적갈색의 윤나는 바닥이 그의 장화와 부딪치며 경쾌한 소리를 냈다.

나폴레옹은 대리석 테이블 위의 서류들을 들여다보며 냉소적인 어투로 열거했다.

"몬도비 지방은 1백만 프랑을 바칠 거야. 나는 총재정부에 2백만 프랑의 보석과 은쾌, 거기다 80점의 그림을 보낸다구. 그림은 모두 이탈리아 대가들의 걸작들이야. 앞으로도 총재정부는 천만 프랑은 더 기대해도 좋아."

하지만 그들이 그것에 만족할까?

마르몽이 총재정부로부터 온 편지를 내밀었다. 나폴레옹은 달려들 듯이 봉투를 뜯고 읽어내려갔다.

총재들은 그에게 이탈리아 중부와 남부의 피렌체, 로마, 나폴리로 계속 밀고 내려갈 것을 명했다. 그리고 나폴레옹이 정복한 밀

라노와 롬바르디아 주둔군 지휘관은 켈레르만 장군으로 대체한다
는 내용이었다.

그는 한 방 맞은 듯, 방 한가운데에 서서, 잠시 어깨를 내리고
몸을 굽혔다. 이런 식으로, 그들은 그를 박탈하고 몰아내려는 것
인가. 군사적, 정치적 모험에서 그를 제거하려는 것인가.

─그들은 나를 장님으로 아는 것인가?

그는 골똘히 생각에 잠겨 방 안을 오래 서성였다.

싸움은 끝나지 않았다. 홀로 결정을 내릴 때, 정상에 설 때, 그
때 그의 행동은 완전히 자유로울 수 있을 것이다.

그가 굴복할 것이라 생각하는 것일까? 총재정부의 금고를 채워
준 것은 바로 그였다. 라인군이 독일에 묶여 있는 동안, 그는 승
리를 거두었다. 방 안을 거닐던 발걸음을 멈추고, 그는 말했다.

"나는 누구의 도움도 받지 않고 원정에 나섰어."

그는 마르몽에게 받아쓰라고 명령하고 말을 이었다.

〈만일 다른 사람의 의견이 개입했다면, 저는 결코 좋은 성과를
얻지 못했을 것입니다. 저는 절대적 궁핍과 숫적 열세를 극복하고
우세한 군대들과 싸워 이겼습니다. 각하들의 신임이 있음을 확신
했기에, 저의 생각과 행동은 결연하고 신속할 수 있었습니다……
각자가 전쟁을 수행하는 나름대로의 방법을 가지고 있는 법입니
다. 켈레르만 장군은 저보다 경험이 더 많고, 더 유능하리라 생각
합니다. 그러나 우리 둘이 함께 한다면, 오히려 지금보다 못 할
것입니다. 저는 한 명의 못난 지휘관이 두 명의 잘난 지휘관보다
낫다고 확신하는 바입니다.〉

마르몽은 총재정부에 대해 분통을 터뜨렸다.

나폴레옹은 어깨를 으쓱일 뿐, 감정을 내보이지 않았다. 그들은
결국 굴복할 것이다. 그가 사임한다면, 그들은 몸을 떨 것이다.
그는 내뱉었다.

"행운의 여신이 오늘은 나에게 미소를 짓지 않는군. 다행이야, 그녀가 내리는 더 큰 은총을 위해 작은 은총은 무시할 수 있기 때문이지. 행운의 신은 여자거든. 그녀가 나를 위하면 위할수록, 나는 그녀에게 더욱 많은 것을 요구할 거라구."

나폴레옹은 마르몽을 바라보며 미소지었다. '그러니 마르몽, 진정하라.' 그는 가슴을 펴며 말했다.

"우리 시대, 누구도 진정 큰 은총은 받지 못했어. 오직 나만이, 그 예를 보여줄 것이다."

창문을 열었다. 위대한 밀라노가 저기, 그 앞에 펼쳐져 있었다. 길들이, 가느다란 봄비 아래 빛을 발했다.

뮈라가 들어와 뭐라고 떠벌리며 말했다.

"사람들은, 장군님이 너무 야심적이어서 하느님 아버지 자리에 앉으려 한다고들 떠드는데요."

나폴레옹은 난폭하게 창문을 닫고, 뮈라를 돌아보며 소리쳤다.

"하느님 아버지? 그분은 이미 끝장난 분 아냐?"

뮈라와 마르몽이 나가고, 그는 홀로 남았다.

밤이 그 적요의 휘장을 드리울 때까지, 그는 창 밖을 응시하고 있었다.

멀리서, 아주 멀리서, 포도 위를 구르는 마차 소리와 종소리가 들려왔다.

밤의 적막은 언제나 그를 끌어당기는 심연이었다. 만물이 어둠 속에 고요했다. 세르벨로니 궁전은 그 적요의 어둠 속에 떠 있는 섬이었다.

그러나 전쟁의 긴장으로 가득 차 있는 그의 머리는 여전히 전장이었다. 포음과 함성, 비명, 탄알이 날으는 소리로 울려대는 전장. 끊임없이 솟아나는 열정의 연소, 그리고 행동으로 그는 공허함을 잊고자 했다. 아니, 공허함이 존재한다는 사실도 잊고자 했다.

그러나 밀라노의 밤들이 몰아오는 이 공허는, 오직 조제핀만이 채워줄 수 있었다.

그녀에게 써보낸 수없이 많은 글. 포격이 멈추고 침묵이 찾아오면, 그녀는 곧 그의 강박관념이 되었다. 인간은 야망만으로는 살 수 없다. 사물의 질서가 변하기 위해서는 시간이 필요하다. 위대한 행동가에게는 특히 그러했다.

병사들의 봉급을 현금으로 듬뿍 지급하라는 그의 결정에, 병사들은 환호했다.

나폴레옹은 파르마, 모데나, 볼로냐, 페라라, 그리고 교황령과 휴전협정을 체결했다. 그럴 때마다 그는 수백만 프랑과 공물과 그림, 작가의 원고들을 대가로 받았다.

총재정부는 그의 사임 위협에 당연히 굴복했다.

총재정부는 나폴레옹이 정부 대표단의 권력을 제한시키는 조치를 취할 때에도 굴복해야 했다. 그는 편지를 구술했다.

〈대표단은 저의 정책과는 아무런 상관이 없습니다. 저는 제가 원하는 것을 할 뿐입니다. 그들은 빨리, 아니 지금 당장부터 공공 수입을 관장하는 행정부서로 편입되어야 합니다. 나머지는 그들과는 아무런 관련이 없습니다. 저는 그들이 오랫동안 이 직책을 유지할 것이라 생각지 않습니다. 또한 저에게 다른 대표단이 파견될 거라고도 생각하지 않습니다.〉

—나는 내가 원하는 것을 한다.

인간들에 대해, 총재정부에 대해. 그러나 '그녀'만은 아니었다.

마을 농부들이나 파비아 주민들이 병사들을 공격하거나 징발에 저항할 때에도, 그는 그가 원하는 대로 했다. 루고에서 다섯 명의 용기병이 학살당하자, 나폴레옹은 그 도시를 군사재판과 처형으로 쓸어버렸다. 수백 명이 군도에 베이고, 적대적인 주민들은 죽도록 얻어맞고 약탈낭했나.

—나는 내가 원하는 것을 한다.

그러나 그녀는? 그에게서 숨는 그녀를 어찌 한단 말인가? 그를 괴롭히는 그녀의 침묵, 그를 고문하는 그녀의 부재, 밤의 고독 속에서 그를 사로잡는 그녀와의 추억을 어찌 한단 말인가? 그녀를 어찌 한단 말인가?

그녀에게 또 편지를 썼다. 여기, 밀라노로 오라고 또다시 애원했다. 이젠 그녀와 관련된 모든 것이 두렵기만 했다.

그녀의 초상이 새겨진 잔이 깨어졌다. 불길한 징조, 그녀는 아픈 것인가, 아니면 부정한 것인가?

〈날 사랑한다면, 하루에 두 번씩 내게 편지를 써주오. 당신은 아침 열시부터 새벽 한시까지, 찾아오는 사람들과 떠들어대고 객담을 나누고 있겠지. 그러나 이 지방의 풍속은, 저녁 열시면 모든 사람들이 집으로 돌아가오. 이곳 여자들은 남편에게 편지를 자주 쓰고, 남편을 생각하며, 남편을 위해 산다오. 안녕, 조제핀, 당신은 설명할 수 없는 괴물이오⋯⋯.〉

인간은 살기 위해 정열을 필요로 한다. 그러나 이 정열, 죽음과도 같은 이 정열은 어떻게 한단 말인가? 이 주 동안에 치른 여섯 번의 전투와 승리, 그러나 그 와중에도 공허한 밤들이 있었다.

나폴레옹은 형 조제프에게 썼다.

〈형은 내 사랑을 알지, 내 사랑이 얼마나 열렬한지. 내가 조제핀만을 사랑하고, 그녀는 내 진정한 첫번째 여자라는 걸⋯⋯ 안녕, 형은 행복할 거야. 나는 겉모양만 빛나는 운명을 타고났나봐.〉

그리고는 체념하며, 조제핀에게 자신의 나약함을 인정하고 굴종 상태를 고백하기도 했다.

〈조제핀, 매일 잘못을 돌아보면서, 나는 옆구리를 치며 당신을 단념하려 애쓰고 있소. 아! 그러나 그럴수록 당신이 더욱 그립소…… 당신에게 다짐하오. 당신이 아무리 나를 비웃으며, 파리에서 애인들을 거느린다 해도, 모든 사람들이 그 사실을 알고, 또 당신이 내게 편지를 쓰지 않는다 해도, 당신을 향한 내 사랑은 더욱 깊어질 거요! 이건 완전히 광기이며 열병이오. 나는 결코 이 열병에서 헤어나지 못할 것이오! 오, 아니오, 나는 꼭 벗어나고야 말겠소…….〉

그는 아무것도 알지 못했지만, 의심에 사로잡히고 질투에 몸을 떨었다. 조제핀에 관한 여러 소식이 들려왔다. 이제 조제핀은 '노트르담 데 빅투아르(승리의 여인)'라 불리며, 바라스 집에서 저녁 식사를 한다는 소문이었다.

나폴레옹은 조제핀을 데려오라는 명을 주어 참모 뮈라와 쥐노를 파리로 보냈지만, 그들은 그녀의 애인이 되었다. 그녀는 최근에 '노리개'로 삼은 이폴리트 샤를 중위라는, 요란스런 제복으로 치장한 '웃기는' 바람둥이를 데리고 도처를 쏘다닌다고 했다.

나폴레옹은 듣고 싶지도, 알고 싶지도 않았다. 그는 조제핀에게 썼다.

〈식욕도 없고 잠도 없소. 우정, 영광, 조국에 대한 관심도 없소. 오직 당신, 당신뿐이오. 그외 세상의 모든 것은 내게 아무 의미가 없소.〉

북받치는 고통을 억누를 수 없었다.

〈인간들은 너무 경멸스럽소. 오직 당신만이, 내 눈앞에서 인간 본성의 부끄러움을 지워줄 뿐이오! 만일 당신이 죽으면, 나도 따라 죽을 것이오. 그러나 그건 모든 걸 무화시키는 죽음이오. 나는 영혼의 불멸을 믿지 않소.〉

그는 이 편지들을 한동안 부치지 못했다. 조세핀으로부터 답장을 받지 못하는 날이 계속되었던 것이다.

그는 지도와 전쟁으로 돌아갔다. 밀라노를 떠나 만토바를 향하여 말을 달렸다. 만토바, 베네치아의 관문에 위치해 있는 난공불락의 요새. 롬바르디아 전체를 관장할 뿐 아니라, 가르드 호수를 끼고 티롤로 통하는 도로들과 오스트리아로 통하는 고개들을 관장하는 요새, 만토바. 나폴레옹은 말을 달리며 상상했다.

— 밀라노처럼 비엔나도 정복할까? 왜 안 되겠는가?

며칠 전 그는 병사들에게 승전을 축하하는 포고문을 발표했다.

〈병사들이여, 그대들은 아펜니노 산맥 고지로부터 급류처럼 돌진해왔다. 그대들은 행군을 가로막는 모든 것을 격파하고 궤멸시켰다.〉

그런 그들이, 내일, 그를 따라 알프스의 경사면으로부터 다뉴브 강으로 내달리지 못할 이유가 없었다.

만토바 앞에 진을 치고 주변 지형을 세심히 관찰하던 나폴레옹은 말에서 내려, 대포 발사대를 직접 선택하고 발사 각도를 계산하며 분주히 움직였다. 그러던 그가 갑자기 창백해지더니 비틀거리며 쓰러졌다. 쉴 새 없는 열정의 연소가 그를 탈진으로 몰아간 것이다. 놀란 병사들이 그를 막사로 데려가자, 그는 벌떡 일어서며 참모들을 내쫓고 펜을 들었다.

〈내 주머니는 당신에게 보내지 않은 편지들로 가득 차 있소. 너무 엉터리 편지들이오…… 내게 당신의 편지 열 페이지를 써보내주오. 그것만이 나를 위로할 수 있을 것이오.〉

몸이 아팠다. 배를 뒤틀며 누르는 심한 통증이 그를 괴롭혔다.

〈피로와 당신의 부재, 동시에 견뎌내기에는 너무 심한 고통이오…… 당신이 내게 올 것이라 믿소. 당신은 여기 내 곁에 있을 것이오, 내 가슴에, 내 팔 안에, 내 입술에! 날개를 달고 오시오,

어서 오오. 당신 가슴에, 그리고 더 아래에, 좀더 아래에, 내 키스를 보내오!〉

그는 그녀를 욕망했다.

〈당신의 눈에, 당신의 입술에, 수없는 키스를 보내오.〉

그녀에 대한 욕망은, 곧 그를 사로잡는 질투가 되어 더욱 격렬하게 불타올랐다.

〈나는 절망하고 있소. 내 아내가 내게 오지 않다니! 그녀가 파리에 애인을 가지고 있다니! 나는 모든 여자를 저주하오. 그래도 당신의 좋은 친구들에게 안부를 전하오.〉

그는 알고 있었다. 그러나 애써 알고 싶어하지는 않았다.

〈당신이 애인과 함께 있는 게 사실이라면, 나는 참지 못할 것이오. 더구나 당신이 애인 때문에 고통을 겪는다면, 나는 그의 가슴을 찢어버릴 것이오, 그를 보기만 하면 찢어버리겠소. 그리고는 내 손을 신성한 당신에게 가져갈 것이오…… 아니, 나는 감히 그럴 수 없소. 나는 거짓된 덕성만이 판치는 이 세상을 등지고 말 것이오. 나는 당신의 사랑을 확신하고 자랑스러워하오.〉

그는 눈이 멀었다.

주위에서 떠도는 험담과 계속해서 들려오는 조제핀 애인들의 이름을 굳이 흘려버리려 했다. 모두 그가 아는 이름들이었다. 그에 앞서 바라스, 오슈, 오슈의 덩치 큰 마부, 뮈라, 쥐노, 그리고 이폴리트 샤를…… 그는 그들을 죽이고 싶었다, 그리고 자신도 죽고 싶었다.

그런데, 드디어 그녀가 밀라노를 향해 출발했다는 소식이 들려왔다.

폭발적인 기쁨과 열광이 모든 원한과 의심을 단숨에 녹여버렸다.

그는 참모들이 모여 있는 방으로 들어가, 한동안 그들 사이를 오가며 어쩔 줄 몰라 하더니, 마르몽에게 호위대를 거느리고 조제핀을 마중하러 가라고 명령했다.

그는 조제핀 환영 행사를 전투 계획처럼 치밀하게 조직했다. 화려함과 사치를 좋아하는 그녀를 위해, 세르벨로니 궁전을 오가며 가구들을 옮기고, 그림과 양탄자와 골동품들을 준비했다. 그는 기다림의 초조함을, 그녀를 위한 준비로 달랬다.

"침대는 이쪽, 침대 닫개는 황금실로 장식하고……."

적들에게서 탈취한 깃발들을 총재정부에 전하러 파리에 간 쥐노가 샤를 중위와 함께 조제핀을 수행하고 있다는 소식이 들려왔다. 그는 개의치 않았다. 질투의 시간은 끝났다. 드디어 용기병 호위대에 둘러싸인 그녀의 마차가 세르벨로니 궁전 뜰에 들어섰다.

그는 내달렸다. 그녀가 있다, 미소지으며, 품에 개 포르튀네를 안고. 그는 장교들이 보는 앞에서 그녀를 힘차게 껴안았다. 그의 눈엔 쥐노도 샤를도 보이지 않았다. 그는 그녀를 안내하며, 그녀가 빨리 따라오기를 바랐지만, 그녀는 짐을 챙기고 포르튀네에 관해 얘기하며 천천히 걸었다.

"긴 여행에 포르튀네가 탈진했어요, 저도 그렇구요."

방문을 닫으며, 그녀는 그의 조급함에 웃음을 터뜨렸다. 그녀는 그의 사랑에 그저 몸을 내맡길 뿐이었다.

이틀 동안, 단 이틀에, 그는 쾌락의 끝까지 가려 애썼다. 숱한 밤 상상했던 그녀의 몸을 그는 부서지도록 껴안았지만, 그녀는 수동적으로 육체를 내맡길 뿐이었다. 그러다가 일순 거부하는 듯하던 그녀의 몸짓이 갑자기 대담해지며 도발해 왔다. 그 자유로운 몸짓, 두렵게 하고, 매혹하고, 끝모를 심연으로 이끄는 그녀의 몸짓.

아침, 나폴레옹은 군도를 차고 장군 혁띠를 매며 이각모를 눌러 썼다. 조제핀은 태연한 표정이었다. 그녀의 입가에서, 그는 전에는 결코 보지 못한 야릇한 미소를 보았다. 무관심의 미소였다.

헤어지자마자, 그는 벌써 그녀의 부재를, 상실을 느꼈다. 아무 것도 충족하지 못한 듯했다. 그녀를 껴안고 싶었다. 그러나 말의 앞발이 허공을 차자, 그의 입에서는 무거운 명령이 터져나왔다. 다시 전쟁이었다.

오스트리아 장군 뷔름세르가 2만 4천의 병력을 이끌고 가르드 호수의 동쪽을 따라 진군하고, 카스도노비치 장군은 서쪽 강가를 따라 진군해왔다. 그들은 베로나와 만토바를 향해 다가오는 중이었다.

주사위는 던져졌다. 승리는 장담할 수 있는 게 아니었다.

조제핀을 떠나야 했다.

―그녀가 알까, 전쟁이 무엇인지? 내가 무엇을 느끼는지 상상이나 할까?

그녀의 마지막 포옹에 내맡겨졌다가 떨어져나온 몸을, 그녀가 공허를 채워준 힘을, 그는 전쟁에 던져야 했다.

7월 6일, 나폴레옹은 썼다.

〈적을 격파했소. 피로로 죽을 지경이오. 당신은 즉각 베로나로 가기 바라오. 나는 심하게 앓을 것 같소. 수없는 키스를 보내오. 나는 지금 침대에 누워 있소.〉

그러나 죽음으로 향하는 수만의 병사를 지휘하는 총사령관으로서 누워 있을 수 있겠는가?

그는 싸웠다. 그리고 전투가 끝난 저녁때, 그는 썼다.

〈나를 만나러 와주오. 죽기 전, 우리가 이렇게 말할 수 있도록 말이오. '우리는 숱한 날 행복했노라!'라고.〉

대포가 울렸다.

〈우리는 육백 명을 포로로 잡고, 대포 세 문을 탈취했소. 브륀 장군은 옷에 일곱 발을 맞았지만, 한 발도 몸을 관통하지는 않았소. 기적의 행운이오. 당신이 차가워지는 만큼, 나는 더욱 뜨거운 키스를 보내오.〉

24
권력의 사다리

그는 혼자였다.

한 무리의 인간들에 싸여 있는 그는.

병사들은 '보나파르트 만세'를 외치고, 어떤 이들은 친근하게 '우리의 꼬마 하사관'을 외쳤지만, 그는 혼자였다.

말을 달려온 참모들이 그에게 쪽지를 가져왔다. 오스트리아 보병들의 흰 상의가 길거리에 보이기 시작했다.

"베로나를 떠나야 합니다, 장군님."

뷔름세르 장군의 선발대가 이미 그 지점까지 들어온 것이다. 다른 전령들이 알렸다.

"서쪽에는, 카스도노비치 장군의 병력이 브레시아까지 도달했습니다."

마세나와 오주로의 파견대는 이미 퇴각했다. 오스트리아 창기병대는 최전방에서 과감히 공격을 감행하며, 만토바 부근까지 진출해서, 프랑스군 수송대와 고립된 마차들을 공격하고 있었다.

나폴레옹은 장교와 병사들의 얼굴에서 불안과 고뇌를 보았다. 패전의 공포와 도주의 유혹이 그들을 휩싸고 있었다. 며칠 내에, 이탈리아 원정 이래 그가 얻은 모든 것이 사라질지도 모른다는 위기감이 팽배했다.

그는 만사를 포기하고 원조를 구하고 조언을 얻고 싶은 충동과, 차라리 자신이 내리는 모든 결정에 압사당하고 싶은 충동을 동시에 느끼고 있었다. 자신에 대한 의구심이 솟구쳤다.

그는 장군들을 소집했다. 그리고 곧 그것이 실수가 아닐까, 의심했다. 뷔름세르와 카스도노비치는 계속 승리하며 압박해오고 있었다.

방으로 들어서는 오주로, 마세나, 세뤼리에 장군을 바라보며, 나폴레옹은 그들에게 아무것도 기대할 게 없다는 것을 깨달았다.

—총사령관으로 지휘한다는 것, 그것은 혼자가 되는 것이다.

그러자 오히려 차분해졌다. 내면을 갉아먹던 불안이 사라지는 듯했다. 그는 말했다.

"기베르가 가르쳐주었듯이, 군대의 힘은 집단적 속도의 산물이오. 병력을 최대한 급속도로 이동시켜야 하오. 적을 기습하기 위해 밤낮으로 걸어야 하오. 적을 격파하고, 그리고 또 걷는 거요. 다음 목표까지."

그는 만토바 진지를 철수하기로 결정했다. 그리고 모든 병력을 북쪽으로 급속 이동, 카스도노비치를 기습 격파하고, 다시 만토바로 병력을 돌려, 만토바를 무혈 해방시킨 대승을 거두었다고 생각하는 뷔름세르를 공격하는 작전을 세웠다. 예측을 불허하는 군사이동으로, 오스트리아군의 허를 찔러 혼란에 빠뜨리자는 작전이었다. 나폴레옹은 말했다.

"작전상 만토바를 포기하오."

세뤼리에가 언성을 높이며 반대했다.

"만토바 진지를 자진 철수한단 말입니까?"

나폴레옹은 칼로 자르듯 반복했다.

"진지를 철수할 것이오."

그는 홀로였다, 그것이 그를 탈진시켰다. 고백할 수 있다면, 그래서 위로받고, 안심하고 자신을 내맡기고 사랑받을 수 있다면…… 단 한 순간이라도 무장을 해제하고, 홀로가 아니라면, 얼마나 평화로울 것인가!

그러나 그는 홀로였다.

그는 조제핀이 읽기 편하도록 좋은 필체로 공들여 편지를 썼다.

〈당신의 편지를 받은 지 이틀이 되었소. 오늘 내내 서른 번이나 그것을 생각하고 있소. 우체부를 불러, 당신의 집을 들렀는지, 혹시 나에게 전하는 말은 없었는지 물어보았소. 심술궂고 잔인하고 제멋대로인 당신은 귀엽고 예쁜 악마요! 당신은 나의 위협과 바보짓을 비웃고 있소! 아, 당신을 내 가슴속에 가둘 수만 있다면! 내 가슴의 감옥에 당신을 가두고 싶소! 당신은 그런 내 마음을 잘 알고 있을 거요.〉

조제핀을 다시 부르고 싶다는 생각이 강박관념처럼 되살아났다. 사랑스런 그녀를 소유할 수 있다면 진정될 것이지만, 그녀는 자꾸 달아나며 결정적 승리처럼 확실하게 다가오지 않았다. 그는 썼다.

〈당신이 떠나지 않고 나의 공관에 묵었으면 좋겠소. 당신은 내 삶의 영혼이고, 내 가슴의 감정이오.〉

다음날 1796년 7월 22일, 그는 강조했다.

〈당신 건강이 좋다고 들었소. 그렇다면 브레시아로 오기 바라오. 당신이 바라는 대로 그 도시에 숙소를 준비하도록, 나는 즉각 뮈라를 보내겠소…… 은장식과 필요한 물건들을 가지고 떠나시오. 하루에 조금씩만 여행하고, 피곤하지 않도록 날이 선선할 때 움직이시오…… 길어도 칠 일 후면 당신을 만나러 갈 수 있을 것이오.〉

조제핀에게 사랑의 정열을 표현할 때는, 그는 혼자가 아니었다. 조제핀에게 글을 쓰는 동안은, 전쟁을 잊었다. 그때는, 갑자기 세상 모든 것이 사라지고 이 여자, 이 사랑만이 존재하는 듯했다. 요새를 강탈하듯, 조제핀에게 배달되는 모든 사람들의 편지들을 중간에 탈취해서 열어보기도 했다. 그리고는 그는 겸허하게 사과하며, 늘 이번이 마지막으로 열어보는 것이라고 스스로에게 다짐했다. 뷔름세르의 오스트리아군과 카스도노비치의 크로아티아군을 굴복시킬 그가 그녀에게는 용서를 빌었다.

〈내게 죄가 있다면, 당신에게 용서를 비오.〉

단 몇 분이라도 그녀에게 자신의 속내 감정을 표출하고 나면 기분이 좋아졌다. 자신에 몰입할 수 있었다. 1796년 8월 15일이면 그는 스물일곱 살이 된다, 생일 파티가 기다리고 있었다.

—말에 오르자, 나의 군대와 함께 전진하자. 행군, 전투의 나날 속으로.

8월 3일, 로나토에서, 카스도노비치 장군이 이끄는 크로아티아군을 격파했다. 의기양양하게 만토바에 입성했던 뷔름세르는, 패퇴하는 동맹군을 돕기 위해 만토바에서 나왔다. 모든 것이 나폴레옹의 예상대로 움직이고 있었다.

이제 뷔름세르 장군의 오스트리아군을 깨야 했다.

나폴레옹은 다시 정복한 브레시아 거리에 들어섰다. 병사들은 길마다 신선하게 솟구치는 맑은 샘물로 몸을 씻고 목을 적시고 있었다. 병창에서 만든 총을 실어나르는 수레들이 산업도시 '브레시아 아르마타'의 포도 위를 덜컹거리며 지났다.

자신의 공관으로 정한 베키 광장에 있는 시청에 들어선 그는 갑자기 들려오는 웃음 소리에 우뚝 섰다. 장교들에 둘러싸인 조제핀이 활짝 핀 모습으로 다가왔다. 뭐라는 으스대고, 대위로 진급한 젊은 장교 이폴리트 샤를은 팔 안에 포르튀네를 안고 조제핀을 따르고 있었다. 나폴레옹은 가차없이 그들을 물리쳤다. 모두가 물러가고 난 후 그는 비로소 그녀를 바라보았다.

ㅡ그녀는 나의 것이다. 작은 어깨, 풍만하고 탄력 있는 하얀 가슴, 터번을 두른 이미 아래 깨물고 싶은 귀여운 얼굴, 그리고 검은 숲 같은 머리결.

그는 격분한 모습으로 덮칠 듯이 그녀를 방으로 데려갔다.

잠긴 문 밖에서 개 짖는 소리가 들렸지만, 나폴레옹은 조제핀이 문을 열어주러 가는 걸 막았다. 그녀는 웃으며 포기했다.

그날 저녁식사 때, 무릎 위에 개를 안고 있는 그녀를 바라보며, 나폴레옹은 조제핀과 가까이 지내는 작가 아르노에게 투덜대듯 속삭였다. 씁쓸함과 유쾌함이 뒤섞인 목소리였다.

"선생, 아시겠소? 저 포르튀네 군은 나의 경쟁자요. 내가 마담과 결혼했을 때에도, 그는 침대를 점하고 있었소. 내쫓으려 했지만 쓸데없는 짓이었소. 마담은 내게 '따로 자든지, 그를 받아들이든지 선택하라'고 말했소. 불쾌했지만, 결국 포르튀네를 받아들여야 했소. 저 녀석은 다루기도 쉽지가 않아요, 내 다리의 상처가 그 증거요."

그러나 그는 곧 이 속내 이야기를 후회했다. 왠지 식탁에서 보내는 시간은 늘 실패하는 듯했다. 그는 다른 회연자들에게 방을 떠나게 하고, 조제핀과 단둘이 남았다. 개는 조제핀을 떠나는 게 싫어 짖어댔다.

그녀와 하루 반을 지냈다. 단 하룻밤이었다.

말들이 질주하는 소리, 멀리서 들려오는 대포 소리, 뷔름세르의 군대가 다가오고 있었다. 뷔름세르의 창기병대가 브레시아 성문에서 바라보였다. 공포에 사로잡힌 조제핀은 울음을 터뜨렸다. 그녀를 쥐노의 호위대와 함께 밀라노로 돌려보내며, 나폴레옹은 말했다.

"잘 가요, 내 아름답고 착한 여인, 비할 바 없는 신성함 그대로인 여인. 당신의 눈물을 흘리게 한 대가를 뷔름세르는 톡톡히 치러야 할 거요."

8월 5일 바스틸리나에서, 그는 뷔름세르 장군의 대군을 맞아 전투를 치렀다. 마침내 뷔름세르의 병력이 퇴각하기 시작했다. 7일, 베로나를 다시 취했다. 뷔름세르는 만토바에 돌아가 웅크렸다.

— 나는 홀로 결정했고 이겼다. 승리는 나의 것이다.

그러나 이 승리가 얼마나 갈 것인가? 뷔름세르는 새로운 병력을 받아 군대를 새로이 조직했다. 다비도비치 장군이 카스도노비치를 대체했다. 매순간 모든 것이 뒤엎어질 수 있는 상황의 연속이었다. 예측할 수 없는 앞날에 대한 불안이, 그를 견딜 수 없게 했고 탈진케 했다.

조제핀을 수행했던 쥐노가 면담을 신청했다. 밀라노로 가는 도중 조제핀의 마차가 오스트리아 창기병대의 공격을 받았다는 보고였다. 나폴레옹은 눈을 치뜨고 보고를 재촉했다. 전투중에 말 두 마리가 죽었으며, 마차 바퀴가 포탄에 부서졌고, 조제핀은 농부의 수레를 빌려 타고 페스키에라로 잠시 피신해야 했다.

나폴레옹은 슬픔을 감추고, 상황에 적절히 대처한 쥐노를 칭찬했다. 이제 조제핀은 밀라노의 세르벨로니 궁전에서, 화려하고 정중한 왕당파 귀족 남자들에게 둘러싸여, 꼼짝도 하지 않으려 할 터였다.

　—내가 그것을 참을 수 있을까?

　나폴레옹은 격노했다. 샤를 대위를 이탈리아 원정군에서 추방해 야겠다고 작정하며, 그는 쥐노에게 물었다.

　"소문대로, 조제핀이 며칠 동안 샤를과 함께 코모 호수 근처를 산책한 게 사실인가?"

　쥐노는 입을 다물었다. 쥐노는 알고 있었다, 그들 모두가 알고 있었다.

　—나는 부정한 아내를 둔, 진정 불행한 남편인가?

　그는 조제핀에게 썼다.

　〈당신은 고약하고 추한 여자요, 경솔한 만큼이나 추한 여자요. 가엾은 남편, 사랑하는 남편을 속이는 것은 배반이오. 남편이 멀리에서 피흘리며 과중한 임무를 수행하고 있다 해서, 남편의 권리를 잃게 해서야 되겠소?〉

　하지만 애원하고 매달려야 무슨 소용인가?

　"조제핀이 없다면, 그녀의 사랑의 서약이 없다면, 이 지상에서 내게 무엇이 남을까? 내가 무얼 한단 말인가?"

　—하지만 그녀가 이 말을 들을까?

　〈어제 우리는 혈투를 벌였소. 적은 많은 병력을 잃었고 완전히 패배했소. 우리는 적에게서 만토바 외곽을 탈취했소.〉

　그러나 그녀에게, 전쟁이란 무엇인가? 그녀가 왜 이 새로운 승리의 의미를 이해하려 하겠는가? 홀로 내리는 결단, 공유할 수 없는 기쁨이었다. 적이 그의 함정에 걸려들었다 해서 그녀가 무슨 기쁨을 느끼겠는가.

　9월 4일 로베레도 전투, 나폴레옹은 다비도비치 장군의 군대에 대규모 공격을 감행하여 승리를 거뒀다. 그리고 군대를 돌려 9월 7일 프리몰라노에서, 8일에는 바사노에서 뷔름세르 장군의 군대를 격파했다. 이제 뷔름세르에게는 선택의 여지가 없었다. 그는 만토바에 무기력하게 갇혀 있어야 했다.

— 조제핀은 내가 병사들에게 무엇을 요구하는지 알까?

그들은 엿새 동안 전투를 치르며 180킬로미터를 행군했고, 뷔름세르의 2차 공격을 두 주일 만에 격파했다. 적의 다음 공격을 지휘할 적장은 또 누구일까? 그는 적진을 굽어보며 곰곰이 생각했다.

— 나에게 전쟁이라는 이 과업은 싫증나지 않는다. 전쟁은 나를 불태운다. 이 식욕을 막기 위해서는, 내 아내의 사랑이 필요하다.

나폴레옹은 썼다.

〈그러나 조제핀, 당신의 편지는 오십대 여인처럼 차갑소. 마치 결혼한 지 십오 년은 된 아내의 편지 같소. 생의 겨울 같은 감정이 묻어나오. 매우 고약하고 나쁘고 배반적이오. 나를 이렇게 불평하게 만든다면, 당신에게 무엇이 남겠소? 이제 나를 사랑하지 않는 거요? 아니, 이미 그렇게 된 것 같구려. 나를 미워하오? 좋소, 나도 바라는 바요. 증오하면, 모든 게 추해지는 법이오. 무관심이오? 대리석처럼 굳은 맥박과 흐릿한 눈길, 단조로운 행동, 그런 무관심 말이오?〉

그녀에게 선전포고를 했다.

〈나는 전혀 당신을 사랑하지 않소. 아니, 당신을 증오하오. 당신은 천하고 서툴며, 멍청하고 더러운 여자요…… 대체 하루 종일 무얼 하는 거요, 부인? 당신의 모든 시간을 사로잡고, 당신의 나날을 독재자처럼 지배하며, 남편에게 향하는 관심을 가로막는, 그 새로운 애인, 그 놀라운 인간은 대체 누구요? 조제핀, 아름다운 밤을 조심하시오. 문을 박차고, 내가 나타날 것이니!〉

롬바르디아 평원에 비가 내렸다. 찬비에 젖는 가을밤의 공허 속에서, 그는 격분에 휩싸여 몸을 떨었다. 습기가 제복을 감싸고, 비안개가 만토바 주변의 늪을 감쌌다. 피로, 탈진, 독감, 열, 재발하는 습진에 뒤덮인 마른 육신을 이끌고, 그는 이 도시에서 저 도시로 끊임없이 이동했다. 볼로냐에서 브레시아, 베로나에서 만토바 교외로…… 지친 발걸음을 내딛고, 말고삐를 붙잡고 졸며, 강행군과 악전고투의 나날이었다. 오스트리아의 수도 비엔나에서 소식이 날아왔다. 병력도 더 많고, 더 전투적이며, 더 잘 무장된 병력으로 오스트리아군을 새로이 조직하고, 알빈치 장군을 새로운 지휘관으로 임명한다는 정보였다. 다시 격전에 대비해야 했다.

나폴레옹은 군대를 사열하며, 장교와 병사들의 불평에 귀기울였다. 시내에서 모욕을 당한 병사도 있었고, 공격받은 자들도 있었다. 앞날은 확실치 않았다. 그들은 입을 모아 말했다.

"주민들은 우리편이 아닙니다."

파리로 보낸 그림 수송대가, 피에몬테 벌판에서 테러단의 공격을 받고, 코니로 돌아가는 사건도 발생했다.

"그 테러분자들은 우리를 증오하는 농민들입니다."

미래와의 대결, 그 힘겨운 전투에서 그는 또다시 혼자였다.

겨우 4만의 병력으로 가능할까? 이번에는 월등하게 증강된 병력의 적들과 싸워야 했다. 적들은 그 수를 헤아릴 수도 없이 사방에서 몰려들고 있었다. 크로아티아, 헝가리, 독일, 오스트리아의 군대들이, 이탈리아를 점령하기 위해 무더기로 달려들고 있었다. 피에몬테와 롬바르디아가 공격당할 것인가. 아니면 볼로냐와 베로나일까.

나폴레옹은 토스카나에 파견된 공화국 대표위원 미오 드 멜리토를 접견했다. 키 작은 미오는 뛰어난 달변으로 나폴레옹에게 질문을 던져가며 상황을 정연하게 논했다. 나폴레옹은 그와의 대화중에, 그가 놀라는 모습을 놓치지 않았다. 미오는 나폴레옹을 다혈

질의 마세나처럼 용맹만 믿는 상군일 것으로 생각했던 모양이었다. 그는 저으기 놀라는 표정으로 말했다.

"당신은 다른 장군들과는 다릅니다. 당신의 군사적, 정치적 비전은……."

미오는 말을 중단하며 중얼거렸다. 차마 말하지 못하겠다는 표정이었다.

"내가 만나본 중에, 공화주의적 사상과 형식에서 가장 먼 장군이오."

나폴레옹이 말했다.

"우리에게는 서로의 배후와 측면을 보장해줄 친구가 필요하오."

나폴레옹은 자리에서 일어나, 뒷짐을 지고 서성였다. 그의 칼날처럼 뻣뻣한 머리칼이 창백하게 마른 그의 얼굴 위로 흘러내렸다. 서성이던 발걸음을 멈추고, 그가 창 밖을 응시하며 말했다.

"사방에서 우리에 대항하여 동맹을 맺고 있소. 그들은 우리 군대의 영광이 사라지는 걸 지켜보고자 하오. 로마의 영향력은 믿을 수가 없어요. 로마는 민중을 무장시키고 광신도로 만들고 있소……."

나폴레옹은 다시 발걸음을 옮기며 말을 이었다.

"우리도 우리에게 친구들을 만들어줄 정치적 제도를 선택해야 합니다. 그래야, 왕이든 민중이든 우리편에 설 것이오."

그는 발걸음을 멈추고 팔짱을 끼고 앉으며 말했다.

"총검으로 무엇이든 할 수 있소. 다만 정상에 앉는 것만 제외한다면 말이오."

따라서 이제는 다른 무기를 가지고 행동해야 했다. 그는 결론지었다.

"정치와 제도가 필요하오."

그는 자신이 읽은 숱한 책들을 기억했다. 파리와 발랑스에서 보낸 젊은 시절, 역사책들을 요약하며 적었던 주석들은 지금도 암기할 수 있었다. 『유스티니아누스 대법전』도 기억했다. 왜 여기 이탈리아의 심장부에 동맹 공화국들을 조직하지 못하겠는가? 고대 로마제국 역시 대공화국을 형성하지 않았던가?

미오가 그의 말을 자르며 말했다.

"총재정부 집행부는……."

나폴레옹은 격분한 표정으로 그를 바라보았다. 총재들? 그들이 뭘 안단 말인가? 그들이 뭘 한단 말인가? 그는 이미 그들에게 요구했다.

〈각하들께서 이탈리아를 보존코자 하다면, 병력을 보내십시오, 병력을.〉

총재정부의 답장은 간단했다. 신중하라는 충고와 함께 '이탈리아 애국주의자들을 자극해서는 안 된다'는 입장만 전달해왔다.

나폴레옹은 미오를 바라보며 말했다.

"볼로냐와 모데나에 의회를 소집하고, 그곳에서 페라라 국가를 구성해야 합니다. 이 의회는 이탈리아 군단을 형성할 것이며, 일종의 연방 공화국을 구성할 것이오."

미오는 고민스런 표정이었다. 나폴레옹의 주장은 총재정부가 구상하는 방향이 아니기 때문이었다. 나폴레옹은 어깨를 으쓱하며, 할 말을 다했다는 듯이 입을 다물었다.

10월 15일, 나폴레옹의 입회하에 모데나에서 열린 회의에서, 백명의 의원들은 포 강 이남 지역의 치스파다나 공화국을 선포했다.

권력, 정치, 외교. 나폴레옹은 이 새로운 무기가 가져다준 승리의 열매들을 맛보기 시작했다. 그는 이 열매들을 깨물 자격이 있었다. 그는 승전군의 총사령관이었다.

능숙하고 노회한 살리체티는, 모데나 공작의 동생인 에스테 사령관과의 면담을 주선하며, 나폴레옹에게 넌지시 말했다.

"모데나 사절단은 네 개의 상자에 금화 4백만 프랑을 가져왔습니다. 나는 장군의 나라 코르시카를 잘 아는 사람입니다. 또한 장군의 집안 사정도 잘 알지요. 총재정부는 장군의 헌신적인 노력을 인정치 않을 겝니다. 사람들이 장군에게 바치는 것은 장군 것입니다. 주저없이 받으십시오, 다만 알리지만 마세요. 공작의 재정은 그만큼 줄어들겠지만, 확실한 보호자를 얻는 셈치고는 작은 선물입니다."

나폴레옹은 무덤덤한 표정으로 거절했다.

"나는 자유롭고 싶소."

얼마 후 베니스 정부 사절단이 금화 7백만 프랑을 바쳤지만, 그것 역시 한 번의 손짓으로 재정관을 돌려보냈다.

그에게 보따리로 가져오는 이 재물들은 무엇인가? 그는 그 하찮은 권력들이 내미는 팁을 원한 게 아니었다. 그는 권력을 욕망했다. 그의 욕망과 야심은 그들이 가진 권력보다 더욱 거대하지 않은가? 비밀금고를 채우는 대신, 그는 다른 의도로 정치와 외교를 이용하고자 했다. 성공한다면, 금고를 가득 채우는 건 문제가 아니었다. 그런데 무엇을? 무엇을 욕망하는가? 그는 자신이 갈구하는 욕망의 실체를 스스로도 명확하게 규정하지 못했다. 다만, 위대해지고 싶었다. 아니, 그 이상을 욕망했다. 그는 한계가 있다는 것을 인정하지 않았다. 그는 수많은 인간들을 마주해왔다. 이탈리아 작은 국가들의 군주, 공작, 백작들…… 그는 그들 누구보다도 자신이 더 강력함을 느꼈다. 이제 누구도 그에게 강요할 수 없었다. 그는 오스트리아 장군들도 격파하지 않았던가?

그는 오스트리아 황제에게 명령조로 서술된 서신을 보냈다.

⟨폐하, 유럽은 평화를 원합니다. 이 파괴적인 전쟁은 너무 오랫동안 계속되고 있습니다.

폐하께 미리 알립니다. 만일 평화협상을 위하여 파리로 전권위원을 보내지 않는다면, 총재정부는 저에게 트리에스테 항을 점령하고, 아드리아 해의 모든 지역들을 파괴하라는 명령을 내릴 것입니다. 지금까지 저는 이 전쟁의 무고한 희생자를 더이상 늘려서는 안 된다는 충심으로, 작전의 실행을 참아왔습니다.

폐하께서 백성들을 위협하는 불행을 통찰하시어, 세상에 안정과 휴식을 돌려주기를 바라는 바입니다.

존경하는 마음을 담아 폐하께 글을 드리는 바입니다.

보나파르트.〉

그의 서명은 그 자체로 도전처럼 울리는, 진정한 최후통첩이었다.

황제에게 보낸 그 서신을 떠올리며, 베로나의 스칼리제르 궁전의 얼음처럼 차가운 큰 홀에서, 나폴레옹은 제어할 수 없는 불안에 휩싸였다. 궁전의 벽과 옷장에는 중세 가문의 상징이 하나 놓여 있었다. 사다리였다. 나폴레옹, 코르시카 출신의 보잘것없는 그가 너무 높이 올라가기를 욕망했던 것은 아닐까?

알빈치 장군의 오스트리아 군대가 다가오고 있었다. 나폴레옹의 군대보다 세 배는 많은 거대한 병력, 그에 비해 나폴레옹 군대는 몇 달 동안의 행군과 끝없는 전투로 탈진되었다. 병동에 누워 있는 부상자만도 수천 명에 달했다. 11월 6일부터 11일까지 베로나 근처의 칼데로에서 벌어진, 알빈치와의 첫 대결에서 나폴레옹은 후퇴를 거듭했다.

패배였다. 패배의 견딜 수 없는 고통에도 불구하고 그는 고개 숙이지 않았다. 병사들 옆에서 진흙탕 속을 함께 걸으며, 그는 다짐했다.

"내일, 다시 싸운다. 나는 이길 것이다."

어떤 예감이 느껴졌다. 비록 패전의 검은 파도가 원정군을 침몰시키고 있었지만, 숫적 열세와 축적된 피로, 질투, 원한이 군대를 특히 총사령관인 자신을 익사시키고 있었지만, 이길 수 있다는 생각이 떠나지 않았다.

그는 총재정부에 썼다.

〈제발 최대한 빨리 총을 보내주십시오. 각하들은 우리 병사들이 총을 얼마나 필요로 하는지 상상도 못 할 것입니다……〉

총재정부는 상황을 알아야 했다.

〈군대의 숫적 열세, 용감한 장교와 병사들의 부상이 나를 두렵게 합니다.〉

어떻게 군대를 먹여야 할까?

〈적군이 온갖 가공할 짓들을 저질렀습니다. 과일나무들을 꺾어버리고, 집들을 불지르고, 마을들을 약탈했습니다……〉

그는 총사령관이었다. 그러나 그의 위에는 총재들이 있었다. 나폴레옹이 자기 행동을 책임지듯, 그들도 수행할 임무를 책임져야 했다.

〈이탈리아와 유럽의 운명은 지금, 여기에서 결정되고 있습니다. 오스트리아 제국 전체가 움직였으며, 지금도 움직이고 있습니다. 5천 명의 증원군도 아직 도착하지 않고 있습니다. 여기는 두 달 전부터 원조를 필요로 하고 있습니다. 저는 임무를 수행하고 있고, 군대 역시 그렇습니다. 제 영혼은 찢어지고 있습니다만, 양심은 평온합니다. 도움을 주십시오, 도움을……〉

1796년 11월 14일, 나폴레옹은 알포네 늪지대를 걸었다. 이제 원조는 포기했다, 가지고 있는 것만으로 움직여야 했다.

그는 군대의 선두에 서서 늪지대를 가로지르는 좁은 황토길을 진군했다. 안개에 잠겨 있는 아르콜레 시, 늪의 물은 얼었고 악취를 풍겼다. 알빈치 장군의 오스트리아군은 강 건너편에 야영 진지를 구축하고 있었다. 적에게 쉽게 노출되는 구릉지대를 지날 때였다. 나폴레옹의 곁에서 진군하던 장교들이 갑자기 낙엽처럼 쓰러졌다. 적탄이 난무했지만, 나폴레옹은 물러서지 않았다.

로디 전투 때처럼, 이곳에도 강을 가로지르는 나무다리가 하나 있었다.

나폴레옹은 나무다리를 바라보며 돌진했다. 승리를 원한다면, 모든 것을 걸어야 했다.

나폴레옹은 돌격 신호를 알리는 북을 치고 몸을 던졌다. 뒤는 돌아보지 않았다. 그는 한 하사관의 손에서 깃발을 받아 흔들며 외쳤다.

"병사들이여, 로디의 승리를 잊었는가?! 돌격하라!"

그는 시체들 위로 넘어졌다. 누군가 그를 보호하고자 떼민 것이다. 그러나 그는 곧 일어나 다리 위를 달렸다. 그를 앞질러 돌격하던 척탄병들이 적탄에 모두 쓰러졌다. 그는 앞가슴이 적에게 노출된 채로 홀로 돌격했다. 이렇게 행동하는 가운데 찾아오는 것이라면, 죽음은 아무것도 아니었다. 뮈롱, 툴롱 전투 때부터 가장 뛰어난 참모인 뮈롱이 어느새 달려와 그의 앞에 섰다. 발사…… 뮈롱의 가슴에서 선혈이 튀었다. 그의 주검이 나폴레옹의 몸 쪽으로 넘어졌다. 뮈롱, 뭐하는가? 지금 누울 시간이 어디 있나? 전진하라, 전진해야 한다! 충격이었다. 뮈롱은 죽었다. 하지만 전진해야 했다. 그때 오스트리아군의 포격에 다리가 무너지면서, 그는 다리의 난간에 부딪쳐 정신을 잃고 곤두박질쳤다. 어느새 밤이 찾아와 전장을 감쌌다.

눈을 떴다. 동생 루이가 그를 바라보고 있다가 상황을 설명했다. 기절한 그를 늪에서 끌어냈다는 것이다. 동맹군으로 참여한 크로

아티아군이 나폴레옹을 붙잡기 위해 강을 건너오는 위기의 순간, 격분한 병사들이 필사의 돌격을 감행하여 적군을 패퇴시켰다고 했다.

말없이 듣던 그는 벌떡 일어섰다. 시련이었다. 기억마저 잃은 어두운 순간이었다. 그러나 그는 살아 있고, 알빈치는 패했다. 그가 말했다.

"기병대는 즉각 오스트리아군을 추격하라."

한 장교가 현실성 없는 위험한 작전이라고 반대하자, 그는 눈을 감으며 말했다.

"전쟁, 그것은 상상하는 것이다."

뮈롱과 죽은 동료들을 생각했다. 알포네 늪에서, 그는 그들의 등이 고목의 둥지처럼 수련 위로 떨어져내리는 것을 보았다. 그 역시 그들 중 하나가 될 수 있었다. 그를 위해 평생을 바친 뮈롱처럼 죽을 수도 있었다. 그리고 그 모든 것은 여전히 가능했다. 그는 살아 있고, 전쟁은 끝나지 않았기 때문이다. 죽음이 그를 스쳤다. 그러나 그는 죽음이 그를 원하지 않는다고 느꼈다. 아직은 자신이 죽음보다 더 강하다고 확신했다.

그를 싣고 밀라노로 향하는 마차 안에서, 사지는 피로로 부서질 듯했고 기침이 끊이지 않았지만, 그의 모습은 단호했다. 해야 할 일이 너무 많았다. 죽음만이 그의 행동을 막을 수 있었다. 파리의 총재정부는, 비엔나와의 협상을 담당할 전권위원으로 클라르크 장군을 파견했다.

—나를 불신한다는 말이군. 나, 승리자인 나를. 파리 전체가 승리를 환호하는 나를.

조제핀의 집이 있는 샹트렌 거리가 '승리의 거리(뤼 드 라 빅투아르)'라 불리고, 나폴레옹의 영광을 기려 '로디의 다리'라는 작품을 공연하는 파리의 극장에 매일 저녁 몰려든 관객들은 그 영웅적 상승장군을 찬양하며 기립박수를 보내고 있었다.

총재들은 그런 그를 두려워했다. 인간들 사이의 경쟁은 끝이 없는 법.

―내 아내만은 나를 위로해주기를!

1796년 11월 27일, 밀라노에 도착한 나폴레옹은 세르벨로니 궁으로 들어섰다. 그는 계단을 넘어서기도 전에 알았다. 궁전이 비어 있음을, 죽어 있음을. 그녀는 어디 있는가? 원로원에서 축제를 주관하도록 초대받아 이폴리트 샤를과 함께 제노바에 갔다는 대답에, 그는 소리쳤다.

"그놈을 총살해버려!"

하지만 곧 그는 평정을 되찾았다. 무엇에다 하소연한단 말인가? 질투에? 우습게 되는 건 누구인가? 남편? 애인? 절망만이 남았다. 알포네 늪과 아르콜레 다리 위에서의 추락을 사생활에서도 반복하다니, 이건 죽음이었다. 그는 조제핀에게 썼다.

〈밀라노에 도착하여, 당신 방으로 달려왔소. 당신을 보고, 당신을 품에 껴안기 위해, 모든 것을 떠났소…… 당신은 없었소. 당신은 축제의 여러 도시들을 오가고 있겠구려. 내가 오면, 당신은 없소…… 위험에 익숙해진 나는 권태와 삶의 아픔들을 치료하는 방법을 알고 있소. 내가 느끼는 불행은 이루 말할 수 없소, 이젠 생각하기도 싫소.

9일 낮까지 여기 있을 것이오. 걱정 말고, 계속 쾌락을 즐기시오. 행복은 당신을 위해 창조된 것이오. 마음에 든다면, 세상 전부를 즐기시오. 당신 남편은 너무, 너무 불행하지만……〉

밤은 언제 끝나는가? 낮은 언제나 올 것인가? 조제핀에 대한 승리, 그는 이루지 못할 꿈을 꾸는가. 그는 총사령관 령으로, 이폴리트 샤를을 이탈리아 원정군에서 추방하라는 명령을 내렸다.

전에도 그 명령을 내렸었지만, 조제핀의 눈물에 철회했었다. 이제 그는 다시 결심하며 썼다.

〈쾌락에 둘러싸여 있는 당신은 날 위해 조그만 희생도 감수할 수 없는 거겠지? 나는 그럴 만한 가치도 없으니까. 하긴 사랑하지 않는 남자가 행복하든 불행하든, 관심을 기울일 이유가 없겠지…… 내가 사랑하는 만큼 날 사랑해달라고 요구한다면, 내가 틀린 거겠지. 사랑의 질주 앞에 황금덩어리를 갖다 바친들 무슨 소용이겠소? 자연은 내게 당신을 사로잡을 만한 매력을 주지 않았소, 그건 내 잘못이겠지. 하지만 나도 당신에게 받을 만한 것은 있소, 존경과 인정이오. 왠지 아오? 당신을 미치도록 사랑하기 때문이오, 당신만을.〉

나폴레옹은 밀라노를 떠나, 서둘러 전쟁을 다시 찾았다.

— 적어도 전쟁은 나를 속이지 않는다.

1797년 1월 14일 밤, 리볼리 언덕 위에 오스트리아 선발대가 밝힌 불꽃이 보였다. 알빈치 장군이 새로운 병력을 이끌고 다시 진군해 왔다. 몇백 미터 떨어진 맞은편 언덕에도 별바다처럼 불이 밝혀져 있었다. 주베르와 마세나 부대가 밝힌 불빛이었다.

나폴레옹은 전투 준비에 부심하면서 밤을 보냈다. 왼쪽에는 마세나의 예비부대, 오른쪽 아디제 방향으로는 주베르 부대, 중앙에 베르티에 부대를 배치했다.

전장의 아침은 빨리 왔다. 그는 뮈라와 참모 라 마루아를 거느리고 전선을 시찰하며, 전투를 독려했다. 피아간에 총탄이 난비하고, 돌격명령이 떨어졌다. 명령을 내리고 땅에 엎드리는 장교들을 향해, 그는 고함을 질렀다. 퇴각하는 아군 1개 연대를 추격하는 적의 부대에 역습을 감행했다. 일진일퇴의 혼전이 계속되었다.

전황은 불확실했다. 그때 갑자기, 깃발을 높이 든 원군이 북을 울리며 나타났다. 18연대 병력들이었다. 나폴레옹은 두 팔을 들고, 북소리가 구르듯 울려대는 연설로 그들을 맞았다.

"용감하다, 18연대 장병들이여. 그대들은 고귀한 열정에 불타오른다. 그대들은 영광의 연대다. 더욱 큰 영광을 위해, 그대들은 감히 우리와 맞서려는 적들을 선봉에서 공격하라."

병사들은 만세를 외치며 그에게 화답했다. 그들은 총검을 들고 오스트리아군 진영을 뒤흔들었다. 혼전중에 투입된 원군에 프랑스군은 사기가 충천했고, 오스트리아 군사들은 기가 꺾였다. 팽팽하던 전세는 순식간에 기울었다. 곳곳에서, 미처 퇴각하지 못한 오스트리아 군사들이 수백 명씩 "포로요! 포로!"라 외치며 무기를 버리고 항복하기 시작했다.

명령하고 행동할 시간밖에 없었다.

전장에 어둠이 내렸다. 막사 두 곳에 장교들 수십 명이 모여들었다. 나폴레옹은 무리의 중심에 앉아, 그들과 함께 딱딱한 빵과 썩은 햄을 먹었다.

형편없는 음식에 대해 나폴레옹이 농담을 던지자, 티에보 대위가 불쑥 말을 받았다.

"본래 불멸의 양식은 항상 맛좋은 법입니다."

그리고는 티에보는 얼른 눈길을 내렸다. 하루 종일 칼을 뽑아들고 목숨을 걸고 싸운 장교가 문득 겁을 집어먹은 것이다. 나폴레옹은 자신이 다른 사람들을 명령할 운명을 타고난 인간임을 확인했다.

그는 짚 위에 자리를 골라 누웠다. 장교들 가운데서 잠을 청하고, 그들과 운명을 나누지만, 그럼에도 그는 홀로였다.

아침에, 그는 병사들에게 다가가 "밤새 추웠지?"라고 물으며 대화를 나눴다. 지휘한다는 것, 그것은 고생에 동참하는 것을 넘어,

희생을 요구하는 데까지 나아가는 것이다. 다시 행군해야 했다. 패퇴하는 알빈치 군대와 또다른 오스트리아 장군 프로베라를 도우려고, 오스트리아의 뷔름세르 장군이 진군해 오고 있었다.

라파보리테에서 뷔름세르 군대와 전투가 벌어졌다. 나폴레옹의 돌격명령에 한 병사가 외쳤다.

"장군님, 영광을 원하십니까? 우리가 장군님께 그놈의 영광을 잡아다 바치겠습니다!"

그들은 용맹하게 적진에 뛰어들었다.

뷔름세르 군대는 결국 퇴각하기 시작했다. 여세를 몰아 진격하는 나폴레옹군에 프로베라는 그의 병력을 거느리고 항복했다. 마침내 1797년 2월 2일, 뷔름세르는 항복하고 만토바에서 철수했다.

항상 승리를 거두고, 그의 명령에 부하들이 목숨을 바치면서도 만세를 부르는 소리를 들으면, 누구나 다른 인간이 된다. 프랑스 병사들이, 밀라노로 압송될 2만 2천 명의 포로들을 감시하며, 보무당당하게 시내를 행진했다. 나폴레옹은, 리볼리에서 탈취한 적의 깃발 삼십여 개를 펼쳐든 호위대에 둘러싸여, 베로나에 입성했다. 그러니 어찌 다른 인간이 되지 않을 수 있겠는가?

이젠 병사들에게도, 그는 다른 방식으로 말하고 썼다.

〈병사들이여, 그대들은 14번의 전쟁, 70번의 전투에서 승리를 거두었다. 그대들은 10만 명이 넘는 포로를 잡았으며, 5백 문의 대포와 2천 문의 중포를 적에게서 탈취했다…… 그대들은 3백 점이 넘는 고대와 현대 이탈리아 걸작품들로 파리 박물관을 부유하게 만든 영웅들이다.〉

─그런데도 총재들은 파리에 앉아 내게 명령을 내리려 한단 말인가? 정치? 외교? 이제 그것은 나도 한다.

나폴레옹은 교황의 사절단을 맞아, 그들과 톨렌티노 평화조약을 체결했다. 그들은 이미 약속한 1천6백만 프랑 외에, 추가로 1천5백만 프랑을 지불해야 했다. 그리고 프랑스에 아비뇽을 양도했다.

— 나는 프랑스의 지도를 바꾼다.

그리고 저기 바다가 있었다.

1797년 2월 4일, 안코네를 점령한 나폴레옹은 홀로 항구의 제방 끝까지 걸었다. 그는 그곳에서 눈앞에 펼쳐진 바다 풍경을 오래 바라보며 생각에 잠겼다.

돌아오는 길에, 부두에서 베르디에 장군을 만난 그는 말했다.

"이십사 시간 내에, 마케도니아로 진군한다."

그러나 갑자기, 모든 승리가 이미 과거의 것이라는 생각이 스쳤다. 벌써 먼지 가득한 과거라는 생각이.

며칠 후, 그는 조제핀에게 썼다.

〈나는 여전히 안코네에 있소. 아직 일이 끝나지 않아, 당신을 오게 할 수는 없소. 더구나 이 지방은 매우 음울한 곳이오. 사람들이 모두 두려워하고 있소. 나는 내일 산으로 떠나오. 당신은 여전히 편지를 쓰지 않는군…… 빌어먹을, 이번 전쟁만큼 지겨운 적이 없었소.〉

25
권력의 게임

산들이 그의 앞에 펼쳐져 있었다.

트레비소까지 가서, 피아베 강을 건너야 했다. 진군하던 나폴레옹은, 강으로 통하는 도로 입구에서 말을 멈췄다. 그 너머에 두 개의 계곡이 있었다, 탈리아멘토와 이존트소 계곡.

그를 지나 행군하는 병사들의 발걸음이 느리고 무거웠다. 좁은 도로는 벌써 급경사를 이루며, 병사들을 지치게 했다. 그럼에도 그는 병사들을 독려해야 했다.

"오스트리아 가문이 물려준 국가들 안으로 진군해야 한다. 그래야만 평화의 희망을 찾을 수 있다."

전투가 그를 기다리고 있었다. 오스트리아군의 새로운 장군 카를 대공, 그는 강의 수원을 이루는 타르비스 언덕 쪽에 있는 티롤에 병력을 집결시키고, 나폴레옹 군대를 노리고 있었다.

우선 자갈밭 계곡을 통과하고, 피아베 강과 탈리아멘토와 이존트소를 지나야 했다. 그리고 무너진 돌더미에 덮여 있는 비탈길, 그곳은 거대한 청백색 석회암들이 무너져내려 그 측면과 정상은 깎아지른 듯한 절벽이었다. 산은 살덩이가 하나도 없는 거대한 골조 같은 모습으로 서 있었다.

그 너머에 티롤과 프리울, 카린티가 있고, 유덴부르크와 클라겐푸르트 쪽으로 가야 초원과 숲을 만날 수 있었다.

여기저기 돌이 터져나올 듯 날카롭게 솟아 있었다.

나폴레옹은 불안했다.

"독일로 전진함에 따라 더 강력한 적들을 만나게 될 것이다. 오스트리아 가문이 지배하는 모든 국가들에서 황제의 병력이 움직이고 있다. 그들은 우리에 맞설 모든 준비를 갖추고 있다."

그는 저 너머 라인 강에서 무장 대기중인, 모로 장군과 오슈 장군 휘하의 프랑스 병력을 떠올리며 말을 이었다.

"빨리 라인 강을 넘지 못하면, 우리는 오래 버티지 못할 것이다."

모로의 병력은 라인 강변에서 꼼짝 않고 있었다. 하지만 오슈 장군이 지휘하는 상브르 에 뫼즈 군대는 공격을 원하는 것 같았다.

만일 그들이 적군의 주력인 오스트리아군에게 승리를 거둔다면, 이탈리아 원정군의 영광은 빛을 잃을 게 아닌가? 원정군 총사령관인 자신의 영광도.

이 문제가 며칠 전부터 나폴레옹을 괴롭혔다.

음산한 늦겨울비가 내리던 날, 안코네와 톨렌티노에서 교황의 사절단을 기다리며, 그는 참모들도 모두 물리치고 홀로 방 안을 거닐며 생각에 잠겼었다.

　―누구를 위해 싸우는가? 누구를 위해 승리를 거두는가? 총재 정부의 인간들, 변호사들, 그 얼간이들을 위해? 아니면, 나 자신을 위해?

　지난 1797년 2월 밤 동안, 종기와 옴으로 다시 뒤덮인 피부에 괴로워하며, 그는 묻고 물었다. 조제핀에게 글을 쓰고 싶었지만, 아무 생각도 떠오르지 않았다. 그를 사로잡고 있는 질문들이, 다른 정열의 표현을 생각지도 못하게 했다.

　인생의 도박은 이미 시작되었다. 그가 던지는 카드들은 그 자신을 위한 것이다. 왜, 이 도박을 자신보다 열등한 사람들에게 맡겨야 하는가? 그들에게 무슨 도덕성이 있단 말인가? 그들은 탐욕스럽고, 그들의 권력만을 생각했다. 그들이 언제 목숨 건 전투에 나선 적이 있었던가? 비 오듯 쏟아지는 탄알을 뚫고 다리를 건널 때의 느낌을, 그들이 알기나 하겠는가? 그런 그들이 무슨 권리로 마음대로 명령하는가? 민중에 의해 선출되었다 해서? 형식상으로는, 그렇다. 그러나 실제로는, 그들은 자신의 의석과 재산을 보존하기 위해 헌법을 뜯어고친 인간들 아닌가. 그리고 반대하는 사람들에게 대포를 발사하게 한 인간들. 그들은 판돈을 노략질하는 탐욕의 인간들 아닌가? 그것도 프랑스의 이름으로, 프랑스 국민의 이름으로.

　―나는 이미 그들이 결코 이루지 못할 것을 이루지 않았는가? 나는 나를 위해 생을 건다.

　카를 대공을 격파해야 했다. 비엔나와의 협상을 끌어내어 승리의 장군이 될 뿐 아니라, 평화의 인간이 되어야 했다.

　빨리 움직여야 했다. 4만여 병력으로, 오스트리아 대군을 무릎 꿇리기 위해서는 신속한 행군이 필요했다. 게다가 대부분 프랑스군을 증오하는 이탈리아 도시들과 지방들을 감시하기 위해서도 시간을 지체할 수 없었다.

나폴레옹은 군대를 북동쪽으로 이동했다.

1797년 3월 12일, 나폴레옹은 탈리아멘토를 넘었다. 그의 휘하의 주베르 장군은 바우첸과 브릭센에 진군했고, 베르나도트 장군은 트리에스테에 진군해 있었다.

3월 28일, 나폴레옹은 클라겐푸르트에 입성했다. 그의 선발대는 슈타이어마르크 심장부에 위치한 레오벤에 도착했다. 셈메링 고지에 서서 다뉴브의 대평원을 굽어보며, 그는 상상에 잠겼다. 백 킬로쯤 떨어진 곳에 있을, 비엔나 궁전의 둥근 지붕들. 심장의 피가 더워짐을 느끼며, 그는 몸을 떨었다. 도취해서는 안 된다고, 그는 스스로에게 말했다. 최대한 빨리, 그가 구상하는 승리와 평화체제를 구축해야 했다.

3월 31일, 그는 막사 안에 앉아, 적장 카를 대공에게 보낼 메시지를 작성했다. 그리고 참모를 불러 오스트리아 전선으로 찾아가, 자신의 전언을 반드시 오스트리아 총사령관에게 직접 전하라고 강조했다. 명령받은 참모가 클라겐푸르트 거리로 사라져가는 모습을, 그는 오랫동안 지켜보았다.

그가 작성한 메시지의 문구들이 머릿속에서 오래 울리고 있었다. 카를 대공은 분명 비엔나 당국에서 그리 자유롭진 못할 터였다. 그러나 자신의 전언이 곧 오스트리아 국민들이 원하는 바이기 때문에, 오스트리아 황제가 파리를 통치하는 변호사들처럼 얼간이가 아니라면, 언젠가 비엔나는 나폴레옹과의 협상에 나설 것이라 생각했다. 그는 이렇게 썼다.

〈진정 용감한 군인은 전쟁을 하면서도 평화를 추구합니다. 수많은 사람을 죽음으로 내몰며, 슬픈 인류에게 우리가 이 많은 잘못을 저질러야 할 이유가 무엇입니까? 평화는 양쪽 모두가 원하는 바입니다…… 귀국은 인류의 시혜자이며, 독일의 구원자라는 명성을 간직하기를 원합니까?…… 나는 귀국에 협상을 타진하는 일을 영광스럽게 생각합니다. 그래서 단 한 사람의 생명이라도 구할 수 있다면, 자부심을 느낄 것입니다. 군사적 성공이 주는 슬픈 영광보다는, 평화적 해결을 이루었다는 진정한 영광을 자랑하고 싶습니다.〉

그는 대답을 기다리며, 슈타이어마르크로 전진하여 유덴부르크와 레오벤까지 진군했다.

노이마르크트와 운츠마르크트 전투에서 오스트리아군을 상대로 거둔 새로운 승리도, 그를 즐겁게 하지 못했다. 로디와 아르콜레, 리볼리 전투 이후, 승리는 이제 그에게 진부한 일이었다.

전쟁 자체가 가장 강렬한 감동마저 탈진시켰기 때문일까? 전쟁은 그를 열광시켰었다. 그러나 거의 일 년 전부터, 전쟁은 그에게 일상적인 삶이 되어버렸다. 그는 구역질이 날 정도로 많은 죽음들을 보았고, 가장 뛰어난 전우들이 죽는 것을 보았다. 특히 뮈롱은 아르콜레 전투에서 그의 목숨을 구하고 죽었다. 이제 스물여덟 살을 바라보는 그는, 전쟁은 수단일 뿐이라는 사실을 인지하고 있었다. 전쟁이라는 도구의 다양한 기법도 알게 되었다. 전쟁 자체가 자극이 되던 때는 이제 지났다. 그의 마음을 끄는 것은 전쟁의 힘으로 얻는 것, 즉 인간들을 움직이는 권력과 영광이었다. 행군하는 병사들만이 아니라, 일상생활과 제도 속에서 살아가는 모든 인간들을 움직일 수 있는 권력이었다.

주위의 인간들을 바라보았다. 장교들, 참모들, 장군들, 특히 주베르, 마세나, 베르나도트…… 그들은 모두 용감하고 유능한, 뛰어난 군인들이다. 그러나 그는 이미 그들 위에 있었다. 그는 한 군대를 지휘하는 사령관에 머물지 않고, 전군(全軍)의 결정을 좌우하는 위치에 올라 있었다. 정치권력을 장악할 수 있는 '사람들 중 한 명'이 된 것이다.

— '사람들'? 그런가? 아니면 '유일한 사람'인가?

시간이 필요했다. 그런 '사람들 중 하나'라면, 왜 정치권력을 생각하지 않겠는가? '유일한 사람'이려면, 파리의 권력을 장악한 사람들과 맞서야 했다.

그는 다섯 명의 총재들, 바라스, 카르노, 뢰벨, 바르텔르미, 라 레블리에르 레포를 알고 있었다. 포도달 13일, 당시 그는 바라스 군대의 책임자로서 그들을 관찰했었다. 그들은 법을 존중하지 않았다. 대혁명을 체험하면서 그가 느낀 것은, 혁명에서도 결국 중요한 것은 칼, 즉 힘의 관계라는 사실이었다. 전쟁과 마찬가지였다.

그의 부름을 받고 온 참모 라발레트가 고개를 숙이며 예를 갖췄다. 대부분 귀족이며 왕당파 출신들인 그의 참모들이 그에게 보이는, 존경을 표하되 아첨의 기색은 없는 의전, '좋은 전우'로서의 태도, 나폴레옹은 그것을 좋아했다.

충직하고 똑똑한 라발레트는 뛰어난 정보참모의 자질을 갖추고 있었다. 나폴레옹은 그에게 자리를 권하고 마주 앉았다.

그는 라발레트를 파리로 보내 카르노 총재를 만나게 할 생각이었다. 다섯 총재 중 카르노와 바르텔르미는, 클리쉬 클럽에 모이는 왕당파들과 가깝게 지내고 있었다. 안정의 추구를 위해, 카르노는 공화국을 청산할 의향이 있는가? 우선 그가 무엇을 생각하고 준비하는지를 알아야 했다. 선거는 몇 주 앞으로 다가와 있었다. 모든 정황으로 미루어볼 때, 이번 선거는 왕당파의 승리가 확실했다. 그러나 그에 맞서는 '삼두파의 통령들', 바라스와 뢰벨, 라 레블리에르 레포는 손놓고 있을 것인가? 그들은 분명 포도달을 반복하려 할 것이다.

나폴레옹은 자리에서 일어나 서성였다. 이 게임은 그를 흥분시켰다. 이제 그의 눈에도 게임의 수법들이 보였다. 그것은 전쟁이었다, 지하에서 은밀하게 치러지는 전쟁. 전쟁터에서처럼 목숨을 걸고 대적해야 하는 권력의 게임, 그것은 전쟁보다도 더 복잡한 규칙과 더 능숙한 전략가들, 더 많은 눈금과 말들을 움직이는 고도의 복잡성을 지니고 있었다. 전쟁이 여자들의 단순한 유희라면, 정치는 고도의 게임이었다.

다양한 역학관계에 얽혀 있는 게임판을 생각하며, 그는 생각에 잠겼다. 물론 선전포고를 하고 말들과 적수들을 단번에 쓸어버릴 수도 있을 것이다. 몇 년 전 튈르리 궁에서의 장면들이 떠올랐다. 당시 1792년 8월 10일, 궁전으로 난입한 여자들은 스위스 병사들의 시체들에 칼질을 하며 광분했었다.

그는 중얼거렸다.

"민주주의는 쉽게 격분하지. 그 속에 뜨거운 강물이 흐르고 있어서, 조그만 열기에도 쉽게 끓어오른다구."

라발레트로 하여금 신문을 만들고, 여론 형성에 영향력이 있는 작가와 기자들을 품안에 거두게 할 생각이었다. 도처에서 보나파르트가 누구인가, 무엇을 했는가, 무엇을 바라는가를 알게 하자는 의도였다. 물론 '평화'를 추구하는 장군이란 점을 강조해야 한다. 웅변가, 시인, 소설가, 화가, 이들이 모두 보나파르트 장군의 공훈을 말하고 칭송케 하라는 임무였다.

나폴레옹은 말했다.

"귀족계급은 여전히 내게 냉정해, 그렇지 않은가? 그들은 결코 용서란 걸 모르지."

그는 라발레트에게 명령했다.

"카르노를 만나, 그를 안심시키게. 귀관의 의견인 것처럼 말해.

나는 일단 모든 일에서 물러나 있을 거라고. 그러다 일이 지체되면, 나는 사임할 것이라 말하게. 그가 어떤 반응을 보이는가를 잘 관찰하도록."

지난 1795년 포도달 13일에는, 그는 바라스의 인간으로서 움직였다. 그러나 이번에는 오직 그 자신을 위한 게임이었다.

그가 고대하던 무대가 마련되었다. 1797년 4월 13일, 작은 도시 레오벤, 두 명의 오스트리아 전권위원이 그를 찾아와 면담을 요청했다.

메르벨트 백작과 보르가르 백작, 그들은 우아하고 만만찮은 귀족 장군들이었다. 나폴레옹은 그들을 기다리게 했다. 협상의 주인은 그들이 아님을 인지시켜야 했다.

태연한 척하지만 내심 초조해할 그들의 모습을 상상하며, 나폴레옹은 여러 카드를 가지고 판의 흐름에 주도하는 게임꾼의 즐거움을 만끽했다. 그는 가장 노련한 사람들마저 불안 상태로 몰아가는 방법을 배우고, 몸에 익혔다. 담판이라는, 인간 대 인간의 투쟁에서는 일거수 일투족이 모든 것을 결정할 만큼 중요했다. 권력 대 권력의 담판에서도 그러하리라.

그는 오스트리아측에 벨기에와 라인 강 좌안을 넘겨받고, 대신 베니스를 내줄 작정이었다. 아직 베니스를 장악하진 못했지만, 그의 말 한마디면 베니스 총독의 권력을 뒤엎기에 충분할 터였다. 프랑스는 이오니아 섬을 지킬 수 있을 것이다.

이런 제안은 은밀하게 추진되어야 했다. 베니스가 어떻게 생각할 것인가? 그리고 총재정부의 입장도 고려해야 했다. 총재들은, 만일 오스트리아가 협상에 응하면, 롬바르디아를 양보하라고 알려왔다.

나폴레옹은 두 전권위원이 기다리는, 천장 낮은 방으로 천천히 들어섰다. 그는 자신이 원하는 바를 분명히 알고 있었고, 그걸 관철해낼 자신이 있었다. 장군이든 총사령관이든 한 인간의 힘을 만드는 것은, 적보다 더 빨리 그리고 더 멀리 바라보는 것이다.

그리고 닷새 후인 4월 18일, 나폴레옹과 비엔나 사절단 사이에 레오벤 예비조약이 체결되었다.

그는 자신의 카드로 게임에 나서, 승리하였다.

다시 불면의 밤이 찾아왔다.

모든 가능성에 카드를 걸어야 했다. 총재정부에 예비조약 문서를 전달하고, 그들이 그대로 수용하지 않을 수 없는 방법을 찾아야 했다. 점잖은 어조로 사임하겠다고 위협한다면 어떨까. 그들이 자신의 편지 구절을 단 한 줄도 믿지 않는다 할지라도, 그들로 하여금 거부하지 못하도록 압박할 말들을 찾아야 했다. 그들을 진퇴양난에 몰아넣고, 공격할 여지를 주지 않아야 했다. 그는 참모를 불러 구술했다.

〈휴식을 신청하는 바입니다. 저는 각하들이 제게 부여한 임무를 수행하며, 행복할 만큼 영광을 얻었습니다…… 제가 불충한 의도를 품고 있다는 비난이 나돌고 있습니다만, 저의 민간 이력은 군대 이력처럼 순수하며 단순합니다…… 평화조약의 비준과 더불어, 이탈리아 문제에 대한 분명한 결정을 보내주시길 바랍니다. 또한 제게 이탈리아를 떠나 프랑스로 돌아가 휴식을 취할 수 있도록, 허락해주시기를 바라는 바입니다.〉

—휴식이라? 휴식이란 무엇인가?

1797년 4월 19일 밤, 장교들이 숨을 헐떡이며 지친 얼굴로 막사로 들어왔다. 나폴레옹이 바라보자 그들은 꼼짝 않고 섰다. 지휘한다는 것, 그것은 거리를 두며 존경을 유발하는 것이다. 한 장교가 말했다.

"4백……."

베로나에서 4백 명의 프랑스 병사들이 농민 폭도들에게 살해당했다. 목졸리고 칼에 찔려 죽었다. 그들은 부상으로 병원 침대에 누워, 움직일 수도 없는 병사들이었다.

베니스에서는, 리도에 정박중인 프랑스 군함이 공격받아 대위한 명이 전사하였다.

나폴레옹은 말없이 장교들을 내보내고 생각에 잠겼다. 질서를 유지하려면 복수가 필요했다. 폭력에는 더 강력한 폭력으로 응수해야 했다. 그는 이 법칙을 유년시절 브리엔에서, 사관학교에서, 아작시오에서, 그리고 초기 지휘와 전투 시절에 배웠다.

특히 베니스에 대해서는, 이미 결정된 방침의 예비동작으로서도 폭력을 사용할 필요도 있었다. 적이 충분히 느끼지 못했다면, 불행한 일이지만 더욱 신속하고 강력하게 때려야 했다.

나폴레옹은 베니스 총독에게 썼다.

〈내 군대가 당신이 사주한 대량학살을 묵인할 것이라 생각합니까? 나는 형제들의 피를 복수할 것이오.〉

베로나 학살자들에게 가차없는 보복이 가해졌다. 프랑스 군대는 베니스로 들어가, 16세기 이후 독립된 역사를 지켜온 베니스 공화국을 끝장내었다. 베니스는 라인 강 좌안과 벨기에와의 교환으로, 오스트리아에 양도될 것이다. 총재정부는 오랜 토론 끝에 레오벤 협약을 인정했다. 소식을 들은 나폴레옹은 회심의 미소를 지었다.

— 나는 유럽 지도를 새로 그리고 있다.

며칠 후, 나폴레옹은 참모 라발레트가 파리에서 보내온 첫 통신을 받았다.

〈모두의 관심이 장군님에게 쏠리고 있습니다. 장군님은 프랑스 전체의 운명을 손 안에 넣고 계십니다. 평화조약을 체결하십시오, 평화를 마력에 의한 것인 듯 만들어야 합니다. 레오벤 예비협약부터 매듭지으십시오…… 그리고, 프랑스 전 민중의 축복을 받으러 오십시오. 그들은 장군님을 은인이라 부를 것입니다. 여기 오셔서, 장군님의 철학과 기백으로 파리인들을 놀라게 해주십시오.〉

나폴레옹은 그 희망찬 글을 다시 읽어보며 가슴을 폈다.

그는 1797년의 이 봄을 사랑했다.

26
나는 그렇다

　스물여덟 살의 나폴레옹, 그는 이제 통치법을 염두에 두고 있다.
롬바르디아 여름 열기를 피해, 밀라노에서 12킬로미터 떨어진
호화로운 별장 몸벨로 성으로 거처를 옮긴 그는, 마르세유의 가족
들도 부르고, 참모들과 초대한 손님들에 둘러싸여 지냈다.

　드디어 조제핀이 그의 옆에 있었다!

　이제는 언제든지 원할 때 그녀를 볼 수 있었다. 힘을 장악하면,
모든 것이 변하는 법이다. 아내와의 관계도 달라졌다. 그녀는 이
제 '코르소'라 불리는, 우아한 밀라노 여인들의 산책로에 가지 않
았다. 흔히 밀라노 여자들은 낮이면 마차 '바스타르델레'를 타고,
'코르시아 데 세르비' 카페에 가서 아이스크림을 먹었다. 말 위에
높이 앉은 기사들의 찬양을 받으며 코르소를 누비고, 아이스크림

을 먹는 일과를 즐겼던 것이다. 나폴레옹은 젊은 장교들이 밀집한 그 거리를 좋아하지 않았다.

몸벨로 성을 찾은 많은 사람들은 나폴레옹에게는 두려움을 느끼고, 조제핀 주위에 몰려들었다. 조제핀은 매일 저녁 정원의 높은 장소에 큰 텐트를 치고 만찬을 주관했다. 식탁에 사십여 개의 식기를 차리며, 그녀가 주도하는 만찬 장면을 그는 흥겹게 바라보았다.

메뉴는 수프와 삶은 고기, 앙트레, 샐러드와 과일, 그리고 포도주 한 잔 정도가 보통이었다. 나폴레옹이 검소한 식사를 지시했기 때문이었다. 나폴레옹이 입을 열면, 모두가 경건하게 귀기울이며 그를 향해 고개를 돌렸다.

그는 이 세계를 지배했다. 누이들인 폴린과 카롤린, 동생 제롬, 그리고 조제핀의 아이들인 으젠과 오르탕스도 그를 따랐다.

종종 나폴레옹은 어머니 레티지아의 시선이 자신을 압박하는 것을 느끼며, 어머니가 조제핀에게 던지는 눈길을 주목했다. 어머니는 여전히 그녀를 좋아하지 않았다. 귀족들인 오스트리아와 나폴리 외교관들에 둘러싸여 앉아 있는 조제핀, 그녀는 예전 자작부인의 우아함으로 자리를 빛내고 있었다. 때로 그는 그녀를 바라보다 불현듯 욕망에 사로잡혀 그녀를 침대로 데려갔다. 회연자들이 어떻게 생각하든 아랑곳하지 않았다.

베르티에와 외교관 미오 드 멜리토를 데리고 마제르 호수를 산책하면서도, 그는 격정에 사로잡혀 조제핀을 껴안았다. 두 사람은 거북해하며 고개를 돌렸지만, 그는 상관하지 않았다. 그녀는 그의 아내였고, 그곳을 지배하며 규칙을 정하는 것은 그였다.

이렇게 즐겁고 상쾌한 기분을 느끼는 게 얼마만인가. 아니, 그의 생애 처음이었다. 그의 몸은 힘을 되찾으며 에너지로 충만해갔다. 그를 사로잡던 피로가 조금씩 물러가고, 귀찮은 습진도 점점 사라졌다.

여러 사람의 삶을 결정하는 기쁨이야말로, 아마도 가장 강렬한 기쁨일 것이다. 누이 엘리자는 마르세유에서 코르시카 출신의 평범한 대위 펠릭스 박치오키와 결혼했다. 나폴레옹은 이 결혼을 탐탁지 않게 여겼지만 받아들였다. 막내누이 폴린은 몸벨로 성의 예배당에서 여러 하객들의 축하를 받으며, 르클레르 장군과 결혼식을 올렸다.

지난 1796년 10월 이후, 영국군이 철수한 코르시카는 프랑스가 다시 접수한 상태였다. 나폴레옹은, 엘리자의 남편 박치오키를 아작시오 경비사령관으로 추천할 생각이었다. 파올리 추종자들은 철수하는 영국군을 따라 대부분 섬을 떠났고, 형 조제프는 5백인 회의의 아작시오 의원으로 선출되었다. 왕당파가 대부분인 그 회의에서, 자코뱅으로서는 예외적으로 조제프가 선출된 것이다. 하지만 조제프에 대해, 나폴레옹은 다른 계획을 갖고 있었다. 조제프를 로마 주재 프랑스 대사로 만들 생각이었다. 총재정부는 보나파르트 가문에 대해 그 정도의 혜택은 거절할 수 없을 터였다. 동생 루이는 대위였다. 독립적이고 야심적인 동생 뤼시앵은 북부군과 라인군, 코르시카군에 대표위원으로 파견근무하기도 했지만, 주로 파리에서 활동했다. 모든 사람이 그녀 앞에서 고개를 숙이는, 검은 옷의 여인 레티지아 보나파르트, 그녀는 코르시카로 돌아가고 싶어했다. 나폴레옹은 왕의 귀향 여행을 조직하듯, 어머니의 귀향을 정성스레 준비했다.

권력의 강렬한 힘, 인간들의 운명을 움직일 수 있다는 확신, 이것들이 주는 자신감을 어디에 비할 수 있는가!

나폴레옹은 계단 위에 서서, 멀리 알프스의 눈 덮인 정상을 바라보았다. 몇 걸음 떨어진 곳에 베르티에 장군과 클라르크 장군이 서 있었고, 그 뒤로 다른 장군들, 란과 뮈라 그리고 마르몽이 서 있었다.

모두들 식사하러 가기 위해 그를 기다리고 있었다.

성을 지키는 3백 명의 폴란드 용병들, 그리고 그들 뒤에는 만찬을 구경나온 부근 농민들과 밀라노에서 온 도시민들이 서 있었다. 거구의 폴란드 용병들과 그들을 데려온 돔보로프스키 공작, 분열되고 점령당한 조국 폴란드에서 망명한 그들은 몸과 영혼을 바쳐 나폴레옹에게 충성하고 있었다.

통치한다는 것, 그것은 찬양과 충성을 유발하는 것이다.

나폴레옹은 아르콜레 다리에서 죽어간 뮈롱을 생각했다. 뮈롱은 권위 있는 지도자에게 충성을 바친 인간의 전형이었다.

수많은 이탈리아 귀족들이 만찬에 참여하러 몰려드는 몸벨로 성의 풍경, 그것은 마치 17세기 태양왕 루이 14세 시대의 베르사유 궁전의 풍경과 같았다.

시종이 비엔나 주재 나폴리 대사 갈로 후작의 도착을 알렸다.

— 그들이 나를 찾아 여기까지 왔다. 왕과 제국의 궁전을 지배하는 그들이.

그런가 하면 란과 뮈라처럼 평민 출신, 대혁명 시절의 병사들도 있었다.

그의 시선은 조제핀 옆에 서서 다가오는 생 위베르티를 향하고 있었다. 대혁명 이전 절정기를 누렸던 여인 생 위베르티, 당트레그 백작과 결혼했다는 풍문이 있는 여인. 당트레그 백작은 망명중인 루이 18세를 위해 복무하는 왕당파 정보원으로서, 비엔나와 런던 등 유럽 각지에서 활동하고 있었다. 나폴레옹의 첩보대는 베니스에서 그를 추적중이었다.

그를 찾아 감시하고 보안을 유지하라는 것이 나폴레옹의 특명이었다.

프랑스 대사 미오 드 멜리토가 나폴레옹에게 다가와 말했다.

"갈로 후작도 찾아오고, 이탈리아 대사들이 속속 장군을 방문하는 걸 보니, 평화가 멀지 않았음이 분명해 보이는군요."

미오는 나폴레옹에게 북부 이탈리아 공화국을 창설한 것을 축하하며 물었다.

"장군께서는 앞으로 어떤 역할을 맡으실 생각입니까?"

때로는 털어놓을 필요도 있었다. 그럼으로써 생각은 형태를 갖추고 힘을 얻는다. 또한 생각은 결심하게 하고 꿈꾸게 하며, 그 과정을 통해 미래를 조직하게 한다. 진실을 반만 고백하면서 자신의 야심을 부분적으로 드러내는 것, 그리고 그렇게 의혹을 가지게 하는 과정도 필요했다. 나폴레옹은 말했다.

"나는 이번 원정군에서와 비슷한 역할을 맡게 되는 경우에만 이탈리아를 떠날 것이오. 하지만 그때는 아직 오지 않았소…… 파리의 우리 '얼간이들'을 만족시키기 위해서는, 아마 평화가 필요할 것이오. 그리고 평화가 이루어져야 한다면, 그 일을 해낼 사람은 바로 나여야 하오. 그 일을 다른 사람이 맡는다면, 여론은 나의 모든 승리보다도 그를 더 높게 평가할 게 아니오."

— 진지한 얘기는 이만하면 충분하다, 식사나 하자.

나폴레옹은 말을 마치고, 식탁으로 걸어가 자리잡았다. 그는 만찬중에 많은 일화들을 이야기했다, 역사에서 끌어낸 일화들. 그에게로 향하는 많은 시선들을 즐기며.

식사를 마친 그는 일행들과 대화를 나누며 공원의 그늘을 걸었다. 그와 마주치는 이탈리아인들이 만세를 외치며 그를 '이탈리아 해방자'라고 환호했다. 그는 갈로 후작에게 말했다.

"평화가 이루어지면, 천문학과 수학 공부를 다시 시작할 생각이오. 도시의 소음들과 멀리 떨어진 이곳에서 살고 싶소. 주위 주민들을 위해 치안판사 역할이나 하면서 말이오."

조제핀이 다가와 달콤하게 속삭이는 목소리로 갈로에게 말했다.

"믿지 마세요. 이이는 늘 미래를 생각해요. 세상에서 가장 기획력이 풍부하고 명석한 두뇌의 소유자인 이이가 만일 큰 일들에 몰두하지 않는다면, 매일 집을 부술 거예요. 이이와 함께 평화롭게 산다는 건 불가능할 거예요."

그녀는 웃었다.

그는 그녀에게 입을 다물라는 눈짓을 했다. 이제 그렇게 그녀에게도 명령할 수 있었다. 그는 갈로 후작에게 한 발 다가서며 물었다.

"대사, 당트레그 백작을 아십니까?"

그리고는 후작의 대답을 기다리지도 않고, 그는 몸을 돌려 걸어갔다.

성의 살롱에 들어서자, 베르티에가 그를 기다리고 있었다. 조각된 천장과 빌로드 벽지는, 화려한 가구들로 가득한 살롱에 장엄한 분위기를 드리웠다.

황금열쇠가 달린 커다란 붉은 지갑이 그의 책상 위에 놓여 있었다. 나폴레옹이 던지는 시선에, 베르티에가 설명했다.

"당트레그 백작에게서 압류한 지갑입니다. 베르나도트 장군이 그를 체포했습니다. 체포 당시 그는 러시아 대사 모르드비노프와 함께 있었습니다."

왕당파 첩보원 당트레그 백작은 러시아 여권을 지니고 있어, 프랑스 군대가 점령한 베니스의 검문소를 통과할 수 있었던 것이다. 베르나도트는 트리에스테에서 그를 체포해 밀라노로 압송했다.

모든 사물, 모든 존재는 어둠 속에 감추어진 이면을 지니고 있다. 흔히 설득력이 있는 것은 그 어둠에 묻힌 이면이다. 그러나 소수만이 그런 비밀을 안다. 대다수의 사람들, 군중이나 민중은 진실이 밝혀진 후에야 그 실체를 알 뿐이다. 그들의 영웅이 실제로는 꼭두각시에 불과하며, 왜곡된 영웅의 이미지를 이용하고, 음모의 실들로 그를 조종하는 자들이 어둠 속에 있었다는 사실을 알게 되는 것이다.

미라보, 나폴레옹은 그를 떠올렸다. 자신이 그토록 찬양했던 미라보가 실은 왕에게서 돈을 받는 위선자였다. 튈르리 궁에서 압수한 철제장롱의 서류들은 그가 왕의 추잡한 첩자였음을 증명했다.

나폴레옹이 붉은 지갑의 자물쇠를 가리키자, 베르티에가 단도로 자물쇠를 뜯어냈다. 작은 글씨로 적힌 비밀문서들이 들어 있었다. 나폴레옹은 문서를 들고 자리에 앉았다. 33페이지에 달하는 비밀문서, 그것은 왕당파 첩자 몽가야르가 당트레그 백작에게 보내는 보고서였다. 그가 아는 여러 명의 이름들이 담겨 있었다, 특히 피슈그뤼 장군의 이름이 눈에 띄었다. 피슈그뤼, 그는 5백인 회의 의장으로 선출되었으며, 반동적 왕당파의 책임자로서 클리쉬 왕당파 클럽 멤버 중 하나였다.

문서는 프랑스 주력군대인 라인군과 모젤군을 지휘하던 피슈그뤼 장군의 배반을 증언하고 있었다. 콩데의 망명귀족 군대 첩자들과 오스트리아군이, 피슈그뤼 장군과 접촉하고 있었다. 1795년 4월 1일, 피슈그뤼는 파리의 상퀼로트 시위를 가혹하게 진압했었다. 그것은 그의 배반을 증명하는 좋은 징표였다. 콩데군의 몽가야르가 피슈그뤼에게, 군대를 연합하여 쿠데타를 일으키자고 제안하고 있었다. 군주제의 복원이 그들의 목표였다. 배반의 보답으로, 피슈그뤼에게 원수(元首) 지휘봉과 생 루이 지휘자 훈장, 샹보르성, 현금 2백만 리브르, 연금 12만 리브르(2분의 1은 그의 부인에게, 4분의 1은 자식들에게 부여)를 제안했다. 네 문의 대포까지도!

나폴레옹은 생각에 잠겼다. 이 엄청난 정보를 가지고, 적의 전선에 균열을 낼 수 있었다. 또한 이 정도 증거라면, 파리의 정치 상황을 압박하는 카드로 이용할 수도 있었다. 피슈그뤼와 왕당파를 배반자로 몰아, 바라스에게 그들을 분쇄할 도구를 제공할 수 있을 것이다.

나폴레옹은 문서를 계속 읽어나가다가 소스라치게 놀랐다. 몽가야르는 당트레그에게 이렇게 쓰고 있었다.

"나는 이미 '밥티스트'에게서 긍정적인 답변을 얻었으며, '엘레오노르'에게서도 그럴 수 있을 것이라 확신합니다."

'밥티스트'는 피슈그뤼를 지칭하며, '엘레오노르'는 바로 나폴레옹 자신을 지칭하는 별명이었다! 몽가야르는 나폴레옹의 매수 가격을 3만 6천 리브르의 연금으로 평가하고 있었다.

나폴레옹은 문서를 치우며 생각했다. 문서에 그의 이름도 적혀 있다는 것은 피슈그뤼의 배반에 대한 증거를 약화시킬 수 있었다. 이탈리아 원정군에 대한 모든 암시는 삭제시켜야 했다. 이런 중요한 문서를 없애버릴 수는 없고, 당트레그로 하여금 피슈그뤼에 관련된 문서에만 서명하게 해야 했다. 이런 종류의 무기는, 나폴레옹 스스로 금하게 해서는 효력이 떨어지는 것이다. 나폴레옹은 말했다.

"당트레그를 성으로 데려오도록."

밤이 사방을 어둠 속에 침몰시키고 있었다. 어두운 방에 앉아, 나폴레옹은 당트레그가 들어오는 것을 바라보았다. 우아하고 자신만만한 태도였지만, 얼굴에는 불안이 드러나 있었다. 그는 베르티에를 바라보고, 그리고 나폴레옹을 바라보았다. 그는 격렬히 항의했다. 자기는 외교관이므로 러시아 여권을 사용할 수 있다는 것이었다.

나폴레옹이 말했다.

"좋소, 좋아, 여권 말이오? 여권이라면, 당신이 안심하고 지닐 수 있도록 돌려주겠소."

당트레그가 말했다.

"러시아에서 여권은 정치적 권리란 말이오."

"그래요? 그건 알아봐야겠지. 러시아 황제가 이 사건을 어떻게 받아들이든, 우리는 관심이 없소. 만일 내가 트리에스테에 있었더라면, 당신과 함께 있었던 러시아 대사도 체포했을 거요. 그의 서류는 물론 직책까지도 박탈했을 거요. 그리고 황제에게 소식을 전하도록 그를 러시아로 추방했을 것이오. 당신은 나의 포로요, 석방시키지 않겠소."

적을 당황케 하기 위해서는 강수를 사용해야 했다. 그래야 마주 앉은 적의 의도가 무엇인지 알 수 있다.

"이제 화제를 바꾸는 게 어떻겠소, 백작?"

나폴레옹은 당트레그를 안락의자에 앉게 하고, 그도 마주 앉았다. 베르티에가 그들 앞에 작은 탁자를 밀어주었다. 그 위에는 붉은 지갑에서 꺼낸 문서들이 놓여 있었다.

나폴레옹은 우선 그를 알아보고 싶었다. 회유해야 할 인물인지, 아니면 협박해야 할 인물인지를 가늠해보고, 굴복시킬 방법을 찾아야 했다. 그렇게 다른 인간들에게 영향을 주고, 이끌고, 지도할 능력을 획득해나가는 것이다. 나폴레옹은 잠시 침묵을 지키다 입을 열었다.

"백작, 당신은 유식한 사람이오. 당신은 천재니까, 당신이 옹호하는 대의명분이 이미 힘을 잃었다는 걸 알 것이오. 민중은 바보들을 위해 싸우는 것에 지쳤고, 병사들은 겁쟁이들을 위해 싸우는 것에 지쳤소. 전 유럽에서 혁명이 일어났소, 혁명은 계속 진행되어야 하오. 왕의 군대들을 보시오. 병사들은 무기력하고 장교들은 불만이었소. 그래서 그들은 패했던 거요."

나폴레옹은 문서를 챙겨들며 말했다.

"프랑스에는 새로운 파당이 존재하오. 나는 그것을 파괴할 작정이오. 우리는 서로 도와야 합니다, 그럴 때 우리도 당신을 만족시킬 것이오…… 자, 이 서류에 서명하시오, 당신에게 주는 내 우정어린 충고요."

그가 부분삭제된 문서들을 내밀자, 당트레그는 항의했다. 허락도 없이 자신의 지갑을 뒤졌으며, 거기서 나온 것이 자기 서류라고 인정할 수 없다는 것이었다.

나폴레옹은 일어서며 소리쳤다.

"날 놀리는 거요! 완전히 돌았군, 전혀 상식이 없어. 그렇소, 나는 당신 지갑을 열었소. 그렇게 하고 싶었기 때문이오. 군대는 법정의 형식 따위는 모르오. 나는 당신에게 당신 문서임을 확인하라는 게 아니오. 무조건 서명하시오……"

나폴레옹은 덧붙였다. 그가 서명한다면, 프랑스에 있는 그의 재산을 찾아주고, 비엔나 대사직도 보장해줄 것을 제안했다.

당트레그가 말했다.

"난 어떤 제안도 원하지 않소."

나폴레옹은 방 안을 거닐며 분을 삭였다.

─이 순진한 놈은 대체 뭘 상상하는 거야? 이자가 지금 뭘 믿고 있는 거지?

나폴레옹은 그를 바라보며 소리쳤다.

"증거요, 증거! 오! 좋소. 정 그렇다면, 좋소, 두고봅시다!"

이 인간을 굴복시켜야 했다.

며칠 후, 나폴레옹은 다섯살 난 아들을 데리고 조제핀을 방문한 당트레그의 아내를 만났다. 노여움을 과장할 줄도 알아야 했다. 나폴레옹은 그녀 쪽으로 다가가 말했다.

"아마 내일 여섯시, 당신 남편은 감옥에서 나올 거요. 그의 배에 열 개의 총구멍을 만들어, 열한시까지는 부인에게 보내주겠소."

생 위베르티는 아들을 꼭 껴안으며 소리쳤고, 겁에 질린 아들은 울음을 터뜨렸다.

"차라리 나를 총살시켜요, 내 아들도 죽여버리고. 난 지옥에라도 따라가서 당신을 암살하고 말 거예요……."

조제핀이 들어와 생 위베르티를 껴안으며 안으로 데려갔다. 그녀는 조제핀에게 소리쳤다.

"조제핀, 당신은 로베스피에르는 이제 죽었다고 말했지요. 천만에요, 저기 그가 부활했어요. 그는 피에 목말랐어요, 그는 우리의 피를 흘리게 할 거라구요. 나는 파리에 가겠어요, 그래서 정의의 심판을 받겠어요……."

로베스피에르? 그의 동생 오귀스탱이 떠올랐다. 나폴레옹은 자리를 뜨며 생각했다. 그 공포주의자들은 단두대로 통치하긴 했지만, 그래도 순진한 인간들이었다.

1797년 6월 9일, 당트레그는 결국 부분삭제된 16페이지짜리 문서에 서명했다. 나폴레옹은 당트레그의 서명이 든 문서를 붉은 지갑에 넣어, 바라스에게 발송했다. 이제 총재정부의 세 총재는 피슈그뤼와 왕당파 의원들에 대하여, 그리고 클리쉬 클럽 회원들에 대하여, 결정적 무기를 지니게 된 것이다.

나폴레옹은 말했다.

"이것은 나의 작품이다."

그는 당트레그를 석방시키라는 명령을 내렸다. 단, 도망가지 않겠다는 약속을 받았다. 하긴 그가 살아도 좋았다. 원한다면, 달아나도 좋았다. 배반자는 더이상 아무것도 할 수 없는 법이니까.

하지만! 그건 가정일 뿐이었다. 얼마 후, 나폴레옹은 몇 통의 편지들을 받았다. 당트레그가 누군가에게 보내는 편지들을 탈취한 것이었다.

어느 날 저녁, 서재에서 천천히 거닐던 나폴레옹은, 당트레그의 편지 중에 자신을 묘사한 글을 다시 읽었다. 마치 자신의 모습을 거울에 비추어보는 듯한 느낌으로!

〈이 파괴의 천재…… 타락하고, 잔혹하고, 심술궂고, 술책에 능하며, 반대자에게 화를 잘 내는 인간. 빈손으로 태어나 모든 것을 욕망하는 야망의 인간. 정상에 이르고자 안달하며, 어떤 것에도 절제를 모르고 끝을 보기로 작정한 인간. 악덕도 미덕도 수단으로만 간주하는, 인간성에는 무관심한 인간. 이게 극도로 정치적인 그 인간의 특성이다. 극도로 격정적이고, 복수를 위해서는 분노를 감추고 교묘한 잔인성을 보여야 끝을 보는 인간. 육체적으로든 정신적으로든 한순간도 휴식을 취하면 존재할 수 없는 인간…… 작은 키, 창백한 표정, 타오르는 눈을 가진 나폴레옹, 그의 시선에서는 무언가 있는 듯 느껴지고, 입에서는 잔인하고, 위선적이며, 불충한 것이 느껴진다. 말은 별로 없지만, 일단 자존심이 발동되거나 구겨지면, 자제하지 못하고 아무 말이나 내뱉는다. 독한 피 때문에 그의 건강은 좋지 않다, 얼굴은 습진으로 뒤덮여 있다. 이런 병은 그의 격렬함과 과도함 때문에 악화된 것이다.

그 인간은 항상 계획에 몰두한다. 새벽 세시에 자는 그에게 휴식이란 없으며, 고통이 도저히 견딜 수 없는 지경에 이를 때가 아니면 약을 사용하지 않는다.

이 인간은 프랑스를 제압하려 한다. 프랑스를 통해, 유럽 전체를 제압하려 한다. 그외 모든 것은 수단일 뿐이다. 그는 공개적으로 도적질하며, 모든 것을 약탈한다. 금, 은, 보석 등 엄청난 보물들이 그에게로 모여든다. 그러나 그는 음미도, 향유도 아닌, 사용하기 위해서만 그것에 집착한다. 한 공동체를 송두리째 훔칠 이 인간은 그것을 사용할 수 있는 사람에게 주저없이 백만 프랑을 내놓을 것이다…… 그의 말 두 마디면, 단 이 분 안에, 시장이 형성된다. 바로 그게 그의 유혹의 수단이다.〉

— 과연 내가 그런가?

나폴레옹은 서재에서 나와 몸벨로 성의 공원을 거닐었다. 오후의 열기가 지나간 자리에, 저녁이면 늘 그렇듯 바람이 돌풍처럼 일었다. 천둥이 항상 터지는 것은 아니었지만, 공기는 너무 건조하여 탁탁 튀는 듯하고, 때로는 갈라지는 듯했다. 멀리 호수와 산 너머에서, 번개가 검은 하늘을 찢으며 번쩍였다.

— 나를 그렇게 보는군, 나의 적들은.

무언가 되고자 欲望하는 것, 자신의 인상을 부각시키기를 욕망하는 것, 그것은 시기하는 자들과 경쟁자들의 험담과 미움을 유발시키는 게 아니던가? 적 없이 존재할 수 있는 인간은 없다. 미움받지 않는 자들은 아무것도 아니며, 아무것도 하지 못한다.

— 과연 내가 그런가?

나폴레옹은 어둠이 짙어가는 하늘을 바라보았다.

— 나는 그렇다.

27
나는 당신들의 전부다

비가 내렸다. 탈리아멘토 계곡은 온통 낮은 구름들로 덮여 있었다. 1797년 8월 말, 나폴레옹은 파사리아노 성의 계단 위에 서 있었다. 포플러나무들이 늘어선 큰 가로수길 끝으로 오스트리아 전권위원들을 태운 마차가 멀어져가는 것이 보였다. 그들은 그 성에서 멀지 않은 캄포 포르미오에 묵고 있으며, 몇 명은 우디네에 묵었다. 그들은 이곳 파사리아노 성에 협상을 위해 왔다. 전쟁에 익숙한 외교관 루이 드 코벤츨 백작도, 갈로 후작도, 메르벨트 백작도 평화조약 체결을 서두르지 않았다. 그들은 레오벤에서 서명한 예비협약 토론을 계속했다.

그들은 화술의 우아함을 뽐내며 날들을 보냈다. 예의 바른 귀족으로서, 조제핀 마음에 들려 애쓰고, 권태를 잊으려 조제핀이 주도하는 카드나 주사위 놀이에 동참하기도 했다.

나폴레옹은 대문을 밀고 성으로 들어갔다. 그는 그들의 속셈을 알고 있었다. 그들은 지금 파리의 사건을 기다리고 있는 것이다. 그들은 총재정부의 내부 투쟁에서, 피슈그뤼의 추종자들이며 왕당파인 클리쉬 클럽 멤버들이 승리하기를 고대하는 것이다. 그렇게 되면, 평화조약은 끝장이었다. 파리에 군주제가 돌아올 것이다.

—그럴 수는 없다. 나의 운명은 어떻게 될 것인가?

나폴레옹은 고개를 저었다.

나폴레옹은 이달리아 원정군 병사들에게 신문과 선언문을 수천 부씩 이미 배포했다.

〈병사들이여, 그대들의 모든 것은 공화국 덕분이다…… 병사들이여, 왕당파들은 보이기만 하면 목숨이 날아갈 것이다…… 공화국과 혁명력 3년의 헌법에 반대하는 적들과는 무차별 전쟁을 벌여야 한다.〉

그러나 상황은 복잡했다. 자신의 입장을 너무 드러내서는 위험했다. 나폴레옹은 파리의 라발레트에게 강조했다.

〈모든 사람의 입장을 관찰하고, 특히 파당적인 성향을 보이지 마시오. 나에게 진실을 알려주시오, 모든 편견에서 벗어난 진실 말이오.〉

안개는 아직 걷히지 않았다. 어떤 전략을 선택할 것인가? 라발레트의 보고서가 당도했다.

〈왕당파를 반대하는 쿠데타를 단행하기 위해, 바라스와 라 레블리에르 레포 총재는 오슈 장군에게 도움을 청했습니다. 오슈 장군 역시 나서기로 약속했지만, 많은 공격과 음모의 와중에 물러나고 말았습니다. 총재들은 지금 다른 칼을 찾고 있습니다.〉

이 보고는 파리의 정치상황을 요약하고 있었다.

— 나는 이제 포도달 장군은 되지 않는다.

나폴레옹은 오주로 장군에게 3백만 프랑을 주어 바라스에게 보냈다. 파리에 도착한 오주로는, 나폴레옹에게 편지를 보내왔다.

〈옥좌와 제단의 왕당파로부터, 공화국을 구해낼 것을 약속합니다.〉

라발레트는 나폴레옹에게, 파리와 얼마간 거리를 두라고 충고했다. 파리에서 준비중인 탄압의 와중에 끼어들어, 전승장군의 영광을 더럽히지 말라는 것이었다. 나폴레옹은 그에게 물었다.

〈총재들은 당트레그의 문서를 받았는가?〉

라발레트는 상세히 답했다.

〈그 문서는 탄압의 구실이자, 최후의 일격이 될 것입니다. 이미 살생부가 나돌고 있고, 피슈그뤼의 배반을 증명하는 당트레그의 고백이 은밀하게 인쇄되고 있습니다. 외국과의 음모를 탄핵하는 벽보가 나붙기 시작했습니다.〉

이제 기다리는 일만 남았다. 오주로의 칼이 일격을 가할 때까지, 일정한 거리를 유지하며. 그러나 수동적으로 남아 있을 수는 없었다. 나폴레옹은 파사리아노 성으로 측근들을 불러 다그쳤다. 그들은 파리와 밀라노에서 신문을 발행하여, 시민과 병사들에게 발송하는 일을 맡고 있었다. 그는 자신의 재정 지원으로 창간된 신문들인 『이탈리아군 통신』『프랑스 파트리오트』『이탈리아에서 본 프랑스』『보나파르트와 덕망 높은 사람들의 신문』의 기사들을 뒤적이며 화를 냈다. 너무 미지근하지 않은가! 왕당파 신문들의 공격에 침묵해선 안 된다. 간단하면서도 강력한 생각을 드러내야 한다. 그는 말했다.

"나에 관하여 말하고, 나의 공적을 강조하시오."

지도자는 아무리 찬양해도 좋지 않은가. 그는 『이탈리아군 통신』의 한 문장을 소리 높여 읽었다.

〈그는 번개처럼 날아 벼락처럼 친다. 그는 도처에 존재하며, 모든 것을 본다.〉

바로 이렇게 써야 한다고 강조하며, 나폴레옹은 직접 한 문단을 구술했다.

〈나는 왕들이 내 발 아래 무릎꿇는 것을 보았다. 금고에 5천만 프랑을 모을 수도 있었으며, 다른 많은 것들도 요구할 수 있었다. 그러나 나는 프랑스 시민이며, 위대한 민족의 파견자이자 최고의 장군이다. 나는 후세가 나를 정당하게 평가해줄 것을 믿는다.〉

그가 돈을 대는 신문에서조차 이런 식으로 찬양하지 않는다면, 그런 진실을 누가 공언할 수 있겠는가. 그는 소리쳤다.

"왕당파 신문은 팔십 개나 있소. 그들은 매일 모욕과 비방을 일삼잖소. 클리쉬 클럽은 내 시체를 밟고 넘어서서 공화국 파괴를 시도하고 있어요. 그들은 '우리는 보나파르트를 두려워하지 않아, 우리에게는 피슈그뤼가 있어'라고 떠들어댄단 말이오. 그 망명귀족들을 체포할 것을 요구하고, 외국의 영향력을 분쇄해야 하오. 또한 영국에서 발간되는 신문들을 깨뜨릴 것을 주장해야 한단 말이오. 마라의 암살보다 더 유혈이 낭자하게, 그것들을 분쇄할 것을 주장하시오."

자코뱅인 쥘리앵, 제헌의회 멤버였던 레노, 작가 아르노 등 자신의 홍보 임무를 맡은 문필가들이 나가자, 나폴레옹은 베르티에를 불렀다.

"담당자를 지정하여, 매일 아침 프랑스와 외국의 주요 신문들을 내게 읽어주도록 하게."

파리의 상황은 한치 앞도 예측할 수 없을 만큼 불확실했다. 전쟁이 그렇듯이, 우연에 맡겨둘 수 없었다. 특히 여론을 중시해야 했다. 그는 한마디 한마디를 강조하며 힘주어 말했다.

"지금 우리 민족은 영광으로 이름을 드높인 지도자를 필요로 하고 있어. 정부구성 이론이나 듣기 좋은 말, 이론가들의 연설 따위가 필요한 게 아니야. 프랑스 사람들은 그런 말들은 듣지도 않아…… 인구 3천만 명의 공화국, 이것은 그 자체로 얼마나 대단한 사상인가?! 우리의 풍속과 악습 모두가 얼마나 대단한 힘인가 말야! 프랑스 사람들이 열광하는 이 환상이 다른 환상들에 묻혀 지나가려 하고 있어. 그들에게는 영광과 허영심의 만족이 필요해. 자유? 그들에게 지금 그것은 아무런 의미도 없어. 군대를 보게, 우리가 거둔 승리와 성공은 벌써 프랑스 병사들의 진정한 힘을 솟구치게 하고 분출시키고 있네. 프랑스 병사들에게, 나는 전부야."

말을 끊고, 그는 베르티에를 오랫동안 바라보았다. 아무리 충직한 사람에게라도, 모든 걸 다 말할 수는 없었다. 그러나 그의 구상이 실현되는 것을 돕도록, 암시는 해야 했다. 나폴레옹은 말을 이었다.

"부르봉 왕가의 복귀를 주장하는 당파가 고개를 들고 있지만, 나는 그들을 돕고 싶지 않아. 언젠가는 내 손으로 공화파 세력을 약화시키고 싶지만, 그것이 구체제 왕조에게 도움이 되게 하고 싶지는 않아. 한마디로, 나는 크롬웰의 청교도혁명 이후 영국에 군주제를 복구시킨 멍크* 같은 역할은 하고 싶지 않다는 말일세. 그런 역할이라면, 다른 사람들이 맡기를 바라고 있어……."

─나의 '시스템'은 따로 있다. 나는 나 자신을 위하여 카드를 던진다.

9월 9일, 나폴레옹은 라발레트가 특별우편으로 보내온 편지를

---

* 청교도 혁명 때 아일랜드와 스코틀랜드에서 활약한 잉글랜드 장군. 1608~1670.

열었다. 숱한 생각들이 가슴속에서 서로 부딪치며 솟구쳐올랐다.

〈9월 4일, 열매달 18일, 새벽 세시, 오주로 군대가 파리를 점령했습니다. 왕당파들은 체포되었습니다. 바라스의 승리입니다. 카르노는 도피했고, 클리쉬 클럽에 충성하는 또 한 명의 총재 바르텔르미는 체포되었습니다. 5백인 회의와 원로원은 정화되었습니다. 파리의 모든 벽에는, 당트레그의 비밀문서를 복사한 대자보들이 나붙어 있습니다.〉

나폴레옹은 편지를 접으며 말했다.

"나의 작품……"

오주로를 파리로 보내고, 피슈그뤼의 배반을 밝혀낸 것은 나폴레옹 자신이 아닌가. 피슈그뤼는 체포되었다. 며칠 후, 또다른 편지가 오슈 장군의 죽음을 알려왔다. 오래 전부터 결핵을 앓아왔던 오슈가 죽은 것이다. 그리고 모로 장군의 개혁 착수 소식도 알려왔다.

— 모로가?

모로, 그는 왕당파와의 공모 혐의를 받고 있는 인물이었다.

— 이제 유일한 대안은 나다.

그렇다면 이제부터 총재들을 안심시켜야 했다. 그들의 힘은 다시 강화되었다. 이제 그들이 유일하게 두려워하는 인물은, 파리에서 환호받고 언론의 지지를 받는 영광의 장군 나폴레옹 자신뿐이기 때문이다.

10월 10일, 그는 책상에 앉아 총재들에게 편지를 썼다.

〈저는 군중 속으로 들어가, 신시나투스(로마 군인이자 정치가)처럼 쟁기나 갈며, 관리들에게 모범이 되고 싶습니다. 수많은 공화국과 국가들을 파괴한 군부체제에 대한 혐오를 존경으로 바꾸는 데 기여하고 싶습니다.〉

— 총재들이여, 이제 안심하겠는가?

28
내게 야심이 있다면, 그건 타고난 거야

"나는……."

나폴레옹은 말을 중단하고 잠시 생각에 잠겼다. 파사리아노 성의 살롱, 지금 그는 코벤츨 백작을 기다리고 있었다. 이제 몇 분 후면, 캄포 포르미오를 출발한 비엔나의 전권위원이 도착할 것이다. 나폴레옹은 이제 평화협상을 마무리할 작정이었다. 파리에서 왕당파 쿠데타의 위험이 사라진 지금, 모든 프랑스인들의 눈에 평화의 인간으로 보여야 했다.

그는 파리 신문들을 읽어준 베르티에를 바라보며 말했다.

"나는 야심이 없어."

신문들에는 보나파르트 장군에 대한 찬양의 노래가 가득했다. 그는 말을 이었다.

"아니, 야심이 있다면, 그건 내겐 너무나 자연스러운 거겠지. 타고난 거야, 나의 삶과 뗄 수 없는 것이지. 내 혈관 속을 흐르는 피, 내가 호흡하는 공기 같은 것이야. 야심이 나로 하여금 더 빨리 나아가도록 하는 게 아냐. 나는 야심을 위해, 또는 야심에 반해, 싸울 필요가 전혀 없어. 야심이 나 자신보다 더 급한 것도, 느린 것도 아니니까. 그것은 오직 상황과 나의 전체적인 생각과 같이 가는 것이야."

야심이란 무엇인가? 그는 나아가려는 에너지, 혹은 욕망이라고 표현하기를 더 좋아했다. 어디로? 평화조약이 체결되면, 그는 이탈리아를 떠날 생각이었다. 고창이 아닌, 이 정복지에 계속 머무를 수는 없었다. 그는 여전히 파리의 결정에 따를 것이지만, 파리로 돌아가게 될 터였다. 그러나 거기서 어떤 자리를 차지할 것인가? 총재 중 한 명이 된다? 그는 생각했다.

— 아직 배〔梨〕는 익지 않았다.

그렇다면, 더 멀리로 떠나야 했다.

그가 수차례 갔던 아드리아 해변, 그 동쪽과 남쪽의 굴곡 많은 해안들은 코르시카 해안을 상기시키고, 그리스와 동방이 시작됨을 알려주었다. 그는 그곳에서 꿈꾸며 상상에 잠겼다. 단 몇 시간이면 다다르는 이오니아 섬들, 언젠가 프랑스령이 될 섬들. 그리고 단숨에 그곳을 넘어, 며칠만 항해하면 지중해 심장에 있는 도시국가 몰타 섬. 그렇게 섬에서 섬으로 이동하며, 대륙에 이를 수 있었다. 그 대륙에 담겨 있는 신화적인 도시들, 고대의 정복자들이 입성했던 알렉산드리아와 예루살렘. 그는 그 땅들을 정복하고 입성하는 자신의 모습을 꿈꾸었다. 그러자면 우선 바다를 제압하고, 영국의 힘을 축소시켜야 했다.

그는 몰타 섬에 대한 첩보 임무를 부여했던 외교관 풀시에그에게 말했다.

"영국을 파괴하는 것, 그것은 유럽을 우리 발 밑에 무릎꿇리는 일이야."

놀라는 외교관을 바라보며, 나폴레옹은 어깨를 으쓱했다. 직관과 꿈까지 일일이 설명할 순 없지 않은가? 그는 중얼거렸다.

"멀지 않았어. 영국을 확실히 제압하기 위해서는, 우선 이집트를 차지해야 해."

나폴레옹이 탐독했던 볼네의 저작 『시리아와 이집트 여행』을 읽지 않은 외교관은 그의 말을 이해하지 못했다. 볼네, 나폴레옹이 예전 코르시카에서 만났던 철학자, 그는 자신의 저서가 역사에 어떤 영향을 끼칠 것인지 짐작이나 했겠는가? 나폴레옹은 눈을 돌려 수평선을 응시했다.

―더 멀리 가는 거야.

그러나 그 전에 할 일이 남아 있었다. 오스트리아와 평화조약을 매듭지어야 했다.

코벤츨 백작이 우아하게 다리를 꼬고 앉아 논증을 개진하기 시작했다. 나폴레옹은 살롱을 거닐며 고심했다. 좀처럼 귀를 기울일 수가 없었다.

―이 귀족 녀석이 나를 뭘로 아는 거야? 멍청한 당나귀처럼 마음대로 부릴 수 있는 보잘것없는 외교관쯤으로 취급하는 거야, 뭐야?

며칠 동안이나 협상은 난항을 겪었다. 나폴레옹은 치미는 분노를 참으려 하지 않았다. 포효는 터져야 하고, 용암은 솟구쳐야 한다! 때로는 외쳐야 한다. 살롱을 걷던 걸음을 멈추고 코벤츨 백작을 바라보던 그가 갑자기 소리쳤다.

"당신네 제국은 아무한테나 달려들어 강간하는 늙은 갈보일 뿐이오, 백작. 당신은 프랑스가 승전국이고, 오스트리아는 패전국이라는 사실을 벌써 잊었소? 당신은 지금 나의 척탄병들에 둘러싸여 협상하고 있다는 것을 잊고 있는 거요?"

그는 격노하여 탁자를 엎어버렸다. 커피잔이 땅에 떨어져 깨졌다. 나폴레옹은 꼼짝 않고 서서, 코벤츨 백작이 놀라움과 두려움이 뒤섞인 표정으로 얼굴이 일그러지는 것을 바라보았다. 귀족은, 훗날 자신의 측근들에게 말했듯이, 나폴레옹에게서 '무모한 인간'의 모습을 보았다.

무모한 인간이라? 그러나 무모한 인간이 제국과의 전쟁에서 승리를 거두었을 리가 있겠는가.

일 주일 후인 1797년 10월 17일, 캄포 포르미오.

코벤츨은 오스트리아의 이름으로, 레오벤의 예비협약을 인준하는 평화조약에 서명했다. 그 결과 오스트리아는 프랑스에 벨기에를 양도했고, 치살피나(북이탈리아) 공화국에 롬바르디아를 넘겼다. 프랑스는 이오니아 섬들—코르푸, 잔테, 세팔로냐—을 병합하는 대신, 오스트리아는 베니스와 아디제의 척박한 땅을 넘겨받았다.

파리에서 돌아온 라발레트가 말했다.

"파리에서 장군님을 어떻게 부르는지 아십니까? '위대한 평화조정자'라 부릅니다. 모두가 장군님의 이름을 갈채하고 있습니다. 조제핀 여사께서 파리로 귀향한 것을 가리켜 '왕비의 귀향'이라 환호하고, 장군님을 승리의 장군이며 현자라고 영광스럽게 칭송합니다."

나폴레옹은 라발레트의 말을 유심히 들었다. 총재정부는 캄포 포르미오 조약을 체결한 그에게 축하를 전했다. 오탱의 주교였던 탈레랑도 새로 외무장관에 임명되어 서한을 보내왔다.

〈드디어 보나파르트 장군에 의해 평화조약이 체결되었소……
총재정부는 만족하고, 국민은 환호합니다. 모든 것이 최상이오.
아마 이탈리아인들은 푸념하겠지만, 무슨 상관이겠소. 평화의 장
군! 우정과 찬양, 존경과 감사를 보냅니다. 무한한 찬사를 어디서
끝내야 할지 모르겠소.〉

"이탈리아인들의 푸념이라? 베니스를 오스트리아에 양도한 것
을 염두에 두고 하는 말인 모양인데, 탈레랑은 정치와 외교가 무
엇인가를 좀 아는 것 같군."

나폴레옹의 말에 라발레트가 말했다.

"파리는 승전의 분위기에 젖어 있습니다. 장군님 덕분에, 모두
가 거리로 뛰쳐나올 것입니다."

나폴레옹이 말했다.

"그런가? 민중들은 내가 단두대로 보내져도 길거리로 밀려들
거야."

선전포고를 위해, 그가 영국 원정군 총사령관으로 임명되었다는
소식이 전해졌다. 다음날, 그는 캄포 포르미오 조약 집행을 조직
하는 라슈타트 회의에 참석할 프랑스 공화국 대표로 임명되었다.
그는 조금도 놀라지 않았다.

그는 자신이 이루어낸 평화조약을, 의원들과 총재들 모두가 찬
양하지는 않는다는 걸 알고 있었다. 특히 뢰벨 총재가 조약의 문
구들을 폄하하고 있다는 것도. 모두가 탈레랑처럼 현실주의자일
수는 없었다. 그러나 모두가 기다려온, 열광적으로 받아들이는 이
평화를 누가 거부할 수 있겠는가? 나폴레옹은 말했다.

"그들이 내게 뿌려주고 있는 향에는 질투의 독이 묻어 있어. 그
러나 그들은 나의 정신까지 흩트리지는 못하지. 그들이 서둘러 나
를 영국 원정군 총사령관으로 임명한 것은, 내가 장군이라기보다
는 왕처럼 군림하는 이탈리아에서 나를 끌어내려는 속셈이겠지.

하지만 내가 없으면, 이탈리아에서 일이 어떻게 되는지 두고 보자구. 그때에야 그들은 알게 될 테지."

그러나 그는 미련 없이 떠났다. 그는 세르벨로니 궁전에 장교들을 집합시키고, 천천히 그들 앞을 사열했다. 모두의 얼굴에서 오직 전투로 보낸 지난 이 년여의 순간들이 되살아나고 있었다. 1796년 봄부터, 그의 삶에는 혁명이 일어났다. 그해 만난 한 무리의 '산적들'을, 그는 목숨까지 바치는 척탄병들로 변모시켰다. 이 장교들, 이 장군들도 마찬가지였다. 빛나는 제복을 입은 장군들도, 이제는 화려하게 장식된 살롱에서 그를 둘러싸고 찬양한다.

어제는 '포도달 장군'일 뿐이었던 그가, 오늘은 갈채받고 칭송받으며 향기를 발산하는 '평화의 장군'이 되었다. 그는 자신을 둘러싸고 환호하는 장교들 속에 파묻히면서, 죽음과 삶의 기로에 선 자신을 위해 스스로를 방패로 내던진 뮈롱을 떠올렸다. 뮈롱, 그는 수천 명의 다른 전우들처럼 죽었다. 모두가 그처럼 에너지와 욕망, 야망에 충만한 젊은 목숨들이었다. 그는 그 모든 전우들의 힘과 피의 유언을 새겼다. 스스로, 죽은 자들의 뜻을 이어갈 계승자라고 느꼈다. 그는 그 모든 죽은 자들에 의해 살아났고, 그들을 위해 살아야 했다. 영원히 그들과 연대할 것이며, 그들의 기억을 간직하리라 다짐했다. 그는 말했다.

"나는 귀관들을 곧 다시 만나 새로운 위험들과 투쟁하리라는 희망을 위안으로 삼으며, 이탈리아군을 떠난다. 정부가 이탈리아군에 어떤 위치를 부여하든 간에, 귀관들은 프랑스의 이름으로 자유와 영광을 수호하는 빛나는 파수꾼이다."

—프랑스의 이름, 바로 내가 그 이름이다.

1797년 11월 17일 밤, 나폴레옹은 토리노에 도착했다. 프랑스 대사 미오 드 멜리토가 자신의 숙소에서 며칠 동안 그를 환대했

411

다. 나폴레옹은 잠을 이룰 수가 없었다. 그는 커다란 살롱을 서성이며, 정중하고 말이 없는 미오를 이따금 바라보았다.

나폴레옹은 생각했다. 지금은 자신의 생의 한 부분이 마감되고, 다른 부분이 새로 시작되는 미지의 순간이라고. 그리고 그는 이미 그 새로운 생의 탐험에 나섰다고.

그는 혼잣말처럼 중얼거렸다.

"총재정부에 앉아 있는 파리의 변호사들은 통치가 무엇인지 전혀 이해하지 못하는 빈약한 정신의 소유자들이야. 그들이 라슈타트에서 어떻게 하는지 지켜는 보겠지만, 그들과 의견을 함께할 수 있을지 지극히 의심스러워. 오랫동안 관계를 지속하기는 어려울 거야."

그는 말을 중단하고, 그제야 문득 미오가 있음을 의식했다는 듯이, 그를 응시하며 말했다.

"미오, 당신에게 단언컨대, 이제 나는 복종할 수 없소. 나는 이미 명령하는 자의 쾌감을 맛보았고, 그걸 포기할 수 없소. 마음의 결정을 내렸소. 주인이 되지 못한다면, 나는 프랑스를 떠날 것이오. 변호사들을 위하여, 그토록 많은 일을 하고 싶지는 않소……"

아침 아홉시, 마차는 토리노를 떠났다. 나폴레옹은 샹베리를 지나, 스위스의 제네바, 베른, 졸로턴, 바젤을 지났다. 그는 마차의 창을 통해, 환호하는 군중들을 바라보았다. 그리고 차창에 반사되는 마르고 창백한, 자신의 지친 얼굴을 보았다. 하지만 마차가 멈추자, 그는 날렵하고 힘차게 뛰어내렸다. 사람들이 그를 에워싸고 그의 의견을 물었다. 그는 단호한 어조로 짧게 대답하고, 소박한 저녁식사를 마쳤다. 새벽에 다시 떠난 마차는 브리스고를 지나, 11월 25일 저녁 라슈타트 성문에 도착했다.

성문 앞에서 그는 마차를 바꿔 탔다. 민중들은 놀라게 해주어야 한다. 그는 여덟 마리의 말이 끄는 화려한 대형 4륜마차를 타고, 퍼레이드를 위해 화려하게 장식한 삼십 명의 거대한 체구의 기병대 호위를 받으며 입성했다.

그는 수행원들과 함께 성의 한쪽 면을 독차지하고 앉았다. 그러나 곧 그는 외교관들 사이의 이 협상에 자신의 발목이 잡혔음을 느꼈다. 그는 협상 주체가 아니라, 총재정부의 외교 책임자 뢰벨 총재의 수행원일 뿐이었다. 뢰벨 옆으로 자리를 옮긴 그에게는, 충직한 척탄병도 몸벨로 성의 측근들도 없었다. 그는 분개했다. 이미 올라선 자가 다시 내려서는 것을 어찌 받아들일 수 있겠는가.

회의실에서, 그는 예전에 마리 앙투아네트의 애인이었던 스웨덴 대표 악셀 페르센을 만났다. 그는 다짜고짜 악셀을 쏘아보며 오만한 어조로 말했다.

"프랑스 공화국은, 과거 프랑스 왕정과의 밀접한 관계로 익히 알려진 자가 감히 지상 최고의 국민인 프랑스 국민의 장관들을 비웃는 일은 참을 수 없을 것이오."

그리고는 악셀에게서 등을 돌려버렸다. 그로서는 '외교적 잡담' 따위는 견딜 수 없었다. 11월 30일, 외교관들을 압박하면서 나폴레옹은 조약의 비준을 이끌어냈다. 12월 2일, 참모 뮈라를 호출한 그는, 파리에 가서 자신의 도착을 준비하라는 명령을 내렸다. 1797년 12월 3일, 마침내 파리를 향해 출발한 그는 이튿날 낭시에서 잠시 멈췄다.

'예루살렘의 성 요한' 프리메이슨단이 그를 환영하는 축하 파티를 열었다. 그러나 그는 짧게 대답할 뿐, 멍하니 꿈꾸는 듯한 표정이었다.

1797년 12월 5일 저녁 다섯시, 부르주아 복장을 갖춰 입은 나폴레옹은 베르티에와 샹피오네를 거느리고 파리에 도착했다.

그런데 이탈리아 로(路)에 나와 있어야 할 조제핀이 보이지 않았다. 그가 파리에 간다는 소식을 이미 알렸는데도…… 그는 거리에 서서 잠시 서성였다. 그녀를 생각하고 싶지 않았다, 그녀를 상상하는 것은 곧 고통이며 질투였다.

조제핀 없는 파리는 사막이었다. 소리도 들리지 않고 행렬도 눈에 들어오지 않았다.

그는 샹트렌 가의 집으로 향했다. 이제는 '빅투아르 가(승리의 거리)'라 불리는 길을 따라.

그의 영광을 기리기 위해 모두가 만세를 준비하고 있을 때, 침묵과 신중함은 오히려 사람들의 놀라움을 유발하는 또하나의 수단임을 그는 알고 있었다.

이제 어떻게 인간들을 놀라게 하지 않으면서, 그들을 통치할 것인가?

제7부
여기서는 모든 것이 마모되었다.
동방으로 가야 한다

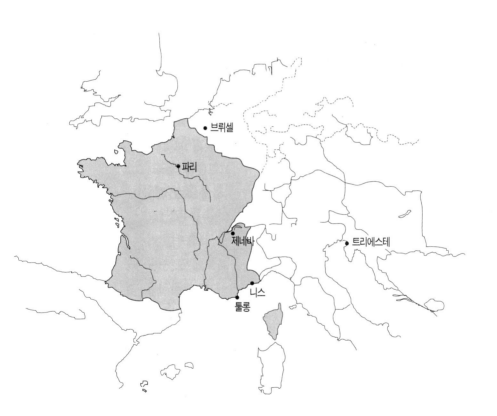

1797년 12월 5일 ~ 1798년 5월 19일

29
두려워서 나를 증오하지

"아침 일찍, 그를 만나야 해."

나폴레옹은 파리에 도착하자마자, 참모에게 총재정부의 외무장관 샤를 모리스 드 탈레랑 페리고르에게 메시지를 전하게 했다. 그는 탈레랑도 자신을 만나기를 바란다는 걸 믿어 의심치 않았다.

한 번도 그를 본 적이 없지만, 직관으로 가늠할 수 있었다. 1797년 7월 외무장관에 임명된 그가 보내온 서신을 통해, 나폴레옹은 그가 함께 일할 만한 인물임을 직감했다. 나폴레옹이 제대로 보았다면, 탈레랑 역시 나폴레옹과의 연대를 바라리라.

권력의 인간들 사이의 연대란 그런 것이다. 자기 자신을 위해 서로 손을 잡는 것이다.

나폴레옹은 탈레랑의 첫 편지를 기억했다. 1797년 7월 24일,

그는 이렇게 썼다.

〈어려운 시기에 막중한 직책을 맡게 되어 두렵기 그지없소. 다행히 장군의 영광이 우리의 협상에 많은 도움을 줄 것이라 확신하며, 그래서 무척 마음이 놓입니다.〉

오탱의 주교였던 탈레랑이 두려워한다? 그럴 리 없었다. 탈레랑, 1790년 대혁명 시기 무장시민을 위해 축하미사를 집전했던 인물, 그리고 단두대의 칼날이 멈추고 공포정치가 마감되자, 미국과 영국에서 몇 년간 망명생활을 했던 인물. 프랑스로 돌아와, 바라스의 지지와 그가 죽도록 사랑하는 여인들의 도움으로, 외무장관에 오른 인물이었다. 그의 여인들 중에는, 스탈 부인*이 대표적 인물이다. 당대의 지성인 스탈 부인은 루이 16세 치하 재무장관이었던 네케르의 딸이다. 그런 그가 자신의 재능을 의심한단 말인가? 그럴 리 없었다. 탈레랑 같은 사람을 두렵게 할 것은 없었다. 그의 편지는 다른 의미를 함축하고 있었다. '우리 서로 손을 잡읍시다, 우리의 이해관계는 합치될 것이오' 라는 메시지. 이후의 서한들은 그 첫 제안을 확인하는 절차에 지나지 않았다. 탈레랑은 총재들의 간섭이 견뎌내기 힘들 정도라는 것을 넌지시 암시했다. 특히 외교를 담당하는 뢰벨 총재는 도저히 견딜 수 없는 인물이라고 평했다. 그것으로 충분했다, 서로 훌륭하게 보조를 맞출 수 있을 것이다.

12월 6일 아침 열한시, 나폴레옹은 바크 가 갈리페 저택의 살롱에 들어서며, 이 순간을 오래 잊지 못할 것이라 직감했다.

탈레랑이 나폴레옹에게 다가왔다. 큰 키에 창백한 안색, 앙시앵 레짐 시대의 분바른 머리에 들창코. 수염이 없는 얼굴에 빈정대는

---

* 프랑스에 낭만주의 운동을 수용하여 주도한 작가이자 이론가, 정치선전가, 1766 ~1817.

듯 묘하게 웃는 인상, 나이를 가늠하기 힘든 외모, 그는 다리를 절었다.

살롱에 초대받은 남자와 여자들이 나폴레옹을 보기 위해 자리에서 일어섰다. 탈레랑은 지루하다는 표정으로 그들을 소개했다. 스탈 부인, 나폴레옹은 이 엄청난 여인을 거의 바라보지 않았다. 그녀는 이미 그에게 불꽃이 튀는 편지를 수차례 보내왔다. 그는 삼킬 듯한 시선으로 자신을 응시하는 이 여자를 불신했다. 여성의 매력에 만족하지 않고, 글장난이나 하며 애써 대담함을 내보이는, 그런 여자가 대체 무슨 매력이 있단 말인가? 자신의 추함을 감추려 애쓰는 여자일 뿐. 나폴레옹은 이내 그녀에게 등을 돌리고, 항해사 부갱빌과 인사하고는, 탈레랑을 따라 그의 방으로 들어갔다.

나폴레옹은 그를 자세히 관찰했다. 상상하던 그대로의 모습이었다. 높이 맨 넥타이에 감싸인 목, 커다란 프록코트에 조여진 가슴, 강하고 장중한 목소리, 못생긴 얼굴, 환상없이 사물을 높은 데서 조망하는 대인의 풍모, 자신감에 넘치는 시선…… 한눈에 그가 비범한 인간임을 알 수 있었다. 조금의 아부나 열등감 없이 나폴레옹에 대해 아낌없이 감탄하며, 나이로나 직위로나 자기가 위에 서 있음에도, 영광을 얻은 나폴레옹이 주도적 카드를 쥐었음을 선선히 인정하는 자세. 그에게는 어떤 초연함이 있었다. 탈레랑은 나폴레옹에게 이렇게 말하는 듯했다.

"카드를 쥔 것은 당신이오. 나는 이 판에서 당신을 돕겠소, 하지만 내 몫을 양보할 생각은 없소."

—그렇다. 내가 거는 판에서는 바로 이런 파트너가 필요하다.

나폴레옹이 입을 열었다.

"장관께서는 루이 18세를 보좌하는 랭스 대주교의 조카 아닙니까?"

그는 '루이 18세'를 강조하며, 넌지시 탈레랑이 왕당파에 관여했던 전력을 상기시켰다. 그리고 말을 이었다.

"나의 친척 할아버지 한 분도 코르시카의 부주교였소. 그분이 나를 키웠지요. 코르시카에서 부주교는 프랑스의 주교에 해당합니다."

이것은 그들 두 사람이 순간적인 이해관계를 넘어 동일한 근원을 가지고 있으며, 그들이 맺는 동맹의 보증이 될 수 있음을 암시하는 말이었다.

첫번째 회견을 그쯤에서 끝낸 두 사람은, 사람들로 가득한 살롱으로 나섰다. 나폴레옹을 찬양하는 소리로 떠들썩하자, 탈레랑이 나폴레옹에게 한마디 인사를 덧붙였다. 나폴레옹은 말했다.

"여러분들이 보여주는 호의에 감사드립니다. 저는 최선을 다해 전쟁을 수행했으며, 평화조약을 체결했습니다. 공화국의 행복과 번영을 위하여, 전쟁과 평화를 잘 이용하는 것은, 이제 총재정부의 몫입니다."

신중해야 했다. 벌써 몇몇 신문들에서는, 그가 독재를 갈망한다고 떠들기 시작했다. 그들은 물었다.

"그가 파리에 온 목적은 무엇인가?"

이 적들을 잠재워야 했다. 지나치게 영광을 탐하는 듯 보여서는 안 되며, 개인의 이익이 아닌 공화국의 이익에 부심하는 겸손한 시민으로 처신해야 했다. 최대한 많은 사람들의 신망을 얻어야 했다.

그는 캄포 포르미오 조약 문안에 가장 비판적인 총재이자, 탈레랑의 상관이며 적수인 뢰벨과도 만나 식사했다. 나폴레옹으로서는 자신을 드러내지 않고 이해관계에 초연한 듯 연기해야 했다. 그는 무엇보다 여론을 의식했다. 여론은 총재정부가 서로 이해관계가 다른 부패한 인간들로 구성되어 있다고 생각했다. 그 여론의 눈에,

그가 전쟁으로 얻은 힘으로 어느 파벌과 타협한다고 보여서는 안 되었다.

나폴레옹은 빅투아르 가의 집으로 손님들을 초대했다. 그들은 과학자, 문인, 학자, 학사원 회원, 군인들이었다. 정치인들은 초대하지 않았다. 아직은 어떤 정치적 야심도 여론에 포착되어서는 곤란했다. 베르톨레, 몽주, 라플라스, 프로니, 베르나르댕 드 생 피에르, 드제, 그리고 베르티에. 전혀 정치적으로 의심받지 않을 인물들이었다. 마리 조제프 셰니에는 형이상학과 시를 말하고, 나폴레옹의 사관학교 시험관이었던 라플라스는 수학 증명을 논했다.

이 계획은 성공적이었다. 초대받은 그들 자신도 의외라는 표정이었다. 라플라스는 웃으며 말했다.

"여기 모인 사람들 모두 자기가 초대받을 거라고 예상했겠죠? 수학강의 하는 사람만 빼고 말이오."

한 가지 생각이 떠올랐다. 학사원 회원이었던 카르노 총재가 도피해서 마침 공석중인 학사원에 회원 후보로 지망하는 것이었다. 그의 일거수 일투족에 촉각을 곤두세우고 있던 신문들은 즉각 대서특필했다. 나폴레옹은 아침마다 신문을 읽으며 미소지었다. 신문들은, 이 유명한 장군이 오직 명예직일 뿐 이해관계와는 무관한 학사원 가입 문제에만 몰두하는 사실에 놀라워했다.

12월 25일, 나폴레옹은 305명의 투표자들에 의해 학사원 역학 부문, 물리·수학 제1분과 회원으로 선출되었다. 다음날 오후 네 시 반, 그는 수학자 몽주와 화학자 베르톨레 사이에 자리잡고, 학사원 첫번째 세미나에 참여했다. 저녁식사 자리에 참석한, 바라스의 정부 탈리앵 부인이 그를 축하했다. 살롱에서 그녀를 처음 만나 제복을 구걸하던 때에서 삼 년도 되지 않는 세월이 흘렀을 뿐이다. 그는 거의 정상에 접근했다. 그러나 자신을 드러내기에는 아직 일렀다.

아직은 아무것도 아닌 척, 아무 욕망도 없는 듯이 행동해야 했다. 그는 스스로에게 '집착해서는 안 된다, 향기에 취해서는 안 된다'고 말했다.

총재정부가 뤽상부르 궁에서 그를 위해 베푼 공식행사에서도, 그는 환호하는 사람들을 향해 고개를 돌리지도 않았다. 그들은 외쳤다.

"보나파르트 만세! 공화국 대군의 장군 만세!"

궁전 근처의 거리들은 열광한 군중들로 가득했다.

─이 사람들은 나를 위해 여기 모였다. 이들은 나의 이름을 외치고 있나.

그는 자신을 향한 군중의 환호를 들으며, 삼색 깃털이 장식된 검은 모자를 쓰고 있는 다섯 명의 총재들을 바라보았다. 그들은 붉은색과 오렌지색 외투를 어깨에 걸치고, 황금을 수놓은 옷에 커다란 하얀 칼라와 레이스를 달고 있었다.

─사람들이 반복해 외치는 것은 그들의 이름이 아니다. 축포를 쏘는 것도, 자유와 평등, 박애의 조각상들로 둘러싸인 조국의 제단이 세워진 것도, 메윌의 반주에 따라 합창대가 셰니에의 시를 가사로 한 '귀향의 노래'를 부르는 것도, 그들을 위한 것이 아니다. 모두가 나를 위한 것이다.

그러나 그들, 다섯 총재들은 이 거대한 행사를 조직할 힘을 가지고 있었다. 그리고 그 힘은 음모와 배반을 씨줄과 날줄 삼아, 백여 명의 인간들이 저들끼리 엮어짜는 거미줄이었다.

아직은, 힘을 장악하고 있는 것은, 그들이었다.

탈레랑이 연설 도중, 나폴레옹을 향하며 말했다.

"그가 이룬 모든 업적을 고려해볼 때, 이 영광은 당연한 것이라 생각합니다. 나는 그에게서 부각되는 고대인과도 같은 소박함에 대한 취향, 추상적 학문에 대한 사랑을 높이 평가합니다…… 그가 직위와 사치, 화려함을 심히 경멸한다는 것은 누구나 알고 있습니다. 그런 것들은 평범한 인간들의 야망일 뿐입니다. 아, 그의 야망을 두려워하기는커녕, 나는 언젠가는 그에게 달콤한 은둔생활을 청산하도록 우리가 간청할 날이 올 것이라 생각합니다……."

나폴레옹은 흔들림 없는 얼굴로, 입술을 굳게 다물고, 눈을 고정시킨 채, 귀기울였다. 탈레랑은 이야기하지 않아도 이미 그를 돕는 방법을 알고 있었다.

ㅡ나의 겸손이 빛을 발해야 한다.

나폴레옹은 몇 마디만 하기로 작정했다. 그게 나서지 않기로 작정한 자의 합당한 태도 아닌가. 그는 말했다.

"프랑스 민중은 자유를 얻기 위해 왕정과 싸워야 했습니다. 이성에 기초한 헌법을 얻기 위해, 민중은 18세기 동안 쌓여온 편견과 싸워야 했습니다…… 프랑스 민중의 행복이 최상으로 조직된 법률 위에 앉을 때, 비로소 유럽 전체가 자유로워질 것입니다."

군중은 환호했지만, 그들은 프랑스가 아직 '최상의 법률'을 가지지 못했다는, 그의 비유적인 말을 이해했을까? 그리고 그 사실을 나폴레옹은 알고 있다는 것을 이해했을까? 신중치 못한 처신일지라도, 나폴레옹은 그 점을 직접적으로 언급했어야 하지 않았을까? 그는 변화의 의지를 구현해야 하기 때문이었다.

하지만 파리에 도착한 이후, 그는 많은 사람들로부터 질문을 받았다. 그가 바라는 것은 무엇인가? 사람들은 그에게 이제 나라가 평온해지고, 더이상 쿠데타가 일어나지 않기를 기대했다. 그는 무엇보다 이런 여론에 공감하고 있다는 점을 이해시켜야 했다.

행사 다음날, 빅투아르 가의 집에 머무는 그를, 부리엔이 찾아왔다. 부리엔은 뤽상부르 궁의 행사에 참석했던 자기의 소감을 말했다.

"얼음처럼 차가운 행사였어요. 사람들이 서로를 관찰하는 듯이 보였어요. 그들의 얼굴에서 기쁨이나 진정한 감사의 표시가 아닌, 호기심을 읽었습니다."

나폴레옹이 말했다.

"그들은 두려운 거야. 두려워서 나를 증오하지."

그는 그날 아침에 받은, 그를 독살시키려는 음모가 있다는 내용의 편지를 보여주었다.

"내게 갈채를 보내는 자들이, 승리의 월계관 아래서 내 숨통을 끊으려 한다네."

신중해야 했다. 영광과 자존심을 감추고, 살아남아야 했다. 그는 예전 군인이었던 충직한 하인에게 집안 경비를 명하며, 당분간 직접 식탁을 돌보고 포도주를 따르게 했다.

원로원과 5백인 회의, 양원이 그를 위해 베푸는 축연에 참석한 나폴레옹은 정치가 시에예스와 프랑수아 드 뇌프샤토 사이에 앉았다. 그들은 그가 타고 온 '지극히 소박한 마차'에 놀라고, 민간복 차림에 박차 달린 장화를 신은 그의 차림새에 놀랐다. 하지만 나폴레옹으로서는 발생할지도 모르는 최악의 상황에 대비한 차림새였다. 여차하면 말 위에 뛰어올라 피신해야 했다.

그의 소박함에 찬사를 보내는 그들에게, 나폴레옹은 엷은 미소로 대답했다. 그들은 자신들에게 거북한 자들은 표정 하나 안 바꾸고 죽이는 자들이라는 것을, 나폴레옹은 알고 있었다. 그리고 그들에게, 자신이 거북한 존재라는 사실도. 자코뱅들은 나폴레옹이 독재정권을 수립하려 한다고 의심하고, 총재들은 그들 자신의 권력을 지키기 위해 그를 두려워했다.

8백 명의 손님과 그들의 개인 시종 8백 명, 그리고 32명의 주최자들, 캅 포도주와 토카이 포도주, 라인 강 잉어 등 온갖 종류의 메뉴들이 가득한 만찬에서, 나폴레옹은 그의 개인 시종이 바꿔주는 식기와 잔을 사용했으며, 시종이 권하는 반숙에만 입을 댔을 뿐이다.

탈레랑 저택에서는 문제가 달랐다.

1798년 1월 3일 밤 열시 삼십분, 나폴레옹이 갈리페 가의 저택에 들어서자, 그를 기다리고 있던 탈레랑과 5백 명의 손님들이 반가이 맞아주었다. 오늘의 만찬을 위해, 일꾼들은 저택을 장식하며 몇 주 동안 일했다. 가수와 무용가들, 음악가들이 살롱 한가운데 세워진 무대 위에서 볼거리를 연출하고 있었다. 도처에 관목들이 놓여 있고, 벽 위에는 나폴레옹이 이탈리아에서 보내온 걸작들의 복제품들이 진열되어 있었다. 안마당에는 병사들이 텐트를 세워놓았고, 계단과 살롱에는 용연향이 피어올랐다. 그리고 로마와 그리스 스타일에 모슬린과 비단, 주름진 크레이프 속에 휘감겨 있는 여자들, 그녀들은 탈레랑이 직접 선택한 우아하고 아름다운 여자들이었다.

나폴레옹은 자신의 여자, 머리에 옥석관을 쓰고 은은한 미소를 띠고 있는 조제핀을 바라보았다. 그녀는 단연 아름다웠다. 그녀는 그의 여자였다.

그는 꿈꾸어온 모든 것을 가졌다. 승리, 여자들, 그를 둘러싸고 있는 권력의 인간들, 모두가 그에게 달려들고 있었다.

하지만 그는 신중했다. 그는 오늘도 제복을 입지 않고, 목까지 단추를 잠근 검은 프록코트를 선택했다.

그는 작가 아르노의 팔을 잡고, 많은 사람들이 춤추고 있는 무도장으로 들어섰다. 그러자 연주곡이 바뀌었다. 그를 위해 새로이 작곡된 '라 보나파르트'라는 제목의 카드리유 댄스곡이 울렸다. 그는 축제의 중심이었다, 하지만 화가 치밀었다. 그는 아르노에게 몸을 숙이며 말했다.

"훼방꾼들은 그만 물러갔으면 좋겠군."

그는 자유롭게 말할 수도 없었다. 탈레랑이 주최한 이 무도회는 그를 축하하기 위한 것이지만, 그는 지배자가 아니었다. 손님들 중에 보이는 세 명의 총재들, 권력의 정상은 그들의 것이었다. 이런 생각이 그에게 상처를 주었다. 축제의 흥겨운 음악도 위선적이고 불쾌한 소리로 들렸다. 그의 주위엔 호기심만 무성했지, 진정한 존경은 없었다. 모든 권력을 장악할 때에만 얻을 수 있는 것, 그는 그것을 욕망했다.

무리에 섞여, 그와 떨어져 있던 아르노가 한 여자를 데려왔다. 나폴레옹은 그녀를 알고 있었다. 아르노가 말했다.

"이름 높은 스탈 부인께서 당신을 알고 싶다며, 제게 소개시켜 달라고 부탁하십니다. 장군, 스탈 부인께 친절하십시오."

그들 주위를 에워싸는 사람들 속에서, 나폴레옹은 살집이 좋은 그녀를 바라보았다. 그녀는 과장된 어투로 그의 개선을 축하하며, 질문을 던졌다. 나폴레옹은 경멸과 노기가 치미는 걸 간신히 참았다. 그는 욕망하지 않는 여자에게 구속당할 사내가 아니었다. 그녀는 못생겼을 뿐만 아니라 잘난 척까지 했다. 사람들은 그녀가 펜으로 정치사상을 정복할 야망을 가졌다고들 얘기했다. 이 여자가?!

"장군, 당신이 가장 사랑하는 여자는 누구죠?"

"내 아내요."

"명료하군요. 그러면 당신이 가장 높이 평가하는 여자는요?"

그녀가 바라는 대답이 무엇일까. '생각하는 여자, 정치에 관심 있는 여자, 글 쓰는 여자'라고 대답하기를 바라는 모양인데, 대체 이 여자는 자기 면전에 있는 사람이 누구라고 상상하는 거야? 문학 살롱의 잡담꾼인 줄 아나?

나폴레옹이 대꾸했다.

"집안 살림을 가장 잘 돌보는 여자요."

"그렇군요. 그러면 마지막으로, 당신에세 최고의 여자는 누구 죠?"

"애를 많이 낳는 여자요, 부인."

그는 돌아서서, 주연이 벌어지는 홀을 향해 발걸음을 옮겼다. 주변에는 도금양나무와 월계수, 올리브나무들이 가득했다. '출발의 노래'가 연주되는 홀에 여자들이 앉아 있고, 탈레랑은 조제핀 뒤에 서 있었다. 나폴레옹은 터키 대사 에세이드 알리의 팔을 잡 았다.

청중들의 앙코르 요청에, 가수 레이가 조제핀을 축하하는 2절 노래를 불렀다.

> 오 전사의, 승전 영웅의
> 사랑받는 아내여
> 조국과 더불어 유일하게
> 영웅의 가슴을 소유한 당신,
> 위대한 민중이 그 수호자에게 진
> 막대한 빚을 갚아주시길.
> 영웅의 행복을 돌보아주시길.
> 당신은 프랑스의 임무를
> 대신하는 겁니다.

나폴레옹은 탈레랑을 바라보았다. 조제핀의 뒤에 서서, 그녀의 어깨 쪽으로 몸을 숙이고 뭔가를 속삭이는, 능숙한 대가이자 소중한 동업자.

그러나 탈레랑은 권력을 가지고 있지 않았다. 그는 바라스의 보호를 받는 자일 뿐이며, 그를 경멸하는 뢰벨의 지휘하에 있었다.

구슬려야 하는 것은 바로 그 인간들, 바라스와 뢰벨이었다. 그러면서도 그들 무리에 속하지도, 휩쓸리지도 않아야 했다.

그는 뤽상부르 궁으로 총재들을 찾아가 영국 진공계획을 의논했다. 그는 영국 원정군 총사령관이 아닌가?

그는 총재들을 마주보고 서서 작전의 어려움을 설명했다. 그는 서부의 큰 항구인 브레스트의 해군기지와 군비 조사를 명령해놓았으며, 아일랜드 애국주의자 울프 토운도 만나 정보를 수집했다.

"우선 아일랜드로 상륙하여, 영국 점령에 대한 아일랜드인들의 반란을 유도할 수 있을 것입니다."

처음엔 그의 작전에 대해 황당함을 느끼던 총재들도, 사전 정보수집과 조사에 근거한 그의 철저한 구상에 긍정적 평가를 내렸다.

1월 초, 이탈리아에서 긴급호출 연락이 왔다. 로마에서 심각한 사건이 일어났다. 사제들의 사주를 받은 로마인들이 프랑스 군대를 공격했다. 뒤포 장군은 암살당했고, 로마 주재 대사로 부임한 조제프 보나파르트는 도시를 떠나야 했다.

나폴레옹은 이탈리아 점령군 사령관으로 임명된 베르티에 장군에게 편지를 쓰며, 몇 가지 당부를 했다.

그러나 이런 드라마틱한 상황에서도 사람들이 그에게 던지는 시선엔 정치적 복선들이 깔려 있다는 것을, 그는 알고 있었다. 더욱 조심하고 신중해야 했다. 사람들이 군부내 그의 라이벌로 평가하는 베르나도트와 오주로를 멀리했다. 오주로 장군, 파리를 점령하고 왕당파를 체포한 그는 나폴레옹에 대해 이렇게 썼다.

〈나폴레옹은 야망에 찬 이간자이며 암살자입니다.〉

이 편지의 사본이 의회의원들 사이에 나돈다는 사실을 나폴레옹은 알고 있었다. 그는 자신이 입수한 사본을 구겨버리며 격분했다. 하지만 본래 인간들이란 그런 것 아닌가. 늘 경계하고 조심하는 수밖에 없었다.

1월 18일, 탈레랑이 보내온 면담요청을 받은 나폴레옹은 갈리페 저택으로 향했다. 탈레랑은 평소보다 더 극진한 태도로 그를 맞았다. 이런저런 한담을 나누던 중에 탈레랑은 별 일 아니라는 듯이 면담을 요청한 까닭을 밝혔다. 생 쉴피스 고(古)성당에서, 오는 21일 루이 16세 처형 5주년 기념행사가 열리는데, 총재정부는 나폴레옹이 이 행사에 참여하기를 바란다는 것이었다.

탈레랑은 말을 마치고 우아한 미소를 지어 보였다. 나폴레옹은 그를 바라보며 말했다.

"나는 공직을 맡고 있지 않습니다. 굳이 참석할 이유가 없어요."

속셈이 빤한 함정이었다. 파리에 귀환한 이래 몇 주 동안, 그는 서로 대립하는 진영들에서 초연하려 애썼지만, 그들은 그에게 선택을 강요하고 있었다.

사흘 전, 팔레루아얄 근처의 유명한 카페 '가르쉬'에서, 왕당파 망명귀족들과 자코뱅들 사이에 난투극이 벌어져 한 명이 죽고 여러 명이 부상당한 사건이 있었다. 나폴레옹은 자코뱅주의라는 명목으로 자행되는 이러한 문화 파괴주의와 절도, 대량학살을 격렬하게 비판하며, '잔인한 범죄'와 '깡패들의 동원'을 방관한 공권력을 비난하기도 했다. 그는 자코뱅과 망명귀족들 사이의 반목도 사라져야 한다며, 폭력의 종말을 주장하고 질서를 옹호했다. 폭력과 혼돈에 종지부를 찍을 최상의 통치권력이 필요했다. 그가 이탈리아 공화국들에서 조직했던 것도 그것이었다.

프랑스가 그에게 기대하는 것도 바로 그것이라고 생각했다. 그는 시민사회의 평화를 복구할 수 있는 유일한 인물이었다. 그런데 총재정부는 그를 루이 16세의 처형을 축하하는 자리에 끌어들이려는 것이다!

탈레랑이 설득했지만, 나폴레옹은 퉁명스럽게 대꾸했다.

"그것은 식인종들의 축제입니다, 끔찍한 위선이오."

하지만 그는 격분했던 만큼이나 빨리 안정을 되찾으며 말했다.

"루이 16세의 처형이 유용했느냐, 아니냐를 토론할 생각은 없습니다. 그것은 불행한 사고였습니다."

그는 덧붙였다.

"나는 전승(戰勝)을 축하하는 국가적 축제에만 참여할 생각입니다. 사람들은 전쟁터에서 쓰러진 희생자들을 위해서 눈물을 흘릴 것입니다."

그들은 잠시 침묵했다. 발레낭이 특유의 느긋한 목소리로, 국가를 통치하는 것은 '법'이라고 말했다. 그 법이 명하는 행사에, 여론에 심대한 영향력을 미치는 보나파르트 장군이 불참한다면, 참석을 요구한 총재들의 의심을 살 뿐 아니라, 공화국에 도전한다는 평가도 내려질 수 있다는 설명이었다.

탈레랑이 넌지시 물었다.

"지금은 바로 그런 시기 아닙니까?"

탈레랑은 잠시 침묵했다가 말을 이었다.

"행사에 눈에 안 띄는 평상복 차림으로, 학사원 멤버들 사이에 끼어 참석하면 될 겁니다."

탈레랑은 중얼거렸다.

"별 문제 없을 겁니다."

나폴레옹은 대답하지 않았다. 1798년 1월 21일, 그는 행렬 속에서 걸었다, 그리고 바라스의 연설을 들었다. 바라스 총재는 '왕권과 무정부상태에 대한 증오'를 역설했다. 합창대가 앙드레 셰니에의 시에 고세크의 음악을 붙인 '공화주의자의 맹세'를 노래했다.

프랑스를 굴종시키려는 찬탈자는
즉각 민중의 복수를 받을 것이니
그는 칼 아래 쓰러질 것이며, 사지에 피를 흘리며
벌판에서 굶주린 독수리의 밥이 되리라

행사의 마지막은 르브렝 팽다르의 시가 낭송되었다.

왕에서 왕으로 이어져온 세계에서
주인이 되고자 하는 자가 있다면
그런 자들은 칼을 구걸하러 가라
프랑스인들은 그런 주인을 원치 않으니

행사가 끝나자, 군중이 모여 기다리고 있었다. 그들과 마주치기를 원치 않는 나폴레옹은 조용히 자리를 뜨려 했지만, 총재정부의 음모를 모르는 군중들은 그를 찾아 환호성을 외쳤다.
"보나파르트 만세! 이탈리아 원정군 장군 만세!"
그는 간신히 자리를 뜨며 생각했다, 그들은 지도자를 원하고 있었다.

어쩌면 행동의 시간이 온 건 아닐까.
빅투아르 가의 저택을 서성이며, 그는 자신에게 다가오려 애쓰는 조제핀도 외면한 채 곰곰이 생각에 잠겼다. 바라스를 만나야한다. 현재 총재정부 의장이며 질서를 지지하는 그에게 제도개혁을 설득하고 이해시켜, 태생적으로 무력한 5인 총재정부를 끝내야한다. 나폴레옹은 상상했다. 그는 이탈리아에 자신이 건설한 공화국들의 헌법을 제정한 경험이 있었다. 그가 총재가 된다면, 그는바라스와 함께 나머지 총재들을 몰아내고, 효율적인 집행부를 세울 수 있었다.

뤽상부르 궁을 찾아간 그를, 바라스는 평소처럼 대단히 사치스런 차림새로 맞았다. 비만한 그는 말 몇 마디 하는 것도 무거운 피로인지, 느리게 말했다. 쾌락에 전 이 인간에게 아직도 욕망할 게 있을까? 온갖 악습을 좋아한다는 그가? 미식가이며 대식가에다 도락꾼인 그가 새로운 욕망을 위해 모험하려 할 것인가?

나폴레옹은 망설이다가 입을 열었다.

"총재정부 체제는 지속될 수 없습니다. 열매달 18일 쿠데타 이후, 총재정부는 치명상을 입었습니다. 대다수의 국민과 자코뱅, 그리고 왕당파들이 총재정부를 거부하고 있습니다."

말을 잠시 중단하고 바라스를 응시하던 그는 한마디 한마디에 힘을 주며 단호하게 말했다.

"이탈리아 승리자와 평화 조정자로서, 제가 예외적 케이스로 선출되어야만 합니다. 그후 권력을 장악하고, 우리 둘이 나머지 총재들을 내몰 수 있을 것입니다. 질서와 관용의 권력을 세워야 합니다. 때는 무르익었습니다."

나폴레옹이 다가갔지만, 바라스는 미동도 하지 않고 앉아 있었다. 그가 말을 이었다.

"여론은 호의적입니다. 그러나 민중의 애정은 폭풍과 같은 것이라, 언제 지나갈지 모릅니다."

바라스가 갑자기 일어섰다. 비지땀을 흘리며, 그는 눈을 부라리고 천둥 같은 목소리로 외쳤다.

"불가능한 일이오, 장군. 모든 게 불가능해. 만일 자문회의가 당신을 총재정부 총재로 선출한다면, 그건 곧 헌법 위반이야. 총재정부는 그런 결정은 거부할 것이오."

숨을 헐떡이며, 바라스는 목소리를 더욱 높였다.

"헌법을 뒤엎고 싶소? 설령 성공한다 할지라도, 결국 당신 자신만 파괴되고 말 거야. 시에예스가 당신에게 그런 불충한 충고를 한 모양인데, 당신들 둘 다 끝장나고 만다구."

나폴레옹, 그는 다시 운명의 가장자리에 서 있는 자신을 응시했다. 홀로 서 있는 자신을. 믿을 건 자신밖에 없었다.

바라스를 믿었지만, 그는 위험을 택하기보다는 나라를 타락시키는 쪽을 선택했다. 어떻게 할 것인가? 누구를 믿을 것인가?

─배는 아직 익지 않았다.

그가 움직이면, 그를 의심하는 자코뱅들에게 빌미를 제공할 위험이 있었다. 그들은 그를 제거하려 할 것이다. 반혁명을 조장할 수도 있겠지만, 그는 그런 식으로 성공하고 싶지는 않았다. 더구나 프랑스는 그 두 경우를 모두 거부할 것이다. 세번째의 길, 바라스와 함께 가는 길을 제안했지만 거부당했다.

─혼자서는, 할 수 없다. 아직은 그렇다.

집에 칩거한 그는 어둠 속 정적에 침잠했다.

예전처럼, 그는 출발을 생각했다.

1월 29일, 그는 탈레랑이 총재정부에 제출한 1월 27일자 보고서를 입수해 오게 했다. 그 장문의 보고서에서, 외무장관은 이집트 점령을 제안하고 있었다.

〈지리적으로, 이집트는 우리와 매우 가까운 곳에 위치해 있다. 이집트는 교역상 무한한 이점을 제공하며, 인도나 다른 지역으로의 접근에도 매우 유리한 위치다. 게다가 이집트는 터키로도 통할 수 있다.〉

나폴레옹은 그 문서를 몇 번이나 읽으며 생각했다. 코르시카에 있을 때, 그가 수없이 꿈꾸었던 이집트, 특히 볼네의 나일 강 여행을 들으며 그의 상상력이 내달렸던 땅. 바로 몇 주 전 파사리아노에서도, 그는 이집트를 생각했었다. 탈레랑, 그가 지금 이집트 원정을 말하고 있다!

저녁때 부리엔이 찾아오자, 나폴레옹은 즉각 그를 작은 살롱으로 데려갔다. 조제핀에게서 멀어지자, 그는 긴장한 목소리로 말했다.

"나는 여기 남아 있고 싶지 않네, 할 일이 없어. 총재들은 아무것도 들으려 하지 않아. 계속 여기에 있으면, 나는 금방 침몰하고 말 거야. 여기선 모든 게 진부해, 나는 벌써 빛을 잃어가고 있어. 이 작은 유럽만으로는 큰 영광을 기대할 수 없네. 동방으로 가야해, 모든 위대한 빛은 그곳으로부터 오는 거야. 다행히, 나는 전에 해안들을 돌아본 적이 있어. 우리가 시도할 모험을 구상하기 위해서였지. 나는 자네들, 란과 스코프스키를 데려가겠네. 솔직히, 영국 원정은 성공할 수 있을지 의심스러워. 이제 영국 원정군은 동방 원정군이 되는 거야. 나는 이집트로 가겠어."

30
모든 것을 예측해야 한다

앙베르 항구의 선창 끝, 찬 이슬비를 맞으며 나폴레옹은 바다를 바라보고 서 있었다. 항구에서 항구로 이동한 지 일 주일이 넘었다. 에타플에서 불로뉴와 칼레로, 덩케르크에서 오스탕드로, 그는 이동해왔다. 오늘 저녁 브뤼셀로 가서, 다시 역마차를 타고 쥐베와 릴, 생 캉탱을 거쳐, 파리로 돌아갈 예정이었다. 파리에는 2월 20일 쯤에나 도착할 터였다.

그는 바닷물이 흘러가는 움직임을 관찰했다. 모든 것이 회색이었다. 하늘, 수평선, 파도, 모래, 선창가 바위들…… 모든 것이 낯설었다. 모든 것이 그의 색채가 아니며, 그의 바위가 아니고, 그의 바다가 아니었다. 그러나 그건 중요한 게 아니었다. 문제는, 그가 본 것 중 그를 만족시키는 게 전혀 없다는 점이었다. 겨우 몇 척의 전함과 배를 가지고, 어떻게 영국을 정복한단 말인가? 적어도 수백 척은 필요했다.

그는 몇 명의 수병들에게 다가갔지만, 처음엔 그들의 언어를 이해할 수가 없었다. 불로뉴와 덩케르크에 이르러서야, 수병들이 말하는 것을 거의 완벽하게 이해했다.

"영국 전함들이 해안을 따라 순찰하고 있죠, 수가 많아요. 쾌속선, 전령함, 소형 전함…… 어떤 배들은 사십 문이 넘는 대포로 무장하고 있어요."

대충 이런 내용이었다. 수병들은 이 키 작은 장군이 누군지도 모르고, 제멋대로 떠들었다.

나폴레옹은 마지막으로 수평선을 바라보고는 마차에 올랐다. 부리엔이 물었다.

"시찰에 만족하십니까?"

부리엔이 덧붙였다.

"영국 원정군이 사용할 수 있는 해군 병력이 너무 부족합니다."

물론이었다. 나폴레옹 역시 그것을 보았다. 그는 화난 목소리로 소리쳤다.

"이건 요행이나 바라자는 주사위 놀음이야. 이런 식으로 아름다운 프랑스의 운명을 걸고 싶진 않아."

저녁 무렵, 브뤼셀의 극장에서 사람들이 그를 알아보자, 그는 어두운 표정으로 군중을 피했다. 파리로 돌아오는 길에, 그는 심각한 표정으로 생각에 잠겼다. 영국 원정을 포기하고, 그가 꿈꾸는 이집트 모험을 시작해야 했다. 위험하고 불확실한 모험이라는 것은 그도 알고 있었다. 그러나 달리 선택이 없지 않은가?

그는 부리엔에게 말했다.

"총재들과는 함께할 게 아무것도 없어. 그들은 위대하다는 게 무엇인지 전혀 이해하지 못해. 집행력도 전혀 없고."

그는 마차의 창을 통해, 어둠 속에 잠긴 산야를 바라보다가 다시 말을 이었다.

"원정을 위해서는 소함대가 필요해. 영국은 우리보다 배가 많아. 성공을 위해 꼭 필요한 준비만 하자고 해도, 우리의 능력을 넘어서는 문제야. 동방 원정을 생각해야 해. 위대한 결과를 얻을 수 있는 곳은 바로 동방이야."

그리고는 침묵에 잠겨들었다.

그는 바라스를 원망했다. 그 비열한 도락꾼은 나폴레옹이 권력의 정상권에 들어가는 걸 거부했다. 이제 길은 하나였다. 이집트 원정을 위해 파리를 떠나는 것이다. 파리에 남아, 자신의 빛이 흐려져가는 걸 기다릴 수는 없었다.

동방이다, 이집트다. 결정은 내려졌다. 전력으로 실행하는 일만 남았다.

그는 이집트 원정 보고서를 작성한 탈레랑을 만나 협조를 당부했다. 그러나 지휘를 하려면, 조직의 문제를 다른 사람에게 맡길 수는 없었다.

그는 베르티에 장군에게 서한을 보내, 이탈리아 관할군 중 충직한 부대들을 제노바로 이동시키고, 배에 오를 준비를 할 것을 지시했다.

그리고 총재정부에 면담을 신청했다. 프랑스에서 떠나도록 결정한 그들에게, 또 이렇게 허가를 얻어야 하다니! 그는 치솟는 노기를 억누르며, 다섯 명의 총재들을 경멸하는 눈빛으로 바라보았다.

그는 보병 2만 5천 명과 기병 3천 명의 병력, 대포 1백 문과 9백만 프랑의 경비를 요구했다. 말들은 없어도 좋다, 현지에서 구할 수 있을 것이다.

총재들의 얼굴이 일그러졌다. 하지만 그의 요구는 그게 전부가 아니었다.

나폴레옹은 퉁명스럽게 말을 이었다.

"저는 무제한의 권위, 정부의 전권 위임을 요구합니다. 몰타 섬 문제든, 이집트와 시리아, 콘스탄티노플과 인도 문제든, 모든 문제에 대해서……."

그는 바라스와 뢰벨의 얼굴이 불신과 두려움으로 일그러지는 것을 바라보았다.

─ 그러나 이들은 나를 멀리 보낼 수만 있다면, 모든 요구를 받아들일 것이다. 이들은 나를 두려워한다.

그는 거침없이 말했다.

"원정군 내의 모든 임명권, 나아가 저의 후임자를 임명할 권한도 요구합니다. 더불어 모든 재가권과 허가권도 요구합니다. 그래야 오스만 제국, 러시아, 인도 권력자들, 아프리카 지배자들과의 협상이 가능할 것입니다."

말을 잃은 듯한 표정으로 서로를 바라보는 총재들을 바라보며, 그는 생각했다.

─ 이들은 내가 위험하고 특이한, 아마 미친 놈이라고 생각할 것이다. 할 수만 있다면, 나를 제거하고 싶겠지.

나폴레옹은 오랫동안 침묵하다가 마지막 요구사항을 덧붙였다.

"제가 원할 때, 원하는 방식으로, 프랑스로 돌아올 겁니다."

총재들은 나폴레옹을 바라보던 시선을 거두고, 서로 눈빛을 교환했다. 아무도 입을 열지 않았다. 그들은 파리로 돌아오는 그의 모습을 상상했다. 그의 이마에 이탈리아에서 탈취한 것보다 더 영광된 월계관이 씌워져 있는 모습을. 그러나 그가 돌아올 가능성은 거의 없다고, 그들은 평가했다! 그들은 자신의 희망을 감추기 위해 고개를 숙였다. 그의 요구를 받아들인 것이다.

이것은 내기였다, 그의 인생의 가장 위험한 내기.

─그러나 달리 무슨 길이 있겠는가? 내 인생은 이렇게 만들어졌다. 중대한 순간마다, 내게는 항상 두 가지 길만이 있었다. 나 자신에 충실하며 도전을 이겨낼 것인가? 아니면, 나를 부정하고, 나 자신이기를 포기하고, 그들과 같은 범용한 인간이 될 것인가?

그러나 그들은 다시 그들의 결정을 강요하며 지배하고자 했다.

생각, 그것은 나폴레옹의 역정을 돋우었다. 그는 투덜대며 말을 중단하더니, 원정에 데려갈 장교와 학자들의 명단을 제출했다. 그는 이 원정으로 파리를 놀라게 하고 싶었다. 그는 전사와 평화 조정자일 뿐 아니라, 지금은 잊혀진 거대한 문명을 만천하에 드러내는 인물이 되고 싶었다. 이집트는 위대한 파라오들과 헤로도투스, 알렉산더, 카이사르, 폼페이우스 등 인류 역사의 위대한 인물들이 교차했던 땅이 아닌가?

집에 돌아와서도, 그 역사적인 거대한 이름들을 언급하면서, 나폴레옹은 꿈에 사로잡혔다. 노기가 진정된 그는 불타오르는 듯이 부리엔에게 말했다.

"나는 그 나라를 프랑스 영토로 만들 거야. 모든 분야의 예술가들, 장인들, 여자들, 배우들을 데려오겠어. 일이 잘 되면, 육 년 안에 인도까지 진군할 거야…… 나는 해방자로, 소아시아를 누비고, 그 고대륙의 수도에 승리자로 개선할 거야. 콘스탄티노플에서, 마호메트의 후계자들을 몰아내고 옥좌에 앉을 걸세."

경청하던 부리엔이 도취되어 중얼거렸다.

"육 년……."

"육 년이야, 부리엔. 아니면 단 몇 달이야. 모든 건 상황에 달려 있어."

그는 생각에 잠겼다. 그가 운명을 걸고 파리를 떠나 있는 동안,

파리에서는 무슨 일들이 일어날까? 그는 중얼거렸다.

"그래, 나는 모든 걸 시도했어. 하지만 그들은 나를 원하지 않았어."

그는 자리에서 일어나 서성이기 시작했다. 빅투아르 가 저택의 살롱 바닥을 부드럽게 밟으며, 그는 강한 목소리로 말했다.

"그들을 엎어버리고, 내가 왕이 되어야 해. 그러나 지금은 그걸 생각할 때가 아니야. 귀족들이 동의하지 않을 거야. 타진해보았지만, 때가 아직 오지 않았어…… 나는 홀로일 걸세, 부리엔. 나는 다시 한번 그 인간들의 눈에 빛을 보여주어야 해. 눈부신 빛을."

출발의 시기가 결정되었다. 1798년 5월 초, 출발지는 툴롱이었다. 트리에스테에서 제노바, 니스에 이르기까지, 지중해의 모든 항구들에서 오는 선박들이 툴롱으로 집결할 것이다.

4월 25일, 신문들은 일제히 이집트 원정 소식을 알렸다.

〈꽃달 3일, 4월 22일, 보나파르트 장군은 파리를 떠났다. 오후 세시에 총재들에게 출발을 알리고, 바라스의 저택에서 저녁식사를 했으며, 바라스와 함께 페이도 극장에서 『멕베스』 공연을 관람한 후, 자정에 출발했다.〉

하지만 기사와는 다르게 4월 23일, 나폴레옹은 총재들과 마주 앉았다. 원정 출발 인사를 위해서가 아니었다. 그의 행선지와 출발의 이유를 변경하기 위함이었다.

전날, 여행 준비를 하던 중 비엔나로부터 편지가 날아왔다. 내용은 간단했다. 오스트리아 제국의 수도에 주재하는 베르나도트 장군 저택이 군중들에게 점령되고 약탈당했다. 프랑스 대사관원들이 저항하는 사이에, 베르나도트는 비엔나를 떠났다.

오스트리아와의 전쟁이 다시 시작되는 것인가? 이 사건이 나폴레옹에게 다시 행동할 기회를 제공하는 것인가?

밤새 나폴레옹은 생각에 잠겼다. 그는 반란을 진압할 수 있는 사람으로 평가받을 수 있었다, 라슈타트로 가서 코벤츨 백작과 다시 협상하고, 평화를 공고히 한 후 파리로 돌아올 수도 있었다. 이집트보다는 라슈타트가 나았다!

그는 이탈리아로 급보를 보냈다.

〈제노바의 병력들은 아직 아직 배에 오르지 말라, 기다리라.〉

총재들은 힘이 실린 나폴레옹에게 귀를 기울였다. 나폴레옹이 전권을 부여받고 라슈타트로 간다면 사건은 해결될 것이었다.

외무장관 탈레랑이 그를 지지했다. 나폴레옹은 이 기회에 집착했다. 멀리 떠나는 것보다는, 가능한 한 이곳에서 모든 걸 시도해 보는 게 나았다. 어쩌면 총재들을 뒤흔들어 당장 권력을 장악할 수도 있었다. 총재들은 즉답을 피했다.

그리고 닷새 후인 4월 28일, 바라스가 빅투아르 가의 그의 집에 나타났다. 나폴레옹은, 그 인간이 조제핀에게 한참을 아첨하고, 자신에게 다가오는 것을 바라보았다.

바라스가 속삭였다.

"총재정부는 장군이 지체없이 이집트로 떠나기를 바라고 있소. 라슈타트 문제에 장군이 개입할 필요는 없겠소."

그들의 선택은 분명했다. 몇 시간을 망설인 후, 나폴레옹은 결단을 내렸다. 그의 명령을 받은 전령이 내달렸다. 원정 준비는 다시 가동되었다.

5월 5일, 나폴레옹은 측근들에게 파리 출발을 알렸다. 이내 방수막이 덮인 대형 마차가 들어오고, 가방들이 실렸다. 마르몽과 부리엔, 뒤로크, 라발레트가 함께 탈 마차였다.

마차를 바라보고 서 있는 나폴레옹에게 조제핀이 다가왔다. 나폴레옹은 말없이 그녀를 바라보았다. 그녀가 마차를 바라보며 말했다.

"저도 같이 가겠어요."

소식을 들은 아르노가 살롱으로 뛰어들어오며 소리쳤다.

"장군, 총재정부는 당신을 멀리 떠나보내려 하지만, 프랑스는 당신을 붙들기를 원하고 있습니다. 파리 사람들은 당신이 체념한 다고 비판하며, 전보다 더 큰 목소리로 정부를 비판하고 있어요. 그들이 당신까지 비판하게 될까 두렵습니다. 장군은 두렵지 않습니까?"

군중처럼 변덕스럽고, 예측 불가능하며, 믿을 수 없는 것이 또 있을까?

나폴레옹은 담담한 목소리로 대답했다.

"파리 사람들이 외칠지는 모르지만, 행동하지는 않을 거요. 그들은 만족하진 못해도, 불행하지는 않소."

그는 미소를 띤 채 몇 발자국 옮기며 다시 말했다.

"내가 말에 오르면, 누구도 나를 따르지 않을 것이오."

그리고는 단호한 어조로 덧붙였다.

"우리는 내일 떠나오."

1798년 5월 6일 새벽 세시, 나폴레옹은 파리를 떠났다. 천둥이 치고 비가 내리는 칠흑의 어둠 속으로 마차를 끌고 말들이 달렸다. 대형 마차 안에서 모두들 침묵에 잠긴 채 말이 없었다. 마차가 덜커덩거릴 때마다 그들의 몸이 서로 부딪쳤다. 조제핀은 그의 어깨에 기대어 잠이 들었지만, 눈을 부릅뜬 나폴레옹은 잠이 필요 없는 사람처럼 보였다.

그의 생은 구르기 시작했다. 이제 누구도 그 구르는 바퀴를 멈추게 할 수 없다.

로크베르로 향하는 지름길에서 마차가 격렬한 충격을 받고 멈췄다. 마르세유를 피하고, 툴롱으로 더 빨리 가기 위해 험로를 택했는데, 바퀴가 튀면서 마차의 방수포가 나뭇가지에 걸렸다. 모두가 마차에서 내려 불을 밝히고 사고를 수습하는 동안, 나폴레옹은 몇 걸음 앞으로 나가 길을 살폈다. 마차의 바로 앞에 있던 다리가, 폭우로 무너져 깊은 계곡으로 떠내려가는 것이 보였다. 마차가 건널 다리였다.

마르몽이 마차의 방수포를 잡은 나뭇가지를 가리키며, 일행들에게 말했다.

"구세주의 손이로군."

그것이 없었다면, 마차는 급류의 바위 위에 떨어져 박살이 났을 터였다. 나폴레옹은 말이 없었다. 사고 수습이 끝나자, 그는 다시 마차에 오르며 소리쳤다.

"많이 지체되었다. 빨리 가자."

주저없이, 이 선택의 끝까지 가야 했다. 다시 행동의 시간이 온 것이다.

1798년 5월 10일, 툴롱. 나폴레옹은 짙푸른 바다와 이글거리는 태양, 눈이 멀 정도로 반짝이는 하늘 아래 떠다니는 하얀 돛단배들을 바라보았다. 해군 공관의 창문에서, 그는 하염없는 풍경과 수평선을 바라보며, 그 너머 이집트 땅을 상상했다. 인류 역사가 시작된 이래 수많은 정복자들이 밟았던 땅.

—그들의 발자국 위에 내 발자국을 찍으러 간다.

전령이 와서 알리자, 그는 제복을 걸치고 함대 사열에 나섰다. 그의 보트가 전함에 다가갈 때마다, 두 발의 축포가 발사되었다. 그는 이 '무적함대'의 총사령관이었다. 불과 오 년 전, 바로 여기 툴롱에서, 그는 무명의 젊은 대위였다. 당시 이곳 툴롱에서 걸린 습진이 지금 그의 얼굴을 덮고 있었다.

어둠이 내리자, 도시는 그를 축하하는 불꽃들로 환했다. 그의 곁을 떠나지 않는 조제핀과 함께 불꽃들을 바라보며, 그는 힘이 솟구침을 느꼈다.

다음날 군대를 사열했다. 줄을 선 인간들 앞에 서자, 나폴레옹은 전장의 에너지와 활기가 그의 가슴에 일렁임을 느꼈다. 바다 내음과 소나무, 올리브나무들도 친근하게 다가왔다. 모든 것이 단순해지고, 유년기의 빛줄기처럼 맑고 분명했다. 한 달 넘게 갇혀 있던 파리의 음험한 책략과 술책에서 해방되는 느낌이었다.

바다와 마주 선 그는 힘차게 말했다.

"장교와 병사들이여, 내가 그대들을 지휘한 지 이 년이 되었다. 이 년 전, 그대들은 제노바 강가에서 가장 비참한 상태에 처해 있었다. 아무것도 없었다. 살아남기 위해 그대들의 손목시계까지 희생시켜야 했다. 나는 그대들에게 가난을 끝내주겠다는 약속을 하고, 그대들을 이탈리아 땅으로 끌고 갔다. 거기에서 그대들에게 모든 것이 부여되었다…… 나는 약속을 지키지 않았는가?"

병사들에게서 함성이 터져나오며, 환호성이 일었다. 생명이라고 불리는 것은 바로 이런 것일 게다. 그는 말을 이었다.

"좋다, 그대들은 아직 조국을 위해 충분히 노력하지 않았다. 조국도 그대들을 위해 충분히 노력하지 않았다. 나는 그대들을 새로운 땅으로 데려간다. 그대들이 그곳에서 세우는 공훈으로, 그대들은 지금까지의 찬양을 훨씬 뛰어넘는, 영광의 최고 자리에 오를 것이다. 무적의 군대를 기대하는 조국에, 모든 것을 바치자. 나는 약속한다……."

그는 잠시 중단했다.

수만의 병사들 사이에 침묵이 감돌았다.

"나는 모든 병사들에게 약속한다. 이 원정에서 돌아올 때, 그대들 모두가 6에이커의 땅을 살 수 있게 될 것이다……."

팡파르가 울리고, 모두가 소리쳤다.

"불멸의 공화국 만세!"

5월 19일 새벽 다섯시, 나폴레옹은 부두에서 멀어지는 보트의 고물에 서서, 오랫동안 작별의 손짓을 보내는 조제핀을 바라보았다.

그녀는 정말 함께 배에 오르기를 원했던 것일까? 아니면, 그가 거절할 것을 알고 그저 해본 제안이었을까? 답을 알고 싶지 않았다. 접어두자고, 그는 스스로에게 말했다. 그는 그녀가 자기 곁에 머물기를 원했다는 환상을 품고 떠나고 싶었다.

그는 바다로 몸을 돌렸다. 항구를 가득 메운 180척의 배들이 여섯시의 출발을 준비하고 있었다. 수백 미터 떨어져 정박해 있는 제독 함선 '로리앙', 각 층마다 40문의 대포가 장착되어 있는 3층의 전함이 우람하게 솟은 요새처럼 떠 있었다.

갑판에 오른 나폴레옹은 즉각 함교 위에 자리잡았다. 그의 명을 받은 사령관 카자비앙카가 함선들에 출발명령을 내렸다. 13척의 전함들이 먼저 일렬로 항진했다. 바다에 잔 파도를 일렁이며 바람이 불었다. 수송함들이 쾌속선과 전령함, 소형 전함들에 둘러싸여 뒤를 따랐다.

짐을 잔뜩 실은 몇 척의 배는 물 속으로 잠길 듯 항진했다. 나폴레옹이 탄 로리앙도 파도에 흔들릴 때마다, 큰 몸체를 기우뚱하다가 다시 일어서며 항진했다.

나폴레옹은 몇 시간 동안 함교 위에 앉아, 망망대해로 들어서는 배들을 바라보았다. 저 배들에 실린 3만 4천 인간들의 운명을 생각했다. 그 자신이 곧 그들의 운명이었다.

그는 원정에 나설 사단과 장군, 대포를 직접 선택했다. 예술과 과학 사절단 구성을 직접 감독했고, 그들이 군대와 함께 이 원정에 참여하기를 원했다.

—성공하기 위해서는, 모든 것을 예측해야 한다.

바다와 함선들을 바라보던 시선을 거두고, 옆에 있는 마르몽에게 몸을 돌리며, 나폴레옹이 말했다.

"나는 나의 몽상들을, 추론이라는 컴퍼스로 계산한다네."

제2권 『전장의 신』으로 이어집니다

나폴레옹 연보

1769. 8. 15　코르시카 섬의 아작시오에서 샤를 마리 보나파르트와 레
　　　　　　티지아 라몰리노 사이에서 여덟 남매 중 둘째로 출생

1779. 1.　　형 조제프와 함께 오탱의 신학교에 입학

1779. 5.　　'국왕의 장학생'으로 브리엔 왕립 군사학교 입학

1784. 10.　파리 사관학교 포병대 입교

1785. 2.　　아버지 샤를 보나파르트, 39세를 일기로 몽펠리에에서 암
　　　　　　으로 사망

1785. 11.　포병소위로 남부 발랑스의 라페르 포병연대 부임

1789. 7. 14　프랑스 대혁명 발발. 나폴레옹은 오탱에서 군중이 세관사
　　　　　　무소를 습격하는 것을 목격

1789. 9　　1786년, 1788년에 이어 세번째로 코르시카 섬 귀향, 1791
　　　　　　년 1월까지 체재

1789. 11.　코르시카의 바스티아에서 민병대를 조직, 정부군에 대항함

1791. 1.　　아작시오에서 도시의 애국주의자 클럽인 '일 글로보 파트
　　　　　　리오티코' 조직

1791. 6　　중위로 진급, 그르노블 연대 제4포병대 부임

1791. 9　　네번째로 코르시카 섬 귀향

1792. 4.　　아작시오 국민방위군 제2중령으로 당선(아작시오 소요 사태)

1792. 10　대위 진급과 함께 제4포병연대에 배속받았으나, 복귀하지 않
　　　　　　고 코르시카로 귀향

1793. 6.　　코르시카 독립투쟁의 영웅 파올리 파(派)와 보나파르트 가
　　　　　　(家)가 대립, 나폴레옹 일가는 코르시카에서 쫓겨나 마르세
　　　　　　유로 옮겨감

1793. 7　　니스에서 제4포병연대 대위로 복귀

1793. 12.　혁명군, 툴롱의 반혁명 봉기 진압. 나폴레옹은 진압의 공
　　　　　　적으로 여단장으로 임명됨

1794. 3	남프랑스에서 이탈리아 원정군 포병사령관에 취임
1794. 8. 9	로베스피에르파로 몰려 니스에서 체포, 20일 증거 불충분으로 석방
1795. 2.	휴직
1795. 10. 5	포도달 13일의 반란. 나폴레옹, 국민공회 방위군 부사령관으로 왕당파의 반란 진압
1795. 10.	육군소장 진급, 치안군 사령관이 됨
1796. 3. 2	이탈리아 관할군 총사령관이 됨
1796. 3. 9	여섯 살 연상인 조제핀과 결혼
1796. 3. 26	니스에서 이탈리아 원정 출발
1796. 5.	로디 전투 승리, 밀라노 정복, 이후 1797년 11월 밀라노를 떠날 때까지 2년 가까이 북이탈리아의 전장에서 수차례 승리를 거둠.
1797. 2.	아르콜레 전투, 만토바 점령
1797. 4.	레오벤 가조약 체결
1797. 7	밀라노에서 치살피나 공화국 건국을 선언
1797. 10.	리볼리 전투에서의 승리로 오스트리아 항복, 캄포 포르미오 조약 체결
1797. 12.	파리 개선, 총재정부 주최로 환영 리셉션이 열림
1797. 12.	프랑스 학사원의 역학 부문, 물리·수학 제1분과 회원으로 선출됨
1798. 2	불영해협과 북해 해안지역 군시찰
1798. 4.	이집트 원정군 총사령관이 됨
1798. 5. 19	이집트 원정(180척의 함선에 3만 4천 명의 장병을 싣고 툴롱 항을 출발)

프랑스 혁명사 연표

1788. 8. 8	1789년 5월 1일의 삼부회 소집이 포고됨
1788. 9.	제3신분 의원수의 배가(倍加) 요구 운동
1789. 5. 5	삼부회 개회(베르사유)
1789. 6. 17	하원, '국민의회'로 개칭
1789. 7. 9	국민의회가 제헌의회를 선언
1789. 7. 14	파리의 민중들, 바스티유 요새감옥 공격, 프랑스 대혁명 발발
1789. 7. 16~19	혁명이 지방도시로 파급
1789. 8. 4	봉건제 폐지 결의(8월 4일의 밤)
1789. 8. 26	'인간과 시민의 여러 권리에 관한 선언'(인권선언) 채택
1789. 10.	자코뱅 클럽(헌정동지회) 창설
1791. 6. 20	국왕 일가의 프랑스 탈출 시도. 21일 바렌에서 체포
1791. 10. 1	입법의회 소집
1792. 8. 10	'8월 10일의 혁명'. 민중 시위대의 튈르리 궁 점령
1792. 9. 21	국민공회 개원, 왕권의 폐지를 의결
1792. 9. 22	서력기원(그레고리력) 폐지. '공화정 제1년' 선포
1793. 1. 21	국왕 루이 16세 처형
1793. 4. 6	공안위원회 창설
1793. 5. 31	파리 민중, 국민공회 습격
1793. 6. 2	지롱드파 몰락
1794. 3.~4.	에베르파 및 당통파의 몰락
1794. 7. 27	열달(테르미도르) 반동
1794. 7. 28	로베스피에르 처형
1795. 10. 3	포도달 13일의 반란
1797. 9. 4	열매달 18일의 쿠데타
1799. 11. 9	안개달 나폴레옹 쿠데타

프랑스 혁명력

프랑스 혁명기인 1793년에 채택된 달력. 국민공회는 그레고리력(현재의 태양력) 대신 그리스도교와의 연관성에서 탈피하여 더욱 과학적이고 합리적인 달력을 도입하였다. 1793년 10월 5일에 혁명력을 만들고, 그레고리력으로는 1792년 9월 22일을 첫날(혁명 원년, 방데미에르 1일)로 잡았다. 프랑스 혁명력에서 1년은 12개월이며, 1개월은 주 단위가 아닌 10일 단위로 나눈 30일로 이루어졌다. 1년의 마지막은 남은 날을 묶어 5일(윤년인 경우는 6일) 단위가 되었다. 이 5일(혹은 6일)을 묶어 상퀼로튀드 또는 보충일이라고 명명하였다.

달의 순서는 방데미에르(포도달), 브뤼메르(안개달), 프리메르(서리달), 니보즈(눈달), 플뤼비오즈(비달), 방토즈(바람달), 제르미날(싹달), 플로레알(꽃달), 프레리알(초원달), 메시도르(수확달), 테르미도르(열달熱月), 프뤽티도르(열매달)로 전개되었다. 그레고리력의 날짜에는 성인의 이름이 붙었으나, 혁명력은 씨앗, 나무, 꽃, 열매 등의 이름이 붙었다. 프랑스 혁명력은 1806년 1월 1일 나폴레옹 체제가 시작되면서 다시 그레고리력으로 대체되었다.

〈예〉 혁명력 2년

가을	여름
포도달 1793. 9. 22 ~ 1793. 10. 21	수확달 1794. 6. 19 ~ 1794. 7. 18
안개달 1793. 10. 22 ~ 1793. 11. 20	열달 1794. 7. 19 ~ 1794. 8. 17
서리달 1793. 11. 21 ~ 1793. 12. 20	열매달 1794. 8. 18 ~ 1794. 9. 16
겨울	상퀼로튀드 또는 보충일
눈달 1793. 12. 21 ~ 1794. 1. 19	제1일 1794. 9. 17
비달 1794. 1. 20 ~ 1794. 2. 18	제2일 1794. 9. 18
바람달 1794. 2. 19 ~ 1794. 3. 20	제3일 1794. 9. 19
	제4일 1794. 9. 20
봄	제5일 1794. 9. 21
싹달 1794. 3. 21 ~ 1794. 4. 19	
꽃달 1794. 4. 20 ~ 1794. 5. 19	
초원달 1794. 5. 20 ~ 1794. 6. 18	

프랑스 혁명사 개요

　앙시앵 레짐의 프랑스는 구조적 모순으로 가득 찬 사회였다. 봉건적 부과조는 농민들의 삶을 짓누르는 압제로 작용하고 있었고, 신분제(1신분 – 성직자, 2신분 – 귀족, 3신분 – 평민)는 1750년 이후 새로 대두하는 계급 질서에 대한 질곡으로 작용하였으며, 통치체제로서의 절대왕정은 나름의 개혁적 노력에도 불구하고 어쩔 수 없는 봉건적 한계를 드러내고 있었다. 이러한 제 모순들과 함께 혁명의 기폭제가 된 것은 왕실이 당면한 재정적 위기였다. 루이 14세 통치 말년부터 시작된 프랑스 왕실의 재정적 위기는 미국 독립전쟁의 참전으로 말미암아 결정적으로 악화되었다. 이를 타개하기 위해 제안된 귀족에 대한 민세 폐지안이 귀족들의 반대에 부딪히면서 절대왕권에 대한 귀족들의 반동이 일어났다. 결국 이것이 삼부회를 소집하게 된 단초가 되었고, 프랑스 혁명으로의 길을 열었다.

　1614년 이후 한 번도 소집되지 않았던 삼부회의 소집은 애당초 귀족들이 원했던 것처럼 절대왕권을 약화시키는 정도에서 끝나지 않았다. 삼부회 소집의 소식은 프랑스 전국을 폭발적인 상황으로 이끌었다. 제3신분은 이 기회를 새로운 사회에 대한 희망을 표출할 수 있는 장(場)으로 생각하고 있었기 때문이다. 따라서 삼부회 모임 초부터 운영방식을 두고 구래의 신분별 회합과 투표(이 경우 제3신분의 발언권은 중요한 의미가 없어, 나머지 두 신분의 합의만 이루어지면 의안은 통과된다)를 원하는 귀족과, 합동회합과 머릿수 표결을 요구하는 제3신분이 극명하게 대립하게 된다. 파트리오트(애국주의자)들의 기민한 행동으로 제3신분이 삼부회 내의 주도권을 장악하고, 1789년 6월 17일 자신들을 '국민의회'라 선언하면서 상황은 급변한다. 특히 이들의 제안이 루이 16세의 굴복을 이끌어내어 귀족과 상급 성직자가 국민의회에 참가하게 됨으로써, 국민의회는 명실상부한 국민의 대표로 자리잡았다.

이렇게 시작된 국민의회 활동에 방향성을 제공한 것은 7월 14일에 있었던 민중들의 바스티유 감옥 습격과 연이어 일어난 농민들의 반영주제적 폭동이었다. 이러한 민중들의 움직임에 직면해 당혹스러워하던 국민의회는, 이들의 지지 없이는 혁명을 수행할 수 없음을 깨닫고, 일련의 혁명 원칙을 천명한다. 8월 4일 '봉건제 폐지' 선언과 8월 26일 '인간과 시민의 여러 권리에 관한 선언'이 바로 그것이다. 그러나 이러한 혁명의 전진에도 불구하고 국가의 재정문제는 악화일로를 치닫고 있었다. 이 문제를 해결해야 했던 국민의회는, 교회 재산의 국유화(1789. 11. 2)를 단행한다. 이 모든 활동에도 불구하고 국민의회 활동 중 가장 큰 비중을 차지하였던 것은 새로운 정치체제에 부합하는 헌법의 제정이었다. 국민의회는 '91년의 헌법'을 통해 권력분립의 원칙에 입각한 단원제의 입헌군주제와, 직접세 납부 여부에 따라 능동적 시민과 수동적 시민을 나누어 능동적 시민에게만 참정권을 부여하는 재산제한 선거제를 채택하였다.

'91년의 헌법'에 따라, 1791년 10월 1일 입법의회가 개원하는데, 이 의회에서는 혁명 프랑스에 대한 주변국들의 계속된 위협과 이를 이용하여 자신의 입지를 넓히려는 프랑스 내 각 정파의 이해관계가 교묘히 맞물려 전쟁 문제가 가장 중요한 현안으로 등장하였다. 결국 1792년 4월 20일 입법의회를 장악한 브리소 내각이 오스트리아에 대하여 선전포고를 하면서 23년이나 지속될 대전쟁이 시작되어 전쟁에 대한 아무런 준비도 없었던 프랑스는 개전 초부터 패전에 패전을 거듭하였다. 그러나 국가 위기상황에 대한 입법의회의 호소로 각 지방에서 의용군이 조직되고, 프로이센 사령관 브라운슈바이크의 위협적인 선언이 파리시민의 혁명열을 고조시키면서, 프랑스는 국면전환을 위한 기회를 맞는다. 특히 8

월 10일의 민중봉기는 왕권의 정지와 더불어 새로운 헌법제정을 위한 국민공회의 소집을 결의하게 하였다.

국민공회가 첫 모임을 가진 1792년 9월 20일은, 프랑스 시민군이 발미에서 프로이센군에게 뜻깊은 승리를 거둔 날이었다. 이날의 승리는 국민공회로 하여금 왕정을 정식으로 폐지하고 공화정의 일정을 잡아나갈 수 있도록 자신감을 주었다. 국왕 루이 16세에 대한 처리 문제가 국민공회 내의 두 주축인 지롱드파와 자코뱅파 사이에 첨예한 대립을 가져왔지만, 결국 자코뱅의 희망대로 루이 16세에 대한 사형이 집행되었다. 그러나 국왕의 처형은 국제사회의 여론을 비통하게 하여 국민공회는 새로운 전쟁에 돌입하게 된다. 대외전쟁에서 계속되는 패전과 국내의 심각한 경제난에 직면해 고전을 면치 못하던 국민공회에 국면전환의 길을 열어준 것은, 1793년 5월 31일에 있었던 파리 민중들의 국민공회 습격이었다. 이들은 국민공회에 침입하여 지롱드파를 숙청하고, 국민공회의 주도권을 자코뱅파에 넘겨주었다. 이렇게 국민공회의 주도권을 장악한 자코뱅파는 '93년의 헌법'을 인준하게 되는데, 이 헌법에서는 능동적 시민과 수동적 시민의 구별을 없앤 보통선거가 규정되어 있었으며, '사회의 목적을 공공의 행복'으로 규정하는 복지국가 헌법의 맹아까지 담겨 있었다. 이러한 노력에도 불구하고 국내상황과 대외상황이 개선되지 않자, 로베스피에르가 주도하는 국민공회는 공안위원회를 강화하고, 국민총동원령을 내리고, 최고가격제를 실시하고, 이어 반혁명분자와 왕비에 대한 대대적인 처형을 단행하는 본격적인 공포정치의 일정에 오른다. 이후 공안위원회의 비상한 노력으로 국내외 정세가 호전되어갔지만 자코뱅 내의 권력 분쟁은 심화되어갔다. 이에 로베스피에르는 당내 온건세력인 당통파와 과격파인 에베르파를 동시에 숙청함으로써 이 문제를 해결하고자 하였다. 그러나 이 두 분파의 숙청은 자코뱅의 세력을 급격히 약화시킴과 동시에 로베스피에르의 지지기반을 무너뜨려 로베스피에르의 몰락을 가져왔다. 1794년 7월 27일에 있었던 '열달熱月 반동(테르미도르 반동)'은 로베스피에르를 축출함으로써 공포정치에 종말을 고하였을 뿐만 아니라, 프랑스 혁명의 중요한 국면 또한 일단락짓게 하였다.

그러나 '열달 반동'은 반혁명은 아니었다. 부르주아지의 우위를 보장하는 부르주아 공화정을 이상으로 삼았던 이 '열달 주동자들'은 신중하고 현실적인 사람들이었다. 대외적으로는 군사적 모험을 거부하고 제한적 형태의 합병을 보장하는 평화안을 모색하였고, 대내적으로는 공화국의 안정을 위해 우파와 결합하여 '95년의 헌법'을 통해 '유산자의 지배'를 설정하였다. 새 헌법에서 그들은 인권선언과 더불어 의무선언을 첨가하였으며 재산제한선거제를 설정하였다. 또한 정체로는 단원제의 병폐를 막기 위해 양원제(원로원과 5백인 회의)를, 1인의 독주를 막기 위해 5명의 총재가 주도하는 행정부를 규정하였다. 그러나 좌우 세력으로부터 정치적 공세에 밀려, 그리고 재정문제 해결을 정복전쟁에 의지하게 되면서, 총재정부는 점차 군대의 힘에 의존하게 되었다. 이는 그 동안 군대를 통해 독자적 힘을 길러온 나폴레옹에게 기회를 주는 꼴이 되었다. 결국 나폴레옹은 총재정부의 정치적 무능력, 부르주아들의 안정에 대한 희구에 힘입어 '안개달 쿠데타'를 성사시킴으로써 통령정부를 수립하게 되고, 곧이어 제정으로 나아가게 된다. 이 '안개달 쿠데타'로 1789년 삼부회 소집에서 시작된 프랑스 혁명은 공히 종말을 고하게 된다.

이렇게 사건으로서의 프랑스 혁명은 종결되었다. 그러나 인간의 권리에 대해 우리가 가지고 있는 현대적인 개념뿐만 아니라, 그것으로부터 파생된 정치적 담론들이 오늘을 살고 있는 우리에게 지대한 영향을 미치고 있다는 점을 생각해볼 때, 프랑스 혁명은 2백여 년 전에 일어난 하나의 사건으로 치부될 수만은 없다. 세계를 변화시키고자 하는 사람에게, 그리고 세계를 해석하고자 하는 사람에게, 프랑스 혁명은 근대세계를 낳은 변화의 본질을 고찰하게 함으로써 현재를 볼 수 있는 시야를 제공하기 때문이다.

■ 용어 해설

공안위원회 공포정치 기간(1793. 9~1794. 7) 동안 독재정치를 수행한 혁명기의 통치기구. 설립될 당시에는 9인 위원회였다가 후에 12인으로 확대되었다. 1793년 4월에서 7월 10일까지는 온건파인 조르주 당통과 그 추종자들이 공안위원회를 지배했으며, 7월부터 이듬해 9월까지는 로베스피에르를 비롯한 급진적 혁명세력이 주도했다.

국민공회 프랑스 혁명 중 가장 위태로운 시기였던 1792년 9월 20일부터 1795년 10월 26일까지 프랑스를 통치했던 의회. 왕정 폐지 후 새 헌법 제정을 위해 소집되었으며 공화제를 확립했다. 1795년 8월 국민공회는 그 뒤를 이을 부르주아 중심의 총재정부(1795~1799) 헌법을 승인했다.

국민의회 1789년 6월 17일~7월 9일에 삼부회의 대표자들이 만든 혁명의회의 이름. 1791년 9월 30일 입법의회가 만들어지기 전까지 사용되었다.

라마르세예즈 프랑스의 국가. 혁명 당시 혁명군 공병대 장교이자 아마추어 음악가였던 클로드 조제프 루제 드릴이 '라인군의 군가'로 작곡했는데, 마르세유 출신 의용군들이 즐겨 불렀기 때문에 '라마르세예즈'로 통하게 되었다.

발미 전투 1792년 9월 20일 프랑스의 시민병이 당시 유럽 최강을 자랑하던 정예의 프로이센군에게 발미(Valmy)에서 거둔 뜻깊은 승리를 이른다.

방데 반혁명 반란 프랑스 혁명중 프랑스 서부에서 여러 번에 걸쳐 일어난 반혁명 폭동(1793~1796). 최초이자 가장 중요한 폭동이 1793년 방데 지방에서 일어났다. 징집법 시행(1793. 2) 반대로 일어난 폭동은 동쪽의 앙제르를 점령하는 등 정부군과 혼전을 거듭하다 결국 사브네에서 공화국 군대에 의해 궤멸되었다.

부르봉 왕가 유럽에서 가장 큰 지배 왕조의 하나로 프랑스를 다스린 카페 왕가의 한 갈래. 이 왕가는 1589~1792년, 1814~48년 프랑스를 다스렸다.

산악당(山岳黨) 프랑스 혁명 당시 국민공회의 급진파. 민주주의적 견해로 주목받았으며, 1793~94년 혁명의 절정기에 정부를 장악했다. 회의장의 높은 곳을 차지했다 하여 이렇게 부르는데, 집합적으로 '산악파'라고도 한다.

삼부회(三部會) 프랑스의 신분제 의회. 프랑스 혁명 전의 세 신분, 즉 소수 특권층인 성직자와 귀족, 그리고 대다수의 민중을 포괄하는 제3신분의 대표로 이루어졌다. 삼부회는 프랑스 혁명(1789)이 시작될 무렵 재정적 위기와 광범위한 소요사태, 약해진 왕권을 배경으로 소집되었다. 개혁을 위한 노력이 두 특권층에 의해 번복될 것을 우려한 제3신분 대표들은 혁명적 국민의회를 소집했다(1789. 6. 17).

상퀼로트 '반바지를 입지 않은'이라는 뜻. 프랑스 혁명 때 혁명군 중에서 남루한 옷차림새에 장비도 허술했던 의용군을 지칭하며, 나중에는 급진민주파를 뜻하게 되었다. 대부분 빈민층이거나 하층민의 지도자들이었으나, 공포정치 기간에는 공무원들과 고등교육을 받은 사람들이 자신들을 '상퀼로트 시민들'이라고 불렀다. 전형적인 상퀼로트 복장은 상류층이 입는 퀼로트(반바지) 대신에 판탈롱(긴 바지)과 카르마놀(짧은 코트), 자유를 상징하는 빨간 모자, 사보(나막신)였다.

슈앙(올빼미당) 프랑스 혁명기의 반혁명 농민집단. 주로 소금 밀매업자들로 이루어진 이들은 1793년 프랑스 서부에서 반란을 일으켜 방데의 왕당파와 합세했다.(방데 반혁명 반란)

아시냐 1789~1796년의 프랑스 혁명중에 혁명정부의 재정조달 수단으로 발행된 지폐. 1789년 12월 국민의회는 다급한 채무의 결제를 위해 혁명으로 국유화된 교회 토지를 담보로 해서 이율 5퍼센트의 공채로 아시냐를 발행했다.

앙라제 '미치광이'라는 뜻. 1793년 프랑스 혁명기에 활동한 극렬 혁명세력. 이들이 주창하는 사회정책과 경제정책은 하층계급의 호응을 얻었다. 앙라제라는 명칭은 이들이 부르주아 계급에게 불러일으킨 공포감을 말해준다.

앙시앵 레짐 구체제라고도 함. 프랑스 혁명 때 타도의 대상이었던 이전의 체제. 특히 18세기 부르봉 왕가 통치에서 행해진 모든 특권적인 제도를 말하나 일반적으로는 부르주아 혁명 이전의 구체제를 통칭하기도 한다.

앵크르와야블 '괴상한, 터무니없는'이라는 뜻. 프랑스 혁명 시대에 기이한 옷차림과 말투로 멋을 부린 청년들을 일컫는 말. 무슨 일에나 "설마!(C'est incroyable!)"라는 말을 연발한 데서 유래하였다.

열달(테르미도르) 반동 프랑스 혁명 기간중 혁명력 제2년 열달(테르미도르) 9일(1794. 7. 27)에 시작된 반란. 이 반란으로 막시밀리앵 로베스피에르는 몰락하고 혁명의 열기와 '공포정치'가 끝났다.

입법의회 프랑스 혁명 시기 및 제2공화국 시기의 국민의회. 1791년 9월에 생겨났으며, 1791년 10월 1일부터 1792년 9월 20일까지 활동하다가 제1공화국의 공식 출범과 함께 국민공회로 대체되었다. 제2공화국 때의 입법의회는 1849년 5월 28일부터 1851년 12월 2일 나폴레옹 3세에 의해 해산될 때까지 지속되었다.

자코뱅 클럽 프랑스 혁명 때 가장 유명했던 정치단체. 극단적인 평등주의와 폭력 통치로 알려졌으며 1793년 중반부터 1794년 중반까지 혁명정부를 이끌었다. 이들은 귀족계급의 반동 음모에 대항해서 혁명의 성과를 지킨다는 목적을 가지고 있었다. 1791년 7월 루이 16세의 처리 문제를 놓고 자코뱅 클럽은 둘로 갈라져, 많은 온건파 의원들은 자코뱅과 경쟁하던 푀양 클럽으로 옮겨갔다.

지롱드당 프랑스 혁명기의 온건공화파. 이들 가운데 많은 수가 지롱드 주 출신으로 1791년 10월부터 1792년 9월까지 입법의회를 장악했다. 근본적으로 이상주의자였던 젊은 법률가들로 이루어진 지롱드당은 곧 많은 사업가, 상인, 산업가, 금융가의 지지를 얻었다. 왕실을 맹렬히 비판하면서 두각을 나타낸 지롱드당은 1792년 봄 그 세력과 인기가 절정에 이르렀다. 그러나 군주제를 무너뜨린 1792년 8월 10일 튈르리 궁 습격사건에 가담하지 않음으로써 그들의 힘은 약해지기 시작했다.

총재정부 프랑스 혁명력 제3년의 헌법으로 설립된 프랑스 혁명기의 정부. 1795년 11월부터 1799년 11월까지 3년 동안 존속하였으며 입법원이라 불리던 양원제 의회기구, 즉 입법 건의 기구인 500인 회의와 입법안을 통과 또는 거부할 권한을 가진 원로원으로 구성되었다.

7년 전쟁 프로이센의 프리드리히 대왕과 오스트리아의 마리아 테레지아 사이에서 슐레지엔의 영유를 둘러싸고 일어난 전쟁(1756~1763). 프랑스와 러시아는 오스트리아 편이고, 영국은 프로이센 편이었으나, 해외 식민지(인도 캐나다)에서 영국은 프랑스를 격파하여 영국 프로이센의 우위가 확립되었다.

치살피나 공화국 나폴레옹이 1797년 6월 북부 이탈리아 포 강 유역 주변의 점령지에 세운 공화국. 프랑스가 오스트리아와 체결한 캄포 포르미오 조약(1797. 10. 17)으로 승인되었다.

치스파다나 공화국 1796년 12월 나폴레옹 부나파르트가 레조 공국과 모데나 공국, 교황 특사가 다스리는 볼로냐와 페라라를 합병해 세운 공화국. 톨렌티노 조약(1797. 2. 19)에 의해 교황으로부터 로마냐까지 양도받았다. 지방대표자들을 선출하여 헌법을 심의할 예정이었으나 나폴레옹은 1797년 6월 치스파다나 지방과 포 강 유역을 합병하기로 결정하고, 새로이 치살피나 공화국을 세웠다.

카푸치노 수도회 '뾰족한 두건'이라는 뜻의 이탈리아어 카푸치노에서 유래. 프란체스코 수도회에 속하는 독립적인 수도회.

캄포 포르미오 조약 나폴레옹 보나파르트가 제1차 이탈리아 원정에서 승리한 뒤 오스트리아와 맺은 조약(1797. 10. 17). 이 조약은 프랑스 정복지의 대부분을 인정하고 제1차 대(對) 프랑스 동맹에 대한 나폴레옹의 승리를 완결지었다.

클리쉬 왕당파 열달파로 구성된 국민공회와, 왕당파와 입헌군주정치주의자들(피슈그뤼, 주르당, 루아이예 콜라르, 바르텔르미)로 구성된 총재정부 시기에 주어진 명칭. 파리의 클리쉬 가(街)에서 회합하곤 한 데서 명칭이 유래했다.

팔레루아얄 몰리에르의 17세기 연극으로 가장 유명한 파리에 있는 극장. 1799년 코메디 프랑세즈의 전용 극장이 되었다. 추기경 리슐리외 자신의 저택에 만든 소규모 개인 극장에서 비롯되어 리슐리외가 죽은 뒤에 팔레루아얄로 개칭, 왕실 소유가 되어 왕실의 여흥을 위한 장소로 쓰였다.

푀양 클럽 프랑스 혁명기의 보수파. 루이 16세가 바렌으로 도망갔던 사건 이후 앙투안 바르나브, 알렉상드르 드 라메트 등이 이끄는 몇 명의 의회의원이 왕의 처형을 촉구하는 청원서에 반대하여 자코뱅파와 결별하면서 결성되었다.

플뢰뤼스 전투 프랑스 혁명 전쟁중 제1차 대(對) 프랑스 동맹 때 벌어진 가장 중요한 전투(1794. 6. 26). 프랑스의 장 바티스트 주르당과 장 바티스트 클레베르는 7만 3천 명의 프랑스군을 이끌고 작센코부르크 공과 네덜란드 총독인 빌렘 5세가 이끄는 5만 2천 명의 오스트리아 네덜란드 동맹군에 맞섰다.

■ 주요 등장인물

넬슨(1758~1805) 미국 독립전쟁과 나폴레옹 전쟁에서 싸운 영국의 해군사령관. 나일 강 전투(1798)와 트라팔가르 전투(1805) 등 주요 전역에서 승리를 거두었으나 트라팔가르 전투 때 영국 군함 '빅토리 호'에서 적의 포화를 맞고 목숨을 잃었다.

뒤로크(1772~1813) 프랑스의 장군, 외교관. 나폴레옹의 절친한 고문이었다. 1803년 사단장으로서 아우스터리츠 사단을 지휘했으며 나폴레옹의 모든 원정에 참가했다. 슐레지엔의 전초기지 포화 속에서 죽었다.

뒤무리에(1739~1823) 프랑스의 장군. 1792~1793년 발미 전투와 젬마프 전투에서 프랑스 혁명정부에게 뜻깊은 승리를 안겨주었으나, 그는 파리로 진군하여 국민공회를 전복할 계획이었다. 왕위를 꿈꾸었던 그는 자신의 계획이 탄로나자, 프랑스를 버리고 오스트리아로 도망쳤다.

라 레블리에르 레포(1753~1824) 프랑스 혁명 때 혁명정권이었던 총재정부의 5명의 총재들 가운데 한 사람. 1799년 6월 18일 총재직에서 쫓겨난 뒤부터 정치에서 물러났으며, 1804년에는 나폴레옹에 대한 충성 맹세를 거부했다.

라 파예트(1757~1834) 프랑스의 혁명적 부르주아들과 손을 잡음으로써 프랑스 혁명 초기에 영향력을 발휘했다. 바스티유 습격 하루 뒤인 7월 15일에는 새로 만들어진 파리의 국민방위군 사령관으로 선출되었다. 1791년 7월 17일 군중들이 마르스 광장에 모여 왕의 폐위를 요구했을 때, 라 파예트는 방위군에게 발포를 명령해 시위자 50여 명이 죽거나 다쳤다. 이 사건으로 8월에 방위군 사령관직에서 물러났다.

라플라스(1749~1827) 프랑스의 수학자, 천문학자, 물리학자. 태양계의 안정성 연구로 가장 잘 알려졌다. 나폴레옹 치하에서 내무장관직을 6주 동안 맡았다.

란(1769~1809) 프랑스의 장군. 미천한 가문 출신으로 제1제정 때 원수의 자리까지 올랐고 나폴레옹에게서 "처음에는 소인인 줄 알았으나 사실은 거인이었다"라는 찬사를 들었다. 울름 전투, 아우스터리츠 전투, 예나 전투에 참전했다. 에슬링 전투에서 다리에 포탄을 맞아 2회에 걸친 절단 수술 뒤 9일 만에 죽었다. 거칠고 맹렬하며 성미가 급한 전사였으나 나폴레옹의 유능한 장군이었다.

로베스피에르(1758~1794) 급진적 자코뱅당 지도자로 프랑스 혁명의 주요 인물. 공포정치 시대 혁명정부의 주요 통치 기관이었던 공안위원회를 1793년 후반기에 장악했으나 1794년 열달(테르미도르) 반동 때 축출되어 처형당했다.

루이 보나파르트(1778~1846) 나폴레옹의 동생. 네덜란드 왕(1806~1810)을 지내면서 대륙봉쇄체제에 협조하기를 꺼려 나폴레옹 황제와 갈등을 일으켰다.

뤼시앵 보나파르트(1775~1840) 나폴레옹의 동생. 500인 회의 의장으로서 안개달(브뤼메르) 19일(1799. 11. 10)에 나폴레옹을 통령으로 선출하는 주역을 맡았다.

르클레르(1772~1802) 프랑스의 장군. 1791년 군에 들어가 툴롱 포위공격에서 뛰어난 공을 세웠다. 나폴레옹 보나파르트를 처음 만난 것도 이때였다. 나폴레옹의 이탈리아 원정에 참가한 뒤 장군으로 진급했고 1797년 나폴레옹의 누이동생 폴린과 결혼함으로써 둘의 관계는 더욱 탄탄해졌다. 그는 1799년 나폴레옹을 권좌에 앉힌 쿠데타에서 결정적인 역할을 했다.

르페브르(1755~1820)　프랑스의 장군. 바이에른 군단 사령관으로서 에크뮐과 바그람에서 싸웠으며 1812년 러시아 원정에 참가했다.

마르몽(1774~1852)　프랑스의 육군원수. 나폴레옹과 마찬가지로 메츠(Metz)에 있는 루이 14세의 포병학교를 졸업했다. 툴롱의 포위공격 때(1793) 나폴레옹의 눈에 띄어 곧 그의 참모가 되었다.

마르보(1782~1854)　나폴레옹 시대 회고록을 쓴 프랑스의 장군. 전시의 상황을 다룬 책 『비판적 고찰』 때문에 나폴레옹은 그에게 유산을 남겨주기까지 했다. 17세에 입대해 나폴레옹 휘하 장군 3명의 부관을 차례로 지냈다. 1815년 프랑스의 경기병대 대령이 되었으며 워털루 전투 직전에 나폴레옹은 그를 장군으로 승진시켰다.

마세나(1758~1817)　프랑스 혁명과 나폴레옹 전쟁 때 크게 활약했다. 나폴레옹의 말에 따르면, 마세나는 누구는 ㄱ 앞에 부를 꿇지 않을 수 없는 군사적 기질을 가진 사람이었다.

모로(1763~1813)　프랑스 혁명전쟁(1792~1799)에서 혁혁한 공을 세운 장군. 안개달 18일 쿠데타(1799. 11. 9)에서 보나파르트가 권력을 장악하는 데 큰 몫을 했다. 1800년 12월 3일에 모로는 호엔린덴에서 오스트리아군에게 결정적인 승리를 거두어 오스트리아는 평화조약에 서명할 수밖에 없었으나 보나파르트는 그를 질투하기 시작했다. 통령이 된 보나파르트의 아내인 조제핀이 드러내놓고 자신을 모욕하자 그는 보나파르트 체제를 뒤엎으려는 음모를 꾸미던 피슈그뤼와 다시 관계를 맺었다.

뮈라(1767~1815)　프랑스의 기병대장. 나폴레옹이 가장 아끼던 원수들 가운데 한 사람. 나폴리 왕(1808~1815)으로서 이탈리아 민족주의를 고취시켰다. 나폴레옹 막내누이 카롤린의 남편이기도 하다. 마렝고 전투를 승리로 이끄는 데 한몫을 했고, 아우스터리츠 전투에서 오스트리아와 러시아 기병을 패배시키는 데 큰 공을 세웠다. 1806년 예나에서 프로이센군을 끝까지 추격해 완전히 섬멸시켰고 1807년 아일라우에서는 저돌적인 공격을 감행해 전술적으로 가망없던 상황을 타개했다. 뮈라는 충동적이고 변덕스러운 사람이긴 했지만 훌륭한 군사지도자였다.

미라보(1749~1791)　프랑스의 정치가, 연설가. 프랑스 혁명의 초기에 프랑스를 이끌었던 국민의회의 가장 위대한 인물로 꼽힌다. 입헌군주제를 옹호한 온건주의자로 프랑스 혁명이 가장 급진적인 시점에 이르기 전에 죽었다.

바라스(1755~1829)　프랑스 혁명 당시 총재정부에서 세력을 떨쳤다. 열달 반동 때(1794. 7. 27) 자코뱅 지도자 막시밀리앙 로베스피에르를 타도하는 데 앞장섰으며, 경찰총장 겸 국내군 사령관이 되었다. 선거를 교묘하게 조작하여 새로운 5인 총재

중 한 사람으로 뽑혔다. 의회 내의 왕당파를 몰아낸 열매달(프뤽티도르) 18일(1797. 9. 4) 쿠데타로 바라스는 권력의 정상에 올랐으나 나폴레옹이 일으킨 안개달 18일(1799. 11. 9) 쿠데타로 권좌에서 물러났다.

베르나도트(1763~1844) 카를 14세. 프랑스의 혁명군 장군 육군원수(1804)이며 스웨덴 왕(1818~1844 재위). 나폴레옹 전쟁에 몇 차례 참가했으며 이어서 충성의 대상을 바꾸어 스웨덴 러시아 영국 프로이센 간의 동맹을 결성했고 1813년 라이프치히 전투에서 나폴레옹군을 패배시키는 데 큰 역할을 했다. 이탈리아 원정에서 나폴레옹을 처음 만나 친하게 지냈으나, 경쟁의식과 오해로 적대하게 된다.

베르티에(1753~1815) 나폴레옹의 수석 육군원수로 임명된 프랑스의 군인. 나폴레옹 군대의 작전 책임자로서 나폴레옹으로부터 "나를 가장 오래 섬겼고 나의 기대를 저버린 적이 한 번도 없는 사람"이라는 말을 들었다.

베시에르(1768~1813) 나폴레옹의 육군원수로 1804년부터 제국 근위대 사령관을 지냈다. 1798년에 이집트 아부키르 만에서 용감하게 싸웠고, 2년 후에는 마렝고 전투(6. 14)에서, 1805년에는 9천 명의 근위병을 이끌고 아우스터리츠에서 러시아 근위 기병대에 대한 유명한 돌격 작전(12. 2)을 감행했다.

볼네(1757~1820) 프랑스의 역사가, 철학자. 『폐허 : 제국의 혁명들』을 통해 18세기의 합리주의적 역사 정치사상을 함축적으로 그려냈다.

부리엔(1769~1834) 한때 나폴레옹의 비서를 지냈다. 브리엔 군사학교 시절부터 나폴레옹과 친구로 지냈다. 1804년 프랑스의 대영(對英) 무역전쟁 조치를 수행할 임무를 띠고 함부르크에 파견되었다.

브륀(1763~1815) 나폴레옹 휘하의 원수로서는 유일하게 공포정치에 관계한 경험이 있으며 탁월한 기병사령관으로서 동맹국으로부터 네덜란드를 지켜낸 인물이다.

생 쥐스트(1767~1794) 혁명 이데올로기의 신봉자. 공포정치(1793~1794)를 열렬히 옹호한 사람들 가운데 한 사람. 열달 반동 때 단두대의 이슬로 사라졌다.

시에예스(1748~1836) 나폴레옹 보나파르트가 집권한 쿠데타를 계획하는 데 중요한 역할을 했다. 1799년 5월, 통치기구인 5인 총재정부의 한 사람이 되었다. 나폴레옹 보나파르트 장군, 조제프 푸셰, 탈레랑과 공모해 쿠데타를 조직하는 데 협력하여 안개달 18일(1799. 11. 9)에 총재정부를 전복시켰다.

오르탕스(1783~1837) 조제핀과 그녀의 첫 남편 알렉상드르 드 보아르네 사이에서 태어났다. 조제핀은 자신의 지위를 강화하기 위해 오르탕스를 나폴레옹의 동생 루이 보나파르트와 결혼시켰다(1802). 이 결혼은 불행했지만 오르탕스의 아이 중 셋째인 샤를 루이 나폴레옹 보나파르트가 나폴레옹 3세가 되었다.

오슈(1768~1797) 프랑스 혁명기의 장군. 1793년 알자스에서 오스트리아-프로이센 군대를 몰아냈고 방데에서 일어난 반혁명 반란(1794~1796)을 진압했다. 1797년 1월 라인 주둔군의 지휘를 맡은 그는 4월 18일 노이비트에서 오스트리아군을 격파함으로써 독일에서의 전쟁을 끝냈다.

  오주로(1757~1816) 저돌적이고 잔혹한 지휘관이었지만, 타고난 군사적 재능으로 나폴레옹의 이탈리아 원정에서 화려한 승리를 거두었다. 열매달 18일(1797. 9. 4)의 쿠데타를 지휘했고, 혁명 정부인 총재정부는 그를 라인 제7군단 사령관에 임명했다. 나폴레옹이 일으킨 안개달 18일(1799. 11. 9)의 쿠데타에 반대했지만, 나중에는 지지를 맹세했다. 말년에는 나폴레옹에 대해 심한 반감을 갖게 되었다.

  으젠 드 보아르네(1781~1824) 나폴레옹의 의붓아들. 안개달 18일(1799. 11. 9) 쿠데타와 오스트리아와 벌인 마렝고 전투(1800. 6. 14)를 승리로 이끄는 데 크게 활약했다. 1814년 이탈리아에서는 오스트리아와 나폴리의 동맹군을 맞아 나폴레옹을 저버리라는 동맹군의 권유를 물리치며 최선을 다해 오랫동안 버텼다.

  제롬 보나파르트(1784~1860) 나폴레옹의 막내동생으로서 형제들 가운데 유일하게 루이 나폴레옹(나폴레옹 3세)의 프랑스의 제2제정까지 계속 활동했다. 제롬은 1812년 러시아 원정 당시 자기가 맡은 임무를 다하지 못하고 독일의 카셀로 돌아가게 되었다. 제롬은 워털루 전투에서 프랑스의 좌익사단을 지휘해 끈질긴 공격을 벌였다. 나폴레옹이 두번째로 퇴위하자 프랑스를 떠났다.

  조제프 보나파르트(1768~1844) 나폴레옹의 형으로 나중에 나폴리 왕(1806~1808)과 스페인의 왕(1808~1813)이 되었다.

  조제핀(1763~1814) 나폴레옹 보나파르트의 배우자. 해군에서 근무했던 가난한 귀족 조제프 타셰르 드 라 파주리의 맏딸로 태어나 15년 동안을 서인도제도의 마르티니크 섬에서 살았다. 1779년에 부유한 청년장교인 보아르네 자작 알렉상드르와 결혼해 파리로 갔다. 오르탕스와 으젠 등 2명의 아이를 두었다. 혁명군에 복무하던 남편이 좌익 자코뱅당의 미움을 사 1794년 6월 단두대에서 처형되자 생명의 위협을 받게 되었으며 그녀 자신도 투옥되었다. 그러나 열달 9일(7. 27)의 쿠데타로 공포정치가 종식되면서 풀려났고 총재정부의 출범 무렵 파리 사교계의 선도자로 부상했다.

  주르당(1762~1833) 혁명을 지지한 그는 1791년 의용군 중령으로 선출되었다가 사단장으로 승진했다. 1794년 6월 26일 플뢰뤼스 전투에서 오스트리아군을 궤멸시키는 승리를 거두고, 10월경에는 벨기에 전역을 점령했다.

  주베르(1769~1799) 리볼리 전투에서 견제부대의 지휘를 맡았으며, 1799년 오스트리아 원정에도 참전했다. 그는 오스트리아와 러시아의 승리로 끝난 노비 전투에서 죽었다. 그의 재능이 실제로 비범했는지 확인되기도 전에 죽었지만 나폴레옹은 그가 위대한 장군이 될 재목이라 여겼다.

  캉바세레스(1753~1824) 프랑스의 정치가, 법률전문가. 제1통령 나폴레옹 보나파르트에 이어 제2통령으로 프랑스를 통치했고 그후 제국의 총리대신을 지냈다. 나폴레옹 법전(1804)을 제정하는 데 큰 역할을 했으며 그 후속 법전들도 제정했다.

  클레베르(1753~1800) 보나파르트의 이집트 원정(1798~1800) 때 크게 활약했다.

플뢰뤼스 전투(1794. 6. 26)를 승리로 이끌어 명성을 떨쳤다.

탈레랑(1754~1838) 프랑스의 정치가, 외교관. 1802년 나폴레옹이 스스로 '종신 통령'이 되는 것을 도왔으며 나폴레옹을 계속 지지해왔다. 1804년 5월 18일 나폴레옹은 황세가 되었고 탈레랑은 대시종장으로 임명되었다. 나폴레옹의 지칠 줄 모르는 야심에 놀란 그는 그것이 분명히 재앙을 낳을 것이라고 정확히 예견하고 1807년 8월 관직을 사임했다. 그는 러시아 황제 알렉산드르 1세와 비밀회담을 가져 나폴레옹에 등을 돌리도록 요구했으며 이어 러시아와 오스트리아의 비밀 연락책 역할을 했다.

탈리앵(1767~1820) 프랑스의 혁명가. 1794년 로베스피에르를 몰락시키는 데 이바지한 후 온건파(테르미도르파)의 지도자가 되었다.

파올리(1725~1807) 제노바의 코르시카 지배를 종식시키는 데 이바지했으며 계몽정치와 개혁을 실시했다. 1793년 프랑스와 결별하고 독립운동을 이끌었다. 1794년 영국 해군의 지원을 받으며 프랑스인들을 몰아냈고 그 후 영국의 조지 3세에게 코르시카 통치를 제의했다. 1795년 은퇴해 영국으로 가서 영국 정부가 주는 연금을 받으며 살았다.

페티옹 드 빌뇌브(1756~1794) 자코뱅당 지도자인 로베스피에르와 가깝게 지냈으나 나중에는 극단적인 적이 되었다. 1791년 11월에 파리 시장으로 선출되었다.

푸셰(1758?~1820) 프랑스의 정치가, 프랑스 경찰의 조직가. 자신의 능력과 기회주의로 1792~1815년 격동기에 정부가 여러 차례 바뀌는 와중에서도 계속 공직에 있었다. 1799년 7월 20일에는 경찰장관이 되었으며, 이어서 나폴레옹의 안개달 18일(1799. 11. 9) 쿠데타를 열렬히 지지했다. 워털루 전투가 끝난 뒤 나폴레옹을 설득해 두번째로 퇴위하는 데 동의하도록 했으며 임시정부 대통령으로 선출되었다.

프레롱(1754~1802) 열달 반동의 와중에 프레롱은 『오라퇴르 드 푀플』의 지면을 빌려 자코뱅당을 성토하는 한편, 화려한 옷을 입은 테러단인 죄네스 도레(jeunesse dorée, '부잣집 도련님'이라는 뜻)를 조직하여 길거리에서 자코뱅당의 활동가들을 습격했다.

피슈그뤼(1761~1804) 프랑스의 혁명전쟁 당시 오스트리아령 네덜란드 정복(1794 ~1795)에서 주도적인 역할을 했다. 그러나 뒤이어 반혁명 세력과 음모를 꾸미고 (1795) 나폴레옹 보나파르트에게 대항해(1804) 명성에 먹칠을 했다. 열매달 18일(1797. 9. 4)의 쿠데타로 왕당파가 정부에서 추방될 때 체포되어 기아나로 유배당했다. 1804년 1월 비밀리에 프랑스에 잠입, 보나파르트 군사정권을 전복시키기 위한 음모를 추진했다. 2월 28일 파리에서 체포되어 파리 기사단 감옥에 수감되었다가 4월 5일 자신의 넥타이에 목졸려 죽은 채 발견되었다. 이것이 피살인지 자살인지는 밝혀지지 않았다.

옮긴이 **임헌**

서울대학교 불어교육과와 동대학원 불문과를 졸업했다. 프랑스 투르의 프랑수아 라블레 대학교에서 발자크 연구로 문학박사 학위를 받았다. 현재 인하대학교 프랑스언어문화학과 교수로 재직중이다. 「청년기 발자크, 혹은 근대적 작가의 탄생」「트랜스문화론의 변주(I–III)」등 다수의 논문을 발표했고, 『크림슨 리버』『똥오줌의 역사』『EXIT』『금성의 약속』『모세』『클레오 파트리』『발자크』등을 우리말로 옮겼다.

문학동네 세계문학

나폴레옹 제1권 출발의 노래

| 1판 1쇄 | 1998년 8월 5일 |
| 1판 19쇄 | 2017년 7월 17일 |

지 은 이	막스 갈로
옮 긴 이	임헌
펴 낸 이	염현숙
펴 낸 곳	(주)문학동네
출판등록	1993년 10월 22일 제406-2003-000045호

주 소	10881 경기도 파주시 회동길 210
전자우편	editor@munhak.com
전화번호	031) 955-8888
팩 스	031) 955-8855

ISBN 978-89-8281-132-6 04860
        978-89-8281-131-9 (세트)

www.munhak.com

지휘한다는 것, 그것은 어디에서 인간들을 죽게 할 것이며,
어디에서 인간들을 죽일 것인가를 아는 것이다. 지휘한다는 것,
그것은 또한 죽을 줄 아는 것이며, 희생을 명할 줄 아는 것이다.
　　　—나폴레옹

리볼리 전투(1797.1) 카를 베르네 그림, 델리뇽 완성.

이 그림은 나폴레옹 당시의 종군화가들이 그린, 생생한 현장감이 담긴 작품이다.